U0554561

# 香浓的桂花酒

## ——海峡两岸故事集3

福建省文学艺术界联合会
故事林杂志社 编

策划：罗训涌 汪梅田
主编：林世恩

海峡出版发行集团
THE STRAITS PUBLISHING & DISTRIBUTING GROUP
海峡文艺出版社
Haixia Literature & Art Publishing House

**图书在版编目(CIP)数据**

香浓的桂花酒:海峡两岸故事集.3/福建省文学艺术界联合会,故事林杂志社编. —福州:海峡文艺出版社,2015.3

ISBN 978-7-5550-0339-7

Ⅰ.①隔… Ⅱ.①福…②故… Ⅲ.①故事—作品集—中国—当代 Ⅳ.①I247.8

中国版本图书馆 CIP 数据核字(2015)第 048787 号

**香浓的桂花酒**
　　——海峡两岸故事集3

福建省文学艺术界联合会　编
故　事　林　杂　志　社

责任编辑　莫　茜

出版发行　海峡出版发行集团
　　　　　海峡文艺出版社

经　　销　福建新华发行(集团)有限责任公司
社　　址　福州市东水路 76 号 14 层　　邮编　350001
发 行 部　0591—87536797
印　　刷　福建新华印刷有限责任公司　　邮编　350011
厂　　址　福州市福新中路 42 号
开　　本　787 毫米×1092 毫米　1/16
字　　数　440 千字
印　　张　29.75
版　　次　2015 年 3 月第 1 版
印　　次　2015 年 3 月第 1 次印刷
书　　号　ISBN 978-7-5550-0339-7
定　　价　60.00 元

# 序

陈毅达

闽台两地同根同源，一脉相承，现今台湾汉族同胞中祖籍福建的就占了八成多。然而，因众所周知的历史原因，闽台两岸被无情的海峡刻下了一道苦涩的伤痕，在漫长的岁月里，浅浅的海峡默默淌涌着两岸同胞的无尽乡愁。一湾海峡，几多故事。

随着时代的前进，两岸关系跨入了大交流、大合作、大发展的新阶段，逐渐成为密不可分的命运共同体，那一湾海峡，过去载动的是乡愁，现在已然展示了更多的希望。

从几十年的隔绝对峙，到如今的走向日益密切的交流融合，这段独特、曲折、复杂的历史过程，为文艺家们的创作提供了丰富的素材，自然成为了一个巨大的文艺创作宝库。由此，一大批描写两岸题材的文学艺术作品不断涌现，并通过日益开放的通道相互传播。故事创作自然也活跃其中，一批潜心创作出的反映两岸题材的作品，纷纷出现，成为了故事作品园地中的一棵奇葩，大放异彩，深受故事读者欢迎。

《故事林》杂志是福建省文联的下属刊物，为福建省一级期刊，被评为福建省十佳期刊、华东地区十佳期刊、中文期刊网络传播国内排行四连冠第四名，是海峡西岸的一家重要故事刊物。因应区域特点和地方优势，从八十年代两岸交流开端起，就设立了"海峡两岸故事"栏目，到今已三十多年，是全国故事类期刊中唯一反映炎黄子孙血脉相连、两岸同胞骨肉情深的新故事栏目，该栏目经多年精心打造，已成为了《故事林》杂志的品牌栏目。2010年，《故事林》杂志社从创刊以来发表的众多的海峡两岸故事中撷取精华，编辑出版了《60年后的握手——海峡两岸故事集1》。该书出版后受到众多读者的青睐和社会各界的好评，入选2012年福建省"好书大家读"全民阅读活动百种优秀图书，并作为赠送台湾中小学的图书。2013年，《故事林》杂志社又精心编辑出版了《隔不断的情缘——海峡两岸故事2》，同样受到读者的欢迎和好评。为了满足读者的要求，2014年，《故事林》杂志社再度遴选"海峡两岸故事"栏目中的新创优秀作品，编辑了《香浓的桂花酒——海峡两岸故事集3》。

　　《香浓的桂花酒——海峡两岸故事集3》，共收录了五十七篇反映两岸民众悲欢离合、恩怨情仇、渴望团圆、共建家园的故事，这些故事聚焦于普通人的人情、人性，情真意切，令人回想起那个疏隔与对峙历史年代发生的不堪回首的辛酸往事，深切感受历尽劫波泯恩仇、同胞团圆创未来的美好情怀，充满了对两岸关系走向和平发展、两岸人民携手增进的良好愿望，让人在跌宕起伏中看到人世的眼泪和笑容，在峰回路转里体会历史的疼痛与欢欣。此书的出版，必将再一次扣动两岸同胞的心弦，加深彼此的手足之情。

　　海上映明月，涛声传新音。愿两岸同胞携手同心，形成中华民族的合力，早日实现伟大复兴。

本文作者系福建省文联副主席

# 目  录

# 还　愿

文/潘毓祥

　　周坤示意天保从牛皮包夹层里，取出一张银行卡，"这张卡里有八十万元存款，是我全部的积蓄。我漂泊半生，省吃俭用，唯一的心愿，就是要亲眼看见炸毁的大桥重新修建起来，一是对宗汉兄弟有个交代，二来也是向牛牯峦的乡亲赎罪"。

一

　　野猪坑的台湾老兵周坤要回乡定居了，这对周天保一家来说，可是件天大的喜事。

　　周坤在野猪坑是有名的血性男儿。1949 年，国民党从大陆溃退，"有枪便是草头王"，谁能招募到足够的兵员，谁就是部队的长官。于是，周坤很快就成了"国军"的连长，带着一伙家乡子弟兵撤退到了台湾。从此，几十年杳无音讯。周天保是周坤的亲侄子，也是他在大陆唯一的亲人，如今马上就要骨肉团聚，周天保岂能不高兴？

野猪坑是个旱死蛤蟆饿死跳蚤的穷山村。周天保一家挤在一间祖上留下的百年老屋里，虽说解决了温饱，日子依然过得紧巴巴的。周坤海外闯荡几十年，无儿无女，即便不是身家百万，至少也是小有积蓄。亲叔叔回乡定居，自然给天保窘迫的家境带来一线希望。那天一大早，天保便带着老婆孩子，一家人几乎倾巢出动，乐颠颠地到县城迎接周坤。

天保拖儿带女赶到县城，在一家普通宾馆里，凭着照片认出了叔父：两鬓斑白，乡音未改，穿一件咖啡色的夹克衫，就像城里某机关守大门的一位普通老头。他的所有"家当"，只是一个随身携带的小小行李箱和一只牛皮小包。吃罢中午饭，已是日头偏西，天保的孙子牛牛从未到过县城，很想在宾馆里住上一夜，开开"洋荤"，可太爷爷周坤却说："城里宾馆哪有自己家舒服？还是趁早回去吧！"这也难怪，离乡背井几十年，谁不想尽快见到魂牵梦萦的家乡？见叔叔思乡心切，天保只好提起行李箱，带着周坤直奔车站。牛牛刚想帮太爷爷拿过牛皮包，不料周坤急忙一把夺过，斜挂在自己腰间。天保狠狠瞪了牛牛一眼，训斥道："大人的东西不要随便乱动，真不懂事！"周坤尴尬地连声说："也没什么贵重东西，很轻的！自己来，自己来！"到车站一看，不巧，回镇里的末班车刚刚开走。这时，正好遇上一辆装肥料回镇里的农用车，司机也是野猪坑人，听说周坤从台湾回来，大度地说："您老要是不嫌弃，我免费送您到家里！""就这车？"天保犹豫了一下，"叔叔呀，您老可是几十年没回乡，怎么说也得包个'的士'回去，显得风光风光不是？""本乡本土的，摆什么阔气哟！省下的，还不都是自己的钱？"就这样，一家人坐辆破农用车，"嘟嘟嘟嘟"地回到了村里。

少小离家老大回，左邻右舍纷纷前来凑个热闹。天保杀鸡宰鹅，祭宗拜祖，一直忙到半夜。客人散去了，周坤这才把天保叫到跟前，从牛皮小包里取出一沓钞票，说："天保呀，叔叔在外漂泊半生，也没很多积蓄，这三千元钱，你拿去，给家里人添置几件衣服，买点生活必需品。"天保吸了口冷气，心里暗想：那些从台湾回来的，哪个不是送彩电冰箱金项链？虽说叔叔只是个退伍老兵，可瘦死的骆驼比马大！老叔呀老叔，我可是你的亲侄子哩！你离乡背井几十年，我和老爸替你尽孝道，给爷爷奶奶养老送终，四时祭祀，没有功劳有苦劳，咳，三千元钱，亏你拿得出手！天保鼓起勇气，试探着说："叔呀，托共产党的福，这些年倒也吃穿不愁，只是家里这几间破房子……""先对付一段时间，以后再想办法吧！""家里的情形，你也看到了，多一张桌子都没地方放，总不能让您老打地铺睡吧？""要不，先在正房边上搭一间平房，我反正单身一人，能放下一张床也就行了。一家人团聚在一起，互相有个照应，日子即便苦点，我心里也甜呐！"话说到这份上，天保还能说什么？只好叹了口气，看着周坤把牛皮包压在枕头底下。天保心里说：没想到，叔叔竟是个把铜钱看得比门板还大的"铁公鸡"。

二

第二天一早，周坤让天保带着他，在村子里到处游转。当来到村后的野猪坑坑口时，周坤遥望对岸的牛牯崄，久久仁立着，就像一尊凝固的雕像。难忘的往事如惊涛拍岸，撞击着他的心头……

野猪坑和牛牯崄山水相邻，一道深达三四层楼高的天然沟壑，把两村隔在了两边，沟东头住的，大多姓吴；沟西住的，几乎都姓周。沟壑上有座古老的石拱桥，成了吴姓人进城、赶圩的唯一通道；拱桥边上是一条麻石水渠，牛牯崄上的清清山泉，从渠中潺潺流过，灌溉着野猪坑千顷良田。然而，民国三十八年，由山林权属引发了一场大规模宗族械斗，双方互有伤亡，使两姓人形同水火，势不两立。

吴姓的领头人吴宗权、吴宗汉两兄弟，振臂一挥，把流向野猪坑的水路断了，野猪坑千亩良田，一片焦枯。年方二十出头的周坤，一怒之下，领着几位后生把吴宗权一枪撂倒，随即把石拱桥炸了，为周姓人出了口恶气。吴宗权临死之际留下遗嘱：血海深仇，子孙铭记。同时，叮嘱家人把他埋葬在牛牯崄高山之巅，他要亲眼看见周坤一家断子绝孙，永世不得翻身。为了避祸，周坤拉起一支队伍，远走他乡。从此，牛牯崄人进城要多绕二十多里山路。新中国成立后，两村分属两个不同的乡，由于交通原因，更是鸡犬之声相闻，老死不相往来。

望着眼前残败的石桥墩，当年血腥械斗的场景历历在目，周坤心里不由一阵阵战栗。他轻声问道："吴宗权后人怎么样了？日子过得还好吗？""听说他孙子当了村支书，生活嘛，有这几座大山挡路，能好到哪里去？哼，这叫人作孽，天报应！""罪过呀罪过！"周坤声音有些哽咽。可天保并没有理会周坤话里的意思，依然眉飞色舞地说："叔呀，我和村里几个长辈商量过，准备到祖坟前搞个隆重的'猪羊祭'，让吴姓人瞧瞧，也为周家列祖列宗长长脸！""什么？'猪羊祭'？你真的相信阴间有鬼魂？何必花这种冤枉钱往伤口上再撒一把盐？""人家都说你是条硬铮铮的铁汉子，别忘了当年吴宗权临死前是怎么说的！人争一口气，佛争一炉香，这能花你几个钱？""你不懂，你不懂啊！"周坤摇了摇头，把挂在腰间的牛皮小包拿在手中拍了拍，轻声地说："你知道这些年，我在台湾是怎么走过来的吗？"接着，周坤就讲起了在台湾那痛苦而难忘的往昔。

周坤到台湾后，随着所在部队的裁撤，很快退伍了。那时节，流落台北街头的退伍老兵多如牛毛，处境十分艰难。周坤只好摆了个本小利薄的夜宵摊，维持生计。台北天气炎热，他用薯粉加上一种叫"仙人草"的药草，在沸水中熬制，冷却后即成糕状，再配以辣椒、葱、姜等调料，这种叫"仙人冻"的小吃既清凉解毒，又嫩滑爽口，深受市民欢迎，一些同乡老兵更是常来光顾。后来，他又根据顾客的口味，不断改进，在"仙人冻"中加入一些香料，风味更加独特，因此生意颇为红火。渐渐有了些积蓄后，他开了一个大排档，专营"仙人冻"，同时请了当地一个叫阿秀的姑娘帮忙料理。两人配合默契，日久生情，很快到了谈婚论嫁的地步。

谁料想，天有不测风云，就在这时，周坤的大排档突遇一场飞来横祸，有数十名顾客吃了"仙人冻"后又拉又吐，腹泻不止，随之而来的是顾客索赔，店被查封。大排档本来就是小本生意，哪经得起这一折腾？周坤很快就陷入倾家荡产的绝境，阿秀也离他而去。欲哭无泪的周坤百思不得其解，他深知餐饮行业最怕出卫生安全事故，所以制作过程中，对卫生要求十分严格，几乎是无懈可击，可为什么还会出这样的事故？是哪个环节出了问题？他想来想去，只怪自己时乖命蹇，祖宗不长眼。

事已至此，也无可奈何，他只好四处给人帮佣、打小工，艰难度日……

天保见周坤对着手中的牛皮包久久凝视，心想：连孝敬祖宗的几个小钱都舍不得，做侄子的还能沾你什么光？何必装穷叫苦，在我面前诉说那么多？他忽然想起，老一辈客家人有个习惯，喜欢把生前积累的财富埋藏在地下，叫"藏窖"，据说，等人死了后，就可在阴间享用这些财富，或许叔叔是想"藏窖"吧。想到这里，天保打断他的话头，不无调侃地说："你八十几岁的人了，这里山风大，万一受凉生病，可要花很多钱，到时你又要心疼了！我们还是回去吧！"

<h2 style="text-align:center">三</h2>

没过几天，就到了中秋节。天保怄了一肚子气，他打定主意，并没有像往年一样割肉杀鸡打酒买月饼，只是从自家鱼塘里捕了一条草鱼，外加芋头萝卜，简简单单地过了节。晚上，一家人围坐在月光下，吃着客家人最简朴的"花生豆子帮擂茶"。天保满肚子心事，一言不发，周坤却乐呵呵地说："月是故乡明呐，天保呀，你知道吗？今年的中秋节，可是我几十年来过得最舒心的一天。一家团圆，叔知足了。""是呀，我也知足！俗话说，命中注定八合米，走遍天下不满升，我天保生来就是这个命！"天保这么一说，周坤默然无语，只是长长叹了口气，欢乐的气氛顿时冷落了许多。

谁料想，第二天一早，周坤突然不见了，天保满村找了个遍，直到日头西斜，也没见个人影。难道，叔父生气走了？糟糕！这事万一传出去，说他为了一点财产，不顾亲情把叔父逼走了，往后还怎么做人？天保顿时慌了手脚，他感到深深的内疚和自责。正当他惶惶不安时，村主任急急忙忙来告诉他，村委会接到电话，说周坤在县医院，医院已下达了病危通知书。天保吓得双脚打战，跌跌撞撞地连夜赶到了县医院。

原来，周坤心脏病突发，生命垂危。而守候在周坤病床前的，是一位精瘦的中年汉子，他一见天保，连忙迎上前来，急切地问道："你是天保叔？可把你盼来了！"这汉子似乎有些面熟，可天保一时想不起在哪儿见过，便疑惑地问："你是……""啊，我是牛牯崀的村支书，叫吴平。你不认识我？"吴平，不就是吴宗权的孙子吗？他怎么来了？叔叔什么时候同他挂上了钩？天保满腹狐疑，一头雾水。吴平忙把天保拉到一边，讲起了今天上午发生的事……

牛牯崀村委会正在开会，突然来了位风尘仆仆的耄耋老人，说他是绕了一个大圈，特地从县城坐班车到镇里，再步行几十里山路赶来找吴平的。吴平好生奇怪，连忙问他有什么事。只见老人连连作揖："吴书记，我是台湾回来的周坤，特地来谢罪的！""不敢当，不敢当！"吴平连忙把老人按在椅子上，"改朝换代都几十年了，历史上的恩怨，还要延续下去吗？"听说周坤从台湾回来了，牛牯崀村民，尤其是那些上了年纪的老人立时蜂拥而至。这其中，有不少人是来看稀奇、凑热闹的，而有些则是气愤难平，只听得人群中响起一阵阵怒喝："血海深仇，不共戴天！""吴平呀，别忘了你爷爷是怎么死的，可不能轻饶了他！"老人"咚"的一声，跪在地上，老泪纵横："乡亲们，我……我对不起大家，我赎……赎罪……"话没说完，便颓然倒地。吴平慌了，急忙找担架把老人抬到镇卫生院，然后用救护车送到了县医院。

正叙说间，医生急匆匆走过来，说老人急性心肌梗塞，唯一的方法就是尽快动手术，但这有很大风险，而且要花很大一笔钱，得家属拿主意。天保连声说："医生，只要还有一线希望，就要尽力抢救，不管花多少钱，哪怕砸锅卖铁，我也要承担。"就在这时，护士传出话来，说病人已是垂危之际，他要见天保和吴平。两人急忙走进病房，周坤断断续续地说："天保呀，别……别花这个冤枉钱了。我八十多岁的人，禾老当割，知……知足了。""钱财是身外之物，都什么时候了，你老怎么就看不透呢？"天保急得直跺脚。"叔还有个未了的心愿，死不瞑目呀！""心愿？还有什么心愿？"周坤示意天保从枕下拿过牛皮包，颤巍巍地说："你……你拿去看看吧。"天保接过牛皮包，打开一看，只见里头除了三五百元现钞外，只有薄薄的几张纸。天保好生奇怪，取出一看，竟是一封泪迹斑斑的绝笔信，写信人正是吴宗汉！

原来，就在周坤走后不久，吴宗汉也被国民党拉了壮丁来到台湾，退伍后定居在桃园。有一次，他来到台北，听乡友们说起，台北有一家专门卖家乡风味小吃的大排档，于是特地慕名前去品尝。不料想，还未进门，老远就看见周坤在吆喝张罗。顿时，旧仇重燃，于是，他买通了一个"烂仔"，暗中做了手脚，致使顾客吃了周坤店里的"仙人冻"后，又拉又吐。吴宗汉暗自得意。可万万没料到，那个"烂仔"竟是黑社会分子，事成之后，就以此为把柄，无休止地对他进行敲诈。万般无奈，他只好借高利贷来满足对方的勒索，以至债台高筑。走投无路之下，从十层楼顶纵身一跳，抛尸街头。跳楼之前，他特地写了一封遗书寄给周坤，讲述了事情的经过，在遗书的结尾，他写道："见信之日，你我已是阴阳两隔，一了百了。弟今日之下场，完全是咎由自取，老天报应！俗话说，亲不亲，故乡人。兄前程远大，来日方长，但祈能以德报怨，吴、周两家，干戈化玉帛。如有机会返回故里，务请带给吴家后人一句话：冤家宜解不宜结，阋墙相斗，自取灭亡……"

读罢遗书，天保感慨唏嘘，周坤泪水滂沱地说："宗汉兄弟，你本不该走，是我害了你啊！"说着，周坤示意天保从牛皮包夹层里，取出一张银行卡，"这张卡里有八十万元存款，是我全部的积蓄。我漂泊半生，省吃俭用，唯一的心愿，就是要亲眼看见炸毁的大桥重新修建起来，一是对宗汉兄弟有个交代，二来也是向牛牿峁的乡亲赎罪。"听完老人的叙说，吴平已是泪流满面，哽咽着说："周大爷，您的心意晚辈领了！一切都要朝前看，上辈人的恩怨，过去的就过去了。县里已在两乡之间协调，村民们也正在筹集资金，建桥的事，很快就会有结果，您老就放心吧。""好，这就好！"老人又拉住天保的手："天保，我的好侄子，对不起你了！不是叔有钱不舍得花，做人得讲良心。你……你多原谅……"听着老人弥留之际的一席话，天保仿佛看见老人金子般的一颗心，刹那间什么都明白了。他泣不成声："叔，你别说了，侄儿不孝，是侄儿错怪了你。我懂了，良心比什么都重要！这八十万元，我一定如数交到牛牿峁的村民手中。"天保话音刚落，只见老人面带微笑，头一歪，溘然而逝！

　　吴、周两姓的村民们，为周坤老人举行了隆重的葬礼。很快，一座雄伟的钢筋混凝土大桥，像一道靓丽的彩虹，飞架在野猪坑和牛牯崇之间的沟壑上。野猪坑里，禾苗青青，牛牯崇上，汽车往来，两村的村民们更是像兄弟一样，你来我往。于是，人们把这座崭新的大桥命名为"连心桥"，并在桥头立了一块硕大的石碑，留作纪念。

# 来自台北的姑妈

文/何沛忠

王顺兴躺在医院的病床上，迷迷糊糊地说胡话："妈妈呀妈妈……你骗我，台湾没有姑妈……你骗我！"一只柔软的手拍拍王顺兴的胸口，轻声地说："你妈妈没骗你，我就是你姑妈！"

王顺兴个儿长得矮小，活像《水浒》里的武大郎，年纪到了四十七八还是光棍一条。他原是机械厂的勤杂工，最近因企业不景气而下岗。王顺兴无一技之长，凭着他的勤奋，经居委会同意在弄口摆了个面饼摊，自己动手砌个炉灶，上面搁块铁板，将面糊糊摊薄了，再在上面敲个生鸡蛋，放上一根油条，涂上点甜面酱这么一卷——这是城里人喜爱的早点。所以天天早晨买饼人都在他摊前排起长队。

一天早晨，派出所民警陈同志来到他的摊位前，问王顺兴："你不是说台湾有个姑妈吗？她叫啥名字？""她叫王兰英，我妈妈生前一直这

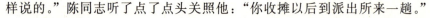

样说的。"陈同志听了点了点头关照他:"你收摊以后到派出所来一趟。"

王顺兴来到派出所一问,原来1949年去台湾的王兰英,在半年前汇给王顺兴一笔新台币,折合人民币有五十万元。因原址已经拆迁,这个王顺兴无从查找。银行委托公安机关帮忙,怎奈全市有几百名王顺兴,要与台湾有个名叫王兰英的姑妈、又住过拆迁原址名叫王顺兴的人对上号,便是接受汇款之人无疑了。如今总算从大海里捞到了这枚针,王顺兴凭身份证从银行领回了这笔巨款,真是喜从天降!

有句老古话叫:"穷在闹市无人问,富在深山有远亲。"当人们获悉王顺兴发财了,这个原来不起眼的"武大郎",霎时之间成了小区的新闻明星。东家阿姨西家叔叔,立马都要来见见这位福星高照的王顺兴。有人为他如何花销这笔钱出"金点子"和"银点子";更有的人为他说媒介绍对象,弄得王顺兴头脑发胀不知所措,脑子里稀里糊涂的也不知听谁的好。看病要对症下药,打枪要瞄准目标,就在这时,一物降一物的高手终于出现了。

一个四十来岁的女人来到王顺兴家。她的脸蛋长得标致,衣着打扮入时,面对王顺兴说起话来心不跳脸不红,毛遂自荐地说道:"王大哥,我的名字叫茅小妹,今年四十一岁,因为丈夫去世当了孤孀,愿意嫁你为妻,请你不要嫌弃!"说完她嫣然一笑,在王顺兴的肩上摩挲一番。王顺兴活了这把年纪从未零距离接触过女性,今天被茅小妹这么一来,不由从脸红到脚跟,支支吾吾的连话都说不清楚了。茅小妹继续发起进攻,果然三只手指捏田螺——十拿九稳。由茅小妹做主,花三十万元在中远小区买了一套住房,将老屋出租,结婚以后又租间门面房开家烟杂店,两口子笃悠悠过神仙般的日子。当家有方的茅小妹,还将王顺兴摆面饼摊的炉子等劳什子全卖给了外来妹,换来了现钱。

这一天王顺兴夫妇正在店内忙活,民警陈同志来告诉王顺兴:"你姑妈王兰英已经抵达上海,现住锦华宾馆303室,要你去见她。"得此信息,夫妻俩又惊又喜,茅小妹更是兴奋得心都快要从喉咙口跳出来了。夫妻俩不敢耽搁,双双更衣打扮,叫了辆出租车直奔锦华宾馆。

王顺兴夫妇叫开了303室的门,只见套间客厅里端坐着一位衣着俭朴的老太太，他们认定这位就是姑妈，便恭恭敬敬地一鞠躬，叫了声"姑妈！"王兰英老太见内侄子和侄媳妇来了，止不住喜上眉梢，招呼他俩坐下后，对王顺兴好好地端详了一会。这一端详使王兰英舒展的眉宇渐渐地紧锁起来，她觉得侄子的长相似乎不是王家嫡传，禁不住问道：

"你尊姓大名？"

"我叫王顺兴。"

"祖籍何处？"

"苏北盐城。"

"今年几岁了？"

"四十七岁了。"

王兰英问话到此，心里就像塞进一团乱麻，沉默良久方才开口说道："1949 年春天，我十八岁时在上海的一个军官家里当保姆，当时军官全家要去台湾，愿意把我带走。我到哥哥家去告别，抱着三岁的侄子王顺兴去照了一张相。"她随即拿出一张泛了黄的照片苦笑着说："唉，整整五十年过去了，我的内侄子属兔，今年正好五十三岁了，而你还只有四十七岁。我离开大陆去台湾那年你还没出生呢！"说毕，她尴尬地又补了一句："况且我们的老家在苏州，也不是苏北。"

这一席话犹如寒冬腊月的西北风，对王顺兴夫妇而言，是直透骨髓般的寒冷。这明摆着是阴差阳错，张冠李戴了。王顺兴心想：这个姑妈不是我的姑妈，我也不是她的侄子，当然那五十万元也不是给我的，我应该如数归还。但大部分钱已经花了，怎么还呢？王顺兴经过盘算，对王老太说："对不起王老太太，我什么都明白了。请给我一点时间，我会处理好这件事的。"

王顺兴回到家里，认为欠债还钱是天经地义的事，和老婆压根没有商量的余地。他拿出房屋产权证和买家具的发票，再加上一生积蓄，凑足相当于五十万元，速速来到锦华宾馆，请王兰英老太清点收讫。孰料想那茅小妹寻死觅活的又哭又闹，逼着王顺兴在离婚协议上签字，并提出要财产分割，那间出租的老房子归她茅小妹所有，以作为对她的精神补偿。王顺兴面对如此境况，觉得是委屈了茅小妹，不能让茅小妹跟他一起过两手空空的日子，别无他路可走，只得咬咬牙横下一条心，在离婚协议上签了字。

一场春梦，来得快去得也快，王顺兴现在什么都没有了，重操旧业摆面饼摊吧，那炉子等劳什子都没有了，成了个无家可归的流浪汉！为了麻醉自己，王顺兴买了一瓶烈酒，漫无目的地边喝边走，嘴里唠叨着："妈妈呀妈妈，你说我台湾有个姑妈，却原来是个假的……妈妈你骗我！"走着走着他眼前一黑，只听得"哐啷"一声响，跟着就什么都不知道了。他是和汽车撞了，幸好司机眼疾手快地刹车，只是一点皮外伤和腰间挫伤。王顺兴躺在医院的病床上，迷迷糊糊地说胡话："妈妈呀妈妈……你骗我，台湾没有姑妈……你骗我！"一只柔软的手拍拍王顺兴的胸口，轻声地说："你妈妈没骗你，我就是你姑妈！"王顺兴迷迷糊糊地睁开眼睛一瞅，跟他说话的不是别人，正是那个张冠李戴的姑妈，王顺兴不禁一个寒战，想要直起身来，怎奈腰间一阵剧痛起不来。这究竟是咋回事呢？

原来王兰英老太，见不是自己要找的侄子王顺兴，心里确实觉得很失落。她在台北虽然曾经结过几次婚，但都以离婚告终。虽说风风雨雨摸爬滚打五十年，手里积了一些钱，但人老了，又是孤身一人，唯一的心愿就是早日叶落归根，与亲人团聚。于是她按照哥哥家五十年前的老地址汇出一笔款，半年后收到回执，以为终于找到了唯一的亲人王顺兴侄儿。于是她处理了在台北的不动产，辗转来到上海，不料让这位同名同姓的假侄子给搅了。然而使她惊奇的是，这个假侄子虽然其貌不扬，却是一条正气凛然的汉子！他见钱不贪，为人忠厚正直，想到自己既然已经回到大陆，不可能再回台北，不如将错就错，认了这个诚实的王顺兴为侄子，与他一起生活，对自己养老送终亦无后顾之忧。为了万无一失，王兰英请律师对王顺兴作了一番考察，通过密切关注着王顺兴的律师的汇报，王兰英了解到他目前的处境，遂来医院看望王顺兴。真是有缘千里来相会，无缘对面不相识。王顺兴出院以后，与姑妈一起搬进了中远小区原住的新屋，过着不是亲人胜似亲人的生活。一位记者探听到此事，十分感动，还在报纸上刊登了一篇长长的带有传奇色彩的通讯。

人逢佳节倍思亲，中秋节这天王顺兴想起了茅小妹，他想征得姑妈的同意与小妹复婚。王兰英与茅小妹有过一面之缘，觉得家里是需要个侄媳帮着料理家务，便表示同意。正在这时听得有人敲门，王兰英以为是茅小妹找上门来了，赶紧把门开开一看，敲门的却是一位白发老妪，一时认不出她是谁，对方却激动地叫了一声"王妈！"你道这位白发老妪是谁？她是当年带王兰英去台湾的那个军官的太太——陈太太。她是看到了报上登载的那篇通讯才找上门来的。王兰英忙将老东家搀进屋里。

原来那老妪是国民党驻上海空军司令部一陈姓军官的太太。1949年那年陈太太带领子女随先生飞往台北，后来子女出道，先生谢世后，陈太太只身回到上海。从报上见到了王兰英的下落，便迫不及待地来了。陈太太与王兰英谈谈说说，话锋一转转到了王顺兴身上。原来她才是王顺兴的亲姑妈，今天来不单是为与王兰英重聚，还是特地来认自己的亲侄子王顺兴的。陈太太的名字也叫王兰英，1949年她去台湾时王顺兴的父亲还未结婚，后来辗转获得信息，兄弟生了个儿子取名顺兴。陈太太回到上海的这几年中，一直在查找侄子的下落，结果一无所获，今天总算如愿以偿了。这时的王顺兴还以为自己在做梦，狠狠地拧一把自己的胳膊——痛啊！这不是梦，说明妈妈没有骗自己，自己在台湾确实有个姑妈，如今自己有两个姑妈了！

王顺兴想念茅小妹，不知她现在何方？能够找到她便决定与她复婚。经过一番周折，总算找到了茅小妹，可是茅小妹已经跟别人结婚了。当茅小妹知道王顺兴有了两个台湾姑妈时，她想与现在的男人离婚，再与王顺兴复婚，被王顺兴断然拒绝。王顺兴终于想明白了，他再也不愿意跟只图钱财不讲情义的女人做夫妻了。🌿

# 百蛇胆

文/扬　沙

　　银山及其家人听后顿感惊诧又感兴奋：惊诧的是舍生忘死取蛇胆，竟是为了帮别人做好事；兴奋的是蛇胆那么管用，秘方更显得金贵了。

　　居住在边远山区的许银山老人，做梦也没想到自己在古稀之年会收到一封台湾来信，写信人竟是他的亲哥哥许金山。

　　金山和银山是对苦命兄弟。金山十岁那年，其父母先后病故，银山才四岁，是姨母收养了他俩。姨父秉承祖业，在县城开了间"济世堂"的药铺坐堂行医。金山从小乖巧聪颖勤奋好学，深得姨父喜爱。姨父膝下无子，只有一独生女儿，意欲将其过继为嗣，故而对其特别偏爱，又倾己所学，悉心栽培金山。金山不负姨父厚望，八年后就能坐堂行医独当一面。后来姨父患老年性青光眼，几近失明，遂将整个药铺交与金山料理，并将独生女许配给了他。

银山在兄嫂的照料和呵护下日渐长大，并考取了省立中学。银山本不想再读书，倒想尽早回药铺帮兄长一把，然而兄嫂为了培养他，还是让他继续上学，希望他学业有成，步入仕途，光耀门庭。岂料银山离家才三个月，"济世堂"就遭了场"天火"，幸亏药铺里有位名叫周圣传的伙计是两兄弟的同乡，连夜步行赶往省城给银山报信。待他匆忙返回县城时，呈现在银山面前的是一堆残垣断壁。药铺的伙计们已自行走散，哥嫂也不知去向，银山从此成了无家可归的孤儿。银山几近绝望，幸好周圣传对他千般安慰万般开导，才慢慢平静下来。之后周圣传把银山领到自己家里。银山在周家待了一年，后来在周圣传的鼎力帮助之下，银山才回到乡下的老家自立门户。从此以后，银山与周圣传就结下了不解之缘。可在银山心里，他无时无刻不在想念着大火后失踪的哥嫂。

　　据邮递员介绍，这封台湾来信寄达邮政所已有半个月，试投了五六次都没成功，因为信封上写的是新中国成立前的老地址。新中国成立后，一些自然村庄几度易名，相当一部分人，特别是新中国成立后出生的，对老地名一无所知。收信人的姓名叫许银山，投递了几个叫许银山的都不是真正的收信人。本来这封信可作退回处理，但所长不允许，说是台湾同胞的信来之不易，必须慎之又慎，一定要千方百计找到收信人，不能让台湾同胞失望。所长为这封信可费尽了心机，这不，终于投中了！

　　许银山老人见到这封有些毛了边的海外来信，惊讶得半天说不出话来，他捧信号啕大哭，声泪俱下地说："大哥，你还在人世呀，我好想你啊！原以为这辈子得不到你的音信了，不想你却来了信！"

　　这封信不光是封探访家信，还是封寻药求援信呢！信中除述说离别思念之情外，最重要的是告诉银山说嫂子患了妇科疑难杂症，需要百枚蛇胆焙干研末入药配方，而且必须要来自大陆深山里的手巾毒蛇胆入药才能产生奇效。信中是这样写的："匆匆五十余载，骨肉分离，手足失亲，吾困居小岛，背宗弃祖，深感愧疚。今汝嫂染病在身，唯有来自大陆的秘方可治，但必须采自大陆深山里俗称手巾毒蛇的胆为药。如吾弟银山健在，必会全力办成；若吾弟不存，还望侄辈们体恤海外漂泊的伯父母，亦请大力援助。随信寄去台币十万元，以资费用。"

"啊呀！嫂子重病缠身，需要百蛇胆入药，唉，这如何是好？"银山看罢信后，急得团团转。在他心目中，"长兄为父，长嫂如母"，况且自己本来就是兄嫂一手拉扯大的，手足情、养育恩能忘吗？今嫂子有难，我岂有不救之理。"好吧，我就是拼上老命，也要尽快把百蛇胆搞到手。"银山心里这样想着。

银山有两个儿子，大儿子许继国，二儿子许继家，两个儿子又各生了一个独子。大孙子名叫许志刚，二孙子许志强。银山立即把两个儿子和两个孙子召集在一起开家庭会，商量如何搞蛇胆的事，经商议分两路进行：一路由大儿子许继国父子上山捕蛇，一路由二儿子许继家父子到各乡村农贸市场收购种蛇。银山老人坚持着要上山捕蛇，说他知道哪儿有蛇，他对捕蛇有经验。

第三天上午，银山领着儿孙来到一个叫木屐坳的山沟。他虽年过七旬，但身子骨硬朗，走起山路来敏捷得像山猫，既快又稳。孙子打趣道："爷爷，真没想到您这么大把年纪了，还像条'过山飘'（蛇名），当年您一定是'穿山虎'！"银山自豪地说："小兔崽子，服了吧？告诉你，走山路要气吞丹田，身子得扭着点，眼睛得盯紧点，这样才走得上去。"翻上一面山岭，银山指着山下一条狭长沟壑对儿孙说："这山沟本来叫茄子沟，因形状似只茄子。沟的四面皆为崖壁，而沟里有水有石有花草，是野生动物生息繁衍的好地方。人民公社时，有一个靠吹牛起家的领导，看中了这个地方，抽调一批赤脚医生在这里办了个蛇场。半年后，那位牛皮领导因男女作风问题被撤职调离，蛇场倒闭，几百条毒蛇自遭自散。从此这里被人们称之为'千蛇沟'，很少有人到这里来，生怕遭蛇咬。这沟里一定有很多手巾蛇，你俩得小心点啊！"

到了"千蛇沟"，他们找了处能遮风挡雨的半边崖洞安顿了下来。然后，银山领着儿孙沿沟走走，一来熟悉地形地貌，二来探查蛇路蛇洞。巧的是当他们走出崖洞不到十米远，就发现了一条手巾蛇，蛇身上有手巾的条纹，是深山里的剧毒蛇。那条手巾蛇绞缠在一棵乔木枝丫上，见了他们立即将头竖立尺来高，口吐红信呼呼作响，吓得人倒退三步。许志刚举起三尺长的铁钳，一下就把手巾蛇拦腰夹住了，一时高兴得不得了。真没想到上山第一天他们就捉到了十余条手巾蛇。接下来他们每天都能抓到十几二十条，这可把祖孙三人乐开了怀。

可是到了第四天，就连蛇的影子都不见了，手巾蛇一听到动静或者嗅到人体气味立马躲了起来。一连两天都没抓到一条蛇，三人心里都懊丧着。蛇洞倒是找到了不少，可怎么引诱蛇就是不出来，年轻气盛的许志刚急得嚷嚷道："爷爷，让我放把火把它们烧出来，咱取胆走人，既快又省事。"银山说："不行！蛇是受保护的野生动物，我们捕杀它已属万不得已了，放火烧山是断子绝孙的缺德事，万万做不得！"许继国又提出堵洞挖蛇，银山觉得此法可取。然而他们挖了一整天也没挖到一条蛇，因为"千蛇沟"里的山洞都是洞洞连贯，一洞数穴，蛇有许多出口，哪能轻易让人挖到呢？三人一筹莫展，幸好已经搞到六十来枚蛇胆，收益匪浅，无奈之下他们只好回家另想办法。

这天清早，银山三人正准备走回家时，许继国突然发现崖洞外二丈远处盘踞着一条大手巾蛇，他喊叫起来："蛇，蛇，好大的一条母蛇！"那条蛇正盘踞在路中央，蛇盘有谷垛般大，蛇头竖立，额头上鲜亮地显现出一个"王"字图形。银山一见，心想来者不善，兴许是为复仇而来的。他持拐而立，凝神敛气地思忖了一下，突然一声断喝："你们两人闪开，让我来对付这孽畜！我知道它是条手巾蛇王，今儿自找上门来，就休怪老夫无礼了！"银山说道，横拐向着蛇头扫去。几乎是同时，蛇盘骤然散开，母蛇"腾"地一跃而起，直扑银山。银山没想到如此粗长的大蛇反应如此快捷，急忙闪身躲避，虽闪过了蛇头，但身子还是被蛇尾击中，他一个趔趄险些跌倒。许继国父子见状急忙上前救助，被银山喝住："快散开，不许近前！三人挨在一起，蛇就有空子可钻，空间大活动周旋余地就大，老夫就不信斗不过这条蛇！"

母蛇没咬到对手已是恼羞成怒，气焰也更加嚣张，它迅速掉转蛇头摇动全身，凶巴巴地向银山发起了第二轮进攻。银山精神抖擞，双手紧握铁头拐杖，双眼死盯蛇的来向，俨然像临阵杀敌的老黄忠。待母蛇蹿至他眼前三尺远时，他举杖给了大手巾蛇当头一棒。不想这迎头一击不仅没击中蛇的要害，反而被蛇身缠住了拐杖，持杖的右手腕处还被母蛇狠狠地咬了一口，幸好他戴了麂皮长手套才免受伤害。银山立马松手弃杖跳出圈外，迅速从腰后拔出柴刀当武器。这时，母蛇把三角烙铁头昂得高高的，绿豆眼睛瞪得圆圆的，分叉的红舌吐得长长的，伺机再次发起攻击。面对顽敌，银山毫无惧色沉着应战，就在母蛇挑衅示威的当儿，只见他一跺脚一矮身先做了个想逃跑的假动作，接着以迅雷不及掩耳之势挥刀向母蛇砍去。刀光闪处血水飞溅，母蛇被拦腰砍断，尾段足足有两米长，失去身首后仍在满地跳腾滚动；足足过了五分钟它才瘫软在地。蛇虽是被制服了，银山也由于用力过度，身体支持不了，一下子像松了骨架似的跌坐在地上。

银山还没缓过气来，忽而又听到远远传来急促的声音，他预感到大事不妙，自己毕竟年老体弱，便急召儿子："继国，快过来，公蛇寻仇来了！"许继国父子闻声立即冲了过来，一前一后把银山护在中间。这时，果见一条茶杯粗的公蛇从斜刺里蹿了出来，其来势之凶猛远远超过了前面毙命的那条大母蛇。

"仇敌相见，分外眼红"，杀妻之仇不共戴天。公蛇口喷毒液呼呼作响，摇头摆尾令人眼花缭乱。就在公蛇冲着许继国扑来时，他看准蛇头扬手将一包雄黄粉撒了过去。公蛇猝不及防，做梦也没想到会遭到"化学武器"的攻击，顿感头昏眼花窒息难忍，躺在原地打圈圈。许继国立即用杂木权棍对准蛇头七寸狠狠地叉了下去，把公蛇牢牢地叉在地上。岂料，公蛇尾巴一收腰身一卷，竟将许继国自下而上一匝匝地绞捆起来。

银山大喊："继儿挺住，千万不能松手！"

许继国当然知道"蛇绞功"的厉害，一旦松手自己就没命了，无奈公蛇越箍越紧，仿佛身子骨在咯吱作响就要散架了。他铁青着脸，胸闷得呼吸困难，但还是死命按住蛇头不放。

许志刚心急如焚，从爷爷手里拿过柴刀冲上前去，举刀的一瞬间马上意识到砍不得，父亲被蛇裹着呢。他扔下柴刀从腰间拔出把匕首，咬咬牙将公蛇从离蛇头尺把远处割断。公蛇虽已身首分离，但身子内力不减，蛇匝收缩得反而更快，许继国抗不住差点儿倒下。砍又砍不得，扳又扳不脱，许志刚急红了眼。许银山喊道："孙儿，快拿竹枝抽打蛇身，震散它的神经，蛇骨节自然松懈。"这一抽打果然灵验，公蛇身子停止了抽搐，马上松软下来，许继国才得以解脱。他们顺着蛇的行迹找到了蛇洞，从洞中又捉到十几条手巾蛇。

许志刚以为大功告成，兴冲冲返身去取母蛇的蛇胆，不料母蛇假死，在它被开膛破肚之时，猝然回过头来，竟在许志刚握蛇的左手背上咬了一口。银山一见大骇，此蛇毒抢救不及，五步之内可以毙命。他立即对许志刚的伤口进行了剜肉紧急处理，随即三人匆匆下山。

当他们走到家时，蛇毒已经扩散，许志刚通身冒汗，神志不清，四肢开始痉挛。银山见状，一面叫许继国赶去五里外的吊楼村把周圣传老人请来，一面自己配制蛇药给孙儿内服外敷，作紧急救治。

周圣传已是位古稀老人，因他少年时在金山的药铺里当过几年小伙计，懂得医道，尔后又勤奋自学，钻研了一些医术，新中国成立后当了大半辈子赤脚医生，其医治跌打损伤和蛇伤的技艺，是许多大医院的医生都望尘莫及的，因而曾被省城的一家日报以《神奇的山医》和《七旬老人的奉献》为题作过专题报道。

周圣传听说是银山的孙子遭咬了，心头一紧，他知道救治蛇伤最重要的是要抢第一时间，分秒耽搁不得，二话没说就赶到银山家，让许志刚服下自己随身带的药丸，然后把脉翻看了眼皮后才松了一口气，说："幸好早作了处理，蛇毒只是在表层肌里流动，不碍事。"当问及许志刚为何会被毒蛇咬伤时，银山未作正面回答，而是将那封台湾来信交给周圣传。他一看信就惊呼道："什么，金山当年果然是去台湾了，他还健在，真是太好了！"

原来，抗战胜利后，小县城里驻扎着国民军暂编第六军，军长贾日辉不仅自己患有多种慢性疾病，而且他的父母双亲及三房太太也是常年抱药罐子的。有一次，贾军长的父亲突然大咯血，生命垂危，贾军长请了几家大铺堂医诊病，都止不住咯血。这时有人禀告贾军长说，城里还有一家规模不大的"济世堂"，可否请来一试？贾军长点头应允并立即差遣马副官前去请人。金山详细询问了贾老爷咯血的情形，心里有了数，随身带上自制的膏丸药散，便来到了贾公馆。他进门后先把药包交给其家人，说："快去旺火煎熬五分钟热服，先止血要紧。"世上哪有这样的郎中，不见病人就下药？人们似乎都认为许郎中此举唐突得近乎荒唐。可是才过了半小时，贾老爷停止咯血了，并感觉胸部松弛，喉头滋润了许多。金山这才起身进内屋诊病，开了五剂药方，嘱其到"济世堂"抓药，并说服完后保准痊愈。贾军长欣喜若狂，令管家取来十块大洋酬谢金山。金山见了银元却正色道："军座，治病救人仍行医者之本分，贫富贵贱一视同仁，我若受了您的大礼不仅损我的医德，还会让日后找我看病的人非议。我那包止血药顶多值两个银毫子，按行规我只能收取一块钱的出诊费。"贾军长听金山这么一说，反倒怔住了，须知贾军长乃行伍中人，是个不畏权势、不贪财的仗义之士，没想到区区一郎中竟有如此古道热肠，怎不叫他刮目相看呢？贾军长当即收回礼金，却执意要留金山共进午餐。而后，贾老爷的支气管扩张大咯血的病治愈了，金山又替贾军长根治了二十年之久的胃病，又解除了其二姨太缠身多年的崩漏之苦。来往次数多了，双方都有了难舍难分的感情。

1948 年国民党大溃败，军政要员纷纷逃往台湾，贾日辉要金山跟他去台湾，金山不答应。贾日辉便使出条毒计，派兵深夜纵火烧了"济世堂"药铺，又假惺惺地将金山夫妇救出火海，安顿在自己家里，以示关怀，让金山断了退路。接着贾军长有意带着他到各驻防地转了一圈，一去就是四五日，待他们返回军部时，金山已不见自己的夫人及军长的女眷，一问才得知她们早已结伴抵达香港。这时，贾军长才跟他摊牌，说药铺是他派人烧的，一切损失他照赔；许夫人也是他骗去香港的，要想夫妻团圆，就得跟随他去台湾。就这样，金山被贾军长挟持着去了台湾。当然，这档子事他人是不得而知的。

贾日辉逃往台湾后很快遭遇到排挤和冷落，因为他的部队是抗战后整编的杂牌军，非蒋介石的嫡系部队，加上带过海的官兵总共才千把人。当时台湾政局乱得一塌糊涂，人家哪会把贾日辉的千把人放在眼里呢！后来他的部队番号被撤销，划归城防司令部管辖，改编成一个团，团长还是由贾日辉当。从军长降至团长，贾日辉始知受骗上当，悔之晚矣，要是当初投了共产党解放军，也许还能当个副军长什么的。此后，贾日辉拒不领命到职，发狠脱离军界，再不为蒋家王朝卖命。贾日辉一气之下，把在大陆搜刮到的百万"国难财"投资到马来西亚开橡胶园去了。贾日辉对许金山还算不错，临行前还想把他带往马来西亚，但金山不愿意去。贾日辉就给了金山五千块大洋，让他自谋生路。金山万般无奈，只好重操旧业，在台中县城开了间中药铺谋生。

金山安顿下来，就想寻找弟弟银山。但那时海峡两岸关系极为紧张，很难打听到弟弟的消息。直到两岸逐渐缓和并能通邮，金山先后三次写信与银山联系，也不知什么缘故，都如泥牛入海。金山料定弟弟已经不在人世了，从此了断了兄弟情，常常暗自伤心。后来台湾当局放宽了"探亲"的限制，两岸人员开始频繁往来，金山本想回乡拜祖省亲，可当他想到弟弟不在世了，回去连个落脚的地方都没有，只好作罢。

2003年春，金山参加"大陆同乡会"的一个聚会，偶然从一位曾赴大陆探亲的老乡口中得知弟弟银山还健在，就策划着和夫人一起回大陆探望弟弟。岂料就在他办好相关手续要成行的时候，夫人廖壬梅突然病倒了，诊治半年也不见好转。廖壬梅无法也不愿抱病回乡，返乡探弟的计划就搁了浅。弟弟究竟还在不在人世，金山心里没谱，这次给弟弟银山写封寻药求援信，权当是投石问路罢了。

周圣传握信在手，忆及当年在"济世堂"做小伙计的日子，心中感慨万分。他说那时他虽年少，但也想偷偷学点东西，好作立身之本。金山发现后不但没责备他，反而夸他有心计，并告诫他学艺不在于多而在于精。金山明其心志后，还有意识地指导他阅读一些医药书籍，一旦遇到疑难病例，就把他拉到身边，或相伴出诊临床观摩，或细心诊察指点疑难。周圣传遵循金山的教导，潜心钻研跌打损伤和医治蛇伤两门医术，果然有了一定造诣，这才使得他在"济世堂"被烧回乡后，能独立行医造福乡亲。五十余年来周圣传对金山的恩情一直没齿难忘，苦于无法报答。今见金山来信，心中激动不已，一把抓住银山的手："东家欲求百蛇胆，我家里还储备二十几枚，可拿来添上。"

　　许家父子俩骑着摩托跑遍了全县的十来个农贸市场，也收购到十几条手巾蛇。三方面的蛇胆加起来竟有一百零六枚之多。银山仰天叹曰："天意，天意呵！百蛇胆事成，大嫂有救了，我兄弟团圆的日子不远了！"

　　百蛇胆如愿凑足之后，如何将它寄到金山手里呢？这又使一家人犯了愁。他们所担心的是还没有全面实行"三通"，万一台湾环保检疫方面故意刁难，岂不功亏一篑。正当全家人陷于冥思苦想之时，许志强说："要想做到万无一失，我看还得靠政府，我们可向县台办求助。"

　　第二天，银山一家人拿着金山的来信，带着已焙制干的蛇胆来到了县台办。县台办黄主任微笑着说："这事不难，如今虽还没直接'三通'，但海峡两岸人员来往频繁。这不，后天我们县里就有两位回乡省亲的台胞要返回，可以县台办的名义委托他们带去。"

　　"哦，那敢情是好，只是……保险不？"许银山犹豫着问。

　　这时，县台办的几位工作人员都围过来，热情地说："大爷，您就放心吧，台湾同胞为祖国亲人办事可认真可诚信哩，会把事情办好的。"

　　"这么说我们就放心了。"银山一家人将蛇胆包裹和一封家信交付给县台办后，便高高兴兴地回家了。

　　十天后，居住在台中市花园路 74 号的许金山，收到了弟弟许银山托人捎来的蛇胆包裹和家信。他百感交集，泪雨滂沱。他与失散五十多年的弟弟银山终于联系上了，同时还收到义重如山的百蛇胆，怎么不让他激动不已？他立即按信中提供的电话号码给弟弟银山挂了电话，两兄弟都抽泣不已。

　　三天后，许金山家来了位不速之客。来人不是别人，竟是贾军长贾日辉，他是接到金山的通知专程赶来取药的。原来，真正患病的并非许夫人，而是贾军长的三姨太。

　　贾日辉当年逃离台湾后，在马来西亚的铜仔湾买下了一片橡胶树林，自办了一个橡胶场。由于他已自动脱离了国民党，又无心向共产党靠拢，也就潜下心来经营自己的橡胶林了。他与许金山一直保持着较密切的关系。同为漂泊海外的天下沦落人，两人思想感情越拉越近，最后成了拜把兄弟，两家来往不断。

去年八月间，贾夫人（实为三姨太，其发妻和二姨太已先后病故）突患重病，瘫倒在床。贾日辉在吉隆坡找了三家颇有名气的医院诊治，花费了上万零吉（一零吉合 2.27 元人民币）也不得要领，贾日辉才带着夫人飞抵台湾找把兄弟金山诊治。许金山望、闻、问、切，对贾夫人的病进行了认真的诊断，又查阅了一些古籍药典后才告诉贾日辉说："嫂夫人患的是'内积痹症'，是种很难诊治的妇科疑难杂症。因为病源区在内生殖系统里，病灶又十分特殊，洋大夫一般诊不准，也就不能对症下药。"

"这如何是好？"贾日辉急切地问。

金山思忖了一阵子后，说："我有一秘方，名曰'百蛇败毒消痹丹'，是专治这种病的。但此方需用百枚蛇胆焙干研末入药，而且还必须得用大陆深山里的手巾蛇的毒蛇胆才会有奇效。只是这蛇胆难取啊！"

"嗨！"贾日辉听后为之一振，打断了金山的话说："你老家不正是湖南的一个山区县，当年我率部驻守该县时看到县内多产异蛇，时有人被毒蛇咬伤。老弟呀，为了治疗你嫂子的病，咱们回去走一趟搞蛇胆如何？"

金山犹豫了好久，说："我弟弟银山在不在人世都不知道，咋去搞蛇胆？"

"呃，前阵子你不是说银山兄弟还健在吗？"

"那还是听人说的，我何尝不想尽快见到亲弟弟呢！"金山抚须凝神作了番深思，想到他与贾日辉的兄弟情谊难却，说："这样吧，还是让我先写封信回去试探一下。只要银山弟还在，这事保准能办成。"

于是，许金山给弟弟许银山写了这封寻医求药的信，并把为贾夫人寻求蛇胆说成是自己为夫人所求，以便引起弟弟对嫂子病情的高度重视。

金山收到银山捎来的蛇胆和家信后，大喜过望。他一面赶制丹药，一面打越洋电话通知贾日辉来取药。贾日辉接到电话，更是激动异常，很快就赶到了台湾。

贾夫人服用了"百蛇败毒消痹丹"后，立生奇效，不出一个月就能下床行走，如今病体痊愈康健如前。贾日辉夫妇庆幸之余，决意要回大陆当面酬谢许银山，还把这事告诉了许金山，并邀请他夫妇同往。金山自然没说的，马上与夫人商妥了回乡探弟之事。

　　许金山夫妇和贾日辉夫妇一行四人，终于踏上了祖国大陆的热土，回到了离别半个世纪、魂牵梦萦的故乡。

　　金山夫妇与银山见面时，三位白发老人老泪纵横，两兄弟相拥相抱，泣不成声。伤感过后，金山才慎重地将贾日辉夫妇介绍给弟弟一家子人，并说明了来信寻求蛇胆的真实情况，告知银山说，贾老先生夫妇是专程上门谢恩的。银山及其家人听后顿感惊诧又感兴奋：惊诧的是舍生忘死取蛇胆，竟是为了帮别人做好事；兴奋的是蛇胆那么管用，秘方更显得金贵了。

　　金山在家乡盘桓半个月后，在离乡返台前，出人意料地把许家老少全部召集在一起，慎重地宣布：为感谢银山一家冒险取蛇胆治病救人之恩，为表达自己对家乡亲人们的爱意，他和贾老先生商妥，决定两人共同投资二百万美元，在家乡兴办一个大型蛇类养殖场，一可以进一步开发许家的秘方，用以治病救人；二可以保护家乡的自然生态资源，为公为私，都有好处。

　　投资办厂方案一上报，县政府高度重视，县长亲自来到许银山家，商定了办场的具体事宜。县长还邀请许金山、贾日辉两位老先生到县里，隆重接待。乡亲们欣喜若狂，奔走相告，小山村从此迎来了小康生活的美好前景。🍃

# 沉痛的遗言

文/汤　雄

　　原来，乔兴国刚才已从照片上辨认出了宋彩英，知道了五十多年前这一场冤案的始作俑者是什么人，并由此明白为什么当年宋彩英在孟案暴露时要背叛自己，留在大陆，并嫁给孟树仁的原因……

## 一

　　孟小娟怎么也没有想到，她与乔蒙远的婚事，竟遭到了爷爷奶奶二老异口同声的强烈反对！

　　乔蒙远是个年轻的台商。五年前，他来到这个山清水秀的江南重镇创业，如今已是某专门生产系列厨房用具公司的老总，是当地台企中最年轻的少帅。两年前，孟小娟大学毕业后回到家乡，应聘进入该公司，成为乔蒙远麾下一名出色的白领人士。于是，一切就像上苍安排的那样顺理成章，爱情的花蕾在乔蒙远与孟小娟之间悄然盛开并渐渐成熟，现在到收获的时候了。

有关小娟与台商老板恋爱的事情，小娟的阿爷阿奶起先并非一无所知。爷爷孟树仁早年毕业于黄埔军校，而奶奶宋彩英也是 20 世纪 30 年代上海无线电学校的高材生。尽管他俩年事已高，但双双知书达理，为人十分开明，对于孙女的终身大事，更是从不干涉，因为他们了解孙女的为人与眼光，知道小娟的择偶标准。相反，二老平时反倒经常催促快近而立之年的孙女小娟"加快步伐，勇敢前进"，让二老早日抱上重孙儿，"过把太祖辈的瘾"。然而，两年过去，当小娟的婚事进入实质性阶段的关键时刻，二老却突然一反常态，强烈反对孙女的这桩婚事，要小娟另择良木而栖。这叫孟小娟怎不感到突兀震惊?!

"阿爷阿奶，莫非就因为蒙远是老板吗?"小娟百思不得其解，不无委屈地叫了起来。

"不!"八十三岁的孟树仁用力摇了摇头，"当老板没有错。"

"那……就因为他是台湾来的?"

"台湾本来就是祖国的一部分，台商也是华夏的子孙。"孟树仁不假思索地回答道。

"那我就不明白了，蒙远他到底哪方面使你们不满意呢?"小娟委屈地跺起了脚，眼泪都快流出来了。

孟树仁瞪大两眼，久久地盯着面前心爱的孙女，两片嘴唇哆嗦了好一会，才从齿缝里进出一句话："就因为他家和我家，有着不共戴天的血海深仇!"

"阿爷!"小娟惊叫起来，旋即猛扑上前，吊在了爷爷的颈脖上，"你……你莫不是又在编故事骗我吧?"

"小娟，有时候，人生现实比编出来的故事还要传奇、还要残酷呀!"孟树仁说着居然哭了，两行混浊的老泪顺着他清瘦的面庞无声地滑了下来。

"小娟，前天乔蒙远来我家时，我们已从他嘴里再次证实到，他的爷爷确实就是当年杀害了你三位叔公的乔兴国!"站在一旁的阿奶无奈地摇着头，唏嘘不止。

"不，这不是真的！"孟小娟如雷击顶，跌坐在沙发上。

乔兴国的名字，是小娟从小就耳熟能详的。平时，阿爷只要一提到这个名字，就会血压升高，四肢颤抖。

有关乔家与孟家血海深仇的往事，小娟都能够倒背如流了。

## 二

这事得倒回到五六十年前。

那时，孟树仁是国民党 144 师某团团长，台儿庄大战时，年仅二十一岁的他曾浴血奋战，多处受伤。战后，他与师长等十多名有功将士一起，受到李宗仁的亲自接见，并授予"抗日英杰"的奖章。新中国成立前夕，在我党政策的感召下，孟树仁与时任团副、营长等职的孟树义、孟树道、孟树德等亲兄弟秘密商谋，准备反戈一击，率军起义。当时，为争取更多的力量，孟树仁把这个绝密的行动计划，只告诉了他的结拜兄弟、144 师某团团副乔兴国。乔兴国当时表示坚决支持，并准备积极响应。

然而，孟树仁万万没有料到的是，就在他向乔兴国透露此秘密的第二天，他们孟氏兄弟四人突然遭到了国民党当局的逮捕，被分别关进大牢严刑逼供。孟树仁自是宁死不屈，咬紧牙关不吐露一字。为此，恼羞成怒的国民党政府决定不日将他开刀问斩，杀鸡儆猴。就在这生死攸关的时刻，孟树仁的挚友、时任国民党某军副参谋长的李湛功冒死出面鼎力相救，从中斡旋，并以身家性命作为担保，将孟树仁保出大牢。孟树仁这才化险为夷，捡回一条性命。而他的三个亲兄弟却因此命丧黄泉，成了国民党当局的绞刑下冤魂……

面对惨状，孟树仁肝肠寸断，心痛欲裂。他是瞎子吃馄饨——心中有数，造成这个悲剧的不是别人，就是他一向视为手足的把兄弟乔兴国！只有他，才是唯一知道他们这一起义行动的知情者。同时，他又获知，乔兴国在此事发生之后，被国民党当局擢升为副师长。于是，他更加心明如镜了：乔兴国出卖了孟氏兄弟，是踩着他们兄弟的鲜血与头颅爬上去的！为此，新中国成立前后的一段时间里，孟树仁怀着深仇大

沉痛的遗言

恨，四处打听着乔兴国的下落，发誓要为三个亲兄弟讨还血债。这颗奇仇大恨的种子，就此深深埋藏在了孟树仁的心底，并从此成为他的一块一提起就咬牙切齿的心病。

新中国成立后，孟树仁在当地商业部门谋到了一份平常的工作，并与曾在一个部队当过兵的宋彩英结为了夫妻。"文革"十年动乱中，他们夫妻俩曾因各自过去的那段历史问题，受到了红卫兵与造反派的猛烈冲击。70年代中期，随着儿子的成家立业，他们夫妻俩又双双"升级"，当上了孟小娟的阿爷阿奶。

但是，人生无常，生死无常。80年代中期里的一天，晴天里响起一个焦雷：小娟的父母在一次公差外出的途中，双双命丧车祸！孟树仁夫妇与唯一的孙女相依为命，直到如今。十多年来，阿爷阿奶成了孙女儿的爹与娘，监护着小娟的健康成长，祖孙两代情深谊长。

然而万万没有想到，上苍似乎还嫌孟树仁心中的伤口不够疼痛，竟无巧不成书地把世仇的嫡亲孙子推到了孟家的面前，而且还要两个仇家结为亲家，这岂不要生生激起孟树仁的一腔悲愤与仇恨？孟家怎么接受得了这个残酷的现实？！

面对这充满着强烈戏剧性的人生一幕，孟小娟愣住了，她说什么也不相信这一切都是真的。愣怔片刻，她不由跳起身来夺门而去。


三

孟小娟一回到房间，就扑倒在床上号啕大哭。事实再次残酷地为孟树仁的判断作出无情的结论。

这一夜，祖孙三人谁也无法安然入眠。这突如其来的人生骤变，就像一层湿重的阴影，笼罩在孟家两代人的心头，久久化解不开。

凌晨时分，电话铃骤响，是乔蒙远从机场打来的。乔蒙远告诉小娟：他已为此专程飞去台湾，向尚健在的爷爷乔兴国探究真伪，给蒙受了半个世纪冤屈的孟家一个明确的答复。尚在百感交集中的小娟听了，不等对方把话说完，便摔下了话筒。

花开两朵，各表一枝。

平心而论，年轻的台商乔蒙远对祖父以前的一切并非了如指掌，尤其是对"出卖"孟氏兄弟、致使无辜的亲手足阴阳永隔的事情更是一无所知。这样的事情确实伤天害理，如果真是出自他的亲爷爷之手，他又该如何向孟家作个交代呢？该用什么来补偿人家呢？再说，一旦这事是真的，小娟又会怎么看待他呢？她还会重新回到他的怀抱中来吗？孟家二老会原谅他们乔家吗？但愿这一切都是讹传，只是一场误会……

乔蒙远就是这样一路上胡思乱想着回到台北的。

乔兴国时年八十有四，比孟树仁年长一岁。但由于生活上的精心保养，看上去他要比孟树仁年轻得多。见到孙子突然阴着脸回到家中，乔兴国不由地吃了一惊。然而，当孙子向他说了在孟家听到的这件事后，乔兴国更是震惊得目瞪口呆："孟……孟树仁他……他还活着？"

乔蒙远直刺要害："爷爷，当年这事真是你干的吗？"

这时，乔兴国冷静了下来，他看着孙子说道："尽管这是历史造成的悲剧，但我现在倒想问一下，假如这事真是我干的，你将怎么办？"

"补偿，补偿，尽最大的力量补偿人家！"乔蒙远听了爷爷的话，认为自己最担心的事终于还是发生了，真是又惊又恐，又气又恨，脸都扭曲得变了形，冲着爷爷声嘶力竭地吼叫了起来。

"亏你是个知书达理的人，难道人的生命是可以用金钱财物来补偿的吗？"乔兴国有意逗着孙子。

"你?!"乔蒙远一时语塞，气急败坏地直指爷爷，"你无耻！"

"哈哈……"乔兴国哈哈大笑，"好你个小子，为了爱情，居然敢骂你爷爷，连爷爷都不要了。"

"不！因为我……我为你感到羞辱，感到无地自容！"乔蒙远百感交集，终于流下了眼泪。

"好了，男儿有泪不轻弹。"乔兴国望着孙子，脸上的笑容渐渐消失，"只要树仁还活着，我自会当面向他说清楚的。"

"你，你居然还敢去见人家？"乔蒙远大吃一惊。

"怎么？难道你愿意看着爷爷蒙着不白之冤升入天国吗？"

"你是被冤枉的?"乔蒙远像是一个溺水的人抓住了一根救命的

稻草。

"到时候你就一切都明白了。"

"不，我要现在就知道。"乔蒙远扑上前，差点把爷爷抱了起来。

"明天飞香港转内地的机票是你去买，还是我买?"乔兴国答非所问。

"明天？我们现在就去机场!"乔蒙远看到了明天的希望。

### 四

在飞机上，乔兴国把五十多年前的那段惨剧全部告诉了孙子。

原来，乔兴国确实是被冤枉了。

五十多年前的那天夜晚，孟树仁悄悄地找到时为国民党某团副的乔兴国，秘密地向他吐露了准备阵前起义的决定，并当场得到了乔兴国的热烈拥护与支持。

但是，乔兴国做梦也没有想到，正当他积极响应挚友的发起，暗中准备起义的事宜时，第二天凌晨东窗事发，国民党军警突然逮捕了孟氏兄弟四人，致使一场正义的起义行动中途夭折!

没多久，国民党全线崩溃，逃往台湾。乔兴国本想留在大陆，只因一件突发的事件伤透了他的心，一气之下，随军去了台湾。

乔蒙远追问爷爷那是件什么样的伤心事。

乔兴国不无感叹地告诉孙子，说只因那位他热恋了多年的军中报务员小姐突然背叛了他，不再爱他了。事业与爱情上的双双失败，使乔兴国伤透了心。

然而，此时此刻的乔蒙远无心打探爷爷当年的儿女情长，他现在一心想知道的是究竟是谁出卖了孟氏兄弟四人，造成了这场冤案。

由于提及了不堪回首的往事，乔兴国陷入了痛苦的回忆，禁不住老泪纵横。乔蒙远见状暂时停止了追问，他想等下了飞机，到湖滨宾馆住下后，再向爷爷追问此案的症结所在。

然而，令乔蒙远措手不及的是，此时此刻，接到他的电话后，同样心急如焚的孟小娟，已早早地在宾馆门口等候他们爷孙俩的到来了。

当乔蒙远把爷爷介绍给小娟后，小娟竟对老人表现出冷漠的态度，连话也没有说一句，笑容比哭还难看，这使乔蒙远感到难堪。

沉默片刻后，乔兴国说："快，孩子们，快带我去见我的老朋友！"

在宾馆门外候车时，乔兴国迫不及待地问小娟："姑娘，你爷爷现在的生活好吗？他的老伴一定很健康吧？"

听爷爷提到"老伴"两字，乔蒙远突然想起什么，从皮夹里抽出一张照片，递给爷爷："哦，我忘了这里还有一张她爷爷奶奶一家的近影呢。"

"是吗？"乔兴国不无激动地接过照片，用哆嗦的双手摸出老花镜，迫不及待地站在路边把照片凑到了眼底下。

就在这个时候，老人好像被人猛地击了一掌似的，"哎哟"一声，人向后倒去。幸好乔蒙远眼疾手快，一把扶住，才没让他跌倒在地。定睛看时，乔兴国已是脸色煞白，嘴唇哆嗦，两眼失神，整个人瘫坐在了石阶上。

"快，送医院！"孟小娟见状也急了，上前帮着乔蒙远扶住老人。

然而，乔兴国双手乱摇，连说不用。

熟知爷爷身体情况的乔蒙远向小娟解释："我爷爷有低血糖病，扶他回房休息一下就好了。"他的话音刚落，孟小娟的手机骤然响起。只见孟小娟接完电话，脸色就阴下来，她回头招呼乔蒙远一声"我奶奶出事了"，便头也不回地奔过马路，拦下一辆的士，飞驰而去。乔蒙远看看爷爷，望望小娟，真有点不知所措。

五

乔家爷孙俩做梦也没有想到，孟小娟接到的是她阿奶的死讯！她的阿奶宋彩英竟趁老伴孟树仁不备，在卧室里悬梁自杀了！

在现场，宋彩英留下了一份不知什么时候写下的遗嘱：

亲爱的树仁：

见此信，我已与你们永别了。

别为我伤心难过，这是我咎由自取的结局。因为我是个有罪之人，有着这辈子无法偿还的血债与命案的罪人！

还记得五十多年前你们孟家三兄弟惨死的事情吗？那个令人诅咒与仇恨的告密者不是乔兴国，而是我！半个世纪以来，你是一直冤枉他了。

当年，兴国是我的初恋，我是兴国团里的报务员。这一点，你也许有所耳闻。但是，那天晚上，兴国不该把你们准备起义的秘密告诉我，就是这个我不该知道的秘密，把我，更把你们孟家三兄弟推上了断头台。

你知道，144师军需处长宋文杰是我的堂哥，是他把我送到上海学习无线电通讯的，后来，又把我带到部队当报务员。我对他感恩不尽。所以，我在兴国那里听到这件令人震惊的事情后，我实在忍不住，就把这事悄悄地告诉了他。当时，我是再三央求他，面对兵败如山倒的形势，还是选择同你们一起起义。但是，我万万没有想到，宋文杰竟一转身就向当局秘密报告去了……

宋文杰才是真正杀害你们孟家三兄弟的罪魁祸首呀！当然，我也逃不了这滔天的罪责。

那天，树义、树道、树德三兄弟在绞架上惨死的消息与照片在报上刊发后，我当时就昏了过去。我知道我犯下了这一辈子无法饶恕的罪孽，欠下了永远也无法偿还的血债。所以，为尽量弥补我心中的这种巨大的创痛，我毅然决定断绝了与兴国的恋情，投入到了你的怀抱中……

在我与你相厮相守的半个多世纪里，我一直向你死守着心中的这份秘密，没有勇气向你坦白。本来，我准备把这个天大的秘密一直带到棺材里去的，但我万万没想到命运偏偏不肯放过我，竟让小娟在无意中又把乔兴国推到了我们的面前！

我能和兴国见面吗？我翻来覆去地想过，我们一见面，一切不就真相大白了吗？纵然洗白了蒙在兴国身上五十多年的冤屈，而我这个罪恶滔天的人还有何颜面再见你俩？是我害了你们，在我的身上，系着三条冤魂呀！我决定先走一步了。你可把此遗嘱交给兴国看，把这段本当永远尘封的往事讲述给孩子们听。

最后，请向小娟转告我这一生中最后的祝愿：我由衷地祝愿她与乔蒙远白头偕老！

亲爱的树仁，还有我亲爱的小娟，你们原谅我吧，原谅我吧！

彩英即日

当小娟疯也似的赶到医院时，她的阿奶已与世长辞了。

面对这个自天而降的噩耗与猝不及防的变故，孟树仁如雷击顶，但覆水难收。特别是在读了亡妻留下的这份遗嘱后，他第一个想到的是乔兴国。小娟哽咽着告诉他，乔兴国爷孙现正在宾馆里等着他。孟树仁一听，连忙吩咐小娟迅速通知乔兴国爷孙到医院来一趟，能对着宋彩英的遗体，解开这封藏半个多世纪的人生之谜，也算是个交代。

然而，遗憾的是，待小娟赶到宾馆，宾馆里已是人去楼空。

小娟迅速拨通乔蒙远的手机，手机里传来的是乔蒙远支支吾吾的回话声。

原来，乔兴国刚才已从照片上辨认出了宋彩英，知道了五十多年前这一场冤案的始作俑者是什么人，并由此明白为什么当年宋彩英在孟案暴露时要背叛自己，留在大陆，并嫁给孟树仁的原因……

为不使宋彩英因此无地自容，为帮助宋彩英一起把这场历史的悲剧永远地隐瞒下去，乔氏爷孙俩决定放弃会见老友孟树仁的机会，毅然决然立马打道回府。然而，此时此刻从电话里传来的孟小娟的痛哭声，重重拨动了他们爷孙俩的心弦。

他俩顾不上退票，当即离开了机场。

心急如焚的乔氏爷孙雇了一辆的士，终于出现在孟树仁的面前……

"彩英，你这是何苦呢？这一切，都是历史造成的误会呀！这一切，又都是历史留下的悲剧呀！你为什么要这样一走了之呢？"捧着宋彩英留下的遗嘱，乔兴国忍不住大放悲声。

两个阔别了半个多世纪的老人紧紧拥抱着哭成了一团，两颗饱受历史冤屈的破碎的心儿，在哭声中渐渐愈合……

# 瘸老汉和大头娃

文/冯启放

小山子头枕着爷爷的大腿，正安然入睡。童山一想到小山子要离开自己，心中就像刀割般疼痛。不让接走小山子，那今后他上学的费用、治病的费用又怎么解决？

一

岁末的一天清晨，天空中飘着片片雪花。瘸老汉童山提着一簸箕煤渣去倒，刚迈出屋门，就见檐下靠墙处有一个包袱。他好奇地走近一瞧，咦，包袱内竟是个熟睡的婴儿。婴儿模样挺清秀的，右眉梢处还有一粒小黑痣，只是小脑袋大得出奇。童山抬眼望着风雪交加的屋外，心疼地把婴儿抱起来，赶紧踅进了屋，喊道："大山，快来看哪，我捡了个娃哩！"

儿子大山闻言过来，瞅了弃婴一眼，撇撇嘴，鼻孔里"哼"了一声。

媳妇巧云揉着惺忪的睡眼，冷嘲热讽道："大清早的，我还以为捡了个金元宝呢！"看后又嗔道："哎呀呀！这么大的脑壳，明摆着是个病娃嘛！如今一家子活得这般寒酸，爸还捡回个人家丢掉的病娃，这不是自寻苦吃吗？"

大山也跟着埋怨道："爸，你自己的腿脚本来就不灵便，还这么爱管闲事！"

童山是在一次车祸中瘸了一条腿，走起路来一瘸一拐的，远远望去，像在摇橹一般。见两口子都不高兴，童山一股热乎劲顿时没了，口里嘟囔着："外头又是风又是雪的，我看这娃可怜呢，就抱了回来。"

巧云不便支使爸，皱着眉头对丈夫说："你把病娃扔出去，扔得越远越好，免得我见了心烦！"

大山正要从爸手中夺过弃婴，童山忙紧紧抱住，伤心地说："罢了，罢了，你俩不喜欢，还是我送走吧！"

童山怀抱婴儿，迎着风雪边走边想：把这娃仍旧放在自家屋檐下显然不合适，那放到哪里去呢？走了一段路，还是不知如何才好。低头打量包袱中可怜的婴儿，眼眶里泪水在打转。突然，几滴老泪忍不住落了下来，一滴正巧掉在婴儿微张的小嘴里。婴儿饥渴地吸吮着泪水，睁开亮晶晶的小眼睛，猛然"哇"地哭起来。哭声似一记清脆的锣响，童山的心被击碎了。他深深叹了口气，紧抱大哭不止的婴儿，毫不犹豫地掉头就回。

中午，巧云回家弄饭，见爸正在用奶瓶笨手笨脚地给婴儿喂牛奶，当时就来了气，将补鞋的工具箱往地上重重一撂，把门摔得"哐当"响。

大山从火车站帮人扛行李回来也气坏了，对爸吼道："看看，你硬要捡回一个有病的娃，像我们这样的穷家怎么承受得了。爸，我和巧云求你啦，丢出去吧！"

童山一边喂奶，一边强硬地说："你不要再说了。苦也好累也好，娃长大就好。我活多久，就养他多久，谁也别想让我改变主意！"

巧云见爸的牛脾气又犯了，气得哭泣起来，饭也不弄了，拾掇衣物就要回娘家。大山慌忙拖住媳妇，好说歹说，总算把巧云劝住了。

二

第二天下午，太阳出来了，天气挺暖和的。童山烧了一盆热水，解开包袱想给婴儿抹个澡，突然从包袱中"扑通"掉下一个布包来。他拾起打开一看，竟是一沓百元钞，看样子有几千元。这情景刚好被要出门的巧云瞧见，她眼睛顿时一亮，也没吭声，悄然离去。

晚上，大山找爸商量，说想买辆机动三轮车跑运输，省得手提肩扛行李太辛苦，希望爸"支援"几千元。

童山一愣，刚想说自己没钱，霎时忆起下午解包袱掉钱被巧云看见的一幕，于是，干脆把话挑明了："大山，你也清楚爸每月只有三百元的退休费，没有积攒下钱。倘若想打娃的钱的主意，我实话告诉你，这三千元钱，是以后用来给他治病的，你们莫想动一分！"

大山讨了个没趣，只好讪讪地向媳妇传话。一连几天，巧云弄好饭，也不叫爸吃，同大山吃完，把厨房门一锁就出去了。一看这阵势，童山明白了，这是媳妇要撵自己走。他只得忍气吞声搬到屋后的杂物棚住下了。

三个月后，童山给大头娃取了名，叫童小山，口里总是亲热地喊着"小山子"。

小山子一天天长大，到两岁多了，童山就背着他，一拐一瘸地到医院去看病。开始到市医院，医生检查后诊断为脑积水，不敢收治；再到省城医院，省级医院也不愿接；最后来到上海一家有名的医院。医生检查后对童山说，像此类脑积水患儿要开两次刀，要几万元手术费。一听说要几万元，童山傻了眼，面对医生"扑通"跪下，头磕得地板"咚咚"响，一个劲地求情。医生先是坚持医院的规定，当听完童山的诉说，不由动了怜悯之心。商量一番后，竟破例免费为小山子动了两次颅内手术，将积水抽出，但大脑壳的症状短时间难以消失。

童山带着小山子过日子，三千元早就因出门治病用光了。为了抚养小山子，童山只得到街上去卖报纸杂志。每到这时，小山子就乖巧地坐在身旁，帮着爷爷大声吆喝："卖报啦，卖报啦，快来买呀！"路人见一个大头儿在喊叫卖报，不由生出同情心，纷纷掏钱买报买杂志。

童山疼爱小山子，小山子也挺亲近爷爷。夏天乘凉，他早早就拖来一把竹椅摆在巷中风口处，不准别人坐，拍着竹椅神气地说："这是老板椅，是爷爷坐的。"

## 三

光阴似箭。一转眼，五年过去了。

这天早饭后不久，一位器宇轩昂、西装革履的中年人来到了童家。巧云正准备上街补鞋，见陌生人进来，不觉一愣。

来人自我介绍："我叫宋义，是从台湾过来的。我想找童大爷打听件事。"

巧云尽管心中充满疑问，但听说来者是远道从台湾而来，还是如实答道："我爸他上街摆摊卖报去了。"

"哦！"宋义试探着问，"他身边可收养有一个小孩？"

见问小山子的事，巧云有些不耐烦了，背起工具箱，鄙夷地说："你是说五年前从外面捡回来的大头儿啊，你问这……"

宋义愧疚地解释道："我就是弃婴的亲生父亲。"

"什么？"巧云简直不敢相信会有这种事——小山子竟会是远在台湾的这位富翁模样的人的儿子。

"麻烦你同你爸说一声，请他老人家下午不要去卖报，我一定再来。"

宋义走后，巧云心里翻腾开了：这敢情是来认领儿子的！台湾的富翁，五年的抚养，该付多少钱呀？这不是天上掉下个大馅饼吗！看来这回我童家有望发财致富啦！想到这，她兴奋得腾云驾雾般，鞋也懒得去补了，将工具箱往墙角里一扔，拔腿就去菜市场。

中午时分，童山爷俩刚进杂物棚，巧云就满脸堆笑地招呼："爸，中午你不用弄饭，同小山子过来，我买了鸡，剁了肉，咱一家人好好吃顿饭。"

咦，五年了，今天可是头一回，莫非太阳从西边出来了？咳，老子吃儿子的天经地义，童山同意了。

席间，大山殷勤地敬爸的酒，巧云则热情地夹菜到小山子的碗里。两人百般解释道歉五年前的事，希望今后一家人不要分开过了。

童山眯着昏花的老眼，问："吃住到一块？怎不嫌弃我和小山子啦？"

"爸，我俩认个错，亲不亲，一家人嘛！"巧云见爸点头答应了，过了会，就将上午来客人的事说了出来。童山听后恍然大悟，心想，原来是有这码子事啊！

下午，宋义提着一大袋的滋补品和水果来到童家。寒暄一番后，宋义急不可耐地问："童大爷，我那儿子呢？"

"你儿子，你怎么向我要儿子？"童山佯装不知情，微微一笑。

宋义挺尴尬，于是将五年前小寒那天清晨自己亲手弃婴的经过详细讲述了一遍。说完，从随身带来的皮包里掏出六扎百元大钞，激动地说："童大爷，感谢你们收养了我儿子，这六万元钱是我的一点心意，请您收下！"

巧云见爸不动声色，正要接过钱，"慢！"童山对宋义连珠炮般发问："你说小山子是你的儿子，有何证据？既然是你的亲骨肉，你为何狠心抛弃？五年过去了，你为何又来寻丢弃的儿子？"

宋义痛心疾首，慢慢讲述了事情的缘由——

20世纪末，宋义从台湾来到大陆赣中的锦江镇投资办化工厂。不久，他看上了清纯靓丽的女工苏贞，两人很快坠入爱河。他瞒着台湾的太太，包养了苏贞做"二奶"。半年后，苏贞怀孕了，九个月后生下个大头儿。大头儿出生一个月后，苏贞突发急病去世，与此同时，台湾的太太也查出患了乳腺癌。在悲痛之际，宋义只好将工厂托付给弟弟管理，狠心把不该出生的病婴丢弃了，然后匆匆返回了台湾……五年中，宋义时时思念着自己心爱的苏贞，在思念苏贞的同时，对自己亲生骨肉的负罪之感也油然而生。三天前，他来到锦江的化工厂安排增加投资一事，凭着记忆寻找当年弃婴的地点，好不容易终于找到了这儿……

听完宋义的叙说，童山沉思片刻，为了对小山子负责，提出要到医院去做亲子鉴定。宋义一口答应了。

亲子鉴定出来了，证实小山子确系宋义的亲生子。童山把小山子领到宋义跟前，伤感地对他说："小山子，这是你的亲爸，快叫爸!"

小山子怯生生地望着眼前的陌生人，牵着爷爷的衣襟不松手，紧抿着嘴就是不开口。

宋义一把抱过小山子，抚摸着他硕大的脑袋，亲吻着小脸蛋，感慨万分："儿子，我的好儿子! 爸让你受苦了，爸对不起你!"说着，鼻孔一酸，泪水夺眶而出。

小山子挣出宋义的怀抱，大声说："你不是我爸，你不要我，我也不要你!"说完，就躲进了杂物棚。

宋义无可奈何地摇头。这时，他向童山提出："我这次要把小山子接回台湾，让他接受良好的教育，请童大爷理解做父亲的心愿。"

"父亲的心愿?"童山热泪盈眶，唏嘘着说，"宋老板啊，你可理解此时我的心情?"

宋义望着百感交集的老人，不知说什么好。

这天晚上，童山盘腿坐在床上，静静地想着心事。小山子头枕着爷爷的大腿，正安然入睡。童山一想到小山子要离开自己，心中就像刀割般疼痛。不让接走小山子，那今后他上学的费用、治病的费用又怎么解决? 想着想着，几滴苍凉的泪水又掉了下来，一滴又正巧掉在小山子的嘴里。小山子一惊，醒了，诧异地问："爷爷，你怎么哭啦?"

"爷爷没哭，没哭!"童山拂去脸上的泪痕，劝慰道，"听爷爷的话，还是跟你爸去台湾吧!"

"我不去! 我不离开爷爷!"小山子一下坐起来，紧紧抱住童山。任凭童山怎么动员说服，就是不愿离开爷爷。童山犯了难，这可怎么办啊?

## 四

第二天一早，宋义又来到了童家，一进门就问童山："童大爷，小山子同意跟我去台湾了吗？"

童山摇摇头，叹道："这孩子，小小年纪，脾气可犟着哩！"

宋义过来抱住小山子，用近乎哀求的口吻说："我的好儿子，跟爸走吧，爸再也不会亏待你啦！"

小山子仍然说："我不离开爷爷！我不去台湾！"

望着年纪虽小却饱经沧桑的儿子，宋义无言以对，屋子里一阵沉默。这时，巧云眼皮一眨巴，出了个主意："我看哪，不如我们三人一同陪着小山子去台湾，等他和他爸有了感情，我们再回来。"宋义一听，连声说好。可小山子却只要爷爷去，说得巧云一脸的尴尬。

宋义见自己终于如愿，心中不禁无限欣慰。为了感谢童山养育儿子的大恩，他还想帮童家一把。他蹲下身子，抱住小山子，指着大山和巧云问道："小山子，你总说爷爷对你好，叔叔阿姨对你好吗？"

小山子沉下脸，歪着大脑袋，一会望望大山，一会望望巧云，最后望定童山，不知如何回答才好。这时，见爷爷一个劲地朝他点头示意，他才学着样点了下头。

宋义见儿子点头肯定，喟叹道："童家的人，都有一颗金子般的心哪！"闻听此言，大山和巧云的脸都窘得通红。宋义对大山说："我同我弟弟打个招呼，你夫妻俩都到我家办的化工厂去上班，不用下车间，一个到质检科，一个到仓库，每人每月工资两千元，不知愿不愿意？"

巧云一听有这般好事，简直乐坏了，还不等大山表态，就抢着回答："愿意！愿意！"

去台湾的手续很快办妥，机票也已购买，第二天就要起程了。

晚上，巧云弄了满满一桌子菜，四人欢聚一堂，为童山爷俩去台湾钱行。童山掏出一本存折交给儿子，说："这里有四万多元，你拿着。这是小山子爸给的，还有一万多元我已还了债，都是这些年向别人借的。你俩结婚这么多年，还没娃，赶紧到医院去检查一下。如真是不能生，就抱养个娃吧。"

巧云低着头，内疚地说："爸，这些年，我对不住您老人家，更对不住小山子！真想不到小山子会给咱家带来福气。"

童山意味深长地叹道："人啊，就要多积德行善，善有善报啊！"

这是个风和日丽的日子，一架经香港转飞高雄的班机正翱翔在蓝天上。透过舷窗，小山子好奇地望着浩渺的云海，问："爷爷，我们去台湾，台湾是哪个国家呀？"童山告诉他："台湾不是一个国家，台湾是咱祖国的一个宝岛。"宋义微笑着问："小山子，这些爷爷没有教过你？那平常爷爷教你些什么呢？"小山子瞪着明亮的眼睛，晃动硕大的脑袋，稚气十足地说："爷爷教我背《三字经》。"说着，认真地吟诵起来："人之初，性本善……"

# 王大柱台湾探父

文/赵立波

　　就是这样的一个重托，使王大柱抓住了第一批赴台的机会，背着家谱和棉衣、棉鞋赴台探亲，因为这是母亲生前最后的愿望……

一

　　作为第一批去台湾探亲的王大柱，心里有说不出的激动和兴奋，他终于能代替过世的老母亲实现那个梦想了。是啊！世界上最难分割的就是骨肉亲情，哪怕再遥远也终要见面团聚！

　　王大柱背负着母亲千里之外的重托终于经历了千辛万苦来到高雄市。看着高雄的一切王大柱未免有点心酸，这就是母亲想了大半辈子的地方吗？高雄的确比家乡要优美得多，可是母亲想的却是这里的王铁蛋，也就是他的爸爸！1949 年，王大柱一岁，王铁蛋当时已是连长，不得不随着蒋介石的溃军撤退到台北，这一去就是几十年，当时的王铁蛋现在已经是八十高龄的老人了。而王大柱的母亲、王铁蛋的妻子去年已经过世，临终前的遗嘱就是圆上自己的一个心愿，把自己珍藏一生的东西送到台湾高雄去。

王大柱刚走出机场，高雄的异母弟弟王义安早已等候多时。看着这个虽然从未见面的兄弟，而今也早已年近半百，王大柱上前抱住王义安时落下了滚烫的眼泪，王义安也擦着眼泪说："大哥，自从我们联系上之后，只在电话里简单交流过，可是这几十年岂是一个电话能表达出来的！"王大柱连连叹气地说："是啊！是啊！"王义安让司机接过包袱放进车厢里。谁知王大柱仍然死死地抱着说："兄弟，我千里迢迢地拿来可不放心放车后备箱里，我还是自己抱着吧！"王义安问："大哥，里面是什么贵重的东西啊？你看这么沉这一路不知遭了多少罪。"王大柱说："没事，没事，只要把这个东西交给咱爹，我就对得起咱死去的老娘了。"

上了车，王大柱并无半点心情欣赏城市的风光，相反心情激动让他一时难以平静下来，几十年了啊！自己如今都快要花白了头发，自己的老父亲又会是什么样子呢？让母亲想念一生，临终还在呼唤着名字的铁蛋到底是一个怎样的丈夫呢？

二

汽车终于开进一栋别墅。没想到面前的铁蛋竟虚弱成这个样子，只是颤巍巍地坐在轮椅上，但说话还很清楚，他的目光饱含深情地望着自己从未见过面的儿子王大柱。王大柱还没生下来的时候，正是战场吃紧的关头，等彻底溃退那天又完全没有了再回去的机会。生下王大柱那天，他娘哭着说："孩子他爹早晚会回来的，我今后就指望我这个儿子了，所以起名叫王大柱，盼望他早日成为家里的顶梁柱。"

王大柱跪倒在王铁蛋的椅子面前泣不成声，王铁蛋俯下身子去抓儿子的手，早已老泪纵横。是啊！父子不管多少年没见，但打断骨头连着筋，血浓于水的亲情不会因此而疏远。望着椅子上的父亲，王大柱止住悲伤问："爹，您知道吗？俺娘在临死的时候还呼唤您的名字哩！"王铁蛋呜呜地哭出了声，说："娃，是我对不住你们娘俩啊！这几十年里，我每天都在想着你们，好不容易打听到你们的消息，却说是你们都被共产党抓起来了。"王大柱一听顿时就火了："我和娘什么时候被抓起来了？共产党还给俺们分地分牛，没有共产党俺们早饿死了。爹呀！您一定是被国民党的特务糊弄了！"王铁蛋说："是啊！是啊！要不哪有我们现在见面的机会呢！去年咱们开始有了音信，实在是不容易，像我们这样岁数大的人，谁不想念自己的故土啊，谁不想回乡给自己的祖宗、亲人扫扫墓、上上坟啊！"王义安在一旁说："是啊！爹最近几年就是做梦都想回大陆去，可现在身体这个样子，回乡已经不现实了。我虽然是在台湾生的，可是老祖宗在东北，我也想回家看看哪！"

三

王大柱终于打开了那个包袱，一边打开一边又掉起了眼泪。他说，这可是俺娘一生最稀罕的东西了。王铁蛋看到儿子打开包袱心里顿时紧张了起来，待完全打开一看竟是自己家的家谱和一大堆的鞋子和棉衣。厚棉衣、薄坎肩、棉鞋、布凉鞋都有。一旁的人看到这些全傻了，心想，这么远的道，拿衣服和鞋子做什么啊？高雄又不是买不到。只有王铁蛋能理解其中的故事。王大柱说："俺娘在'文化大革命'时可遭了不少罪，'破四旧'的时候，娘为了保住家谱和红卫兵捉迷藏。有一回，娘领着我拿着家谱躲进山洞里，躲了三天三夜只能吃野菜，娘当时差点没死在山洞里，当时洞外还有虎狼出没，我真佩服娘在那个时候保护家谱的勇气，用娘的话说就是等你爹死后也能把名字刻到家谱上，她就对得起老王家了！"王铁蛋在一旁连连叹气地说："苦了她了！苦了她了！"王大柱说："再说棉鞋、棉衣吧！我小的时候，见别人都有爹，可我没有，那些小玩伴嘲笑我是个野种。我哭着去找娘，娘搂住我呜呜地哭，哭完安慰我，说我有爹的，我爹打仗没回来，以后会回来接我们的。要不我怎么能给你爹做棉衣、棉鞋？娘活着的时候我问过她好多回，她就是不说，后来死问活问，娘才告诉我说，等你见到你爹，你爹会告诉你的。爹，你告诉我吧！为什么娘这样傻地做活？"

王铁蛋早已泣不成声，拿起鞋子，摸着棉衣，才开始讲起了故事的缘由。原来王铁蛋年轻时给地主放牛做苦工，不管冬夏，始终穿着破旧的一件单衣和一双草鞋。每当冬天的时候，东北那个冷啊，就在牛拉屎还热的时候，王铁蛋就把脚放进去取会暖。由于他生性刚强，大伙就给起了王铁蛋这个名字。当时地主家的二姑娘也就是王大柱死去的娘，不知怎的就看上了这个穷得不能再穷的放牛娃。就在以死相逼都不管用的情况下，大柱的母亲在一天夜里偷走家里的一些首饰和王铁蛋私奔了。可结婚之后才知道，由于王铁蛋常年受冷着凉，每当冬天的时候都会发病，全身抽搐。后来大柱他娘给他做了很厚实的棉鞋棉衣，病就不怎么犯了。可好景不长，大柱还没出生时，铁蛋就被国民党抓去当兵了，以后再无消息。可是大柱他娘依旧不停地做着棉衣、棉鞋，在她心里，王铁蛋一定会回来的，回来后就可以穿上她做的棉衣了。可日子过了一年又一年，也没等回王铁蛋。那些棉衣和鞋子，就像过去的日历一样，一双双、一件件地压在柜子里，有的早被耗子啃碎了，直到后来听说铁蛋在台湾早已娶妻生子，才停止了针线，这个时候她已经完全是个老太婆了，都做了奶奶了。就在临终的前一夜她还念叨着王铁蛋的名字，就是这样的一个重托，使王大柱抓住了第一批赴台的机会，背着家谱和棉衣、棉鞋赴台探亲，因为这是母亲生前最后的愿望……

王大柱讲完这些，屋子里的人早已哭声一片。

四

王大柱终于完成了母亲交给的任务，算是给九泉下的母亲一个交代。就在王大柱提出回东北的时候，王铁蛋和王义安都提出帮他办个户口，给他一份家产把儿媳和孙子都接到高雄来生活。王大柱拒绝了，他跪在铁蛋面前说："爹，兄弟，你们的好意我心领了，我是个种地的农民，我舍不得生我养我的故乡啊！爹，我知道你会理解儿子的心思的，现在东北老家可好了，如今种地上学都不要钱了，我们还有什么不满足的呢？爹，兄弟，你们保重吧！但愿你们能有回东北老家的机会，到那时我们一起祭奠俺娘。"

　　王铁蛋知道儿子的心愿，就不再勉强。临走那天，王铁蛋和王义安拿出了许多高雄植物的种子，希望大柱能将这些种子撒到故乡的土地上。王铁蛋知道，撒下的不仅是种子，更是思念故乡的那颗心！ 🌿

# 难认的大哥

文/关义军

东方胜拿出一封信递给云信。云信狐疑地打开，看后不由地瞠目结舌，这个结果是他无论如何也没有想到的。

## 一、父子相见

这一天，运河市国际大酒店门前，来了一位五十出头打扮朴素的中年人，在大门口犹豫不前。大堂经理见了，微笑着走上前问他有什么事，中年人红着脸不好意思地说他要找东方剑。

"东方剑？"大堂经理有些惊讶地问，"是那位台湾光大集团公司的董事长吗？"

中年人点点头。大堂经理有些吃惊，因为三天前，就是在国际大酒店，东方剑以台湾光大集团董事长兼总经理的身份，投资一个亿，签订了与运河市兴华集团公司共同创办合资企业——大华电子有限公司的协议书。接着双方又联合召开了记者招待会，影响很大。

正在这时，从电梯里走出了一行人，为首的正是东方剑。中年人见了又惊又喜，快步迎上去，问："大爷，你是不是东方剑？"东方剑带着疑惑的眼神点点头。中年人又从上衣口袋里掏出了一样东西，举到东方剑眼前："大爷，您老还认识它吗？"

东方剑一见，"啊"了一声，抓过中年人手中举着的东西，仔细地看了又看。那是一只荷包，由于年代久远褪色变旧了，但荷包上绣的一对鸳鸯依旧清晰可见，每只鸳鸯上还绣着一个字，公鸳鸯上绣的是个"剑"字，雌鸳鸯上绣的是个"梅"字。

东方剑克制着激动的心情问中年人："先生，你能不能告诉我这东西是哪儿来的？"

"是我母亲的。"中年人回答道。

"你的母亲是不是叫杨晓梅？"东方剑又问。

中年人点点头说："听母亲讲，还没生我的时候，我父亲就被日本鬼子抓走了。临走时他对我母亲说，如果生的是个男孩就叫东方胜……"

"儿子，我的儿子！"东方剑老泪纵横地扑向了东方胜。

"爸爸！"东方胜热泪滚滚，一把抱住了父亲。

东方剑抚摩着儿子喃喃自语："孩子，你母亲好吗？我以为你们娘俩早就不在人世了。你们是怎么知道我的消息的？"

"母亲还好，这些年我们母子相依为命。"东方胜哭诉道，"听说你被送到日本做了劳工，音信皆无，我们还以为你被他们害死了。三天前，母亲在电视上看见了你，虽然已过了这么多年，但她还是一眼就认了出来。她不敢相信这是真的，让我拿了荷包来见你。"

原来，东方剑当年是国民党军队的一个连长，在淞沪大战中负了伤，被日本鬼子俘虏，押送到日本本土做劳工，受尽了折磨，差点没死在那里。日本投降后，他才被放了出来。就在他走投无路的时候，一个偶然的机会，他意外地救了一位姑娘的性命，从此也改变了他一生的命运。他救的这个姑娘的父亲是台湾光大集团的董事长，名叫江上，姑娘是他的独生女儿，名叫江信子。东方剑举目无亲，在江上的挽留下，他到了江上在日本的子公司做事。江上对他很器重，送他读完大学，成了经济学博士，接着让他回到台湾总部做了集团的副总经理。这期间江上想把江信子许配给他，可他婉言谢绝了。他说自己是结过婚的人，不能干对不起妻子的事。后来，他通过各种关系打听杨晓梅的下落，可是在那个年代，找一个人无异于大海捞针，十几年过去了，始终没有任何消息。他想杨晓梅一定不在人世了，这才与江信子结了婚，婚后有了一双儿女。江上病逝以后，他自然而然地当上了董事长，全面接管了江家的产业。

二、五十年后的婚礼

东方剑从儿子的嘴里知道了杨晓梅半个世纪的经历。她孤身一人与儿子相依为命，天天眼巴巴地盼他回来，眼睛差点哭瞎了。"文化大革命"时，由于她曾是国民党军官的太太，被造反派挂上破鞋游街批斗，遭了不少罪。

东方剑再也坐不住了，马上和儿子一起回到了他的家乡云豆村。杨晓梅一见东方剑，真是百感交集，激动得泣不成声。

这一晚上，房间里的灯亮了一夜。两位老人回忆起过去，说一阵哭一阵，说起当年两人相亲相爱在一起的情景，两人又幸福地笑了。

东方剑告诉杨晓梅，三年前，江信子也因病去世了。东方剑决定在运河市最有名的国际大酒店和杨晓梅举行隆重的第二次婚礼，一起度过幸福的晚年。

东方剑把这个消息告诉了他在台湾的一双儿女。女儿东方豆子听了很高兴，真诚地祝福爸爸，并从台北飞到运河市参加了爸爸的婚礼。而儿子东方云信听了却是老大的不高兴，坚决反对爸爸再婚，并拒绝参加爸爸的婚礼。

东方剑和杨晓梅举行的婚礼完全是五十年前的婚礼再版，新娘坐花轿，新郎骑大马，热热闹闹，吹吹打打。市里领导也参加了他们的婚礼，电视台还录了像。

婚后，由于公司业务繁忙，东方剑希望杨晓梅能和他去台湾生活。杨晓梅考虑到东方剑儿子的态度，担心东方剑和他儿子之间闹矛盾，她笑着拒绝了。对杨晓梅的善解人意，东方剑很是感激，他没再坚持，只是希望东方胜能够和他去台北，他欠儿子太多了，想让儿子在商界有所发展。杨晓梅不好反对，只好同意了。

三、难认的大哥

东方胜和父亲一起来到了台北，东方豆子特意到机场去迎接父亲和大哥。豆子是一个善良的姑娘，对于来自大陆的这个大哥，她是发自内心的高兴和喜欢。

东方剑没见到儿子云信，皱了皱眉头。豆子见了忙说："哥哥给我打过电话，说他有事来不了，让我代他问候爸爸。"

"他能有什么好事，还不是吃呀喝呀、花天酒地那一套！这孩子越来越不像话了！"东方剑提起云信就有气。

"爸爸，你瞧你，大哥刚来，你这是干什么呀！"豆子撒娇地搂着东方剑的胳膊摇了摇。

"唉，云信要有豆子这样懂事就好了。"东方剑慈祥地望着豆子说。

回到家里，豆子想起爸爸这次大陆之行，就像是一部传奇故事，她感叹道："过去我听母亲谈起过此事，可没想到……爸，这真是奇迹，你的命真好！"

"是吗？"东方剑坐在沙发上，一手搂着东方胜，一手搂着豆子，禁不住心花怒放。

爷仨正开心地说笑着，云信衣冠不整地走了进来，脚步踉跄，满嘴酒气："什么事啊，这……这么高兴？"

东方剑看到云信这副样子，脸立刻沉了下来。小时候，他是最疼爱云信的。这孩子聪明伶俐，挺讨人喜欢，凡事只要稍加点拨，一学就会，很有些商人的精明和头脑，曾是自己十分满意的接班人。可是东方剑怎么也没有料到，以后的事情发展和他当初的愿望背道而驰，这让东方剑深感失望和懊恼。当初东方剑像当年江上一样，也把云信送进了台湾最好的高等学府企业管理专业，攻读经济学博士。由于他生意繁忙，谈判签约，商务往来，飞来飞去，每个月能在家里度过的时间少得可怜，等他见到云信的时候，云信已经变成了一个花花公子，对学习和经商已经不感兴趣了，整天与一伙纨绔子弟花天酒地，吃喝玩乐。为此，东方剑非常着急，他要和儿子好好谈谈，然而他发现一切都太晚了。

"云信，你自己看看，你像个什么样子？"东方剑指着云信，痛心疾首。

"我怎么了？不就是喝了点酒吗？我们做买卖的，生意上的应酬能少得了吗？有什么大不了的。"云信满不在乎地说。

"你呀！"东方剑火往上蹿，怒气冲冲，"你叫我说你什么好呢！年纪轻轻的，你不好好干点事，吊儿郎当的，什么时候才是个头啊！这样下去，我创下的这份家业非得败在你的手里不可！"

"那又怎么样？"云信听了根本就不当一回事，"反正你就我这么一个儿子，我光继承你的财产，也足够我一辈子花的了，谁……谁让你养了我呢！"

"孽子！"东方剑勃然变色。

"哥哥，你就少说两句吧，看把爸爸气的，求求你了。"豆子为了缓和紧张的气氛，把云信拉到东方胜面前，介绍道，"上次爸爸的婚礼你没去参加，这就是东方胜哥哥。"

"哥哥？"云信用充满敌意的眼睛瞧了一眼东方胜，忽然粗鲁地骂道："哪来的野种，我不认识他！"

"你混蛋！"东方剑气得浑身瑟瑟发抖，"你怎么一点教养都没有？他可是你的亲大哥呀！"

"爸爸，你少跟我来这一套。"云信根本就听不进去，"我知道你讨厌我，想把我一脚踢开，但是你办不到！别忘了，这些家产都是继承我姥爷江家的，我和豆子是江家唯一的合法继承人！"

"你给我滚！"东方剑怒不可遏。

"别着急，爸爸，我这就走。"云信冷笑着对东方胜说，"我不管你从哪来，你最好放明白点，别打错了算盘，不然到时候你可别怪我不客气!"说完扭头大摇大摆地跨出了家门。

四、消除不了的误会

转眼，东方胜来台北已经整整一个多月了。

一个月前，东方胜被东方剑送入台北大学国际金融专业插班就读。由于东方胜底子薄，听起来很吃力，学习相当艰苦。

这天，东方胜刚刚放学要走回宿舍，豆子笑眯眯地找他来了。豆子这些日子一有时间就做云信的工作，她以为云信只是还不适应这突然的转变，让他们哥俩多见面谈谈，加深了解，就会好的。

开始，云信根本不听，说豆子傻缺心眼，人家把你卖了，你还帮人家数钱呢！但架不住豆子劝说，云信才答应了。东方胜听说云信想见自己，也挺高兴，笑着和豆子一块去了他们约好的星星酒吧。

"弟弟……"东方胜见了云信主动开口，没想到被云信粗暴地打断了："谁是你弟弟？上这里捡便宜来了？告诉你，门都没有！别想着你认了个爹就想好事，我再说一遍，东方家的财产都是我和豆子的，你放明白点儿！"

"哥！"豆子急得直跺脚，"你胡说什么呀！"

东方胜拦住了豆子，小心地解释道："其实我没有一点要和你争家产的意思，东方家的财产都是你的，我分文不要，行了吧？"

"得得得。"云信根本听不进去，"你当我是三岁小孩子？你在我这里低三下四，在我父亲面前还不定怎么说呢！你就别做好梦了，趁早赶快哪来滚哪去吧！"

"信不信由你，我东方胜说到做到。"东方胜指着豆子说，"妹妹在这里，她可以作证。"

云信依旧充满了敌意："你要是放聪明点，现在就滚回老家去，我可以给你二十万新台币。如果你赖着不走，可别怪我不客气！"

豆子精心准备的这一次见面，就这样不欢而散了。

接下来，云信三天两头给东方胜打电话，威胁他赶快回大陆去，不然就真对他不客气了。东方胜很为难，何必为了自己而伤了爸爸与弟弟之间的感情呢？他找爸爸谈了几次，但爸爸不同意。他打电话征求妈妈的意见，妈妈告诉他，只要心正，时间长了事情就淡化了，忍着吧。

这一天是周末，东方胜照例要回家。以前每次回家，他总是乘公交车，这次他想一个人走走，顺便看看繁华的台北大都市。

东方胜刚走出学校的大门，就被迎面走过来的三个人挡住了去路。东方胜绕不过去，只好站住了。只见那三个人气势汹汹，目光充满杀气。

"你是不是叫东方胜？"其中一个男人从口袋里掏出一张照片看看，然后问他。

"是的。"东方胜点点头，感到有些纳闷，"可是，我不认识你们啊！"

"那你认识它吗？"另一个男人举起拳头，一拳打在东方胜的心口上。

东方胜疼得弯腰抱胸大叫了一声。三个男人上来一顿拳打脚踢，打得东方胜爬不起来了。

"我和你们无冤无仇，你们为什么打我？"东方胜躺在地上，脸上鲜血直流，惨不忍睹。

"你总该知道东方云信这个名字吧？"那个为首的说，"他让我们转告你，这还是轻的，假如你还不回大陆去，那可就不只是受点皮肉之苦了。你如果现在走，他说给你二十万新台币的话仍然有效。"三个男人说完，转身坐进停在路边的一辆轿车开走了。

五、大仁大义

东方胜伤得很重，当东方剑得到消息赶来时，他已经被送进了医院。

看到浑身上下缠着绷带的东方胜，东方剑心疼极了。东方胜怕父亲着急，忍着剧痛强装出笑脸说："爸爸，没事的，只是些皮外伤，休息两天就好了，都怪我走路不小心。"

东方剑是什么人，这点事还能瞒过他？"云信这孩子也太不像话了！

怎么能为了个人目的，对自己的亲哥哥下如此毒手呢?!"

"爸爸，你千万不要难为弟弟。"东方胜不想因为自己而影响弟弟和爸爸之间的感情。东方剑为了让东方胜好好养伤，就含糊其辞地答应了下来。

东方剑回到家里，立即派人找来云信。云信自然明白父亲为什么找自己，这会儿见父亲发问，便痛痛快快地承认了。

"你……你怎么能干出这种事情? 伤天害理呀!"东方剑怒目而视，气得浑身发抖。"想不到你为了金钱，竟然不择手段! 你……你还是个人吗?!"

云信满不在乎地点燃一支烟说:"我想过我想要的生活，过得舒服、富裕、快活，我不希望有人跟我争这份财产。"

"别忘了，我可以给你的，我也可以收回来!"东方剑越听越气。

"不会的，我是你唯一的儿子，那些野种休想跟我争!"云信厚颜无耻地说。

"你这是存心想气死我啊!"东方剑在抗日战争时期被日军俘虏后，在日本做劳工，受到非人的折磨。当上董事长后几十年来，为公司的发展奔波操劳，积劳成疾，身体状况每况愈下。东方胜来台湾以后，云信的种种行为早就让他气恼不已，这会儿再被他一气，东方剑新病老病同时爆发，一口气没上来，当场昏了过去。

云信这才慌了神，吓得扑过去连连惊叫道:"爸爸! 爸爸!"

东方剑被送进了急救室。东方胜得知这一消息，顾不得自己浑身是伤，硬撑着来到急救室。云信一见东方胜便气不打一处来。这时，豆子和律师接到电话也赶来了。医生从急救室里边出来，摇了摇头，脸上充满了歉意说:"我们已经尽力了，但是……你们还是准备后事吧，东方先生恐怕过不了今天了。"

兄妹三人听到这个消息，都仿佛傻了一般。一个护士走出来，请东方胜和律师进去，说东方剑要单独见他们。望着他的背影，云信的眼中闪着仇恨的光芒。

东方剑走了。临死的时候他留下遗嘱，把整个公司交给东方胜来管理。东方胜不但是光大集团的董事长，而且还兼任总经理，拥有集团百分之八十的股份。云信和豆子只是集团董事，分别拥有集团百分之十的股份。云信气得眼冒怒火，他无论如何也没有想到父亲会这样做。他把所有的仇恨都对准了东方胜："你别高兴得太早，咱们骑驴看唱本走着瞧！"

六、父亲的遗愿

东方胜正式就任集团的董事长兼总经理，集团的工作千头万绪，忙得他团团转。但他很聪明又很虚心，时间不长，就基本胜任了董事长兼总经理这一职位。

日子就这样一天一天过去，集团的业务也已经完全走上了正轨，东方胜这才稍稍松了一口气。可是他哪里知道，一场灭顶之灾正等待着他。

作为一个集团的大老板，一些应酬是必不可少的。这天晚上10点多，东方胜刚刚参加完一个鸡尾酒会，坐在父亲留给他的那辆车里准备回家。由于多喝了几杯，他感到有些醉意，坐在车里就迷迷糊糊地睡着了。

司机刚要发动汽车，突然轿车的前后门都被打开了，还没等司机明白是怎么回事，就被拉了下去，一顿拳脚相加，当场就被打昏了过去。接着两个人上了车，轿车迅速消失在夜幕里……

东方胜一夜未归，这下子可惊动了集团。豆子立即派人四处寻找，正在焦虑不安时，客厅的电话响了，原来是有人在沙滩上发现了奄奄一息的东方胜。虽然东方胜被那二人扔进了大海，没想到他命大福大，又被潮水冲了回来，捡了一条命。

豆子要报警，被东方胜拦住了。这件事是谁干的，他一清二楚。这件事给他提了个醒。原本他是要遵照父亲的遗愿，先不揭开这个秘密，但为了手足不再相残，他要提前揭开这个秘密了。

这一天，东方胜请人把云信叫进了他的办公室，在座的除了豆子，还有集团聘请的律师。

云信看看东方胜，满不在乎地坐下了。

东方胜望着云信百感交集。他请律师宣读了一份遗嘱：集团所有的股份由云信、豆子、东方胜和杨晓梅共同拥有，云信出任集团的董事长和总经理。

"这到底是怎么回事？！"云信听了深感意外。

"弟弟呀，你还不明白父亲的良苦用心吗？"东方胜泪流满面地说，"我出任集团的董事长和总经理，是父亲为了刺激你上进用的最后一招，可你太让他老人家失望了。"

东方胜拿出一封信递给云信。云信狐疑地打开，看后不由地瞠目结舌，这个结果是他无论如何也没有想到的。东方剑在信中告诉云信，他和豆子这对龙凤胎，并不是东方剑和江信子的亲生儿女，而是王传祥和周敏的儿女。这是五十多年前的事了。那时，王传祥是八路军县大队的大队长，周敏是政委，他们是夫妻，有一对双胞胎儿女寄养在老乡家中。在一次反扫荡中，两人为掩护战友突围负了伤，被日本鬼子俘虏了。王传祥和周敏是抱定一死决心的，哪想到，敌人在对他们进行了严刑拷打之后，问不出什么情况，把他们送到了日本本土做劳工。在劳工营里，王传祥和周敏表现出了一个共产党员、八路军战士的大无畏气概和民族气节，深得东方剑等国民党官兵的钦佩，后来他们还成了好朋友。抗战胜利前夕，王传祥和周敏先后被鬼子杀害。他们死前，将寄养在老乡家的双胞胎儿女托付给了东方剑。

东方剑回国后找到王传祥和周敏的儿女，就是云信和豆子，把他们当作自己的儿女一样带在身边。后来他进了光大集团，董事长江上看上了他，并要把他的独生女儿江信子许配给他。江信子是个好姑娘，但还是被东方剑拒绝了。一个原因是他在家乡有妻子，他不能做对不起妻子的事。还有一个原因就是他怕委屈了这两个孩子。

这个时候，江上胃癌已经到了晚期，他自己还不知道。江信子流着泪求东方剑和她结婚，爸爸就她一个亲人了，她没有一个好的归宿，父亲闭不上眼呀！江信子还答应东方剑，一旦有了杨晓梅的消息，她就会和他离婚。前思后想，他同意了。看到他们结婚，江上很高兴，走的时候也很放心很安详。江信子就这样和他在一个屋檐下生活了几十年，她没有生育，对两个孩子照顾得无微不至，就跟自己生的孩子一样，云信和豆子也一直以为江信子就是他们的亲妈妈。

云信看完了这封爱恨交加的遗书，当时就痛哭流涕悔恨不已。豆子看了信也哭成了一个泪人。兄妹三人终于和解了。

三天后，兄妹三人抱着父亲的骨灰回到大陆的家乡云豆村。杨晓梅接过丈夫的骨灰，真是百感交集思绪难平："叶落归根，半个世纪的飘零，这回你总算是回家了。"

"妈妈！"兄妹三人异口同声地扑到母亲身上，泣不成声。

云豆村的山坡上又添了一座新坟，云信、豆子、东方胜和母亲一起，把这位大仁大义大情大爱的父亲安葬在这山清水秀的家乡。🍃

# 正宗老婆饼

文/戴荣芳

郑若秋顿时心头的气消了,笑着说:"真是大水冲了龙王庙,原来咱俩都在忙正宗老婆饼的事呀!"

一

郑若秋起了个大早,他没像往常那样到江边散步,却一个劲地往一家新开张的饼屋走去。他为啥走得这样匆忙?为啥要在饼屋刚开业的时候赶去?这还得从郑若秋是何许人说起。

郑若秋是个老革命。早年,他经常被机关、厂矿、学校请去作革命传统教育报告,以自己的经历激励人们的爱国爱乡精神。他的报告,每一回都为他赢来了热烈的掌声,这让他感到莫大的宽慰。不过,当他含笑走下讲台时,又感到心中有一种莫名的苦涩……

且说今天一大早,郑若秋直冲新开张的老婆饼屋走去,想的就是亲口尝一尝这新出炉的老婆饼。算起来，他已有几十年没尝到老婆饼的味道了。当他来到店前，只见店门半开着，还没有正式营业哩。他知道来早了，但他确实是等不及了，便推门进去。

大师傅见郑若秋闯进制作间，微笑着摆手推拒，不让他进去。郑若秋似有点恼了，"哼"的一声抛出了一句话："这也算老婆饼？早就变味走样了！"

嘿！怪了！大师傅一愣，心想今天是开张第一天，咋就遇上这么一个糟老头，来此胡言乱语，真是霉头触到家了。

这时，店老板闻声走了出来，他不认识郑若秋，并不想在新店开张之际与顾客引发口角争执，破了吉利的彩头。于是店老板板着脸冷冷地盯了郑若秋一眼。

郑若秋见店老板变了脸色，不但不同他客套寒暄，反而像个专家学者一样，毫不留情地指指点点，尽说些老婆饼怎么不地道，怎么粗制滥造，应该如何如何下料调制，如何如何才是地道正宗，说得有门有道、有板有眼，让店老板听得一愣一愣，硬是回不过神来……

这位店老板名叫胡发绩，饼店冠名则为"胡氏老婆饼屋"。胡发绩老家在江宁县睦湖镇胡家村，原在小镇开个小吃店，混口饭吃还可以，要想发财，可找不着门道。胡发绩不甘心死守农村小店，心想当今是开放年代，爱拼才会赢，敢闯才能发大财。他东挪西借凑了本钱，决定上县城碰碰运气。在县城他东转转，西逛逛，发现当今城里人就爱图新鲜，爱跟风起哄，特别是吃的文章大得没边，什么新疆烧烤，内蒙古小肥羊，兰州拉面，金华鸭煲，只要挂上外地的招牌，总会一招鲜吃遍天，包你天天客满，生意兴隆！

泱泱大国，民以食为天！现在不再是吃饱喝足了事，而是讲究时尚、品位、美容、绿色。异国他乡的奇味美食，最是让食客们感到爽！

胡发绩揣透了人心，瞄准了市场的新动向。他要打出一排横炮，隆重推出了江宁县第一块台湾老婆饼。

说起老婆饼，那是风靡全台湾的风味小吃，而胡发绩却不知老婆饼是个啥玩意儿，别说台湾，就是省城的西湖他还没去过呢！

话说去年同村同族的胡德清老人从台湾回乡探亲，他见胡发绩开的小吃店生意冷清，品种也很单调，寻思着要帮他一把。胡德清想起了台湾的热门小吃——老婆饼，便把这个心意告诉了胡发绩。胡发绩脑子挺活络，便向这位台湾老人打听老婆饼的做法，老人也就尽其所知讲给他听。凭着听来的点点滴滴，加上自己开店的经验，胡发绩决定在县城开起第一家胡氏台湾老婆饼店。谁料到生意没开张，反被这突如其来的糟老头说得一无是处，你说气愤不气愤？

俗话说，无商不奸。做过生意的胡发绩脑瓜子那么一转悠，心里头反倒乐开了。他琢磨着这糟老头，既然他能戳穿自己的鬼把戏，想必他就算不会做台湾老婆饼，至少也该是见过或者吃过老婆饼吧！这么一想，胡发绩像川剧中变脸表演似的，蓦地满脸堆笑，赶忙让座泡茶，向来客讨教起老婆饼的做法。

二

郑若秋祖籍广东潮州，出生于台湾南部的一个小镇。当年祖父带着老婆饼制作的手艺，漂洋过海到台湾去。祖父制作的老婆饼甜咸适度，香酥脆口，没几年工夫便闻名整个台南市。

郑若秋十五岁那年秋天，祖父去世了，他爹接手祖父的作坊，继续做老婆饼的生意。

有一天，郑若秋放学回家，见镇里乱哄哄的，原来是日本鬼子进村清剿，说有个从大陆来的抗日分子潜伏在镇子里。

这时，郑若秋的父亲在后院的柴屋里发现一个陌生人，他的前额淌着鲜血，请求郑父帮他躲过追捕。郑父听说他是从大陆来抗日的，二话不问，就给他包扎好伤口，并把他藏进地窖的储油桶中，躲过了日本兵的搜捕。当天深夜，郑父叫儿子若秋将陌生人送出村，往河边方向逃命去。没想到郑若秋和陌生人在村口才离开不久，镇里就有人举报郑家窝藏抗日共党分子！

"少东家，你不能回家了，你的爹妈全被日本兵抓走了！"店里的小伙计厉友明拦在半路，拉着郑若秋的手往山里逃去。

说来也巧，厉友明带着郑若秋回到山里老家的当晚，友明他爹说今晚要翻山乘船去大陆。郑若秋无路可走，只好跟着厉友明他爹乘船逃往大陆。临上船时，他意外地发现站在船头的那个人很面熟，仔细一瞧，原来那人就是躲在他家地窖的人。此时，郑若秋如同见到了救星，连蹦带跳地跃上甲板，一把抓住那人的手，哭诉了父母的遭遇，央求那人带他离开台湾到大陆去。

那人叫丁志锋，是大陆共产党派去接应台湾抗日青年转赴大陆抗战前线的联络员。丁志锋也听到郑家出事的消息，心里极为难过，当即表示愿带郑若秋到大陆。后来郑若秋参加了抗日八路军，国恨家仇让他成了抗日的小勇士。在解放战争中，他又屡建战功，发誓要随军打到台湾去。可是后来海峡两岸的形势发生了变化，郑若秋不能如愿以偿地回到台湾去。

新中国成立后，郑若秋从部队退役，他在江宁县结婚成家，自己也被分配到江宁县武装部工作，一直到离休。

往事悠悠，不堪回首。老婆饼在江宁问市，又搅起了郑若秋对往事的回忆。今天，他是冲着老婆饼来的，见到老婆饼就像见到亲人似的。可胡发绩的胡氏老婆饼让他失望了："这哪里是当年我在台湾看到的老婆饼！胡老板啊胡老板，你把传统的老婆饼给糟蹋成啥样啦！"

三

胡发绩心里明白，他是靠道听途说仿照做出的胡氏老婆饼，没想到装神碰上了真神，胡发绩无话可说，只好恭恭敬敬地请教郑若秋。

郑若秋本想数落胡发绩一番，以正台湾老婆饼的名誉。但他没有这么做，面对着眼前这算不上老婆饼的东西，他决定帮胡发绩一把，不能让他毁了老婆饼的声誉。

郑若秋说："我可以帮你做老婆饼，但要依我的三条意见去办：第一，停业整顿，从思想上端正经营理念；第二，技术培训，请潮州师傅来传艺；第三，不准偷工减料，保证老婆饼质优量足价钱便宜。如果你同意这三条意见，我就义务帮忙，不同意我就砸了你这店牌子，你不能

用假的台湾老婆饼蒙骗顾客。"

胡发绩自知理亏，也知道了郑若秋在县城的名望，只得同意了他的约法三章，并一一照办。

当天，胡发绩的老婆饼屋就挂起了休战牌，告示顾客：因潮州正宗师傅未到，为保证老婆饼质量，决定暂缓三天开业。

告示一公布，立刻受到市民的称赞，大家都对胡氏老婆饼屋寄予厚望，期盼着潮州正宗师傅早日光临江宁县城，让他们早一天品尝老婆饼的美味。

约法三章刚谈妥，实施方案却被吊了起来。这既不是胡发绩顶着不办，也不是郑若秋改变了主张。原来在小吃街东头闹市区，又开起了一间台湾老婆饼专卖店——听说老板还是从台湾来的。

这可真是邪门了！郑若秋心里窝着火：怎么又冒出一个新老婆饼店？

郑若秋火急火燎地往小吃街东头赶去，无论如何也要以自己的火眼金睛，实地验证一下，究竟哪是真的老婆饼店！

四

小吃街东头台湾的老婆饼专卖店，却在胡发绩的店歇业整顿中开张了。

恰逢星期天，郑若秋一早赶到。乍看，那水晶玻璃的店名"台湾老婆饼"招牌，在朝晖的映衬下光彩夺目。店门口彩旗飘扬，人头攒动，里三层外三层，生意真叫火爆！

郑若秋没有马上进店查问，而是先在周围溜达，待店里生意大忙过后，他才走近柜台旁，仔细地查看玻璃柜内陈列的老婆饼。他越看心里越觉得有点出奇，怎么这家出炉的老婆饼与小时候在家里见到的饼，没有什么不一样！他想了想，外观像容易，口味像就不一般，先买它尝尝再说。于是，他买了一块甜的、一块咸的，像当年在老家尝饼一样，左一口甜的，右一口咸的。

郑若秋犯迷糊了，这饼在台湾，除了郑家能做出外，没有第二家有此正宗。可是，郑家除了自己，在台湾早已没有后人了，有谁在继承老婆饼这门独家手艺？他吃完两块饼，定了定神，决定进店打破砂锅问到底。

他悄悄地走到店后的制作间，推开门，见师傅们正低着头揉捏着馅料，不锈钢的面机不停运转着。看着师傅紧张有序地揉面打饼，他仿佛又回到了儿时的自家作坊。

店师傅见有人进了制作间，挺和气地提醒他注意墙上的提示牌：进车间请穿戴好工作衣帽！

老板是个中年人，略小的白帽子下，一张白净的脸，挺立的鼻梁上架着一副无框眼镜。听到有人来访，他便走出来，自我介绍之后，就请郑若秋上二楼休息室喝茶。

老板是台湾南部人，名叫郑继业。郑若秋一听就很高兴地同他认了"本家"。郑继业说，如今大陆开放了，他到大陆来寻找商机。今年春天去广东潮州，先在那里开一家老婆饼专卖店，可不敢打出台湾的招牌。因为潮州是老婆饼的原产地，他哪敢在鲁班门前弄大斧？可他一点不含糊，凭着精选精作，工艺上乘，还真的得到当地的认可，说是正宗的老婆饼回归了，故而生意兴隆，颇有名气。

潮州与江宁县城相隔千里，而江宁地处长江三角洲，地理位置优越，开发区工厂林立，人口稠密。于是，郑继业挥师北上，在江宁又开个连锁店。再说，他在互联网上得知，有个叫胡发绩的也在江宁开个台湾正宗老婆饼店。他想，在台湾做老婆饼的同行中，迄今还没人到江宁，怎么会冒出一个胡发绩，而且还自称为"正宗"！郑继业赶到江宁开办老婆饼专卖店，目的就是要和胡老板的"正宗"来一番较量。没料到，郑继业正忙于开业，而胡发绩的老婆饼店却自行停业整顿了。

郑若秋听罢郑继业的一番叙述，很为他的敬业精神所感动。他望着郑继业，心里热乎乎的，仿佛又见到自家的亲人似的。他想起了当初老婆饼帮助过抗日的大陆同胞，也遭受过日本鬼子摧残；而今，祖国大陆改革开放，要是有个正宗的老婆饼上市，也算是对自己父母在九泉之下的一种告慰吧！

郑若秋心里一直在猜疑，这个郑继业究竟是台湾老婆饼店谁家的后人？郑家的手艺从来不传外人的，怎么可能做出和郑家一样风味的老婆饼？他忽然想起一个人，那就是当年的小伙计——厉友明。

几十年过去了，厉友明是否还活在人世呢？郑继业与他是什么关系呢？郑若秋想了想，还是冒昧地开口向郑继业打听一下台湾老友的下落吧。

"郑老板，咱俩郑氏五百年前是一家，请问你的老婆饼做得如此地道，是不是祖传的手艺？"

郑继业没有立即回答，他仔细地端详着郑若秋，估量这位老先生也是做老婆饼的行家里手。他用求教的口气说："老先生，看得出来您对老婆饼很内行，我做的饼还不够好，请您多多指教！"

郑若秋见郑继业没正面回答，揣摩着他兴许也是个半路出家做饼的人，用偷来的手艺跑到大陆卖饼发家致富。可是，难以置信的是他做的老婆饼如此地道，若不是祖传的，就该是得到过哪位名师指点的——这是谁传的手艺呢？

郑若秋凭借自己的直觉分析，不再绕弯弯了，开门见山地问："郑老板，你是否认识一个在台南的叫厉友明的老人？他是做老婆饼的行家里手呢！"

"怎么，你认识厉友明？"

"何止认识，我和他是生死之交的朋友啊！"

郑继业的目光顿时像是被定了格似的，直愣愣地望着眼前这位老人，半晌，他才激动地握住郑若秋的双手，说："我就是厉友明的儿子啊！"

郑若秋深深地吸了口气，嘴角在不停地颤抖着，他想说点什么，就是说不出来。

郑继业倒像是他乡见到亲人似的，高兴地嚷道："您是郑老东家的公子吧！当年我爹送你到大陆来——我爹可想您了！"

## 五

胡发绩告示停业整顿三天过去了，今天得开业做买卖，可一晌午过去了，还不见郑若秋钻出来。胡发绩暗暗骂道：这该死的糟老头，搞的啥名堂，没准又要坏我的生意，我得防他一手，可别让他开涮了！

虽说胡发绩是个农家出身的生意人，可他也是个江湖上的小混混。如今商品社会，都说是饿死胆小的，撑死胆大的。他心头一横，还不明不白，也就可以说是卖台湾正宗老婆饼，也就敢在闹市开张营业。同时为了张扬自己是正宗名牌，还回到村里，骗来了胡德清老人在台湾的生活照片，上照相馆放大了好几张，贴在店内，还请来了广告策划的设计师，在店前竖起广告大牌子，将胡德清老人的彩照往上面一挂，以此来标明他是台湾胡氏老婆饼的正宗传人。你别说，胡老板这么一包装还挺奏效的。眼下，江宁县老百姓也没见过什么老公饼、老婆饼的，弄不清哪家卖的是正宗货，还以为这家饼店请了台湾制饼高手。于是便呼啦啦地涌进胡氏饼店，挤挤攘攘的，咸甜香辣的各色老婆饼都买上几包。

胡发绩正忙得不亦乐乎，忽见有位老人来到店里，指名道姓要见胡发绩。胡发绩眼见生意得心应手，心里正偷着乐。他想上次吃了郑若秋的"约法三章"亏，今儿怎么又突然冒出来个糟老头？他怕再触霉头，有意不去理睬他。

正在这时，店堂里却骚动开了，那些买老婆饼的吃客已将老头围了个里三重外三重，还问长问短地打听正宗老婆饼的由来、特色、保鲜等等，弄得老人好难招架，不一会儿就声嘶力竭了。

胡发绩给搞懵了，这老头咋的？是大官儿还是明星秀？怎么会招来这么多人围观？他挤出门槛一看，顿时傻眼了：怎么早不来迟不来，今天又跑出一个鬼了！

胡发绩灵机一动，当着众人的面，挺恭敬地喊了一声："胡大师傅，您来啦！"然后连忙分开围观的群众，一把拉住老人的手，立马吩咐伙计看茶伺候。

这老人是谁？原来他就是胡发绩用来做老婆饼招牌的胡德清老汉。

胡德清没有让胡发绩拉去休息室，而是严肃地当着众人的面，大声说："本人姓胡，从台湾来，不是什么大师傅，我与胡老板是同乡，只是有心帮助他做生意，希望搞出一个正宗的老婆饼。现在做得还不够地道，欢迎大家改天再光临吧！"

众人听罢胡德清的坦诚表态，也就渐渐散去了。

胡发绩当即向胡德清老汉表示由于自己操之过急，心里很内疚，今后一定要记住老人的教诲，爱惜老婆饼的声誉，做好这门生意。胡发绩转悠一想有点不对劲：胡德清远在台湾，咋会知道这事的来龙去脉？我的广告刚刚做出来，他便赶到县城，是不是有人在背后捣鬼呢？

胡德清老汉似乎猜到了他的心事，直率地说出了自己的心里话。他对胡发绩说，自从那次回乡探亲，胡德清见胡发绩对老婆饼挺感兴趣，便把这事放在心上。他回到台湾后四处奔波，不久，终于探访到一个人，那就是台湾南部郑氏老婆饼制作大师傅——厉友明。他可是正宗的老婆饼手艺技师。

厉友明而今已是台南老婆饼有限公司的董事长，他见胡德清诚心诚意要帮助家乡致富，二话没说，当即表示愿给在大陆的儿子写信，请他出面指导，并说他儿子正在大陆开办老婆饼专卖店。

胡德清带上厉友明的家书急匆匆赶回大陆。他不知胡发绩发财心切，早已在县城开起了老婆饼屋，而且还以自己的形象做出假广告广泛宣传，这让胡德清感到有些无地自容。胡德清老汉刚取出厉友明给儿子的书信，此时郑若秋却满脸怒气地赶来了，他指着胡德清老汉责问道："你就是广告上的制饼大师？是从台湾回来的老婆饼正宗传人？可我怎么左看右看都不像呢？"

胡德清见郑若秋挺气愤的样子，也不示弱，反问道："你们大陆有句很时髦的话：要调查研究，实事求是。干吗乱说一通？"

胡德清老汉便把事情的原委说了出来。

郑若秋顿时心头的气消了，笑着说："真是大水冲了龙王庙，原来咱俩都在忙正宗老婆饼的事呀！"

## 六

郑若秋牵着胡德清的手，快步朝小吃街东头方向走去。胡发绩像跟屁虫一样，贴在两位老人的身后。

郑继业热情欢迎三位先生的光临。他接过父亲厉友明的信函，当即表示愿意帮助胡发绩一起将老婆饼的买卖做起来。

郑若秋一再强调说还是要对胡发绩约法三章。郑继业见此情景，一再向郑若秋表示感谢。为了让台湾老婆饼在大陆有所发展，他主动提出与胡发绩合资开办江宁郑氏老婆饼有限公司。胡发绩一听喜出望外，赶快点头答应，立刻摘掉胡氏的牌子。经双方商定，一致推举郑若秋为江宁郑氏老婆饼有限公司的名誉董事长，因为他才是台湾郑氏正宗老婆饼的嫡亲传人。

正当大家都在为合资而高兴的时候，郑若秋又想起了一件事，那就是郑继业既是厉友明的儿子，本应姓厉，为啥却姓郑呢？

郑继业说出了其中的缘由——

自从郑若秋与厉友明分手之后，郑若秋的父母便遭日寇杀害，郑氏家族在台湾已后继无人了。厉友明感念郑若秋父亲的英勇正义，舍己救人，他认定不能让郑氏老婆饼在台湾失传，便借了高利贷，先在家乡开起老婆饼小作坊。由于厉友明在郑家当了五年的伙计，平时勤劳好学，得到了郑氏制饼的真传手艺，于是生意搞得红红火火，名声愈来愈大，他的制饼小作坊也一步步地办成了大公司。

经商成功、发家致富后，厉友明始终没有忘记郑家的恩情，无时不惦记着早年回大陆的少东家——郑若秋，一心想寻找这位郑氏的后人，以报答当年的知遇之恩。当他的长子出世时，他便以承嗣给了郑家，取名继业，意在忠心耿耿继承郑氏祖业，世代传承台湾正宗老婆饼的工艺，并使之发扬光大。

大陆改革开放，似春风化雨，厉友明寻找少东家郑若秋的心情是与日俱增。他知道郑家当年是从广东潮州移居台湾，便派遣儿子郑继业前往潮州，以开设老婆饼专卖店为名，扩大影响，再努力寻找郑家后人。

郑若秋听了之后，心情格外激动，他用颤抖的双手紧紧地拥抱住郑继业，说出了发自肺腑的话："这不是私情，这是海峡两岸同胞的骨肉真情啊！"

胡发绩被眼前的一幕深深感动，他悔恨自己唯利是图，目光短浅，一再向郑若秋认错赔不是。

胡德清见事已挑明，众心归一，便提议话归正传，一起商定合资开办老婆饼有限公司的开业剪彩之事。

又是一个晴空万里的吉日，江宁县城东头小吃街热闹得像过节一样，江宁县郑氏老婆饼有限公司正式开业！

江宁县老百姓争相购买郑氏正宗老婆饼，在细细品尝具有独特的台湾正宗风味老婆饼之余，他们想得更多的应该是海峡两岸血肉连筋的同胞之情吧。🍃

# 九节烟杆牵姻缘

文/萧吉州

这价值连城的文物怎么会在这位农夫身上？他得问个明白。

一

邹庆华三十二岁还没婚娶，原因是家里穷。年关将至，他见回村过年的打工仔、打工妹个个身穿漂亮的衣服，腰揣花花绿绿的票子，于是也想外出打工赚钱娶老婆。年关一过，他就随村里人南下深圳打工。别的打工仔回到原来的厂子，邹庆华却要寻找用工单位。他穿着农民的布褂，腰间系一条发黄的白色腰带，一支旱烟杆别在身后腰带上，典型的农民装束。

一连几天，他走街穿巷，一直没找到工作。眼看着身上的票子一天天少下去，他心中发慌了，每顿只能啃几个馒头，安慰一下肚子。

这天，他走到繁华闹市，见一个商场门口贴出招工启事，内容也没看清楚就冒失地走了进去。大厅正中坐着一男一女，两位招工人员见一位彪形大汉大摇大摆地走了进来，忙让安保人员上前阻拦说："请你出去。"

邹庆华看了保安一眼说："这里不是在招工吗？我是来打工的。"

保安说："我们这里没有适合你的工作，请你出去。"

邹庆华抬头看到挂出的横幅上写着"亨得利金银珠宝商店招聘会"几个大字，重重地叹了口气，转身就走。

"请留步。"身后传来一声呼叫。邹庆华回头一看，见一位西装革履、满头白发的老翁，手持手杖向他走来，便停住了脚步。老翁来到他身边，围着他转了一圈，最后站在他身后，双眼紧盯着他后腰间的旱烟杆。

那支烟杆只有筷子那么长，油漆般黑亮。烟杆上吊着一个棕色的精致烟盒，形似香炉；烟锅淡蓝色，是用泰山龙泉石打磨而成；烟嘴呈乳白色，看似有两条小青龙扭在一起戏耍，用手触摸，光滑细腻，像翡翠又似玉器，采用缅甸锦山含冰白玉水磨而成。特别引人注目的是那支短而粗的烟杆，上面长满竹节，细数共有九个节。老翁看到这里倒抽了口冷气，那不就是"九节烟杆"？据史料记载，此烟杆出自宁夏桂竹林，其工艺是在桂竹笋将要出土时，用特制的一个九寸长的铁筒罩在竹笋出土处，让桂竹在铁筒里生长，竹笋长到铁筒顶端就不能再长了，迫使竹节一个挨一个，共有九节。这种烟杆内能储存大量烟油，吸起来烟味浓烈，过瘾。烟嘴系优质玉石，不上烟膏，吸起来甘醇爽口。他认得这支烟杆，据载，此烟杆是蒙古族给乾隆皇帝的贡品，乾隆皇帝游江南时为了携带方便，用的就是这支烟杆。这价值连城的文物怎么会在这位农夫身上？他得问个明白。

白发老翁见他是来打工的农民，就叫他在身旁坐下："你是什么学历？""小学毕业。""有什么特长？""力气。""有何技能？""种地。"坐在主考席上的男子听了"扑哧"一笑，说："你可以走了。"

邹庆华嚷嚷开了："你们不收我？"

白发老翁给了他一张应试表格，要他按表中栏目填写姓名、年龄、籍贯、电话号码等内容，叫他等候通知，就让他走了。

这白发老翁姓江名大权，是台北"亨得利金银珠宝公司"的董事长。自大陆改革开放后，他知道大陆金银珠宝需求量大，发展前景看好，就安排女儿江雅琴到深圳开办"亨得利金银珠宝商店"。江大权不放心女儿单枪匹马在深圳创业，就从台湾飞过来亲自指导。负责招工的两位负责人见那位只有小学文化程度的农民也来应试，心想，他哪是做金银珠宝生意的料，自然要让保安赶他走了。

再说江大权回到住处，想起那支烟杆，又勾起了他辛酸的往事。他从保险柜里拿出一柄折扇，这把折扇可不一般，是边疆少数民族进贡乾隆皇帝的贡品。支架是用天山雪莲的根茎拼成，光滑、坚韧，扇面是采用俄罗斯高级麻纺黏合，上面用七彩丝线绣出鸳鸯、祥龙、麒麟等吉祥图案。扇柄下的坠子，是采用中亚优质玉石雕刻成雪莲图案，名叫"雪莲扇"，扇出的风清爽宜人。雪莲扇和九节烟杆，正是江大权的岳父当年赠给两个女婿的稀世珍宝。

## 二

故事还得从头说起：

江大权的岳父叫朱炳祥。朱炳祥爷爷的爷爷的爷爷朱庆元，在乾隆年间是皇宫的总务大臣，统管财政及文物。在乾隆皇帝即将禅位时，朱庆元趁混乱之际把部分文物占为己有，雪莲扇和九节烟杆就是其中之物。这两件国宝在朱家一代一代传下去，到1938年传到了朱炳祥手上。

1945年，侵华日军无条件投降后，国民党发动了第二次内战。漱江市第一号财主朱炳祥连任漱江市副市长，全市贵宾高朋前往庆贺。可是他无心设宴，因为他膝下无子，只有两个千金。大小姐朱春香时年十八岁，二小姐朱秋香比大小姐小一岁。看到时局混乱，他忧心忡忡，就想尽快为两个女儿找个门当户对的婆家，省得留在自己身边牵肠挂肚。

一条漱江把漱江市分成东西两半，江大权的父亲江洪源在漱江河东开了一家"恒丰祥"布庄，垄断漱江市布匹生意，朱炳祥就把大女儿春香许配给江洪源之子江大权。漱江河西有个庄园主名叫周展鸿，拥有良田万顷，佃农千余，朱炳祥把二女儿嫁给了周展鸿的儿子周家贤。

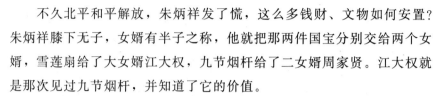

不久北平和平解放，朱炳祥发了慌，这么多钱财、文物如何安置？朱炳祥膝下无子，女婿有半子之称，他就把那两件国宝分别交给两个女婿，雪莲扇给了大女婿江大权，九节烟杆给了二女婿周家贤。江大权就是那次见过九节烟杆，并知道了它的价值。

1949年解放军打过长江，江洪源带着江大权携带万贯家财及雪莲扇逃到台湾，而周展鸿的万顷良田无法带走，只得和家人留下。

九节烟杆是岳父送给襟弟周家贤的，如今怎么会在邹庆华手上？邹庆华是襟弟家什么人？儿侄肯定不是，因为他不姓周。难道是邹庆华买了去？也不可能，他一个打工仔哪有这笔巨款？难道被邹庆华偷去了？他想不管怎样都得弄个清楚，就急着要找邹庆华。查看他应试时填写的表格，一看手机号码栏是空白，显然他没有手机。怎么办？他只好让女儿去寻找。

女儿拿着邹庆华应试时交的一张照片，天天开着车在街上转悠，寻找邹庆华。偌大一个城市，凭一张照片要找一个人，简直是大海捞针，一连五天都落空了。

三

再说邹庆华知道亨得利金银珠宝商店招聘无望，就在大街小巷转悠寻找招工单位。这天上午，一辆红色小轿车突然"吱"的一声在他身边停下，车窗玻璃徐徐降下，一位时髦女郎探出头问："先生是找工作吗？请上车。"说着开了车门。邹庆华一愣，环顾四周，并无他人，就问："你是叫我？"女郎向他点了点头，同时伸出手拉了他一把，还未等邹庆华反应过来，不知怎么就上了车。

邹庆华坐在副驾驶的座位上，一阵浓烈的奇香扑鼻而来，使他昏昏欲醉。他侧过脸瞄了那女郎一眼，嗬！真是个少见的大美人：金丝卷发，乖巧红唇，玉藕般的手臂光滑细腻，指甲修长而尖，乳峰高耸，这样的摩登女郎在电视里见过，没想到现在与她坐在同一辆高级轿车里，他顿时全身燥热。

女郎驾着车在繁华的街道上左一拐，右一转，搞得他昏头昏脑的。

他不知女郎要干什么，是绑架？笑话！哪有富姐绑架一个穷汉？那就是要胁迫他去干什么坏事，是去抢劫、杀人、放火？还是去为她报复某个男人？他后悔不该冒冒失失上了女郎的车，他恨自己长得牛高马大才会被坏人利用。听说在一些西方国家，一些有钱太太的丈夫长期在外忙于事业，久不回家，有的另有新欢就把她们忘了，从而冷落了她们。这些女人为了报复老公，便勾引一些身体壮实的男人。莫非眼前这位摩登女郎就是这种人？邹庆华有些急了，便要下车，用手去推车门。

"先生，别动，你打不开的，车门启动器控制在我手上。""停车，我要下去！""快了，再拐两个弯就到了。""你要把我带到哪里去？""到时候你会知道的。""你要干什么？""你别紧张，我不会难为你的。"

两人说话间，小轿车开进了一条幽静的林阴道，草地、花圃在车前一闪而过，轿车在一座宫殿式的别墅门前停下。一男子上前开了车门，把他让进屋，在大厅坐下。大厅很大，装饰得富丽堂皇。女招待很快送来了点心、饮料，这些点心别说吃，连看也没看过。邹庆华看到这些诱人的食物食欲大开，抓起就往嘴里塞，他的肚子实在太饿了。

这时摩登女郎走了进来，见他吃得很狼狈，就叫他慢点吃，别噎着了。转身又为他递上一瓶橙汁，说："我叫江雅琴，是金银珠宝商店的经理。"

邹庆华问："你把我弄到这里来干什么？"

江雅琴微笑着说："做我的私人保镖，月薪五千元。"

邹庆华惊喜得伸出了舌头。乖乖！一个月五千元，这诱惑太大了，在农村一年也没有这个收入。他要展示自己的实力，本能地伸出了粗壮的膀子，一使劲，手臂上隆起了健美的肉疙瘩，说："行！要是打架，三五个人不在话下。"

这时女仆送来了衣服，说："先生先去洗个澡。"邹庆华接下衣服一看，有"杉杉"西服、"金利来"领带，还有法国进口皮鞋。对呀！既然做了女郎的保镖就是每时每刻护卫在她的前后左右，当然要穿名牌。邹庆华好不高兴，没想到出来打工，竟遇上了这种美差，真是天上掉馅饼了！

四

邹庆华洗完澡换上新装，对着全身镜一照，好帅气啊！他走出浴室来到大厅，见江雅琴坐在沙发上，忙冲她点头。江雅琴起身向里间喊了一声："爸，您要我找的邹先生，我帮您找来了。"江大权听到女儿的叫声走了出来，见是一位西装革履的男子，有点茫然，怔怔地看着他。邹庆华见了白发老翁说："我就是前几天来应聘的邹庆华，不认识了？"这时白发老翁才回过神来，说："邹先生，终于找到你了。"他坐下后，邹庆华欠了欠身说："你们收我是做保镖吗？"江大权点了点头，直入主题："我问你，你那支九节烟杆是从哪里弄来的？"邹庆华看了他一眼说："这也有必要告诉你吗？"

江大权没想到他会这样回答，一时无言以对。他不肯说出九节烟杆的来历，难道他知道九节烟杆的价值，不愿告知？但可以肯定他并不知道这是乾隆皇帝用过的，要不他就不会挂在后腰上。江大权思索了一下又说："你不说是哪里来的，我也知道。""你知道还问什么？你该不会认为是我偷来的吧？""不打自招了，你就是偷来的。""你胡说！"邹庆华慌了，急说，"是我父亲临终前给我的。"

江大权一阵惊喜，他终于说是他父亲给的。可是九节烟杆是岳父给女婿周家贤的，现在邹庆华说是他父亲给的，他的父亲难道是周家贤？就问："你父亲叫什么名字？""叫周家贤。"江大权一怔，继而一跃而起，追问道："告诉我，你父亲是怎么把九节烟杆交给你的？"

邹庆华眼眶湿润了，说："1982年激江上游造水库，我父亲被派去当了民工。开炮炸山时，一块巨石压到他身上，送往医院抢救无效。父亲临终前把九节烟杆给了我，张开嘴巴想说什么，可是没等说出来，一阵干咳就咽气了。至于父亲为什么别的事没交代，只给我这支烟杆，至今我也想不出来。"

江大权一个劲地抽烟，似乎在思索什么。突然他拉着邹庆华的手问："你怎么姓邹？""我跟母亲姓邹。""你为什么要跟母亲姓邹？"邹庆华说："因为我外公没儿子，要为邹家留一条根，就要我跟母亲姓邹。"

"你母亲叫什么名字？"邹庆华说："我母亲叫邹秀娟。"

江大权大叫一声："真的是她……""大伯，你认识我妈？"江大权点了点头说："请你带我去看看你妈好吗？"

五

江大权当即叫人备车去机场，并带上江雅琴同往。到了漱江市，又租了一辆的士，直奔邹庆华家。因为漱江上游建水库，沿岸民众都搬迁了，邹庆华家从河西迁到了百里外大山旮旯里的南坑村。驱车两个小时，轿车在一幢低矮的土坯屋门前停下。门口有一位老奶奶在劈柴，邹庆华上前叫一声："妈，有位老先生找你。"邹秀娟忙起身，怔怔地看着江大权问："你，你找我……?"江大权一眼就认出了邹秀娟就是当年的丫头，她左眼角上那颗美女痣就是她特定的身份证，忙上前握着她的手说："秀娟，我终于找到你了！"说着老泪横流。

邹秀娟揉了揉模糊的眼睛，近前一看，"哇"的一声惊叫："我，我不是在做梦吧？"接着她扑上前，拳头雨点般地落在江大权身上，哭泣着说："冤家，我被你害苦了……"两人哭一阵，笑一阵，就像两个小孩子。

邹庆华和江雅琴懵了，互相交换眼色：他们早认识？看来还是一对情侣呢！可又不好多问，站在一旁发呆。

好一会两位老人才平静下来，江大权把邹庆华、江雅琴叫到近前。两位老人分别向他们叙说了辛酸的往事。

1949 年新中国成立前夕，朱炳祥将大女儿春香嫁给了江大权。因为春香是大家闺秀，不能自己照顾自己，江大权在难民群中见到一位十七八岁的安徽姑娘聪慧伶俐，就买来做春香的丫头。姑娘名叫邹秀娟，江大权很喜欢她。一天，妻子春香回娘家，江大权就拉丫头上床。一个丫头，怎么敢反抗主人？就顺从了。有了第一次就有第二次、第三次，最后就怀上了。

时局越来越紧，江大权的父亲江洪源带着一家人逃往台湾。行前，江大权想到此行自己生死未卜，还带着一个丫头活受罪，就给了丫头一些钱，叫她回安徽老家。邹秀娟一个弱小女子，在兵荒马乱的时局下怎敢回家，就住了下来。她没敢住江家红砖素瓦大院，就在屋旁一间马棚住下，那时邹秀娟已有两个月的身孕了。

朱炳祥二女秋香嫁给潋江河西的周家贤。周家贤的父亲要守望万顷良田，就留在家中。周家贤见襟兄江大权的丫头身怀有孕，知道定是主人江大权所为，见她一人无依无靠，就要把邹秀娟接到家中。虽然知道自家日子也不会好过，但自己妻子秋香是江大权的妻妹，对她的丫头应当照应。邹秀娟来到周家贤家中不久，当地就解放了。又过了几个月她就早产了，生了个男婴，取名可可。

六

日子一天天地过去，也许是早产的原因，可可两岁还不会说话，三岁不会走路，是个弱智孩子。

1966年，周家贤的妻子秋香因难产死了。家中除了可可一个弱智孩子，就剩他和邹秀娟两人。他俩朝夕相处渐生感情，就结了婚。1970年邹秀娟生得一子，取名邹庆华。邹庆华九岁那年，也就是1979年，大陆改革开放给农村带来了生机，可是父亲没有福气，1982年修水库被巨石砸伤而死。母亲邹秀娟带着十二岁的邹庆华和三十二岁的可可，生活极为困难。到了2002年，三十二岁的邹庆华还未成家，随老乡南下深圳打工，这才遇上了姨父江大权。

邹秀娟转身进了房，牵出一个五十来岁的汉子，来到江大权身边，说："他就是可可，是你的儿子。"转身对那汉子说："可可，叫爸爸，他是你的亲爸爸呢！"可可傻笑一阵，口齿不清地说："他……他不是我……我爸，我……我爸死……死了。"邹秀娟说："死了的是你养父，他是你的生父。"可可似乎明白了，走上前叫了一声："爸爸——"

江大权什么都明白了。他走到邹秀娟身边坐下，含泪自责说："秀娟，当时我不晓得你已有身孕，要不我说什么也要带上你一起走。"

邹秀娟说："事情过去了几十年，还提它做什么？现在好了，可可找到了亲爸爸，我们还赶上了好时代。"

第二天，江大权要邹秀娟和可可一起去深圳。邹秀娟说不去也罢，她在南坑村住惯了。江大权泪水涟涟地说："是我让你们母子俩受苦了，现在我是来向你们补过的，也可以说是赎罪。"话说到这份上，邹秀娟还有什么好说的，但她仍疑虑地问："你妻子春香太太她……""朱春香前年就去世了。"

邹秀娟一阵震惊，没想到江大权也是个可怜人，他如今年迈体弱，身边不能没有女人关照，自己小他十岁，应该去照顾他，这也许就是缘分。邹秀娟这才点了头，打点行装带着可可和江大权到了深圳。江大权马上和邹秀娟办理了结婚手续，五十多年前的情人终于走进婚姻的殿堂。

### 七

这一来，邹庆华既是江雅琴的表哥，又是她的保镖。邹庆华身材魁梧，国字形脸庞棱角分明，一身发达的肌肉很是健美。一个保镖天天跟着江雅琴吃好的玩好的，太阳晒不着雨水淋不着。一个在穷山恶水里泡大的苦汉子，有了这样好的调养，就如换了一个人，显出帅气，透出灵气，成了漂亮女人身边的潇洒男子。江雅琴经常要外出谈生意，保镖当然要随身陪同。江雅琴看着这位帅哥，不由春心萌动。

江雅琴今年三十一岁，比邹庆华小一岁。她在婚姻上是个失败的女人，二十四岁时嫁给鞋业公司老板的公子涂小飞，可涂小飞天天在外花天酒地玩女人，结婚不到两年就和她离了婚。离婚后，社会上有些花花公子冲她的美貌和财富向她求婚，可是最后都有始无终。她从此对那些富家子弟十分戒备，一概敬而远之。

这天下午，江雅琴约邹庆华上公园游玩，小车直开到海滨公园。海滨游泳场的人真多，男男女女混在一起，有的情侣在水中嬉戏，有的双双躺在沙滩上享受日光浴，有的在凉伞下小憩。看着这些，邹庆华想，特区人真会享受。

江雅琴在更衣棚换上游泳装走了出来，邹庆华一看眼睛都直了。只见紧身泳装勾勒出她全身各部位美丽的线条，越发好看。

"庆华，脱了衣服下水呀！"江雅琴催促着。

"我……"邹庆华结结巴巴不知说什么好。

"我什么？保镖不下水，万一我被大浪冲走了呢？"

邹庆华一听此言，不敢怠慢，脱了衣服下了水。江雅琴的水性特好，一会儿蛙泳，一会儿蝶泳，一会儿潜入水中，把一双白嫩的脚伸出水面，做着各种动作。邹庆华只会小时候在家学的那种狗刨式，江雅琴见了不禁好笑，越发大显身手，在他身前身后穿插，扑了他满脸水花。肌肤与肌肤相贴，滑溜溜的，撩得邹庆华全身火烧火燎，终于忍不住一把搂着她。江雅琴知道他的欲火被拨旺了，一口贴住了他的嘴，如水蛇一样与纠缠在一起……

上了岸，两人又到海鲜楼吃了海鲜。回到家已是深夜，江雅琴仍没有睡意，把邹庆华带进了她的卧室。这是邹庆华第一次进她的香闺，摆设得富丽堂皇，床是扇形的，如半片荷叶。江雅琴说："你当我保镖三个月了，还没见过你的功夫，今晚露几手怎么样？"

"你不相信我的武艺？"邹庆华说着就赤膊上阵，用红绸带把腰部扎紧，健美的胴体在灯光下越发显示出男性的阳刚之美。他翻身、转体、扫腿、出拳、倒挂……动作刚劲有力，拳路分明，潇洒利落。等他收了拳，江雅琴拿出条新毛巾帮邹庆华擦身上的汗水，说："庆华哥，你这一辈子都当我的保镖好吗？"说着把身子挨了上去。邹庆华当然知道她话中所指，忙闪开身子说："雅琴，别这样，我们是兄妹。"江雅琴一把搂着他说："是的，我们是表兄妹，是没有血缘关系的表兄妹。你父亲是周家贤，母亲是邹秀娟；我父亲是江大权，母亲是朱春香！"

邹庆华一怔，还真是没有血缘关系呢！转而又说："你是一个有钱的大小姐，我只是一个粗汉，一个打工仔，不是一条道上的车。"江雅琴说："我就喜欢你这样的人，纯朴，善良，爱情专一，不会朝三暮四。"她哭着把自己失败的婚姻毫不保留地说了一遍，说："钱再多又能怎样？能买到爱情吗？现在我什么都不缺，就是缺少掏心掏肺的爱情。我嫁你一个农民，一个打工仔，真诚相爱，平平安安过一生，多幸福呀！"最后她袒露心声说："庆华，我们结婚吧！"

邹庆华笑了笑说："这事还得征求你爸爸的意见。"

江雅琴笑着说："我爸早就同意了，要不，他怎会要我开车四处找你？要不，我怎敢叫你做我的私人保镖？在海滨公园游泳我怎敢叫你下水？又怎敢叫你在我卧室显露你的武功……"

这下邹庆华恍然大悟，原来这些都是江大权安排的。江大权得知邹庆华接受了江雅琴的爱情，非常高兴，在2003年元旦为他俩举行了隆重的婚礼。

随后，江大权让居住在台北市的长子和儿媳经营台北亨得利金银珠宝公司，邹庆华和江雅琴在深圳开办亨得利金银珠宝商店。可可请了一个保姆关照着，江大权和邹秀娟二人清闲自在地在台湾与大陆之间自由往来，两个隔海相望五十多年的家庭，在九节烟杆的撮合下又成了一家。

江大权经过再三考虑，决定把九节烟杆和雪莲扇两件国宝献给国家历史博物馆收藏。他说，国宝不能私人占有，应该存放在博物馆里，让世人共赏。🍃

# 失踪的儿子

文/汤　雄

　　世上也真有这样无巧不成书的事：就在魏富仁直奔后山老妻坟墓的时候，魏金昔与他的妻子黄秋艳也正在坟头祭扫。于是，父子间爆发了一场谁也无法理得清、说得明的尴尬事！

　　一、大失所望

　　1989年仲秋的一天，随着两岸关系的渐渐解冻，六十岁的魏富仁再也按捺不住心中压抑了四十年的思乡之苦，决定随旅游团回大陆江南紫竹乡，与亲人团聚。1949年初秋，他被挟持上了最后一艘离开大陆的军舰，来到了台湾，从此断绝了家乡的音讯。当时，他刚结婚不久，妻子腹中已有了他的精血骨肉，在被一群荷枪实弹的"国军"拖出家门时，妻子的那个锥心的哭声呀，直到他被拉出村口了还听得见呢！

　　归心似箭的路上，魏富仁掐着手指细细一算：四十年了，妻子也该是年近花甲之年的老太婆了，而他们那爱情的结晶，也刚好四十岁整了。这四十年来，他们活得好吗？孩子是男的还是女的，像他还是像妈妈？想到这里，魏富仁后悔不早些写封书信回家，事先了解一下这四十年来家中所发生的一切变故，也好让结发妻子有个思想准备。不过，魏富仁也有他的一块心病，那就是到台湾后他又娶了年轻的妻子，该怎么写信向结发妻子说明，他一直拿不定主意。

魏富仁动身回大陆之前，先与后娶的妻子黄秋艳商量了一番，意欲请她一起去大陆寻亲。可是，黄秋艳说什么也不答应。这倒不是黄秋艳是土生土长的台湾竹山人，在大陆举目无亲，而是她早知道魏富仁在大陆已有妻儿了，无论在感情上还是理智上，她都接受不了。本来好好的一个两口子小家庭，现在丈夫再去大陆找回他的妻子儿女一帮亲人，只怕以后平静的生活要乱了套！所以，面对丈夫的邀请，黄秋艳没有接受，推说家中自家经营的点心店人手少，不能没有当家人，她还是一个人留下来管事为好。

黄秋艳与魏富仁结婚也有十多年了，因为黄秋艳的生理原因，所以她始终没有怀孕生子。当年她看中魏富仁，是看中了他的聪明能干，自从魏富仁十多年前从军队退休，成为台湾五十万荣军的一员后，还不满五十岁的他以退休费为本钱，在竹山县开了一家富有江南特色的点心店。也是荒年饿不死手艺人，没想到魏富仁少年时在老家当徒工时学到的一手擅长做面食点心的手艺，居然在他退休后大放异彩，不管是饺子馒头面条，还是五谷稀饭百合汤，都能以它们独具特色的风味与口味，吸引四乡八村的吃客。尤其是魏富仁独怀秘技亲手制作的"海棠糕"与"蟹壳黄"（江南名食名点），更是一经推出便声名大噪，居然轰动了半个台湾岛，还多次登上了《宝岛美食》的封面！

为此两口子衣食无忧，黄秋艳还积攒了一笔可观的私房钱，魏富仁对她也格外让步迁就。魏富仁告别妻子独自一人随旅游团来到大陆后，即向领队请了假，然后一个人急如星火地直奔家乡武夷山下的紫竹村。然而，等待他的却是难言的伤心与深深的遗憾：村上几位他儿时的伙伴告诉他，他的妻子早在十几年前就因病去世了，而他们的儿子魏金昔却

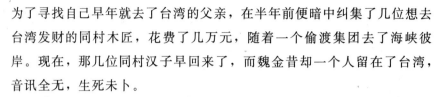

为了寻找自己早年就去了台湾的父亲，在半年前便暗中纠集了几位想去台湾发财的同村木匠，花费了几万元，随着一个偷渡集团去了海峡彼岸。现在，那几位同村汉子早回来了，而魏金昔却一个人留在了台湾，音讯全无，生死未卜。

魏富仁万没想到自己怀着一腔希望而来，面对的却是这样一个冰凉无奈的结果，不由急得直跺双脚，叫苦不迭。他连忙找到那几位被台湾方面遣送回来的木匠汉子，试图从他们的嘴中再得到些许有关自己儿子一鳞半爪的消息。遗憾的是，那几个木匠汉子也都说不出个子丑寅卯。他们只能告诉魏富仁的是，自从半年前他们偷渡前往台湾后，即被台湾方面作为"敌特对象"，关进了台湾省宜兰县的"大陆地区人民处理中心"。幸好时值海峡两岸红十字组织刚签署《金门协议》，双方红十字会负责在二十天内查复并办理了接人事宜，他们几位才被及时遣送回大陆。而魏金昔却因在台湾军警抓捕中机灵地逃脱了，所以当时就与他们散了伙。现在，他们几个回大陆了，而魏金昔却死活不知。

魏富仁又找了当地的乡政府，竟也无法落实儿子魏金昔的下落，面对着儿子留下的那间又小又破、家徒四壁的小平房，魏富仁大失所望，他只好在祭扫了前妻的坟墓后，一个人垂头丧气地回了台湾。

此时此刻，魏金昔究竟在哪里呢？


二、干柴烈火

魏金昔是个精明能干的中年人，此时此刻，他正藏身在台湾省竹山县的一家点心店里打黑工呢！

原来，半年前，魏金昔与村上几个同龄人结伴而行，偷偷搭船潜往台湾，尚未站稳脚跟，即遭到军警的追捕。他凭着自己的机灵与运气，趁着夜幕的掩护，躲掉了军警的追捕，潜入了竹山县。整整半年来，他像一只被人掐掉了脑袋的苍蝇到处乱转，靠着东打一天工，西卖一天苦力来养活自己。平心而论，魏金昔长得一表人才，1.8米的个头，浓眉大眼，唇红齿白，身上既有北方汉子力拔山兮似的剽悍壮实，又有江南书生那种玉树临风般的俊美飘逸，同时还说得一口标准的普通话。当然，更重要的是他为人善于鉴貌辨色，机敏灵活，再加上勤奋能干，肯吃苦，所以，当他不知是第几次跳槽来到这家名叫江南点心店时，便很快进入了老板娘黄秋艳的视线之中，黄秋艳知道他的来历之后，还是把他留了下来。

黄秋艳把这位大陆来的中年汉子安排在店堂后的一间小货栈里，白天干完活之后，还顺便让魏金昔担任起看守小店的夜间安全保卫工作。

此时，正值魏富仁刚动身前往大陆寻亲，有个男人帮手，黄秋艳就省心多了。

时年四十五岁的黄秋艳与魏富仁结婚十多年来，起先一直埋头经营着小店，跟着丈夫学习手艺，但随着时间一长，她与比自己整整大了十五岁的丈夫之间就有了感情上的隔阂。首先是年龄上的差距带来了生理上的不和谐，接着是结婚十多年仍膝下空空，无儿女承欢，心里也就分外失落。所以，难耐寂寞的她，终于偷偷地红杏出墙了。她瞒着丈夫，在外幽会情人——偷汉子！这次丈夫前往大陆寻亲，她拒不陪同丈夫前往，以便可以肆无忌惮地与情人幽会也是其中一个重要的原因。

然而，世上没有不透风的墙。老板娘趁丈夫不在跟前，与勾搭的情人偷偷幽会的事情，无意中竟全部摄入了魏金昔的眼中——

那天半夜，魏金昔一觉醒来，忽听到楼梯上有异样的声响，似有人正轻手轻脚地登梯上楼。起先，他还以为是老板娘夜半起来查店，但转念一想，他跳了起来：老板娘夜半查自己家的店，何必如此蹑手蹑脚，偷偷摸摸？莫不是小偷强盗偷偷潜入作案?！但是，环顾前后店门，睡前他都一一照看，门与窗都关得严严实实的，这小偷强盗又是怎么进来的呢？总不会是从店堂上方那几个面盆大小的排风扇窗洞里钻进来的吧？一阵惊觉，顿使魏金昔睡意全消，他连忙提着根木棍，躲在楼梯下面，静观事态发展。他知道老板娘一家住在二楼，只有唯一的楼梯才是通道。只要楼上再发出任何异响或等待那偷贼从原路返回时，他就可奋勇捉贼，一显身手了！

大约过了一个多钟头，果然，楼梯上又传来一阵轻微的脚步声，黑暗中，他分明看见一个黑影正蹑手蹑脚地顺着楼梯悄然而下。早有准备

失踪的儿子

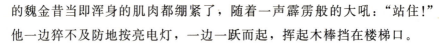

的魏金昔当即浑身的肌肉都绷紧了，随着一声霹雳般的大吼："站住！"他一边猝不及防地按亮电灯，一边一跃而起，挥起木棒挡在楼梯口。

果然，楼梯上站着一个目瞪口呆的陌生男子，他被这突如其来的喊声吓得魂飞魄散，木桩子似的站在那里不知所措。

"深更半夜的，你是怎么进来的？都偷了些什么？"魏金昔目眦欲裂，一边提着木棒步步向对方逼近，一边大声提醒楼上的黄秋艳："老板娘，关上房门，快报警，有贼进屋来了！"使魏金昔一时觉得有满头雾水罩下来的是，老板娘黄秋艳不但没有报警，反而披着睡衣，蓬乱着头发出现在楼梯口，她心神笃定地冲着魏金昔直摇双手："他……他是我的表哥呀——放他走。"

就这一句话，魏金昔就顿时什么都明白了，他只好尴尬地转身下了楼梯，眼睁睁地看着老板娘的"表哥"扬长而去。

自从黄秋艳奸情败露后，她对魏金昔的态度比以前更加温柔，更加体贴了。她不但以魏金昔一人双岗为名义，把他的工资翻了个倍，还不时赠衣送物给魏金昔，日常三餐夜宿，她也关照备至。面对老板娘无微不至的关怀，魏金昔自是瞎子吃馄饨——心中有数：老板娘这样做，无非是想封住自己的嘴。所以他的心中常为此大感不自在，好像自己反欠了人家什么似的。

转眼，八月中秋节到了。这天，老板娘早早叫魏金昔打了烊，天刚擦黑，黄秋艳便让魏金昔在店堂中摆开四方桌，端上月饼芋芳，放上美酒佳肴，还不无情调地点上了一支红蜡烛。她笑眯眯地对魏金昔说："难得今天是中秋团圆节，我说什么也要和你这个大陆仔喝上几盅。"魏金昔心明如镜，他知道这不过是老板娘又一次对他采取封嘴的措施，他一边称谢不迭，一边只好硬起头皮与黄秋艳对酌了起来。

酒过三巡，黄秋艳竟眼泪汪汪地向魏金昔倒起了满腹的苦水，说来讲去无非是她如何寂寞与孤独，她委婉地表达了自己何以偷情的苦衷与无奈。魏金昔也表示了同情与理解，两人谈得十分知心融洽。红红的烛光下，黄秋艳好似雨打梨花，满目含春，显得楚楚动人。魏金昔望着面前风韵犹存的半老徐娘，心里也不时涌上一种孤男对怨女的怜惜之情，但是，好几次他都直言不讳地表示：他只不过是店中雇用的一个打工仔，至于家中前几天发生的那件事他一概没看见，没听见。

可是，越说越苦恼的黄秋艳居然以酒浇愁，一连灌了自己几大杯，直把自己灌得目光游移，坐立不稳。她腰肢一扭，竟滑坐到了桌子下。魏金昔再不敢让她喝下去了，连忙上前把她从地下扶起来，黄秋艳人醉心不醉，无力地耷拉着脑袋对魏金昔说道："把……把我扶……扶到楼上去……"

魏金昔见状，手忙脚乱地将老板娘搀扶起来，他吃力地将娇情柔柔、目光迷离的黄秋艳扶上了楼，直扶进她的卧室里。他把她放倒在床上，正当魏金昔刚想直起身松口气的时候，突然，黄秋艳竟一个鲤鱼打挺，从床上直坐起来，张开双臂就圈住了魏金昔的头颈，紧接着一个火热热的亲吻堵住了他的嘴："别走，大陆仔，留在我身边陪陪我……"

原来，老板娘酒量大着呢，她根本没有醉！

魏金昔大吃一惊，要想挣脱，却已迟了，一个成熟的女人所特有的诱惑，顿时使这个单身孤男浑身热血沸腾，血脉贲张……

魏金昔正值壮年，却因贫穷，在十年前眼睁睁地看着妻子跟着人家跑了，如今他是筷子夹骨头——光棍一条。现在，面前这女人虽说比自己大了五岁，但她漂亮而又多情，而且腰缠万贯，是个风流十足的富婆，这使偷渡来台湾后整日忐忑不安的魏金昔的心中，顿时有了一种依靠与踏实的感觉。一个是干柴，一个是烈火，就这样，黄秋艳与魏金昔火速地如胶似漆地黏合在一起了。

一边是魏金昔与黄秋艳如火如荼、情意缠绵地混在一起，一边是作为父亲的魏富仁正忙着往台湾赶，他要尽快回到台湾，去各地"靖庐"打听他儿子的下落……

### 三、分道扬镳

"靖庐"是个特别机构，它是设在台湾的专门收容大陆私渡入台人员的"处理中心"，当局给它们起了个"靖庐"的名字，使不知内情的人还以为它们是什么疗养院之类的地方呢！

台湾当局在岛上一共设有三个"靖庐"，那几个紫竹村的大陆偷渡者就是从竹山县的那个"靖庐"中被遣送回大陆的。所以，魏富仁一回到台湾，就又马不停蹄地直奔其他两个"靖庐"，挨个打听问讯他的从没见过面的儿子，以至行色过于匆匆，连竹山家中的电话也没打一个，一心就记住查寻大陆入台的一个名叫魏金昔的人。

然而，令魏富仁最终仍落个深深遗憾的是，几天中，他访遍了岛上两家"靖庐"，都没找到让他牵肠挂肚的儿子。更令他做梦也没想到的是，此时此刻，他的儿子正美美地躺在他的妻子的怀抱中！

这天半夜时分，在结束了几天的疲劳奔走之后，魏富仁拖着筋疲力尽的身子，回到了家中。当他熟门熟路地开锁启门上到二楼时，那令他血脉贲张、目眦欲裂的一幕便正好全部被他收入了眼底！

"臭婊子！他是谁?"魏富仁劈胸从床上抓住了魏金昔，像头狮子似的咆哮了起来。

"这不关他的事，是我自己特意请来的。"没想到一边的黄秋艳居然不慌不忙表白道。事到如今，黄秋艳只好推车撞壁，豁出去了。

"我要上法院去告你们！"魏富仁气急败坏地推开魏金昔，找出一架照相机，手忙脚乱地对着那对男女一阵乱拍。

黄秋艳望着这一切不但没躲避，反而伸出手，把魏金昔紧紧地揽在怀中："拍吧拍吧，反正你告也罢，不告也罢，我们这个家早就该散了！"

"天哪！"魏富仁五内俱焚，痛苦至极，不由仰天一声长啸，跌坐在地下。

因为魏金昔是偷渡入台，他早就改换了姓名、籍贯。黄秋艳要和魏富仁分手，又是吃了秤砣铁了心，因此魏富仁身心俱悴，万念皆灰，唯一的选择就是与黄秋艳离婚，还多少可以留住自己作为男人的尊严。故而没过多久，魏富仁就与黄秋艳平静地离婚了。

离婚后的魏富仁不顾自己已是花甲之年的人，带那笔钱悲怆地离开了台湾，再度返回大陆，回到自己的故乡紫竹村。上次他回家乡时，已心有所动，打算在故乡投资，开一家点心店，没想到现在因妻子去世和儿子失踪，如今黄秋艳弃他而去，自己孤身回乡，这促使他叶落归根之念更加坚定起来。他执意要等待儿子归来。

而留在台湾的黄秋艳与魏金昔即干脆办了结婚登记手续，成了一对名正言顺的夫妻。

在去登记结婚前，魏金昔以私渡入台结婚为名，向当地移民机构自首，毕竟黄秋艳是地道的台湾土著，所以办这点小事对她来说并不难，她很快花钱雇当地律师，以人道主义关怀为借口，确立婚姻有效，使魏金昔的身份变得合法化。

看到这里，除了本故事的两个当事人仍蒙在鼓中外，读者诸君想必都已经看出来了。不错，这是一个荒唐但又真实的故事：儿子居然娶了后妈当妻子；嫡亲父子居然相见不相识！事实确也如此，天各一方长达半个世纪的岁月，从没见过儿子一面的父亲，怎可能认出面前这个凛凛七尺的大男子就是众里寻他千百度的亲儿子？

四、破镜难圆

且说魏富仁老汉怀着悲愤的心情回到大陆故乡后，即在当地政府的大力支持下，如愿以偿，他把自己的那笔巨款全部投入到再生产中，在县城里开了一家命名为"江台食品公司"的加工企业，专产有着台湾和大陆风味的点心。

魏富仁毕竟有着十几年的经营经验，而且有着一手堪称秘技的制作各色点心的手艺，所以，多年过去，江台食品公司的点心卖得红红火火，生意蒸蒸日上。由于魏富仁毕竟年纪大了，所以他再没婚娶，只是认了两个伙计为干儿子，帮助他全心全意地经营家业，一边在苦苦地打听着失踪儿子的下落。

然而，谁都没有想到的是，在即将跨进 21 世纪的时候，一双不速之客自天而降，落在了魏富仁的面前。

那两人不是别人，就是魏富仁的第二任妻子黄秋艳和那个与他有着夺妻之恨的亲生儿子魏金昔！

原来，由于"台独"分子的捣乱，台湾近年的财政金融问题十分严重，已经成为未来发展过程中严重的阻碍，台湾有可能随时面临金融危机的打击。随着大批台商前往大陆投资开发，黄秋艳的那家"江南点心店"的生意也每况愈下，一天不如一天了。于是夫妻俩商量，必须改弦易辙，另谋出路，决定事不宜迟，迁往大陆，到大陆这块政治稳定、台资经济发展态势良好的土地投资兴业。至于去大陆哪个地方投资，谙熟家乡情况的魏金昔想也没想，就认定了还是先回自己已阔别了十多年的江南紫竹村。回首当初偷渡入台的险恶经历，他真想享受一下衣锦还乡、娇妻做伴的人生乐趣！

就这样，夫妻俩变卖了家中所有的财产，跨过海峡，来到了物华天宝的江南水乡，并且就在武夷山风景区里开办了一家点心店，而且店名仍沿用台湾的"江南点心店"。

待江南点心店经营上了轨道之后，夫妻俩抽了个空，一同去了趟曾生育滋养魏金昔四十年的紫竹村。这时，魏金昔名下的那座小平房由于年久失修无人居住，已是破败不堪了，但魏金昔昔日的那几个共过患难、一起"偷渡"台湾的旧日伙伴，依然模样未改。旧友重逢，格外亲热，当即摆酒接风，推杯换盏热闹了起来。

且说众人酒酣耳热之际，忽有人向魏金昔提起往事，说十年前，金昔那个在台湾的老爸曾回到故乡，试图找回自己的妻儿。可遗憾的是，他的妻子已过世，而亲生儿子恰在那时偷渡去了台湾后失踪了，所以老人只好失望而归。魏金昔听到这里，不由悲喜交集。说实话，初到台湾，他确也一度想去寻找自己在台湾的父亲，但起先是由于身份有假，不敢声张，后来则有了黄秋艳及她一手编织的温柔乡，他也乐不思蜀，几乎忘却了此事。久而久之，他总以为半个世纪过去，估计老父也早已不在人间了，何况台湾人海茫茫，让自己上哪儿去找？没想到自己从未见过面的老父亲不但还在人世，而且还曾专程返回故乡探亲访旧，这怎不叫他啼笑皆非！

会过乡亲旧友，魏金昔又携妻子黄秋艳一起去看了他母亲的坟地，只见野草枯黄，满目悲凉，他俩祭扫了母亲的坟墓，这才含泪回到了县城。

看到这里，肯定有读者要问：既然十年前乡亲们见过魏富仁老人，那么，他们难道就不知道现在老汉早已回来，并正在县城里开点心店的事了吗？这个问题，得由魏富仁老人来解答。因为魏富仁老人在台湾遭遇婚变一事伤透了心，眼看自己年逾六旬仍光棍一条，无妻无子，还谈什么衣锦荣归，所以他第二次孤零零地回到家乡后，便不哼不哈地悄悄移居县城。自从办起江台点心店后，他就深居简出，远避尘嚣，再也不抛头露面了。县城毕竟有几十万人口，人海茫茫，远在紫竹村的乡亲们至今不知他叶落归根也是情理中的事。

平心而论，对魏富仁老人来说，就有些不正常了。因为他心里毕竟还装着一个亲生儿子！虽他从没见过儿子的面，也不知儿子失踪后现在是死是活漂泊何方，但儿子毕竟是他的亲骨肉，是他今生今世唯一的亲人呀！他何尝不想同儿子重逢，父子能欢聚一堂呢？所以，随着老人的年纪越来越大，他心中的这种思念之情也愈发与日俱增。

又是一年清明节了，魏富仁老人再也按捺不住心中对亲人的思念，他强打起精神，由一名台办的办事员陪同，第二次回到生他养他的紫竹村。这次距他上次回紫竹村，已是整整十年过去了。

乡亲们与魏富仁久别重逢，都惊喜万分地围了上来，异口同声地告诉他：他的儿子魏金昔还活着，半年前，他曾回过一次紫竹村，随行还带来了他娶的一个台湾妻子，金昔还把即将倒塌的小平房交给了村委会代管，还到母亲的坟上扫了墓，听说他在离县城十余里的风景区开了一家江南点心店……

乡亲的话，使魏富仁老人喜出望外，他不由高兴得老泪纵横。在问清了儿子现正在县城开店的地址后，他就颤颤巍巍地直奔后山，去见自己的老妻了。他要把他即将找到儿子，而且父子俩现在都已回到家乡的喜讯告诉长眠九泉下的老妻。

世上也真有这样无巧不成书的事：就在魏富仁直奔后山老妻坟墓的时候，魏金昔与他的妻子黄秋艳也正在坟头祭扫。于是，父子间爆发了一场谁也无法理得清、说得明的尴尬事！

当魏富仁老人踉踉跄跄来到妻子的坟前时，蓦然发现坟前已有两个

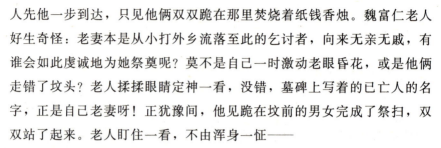

人先他一步到达，只见他俩双双跪在那里焚烧着纸钱香烛。魏富仁老人好生奇怪：老妻本是从小打外乡流落至此的乞讨者，向来无亲无戚，有谁会如此虔诚地为她祭奠呢？莫不是自己一时激动老眼昏花，或是他俩走错了坟头？老人揉揉眼睛定神一看，没错，墓碑上写着的已亡人的名字，正是自己老妻呀！正犹豫间，他见跪在坟前的男女完成了祭扫，双双站了起来。老人盯住一看，不由浑身一怔——

黄秋艳！这不是黄秋艳又是谁？她怎么会在这个时候出现在这个场合？而眼前那个中年男子也好生面熟，这不正是当年在台湾家中与他结下夺妻之恨的小子！

不等老人从惊诧中清醒，迎面望来的黄秋艳也"啊"的一声叫了起来，她像一根遭雷劈的树桩子似的愣怔在那里。还是魏金昔不动声色，他望着眼前自天而降的魏富仁老人，不由问道："魏老板呀，久违了，你怎么会来到这里呀？"

老人仍百思不得其解，没好气地反问道："我还没问你们呢，你们却反问起我来了。这是我老妻的坟墓，你们来这里搞什么名堂？"

"什么？你老妻的坟墓！"魏金昔一听这话，不由暴跳如雷，"你……你这个老东西，你倒给我把牙风把紧些，赶快把话说说清楚！这下面躺着的是我的亲娘，难道十年了，你还记得我那一箭之仇？你从台湾大老远地追到这里来，难道就是想占我的便宜吗？"

"你的亲娘？"听到这里，魏富仁老人怀疑自己听错了，"你小子再说一遍！"

"好，我再说一遍——你听清楚了。"魏金昔恼怒地望着魏富仁，一字一顿地往齿缝外迸："这下面埋着的，是我的亲娘，她是我二十多年前亲手落葬的！"

"天哪！"听到这里，魏富仁老人的面孔刷一下全白了，身体也开始摇晃了起来，他情不自禁地发出一声惨叫，"她……她确确实实是我的妻子呀！"

"啊——"就是这么一声"我的妻子"，如同晴天响起的一个霹雳，重重地砸在魏金昔与黄秋艳两人的头顶上，炸得他俩眼冒金星，头晕目眩，他俩同时意识到一场泼天大祸正从天而降，一种罪恶的报应正猛然降临到他俩的身上……

与此同时，陪着魏富仁老人一起前来扫墓的台办办事员从两人的对话中悟出，这两个男子的关系，肯定是久别重逢的父与子了。这是多么有戏剧性的一幕，分隔在海峡两岸的亲人能在这样的场合相遇，这可是悲剧中的喜事呀！办事员居然喜出望外地上前向双方表示祝贺："真是无巧不成书呀！祝贺你们父子今天能在亲人的坟前相见，你们终于团圆啦！"

不料办事员还在喜盈盈地解说着台胞回乡的奇遇，而一边的魏富仁老人却像一只倒空了的面粉袋似的，重重地摔倒在地下。待众人紧急上前扶起他时，只见老人双目紧闭，一股鲜血正从他口中喷涌而出。眼前这突如其来的变故，对老人来说确实是无比沉重的打击，它使得魏富仁老人终于彻底崩溃，瘫倒了。与此同时，另一边的魏金昔也出现情感失控，他突然仰天爆发出一阵令人毛骨悚然的狂笑声，他甩开黄秋艳，一个人疯也似的直朝山下狂奔而去……

故事说到这里，读者也许已经明白，在场的人除了黄秋艳外谁也不知道魏家父子之间究竟发生了什么事。黄秋艳和办事员一起将魏富仁老人送往医院抢救的当天傍晚，他就与世长辞了。临死时，他的双眼瞪得滴溜圆，牙关紧咬着以致崩碎了一嘴的假牙；而魏金昔深受着良心的谴责，他强忍住悲痛，一言不发地为父亲料理后事，将老父同老娘安葬在一块。完事之后，魏金昔再度失踪，不知是独自返回台湾，还是奔向异国。总之，他仿佛从人间蒸发了一样，就连他的妻子黄秋艳也不知他的去向。没多久，黄秋艳孤身一人也待不下去了，遂关闭点心店，离开武夷风景区，一个人凄凄戚戚地离开了大陆，回台湾去了。

蒙在鼓里的紫竹村乡亲，至今还在为这对历经磨难、好不容易在家乡重逢的父子深深惋惜着，他们时常议论说，人哪，不能太高兴，太高兴了身体就会承受不了，这就叫乐极生悲——魏家父子八成是乐极生悲才会这样的！🍃

# 一宫两妈祖

文/林贵福

消息一经证实，贾诚一伙顿时陷入台湾民众的声讨中，惶惶不可终日。在走投无路、万般无奈之下，贾诚找到了李老，极力哀求李老出面平息这场风波。

台湾人多信仰妈祖，岛内妈祖庙不少。但因妈祖出生地在福建，故大部分台湾人都信仰福建的妈祖，只要是福建的妈祖，都视为真身，由此引起了一场借妈祖的故事。

一

且说林默娘被封为妈祖，奉为神后，闽台两岸的百姓莫不崇仰，逢年过节，两岸百姓都要举行盛大的祭典仪式。福建作为妈祖的故乡，祭典仪式尤其隆重盛大，台湾民众竞相组团来闽挂香祭拜，年复一年，履行着信徒的神圣义务。

20世纪90年代中期，在一个春光明媚、鸟语花香的季节，与台湾一衣带水的闽南陆岛的天后宫（也称妈祖庙）迎来了一个特殊的台湾挂香团。

话说这个挂香团，乃由台湾某市一个妈祖理事会派出，带团的团长是一个腆着肚子、年过花甲的老者，名叫贾诚。别瞧这位贾诚已两鬓斑白，却有一副好身板。焚香烧纸祭拜一番后，贾诚领着团队一行人来到天后宫，会见了主持兼理事长方华。

一番寒暄，三巡茶毕，贾诚递上一封介绍信说："请会长过目。"

方华会长年过古稀，个子正与贾诚形成强烈的反差，身材精瘦，双目炯然，与一笑两眼眯成一条线的贾诚相比，显得精神了几分。

方会长看完信后，皱起双眉沉默不语。显然，信的内容使方会长感到为难。

贾诚见状，忙施展起他的看家本事，能言善语地说："方会长，台湾百姓敬仰妈祖娘娘真身由来已久，一瞻妈祖真身风采的愿望与日俱增。虽然现在两岸百姓可以相互探亲祭祖，但若结群成帮，扶老携幼辗转香港，再转道来大陆，未免有诸多不便。若会长能大力支持，借妈祖真身赴台，一来可解台湾百姓思仰真身之渴，二可借妈祖真身灵感庇佑一方，三可借此机会增进闽台两岸文化交流的气氛。如此皆大欢喜的好事，还请方会长大力玉成，实则功德无量矣！"

方华听了，神色庄重地答道："话虽如此，但此事来得太突然，何况事关重大，本会长不便自作主张。容我召开理事会相商，再做答复如何？"

贾诚两眼一眯，笑道："理当如此，理当如此。不过，还请方会长在理事会上多多美言。不知方会长几时可以答复？"

"三天吧。"

"好！"贾诚一拍大腿也站了起来，"三天之后，静候方会长佳音。"

二

理事会已开了整整一天，理事们边吸烟喝茶，边慎重地思考着该如何发言。反对出借妈祖真身的人，尽量说得婉转小心，生怕被人扣上破坏闽台文化交流的帽子；赞成出借妈祖真身的人，尽量说得堂而皇之，免得日后若有不测祸及自己。

会议一直处于这种小心翼翼又各自坚持己见的拉锯状态。华灯初上时分，方华会长深知这般开下去，即便开到天亮也开不出个结果。按他个人的意见，借妈祖一事只要方法运用妥当，手续完整，未尝不可为之，何况这事能促进两岸人民情感交流。但他身为会长，必须兼听则明，充分尊重众理事的不同意见。

沉思良久，方华眉头一扬，朗声道："诸位理事，既然大家意见相持不下，那么就请示上级决定吧。"

"赞成！"

"没意见！"

众口一词，方华松了一口气："散会！"

很快，第三天上级的批示就下来了，很明确：借！附带条件：必须以此为契机，引进台资，促进家乡的发展与繁荣。

"借"字一出口，贾诚笑得眼睛眯成一条线，当即捐献五十万台币给内地希望工程。此举受到了当地政府和百姓的交口赞誉，贾诚好不得意！

择了个黄道吉日，双方理事会把妈祖真身重新打扮一番，焚香祭拜后就鸣金击鼓，万炮齐响，幡盖旋转，彩旗蔽日地把妈祖真身送上早就精心布置好的大彩船。

又是一番繁琐的礼仪后，彩船才徐徐起航。双方的理事们挥手互相道别，负责随船护神的陆岛五位理事亦频频向岸上的方华会长挥手致别："放心吧，三个月期满，我们就同妈祖一起回来！"

站在船头的贾诚闻言，脸上露出一丝不易觉察的冷笑。

## 三

妈祖真身抵达台湾，消息传出，百姓们争先恐后地前来瞻仰烧香祈拜，妈祖庙内外，万头攒动，盛况空前。

以贾诚为代表的台方理事们见状，喜得手舞足蹈。名也得到了，财也得到了，理事们打心眼里感谢大慈大悲的妈祖娘娘来到宝岛。

借期三个月很快到了，陆岛护神的五位理事再三催促贾诚按期送还妈祖真身。然而，贾诚却以台湾民众瞻仰参拜为借口，一拖再拖。眼看一个月又过去了，贾诚丝毫没有归还妈祖的意思。陆岛的理事们急了，忙打电话请求方华会长派人来协助讨回妈祖。

方华会长接到求助的电话，马上召开理事会，商议讨回妈祖的办法。商议了半天，最后决定由方华亲自带人赴台交涉，一方面要求当地政府派员一同前往。

事有蹊跷，政府当即派了宗教局局长郑书亮一同赴台。

等办完了赴台的手续，方华一行人匆匆赶到台湾时，陆岛的理事们却告知方华：贾诚和理事会的几个头头前几天跑到美国玩去了，还不知几时能回来。

方华和郑书亮碰了一下头，意识到贾诚是闻到风声有意躲避，赖着拖延归还时间，甚至不想归还了。

意识到事态的严重性，郑书亮建议兵分两路：一路由方华出面，与没去美国的台方理事们交涉；一路由郑书亮出面，找当地官员协助。

先说郑书亮一行人要求当地官员出面协助讨回妈祖，不料当地政府却推说此事属民间组织，信仰自由，地方官员不便干预，予以拒绝了。

再说方华一行人找到台湾妈祖庙的几个理事，阐明借期已超过，要求按原协议归还妈祖，并出示了借条协议。台方理事们却说他们做不了主，要等贾诚回来再议。

两条路都堵死了，怎么办呢？等吧？就算等回来，他们要是真的赖着不还又怎么办？

一宫两妈祖

## 四

就在方华、郑书亮到妈祖庙做最后交涉的时候，恰好碰到一个前来瞻仰妈祖的福建老乡，他名叫黄伟，是台北一家电子娱乐中心的董事长。黄伟早就听说家乡的妈祖真身灵验，所以从菲律宾处理完业务刚回到台北，就携太太一同前来瞻仰礼拜。路过禅房时，正巧听到方华一行人与庙里的理事们吵得不可开交。出于好奇心，黄伟有意无意地近前聆听。听着听着，听出眉目来啦，一股正义感油然而生。他暗忖大陆那边好心借给妈祖真身，无非是念及两岸骨肉情，这边却见财起意赖着不还，这真是岂有此理！正欲上前帮说，转念又觉不妥。他想起了另一个福建同乡，喃喃道："对，就找他，也许能帮上忙。"

黄伟上前拽了方华和郑书亮一把，示意跟他走。

方华、郑书亮不明就里，见有人拽，便跟着上前迟疑地问："先生是——"

黄伟回头四下一看，见无人注意，这才自我介绍道："我姓黄，是福建老乡。你们的事我都听清楚了，这样吵下去解决不了问题的。"

"可是……"方华气愤得说不出话。

"不要焦急，"黄伟说，"我有一个朋友叫李叔涛，也是福建人，就在台北。此人在宗教界颇有影响，算得上德高望重。我带你们去找他，兴许能解决问题。"

郑书亮一听，双手一击，兴奋地说："太好了！我说呢，这么大个台湾，哪会找不到一个正义之人。"

当下，郑书亮、方华搭上黄伟的高级轿车，直奔台北。

到了台北，顾不得休息，黄伟就带着方华、郑书亮找到了李叔涛。

李叔涛早年随父从商到菲律宾，后又辗转到了台北，现是台湾宗教界权威人士。

李叔涛听完方华的话后，沉吟片刻道："此事还真有些棘手。供奉妈祖真身，乃信众之愿，单凭我的威望，他们未必就情愿把妈祖轻易地归还。必须想出一个办法，才能让妈祖真身早日返乡。"

"李老说的是，要有十分把握才可付诸行动，否则还会节外生枝。"

黄伟赞同地说。

第二天，黄伟带着方华、郑书亮刚踏进李府，李老就高兴地叫道："来得好，来得好，我正要电话催你们呢。"

"怎么？想到好办法啦？"黄伟见李老高兴的样子，心里已经猜到了几分。

"让你猜对啦！"李老今天精神特别好，忙招呼大家就座喝茶。

"李老，您别忙碌，快把好点子告诉大家吧。"黄伟笑着扶李老坐下。

李老笑着说："看你猴急的，有些事偏偏急不得。"李老说着从案上拿过一封封了口的信，交给方华说："你们拿着这封信，明天就全部起程，打道回府吧。"

"明天？"众人大吃一惊。

"对，就明天！记住，信到了家以后才可以打开看，千万不能泄露天机。"李老神秘而又严肃地叮嘱着。

众人见李老这般神色，不像在开玩笑，都将信将疑地看着他。

"李老，您这倒有点像诸葛亮留锦囊妙计斩魏延啊！"黄伟笑着打破了凝重的气氛。

"黄老弟不愧为董事长，又让你猜对啦！"李老对黄伟说，"你留在我身边，配合我行动，保准不出一月，贾诚他们就会隆重地把妈祖娘娘送回大陆天后宫。"

郑书亮、方华一齐说："若能如此，则李老功德无量矣！"

李老摆摆手道："举手之劳，不足挂齿，何况是为家乡略尽微薄之力。"

黄伟叹道："难得李老人在台湾，心里还挂记着故乡。"

"唉，骨肉同胞血浓于水嘛。"李老心情沉重地叹道，"可惜我老了，身体又一直不好，虽然大陆近在咫尺，却难有机会辗转海峡回到故乡去看看了！"

"李老，会有机会的。"众人齐安慰道。

"你们不用安慰我啦。来，我就把目前要做的事交代一下，而后大家各自分头去准备吧!"

五

贾诚带着理事会的几个头头躲到乡下别墅寻欢作乐,对外声称去了美国,其实暗中却在遥控指挥着妈祖庙的事务。

半个月过去了,没有方华他们一行人的消息,贾诚正纳闷,忽接到方华他们回大陆的消息。贾诚一听,开怀大笑:"我早说过嘛,强龙斗不过地头蛇的。怎么样,伙计们?"

理事会几个人齐声说:"还是会长棋高一着,看来咱们可以打道回府了,在这里困了十几天,闷死人了。"

贾诚一拍大腿说:"好,打道回府!"

贾诚一伙回到妈祖庙的第三天,突然听说台北宗教界泰斗李叔涛要来瞻仰妈祖真身。

贾诚闻言,惊喜交加。他本来就计划要把妈祖真身移驾台北,好在那里另发一笔横财,只是苦于没有台北宗教界的人牵头。却不想打瞌睡就有人送上枕头,活该我贾某人财星高照,风光体面。要知道,李叔涛在台北宗教界是一位一呼百应的人物,有他替自己鸣金开道,岂不是阿弥陀佛!

贾诚想到此,心花怒放,忙令人安排接待,自己则率领理事会成员在庙外恭候。直等到黄昏,才见大道上一前一后风驰电掣地驶来两辆豪华小轿车。

贾诚每条神经都兴奋起来,喊道:"来了,来了!"

两辆小轿车"吱"的一声停在妈祖庙前广场上,贾诚等人毕恭毕敬地迎上前去。

车门开处,果然是老态龙钟的李叔涛。

"欢迎李老大驾光临!"贾诚弯腰作揖地问候道。

"你是——"李老打量着贾诚问。

"他是天后宫理事会的会长。"有人介绍说。

"鄙人姓贾名诚。"贾诚上前去扶李老,自报家门。

"哟，是贾会长，久仰了。"李老客气地笑道。

"不值一提，不值一提。"贾诚满面春风地说，"李老大驾光临，顿使本院蓬荜生辉，妈祖有灵，亦引以为荣。"

"不必客气，"李老边走边说，"老朽闻知妈祖真身来台，早就想来瞻仰。一来事务繁忙，二来身体欠佳，一直拖到现在。听说岛内来拜香的信众数以万计，很是风光。"

"哪里，哪里。李老请。"贾诚得意地笑道。

贾诚引路，带着李老一行人来到妈祖真身大殿上。贾诚指了指说："这就是大陆来的妈祖真身。"

李老虔诚地闭上眼睛，双手合十，口里念念有词地行了一番礼仪，而后睁开双眼，目光凝视着妈祖真身。

良久，李老转身对贾诚道："请关掉大殿里所有的灯。"

贾诚一怔，顺从地吩咐随从关闭大殿灯。

大殿里顿时一片黑暗。

众人莫明其妙地在黑暗中睁大眼睛，却什么也看不到。过了片刻，李老吩咐开灯。开了灯，贾诚小心地试探着问："李老，您这是——"

"这尊妈祖是假的！"李老脸色铁青，斩钉截铁地说。

如一声闷雷，震得大殿上所有的人都张口瞠目。

许久，贾诚才结结巴巴地问："李老，您——没、没看错吧？"

李老威严地说："你怀疑我的话？"

"不，不是，只是这妈祖是我亲自到大陆接过来的啊，怎么可能是假的？"

李老冷笑一声："那是你中了人家的调包计。"

"这这这——"贾诚一时语塞。

李老"唉"了一声，这才揭开谜团："老朽是妈祖故乡人氏，一辈子都在研究妈祖文化，这假妈祖休想蒙骗我。你们可知，真身妈祖，她头顶冠上嵌有一颗夜明珠，一到夜晚就放出光芒——你们知道为什么吗？"

众人不解，只是摇头。

李老说："这里有个典故。当年林默娘眼见渔民们因没有灯塔航标，不少船只迷航触礁，船翻人亡，因此发誓要将自己变成灯塔坐标。林默娘仙化后，人们根据她的遗愿，在海边立了林默娘的塑像，并在她的头冠上嵌进一颗夜明珠。每当夜晚来临之际，冠上的夜明珠就会放出光芒，指引渔民们安全航海捕鱼。后来，大陆天后宫凡是真身妈祖头冠上都嵌有夜明珠。"李老说到这稍歇口气，目光盯着贾诚说："刚才，我吩咐关灯，却不见有光芒出现，所以可以肯定此真身有假。不信，你可派人到大陆去看看，我敢肯定妈祖真身还在大陆天后宫，而且每晚必会放光芒。"李老此番宏论一出，大家都听得呆若木鸡。

没几天，台湾的大小报纸公开揭露贾诚借假妈祖真身诈骗钱财的报道，贾诚一伙人惊慌失措。他们暗中派人到大陆天后宫暗访，得到的消息与李老说的一样，果然在夜色来临时，妈祖真身头冠上明珠大放光芒。消息一经证实，贾诚一伙顿时陷入台湾民众的声讨中，惶惶不可终日。在走投无路、万般无奈之下，贾诚找到了李老，极力哀求李老出面平息这场风波。

李老见时机已成熟，意味深长地说："为今之计，解铃还需系铃人。"

贾诚闻言恍然大悟："李老的意思是送还妈祖？"

李老严肃地说："还要赔礼道歉，所收不义之财归还信众。"

贾诚诚惶诚恐地说："弟子一定照办，只是所收香资来自万众，如何归还？"

李老道："钱财因妈祖而来，理当与妈祖同归，一并送到大陆。为妈祖故乡添砖加瓦，也是完璧归赵的途径。只有这样，你们才可躲过此场灾难。诸位好自为之吧！"

贾诚顿首再拜："弟子明白了。请李老放心，我们一定照办。"

数日后，以贾诚为代表的理事们全体出动，打鼓敲锣、鸣金放炮地把妈祖恭恭敬敬地送归大陆天后宫。

方华、郑书亮等人早就等候在码头，一挨彩船靠岸，众人一拥而上，格外小心地把妈祖抬下船送往天后宫。

贾诚一行人到了天后宫大殿，果然见大殿上另有一尊高大威仪的妈祖端坐在大殿上，慌得他们跪倒就拜，口里连声谢罪道："天后慈悲，请宽恕弟子一时鬼迷心窍，冒犯了神灵。弟子发誓从今以后一定改过自新，妈祖娘娘，请您宽恕我们吧。"

　　"错啦。"方华会长走进大殿，指着刚抬进大殿的妈祖像说，"这尊被你们借去半年的才是妈祖真身。"

　　贾诚一听，愣了半晌，一头雾水地问："这——是怎么回事？"

　　方华会长哈哈大笑说："你还是看看李老这封信吧。"

　　贾诚接信一看，顿时全身无力地瘫坐到地上。

　　原来，李老这封信是叫方华他们赶紧回大陆，重塑一尊妈祖像，并依计在妈祖头冠上安上一颗会闪光的明珠。贾诚派来的人不明真相，就把妈祖头冠明珠会闪光的消息传回台湾。贾诚信以为真，加上李老、黄伟在报上大造舆论，逼迫贾诚一伙人不得不把妈祖真身送回大陆，并奉上台湾民众捐献的香资五千万台币，为妈祖的故乡建设加砖添瓦。

　　此后，陆岛的天后宫大殿上同时安放着两尊妈祖娘娘的圣像，成为闽南天后宫的一大奇观。🌿

# 蝶影惊魂

文/徐凤清

　　这时，钟华的神志还没有完全昏迷，他一下看到了生的希望，使足全力挣扎着喊："警察，这女人在撒……撒谎，她是个国际蝴蝶贩子……"

　　一、催儿成婚

　　台湾钟轩清的华宏公司，坐落在东南沿海青台山区。企业越办越兴旺发达，他觉得到大陆投资的路走对了。不过，最近一段时间，他有桩挥之不去的心事，搅得他心头烦乱。因为公司技术科有个叫谢红梅的女大学生，长得漂亮，聪明好学，本地山区人。她接连为公司攻克了几道技术难关，把产品质量一次又一次地提升了。钟轩清深深喜爱上了这个姑娘，想把她娶为自己的儿媳妇。如果能如愿，他的公司将更加蒸蒸日上。可是，他的儿子钟华远在比利时的皮尔顿大学留学，虽然学习期满，但不知为什么，他接连打了几个越洋电话，儿子总是推说还要继续深造，不能回来。就这样，这桩好事迟迟不能促成。钟轩清就这么一个儿子，妻子死得早，为了不让儿子受委屈，他就没有再娶。想不到，儿子大了，不听他的话了，让他十分伤心无奈。

一天，钟华突然打来电话，说他非常想念爸爸，马上抽空回来。钟轩清立刻精神大振，有意把儿子要回来的消息告诉谢红梅，说他的儿子长得如何英俊潇洒，如何懂事聪明，回来后你们见见面……谢红梅脸一红说："钟老板，这是你的福气。"

其实，钟轩清早就把儿子从网上传过来的相片给谢红梅看过，钟华的形象让谢红梅感觉不错。但她压根儿没有往钟轩清的心思里想，只当是老板在她面前炫耀儿子罢了。

三天后，钟华坐飞机赶回大陆，再坐汽车来到青台山的华宏公司。钟轩清不知有多么高兴了，当天就在小镇一家酒楼为儿子设宴接风。钟轩清只请谢红梅一人作陪，谢红梅推了几回没有推掉，她已经明白了老板的心思。父子俩同谢红梅三人坐在酒楼上，桌上摆满各种山里的特色菜，窗外山清水秀。钟轩清替儿子和谢红梅各倒半杯葡萄酒，站起来举杯说："来，红梅姑娘，我们先干了这杯，为钟华回来看我接风！"

这时钟华的眼睛早盯住了谢红梅，而谢红梅呢，始终红着脸抬不起头，心怦怦跳。喝完第一杯酒，钟轩清又举起第二杯，对儿子说："爹这家公司，能有今天的兴旺发达，多亏了红梅姑娘在技术上一回又一回的创新，她是公司难得的人才……"

钟华站起来，举起酒杯热情地对谢红梅说："谢小姐，我代表爸爸感谢你，我本人也很高兴结识你，希望我们能够成为亲密的朋友！"

谢红梅只得站起来回应。她镇定一下自己的情绪，抬头举杯，大方地对钟华说："谢谢你们的看重。我在公司之所以尽心尽责做好本职工作，是因为钟老板对我家乡的发展做出了贡献，对我做的工作，你们父子俩完全用不着放在心上。"

钟轩清又举杯对两个年轻人说："现在我的公司是天时、地利、人和都占全了，我相信以后的事一定心想事成！"

钟华和谢红梅互相看了一眼，双方像是心领神会一般，面朝钟轩清，将酒一饮而尽。

钟轩清看在眼里，喜在心里，发现两个年轻人的眼睛里同时迸出了火花。他说："我有事先走一步，你们年轻人可以好好聊聊。"

谢红梅也站起来要离开，她的一双手却被钟华紧紧攥住。他热情地说："红梅，我父亲都跟我说过了，我喜欢你！"

谢红梅乍一听，头有点晕了，但她还是推开了钟华的手……

二、采蝶

钟华开始拼命追求谢红梅。谢红梅对他说："你是留学生，又是台湾老板的儿子，我呢，不过是读了四年大学的山村姑娘，我俩怎么说都不配。"

钟华捉住谢红梅的手，动情地说："红梅，怎么不配呢，台湾大陆本来是一家，分不开的，只要心心相印。说实话，我最喜欢有文化的山里姑娘，你美得像盛开的满山遍野的映山红，清纯得像照得出人影的山泉……"

谢红梅经不住钟华火热的追求，终于答应了他的要求。这事乐得钟华父亲钟轩清梦里也笑醒了。

一天，钟华对谢红梅说："你带我去长野花野草的山沟里遛遛，我俩一起去放松放松精神！"

谢红梅见钟华身穿白色西装，头戴白色太阳帽，肩上扛着根竹竿，竹竿上系着只白色网线袋，显得英气勃勃，这让她心里充满了甜蜜。她问："钟华，你带上网线袋干什么呀？"

钟华在谢红梅脸上热烈地吻了一下，打个响指回答："暂时保密。"

谢红梅怀着一颗幸福而又好奇的心，带钟华转过一座又一座山冈，来到一条长满野花野草的大山谷。只见许多色彩斑斓的蝴蝶在空中飞来飞去，在野花野草的映衬下组成一幅美丽无比的画卷。

钟华兴奋极了，他举起白色网线袋，在草地上奔来奔去。谢红梅奇怪地说："钟华，你在干什么呀？"

钟华脸上已经渗出细小的汗珠，又匆匆在谢红梅脸上亲了一口，告诉她："我刚才说的秘密现在可以告诉你了——我要捕捉一对最漂亮的蝴蝶，作为我们爱情的象征。"

谢红梅一听，在她的眼睛里出现一丝不易让人觉察的阴影。但是，她很快恢复常态，指着眼前飞来飞去的一群群蝴蝶说："钟华，你看，在我们青台山，哪一只蝴蝶不是漂亮得让你眼睛发跳？看你，都满头大汗了，你就是随便捕捉一对，我都会高兴的。"

钟华兴致勃勃，举着白色网线袋在草地上一面奔跑，一面转头对谢红梅说："红梅，我对爱情是忠诚的，捕捉不到最漂亮的一对蝴蝶，我决不罢休。"

钟华快乐得像个孩子，捕了一只又一只，看看不满意，又放了。就这样，捉捉放放，放放捉捉，直到太阳快下山，还是没有捕捉到他满意的一对蝴蝶。

在回去的山路上，谢红梅见钟华奔了一天，累得走路时双腿一瘸一瘸的，她心疼地劝他："钟华，我要的是你的情，不是要你捕捉一对最漂亮的蝴蝶。"

钟华态度坚决地回答："不，你明天还要带我来，一定要捕捉象征我俩爱情的一对蝴蝶，我决不马虎。"

就这样，谢红梅陪着钟华在这条山谷中捕了三天，钟华还是没有捕捉到他所认为最漂亮的一对蝴蝶。而谢红梅的眼神却越来越困惑，像是担忧着什么，只是没让钟华看出来而已。那天回去的山路上，钟华突然问谢红梅："听说你爸爸在山里干活？"

谢红梅告诉他：她爹常在深山里转，采点草药过日子。

钟华听了一下蹦起来，在谢红梅脸上狠狠亲了一口，说："有了，明天请你爸爸带我们进深山，他肯定知道哪个旮旯里有最漂亮的蝴蝶……"谢红梅为了满足钟华的执著追求，只好答应了。

第二天，谢红梅的爹——已经年近六十的谢玉泉老汉，肩背草药篓子，带着钟华同谢红梅一行过山涧、攀悬崖、钻老林，中午时分进入一条开满野花的狭长山谷。这里真是蝴蝶的新天地，各种颜色绚丽的蝴蝶像一团团彩云，在山谷里游动，看了叫人眼花缭乱。

钟华高兴得又蹦又跳，大喊："天啊，这么多蝴蝶啊！"

谢玉泉老人指着山谷对钟华说："小伙子，你要的蝴蝶就在这里找吧。"

说罢，老人自己便到山坡去采草药了。钟华举高白色网袋，在蝴蝶的海洋里，捕了放，放了捕。功夫不负有心人，个把小时后，他终于高喊着捕捉到一只翅膀金色，翅膀中间有着一颗黑墨星状的大蝴蝶。他小心地把它从网袋里捧出来，装进一只大口玻璃瓶。

采草药的谢玉泉老人听到喊声跑过来，看到那只金翅膀蝴蝶正在瓶子里扑动挣扎，便说："年轻人，你捕到了我们青台山最漂亮的一种蝴蝶。我们山里人把这种蝴蝶叫墨斑金蝶，你的运气真好！"

谢红梅见天色已近黄昏，便催钟华："这下你可满足了吧，我们该回去了。"

钟华兴奋地说："不，我要捕的是一对。看样子，这只是雄的，还要捕只雌的。"接着，他又举起捕蝶袋。当他奔得大汗淋淋的时候，果然又捕捉到一只体形略小，也是光彩照人的墨斑金蝶。

经谢红梅爹辨认，他肯定地告诉钟华："年轻人，你捕到的确是一对墨斑金蝶。"不过又警告他："年轻人，你只能进山来捕一回，不能再进来捕第二回！"

钟华抬起头，一脸疑惑：为什么不能进来捕第二回呢？

三、诱惑

钟华捕到一对墨斑金蝶后，喜形于色，对父亲钟轩清说，他接到皮尔顿大学迪克林教授电话，要他立刻赶回去，结束他同迪克林教授合作的研究课题。钟轩清着急了，怎么来去匆匆？他要儿子同谢红梅完婚后过去，可是，钟华的态度很坚决，婚事先放一放。钟轩清无奈之下只好去找谢红梅。谢红梅却大度地笑笑："不要紧，钟华的学业要紧。"话说到这个分上，钟轩清也不好勉强他们。

钟华同谢红梅分别时，信誓旦旦地表示："放心，我很快就回来，你永远是我的心上人。"

谢红梅有点伤感地说："钟华，祝你一路走好，盼你去了很快回来，我等着你。"

第二天，钟华兴冲冲去省城，再坐飞机赶到比利时皮尔顿大学。在一幢树木掩映的小别墅前，他按响门铃。大门打开，立刻飞也似的蹦出一个金发碧眼女郎，她扑上去抱住钟华，猩红的嘴唇在他脸上乱啃："亲爱的钟，我想死你了！"

这个美丽而又热情奔放的女郎叫爱丽沙，是迪克林教授的女儿。她早把钟华迷得神魂颠倒，怪不得他的父亲多次催他回大陆公司，他一推再推，他在这里是乐不思蜀了。爱丽沙扶着他的胳膊，一同进了她父亲迪克林教授的书房。迪克林推推脸上的金丝眼镜，又摊开双手，兴奋地对钟华说："小伙子，祝贺你成功归来！"

原来，在钟华同爱丽沙热恋得如胶似漆的时候，爱丽沙有天向他提出，要他送一件礼物给她爸爸。钟华问："送什么礼物？"爱丽沙玉一样滑腻的双臂钩住他脖子，摇着身子说："你马上回中国大陆一趟，捕一对最漂亮的蝴蝶，要活的。我爸爸是蝴蝶迷，他收藏了世界上许多美丽的蝴蝶，你若能做得到，让我爸爸满意，我俩的事一定成功！"

钟华想，这有何难，当即答应。可这时，迪克林教授拿出一本生物杂志，指着一对长着金色翅膀、翅膀中央有一颗星形墨斑的蝴蝶，对钟华说："我要的是这样一对蝴蝶，别的地方没有，只有你爸爸开公司的中国大陆青台山才有。你回去捕的时候，一定要看清看准啊！"接着，给了他这种蝴蝶的照片。迪克林教授还密授他一旦捕到这种蝴蝶，离开中国时避开机场检查的方法。钟华想，就一对蝴蝶，何必搞得那么神秘啊！

钟华因为这才回到大陆青台山，假装答应父亲同谢红梅的婚事，并且利用谢红梅熟悉家乡地形特点的条件，继而通过谢红梅她爹的引路，终于在一条深山谷里捕到了迪克林教授所要求的墨斑金蝶。他满怀兴奋拿出一只中国产的糖果盒，打开来，里面不是糖果，而是静静躺着的一对被喷洒了麻醉剂的墨斑金蝶。这就是迪克林教授秘授的逃避中国机场的检查的方法。只见迪克林教授拿过一只喷壶，对躺着一动不动的蝴蝶"嗤嗤"喷几下，蝴蝶慢慢苏醒过来了。迪克林教授看到这对蝴蝶金光闪闪的翅膀中央，果然有颗迷人的星状墨斑，不由得眼睛大放光芒，他喊道："我的上帝，这么漂亮的蝴蝶，你终于到了我的手里！"

接着迪克林拿出放大镜，对着墨斑金蝶仔细地瞧了又瞧，脸色越来越难看，终于摇摇头，对钟华说："小伙子，你上当了！"

钟华大吃一惊，说："怎么，我上什么当了？"

迪克林教授指着蝴蝶说："问题出在蝴蝶的墨斑上，我要的是五星形，你抓来的却是三星状。"

钟华瞪大眼睛仔细比照，迪克林教授没有说错，他泄气地垂下了脑袋。

爱丽沙尖叫着斥责钟华："你怎么这样粗心，我俩的爱情被砸啦！"

迪克林教授却安慰钟华说："小伙子，别泄气，虽然你没有捕到我需要的那种蝴蝶，但你却抓到了它的亚种。我可以肯定地说，墨斑五星金蝶就藏在亚种的附近，你再回去一趟，一定能捕到。"

钟华不解地问："迪克林教授，我看这亚种也够漂亮的了，为什么——"

迪克林教授打断他的话头说："好吧，跟我跑一趟，让你彻底明白。"他带着钟华、爱丽沙赶到郊外一个小农场，在一幢宽敞的种着花草的玻璃房子里，钟华看到许多漂亮的蝴蝶标本，还有飞来飞去的活蝴蝶。迪克林教授告诉钟华：他这辈子最遗憾的是没有收藏到中国大陆、也是世界上最美丽、最珍贵的墨斑五星金蝶。现在这种蝴蝶世界上黑市价是二十万美元一只，可惜出再高的价钱也无处可觅。如果把墨斑五星金蝶搞过来，通过自然或人工授精，孵化出一代又一代，那可是财源滚滚啊……

钟华倒抽了口冷气，迪克林教授原来是个蝴蝶贩子！迪克林教授看到钟华变了脸色，突然哈哈大笑说："小伙子，你的胆子太小了。这个世界上啊，哪个有成就的人不做点冒险事业？告诉你，如果你回去把墨斑五星金蝶搞一对过来，我的宝贝女儿立刻嫁给你。我就这一个女儿，我通过做蝴蝶生意已经积蓄亿万资产，而且还在不断增加，你爸爸在中国大陆开的公司是不能与我相比的。年轻人，好好想想，美女、亿万财富，你该怎么选择？"

"不！"钟华说，"这在中国是犯罪行为，我害怕。"

迪克林教授见钟华不肯就范，脸一板说："好啊，如果你不想过好日子，我把你的一切贴在贵国政府网站，你已经把墨斑五星金蝶的亚种偷出境外，这也够你受的了。何去何从，你要三思！"

钟华终于在美女与金钱的双重诱惑下，在迪克林教授的压力胁迫下，再次点头答应。


四、温柔陷阱

迪克林教授还提出，让爱丽沙跟着钟华一块回中国大陆青台山。钟华有点尴尬，带回一个金发碧眼的漂亮女人，老爸会怎么看。谢红梅的态度又会怎样？说实在的，他虽然对谢红梅婚姻的许愿是虚假的，但是这个山里姑娘特有的清纯气质，也让他深深喜爱，只是有了异国的爱丽沙，他才不得不把这份爱埋到心底。他既然欺骗了她，再也不能让爱丽沙去刺激她。迪克林教授看出钟华犹豫不决的态度，便拍拍钟华的后背说："小伙子，别介意，对你爸说，爱丽沙只是到中国大陆看看，别的没有什么。"

爱丽沙蹦上来，又张开双臂钩住钟华脖子说："亲爱的，答应我，听说中国大陆神秘而美丽，你看，你爸爸开公司的青台山，那里的蝴蝶那么漂亮，风光一定更加迷人。再说，我同你一同回去捕捉宝贝，多一个人辨认，肯定不会再出错。"

钟华为了消除父亲对他的怀疑，在迪克林教授家里住了半个月，意思是同迪克林教授最后完成了课题研究，便带着爱丽沙坐飞机回到大陆青台山。钟轩清看到儿子竟然带回一个金发碧眼的外国女郎，惊得目瞪口呆。钟华连忙解释，说她是自己教授的女儿，趁假期学业有空，跟着到中国来看看。爱丽沙装成十分羞涩的淑女模样，微微低着脑袋说："伯伯，我常常听钟华夸赞你们中国的伟大、美丽，我一直对中国十分向往，这回有个机会，我要好好看看，玩玩，请伯伯多多关照。"

钟轩清一听，又看看爱丽沙绝非轻佻之女，也就放下了心。不一会，谢红梅过来，看到钟华带回一个外国女人，也暗暗一惊。不过她很快调整好自己的心态，微微笑着跑上去打招呼。钟华指着谢红梅向爱丽沙介绍，说她叫谢红梅，他的女友。这些，是他在回国途中同爱丽沙策划好的，现在做做戏而已。这时，爱丽沙笑笑，对谢红梅说："亲爱的谢，你有个潇洒英俊而充满才气的男朋友，祝你们幸福快乐！"

钟华轻轻喘了口气，见两个女人都没有相互怀疑，也自感得意。

第二天，爱丽沙装成天真烂漫的女孩，在公司的前山后坡上采野花呀，捕昆虫呀，有时还有意弄得满身草屑泥迹，让钟轩清看了确信这个外国姑娘同自己儿子没有任何关系。谢红梅也因公司有一个新产品遇上难题，正全力以赴加班解决，无暇顾及钟华的事。

钟华觉得他同爱丽沙的行动没有引起任何人的怀疑，五六天后的一个日子，他同爱丽沙一大清早悄悄进山，沿着上回谢红梅她爹领着爬过的路途，午前就进入那条上回捕到墨斑五星金蝶亚种的山谷，可看到的还是上回的那种蝴蝶。他记起迪克林教授说的，真正的墨斑五星金蝶一定藏在离它的亚种不远的地方。他们一连转了几条山梁，来到一条开满映山红的山谷，只见蝴蝶一群群一团团，在映山红花丛中翩翩起舞。爱丽沙一反这些天装成的淑女形象，抱住钟华喊："天哪，亲爱的钟，你们中国真是伟大极了，果然有这么多漂亮得叫人眼睛发眩的蝴蝶，快张开你的捕蝶网，上帝一定会祝福你的！"

果然，没费多少时间，他们捕到了一对金色翅膀中间有一颗五星状墨斑的蝴蝶，随即装进一只玻璃瓶。这时的钟华不用说有多么兴奋了，美女、亿万资产都将用这对蝴蝶换来呀！

经爱丽沙一双碧蓝眼睛确认，这对蝴蝶是真正的墨斑五星金蝶，她喊着："亲爱的，你真棒！"扑到钟华身上，张开润湿的猩红嘴唇，紧紧啃住钟华的嘴巴，两人的舌头立刻绞在一起，谁也不肯松开。可就在钟华兴奋得全身发颤的时候，突然感到脑袋发昏，四肢发麻，他急忙推开爱丽沙大喊："爱丽沙，我头昏，手脚发麻……"说罢，便倒了下去。

爱丽沙双手高高举起来，在草地和花丛中来回奔跑了几圈，看着滚在草地上不能动弹的钟华，把装着一对墨斑五星金蝶的瓶子捧在手里，冷笑着说："亲爱的钟，你就安静地躺在这里吧，这是上帝的安排。瞧，你多幸运，这里有美丽的花，有漂亮的蝴蝶陪着你。我呢，我将神不知鬼不觉地跑出青台山，回到迪克林教授那里交差，我将得到百万英镑的酬劳！"

钟华一下被弄糊涂了，事情怎么会这样呢？他冲着爱丽沙吃力地喊道："你不能这样，爱丽沙，救救我……"

爱丽沙跑了几步，又退回来，说："看你这个小傻瓜傻得可爱，我把来龙去脉告诉你吧！"

原来，爱丽沙根本就不是迪克林教授的女儿，是他花钱雇来的帮工。迪克林是个蝴蝶贩子，顶着教授的虚衔，利用美女与金钱，诱惑和胁迫各国学生利用假期回国捕捉名贵珍稀蝴蝶。他早就知道中国大陆青台山区有世界上最珍贵的墨斑五星金蝶，但没能弄到……于是，他精心导演了这场用女色和金钱作诱饵的阴谋，让钟华上钩。在刚才两条舌头搅在一块的时候，爱丽沙把预先藏在舌根下的一颗毒丸咬碎，流出强烈的神经麻痹毒液，要把钟华送上不归路，为的是掩盖迪克林教授的阴谋与罪恶，爱丽沙则吞服了解毒药……

钟华听了心惊胆战，想不到迪克林教授同爱丽沙竟是这样的贪婪和狠毒，只怪自己意志不坚强，落入他们精心设计的圈套。如今后悔来不及了，他觉得对不起爸爸，对不起谢红梅。他万分痛苦地慢慢闭上眼睛，只能在这深山里冤死……

就在爱丽沙得意地做着将要得到百万报酬美梦的时候，她身后突然响起了威严的吆喝声："不许动，放下墨斑五星金蝶！"

爱丽沙急忙转身，发现三个警察朝她举起手枪，其中一个警察拿下爱丽沙捧着的装有墨斑五星金蝶的瓶子，另一个警察拿出手铐，"咔嚓"一声，把爱丽沙铐上。

爱丽沙心头掠过一阵慌乱，但她立刻镇定下来，朝警察说："我是持有护照的外国公民，我在贵国没有犯法，你们不能这样对待我。"

又一个警察严肃地告诉她："你涉嫌偷猎中国保护珍稀昆虫墨斑金蝶，中国政府可以依法拘留你！"

原来，钟华上次回到青台山，一再地要求谢红梅陪他去山里捕捉蝴蝶，引起了谢红梅的高度警觉。因为她知道青台山区的墨斑金蝶是国宝，常常引得偷猎分子进山捕蝶。特别是钟华要求她爹带他去深山捕捉最漂亮的蝴蝶时，引起了她更大的怀疑。她和爹一同对钟华暗中观察，发现他捕到墨斑金蝶亚种时神色异常兴奋，这让她痛苦极了。她同她爹开始怀疑钟华已经同国外的蝴蝶贩子有牵连。这回，钟华又从国外带回个金发碧眼的女人，并且两人蒙头一直往山里跑，她心里明白了许多，为了慎重起见，她去县公安局报了警。森林警察立刻对钟华和爱丽沙的行动进行严密监视，于是在他们捕到真正的墨斑五星金蝶时，被逮了个正着……

爱丽沙面对警察的盘查，还不承认，大声喊："我没有，没有，我完全不知道贵国将这种蝴蝶列为珍稀昆虫保护，我抗议你们不尊重人权！"

这时，钟华的神志还没有完全昏迷，他一下看到了生的希望，使足全力挣扎着喊："警察，这女人在撒……撒谎，她是个国际蝴蝶贩子……"说完，一阵昏晕，他失去了知觉。

爱丽沙听了钟华的揭发之后，才丧气地低下了头。可是，当警察把倒地的钟华扶起来的时候，爱丽沙突然仰天大笑，警察恼怒地问："笑什么笑？"

爱丽沙说："他醒不了啦，除非你们放了我，我有办法救他。"

警察当然不会同意放了爱丽沙，两个警察轮流背起钟华，从山路上飞快往回赶，一个警察押着爱丽沙紧紧跟在后面。

天快黑的时候，警察把钟华背到了小镇医院。医生检查后，摇摇头说，毒中得很深，恐怕很难抢救过来。

这时，钟轩清同谢红梅也气喘吁吁地赶来。钟轩清看到儿子躺在病床上，双目紧闭，气息微弱，不觉羞愤交加泪洒双颊。谢红梅已经告诉他钟华进山偷猎国宝的犯罪事实，此刻他对警察说："这个逆子，不用抢救了，他死有余辜！"

警察说："钟先生，我们决不放弃对你儿子的抢救，只要有一线希望。"

谢红梅眼睛一红，不知是爱还是恨，淌出两行泪水，掉头跑了出去。

护士来挂点滴，为钟华解毒。医生说："能不能救过来，就看这瓶解毒剂的功效了。"可是，一瓶药水下去，钟华的气息更加微弱。警察只好把爱丽沙押过来，要她解救钟华的生命。警察知道，这个外国女人身上肯定藏着解毒药。爱丽沙还是刚才的态度，进一步提出要求由公安机关出面保证，让她能安全出境，她才肯救下钟华一条命。救人一命固然要紧，与此同时，却要放掉一个偷猎国宝的境外犯罪分子，这让警察陷入两难。

这时，钟轩清脸色万分痛苦，他再次对警察说："千万不要放走爱丽沙，我儿子抢救不过来，我不怪你们，他是罪有应得。"

就在爱丽沙要挟警察放她离开的时候，谢红梅带着她参谢玉泉老人飞快赶来。老人俯下身子，翻看了钟华的两眼瞳孔，心里有了数，立刻从挂在腰间的小葫芦里倒出十几颗黑色药丸，用温开水调和，撬开钟华的嘴巴强行灌了下去。

警察担心地问："他能醒过来吗？"

老人说："醒不醒，看他的造化了。他中的是神经性麻痹毒，我的药丸能治各种毒蛇咬伤，蛇毒也是神经毒，也许管用。"

过了半个时辰，钟华慢慢睁开了眼睛，嘴里只是喊："头痛，头痛……"

谢玉泉老人说："没事了。"

那天晚上，钟轩清和谢红梅陪在医院。钟轩清看着儿子慢慢脱离险情，心里十分感激谢红梅父女的救命之恩，只是当时没有说出来。

一周后，钟华基本恢复健康。警察说他虽然涉嫌偷猎受国家保护的珍稀物种墨斑五星金蝶，但没有造成严重后果，又是在国外贩蝶分子胁迫下所为，因此从宽处理，刑事拘留三个月。

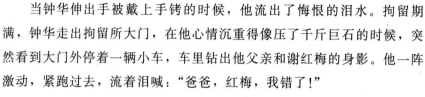

当钟华伸出手被戴上手铐的时候，他流出了悔恨的泪水。拘留期满，钟华走出拘留所大门，在他心情沉重得像压了千斤巨石的时候，突然看到大门外停着一辆小车，车里钻出他父亲和谢红梅的身影。他一阵激动，紧跑过去，流着泪喊："爸爸，红梅，我错了！"

钟轩清轻轻地替儿子擦干眼泪，无比沉痛地说："钟华，你知道爸爸为什么给你起钟华的名字吗？那是为了让你不要忘记你是中国人！你应该时时处处想着自己的国家利益，可你都做了些什么呀？"

谢红梅用清泉一般明亮的眼睛看着他，鼓励着："钟华，在哪里跌下去，就在哪里爬起来，我们都会把你当成自己人——一家人！"

钟华泪流满面地对爸爸和谢红梅说："经过这一回教训，我懂得了谁真正爱我，谁在害我。从今起，我要在青台山脱胎换骨，做个真正的中国人！"

此后，钟华就在父亲的公司工作，一年后，他得到了父亲的谅解。他决定向谢红梅求婚，至于女方能不能答应，他没有把握，但他不会放弃他的追求……🍃

# 特殊暗语

文/陈卫平

彭世川微微一抬头，发现了一双注视他的眼睛。那是怎样的一种眼神：吃惊、恐惧、期盼和挚爱……彭世川轻轻地眨了三下眼睛，他知道只有叶子洁可以看懂。

一、相见时难

彭世川是沿海 J 省卫视台《海峡明月》电视节目的主持人。《海峡明月》是一档新闻时评栏目，自从连战和宋楚瑜相继访问大陆之后，《海峡明月》节目的收视率一路飙升，如今已经成为 J 省卫视台收视率最高的节目之一。彭世川谈吐幽默、反应敏捷，很受观众朋友的欢迎。

叶子洁是台湾一家报社的首席记者，也是《海峡明月》节目的特约时事评论员。她容貌姣好，气质出众，见解独到，同样受观众的欢迎。彭世川经常在视频上"面对面"地和叶子洁交流，发表各自的真知灼见。这种"面对面"虽然远隔千山万水，难得的是两人之间的那份默契。

工作之余，彭世川和叶子洁也经常在 MSN 上聊天，话题涉及生活的方方面面；每逢节日，他们都会给对方寄送贺卡或礼品。就这样，他们心中都有了对方的位置。

今年，为了迎合更多观众的口味，J省卫视台决定重新打造《海峡明月》这档节目，增加了娱评天下、两岸综艺等众多板块，使之成为一档集新闻、娱乐为一体的综合性节目。台里又安排了几个新主持人加盟，彭世川终于可以松口气了，他的任务由原来的一天一播变成一周一播。同时，电视台也联系到了台湾方面更多的专家学者，叶子洁上《海峡明月》做节目的次数也在递减。这样一来，彭世川与叶子洁的联系相对少了起来，而他们渴望相见的心愿却是越来越强烈。没想到这样的机会终于来了，这次，电视台派彭世川跟随一个摄制组赴台拍摄一部风光纪录片，彭世川喜出望外。在登机之前，他给叶子洁打了一个电话，希望到时候可以与她见见面。

叶子洁听了彭世川的话，半天没有吱声。彭世川本以为她听到消息会很高兴的，没想到竟会是这么一个反应，心里一凉，说："哦，如果你忙的话，那就算了。"叶子洁连忙解释："哪里啊，我来大陆了，一个台北农民在上海开了一家台北水果超市，生意火暴，我特意过来采访的。"彭世川说："你到上海怎么也不跟我打个招呼？"叶子洁说："我刚下飞机，正要给你打电话呢，你倒要去台湾，唉……"

真是阴差阳错！彭世川打起退堂鼓，想把这个采访任务交给其他记者，当即打电话跟台长请示。台长听了很不高兴："小彭，你怎么了？以前你不是老嚷嚷着要去台北吗？事情已经安排下来了，再换人也来不及了呀！"彭世川不好再说什么了。

二、难舍难分

彭世川虽然是第一次到台湾，但阿里山的雄奇、日月潭的秀丽一样也没有打动他，他归心似箭。八天后，节目基本录制完毕，彭世川提前飞往香港，然后从香港飞抵上海。

叶子洁到上海浦东机场迎接彭世川，她像一只蝴蝶老远就飞了过来，彭世川还没来得及放下行李，这只蝴蝶就已经飞入了他的怀抱。面对叶子洁的热情似火，彭世川不由得受了感染，情不自禁地拥住了她。两人松开后，彭世川不好意思地笑道："你是客人，反而要你接主人，呵呵……"叶子洁说："反客为主，倒别有一番情趣呢！"接着惊讶地说："你这么高呀，真是没想到！"以前他们都是坐着主持节目的，见面最大的发现就是彼此的身高。

叶子洁告诉彭世川，她还有三天假期。彭世川说："我一定带你游遍上海。"叶子洁摇摇头，有些伤感地说："这不是最重要的，这三天，我要和你厮守在一起，一旦分别，不知什么时候才能再见面呢。"彭世川当然明白叶子洁的心思，其实他心里想的和叶子洁一样。两人心心相印，在相见的第一刻，想到的竟然是分离！

经过两天短暂的接触，彭世川发现叶子洁是个热情开朗的女孩。这天晚上，两人在外面吃过饭，然后彭世川带着叶子洁来到黄浦江边，登上一艘游轮，欣赏"夜上海"的绮丽多姿。这也是他们在上海的最后一个"节目"，明天叶子洁就要踏上归途了。一直到夜里三点多钟，两人才打的回到下榻的宾馆。彭世川的房间就在叶子洁的对面，送她到门口，彭世川说："早点睡吧，明天你还要赶飞机。"叶子洁用一双充满柔情的大眼睛凝视着彭世川，仿佛有什么话想对他说。就这么静默了几分钟，叶子洁突然张开双臂，拥住了彭世川的脖子，踮起脚朝彭世川吻来。彭世川别无选择，接住了这个吻。这是一个深长的吻，两人紧紧地相拥，感受着人间最美最真的爱情滋味。

也不知过了多久，两人才松开，各自回到房间。彭世川洗了一个澡，脑海里一直在回忆刚才那个甜蜜的吻，想到明天就要和叶子洁分离，心里不免空荡荡的。这时，门被敲响了，是叶子洁。她裹着一条宽大的浴巾，钻到彭世川的床上，调皮地说："呵呵，没有人看见我。"彭世川倒有些窘迫："你……你还不睡呀？"叶子洁说："明天我就要离开了，今晚让我陪你睡好吗？"彭世川再也按捺不住自己的激情，也上了

117

床……

第二天，彭世川送叶子洁到浦东机场。在机场，叶子洁告诉了彭世川她的打算，为了他，她决定放弃台湾的事业，到祖国大陆来生活。分离的一刻，叶子洁哭了，这对相爱的人儿拥吻在一起。叶子洁一步一回头："等着我，我会很快回来的！"目送载着叶子洁的飞机划过天空，消失在蓝天的尽头，彭世川的心像被掏空了似的。

三、临危受命

回来以后，彭世川一直在等叶子洁的电话，说好了她到达台北之后就会打电话来报平安的。这时已经是下午五点多了，打给叶子洁的电话一直无法接通，彭世川的心悬了起来。

就在这个时候，台长打来电话，问他是不是还在上海，台长说："刚刚接到准确消息，今天上午九点飞往台北的客机遭到劫持，你先不要回来了，台里交给你一个任务，就是跟踪采访这个事件。"手机差点从彭世川的手里滑落在地：遭劫持的正是叶子洁乘坐的那班客机啊！彭世川连珠炮似的问："客机被劫到什么地方去了？有没有其他消息……"台长说："这些我也不清楚，我派一个摄制小组跟过去，配合你完成这次采访任务。"

彭世川与上海警方取得联系，负责此案的罗队长一眼就认出彭世川是 J 省卫视台的主持人，这才透露了一点消息：劫机的是几名恐怖分子，飞机在香港机场降落之后，劫机者以人质逼迫香港警方拿出五百万美金，另外给飞机加油，看样子是准备带着现金飞往其他地区或国家。彭世川一刻也坐不住了，立即给台长打电话，让摄制小组成员直飞香港，他自己则跟随上海刑警先行飞往香港。

彭世川到达香港机场的时候，被劫持的飞机仍然停在那里。香港警方在和劫机分子谈判中提出的条件是：用五百万美金交换客机上所有的乘客，机组人员除外。劫机分子却不同意，声称人质要等到他们安全离开香港后才能释放。双方的谈判陷入了僵局。其实这是香港警方故意拖延时间，争取制订实施下一步的营救计划。劫机分子仿佛看穿了警方的心思，已经杀了一个人质，声称以后每过半个小时杀一个人质。听到这一消息，彭世川差点急晕了过去，打听到被杀的那个乘客是个老人，这才稍稍松了一口气。想到叶子洁就在飞机上，随时可能有危险，他的心又吊在半空中。

到了这个时候，只能把希望寄托在警方了。罗队长在赴港途中已得知彭世川的台北恋人就在这些人质当中，这时单独把他叫到房间，希望他能配合警方营救人质。罗队长告诉他，劫机分子共有四人，香港警方的方案是在给飞机加油的过程中实施突然袭击，但风险较大，非常需要飞机上的人质配合警方，干扰劫机分子，同时做好自救的准备。彭世川说："这样做人质岂不是非常危险吗？"罗队长说："是这样的，如果我们不采取行动，他们一旦飞往其他国家或地区，人质的处境就更危险了。"彭世川问："那要我怎么做？"罗队长说："香港警方已经筹集了五百万美金，劫机分子非常狡猾，他们害怕突击队的神枪手，强烈要求警方不能上飞机，必须由一个公众人物——比如歌星、演员、电视节目主持人到飞机上把钱交给他们，他们提出这个苛刻要求是为了保证他们的安全，因为公众人物不可能是警方假扮的。我们想到了你，因为你的女朋友刚好在机上，你可以向女友发出信号，让她通知其他人质做好逃离的准备，尽一切可能里应外合，助警方一臂之力。"

这个任务显然是危险的，但为了一百多位乘客的安全，为了机上心爱的人，他不能退缩！想到这儿，彭世川坚定地点了点头。罗队长紧紧地握住他的手："我替机上的乘客谢谢你了！我只有一个要求：一定要注意安全！"

"我会的！"彭世川又点点头。

四、特殊暗语

彭世川提着装有五百万美金的密码箱上了客机，立刻有一名手持自动步枪的恐怖分子逼住了他，另一名劫匪将彭世川全身上下搜了个遍，确信他没有携带任何武器，这才开始检查他带来的密码箱。

彭世川微微一抬头，发现了一双注视他的眼睛。那是怎样的一种眼神：吃惊、恐惧、期盼和挚爱……彭世川轻轻地眨了三下眼睛，他知道只有叶子洁可以看懂。以前在主持节目时，如果叶子洁的话题过长，将要超过节目时间，他就眨三下眼睛，叶子洁会立刻收住话题。然而这个时候并不是在主持节目啊！叶子洁自然愣住了，眼睛里充满了惊愕。彭世川微微点点头，又慢慢地眨了一下眼睛。平时主持节目时，每当叶子洁口若悬河之际，彭世川只要眨一下眼睛，她会当即打住，知道这个时候彭世川要插话或者提问……叶子洁虽然不能完全明白彭世川每一个暗语的意思，但她凭着职业敏感性，预感到警方马上要采取行动，彭世川这是让她注意安全，全力配合警方。这时候只见彭世川的眉头又轻轻一挑，如果是在主持节目，那意思就是让叶子洁展开话题，说得更详细一些。叶子洁立刻明白了，这是彭世川让她把警方即将采取行动的消息，传递给身边的乘客们。好在劫匪的注意力集中在密码箱上，叶子洁轻易就把消息传给了身边的乘客，然后又向周边扩散，飞机上的乘客顿时紧张起来。

就在这时候，一辆加油车朝飞机开了过来。这也是按劫机分子的要求来加油的。为首的劫匪命令两个手下隔着舷窗盯住加油车。这边验钞完毕，劫匪让彭世川离开飞机。彭世川借转身往外走的一刹那，脚拇指用力一按藏在鞋里的机关，装有五百万美元的密码箱突然"轰隆"一声爆开了，一股浓烈的黑烟立刻弥漫开来，花花绿绿的钞票漫天飞舞。装在隐蔽的夹层内的这种新型催泪弹威力很大。彭世川自然早做好了预防准备，乘劫匪惊慌之际，一脚踢掉了为首那个劫匪手中的枪。乘客好像明白了过来，一齐扑倒了另几名没有防备的劫匪。这时加油车已经驶抵飞机，伪装成司机和加油师傅的几个特警立即闪电般冲上飞机，彭世川为他们开门之际，不防那个为首的劫匪从身上又掏出一把手枪，朝彭世川连开了两枪，彭世川重重地倒了下去，叶子洁惊叫着扑了过来，抱住彭世川。这时特警已经冲进来，一枪结果了那个为首的劫匪。

飞机上的乘客全被解救了，彭世川却倒在了血泊之中。

五、奇迹出现

彭世川被送进香港最先进的医院抢救，命保住了，但一直昏迷不醒。

彭世川的英雄事迹在两岸三地引起极大轰动，因为机上乘客大部分是台胞，台湾的媒体更是长篇累牍报道这位来自大陆 J 省卫视台的节目主持人，被救乘客在接受媒体采访时把他称为"恩人"。他的伤势牵动着两岸三地许多人的心，不仅有获救乘客来看望他，而且有香港居民自发地来探视，病房里堆满了鲜花。

守在彭世川身边照顾他的叶子洁，含着泪对昏睡中的彭世川说："这么多人都来看你了，你就睁开眼看看吧……"

叶子洁心如刀割，只盼着心爱的人能早日醒来，对她露出笑脸。

此时叶子洁的父母飞到了香港，见状力劝叶子洁：彭世川虽然可敬，但很可能会成为植物人，你和他在一起毫无幸福可言；再说，你和他之间什么关系也没有，由你去照顾他名不正言不顺呀……但是叶子洁对父母的话置若罔闻，执意要留在彭世川身边。就在这个时候，彭世川的同事交给叶子洁一封信，说是彭世川临上客机执行任务前写的——

> 子洁：
>
> 为了营救客机上的人质——特别是你，我即便是死了也是值得的。如果我有什么不测的话，请你一定要忘了我，不然我会不安的！

叶子洁把这封信紧紧地攥在胸前，泪水哗哗地流。她对着床上一动不动的彭世川说："世川，我怎么可能忘了你？此生我只有你……"

她反过来做父母的工作："医生说了，不排除世川醒过来的可能性，尽管这种可能性很小。这时候，他特别需要我，如果他的心灵还有一丝感受能力的话，一定会感受到我的存在，兴许就能苏醒过来！"

父母拗不过她，只好先返回台北去了。叶子洁天天守在病床边，轻轻地握着彭世川的手，像以前做节目时一样跟他聊着各种话题，希望能够触动他的记忆……

奇迹在半个月之后出现了：彭世川终于被熟悉的声音唤醒了！他缓

缓地睁开眼睛，一眼就看到了叶子洁，喃喃道："洁……"那个瞬间，叶子洁激动万分，一迭声应着抱住他，泪水夺眶而出……

出院那天，彭世川被香港特区政府授予"荣誉市民"称号，以表彰他在香港这块土地上的杰出表现。参加完颁授仪式，彭世川把叶子洁送上了去台北的飞机，临别时两人又一次含泪拥抱在一起。他俩约定，如果叶子洁父母同意他们的婚事，那么在做下一个《海峡明月》节目时，叶子洁胸前就佩上一个心形胸章，彭世川也会佩上同样的胸章，他们的订婚仪式就在节目里偷偷完成……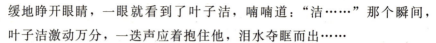

# 良心不可污染

文/周荣初

当天晚上，当地报纸和电视台刊发了一条特殊的求助广告。说是台商独资的万里橡胶厂为挽救本厂职工杨立强的生命，特急征求配对的骨髓，厂方愿意补偿贡献骨髓者人民币三十万元。广告一出，惊动全县。

一

地处东南沿海的唐兴县城关镇是个江南名镇，台湾商人赵琳，看中这里优越的投资环境，出资两千万美元，在开发区兴建了万里橡胶厂，生产各种车用轮胎。投产后由于品质优良，价格便宜，很快进入国内不少市场，第一年就获利三百万美元。考虑到西部大开发的良好机遇，她打算在四川建立一个分厂，专门生产各种工程车轮胎，把万里厂的业务委托给她的堂兄赵永元打理，任命他为厂长，自任万里橡胶集团董事长，随后便到四川考察去了。

来自四川南充的青年杨立强在万里橡胶厂打工一年多了，干的是炼胶的重活。他热心钻研技术，不怕苦不怕累，深得厂方和同事的赞许，收入也比别人高出一头，月薪已达一千五百多元。他想在这里施展才华是有奔头的，年初他又特地介绍他的姐姐、姐夫、妹妹、妹夫到万里厂打工，从此五个亲人同厂劳动，过得也是亲和快活。双休日因产品急销，厂里连续加班两天两夜，杨立强是技术骨干，中间没有休息，待到四十八小时坚持下来，全身已是散了架一样。他到浴室冲凉，想让自己清醒清醒，哪知冷水冲了热汗，他受了凉，发起了高烧，躺在床上像火烫似的难受。姐姐代玉、妹妹碧玉等人赶忙来看，听他一说以为得了重感冒，先是让他服感冒药，服下后高烧不退反而加重，姐妹慌了神，只好向厂里请假到医院去医治。经过医师一番检查诊断，又是挂吊针吃药丸，一天过去仍高烧不退，白血球指标居高不下，到了这时家属和医师都感到有些意外。医师们面对这疑难之症毫无办法，只好请省城名医前来会诊，经确诊杨立强得的是慢性骨髓性白血病。家属听到白血病三个字，当时就目瞪口呆，因为这种病就是血癌，是人类的致命杀手！面对立强患了绝症的残酷现实，全家人悲痛万分，代玉和碧玉更是心如刀绞，抱头痛哭。哭了一会，姐妹俩想想光哭也没有用，就到值班室请教医师。医师告诉她们这种病目前虽无特效的药物可治，但已经有一种治疗的好办法，那就是移植骨髓，只是必须有相配的骨髓才行。代玉和碧玉问："我们是同胞骨肉，可否相配？"医师说这要经过仔细的化验才会知道。姐妹俩听到还有一线希望，就异口同声地说："那好办，就先抽我们的血化验，为了兄弟的性命，我们什么也舍得。"不久，化验结果出来了，代玉和碧玉都能配对，只是代玉已有孕在身，相比之下碧玉虽已结婚但尚未怀孕，是最佳的移植对象。碧玉听了心里很是高兴，当即表示愿为哥哥贡献骨髓。因为此事关联两个家庭，姐妹俩决定与自己的男人一起商量。商谈中姐夫刘有义考虑到妹夫王相富新婚等实际情况，主动提出若碧玉献出骨髓，立强的医疗费用由他家为主承担，并在近期让碧玉停工保养身体，增加营养，由代玉专门细加照顾。王相富听了这样周到的安排，却并不答应，说碧玉抽了骨髓对身体一定会有不小的影响，甚至要影响她今后的生育，若王家因此无后，这可不是一件小事，他还须好好想想。王相富这个人年龄虽比刘有义小，但头脑灵活，他说："给立强治病，难道我们就只能在家属中考虑？立强是因加班劳累过度而得病的，而且炼胶车间整天迷漫着一股刺鼻的气味，这气味是不是有毒？若是立强的病是因有毒气体而引发的，那么厂方就应负担全部责任。台湾老板有的是钱，只要他们出钱，还怕买不到骨髓？"他的一番高论，让一件本来可以办好的事情搁了浅。姐妹之亲、连襟之亲总比不上夫妻之亲，碧玉也有些动摇，不过她还是说："机不可失，时不再来，救哥哥的命是最要紧的，姐姐、姐夫请你们缓一缓，让相富马上到医师那里去问一问，哥哥的病与炼胶的工种有没有直接关系，若有我们可另想办法，至少我们会得到一大笔钱。"既然妹妹、妹夫都这样说，代玉和有义只好表示同意。

二

相富首先走访县环保局，他向专家提出咨询，说万里橡胶厂炼胶车间炼胶时有刺鼻的气味，长期在这种环境中工作，会不会对工人的身体健康产生影响甚至造成严重的损害？环保专家说，万里橡胶厂是个台资企业，办厂时已做好环保工作，一切都已达标，炼胶时产生少量的有害气体对工人健康没有什么影响，而且炼胶车间规定工人一天上班六小时，目的就是为了减轻污染，增加体力。相富听了虽然有些失望，但还是从专家口中找到两个疑点：一是刺鼻的气味，二是厂方违反一天上班六小时的规定又怎么办？专家说，有害气体属于苯的化合物，厂方违反规定，让工人超时加班会造成有害物质在体内的积累，显然是不可以的。相富听到这里心里就有了底，他想大舅子杨立强的病已经可以同"苯中毒"挂钩了，他一次加班时间长达四十八小时，超过规定七倍，这已足够追究厂方的责任。他马上把立强的情况向专家作了介绍，专家一听是白血病也十分重视，他说杨立强是不是苯中毒他不好随便说，叫他去主治医师处问个明白。王相富马不停蹄地赶到医院血液科，问了医师，医师说发生白血病的原因很复杂，但超时加班，劳累过度，加上苯在体内积累，对杨立强的发病至少是个诱发因素，厂方应承担一定的责任，至于责任大小要医疗委员会鉴定后方可决断。王相富听了这些，觉得只要有"诱发"二字已足够厂方兜着走了。他谢过医师匆匆赶回家中，马上把情况与姐姐、姐夫和妻子说明，他要去找赵厂长算账要钱。刘有义说："你现在得到的信息仅仅是一面之词，立强的病与炼胶有多少关系，关键要医疗委员会鉴定才行，我与你马上去找赵厂长，从关心工人出发，要他注意此事，并对立强的医疗费用提出合理的要求。"相富说："你的心太善，人善被人欺，我要赵厂长先给我们十万块钱打底才行。"有义说："你不要开口就是钱，我看还是由我马上写报告给医鉴会和厂里，要求马上组织专家鉴定才是上策。"相富听了很不高兴，说："现在立强的病火烧眉毛，你还按部就班，我看还是先由我去和赵厂长交涉，我想台湾老板一定会先拿出个十万二十万的，他们有的是钱。"说着就自顾自走了。

在厂办赵厂长认真地听取了王相富的申述，听到杨立强的白血病与炼胶超时加班有诱发因素，他也很重视，他明确表态两条：一是先由厂方垫付医疗费三万元，亲属做好移植骨髓的准备，及时治疗，力争立强早日康复；二是向医鉴会送上书面报告，要求有关专家就"诱发"之事作出正式结论，以利分清双方责任和改进工作。他还说杨立强的病如果是由工作引起，不管要花十万二十万，厂方也应该承担。相富觉得一时拿不到十万二十万现金大大的没劲了，只好告辞回家。

三

医师从有利杨立强治病出发，要求碧玉马上住入医院，为抽取骨髓做相应的准备。碧玉同意入院，相富却板下脸来，阻止妻子前往。碧玉说："相富，你这是为什么？"相富说："你真糊涂，甘心用自己的命去换你哥哥的命。你哥哥的病厂方是有责任的，他们应该出钱去买骨髓来医立强的病；再说你姐姐也与他配对，她不抽骨髓，你姐夫说过钱愿意多出些，他们不拿出个十万八万我们不是太蚀本了？我看不必着急，抽了骨髓若是影响我们王家传宗接代那可怎么办？"碧玉被丈夫一说又乱了方寸，对丈夫说："钞票虽然要讲，但总还是救命要紧，我们马上去和姐姐、姐夫说个明白。"相富说："讲钞票的事，对你姐姐、姐夫一定要说得明明白白，不可含糊，这可不是个小数！"

相富以医疗鉴定尚未作出，未从厂方拿到大笔赔偿金为由，不同意碧玉马上住院去抽骨髓。有义、代玉听后深感意外，知道他心里在想什么，加上妹妹碧玉历来缺少主见，常常被相富牵着鼻子走，但还是苦苦相求，希望看在同胞骨肉分上，尽快让碧玉住院做好准备。并明确表态，若鉴定报告出来后有利立强，厂方能赔偿的损失全部补偿给相富和碧玉，他们也不改以前的承诺，乐意口中节食，苦苦打工，省下钱来补偿给弟妹。话说到这个分上，相富还是不肯点头，拉起碧玉就走。有义看到这副情景，眼泪夺眶而出，对相富说："骨髓配对是很难的，碧玉不答应，就是要立强的命。你开个价吧，到底要多少钱？"相富说："骨髓很宝贵，既然是家里人，我也不多说，你们给个八万吧。"代玉说："你真狠心，开出了天价，我们夫妻一年辛辛苦苦不吃不用也只有二三万块钱，你要为立强、为我们想想。"相富说："这件事我早就想过了，现在是市场经济，既然你们认为太多，因为我们亲戚一场，那就卖个人情，你们出六万吧。"刘有义见王相富死死钻在铜钱眼里不放，就说："那好，我马上写一张欠条给你，欠你六万元，限两年内还清，这样总可以了吧？"相富说："欠条我不要，我要现钱，没有现钱一切免谈。"说着拉着碧玉出门。面对无情无义的王相富，代玉只能把眼泪往肚里吞，她对丈夫说："有义，求人不如求己，还是我去医院，先打掉腹中的胎儿，再抽我的骨髓，我们绝不能对立强见死不救，不要说我们是同胞骨肉，就是别人用得着我们，我们也应该舍己救人。"有义说："你说得对，我们准备一下马上去住院。"

## 四

赵琳董事长在秘书的陪同下进川考察投资办厂，得到当地开发办的热烈欢迎。为选择厂址，她们在有关人员的带领下在成都市和附近市县物色，经仔细比较，认为位于嘉陵江边的南充市不但水陆交通便捷，而且在成都和重庆两大城市中间，产品辐射能力特强，而且地价、工价都比较便宜，她们就选定在南充设立万里橡胶厂南充分厂。为征地建厂，她们夜里住在南充宾馆，白天都到现场办公处理问题。每天早晚两次要乘小车在嘉陵江上摆渡过江。一天清晨，大雾迷漫，码头上人潮涌动，喇叭声声，本该暂停开渡的，船工被过往旅客一催一激，仗着几十年的行船经验，又熟悉航道，就贸然违规摆渡。船一离岸，只见江水不断上涨，原来上游昨夜山洪暴发，洪峰已经到达南充，不少船只顺流飞驶而下，摆渡船只在雾中慢行难见远处，虽然不断鸣笛示意，但是船至江心，被顺流而下的一只载满条石的重船拦腰撞上。渡船剧烈晃动，失去平衡，侧向右侧，顷刻船翻，人车纷纷落入湍急的江水之中，江上呼救声马上响成一片，救命之声不绝于耳。赵琳和秘书也落入江中，几个浊浪一打，两人就无法照应，在浪中沉浮。赵琳在江中漂流十几米，只见她的前面有一女人正沉着地在江中搏击，似识水性，她挣扎着游到那人身边，一把将她抱住，大叫救命。那女人突然被一年轻女子抱住，二话没说就喊："你用力拉住我的衣襟，跟我顺水游近岸边。"她奋力在水中游跃，不过几个回合就把赵琳从江中带到江边，送她上岸歇息。她对赵琳说："我丈夫也落入江中，他不识水性，我还要去救他。"赵琳听了，落水江中的惊吓当即顿消，抬眼望去滔滔江中哪里还有落水人的影子，所有的人早已被汹涌的洪水冲得无影无踪……

　　后来，赵琳接那女人入住南充宾馆，换好衣衫，又马上一同向航道部门打听翻船落水人员的情况。据说船上十余辆汽车全部翻入江中，一百余名乘客只有八十余名经打捞获救，其余的人员均被湍急的洪水冲走，连影子也找不到了，老杨和秘书也在其中。那女人听了喟然长叹道："我的丈夫、我的肥猪都没有了，儿子又重病在身，正是屋漏碰上连夜雨，我的命好苦呀！"说着就伤心地抽泣起来。赵琳见自己的救命恩人这样悲苦，暂藏自己失去秘书之痛，好言宽慰，并细问她的家庭情况。那女人说她叫江水妹，自幼在嘉陵江边长大，家人以打鱼为生，所以擅长游水，长大后与杨二星结为夫妻，近年来经营农业副业还算不错，一子二女均去沿海打工，只是近日接到女儿打来的电话，说儿子杨立强劳累过度，住院医病，心中十分挂念，夫妻俩商量把家中一只二百来斤的肥猪卖掉，给儿子凑上一笔钱寄去医病，以表父母爱子之心。现在人猪两失，儿子又远在他乡，她正不知如何是好。赵琳说："江婶，你要放宽心，天灾人祸，避之不及，你为了救我失去抢救丈夫的良机，我当终生不忘。我是台湾人，又是个投资商，我要在这里兴办工厂，为西部大开发贡献一点力量。我一定知恩报恩，你家的一切困难，从现在起就是我的困难，我会从各方面尽力帮助，一定让您安度晚年，全家享福。"说着她再问江婶："你儿女在哪个工厂做工？"江婶说在唐兴县万里橡胶厂。一听这个厂名赵琳眼睛一亮，马上告诉江婶："这个厂就是我家出资开的，我到南充来就是要在这里开分厂。我马上通知赵厂长把你的儿女都调到这里来工作，让你们一家团圆。"江婶听了，也很惊奇，她万万没有想到她救起的这个女子竟是个这样有情有义的台湾女老板，使她伤痛的心得到一些宽慰。她对赵琳说："我们相识真是有缘，以后的事一切看赵老板方便就是，我没有别的任何要求。"

赵琳安顿好江婶，就与厂长赵永元通电话，赵永元告诉赵琳，杨立强得的是白血病，急需全力抢救，厂里也垫付过一部分医药费，只是他的妹夫王相富找他，说此病是因中毒引起，要厂方先赔上十万、二十万的，他说只能等医疗鉴定出来后才可下定论，现在他的姐姐杨代玉正在做骨髓移植的准备工作……赵琳听了一想，杨二星已为她丧命，杨立强是杨家独子，是江婶的命根子，人命关天，她心急如火，马上表态：明天即从成都乘飞机到上海，杨立强的事非同一般，必须由她飞回上海亲手办理！

五

赵琳一回到唐兴县，刚巧县医疗鉴定委员会送来鉴定报告。报告说："炼胶与白血病无直接关联，今后厂方应改进环保条件，不准超时加班，以利保护员工健康。"这个报告让她放心不少。她顾不得休息，又马上赶到医院看望杨立强，并会见了代玉、有义，详细了解由此而引起的一切变故。代玉告诉她决定先流产后抽骨髓的计划，赵琳说："腹中的胎儿是你们的头生子，要尽量保全，至于骨髓之事由我再行设法，力求尽快解决，不到万不得已不用这个办法。"

当天晚上，当地报纸和电视台发出了一条特殊的求助广告，说是台商独资的万里橡胶厂为挽救本厂职工杨立强的生命，特急征求配对的骨髓，厂方愿意补偿贡献骨髓者人民币三十万元。广告一出，惊动全县。许多民众不光是被这三十万元的巨额补偿所震动，更是被这位台湾投资商对患病职工这份沉甸甸的情意所感动，当晚就有不少人上门或打电话给医院要求无偿验血配对。这时王相富也看到这则广告，他感到非常振奋，骨髓人人都有，配对却是很难，碧玉已是最佳人选。现在有这三十万元当然值得一献了，他马上对妻子说："现在厂方在重金征髓，机不可失，时不再来，你我马上去医院挂号，有了这三十万，我们这辈子也不用为这个穷字而犯愁了。"碧玉说："你说来说去总是钱，连同胞骨肉的性命也不顾，姐夫答应补你六万，你一定要现钱，搞到今天落个见死不救、众叛亲离的下场！现在有了三十万，你就急匆匆地催我去，你叫我怎么有脸去面对弟弟、姐姐和姐夫？我不去！"相富听了觉得妻子不知为什么像换了一个人似的，连他的话也敢不听，连三十万元也说不要，他生气了，恶狠狠地对碧玉说："你不去也得去，你是我的老婆，只能听我的！"说着死死地硬拉着妻子出门。碧玉看着这个财迷心窍的丈夫，她心头一闪，想硬顶也不是办法，她想到了姐姐、姐夫，想到了万里厂，想到了病危中的哥哥，她有了主意，她决定还是顺水推舟地去办好这件事。她对丈夫说："你不用拉，我想你这样做，其实也是为了我们这个小家，我去了既可救哥哥又可得钞票，两全其美。不过，你与姐夫姐姐他们已经搞僵了，所以具体的事由我去办，你只要耐心地在家里等着数钞票就好了。"相富听了，想想也是，便依了碧玉。

立强和碧玉的骨髓配对进展非常顺利，碧玉经过三天的血细胞分离，从中提取了三百毫升的造血干细胞移植到立强身上，不到一周，哥哥血液中的红细胞、白细胞、血小板的数值都成倍增长，基本接近正常人的水平。立强的脸上露出了笑容，他的亲人、领导、同事都高兴地笑了。

苦苦等待的王相富，听到骨髓移植成功的消息心里甜滋滋的，他找到赵永元厂长要求领取三十万元补偿金，赵厂长笑笑，从抽屉里拿出一个信封交到王相富手中。王相富以为里面装着一张三十万元现金支票，连连说"多谢厂长，多谢厂长"，赶忙抽出来一看，却见不是支票是一张信纸，他惊呆了，再仔细一看，上面写着：厂方有义，重金救命，妹献骨髓，同胞亲情，不要补偿，天地良心，珍爱员工，万里更兴。下具"杨碧玉亲笔"五个大字，并盖上鲜红的手印。王相富一读完就软了，他万万没有想到从来对他言听计从的妻子突然一下子会变成这个样子，他只好哭丧着脸悻悻地离开厂长室。

　　一个月后，赵琳率立强、有义、代玉、碧玉一行乘飞机去四川南充，亲切会见江水妹，拜祭了杨二星，从此赵杨两家亲如家人。王相富在真情的感召下，追至南充多次向亲人跪地认错赔礼，终于得到大家的谅解。赵琳也有些心动，听了江婶的话，派王相富在传达室看门。王相富一有空闲就与过往人员谈及这件难忘的故事，逢人便说："真情无价，人间真情真是千金难买呀！" 🍃

# 多亏你坏我

文/白 琅

　　马经理叹了口气道："不瞒您说，这要是大人，或许就不会放过他，可她毕竟是个孩子啊！在孩子的心里，我们必须时时刻刻让它洒满阳光，特别是家境贫困的孩子，他们更需要人间的真情、关爱和温暖！"

　　早晨上班后，我一边擦车，一边焦急地等待着马经理的电话。台湾有位刘老板，要在我们这里找一家合作伙伴，他物色了两家公司，首先考察我们这家，然后再去考察另外那家。我们比那家公司的实力稍微逊色一些，可我们马经理说了，只要有一丝的希望，就要用百分之百的努力去争取。我们在乡下还有个分公司，如果刘老板提出去那里考察，那我们多少也就有点希望了，可现在都快到中午了，马经理的电话依然没有打来，我的嗓子眼早就急冒烟了，看来我们是架梯子登天——没什么希望了。

谁知就在这时，我的手机响了，天哪，竟是马经理打来的。只听马经理高兴地说："小白，赶快把车开过来，刘老板要去考察我们的分公司啦！"

车跑了一个多小时，便来到了青山沟，前面有一家炖鸡馆。马经理便让我把车停在道边，我们就在这里吃当地土鸡。

马经理领着刘老板进了炖鸡馆，我就在外面开始擦起车来。我们的马经理是远近闻名的爱车如命的人，我每天至少要擦三遍车，在马经理看来，少吃一顿两顿饭行，少擦一次车不行。

我把车擦净后，刚走进炖鸡馆，就听外面"叭"的一声响，我转身朝外一看，天哪，一个骑车的小女孩竟碰在了我们的车上。我一边拔腿往外跑，一边在心里祈祷着：老天啊，你一定要保佑我们，千万别让小女孩把我们的车给碰着，她要是把车碰出了哪怕像头发丝那么细的杠子，马经理也会暴跳如雷的，刘老板要是看到他跟一个孩子发这么大的火，岂不会打消跟我们合作的念头？另外那家公司的经理先前就在我们公司上班，有一天下班，他推着自行车往外走，不小心把马经理的车给划了一道杠子，结果让马经理骂了个狗血喷头，这家伙一气之下，便离开了我们公司，后来就开了这个跟我们一样的公司。让人没想到的是，他的公司办得竟然比我们好。虽然有不少传闻说他这人不地道，尽干一些损人利己的事，可人家毕竟把公司办起来了。

我跑到车跟前一看，立马就傻眼了，车身上竟被划了一道很长很长的杠子，我怕马经理出来会暴跳如雷，就赶忙冲坐在地上还没起来的小女孩说："你干吗不赶紧爬起来跑呢？等我们的头儿出来后，他肯定会让你赔偿的！"可让我没想到的是，小女孩竟然对我说："叔叔，我现在起不来了。"这时，我突然看见马经理已经出来了，就赶紧催促小女孩："就摔这么一跤，还能把你摔坏呀？实话告诉你，是你自己碰在了我们车上，你要不赶紧跑，至少要向我们赔偿一千元。"

我的话刚说完，马经理已经过来了，当他看见车身上这长长的杠子时，他的两唇猛烈地抖动起来，这便是马经理暴跳如雷的前兆。我赶忙压低声音冲小女孩说道："你傻呀，快起来跑啊！"可让我没想到的是，马经理没冲小女孩发火，倒冲我发起火来："小白，你是木头人啊，干吗不把孩子扶起来，看看摔没摔着啊？咱家孩子是孩子，人家孩子就不是孩子了吗？"也许是马经理的这番话让小女孩感动了，小女孩竟然慢慢地爬了起来，一瘸一拐地向前试着走步。马经理很是和蔼地问小女孩："孩子，摔没摔着啊？用不用把你送到医院检查一下？"我赶忙凑到马经理跟前，小声说道："从她穿的衣服上就可以看出，她家一定特别困难，一旦让她的家人赖上可怎么办啊？"马经理微微摇了摇头："从她的眼睛里可以看出，这是一个很善良的小女孩，她绝对不会的。"小女孩试着走了几步后，便对马经理说："我的腿破了点皮，没事的。"马经理从兜里掏出两百块钱和他的名片，冲小女孩说："你拿这钱去诊所把腿包扎一下，这名片上有我的电话，要是哪个地方感觉不舒服，就去医院检查，要是这钱不够的话，你就给我打电话。"小女孩犹豫了一会儿后，还是把钱和名片接了过去。

我们回到炖鸡馆，才发现刘老板一直站在窗前注视着我们，还没等我们入座，刘老板就冲马经理说："我长这么大，还是头一次见过人家碰了你的车，你不但不用人家赔偿，反倒给人家钱，你是不是鼓励人家下次还碰你的车啊？"马经理叹了口气道："不瞒您说，这要是大人，或许就不会放过他，可她毕竟是个孩子啊！在孩子的心里，我们必须时时刻刻让它洒满阳光，特别是家境贫困的孩子，他们更需要人间的真情、关爱和温暖！"

吃完饭后，我们正准备上车，马经理的手机响了，竟是那个小女孩打来的。小女孩说她的腿已经不能走路了，问马经理能不能给她送点钱去。我用埋怨的目光看着马经理："我说你还不信，家穷的人就像破布，缠住你的腿就不想放，这下让人赖上了是不是？"马经理并没理睬我，冲刘老板说："刘老板，实在对不起，您在这里再委屈一下，我们去去就回！"我急了，竟忘记了自己的身份，冲马经理说："马总，我们不能去啊，去了麻烦可就大了！"谁知马经理竟狠狠地瞪了我一眼："我刚才说的话你是一句也没往心里去啊，在孩子面前，我们怎么能说话不算数呢？给孩子心灵造成创伤的人，其实比杀人好不到哪里去！"马经理打开车门，就上了车。让我没想到的是，刘老板竟然也上了车，他冲马经理说："我也去看看，这小女孩的腿要是真的摔坏了，我也尽一份爱心。"

根据小女孩提供的住址，我们很快就找到了她的家，这是一座破旧得不能再破旧的茅草房。让我们感到纳闷的是，只有小女孩一个人站在她家的大门口，从她站的姿势和表情上看，丝毫看不出她的腿被摔坏的迹象。马经理看着小女孩，问："孩子，你不是说你的腿已经不能走路了吗？那我们马上就送你去医院好吗？"不想小女孩却微微摇了摇头，说道："我的腿能走路啊。"马经理打了个愣，不解地问："你的腿能走路，那你干吗要给我打电话，说你的腿不能走路了呢？"小女孩的眼泪一下子就掉了下来："我奶奶已经病了好几天了，可我没钱给她治病。今天奶奶病得特别厉害，有时候人都昏过去了什么也不知道，我就赶紧去找那家诊所的大夫，可人家嫌我们没钱，不来。我哭着求他，他也不来。就在我从诊所里出来时，有几个大人围了上来，其中有个脸上长着一撮毛的人跟我说，一会儿会有辆轿车停在这里，要是我敢骑车撞那轿车，他们就给我一千块钱。为了把奶奶的病治好，我就做了不该做的事。可他们是大骗子，他们一分钱也没给我。我碰坏了你的车，你不但没让我赔钱，反而还给我钱，我觉得你是好人，就想把这事告诉你，有人在背地里坏你，让你防着点。我说我的腿不能走路了，你要是还能来，那就说明你就是天底下最好最好的好人，兴许你就能出钱救我奶奶！"刘老板怔怔地看着马经理："难道会是昨天找我谈话的那家公司的王老板？他的脸上可是长着一撮毛呢！"马经理点点头："应该是他吧。"

我们走进屋里，小女孩的奶奶已经昏迷不醒了。马经理便问小女孩："你家大人呢？"小女孩说："妈妈嫌家里太穷，就自己走了；爸爸外出打工也两年没回来了。"马经理一点也没犹豫，就让我把老太太抱上车。

就在我准备把老太太抱上车时，刘老板竟一步奔过来，仔仔细细看着老太太戴在手腕上的镯子，看了一会儿后，便从兜里掏出一只很陈旧的盒子，从盒里拿出一只镯子，这镯子竟跟老太太手腕上的镯子一模一样。刘老板的眼睛一下子就红了起来，万分激动地冲马经理说："马经理，是你的善良让我找到了失散多年的姑姑。不瞒你说，我已经寻找好多年了，可一直没能找到她。我现在就告诉你，我跟你合作了。"马经理愣了一下说："那你不去那家考察了？"刘老板一字一顿地说："善良是我们中华民族的美德，我就愿意跟善良的人交朋友，以善报善，老天都会成就你。"

我在心里不由感叹道：还多亏那家伙在背地里使坏呢！要不，马经理的生意能这么容易做成吗?!

# 绝密遗产

文/庄小燕

蔡老伯激动极了，紧紧握住蔡镇长的手，喜极而泣地说："你是我平生头一次见到的说话算数的好官，就凭这一点，我今天说什么也要把深藏在我心底的遗产，献给政府！"

当蔡老伯打算叶落归根回乡定居的消息传到湖滨村时，全村几乎所有姓蔡的人都骚动了起来，大家争先恐后地摸到湖滨镇蔡镇长家中，异口同声地表示他们才是蔡老伯最亲的亲戚，蔡老伯回乡后，应该落户在他们家中才是。

年轻的蔡镇长面对蔡老伯这么多的"最亲的亲戚"，感到非常为难。经过反复调查，他最终作出决定：把蔡老伯落户到湖滨村首富蔡小牛家中。蔡小牛是蔡老伯的堂侄，他才是整个湖滨村中与蔡老伯最亲的亲戚。蔡镇长的这个决定引起了不少蔡姓人的不满，认为蔡镇长是偏心眼加势利眼。但不管大家怎么认为，蔡小牛还是欢天喜地地把堂叔接到了自己家中。

然而蔡小牛一家只高兴了几天，脸上的笑容便迅速消失了，因为他们发现这个在台湾客居了半辈子的堂叔，除了随身携带的一只旧皮箱外，竟是一个一文不名的穷光蛋！那天，蔡老伯翻晒那只旧皮箱时，全家人都看见皮箱里都是些半新不旧的四季换洗衣裳，连一件金银玉器也没有！趁堂叔不注意，蔡小牛的妻子甚至把皮箱的夹层都翻遍了，也只翻到几份蔡老伯的发黄了的证件。蔡小牛一家的希望，顷刻间全部化作了泡影。但事到如今，湿手已沾上干面粉，想甩也甩不了啦，蔡小牛只得硬起头皮强打精神，继续扮演他那个"最亲的亲戚"的角色。不过，自从发现蔡老伯旧皮箱里的秘密后，蔡小牛家的住房就顿时变得紧张起来。原来蔡老伯住的那个朝南的房间，因蔡小牛的儿子要考大学备考，被腾了出来，蔡老伯当天就搬到了楼下厨房隔壁的空柴房住。好在蔡老伯年过八旬，对生活已没有任何讲究，自是乖乖地听从堂侄安排。

但是，又老又穷的蔡老伯偏偏不识相，在这个时候竟向堂侄提出了一个非分的要求：从前村前鹰嘴山上有座六角塔，他小时候一直在那座塔下嬉戏玩耍，留下了深刻而又美好的回忆，以致他只身异乡为客的半个多世纪里，常常在梦中见到它。现在他回来了，这座六角塔却不见了，听说是在"文革"时期被拆毁。他要求堂侄抽一点资金出来，在原址重建六角塔，以偿他大半辈子的夙愿。

堂侄小牛对蔡老伯的要求根本不理睬，只当耳边风。蔡老伯多提了几次，他就不只是把两个眼白翻给老堂叔看，而是干脆来个开口见喉咙："你晓得造这样一座六角塔要多少钞票吗？"蔡老伯当然晓得动土动木是要钞票的，他就是因为囊中羞涩才向堂侄开口的，现在被小牛一声反问，不由得像秋后的知了一样噤了声，只是嗫嗫嚅嚅地哀求道："小牛，我不会让你白花钱的，塔造好后，我自有一笔财产交给你。"小牛一听，气更不打一处来，竖眉瞪眼地说："阿叔呀阿叔，你在海外一无亲戚，二无家产，三无存款，两手空空一无所有，塔造好后，你拿什么财产来还我？只怕到时候把你这把老骨头卖了，还抵不上一块砖钱！"

蔡小牛这番话，呛得蔡老伯两眼翻白差点回不上气来。

蔡老伯在自己"最亲的亲戚"那里碰了南墙后，还不死心，把造塔的希望转移到了村里其他亲戚的身上。可那些曾经争着抢着要和蔡老伯认亲的人，现在一个个见了他都避之唯恐不及，苦得蔡老伯常常一个人形影相吊地徘徊在六角塔的旧址前，嘴里喃喃自语："我有财产，只要塔造好了，我就有财产了……"人们见了，都认定蔡老伯想塔想疯了！蔡小牛更是绝情寡义，认为蔡老伯成了他的累赘，居然与老婆串通一气，动不动就指桑骂槐，含沙射影，气得蔡老伯度日如年，如坐针毡。

蔡老伯的境遇，传到了蔡镇长的耳中，蔡镇长为给这个漂泊在外大半辈子的老人一个安逸的晚年生活，一气之下，亲自赶到蔡小牛家，把蔡老伯接到了镇政府开办的敬老院中。蔡老伯没想到在自己最困难的时刻，人民政府竟收养了他，使他老有所靠，晚年幸福，不由感动得老泪纵横。

然而，蔡老伯也许真是老糊涂了，他刚在敬老院过了两天安逸日子，又吵着闹着要见蔡镇长，说有重要的事情要对蔡镇长说。9月9日重阳节那天，蔡镇长前来敬老院慰问孤寡老人时，特意拉着蔡老伯的手说："蔡大爷，听说你有什么心事要告诉我？"

"蔡镇长，我有一桩凤愿，在心底埋了一辈子了。"

"蔡大爷，你就把它告诉我吧。"

"在我们村前鹰嘴山上，原来是有一座六角塔的，当年我离开家乡的时候，它还在。我在外边大半辈子，天天想着它，晚上做梦也梦着它。所以，我想请政府重新把它建造起来，好让我在有生之年能够看见它，圆我的这个梦。"

蔡镇长一听，脸上露出为难的神色，对老人实话实说："蔡大爷，这座六角塔确实是湖滨村的一个象征，要不拆除，少说也有千年了，应该恢复这处名胜古迹。可是，破坏容易建设难呀，近几年里，我们从上到下正在大搞经济开发，政府正需要大量的资金投入，所以……"

蔡老伯听出了镇长的言下之意，急得眼泪都掉下来了，连声说："我不会让政府白花钱的，塔建好后，我会有一大笔遗产交给你们……"

绝密遗产

蔡镇长不忍伤老伯的心，只好敷衍道："好，好。蔡老伯的建议很好，我一定争取在你有生之年，把这座六角塔重新建造起来。"蔡老伯一听，兴奋得老脸都红了，满脸的皱纹笑成了一朵秋菊样，他紧紧拉着蔡镇长的手连声说道："谢谢，谢谢，真能这样，我就是死了也瞑目了……"

不知不觉一年多时间过去了，一场大病后，蔡老伯竟躺在床上爬不起来了。这天，他硬撑着身子，眺望着窗外那座鹰嘴山，流着泪说："蔡镇长答应过我，他一定争取在我有生之年让我看见六角塔重新建造起来，现在自己快要死了，这塔到底什么时候才能建造起来呀？蔡镇长能来告诉我一声吗？"

没想到蔡镇长了解到这个情况，立马就赶到了敬老院，来到了蔡老伯的床前。他拉着蔡老伯的手安慰老人，说共产党向来是说话算数的，现在鹰嘴山原址上已开始重建六角塔；由于筹建古塔的工作忙了些，没顾得上及时向老人汇报，还请蔡老伯多多原谅。说着，蔡镇长掏出一张六角塔的平面图，让老人过目。

蔡老伯捧着图纸，激动得双手直哆嗦，竟高兴得像个孩子似的哭了起来，连声说："这就好了，说什么我也要等到那天，亲眼看看重建的六角塔！"

然而，蔡老伯没有想到，鹰嘴山上建六角古塔，是镇党委经过反复研究后，决定不等上级拨款，先自行筹资并向银行贷款开工重建的。这既能满足蔡老伯与全镇人民的愿望，也能使以六角塔为中心的湖滨旅游开发区的建设规划早日实现，促进全镇经济的繁荣与兴旺。蔡老伯天天趴在窗前，眺望着鹰嘴山上那座一天一天长高的古塔，脸色也在一天天红润，身体也在一天天康复。他一下子好像年轻了二十岁，时时刻刻都在企盼着那座古塔能重新在鹰嘴山上矗立起来。

行文至此，得解开整个故事的悬念了。原来蔡老伯口口声声说他有"一大笔遗产"并非吹牛，这事须从五十多年前说起。

那时，蔡老伯还是当地一个姓蔡的大地主家的少爷，他的父亲在一场急病即将夺命的前夕，把蔡少爷叫到床前，把一笔祖传的绝密遗产托付给了独生子。原来，还是在北宋崇宁年间，徽宗赵佶在东京（今河南开封）大兴土木，建延福宫，造万寿山，盖亭台楼阁，征天下奇花异石充实其间。为此，特在苏州设"苏杭应奉局"，以收罗奇花异石。苏州朱勔被任为主管。他和其父朱冲，都善于堆土叠石，建造园圃，人称"花园子"。朱勔经巴结蔡京和童贯，奉命采办"花石纲"，遂放开手脚，巧取豪夺。花石纲接连不断，舳舻相衔于淮汴。不久，北宋灭亡，朱勔事败，一批未运之石就留在江南。当时，蔡少爷的祖上就是奉命在太湖中采集花石纲的工匠领班。朱勔事败之际，蔡领班胸有计谋，趁乱把一块世所罕见的花石纲给藏匿了起来。

这花石纲便是大名鼎鼎的太湖石的雅称。如今苏州留园中的冠云峰、苏州十二中里的瑞云峰、上海豫园里的玉玲珑及杭州西湖的绉云峰，便是当时朱勔奉旨采办太湖石时截留下来的巨型太湖石。但是朱勔到死也不知道，他手下的工匠领班蔡某，当时竟也甘冒杀头之风险，效仿他截留下一块太湖奇石！

据蔡老伯的父亲临终前遗嘱，这块太湖石高六米余，清秀奇特，玲珑剔透，通体折皱孔窍，涡洞连接，具有太湖石的"瘦、皱、漏、透"之四美，堪称是上述中国四大假山的姐妹石！但是，偌大的一块重达数万斤的价值连城的巨石，如何在官宦眼皮底下偷藏起来呢？蔡家祖先聪明，在一个月黑风高的夜晚，特地雇用外地民工，用几艘首尾相接的大船将这石运送到茫茫的太湖之中，沉弃于湖底。

五十多年前，蔡少爷曾在离开大陆的那个夏日深夜，根据父亲留下的秘嘱，只身一人潜入湖底，寻找到了这块凝结着他们蔡家十几代人秘密的太湖石。当时，蔡少爷抚摸着这块长满青苔的巨型奇石，激动得当场在湖底呜咽了起来。

看到这里，一定有读者要问：从北宋至今，少说也有六七百年，难道偌大一块巨型奇石躺在湖底，就再没有人发现吗？回答是当然不会轻易被人发现，因为一是当年蔡氏祖宗在沉没这块巨石时，当场残酷地把那几个外地民工也一并沉入了湖底，杀人灭了口；二是偌大一块数吨之重的巨石沉在湖底，任凭风再大，浪再急，也难以把它挪动，更何况历经数百年的沧桑，湖泥早已把它深深掩埋其中；三是当年蔡氏祖上在沉没这块奇石时，用了特定的标志来定位，不得秘传者，天大的本事也难以在这茫茫三千六百公顷的太湖中寻找到这块奇石。这个用来定位的标志，就是蔡老伯念念不忘并耿耿于怀的六角古塔……

这一天，重建的六角塔终于根据当地老人的回忆与有关方面提供的历史资料，耸立在了鹰嘴山的原址上。当搭建在六角塔四周的脚手架拆去时，蔡镇长又来到了敬老院，出现在了蔡老伯的面前。

蔡老伯激动极了，紧紧握住蔡镇长的手，喜极而泣地说："你是我平生头一次见到的说话算数的好官，就凭这一点，我今天说什么也要把深藏在我心底的遗产，献给政府！"说着，他竟当场拉着蔡镇长，非要和蔡镇长一起乘船下太湖，在现场把遗产移交给蔡镇长。

起先，蔡镇长还以为这是老人高兴之至的信口开河，或是因他年老痴呆而瞎说的胡话。但当他听了老人头脑清晰、口齿准确的表白后，他终于相信了老人的话。他扶着老人来到太湖边，登上一艘快艇下了太湖。在蔡镇长的搀扶下，蔡老伯目光炯炯地望着正前方，指挥着快艇前进。在驶经距鹰嘴山六角塔不远的湖面上，蔡老伯突然像变戏法似的从怀里掏出一柄测距仪，把测距仪对准了与六角塔相对的湖湾处的一棵千年古樟……

"南二北四，船在中间；三点一线，不偏半点；垂直而下，是我宝典！"蔡老伯红光满面，目光如炬，好像把毕生的精力，都集中在了今天。他边喃喃自语，边用手势指挥着快艇前后左右挪动。

"蔡老伯，你好像在背口诀？"蔡镇长若有所悟，用力扶住老人在艇前站住。

"聪明的孩子！"蔡老伯忽然改口，不再称蔡镇长了，他用尽全身的力气紧紧抱住蔡镇长，说出了埋藏在他心底半个世纪之久的全部秘密，讲述了一个长达六七百年的传奇般的故事……

顿时，年轻的人民镇长激动了，他的两眼中泛出泪花了，他紧紧地抱住老人，只是一个劲地点着头。

"孩子，记住口诀了吗？你记住了这段口诀，就是接受了我献给你的那笔无价的遗产……南二，是说向南六角塔是两公里，北四，是指向北那棵老樟树四公里……孩子，现在，你跟我背：南二北四……"

蔡镇长被一个垂暮之年的老人那种真挚热烈的爱国情愫深深感动，他机械地重复着老人的口诀，禁不住心潮起伏，热泪夺眶而出。忽然，他发现手中的老人变得沉重了起来，老人的声音也在渐渐地低沉了下去，同时"当"的一声，老人手中的测距仪也脱手掉在甲板上。

"蔡老伯！蔡老伯！"蔡镇长如雷轰顶，用力抱起老人，可是老人已微微闭上了双眼，他那干枣般的老脸上，浮现出一片无比欣慰的微笑，依偎在蔡镇长的怀里，神情安详地离开了这个世界……

湖底的秘密后来揭开了没有？老人的夙愿究竟有没有彻底了却？这些已不在本文叙述的范围了。但有一点可以告诉大家，那就是以鹰嘴山六角塔为轴心的湖滨旅游开发区，现在已初具规模。在新落成的湖滨镇敬老院的花园中，确实亭亭玉立着一块不比瑞云峰和冠云峰逊色的太湖奇石……✿

# 为了圆母亲的梦

文/刘金泉

当那个颇似佛像的小胎记映入赵冠英眼帘时，他冲上前，一把抱住陈兆武，双膝咚地跪倒在地上，激动地叫道："叔叔，我可找到你了，我终于圆了母亲的梦了呀！"

一、跨海寻叔

汉南市台办主任陈爱国是个四十岁左右、办事干练的人。这天，他领着一位年约七十五岁、红光满面、精神抖擞的老人，来到离市区三十里开外的巴山腹地小南海风景旅游区，找他的妹妹陈爱英和妹夫孙文军。

孙文军今年三十五岁，是小南海文管所所长，妻子陈爱英是他大学时的同学。夫妻俩和陈爱国与老人见了面，寒暄几句后，陈爱国就指着身边的老人，开门见山地介绍道："妹夫，这位老人名叫赵冠英，已七十五岁高龄了，他来自台湾，早先是你们南海镇人。"

孙文军和陈爱英一听说这位老台胞是南海镇人，顿时有一种乡亲之感，双双伸出手，紧紧握住老人的手，热情地问："赵老伯这次回乡，不知是观光还是投资？"赵冠英满脸带笑地说："观光是其次的，这次回来，主要是想完成我母亲的遗愿！"

陈爱国眉梢一扬："是什么遗愿？赵老先生请尽管讲。"

"寻亲。"赵冠英操着夹生的普通话，一字一顿地说，"寻找我的一个叔叔。"

"叔叔？"孙文军望了妻子一眼，神情憨厚地说："赵老伯，你都这么一大把年纪了，还回来寻找你叔叔，真是亲情难忘呀，只怕他老人家早就不在人世了。"

赵冠英用坚定的口吻说："找不到亲叔叔，找着我叔叔的后人也行啊，这样，就圆了我母亲八十多年的梦了呀！"

陈爱国惊奇地问："你母亲八十多年的梦？赵老先生，这到底是怎么回事呀？"

见陈爱国一副打破砂锅问到底的模样，赵冠英淡淡一笑说："不忙，等我去烧了香，拜了如来佛祖和观世音菩萨再给你们细细摆这个龙门阵吧！"

小南海是巴山深处最大的佛教圣地，它坐落在群峰之间的一个千米高的山谷内，其中以观音洞中的天然暗河最为著名。这条暗河有四五里长，直通巴蜀地下河中。三人沿着弯弯曲曲的阶梯式山路，逐阶而下，不一会儿就来到了谷底。进了这佛教三门六院的圣地，只见来这儿的游人进进出出，大烛大香，对着心中的佛像，三叩九拜。赵冠英走进庙内，跪倒在观音佛像前，深深地磕了三个头，这才随陈爱国、孙文军走进溶洞参观。

在孙文军和陈爱国的搀扶下，赵冠英上了游艇，沿暗河慢慢地向前行驶了八百米，游艇便停住了。老人参观了大自然赋予这儿的奇景奇观后，有点惊奇地问："怎么才到这儿？听说这暗河溶洞全长二三公里，一头在巴蜀，一头在天汉哪！"

孙文军略带愧意地说："赵老伯，由于我们的人力、物力及资金有限，我们只能开发到这儿！"

"可惜，真是太可惜了！"赵冠英带着惋惜之情，连连叹息，"唉，若能把它开发到暗河尽头，不知还有大自然缔造的多少天然奇景可供人观赏哩！"

走出观音溶洞，站在庙宇院子左侧那散发着海水味的小南海岸上，赵冠英目测了一下海面。这里虽名叫南海，实际是一块不足千余平方米的水塘，暗河里流出来的水通过这里流向谷底。天晴时，小南海的水是清的，遇到下暴雨或洪灾，水就是浑浊的。暗河里的水涨得再多，海里的水却始终涨不起来，所以，尽管水面距岸上只有二三尺高，水却淹不了庙宇，这成了一道奇特的风景线，也留下了很多奇妙的传说。

赵冠英站在岸边，对陈主任和孙所长讲了一个不为人知的感人故事。


二、含悲送叔

1927年初夏的一天，南海附近来了一支国民党军队，带领这支部队的就是赵冠英的父亲赵剑。当时，赵剑刚结婚，娶了妻子吴雪梅，他那当大财主的父亲，就因为和红军作对，结果夫妻双双被红军镇压了，因此，赵剑便和红军成了死对头。父母死前，把他们才满三岁的幺儿赵武，托付给了赵剑和吴雪梅，夫妻俩就将他随军带在身边，不知情的人还以为这个小叔子就是吴雪梅的亲生儿子。

这吴雪梅人虽年轻，却十分信佛，尤其是观音佛。她听说小南海是观音驻地，香火十分兴旺，就要去朝拜，丈夫赵剑因军务在身，不能亲自陪同，于是她带着三岁的小叔子赵武一块前往小南海拜佛。

吴雪梅在去小南海的路上，结识了一对同样领着一个三岁多小男孩，到观音洞还愿的当地青年夫妻，两个年龄差不多的小男孩，一见面甚是投缘，在山路上蹦蹦跳跳地你追我赶，非常开心。等进了庙宇，两个孩子就再也分不开了，你往东，他往东；你进庙里，他腿一伸，比另一个孩子还进得快。

三个大人只顾在庙宇内烧香叩头敬菩萨，两个无知的孩子却偷偷离开了他们，跑到小南海岸边去戏水玩儿，结果扑通扑通，双双掉进了深深的水里。

　　一位香客敬完香，到岸边来洗手时，一下子发现了险情，他惊慌地大叫起来："快来人呀，救命呀，有两个孩子掉到海水里了！"

　　青年夫妻和吴雪梅听到惊呼，蓦然发现身边没了两个孩子，顿觉不妙，心惊肉跳、呼天喊地地冲到岸边一看，可不，掉进水里的正是他们的两个孩子！

　　男青年第一个反应过来，他往后一退，纵身跳进了南海中，朝一沉一浮的两个孩子奋力游去，好不容易才抓住一个，踩着水举起来时，他妻子就在岸上跺脚哭喊："天哪，你个大笨熊！你……你救的不是我们的，那个孩子是别人的呀！"

　　一听说手中举的孩子是别人的，男青年犹豫了一下，仍一边踩水往岸边游，一边喘着粗气训斥："你瞎嚷嚷什么，哪个孩子不是爹娘的心头肉啊！难道我家的孩子该救，别人家的孩子就该死吗？"说着，他游到岸边，将孩子举过头顶冲着吴雪梅说："大嫂，接着你的孩子！"

　　吴雪梅伸出双手，把小叔子接过紧紧抱在怀里，赵武由于呛了两口水，又惊吓过度，一直昏迷未醒，吴雪梅忙将小叔子放在地上，让他把喝下去的水倒出来。那男青年一转身，要去救自己儿子时，水面上哪里还有儿子的影子呀！他知道儿子已沉入水底了，大吼了一声："儿子，爹来救你了，你快浮上来呀！"吼叫声过，他一个猛子扎进水里，好一会儿探出头吸口气，又一个猛子潜入水底，来来回回十几次，总算把儿子从水底抱上岸来了，可儿子已变成了一具死尸。夫妻俩顿时哭得死去活来，女的一边哭，一边用手在丈夫身上抓扯着说："天底下哪有你这号狠心人，放着自己的儿子不去救，却先救别人的孩子，你还我儿子，还我儿子……"

　　男的双手抱头，任凭妻子抓扯，一动也不动。女的抓扯累了，嗓子哭干了，白眼仁一翻，咚地倒在地上，不省人事了。

　　吴雪梅一看，自己的小叔子吐了许多水，虽然还在昏迷中未醒，却还活着，而这对夫妻的孩子却死了。当她从夫妻俩口中得知，两人结婚五六年了，才生了这么一个儿子，再也没有生养了时，吴雪梅一下怔住："这可怎么办呢？人家毕竟是为了救自己的小叔子才没顾上救自己儿子的呀！"她踌躇再三，眉头一扬，毅然把小叔子抱过去，塞到男青年怀里说："哥，用我们的孩子，换你们的儿子吧。你放心，我会厚葬你们的儿子的！"

男青年刚想拒绝，女的一抹泪，抢先扑过来，从吴雪梅手上接过孩子，紧紧抱住问："大妹子，这是真的吗？"

"是真的。"吴雪梅点点头，伸手从小叔子赵武脖子上挂着的一对银观音坐佛上取下一尊，说，"小叔，不是嫂子心狠，实在是迫不得已呀，以后有缘相见，这个银观音就是凭证。"说完，抱起那个死孩子，飞也似的哭着走了……

由于事发突然，双方都没有留下姓名、住址，部队在小南海驻扎的两年间，吴雪梅每年这天都要到小南海去烧香，希望能碰巧遇上那对夫妻，见上小叔子赵武一面，可年年都扑了空，这也就成了她的一块心病，直到到了台湾，还是念念不忘。

吴雪梅的丈夫赵剑去世后，她在一百岁生日那天，把儿子赵冠英叫到面前，拿出一尊小银观音坐佛说："英儿，这是你父亲一直藏在脖子里的信物，也是你到大陆去找你叔叔赵武的信物，记住，他有个小银佛，和你手上这尊一模一样，你无论如何也要去大陆找到他，代我说声对不起。"

吴雪梅把心里的秘密告诉了儿子的第二年就去世了，拥有上亿美元财富的赵冠英把台湾的生意交给了一对儿女暂时经营后，就独自来到了大陆，来到了汉南市，来到小南海，为母亲寻找这位失散多年的叔叔。


三、乐助亲人

听完赵冠英的讲述，陈爱国和孙文军唏嘘的同时，忍不住焦急地寻思：如何帮助眼前这位台胞老人寻找他那位可能已不在人世的叔叔呢？

问题的关键是吴雪梅在把小叔子赵武送给那对青年夫妻时，既没问人家姓什么，又不知道人家住在哪儿，仅靠人家救孩子送孩子这条线索，要找到赵冠英的叔叔赵武，无疑是南海中捞针——难哪！

赵冠英见陈爱国和孙文军都不做声，着急地问："怎么啦？难道有困难吗？"

陈爱国对孙文军使个眼色说："妹夫，你是本地人，大学毕业，又和我妹妹一起分到文管所工作，人熟地熟，赵老先生要找他叔叔一家人，可就全靠你了。"

孙文军一想，面呈难色地说："事隔八十多年了，那对青年夫妻要是留下名姓，这会我们到派出所去查一下户籍，兴许还能有点希望；如果他们是远道而来的香客，这事儿可就有点难了。"

"这倒也是，"陈爱国把征询的目光投向赵冠英，"赵老先生，要不就查到这儿，我陪你回市区宾馆住下，让我妹夫妹妹他们慢慢帮你找，怎么样？"

"不，我不是来观光旅游的，我是来找人的。"赵冠英固执地说，"我来时，啥都带着，找不到叔叔，我就住在这儿不走了。我要一个乡一个村挨家挨户地寻找我叔叔的下落，否则，我妈死不瞑目呀！"

看老人态度坚决，孙文军心里一动，问："你知道你叔叔现在的大致年龄吗？"

赵冠英说："我母亲在世时说过，我叔叔出生在 1924 年，现在有八十三四岁年纪。"

孙文军抚掌大笑说："这就好办了，我们可以按这个年龄段，一个村一个村地帮你去寻找，老先生还是先回市区宾馆去住吧，我们这儿条件太差，住宿也实在简陋，怕怠慢了你呀！"

赵冠英倔犟地一扬头说："你们是怕我吃不了苦熬不住吗？别害怕，随便给我找个地方我就能住下，如果实在没有，我去住路边搭的售香烛的棚子也可以呀！"

陈爱国担心地问："老先生，你的身体吃得消吗？"

赵冠英一拍胸脯说："陈主任，你放心吧，我在台湾开的圣佛山庄内，每天早晨都要爬两公里山路，跑一万米路程呢。你俩能到哪，我保证能到哪。"

赵冠英把话说到这份上了,陈爱国只好掏出手机,向领导如实汇报了情况,领导吩咐他一定要接待好赵冠英并保证赵冠英的人身安全。

陈爱国让司机把车开回单位,自己则和妹夫商量赵冠英的住宿问题。孙文军沉吟片刻,指着不远处的文管所说:"那只有委屈一下赵老先生,暂时住到寒舍二楼客房了,我叫爱英专门在家为你们做饭炒菜,照顾好老人的饮食起居吧!"

陈爱国赞许地一点头,说:"也只有叫赵老先生住在你家了,虽然简陋了点,但在这儿算是最好的了。"

一行三人协商好,便出了庙宇,又顺原路往半山腰的公路上爬去。赵冠英爬山时,果然是步履稳健,上了公路气不喘,汗不流。陈爱英听到赵冠英要在家中住下,她脸露笑容,欣喜地说:"好啊,家中住贵客,让人真高兴。走,两间客房是现成的,只要哥和赵老伯不嫌弃,我先回去打扫一下。"

陈爱英说的两间客房,是给上面来的领导住宿的,其实也不是太简陋,她回去一打扫还挺不错。游兴未尽的赵冠英,趁陈爱英回家收拾房子,硬要拉着陈爱国、孙文军在这摆满了香烛裱纸铺、一家挨一家约一里多长的香烛街转一转,看一看。两人无奈,只好跟着他在公路上边走边看起来,还领老人到路边的大佛洞里去转了一圈。赵冠英很虔诚,见佛就下跪烧香磕头,直到太阳偏西了,才意犹未尽地回到了孙文军的家。一进门,陈爱英就端出干菜熬腊肉说:"赵老伯,哥,来了多半天,都饿了吧,来尝尝我的手艺,干豇豆洋芋片腊肉。"

赵冠英奔波了这么长时间,还真有点饿了,他坐在饭桌前,不客气地抓起一双筷子,夹了一块腊肉放在嘴里嚼了嚼说:"又吃到家乡的腊肉了,真香啊!"

"香你就多吃点。"陈爱英从厨房里舀了碗米饭,放在老人面前,又麻利地用筷子夹了好几块腊肉放在米饭上说:"赵老伯,千万莫客气,你来寻亲未果,就把我家当你家吧!"

顿时,一股浓郁的乡情亲情,涌上了赵冠英的心头,他抬头看了看陈家兄妹那似曾相识的脸庞，会心一笑说："好，我吃，一定吃。"

饭罢，赵冠英打个饱嗝，满意地说："这顿饭，可是我回到家乡，吃得最饱最香的一顿饭哪，哈哈哈……"

### 四、情系南海

第二天，赵冠英回小南海寻找失散了八十多年的叔叔的消息，就像长了翅膀一样，在一里多长的香烛一条街上迅速传开了。

可是，一连四天，陈爱国和孙文军带着赵冠英在小南海附近的村庄走访，旮旯角落都走遍了，也没打听到他叔叔的下落。无奈，他们又带老人去了一趟五里开外的南海镇，去拜见了汪镇长。汪镇长听了陈爱国的汇报也十分重视，把各村干部召集到镇上开了个紧急会议，让各村干部重点将村里八十三岁到八十五岁的男性老人都剔出来调查。结果忙乎了三天，连跟赵冠英讲述的相似身世的老人也没有，更别说能见着那个银观音坐佛信物了！

难道赵冠英的叔叔已因病去世了？那他的后人呢？为啥没有一点音讯呢？或者，那对领赵武走的青年夫妻，压根就不是本地人。事隔这么多年，找这样一个人，实在是太难了呀！

赵冠英在随陈爱国、孙文军去各村奔走查访期间，住在孙文军家受陈爱英热情款待之余，时而也独自上香烛一条街去转悠一阵，回来就眉头打结，一副心事重重的样子。一天，赵冠英在喝着陈爱英沏好的香茶时，若有所思地问："爱英啊，你们这儿平均一天能接待多少游客？"

陈爱英想了想说："天气正常，一天就是三百多人吧！"

赵冠英说："那遇到春暖花开、秋高气爽的春秋季节和游人如织的小南海友会呢？据我所知，这会可是一年三次哟，春天三月三，夏天六月六，秋季九月九，每次一个星期，那时，一天能接待多少人？"

陈爱英说："那可说不准了，从起会到闭会，一天两三千人是常事，在最兴盛的三月三，一天会接待游客上万人哩！"

赵冠英问："那他们到这儿来吃住问题怎么解决呢？据我观察，你们这儿可没个像样的饭店和宾馆呀！"

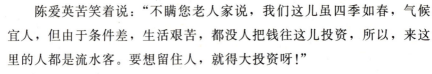
陈爱英苦笑着说："不瞒您老人家说，我们这儿虽四季如春，气候宜人，但由于条件差，生活艰苦，都没人把钱往这儿投资，所以，来这里的人都是流水客。要想留住人，就得大投资呀！"

赵冠英说："可惜了，这么好的旅游资源，一没停车场，二没像样的饭店，三没好的商店，香烛箔品店倒有一里多长，一百多家，但那能赚多少钱呢？唉！"赵冠英话锋一转："政府为什么不大力开发旅游资源，把这儿变成吃、住、游一条龙的山庄旅游区呢？"

"唉，哪来的钱呀！"陈爱英重重地叹了口气，"现在有的修缮庙宇、开发暗河景观和山路台阶、凉亭、护栏的费用还是我和丈夫经手贷款一百万元搞的，弄得债台高筑，靠我们卖门票的收入一点点还债。政府也做了不少宣传，也有开发商年年来这儿考察，却都是瞎子点灯——白费蜡。仅把这条弯弯曲曲又窄又险的公路拓宽，就要上千万元投资。人家怕钱打了水漂，收不回来，摇摇头都走了，我们是白花力气又白花钱。"

陈爱英说着，眼圈都红了。

这天晚上，陈爱国接到单位电话，要他回去开个很重要的会议。陈爱国不放心赵冠英，本想叫赵冠英和他一块回市区，可赵冠英一摇头说："不，没圆我母亲的梦，我不能离开小南海。"

翌日，车来接他时，陈爱国抓住孙文军的手再三叮咛："妹夫，赵老先生就托付给你和妹妹了，你俩一定要尽心照顾，千万不能有半点闪失。"

孙文军说："哥，你放心吧，我和爱英会像对亲叔叔一样待他的，你去吧！"

送走了陈爱国，赵冠英对孙文军说："孩子，今天我们不找人了，我在这儿发现了一个潜力很大的商机，你带着我在这小南海周围，仔细地考察一下地形山貌吧！"

孙文军不解地问："赵老伯，你想干啥？"

赵冠英藏而不露地说："看了再说吧，我得把画夹拿上，做绘图用。"

五、叔侄团圆

孙文军带着赵冠英在小南海周围的山上，考察了整整一天，累得筋疲力竭地回到家中，却意外地发现陈爱国回来了，同时，妻舅还把他八十四岁的爷爷陈兆武也带来了。他惊奇地上前抓住老人的手问："爷爷，你怎么来了？"

"怎么，我不能来吗？"陈兆武声若洪钟地反问，"我来见见我侄子，难道不行吗？"

孙文军正在发怔，陈爱国却冲着赵冠英乐呵呵地说："踏破铁鞋无觅处，得来全不费工夫。赵老先生，不，你是我叔叔，你要找的叔叔，我给你找到了呀！"

赵冠英后退两步，不相信自己的耳朵似的问："什么，你帮我找到了叔叔？他⋯⋯他人在哪？"

陈爱国一指身后的老人说："远在天边，近在眼前，他就是啊！"

不等赵冠英开口，孙文军就一针见血地说："哥，你不会是为了安慰赵老先生，随便把爷爷叫来冒充吧？"

"怎么会呢？"陈兆武颤巍巍地从脖子上取下一只银观音坐佛，交到赵冠英手里说，"你来找我，一定带有这个小银佛信物吧，如果我猜得不错，它一定是一对，一只在我哥脖子上挂着，一只在我手里。"

一见小银佛，赵冠英的眼睛一下子亮了，他太熟悉这个坐观音佛了。从他懂事起，父亲脖项里就一直挂着它！他连忙走进房间，从旅行包内取出一尊小银佛，往那尊小银佛面前一摆，令孙文军和陈爱英暗暗称奇，它们真是一个模子里刻出来的一对呀！

看到这对观音小佛，赵冠英眼中并没有惊喜，他对陈兆武说："认亲之事，非同小可，你可不可以脱光上衣，转过身让我看看。"

"哈哈，你是想看我右肩胛下那块颇似佛像的胎记吧？"

陈兆武说着，解开上衣扣子，刷地脱掉了上衣，一转身让赵冠英看。当那个颇似佛像的小胎记映入赵冠英眼帘时，他冲上前，一把抱住陈兆武，双膝咚地跪倒在地上，激动地叫道："叔叔，我可找到你了，我终于圆了母亲的梦了呀！"

　　陈爱英忙帮爷爷把衣服穿好，陈兆武也一伸双臂，抱住了赵冠英，老泪纵横地说："侄儿，我的亲侄儿，你妈妈我嫂子她还好吗？"

　　赵冠英站起来一抹泪说："我妈妈已经死了，她活了一百零一岁，死前还念念不忘当年迫不得已将你送人的事呢！她老人家对我说：'儿啊，妈做了一件对不起赵家，对不起你叔的事，几十年来，这个阴影一直压得我喘不过气来。我死后，你一定要拿上观世音小坐佛去找着你叔，替妈向他赔个不是。'叔，这么些年你怎么过来的？你住在哪里呀？"

　　陈兆武说，当年，他被嫂子送给那对青年夫妻后，怕嫂子反悔来找，这对陈姓夫妻把昏迷着的赵武抱回陈家湾家中，收拾了点行李，就连夜逃到市区一个亲戚家住下，做点小生意糊口。赵武醒来后又哭又闹，要回去见哥哥嫂子，后来渐渐适应这个家庭生活，就和养父母一块过日子了。他本名叫赵武，养父母给他上户口时，只把"赵"改为"兆"，在前面加上了陈姓，他就叫陈兆武了。从此，他和养父母就在城区落了脚，再也没回过陈家湾村。至于那尊银观音佛，他知道是亲生父母给的信物，让观世音保他一生平安，就一直挂在脖子里，直到现在。

　　陈爱国听罢爷爷讲述，上前一把抓住赵冠英的手说："难怪我和你一见面，就觉得和你有一种说不出的亲近感，陪你跑了这么多天也不烦人，原来我们有血缘关系哩。要不是我开完会，回家和爷爷、父母把你从台湾来大陆找叔叔的奇事一说，爷爷就叫我带他来见你，你们叔侄俩还不知啥时能见面呢！"

　　"那也不一定。"

　　话音刚落，外面闯进一个人来，几个人定睛一看，原来是南海镇政府年轻有为的汪镇长。他冲着赵冠英一抱拳说："赵老先生，恭喜你们叔侄团聚了，就是没团聚，我们也已经从陈家湾村一位百岁老人的口中打听到他侄子陈汉元、侄媳林秋菊曾领回过一个叫赵武的孩子，现名叫陈兆武，住在市区。"

　　陈兆武说："陈汉元、林秋菊正是我爹娘啊！"

　　"叔叔！"赵冠英再次把陈兆武抱在怀里，激动地叫着，而陈家兄妹、孙文军则围着赵冠英"叔叔"长、"叔叔"短地叫个不停。

汪镇长掩饰不住内心的喜悦说:"这真是个千古奇闻哪,叔叔找着了叔叔,叔叔亲叔叔,叔叔叫叔叔。赵老先生,听说你有意要和我们洽谈投资开发小南海的事宜?"

"没错,"赵冠英稳重地说,"叔叔找着了,我还要在这里圆我母亲的另一个梦,来小南海投资经商,让这个佛教圣地闻名天下,造福这里的每一位乡亲。通过这些天的考察,我决定先投资一千万美元,将市区到这里的公路拓宽成一条现代化公路,然后再给我侄女侄女婿投资一千万美元,在这里建一个小南海山庄,把观音洞那条暗河再拓进一千米,在西山下建一座上星级的南海大酒店,把中外游客都吸引到这儿来,让他们玩得高兴,吃得舒服,住得安逸。"

"好啊!"赵冠英的话,引来了一片掌声与喝彩声,汪镇长紧紧握住他的手说:"我们在投资环境和政策上,一切优惠。走吧,赵老先生,随我到镇招待所去住吧!"

"不!"赵冠英一口谢绝,"我已回到大陆自己的家了,招待所哪有在家里好?我叔叔、侄儿、侄女们都住在这里,我出去住岂不见外了吗?汪镇长,你也留下,我们来个彻夜长谈,一醉方休如何?"

"好!"汪镇长果断地回应,"今晚,我就和你住在一起,把投资项目及细节谈个小葱拌豆腐——一清二白后,明天我们就举行隆重的签约仪式,怎么样啊?"

"行!"赵冠英满口应允,"明天我就打电话给两个儿子,让他们立刻带钱从台湾赶过来与我团聚,开展投资准备工作……"

半年后,随着盘山公路拓宽,一座现代化的南海大酒店在西山下依公路而建起来了;与此同时,溶洞暗河开发也列入了议事日程。山庄、凉亭、旅游购物商店也都紧锣密鼓地建设着。山路上,人们经常可以看到陈兆武在赵冠英的搀扶下,乐呵呵地指手画脚的身影。

# 三桩心事

文/黄朝忠

坛子终于挖出来了！艾大禄老人心情万分激动，他双手颤抖地揭开坛盖一看，哇，果真是一坛金条，一坛珠宝，根根金条上还刻有清光绪年号字样；珠宝闪光耀眼，完好无损！

一

农历八月十五日，是中国的传统节日——中秋节。这天下午 4 时许，台湾台中市七十八岁高龄的艾大禄老人，乘客机到达凡香机场下机后，又坐上一辆的士，请司机把他直接送到凡香市台办。来到市台办后，艾大禄老人出示有关证件，自我介绍了他是从台湾专程回祖国大陆省亲办事的，市台办刘主任热情地接待了他。

艾大禄老人呷了两口刘主任为他沏的香茗后，恳切地说："刘主任，老朽这次回大陆，是遵循老父的嘱咐，完成他老人家搁在心中几十年的三桩心事。"

"三桩心事，哪三桩心事？"刘主任问道。

艾大禄坦然地说："第一桩心事是老父嘱托我要回故里——艾湾村庄一趟，看看我的亲哥哥艾大福是否还健在，家中还有些什么人，还要找到艾氏家族学究老人，把艾氏家族宗谱搜集完整带回台湾，为我艾家续用。第二桩心事是老父从1949年到台湾后，快六十年了，也没有为祖国故里做点什么事，心里一直感到内疚，他让我这次回大陆无论如何也要为当地公益事业作点贡献。第三桩心事嘛我暂时保密，到时候领导就知道了。"最后，艾大禄老人还向刘主任介绍了他家在台湾的成员和经济状况。艾大禄老人有两个儿子、一个女儿，老伴去年去世。他的老父亲艾太远已是九十九岁的耄耋老人了，不过他耳不背、眼不花，身子骨还挺硬朗，脑子也很清醒。母亲早年去世，他家现在开了个金银首饰行，年收入在一百五十万元人民币左右。艾大禄老人说到这里，刘主任为他家人旺财丰而感到高兴，并祝愿他父子健康长寿，合家吉祥。

晚上，刘主任把艾大禄安排在市政府高级宾馆住下后，特设盛宴款待。市政府有关领导也前来与艾老人共度中秋佳节，推杯换盏，饮酒赏月，令艾大禄老人感动万分。

二

第二天上午，艾大禄老人在市台办刘主任的陪同下，驱车来到了天乐乡政府。而后，就带老人回到他思念多年的故里——艾湾村庄。

艾湾村村主任艾齐新一见艾大禄老人，听说这位古稀老人是从台湾来的，也姓艾，便上前紧紧握着老人的双手高兴地道："欢迎，欢迎，欢迎您老回故里省亲！我叫艾齐新，您老长我两辈，我管您叫爷爷呢！"接着，艾齐新兴奋地向艾大禄老人介绍了艾氏家族兴旺发达的情况。他说据人口普查记载，解放初期，咱们艾湾村庄只有二十多户姓艾的，现在已发展到二百多户，迁移到外地的还不算。

艾大禄老人听后笑呵呵地说："家族兴旺，人才辈出，好啊，好啊!"艾大禄老人说着说着，从旅行箱里取出一张红竖格纸笺递给艾齐新，说他父亲叫他这次回故里要见的亲人名单都写在上面了。艾齐新接过纸笺，反复看了上面的名字后说："老爷子，我在艾湾村属于晚字辈，前年才接任村主任。关于您父亲艾太远老爷子写在纸笺上的艾天豪、艾马氏、艾太花、艾太志……我都不知道，可能他们早就不在了。我只知道艾大福老人，他在五年前就去世了，膝下有个儿子叫艾世武，艾世武有两个儿子。"

"艾大福的儿子艾世武？他就是我的侄儿呀，他现在在干什么事业，家庭经济状况如何，你带我去见见他好吗？"

"可以，不过……""不过什么，你快说呀。"艾大禄老人急着问道。艾齐新说："老爷子，艾世武是我的长辈，我平常叫他世武叔。可他现在混得不像人样啊，都快五十岁的人了，也不干点正事，整日浪荡在外，吃喝嫖赌。我多次登门做工作，劝他改正，都无效果。两个儿子也跟他一样，无所事事，偷鸡摸狗。二儿子艾定有前天夜里因盗窃耕牛被抓进了乡派出所。幸好，老大艾定柱去年在村里几个年轻哥们的影响下，一起去了南方打工，算是有了事干。"

听了艾齐新的这番话，艾大禄老人肺都气炸了。他怒火中烧地说："齐新孙娃，你这就带我去见见他，我非不留情面地训他一顿不可！"

当艾齐新领着艾大禄老人来到艾世武家门口时，见他正和三个女人坐在树阴下搓麻将。艾齐新近前叫道："世武叔，别搓麻将了，我来向您介绍介绍，这位老人叫艾大禄，和您父亲艾大福是同胞兄弟，专程从台湾回大陆看望你们的，您和艾老爷子叙叙旧，我有事先走一步。""好好，你忙去吧。"这时，艾世武忙拍屁股起身把艾大禄老人请进屋里坐。艾大禄老人进门扫视四周后，不由一阵心酸，屋内破烂不堪，没有一件像样家具，蜘蛛网梁椽，灰尘到处是。老人见此情景，压住心头之火，表情显得十分严肃地问道："世武，二叔我来问你，听说祖国大陆改革开放以来，你们乡村的绝大部分农民都脱贫致富，过上小康生活，可你这屋里却一无所有，三间破瓦房还是老爷子遗留下来的，你是咋搞的呢？"

艾大禄老人的责问让艾世武无言回答。片刻后，他才找出理由道："唉，不瞒二叔说，自从您侄儿媳妇去世后，我时刻都在惦记她，也就没心思去种田治家了。"

"放屁！你这是借口。我已经听说了，你老婆活着时你就吃喝嫖赌，老婆说你你不听，劝你你不改，你还经常打骂她，你还算是人吗？你这样嘴馋身懒又嫖赌，对得起大陆的好政策吗？对得起你的父母吗？我和父亲在台湾几十年中，无时不在惦念着你们全家人，希望你们人旺财丰，混得像样，万没料到你竟是如此贫困潦倒！这让我回去怎么向老爷子说呢？"艾大禄老人气得浑身颤抖，眼中掉下泪来。

"二叔，您别太生气了，都是侄儿不好，让您伤心了，侄儿对不起您；我跪下给您老人家磕头了。"艾世武扑通跪在艾大禄老人面前磕头如捣蒜，同时愧恨地"啪啪"打了自己俩耳光。

"谁让你给我磕头？起来说话！我只问你今后改还是不改？"

"改，改，我一定改！"艾世武起身坐在艾大禄老人身边，难过地说，"二叔，我父亲活着时常常惦念着爷爷和您，临终时，他老人家还流着泪说'我好想在台湾的父亲和弟弟啊！现在我要走了，没能与他们见上一面，我死在九泉也不心安闭眼啊！'"这时，艾世武从屉子里取出父亲的遗像给艾大禄老人看。艾大禄老人用手轻抚嵌在镜框里的哥哥艾大福的遗像后，心中十分难过，说："大哥，二弟我今天回大陆看你来了，父亲在台湾也好想你啊，特地让我回故里看看你们全家，吃顿团圆饭，可你却走了啊！"

艾大禄老人心里难过，侄儿艾世武也掉下泪来，他说："二叔，您别说了，都怪我不成器，也给父亲丢了脸。从今以后我再也不嘴馋身懒嫖赌了，我要发愤种田，搞好养殖，尽快富裕起来。我一定要对得起我死去的父亲，对得起在台湾的爷爷。我相信，我家会好起来的。"侄儿艾世武这话，艾大禄老人听了倒还满意，他叹了一口气说："好吧，只要你安分守己，重新做人，我也放心了，也算没有白回故里一趟。我看你这三间破烂不堪的瓦房也该翻新了，这样吧，明天你就去请建筑师傅设计一下，预算建一座小楼房得多少资金，二叔我包了，也算这次回来给你的一点支持。楼房完工后，请媒提亲，使两个侄孙尽快结婚成家，总不能让他兄弟俩打一辈子光棍啊！"艾大禄老人说完这些话后，艾世武感激涕零地说："二叔，您对我这么大的资助，叫侄儿我怎么过意得去呢？侄儿我永远不会忘记您的大恩大德啊！"

"别说这个了，现在你带我上山去看看我爷爷奶奶和你父母的坟墓，我要为他们敬香磕头，还要把我们两家的名字都刻在石碑上，作永恒的纪念。"说罢，艾大禄老人就随侄儿艾世武欣然地出了门……

三

八月十八这天，艾大禄老人在罗乡长和艾湾村主任艾齐新的陪同下，参观了天乐乡的工农业企业和游览天乐乡的自然风光。艾老人从内心感受到故乡的美和故乡的飞速发展。当艾大禄老人见艾湾小学有些落后、陈旧，又看到小学附近那座桥有些破损时，他便问艾齐新为什么没有把学校和桥改造一番？艾齐新说："关于学校和桥的改建，我们都列入了项目计划，因为艾湾村需要建设的项目很多，资金一时周转不过来。""改造教学楼和那座桥总投资需用多少人民币？你们预算过了吗？"艾大禄老人有目的地问道。

"预算方案早就出来了，这两处建设项目预计需投入二百三十五万元。""二百三十五万元？那好，我资助你们二百五十万元，怎么样？"艾大禄老人说。"听说你们那座桥在前年下大雨山洪暴发时，洪水漫过桥梁一尺多高，还冲走了一个上学的小女孩，是真的吗？""是真的，确有此事。"艾齐新感激万分地说，"老爷子，您资助我村这么多钱，叫我怎么感谢您呢？"

"谁要你感谢？我在回大陆之前，我老爷子就一再嘱咐，要我为故里建设作点贡献，这下可用上了，也算了却了他的一桩心事，完成了我的任务。我还有一个小小的要求哩。"艾大禄老人笑道。

"什么要求，您老请直说吧，只要是能办的我一定保证办到！"艾大禄老人说："我只要求你们把教学楼和那座桥建成后，用块大理石嵌在醒目处，上面写上我和我父亲的名字及捐款承建的日期就可以了。这样，一是为我父子捐款建校和桥作个纪念；二是让后人知道艾湾村庄还有一家姓艾的人在台湾定居。"

"老爷子，您老提出的这个要求我一定办到。待这两处项目竣工后，我要在学校门前场子和新建的桥头处砌个高台子，竖块功德碑，把您老全家人的名字都刻在上面！"艾齐新刚说完，艾大禄老人就乐呵呵地笑了起来。


四

艾大禄老人要做的第三桩事，也是他要替老父亲完成的最后一桩心事就是"挖地取宝"。

艾大禄老人向乡、村干部讲述了旧社会他家在艾湾村庄的家境和势力情况。

旧社会，艾大禄老人的家在艾湾村庄是个富豪人家，有农田百十顷，长工数十人，他爷爷艾天豪还是一个地方官，方圆几十里的百姓们都叫他艾老爷。新中国成立前，艾天豪怕共产党来了会被打成大恶霸，没收他的财产，就心生一计，把家里所有金条、珠宝装在两口上釉的小坛子里，趁夜深人静无人知晓，艾天豪便和儿子艾太远带上一长工把两坛子金条、珠宝埋在屋后一棵大槐树附近，待新中国成立后成分划定风平浪静后，再把它挖出来享用。谁知坛子埋下没过多久，艾天豪突然暴病而死，艾太远又随国民党军队逃到了台湾。1948 年 6 月，艾家突遭火灾，几出几进的宅院化为灰烬，最贴身的长工也被大火烧死。新中国成立后划成分时，因艾家还有土地存在，所以只划了个富农，户主也没受到政府镇压。

1985 年，艾太远老人回过一次大陆，因那次是集体活动，只去了北京、上海，没机会回故里，所以埋下的那两坛金条、珠宝就成了他难以释怀的心病。在儿子艾大禄这次回大陆省亲时，艾太远老人再三嘱咐大禄一定要与当地政府联系，千方百计把那两坛金条、珠宝挖出来献给大陆政府，以表自己心意，了却自己心愿。

听了艾大禄老人的一番讲述，罗乡长和村主任艾齐新非常重视，当

即就领着艾大禄老人到现场找出那棵早已砍了的大槐树位置。

可已过几十年了，艾家的宅地改造成了农田，种上了庄稼，对于大槐树究竟长在哪儿，大家一点印象都没有了，怎么挖呢？这时，艾齐新请来了两个土生土长的耄耋老人，其中一个姓丁的老人九十八岁了，过去给艾天豪家打过长工。让他辨认出那棵老槐树原来长在哪个位置，他若能说出个大概，就可以破土开挖了。丁老人端详、揣摩了一阵子说："在我的印象中，那棵大槐树离山脚有二十来丈远，如果没有看错的话，你们把开挖面积扩大些，说不定能挖出那两口坛子来。"

"好，就照丁老哥说的去做，扩大破土范围挖吧，反正工钱由我付，你们就不用担心了。"艾大禄老人发了话，艾齐新立即就叫来了二十多个村民挥镐弄锹地挖了起来。

二十多名村民挖的挖，挑的挑，把半亩多大的一块地面挖下去三四尺深，也没有发现什么坛子，只挖出了一个小土罐，里面装有半罐铜钱，是否就是它？艾大禄老人摇摇头说："不是，肯定不是。真要是半罐铜钱，我父亲是不会再三嘱咐'挖地取宝'的。挖吧，再往下深挖两尺看看。"

时间又过去了两天，在第三天上午，挖到约六尺深时，一个中年村民的铁锹像被什么挡住，怎么也挖不下去了。这时，他蹲下身子，小心翼翼地用双手把松土掀开，立即发现了坛子口，他高兴地大叫："我挖到了，坛子在这儿！"人们围拢一看，果真是两个黝黑的坛子，坛口盖封得十分严实。坛子终于挖出来了！艾大禄老人心情万分激动，他双手颤抖地揭开坛盖一看，哇，果真是一坛金条，一坛珠宝，根根金条上还刻有清光绪年号字样；珠宝闪光耀眼，完好无损！

这两坛金条、珠宝少说也要值几千万元，罗乡长立马打电话向市、县领导汇报，市、县人民政府、公安部门领导接到电话后，很快驱车赶到现场做了最后鉴定处理，还在天乐乡召开了群众大会，为艾大禄老人"献宝"举行了隆重的接收仪式，还为艾大禄老人颁发了向大陆政府"献宝"的荣誉证书。省、市日报、晚报、电台、电视台对这事纷纷作了专题报道，令艾大禄老人感到无比荣幸。

在艾大禄老人返台的那天，市、县、乡、村主要领导在机场为老人举行了隆重的欢送仪式。艾大禄老人心情万分激动地登上客机，不住地向大陆政府领导挥手告别…… ✐

# 天使照片

文/黄华明

　　他最后决定在本县投资，不是因为这里各方面条件比别处更有优势，而是为他生病时汪兰对他的真情所感动，她有一副天使般的心肠。

　　汪兰在县医院外一科当护士，她的容貌并不出众，可她的工作十分出色。

　　这天汪兰很早就来到医院，在手术室准备上午8点钟的首台手术。她见李主任来了，微笑着说："主任，你看看有什么不对的地方，我马上改。"李主任是县医院的第一把刀，他熟练地扫了几眼，夸她做得好，接着说："你家里打来电话，说你妈妈病了。你快回去看看，8点钟这台手术另有人替换你。"

　　汪兰愣住了。她想上班来时妈妈还好好的呀，怎么会突然患病呢？使她为难的还有一个原因，就是8点钟动阑尾炎手术的正是她的未婚夫。有汪兰在手术室，是对他莫大的精神鼓励。不巧的是妈妈偏偏在这节骨眼上生病。一个是妈妈，一个是未婚夫，两人都需要她，她没有分身术呀！

李主任看出了汪兰的心思，说："你还是先回去吧，我会跟你未婚夫说的，手术的事你就放心吧！"

汪兰很感激地离开了手术室。她回到办公室跟妈妈通了电话，得知妈妈只是一阵头晕，现在又好些了，她才放下心，打算回家看看。这时，她看到门外送进来一个危重病人，必须马上动手术。护士的天职促使她马上回头去见李主任，商量8点钟这台手术未婚夫先让一让。李主任赞许地点点头。

那个危重病人是个老人，他得知是汪兰推迟未婚夫的手术让他先进手术室时，感动得眼泪盈眶。照理说，汪兰这时应该回去看妈妈了，可是她放心不下那个危重病人，于是又去找李主任要求留下来。李主任拿她没办法，只好同意了。

汪兰推着手术车，缓缓地向手术室走去。

"停下，停下……"病人突然要求。

汪兰停住了车，低头微笑着，安慰他不用害怕，是医院第一把刀李主任亲自给他做手术。汪兰知道他是外地游客，突然发病，身边连个亲人也没有，于是又说："老人家请放心，我会一直在手术室陪伴着你。如果你不介意，你就把我当作你的女儿好了。"

病人感激地点点头，眼眶里涌出了泪水。

汪兰推着手术车又缓缓向前走。

"停下，停下……"病人又要求道。

"还有什么事吗？"汪兰和蔼地问。

"我想要……要一张你的照片。"

这会儿哪有照片在身上呀？望着病人恳求的眼神，汪兰很为难。一低头，她看见胸前挂着的服务牌，对了，上面有她的照片。于是她迅速地取下来递给老人。老人把照片捏在手里，脸上露出了欣慰的表情。

病人进了手术室，医生和护士们紧张地忙碌开了。老人麻醉之前，汪兰一直握着他的手，微笑着给他讲本县的旅游风景区，还说等老人出院后带他去游览。老人轻松地笑了，很快就在麻药作用下失去了知觉。

李主任松了一口气，对汪兰说："没你的事了，快去看你妈妈。"汪兰有点犹豫，李主任板起了面孔："听见了吗？这儿没你的事了！"

妈妈后来知道了这事，称赞女儿做得对。可是，汪兰的未婚夫却因此怨恨在心，认为在汪兰眼里，他还没有一个陌生的老头子重要。找个护士当老婆，不就是图在生病时有个方便吗？还未结婚她就如此，结婚以后还不知会怎么样！还有，在住院期间，她对那老头比对自己护理更周到，既然这样，那就让她跟着那老头过日子去吧！本来他内心就对汪兰不够漂亮有所不满，只是说不出口，这回他总算找到了分手的理由。因此，他一出院之后，便断绝了与汪兰的恋爱关系，跟另一个漂亮女人打得火热。

这事犹如晴天霹雳，让汪兰伤心不已。她背着人大哭了一场，反复思忖，觉得自己并没有错。那会儿老头还没有出院，他见汪兰眼眶红红的，便问她怎么啦？汪兰笑笑说："眼睛有点不舒服。"老头是个认真的人，向别的医生护士打听，才知因为汪兰让他先动手术，惹恼了未婚夫，破镜难圆了。老头心里十分感动，但没有说什么。

又过了几天，老头出院走了。临走时还欠几百元医药费，汪兰主动替他支付了。有人为她担心：那老头能把钱还来吗？她轻松地说："谁都有个危难的时候嘛！"

一个月之后，一个帅小伙来到县医院找汪兰。汪兰疑惑地说："我们并不认识呀，你找我有什么事？"

小伙子有点犹豫地说，他被人骗了，没钱回家，这几天是饱一顿饥一顿的，听人说汪兰热心助人，问她能不能借给他两百元钱？

"实在对不起，我没有钱。"汪兰拒绝了他，并对他说现在通信这么方便，早该给家里打个电话呀！小伙子见骗不了她，拿出一张照片："不瞒你说，我有你的一张照片。我听说你是一个好护士，你给我解个难，我回去会加倍给你寄来的。"说着，把照片给她看。

汪兰一看，正是她给那个患病老头的照片，连忙夺过照片追问：

"你是从哪儿弄来的？不说清楚，你别想走！"

小伙子慌了神儿，只得说了真话。

"汪兰小姐，你是好样的！这照片的来历，我爸爸全给我讲了。我不相信有你这样的好人，专程从台湾来见见你。你不借给我钱是对的，凭什么要无缘无故借钱给一个不认识的人？你不仅是一个好人，而且警惕性很高，我十分佩服。走吧，我带你去见我爸爸，他要亲手把向你借的钱还给你。"

"你是从台湾来的？你爸爸在哪里？"

"他正在你们县长那里谈话呢。"

原来，那老头姓文，是台湾一个大企业的董事长。他看好改革开放后大陆的大好商机，决定来大陆投资上千万元办企业。他来到大陆边旅游边暗暗考察投资地点，来到此县旅游时，不料突患急病，这才遇到了汪兰。他最后决定在本县投资，不是因为这里各方面条件比别处更有优势，而是为他生病时汪兰对他的真情所感动，她有一副天使般的心肠。

来到县长办公室，果然文老先生在那里。县长已听文老先生说了汪兰的事，笑呵呵地迎接她："汪兰同志，你的一张天使照片，引来了大项目，我替全县人民感谢你哟！噢，还有，文老先生还请我当大媒人呢！"汪兰听出了他话中的意思，不由羞红了脸。

合资企业奠基典礼那一天，就在工地现场，县长主持了文老先生的儿子和汪兰的婚礼，真可谓是双喜临门！ 🖋

# 虎凤蝶标本

文/剑　飞

　　苏岚脸一红，急忙岔开话道："盼生，你知道我为什么要去你家中当保姆吗？"

一

　　苏岚是由台湾借道香港后飞抵大陆的。苏岚此次赴大陆，主要是为了完成祖父生前的遗愿来寻找一位老人。在平湖市，苏岚首先找到了她在网上结识的好友黑妹。令她惊奇的是她和黑妹一见面，才发现黑妹是一位漂亮且肤色白皙的白妹，她的真名叫许艳，在本市电信部门工作。在许艳家中，许艳将苏岚托她帮忙查找的那位老人的情况，详细地讲述了一遍。

　　那老人名叫门传凯，人称蝴蝶王，男，七十六岁，新中国成立初曾在市林业部门工作，"文革"中因摆弄蝴蝶被打成"美蒋特务"，下放到了农村，1979年平反后调到市政协工作，任过市政协委员，现退休在家，前些日子因患冠心病住进了市和平医院，病情时好时坏，极不稳定。医生嘱咐他要绝对戒烟戒酒，忌激动，可这老头却嗜酒如命，每天都要偷着喝酒，而且脾气还很坏。医院鉴于他的病情，专门安排了特护来照顾他，可他在不到一星期之内，竟然骂跑了五位特护，现在弄得护士们都没人敢上他的病房。这下他更肆无忌惮了，不但喝酒，而且还光着脚走动着唱京戏，惊扰得左右病房的病人都不得安宁。门老头除了爱喝酒之外，另外还特别爱下象棋，而且一般人下不过他。

许艳讲了门老头的一些事情后，接着又简单介绍了一下他的家庭情况——门老头的老伴早已去世，有个当经理的儿子，"文革"中父子俩划清了界限，一直不来往。不过他的那位在报社当美术编辑的孙子盼生，对他却特别孝顺，从小便同他生活在一起。平时他很听孙子的话，孙子因为最近有事出了远门，才把他安顿到医院进行治疗。

苏岚听完许艳的讲述，不禁陷入了沉思：这样一个喜怒无常的古怪老头，自己该如何去接近他呢？

许艳在一旁看出了苏岚的忧虑："你放心吧，一切我都为你安排好了，门老头所住的那家医院的院长是我舅舅，你就装扮成医院的一位护士去接近他。我在网上就知道你爱打牌、爱下象棋，这下可派上用场了。"

翌日上午，苏岚以特护的身份来到了蝴蝶王身边。她通过同蝴蝶王棋盘上的厮杀与较量，很快便取得了蝴蝶王对她的好感和信任；在她的精心护理和热情照顾下，蝴蝶王的坏脾气渐渐改变，只要是苏岚在场的情况下，他不吵也不闹，同医生的治疗配合得十分默契，而且酒也一滴不喝。苏岚深为自己的出色表现而感到高兴，她觉得自己的演技很不错，下一步就该进入主题了。

这天，苏岚将从野外逮着的一只粉红蝴蝶拿到了蝴蝶王面前："您看这只蝴蝶多好看，我想把它制成标本保存起来。"

"这算什么好看的，我制过的蝴蝶标本成千上万，比这好看的多得是。"蝴蝶王显出不屑一顾的神情。

"成千上万？您吹牛吧？拿出来让我看看。"

"'文化大革命'时让我一把火都烧了。"

"什么，都烧了？都烧了，还逞什么能？"苏岚情急地握住了蝴蝶王的手。

蝴蝶王手一颤，然后双目突然盯紧了苏岚："告诉我，你是什么人？"

苏岚心一惊："我是您的特护，是来照顾您的。"

"不，你不是特护，你是在跟我演戏！快说实话，打什么主意？"

苏岚眼看已瞒不过去，只好红着脸道出她来此的目的。

苏岚出生在台湾一个高级知识分子家庭，祖父苏亦青新中国成立前从大陆去台湾，曾是台湾大学著名的昆虫学教授，而且是闻名于东南亚一带的研究鳞翅目昆虫的专家和权威。他写的《世界蝴蝶的种类及开发》一书，曾在世界昆虫界引起过巨大的轰动。苏岚自幼随祖父摆弄蝴蝶，后来便继承了他的事业，大学期间专门攻读昆虫学一科。苏教授为了研究中华虎凤蝶这一中国极为珍稀的蝶种，耗尽了自己毕生的精力，在生命的最后时刻，苏教授将他研究中华虎凤蝶的所有手稿交到了孙女苏岚手中，嘱咐她尽快整理成书出版；并向她提供了蝴蝶王——中华虎凤蝶拥有者门传凯的线索。门传凯早先曾是平湖一带赫赫有名的蝴蝶标本收藏大王，在我国已有的一千三百多蝴蝶种类中，他就珍藏了近一千种标本，其中不乏世界稀有的珍品。新中国成立前夕，苏亦青曾专程赴平湖拜访过蝴蝶王。当时苏亦青大学刚刚毕业，他和蝴蝶王都处在风华正茂的年龄，蝴蝶王那耿直的性格、豪爽的言谈，以及他那渊博的采标知识和对蝴蝶的酷爱，给苏亦青留下了深刻的印象。蝴蝶王虽然不是专门从事蝴蝶研究的专家，但他采集的标本之多，记载之详细，是那些研究蝴蝶的专家们所不及的，包括苏亦青本人。苏亦青在蝴蝶王家中居住了将近三个月，研究了他的大部分标本，两人成了莫逆之交。正当苏亦青全力以赴，准备专门研究蝴蝶王家中那只最为珍贵的中华虎凤蝶时，他却被父亲紧急召回，越洋带到了台湾，这一去再也没能回来，直到与世长辞。苏岚为了完成爷爷生前的遗愿，请网友许艳帮忙，很快就找到了蝴蝶王。她要从蝴蝶王这里收集有关中华虎凤蝶的第一手资料，特别是那只极为珍贵的标本。

"孩子，这么重要的事你干吗不直接对我说，还演什么戏？如果不是你刚才求蝶心切，抓了我的手，露出马脚，我还会被你蒙在鼓里。其实你所需要的那只虎凤蝶标本，你爷爷生前早就说过它是无价之宝，我知道它很珍贵，根本没烧，一直给你爷爷留着。它就藏在我旧房子西屋西北角的大立柜下，我明天就带你去把它取出来。"

"这太好了！"苏岚高兴得差点跳了起来。

然而苏岚做梦也没想到，第二天当她来到医院的时候，蝴蝶王却已经离开了人世。

"昨晚他喝了大量的酒，导致心脏骤停，是酒要了他的命！"医生告诉苏岚。

苏岚仿佛被人猛击一棒，颓然瘫倒了下来。

蝴蝶王的去世，使得苏岚陷入了山穷水尽的困境之中。蝴蝶王所藏标本的屋子，现由蝴蝶王的儿子门少志居住着，苏岚要想取得屋内的标本，必须通过门少志这一关，所以苏岚又通过许艳的关系，对门少志本人及其家庭做了一些调查了解。

门少志今年五十出头，是市物资安装公司的一名经理，家中很有钱。但美中不足的是他的妻子不争气，结婚二十多年竟没有给他生下一男半女，儿子倒是有一个，那是从别人手里抱来的。养子小名叫盼生，这是门经理起的名字，意思是盼望夫人能给他生个宝贝。可盼来盼去，盼生都二十多岁了，夫人的肚子却一次也没鼓起来过，为此，他同夫人不止一次地吵架。半年前他夫人突然半身不遂，瘫在了床上。不得已，门经理只好雇了一位老保姆，每天喂水、送饭、端屎、端尿来伺候她。然而这位老保姆前些日子自己也患了病，只好向门经理请了假回家休息。门经理不得不暂且将夫人送到岳母那里将就几天。

苏岚在了解了门少志家中的这些情况之后，心中有了主意。

虎凤蝶标本

171

## 二

这天清晨，门经理起床后一出院子，看见自己家门口站着一位陌生姑娘，便问道："你找谁？"

"请问大叔，您这里需要雇一个保姆吗？"姑娘正是苏岚。

"你是说你想来我家当保姆？"门经理问道。

"是的。"

门经理见苏岚虽是乡下人打扮，却是风姿绰约，模样可人，所以他没有多想便说道："我家里有一位病人，正需要一位保姆伺候，你愿意干吗？"

苏岚脸上露出了微笑："我能做好。"

当天，门经理将夫人接回家中，交由苏岚服侍，辞退了原来的那位老保姆。

门经理家的房屋结构与普通人家没什么两样，四间房有一间做库房，其余三间是一堂两屋，西屋是门经理和妻子的卧室，苏岚住在东屋。自从苏岚来到门家之后，家中一下子亮堂了起来。新来的保姆不仅手脚勤快，护理病人细致入微，而且屋子也收拾得干净利落，窗明几净。门经理每天下班回家心情都特别开朗，尤其是苏岚所做的饭菜，门经理吃了之后是赞不绝口，他对新来的保姆十分满意。

这天，苏岚等门经理上班走了之后，将门夫人抱上轮椅，推出屋外晒太阳，自己则返回屋里收拾打扫。苏岚知道她所需要的标本就藏在西屋西北角的那只大立柜下。苏岚来到立柜面前，使出了浑身的力气都没能将柜子移开，最后只得撒手离开。看来，她要想获得那只标本只能从门经理身上打主意了。苏岚来门家还不到半个月，门经理是个什么样的人她一时还捉摸不透，但就从门经理"文革"中曾与蝴蝶王划清过界限这一点来看，此人绝不简单。如果贸然同他讲明真相，又没有蝴蝶王的只言片语，他会作何反应呢？须知那只标本可是价值连城的稀世珍宝啊。所以苏岚考虑再三，决定再观察一段时日，然后再做安排。

一天上午，苏岚正在厨房内做饭，门外突然传来一阵摩托车声，接着便有一位高个子青年男子从外走了进来。"你找谁？"苏岚急忙问道。

男子怔住了，他用手挠了一下头："这是我的家呀，你是——"苏岚听男子如此说话，这才注意到男子左臂衣袖上挂着黑纱，眼睛也像刚哭过似的，便猜出了他是谁。"你是盼生，刚刚从黄山写生回来，对吧？我是你家新来的保姆。"

"哦。"盼生迷惘地点点头，而后他开始用艺术家的眼光来打量眼前的苏岚，他觉得苏岚长得极像法国画家马奈《草地上的晚餐》中所画的那位青年女子。

这天中午，门经理没有回家，盼生在家中吃午饭，但他只吃了几口便放下了碗筷。苏岚知道他是在思念蝴蝶王，便安慰他说："你爷爷的事我早已听说了，人死不能复生，你可不要过分悲伤啊。"

"谢谢你。"盼生觉得眼前的小保姆是这样的温柔体贴和善解人意，心中立时得到了很大的安慰。他与苏岚交谈起来，谈话中盼生发现保姆的文化素质和修养极高，绝非等闲之辈，但他却猜不透这样的女子为什么不去找轻松的工作，而甘为下人来他家当保姆。他禁不住暗暗为她感到惋惜。

### 三

几天后盼生再次回到家中，进门后他递给苏岚一本书："送给你，我想你一定喜欢。"

苏岚接过书一看，原来是席慕容新近出版的一本诗集。上次她同盼生交谈时曾谈起过她特别喜欢这位女诗人的诗，没想到盼生这次回来便给她带了书来，她心中一阵感激。

"你长得很美，我给你画张速写吧。"盼生拿出了纸笔。苏岚脸一红，没有吱声。几分钟后一张速写落在了苏岚手中。

"你画得真好。"苏岚看后夸赞道。

"不，我画的这只是速写，如果是油画，效果要比这强。"

这段时间里盼生经常回家来，门经理感到有些不对劲：小保姆没来时，盼生一个月还不会回家来一次，而现在却三天两头跑回家，莫非是他看上了小保姆？的确，盼生和苏岚通过几次交谈之后，两人之间惺惺

虎凤蝶标本

相惜，各自都敬慕对方的才华，心中已留下了对方的影子。他们的关系越紧密，门经理就越感到心绪不安。有一次他趁苏岚上街买菜之际，把盼生叫到面前好好地开导了一番："小保姆是个乡下姑娘，既没有正式的工作，又没城市户口，而你却是国家干部、大学生。你要少和她来往，万一让她把你缠住，那就麻烦了……"不过开导归开导，行动归行动，盼生趁着门经理上班之际，每天依旧跑回家来看望苏岚，现在他似乎已经离不开苏岚了。门经理得知此事后，不由得下了狠心：既然你无视我的忠告，那就别怪我不客气了。

一天中午，苏岚做好饭喂门夫人吃过，安顿其入睡之后，这才回到自己房中休息。她躺在床上回忆起她和盼生这些日子在一起时的情景，眼下她和盼生的关系已发展到了无话不谈、无情不诉的地步。凭女性的直觉，她感到盼生已深深地爱上了她，而她对盼生也有着一种强烈的依恋感，但她却一直控制着自己，因为她清楚地知道，由于海峡两岸的关系，她和他之间的感情要是再往前发展，最终也许会出现意料不到的遗憾。目前她之所以与盼生捉迷藏，主要还是惦记着那枚虎凤蝶标本。她想，凭借现在她与盼生之间的这种关系，只要她话一出口，盼生肯定会帮助她达到目的。可是那样她就是在利用盼生的感情，而这样的方式，不到迫不得已的情况，她是绝不会采用的。

苏岚躺在床上正胡乱想着，睡在西屋的门夫人翻身时不小心滚到了床下。苏岚听到声音后赶忙跑了过去。恰巧这时，门经理从外回来，看到眼前的情景，他的脸立时沉了下来："苏岚，你就是这样侍候病人的吗？"

苏岚没吱声，她红着脸歉意地将门夫人抱到了床上。然而，苏岚哪里会想到，门经理因盼生之故正想找她的毛病，这下他可抓住了把柄。当天下午，门经理便从劳务市场领回来一位中年保姆。"苏岚，收拾收拾你的东西，你走吧，我另外又雇人了。"

苏岚被这突如其来的一棒一下子打懵了。她站在那里怔了好大一阵子，知道事情再无挽回的余地，只得含泪收拾行囊，离开门家，再次回到了许艳的住处。

许艳在得知苏岚被门经理赶出家门,她想办的事情并未办妥之后,心中很为她着急。许艳一边找些安慰的话来安慰苏岚,一边帮着她想办法。最后两人均不约而同地想到了盼生,因为现在已到了"万不得已"的时候了。

四

翌日,盼生回家后发现保姆换了人,忙问新来的保姆苏岚去了哪里,保姆摇头说不知道。盼生一时急得像热锅上的蚂蚁——团团转。正在这时,他忽听手机响,一接电话竟然是许艳打给他的:"盼生,苏岚在我这里。你能过来一下吗?"盼生听闻急忙按照许艳电话中提供的地址,来到了许艳家中。

"苏岚,你怎么连声招呼也不打就……"盼生一见苏岚的面便情急地拉住了她的手。苏岚脸一红,急忙岔开话道:"盼生,你知道我为什么要去你家中当保姆吗?"

盼生迷茫地望着她:"为什么?"

"我去你家当保姆,其实是带有任务的。"

"什么任务?"盼生瞪大了眼。

苏岚坐下来,慢慢地将她的真实身份和她来大陆的目的以及她与蝴蝶王接触的全过程,详详细细地讲给了盼生听。

盼生听了苏岚的讲述之后,情绪显得异常激动:"哎呀,这事你怎么不早告诉我。我爷爷生前早就对我有过交代,那只蝴蝶标本专门是给苏亦青爷爷留着的。走,我现在就带你们去取标本。"盼生说着便站起身。

"真是太好了。"苏岚没想到蝴蝶王生前对那只珍贵的虎凤蝶标本竟向盼生做过如此的交代,使事情变得如此顺利,心中对蝴蝶王禁不住由衷的感激。当即,苏岚、许艳跟着盼生一起返回到门经理家中。三人合伙将那只沉重的立柜移开,找来工具,撬开地面铺着的水磨石地板,将地下埋着的一只密封完好的陶瓷罐小心翼翼地挖了出来。打开瓷罐,一只十分精美的小木盒展现在三人面前,木盒内,是一只欲飞的蝴蝶标本。"中华虎凤蝶!"苏岚惊喜地欢叫一声。

"现在你就是它的主人了。"盼生微笑着将木盒递到了苏岚手中。"太谢谢你了。"苏岚激动得流下了热泪。

翌日上午,苏岚来到了平湖机场。今天她就要带着那只中华虎凤蝶标本返回台湾了。在候机室大厅,盼生和许艳正依依不舍地与她话别,然而就在此时,十几名警察突然从四面赶过来,将三人团团围住。

"你是苏岚小姐吗?"为首的一位警官走到苏岚面前问道。

"是的。有什么事吗?"

"有人控告你盗取了一只珍贵的蝴蝶标本,我们要对你所带的东西进行检查。"

"这……这是怎么回事?"苏岚将目光移向了盼生。

"胡说!那只标本是我送给苏小姐的。"盼生赶忙上前解释。

"那只标本是从我屋子里挖走的,是我父亲留下的遗物,你有什么资格送人?"这时,只见门经理气喘吁吁地从人群中钻过来说了话。这究竟是怎么回事呢?

原来门经理昨天回家后,发现家中地面被刨,急忙问新来的保姆是怎么回事。保姆便将盼生带苏岚来家中挖走中华虎凤蝶的事告诉了门经理。门经理闻听,这才终于明白了苏岚来他家中当保姆的真正用意。"文革"前,他曾听蝴蝶王讲过那只中华虎凤蝶标本的特殊意义和珍贵价值,后来蝴蝶王被打成阶级敌人后,他以为那只标本早被烧掉了,可没想到现在盼生却领着苏岚将标本挖了出来,并且送给了苏岚,这怎不让他火冒三丈呢?当下,他便打电话给盼生,让他立刻从苏岚手中将标本追回来。可盼生电话中却支支吾吾,说苏岚已找不到了。他听后知道盼生胳膊肘已拐向了苏岚,只好报了警。公安人员接到报案后,觉得案情重大,立刻封锁了所有的交通要道。上午,警察在机场发现苏岚后立刻通知了门经理,门经理急忙赶了过来,于是便有了刚才的那一幕。

苏岚见门经理横在众人面前,对盼生说出那样的话来,知道标本难以留住,只得含泪将其从提包中取出来。苏岚正欲将标本交给门经理,却听得盼生道一声:"且慢。"苏岚一扭头,发现盼生从衣袋掏出一张纸条，交给了他面前的那位警官："我爷爷留有遗言在此。"

门经理急忙凑上前去观看，只见纸条上写有如下两行字：

盼生孙儿：

　　我死后，虎凤蝶标本应妥为收藏，若遇苏亦青及其后人，由你
代我转交……

门经理看罢字条，头立刻耷拉了下来，因为那张纸条上的字迹他是
再熟悉不过了。原来蝴蝶王深知儿子的为人，生前早就留有遗嘱，而盼
生也早就意料到父亲会有此一手，所以他来机场时就提前做好了准备。

"爷爷!"苏岚看了那张纸条后，情不自禁地向埋葬门传凯老人的方
向深深地鞠了一躬。🍃

# 大鹰山寻宝

文/徐凤清

　　韦海生被孙菁的诉说感动了，他从口袋里拿出父亲临死前交给他的藏宝诗，递到孙菁手里，满眼泪水说："我愧对家父，我愧对你爷爷，也愧对你啊。"

　　一、惊人遗嘱

　　新中国成立前夕的一天，一辆国民党军车颠颠簸簸地开进大鹰山，跳下十几个士兵，搬下五只大牛皮箱，在一个脸色阴冷的军官指挥下，沿着弯弯曲曲的山路吭哧吭哧地往深山里抬，两天后藏进一个连猿猴也无法攀登的岩洞。

　　三个月前，我地下党在鹰城秘密募捐到一批金银珠宝、名人书画和古玩文物，偷偷运出鹰城的时候，不幸走漏消息，被驻在鹰城的国民党军队截获，押送的地下党员壮烈牺牲。国民党团长段洪岳为了把这批金银宝物占为己有，决定把它们藏进人迹罕至的大鹰山。他派心腹侯参谋单独进山，选定了鹰嘴尖下五六丈处被荒草荆丛严密遮盖的一个岩洞。藏下这些宝物后，已是傍晚时分，当藏宝的士兵下到山坳时，侯参谋突然端起冲锋枪，一梭子弹把扛箱进山的十几个士兵全部撂倒，然后他便消失在山涛呼啸的茫茫黑暗中。

山里的深夜寒意阵阵，有个叫韦昌贵的士兵在横七竖八的尸体堆里被冷风吹醒。他怀着求生的欲望和对国民党团长段洪岳的刻骨仇恨，爬到天亮，一个山里的小伙子发现了他，把他背回山茅草搭的小屋。

那个救韦昌贵的小伙子叫孙林泉。听了韦昌贵含泪诉说的遭遇，孙林泉十分同情，对他精心照料。半个月后，韦昌贵的伤养好后，出山前，他与孙林泉插茅草为香，点松枝为烛，结拜为兄弟。他们咬破手指，写下四句藏宝诗。前两句为进山路线，后两句是藏宝位置。商定今后形势不管怎么变化，决不许一人单独行动，有机会时一同进山取宝，交还共产党，不负鹰城父老的心意。为了不让藏宝诗落入别人手里，他俩把藏宝诗一撕两半，各人持一半，留待日后再说。

可韦昌贵出山后，又被段洪岳抓回。原来，侯参谋迟迟不归，段洪岳派人进山寻找，只找到一具被野兽啃得干净的白骨和扔在一旁的德国造冲锋枪。显然是侯参谋出山时遇上一群凶狠的野物，为他的主子丢了性命。段洪岳急疯了，因为那价值连城的五箱宝物藏在什么地方，只有侯参谋知道。段洪岳明知进山藏宝的士兵已经被侯参谋灭口，但还是怀着侥幸心理，因为说不定侯参谋枪口下还会有幸存者，这在战场上是常有的事。于是他便派出大批人员，严密封锁出山大小路口。恰好，韦昌贵伤愈出山，便不幸被抓了。

尽管韦昌贵被严刑逼供，但他一口咬定，大鹰山三十六大峰，七十二小峰，周围二三百里，进了山像进了迷宫，加上藏宝时天将黑，他怎么记得藏在什么地方？

不久，国民党兵败如山倒，段洪岳把韦昌贵挟持到台湾，把他秘密关在自己私邸的一间屋子，一关就是十六七年，妄图从他嘴里掏出什么。后来段洪岳生暴病，在病床上交代儿子段斌，一定要想办法撬开韦昌贵的嘴，待有机会去大陆时去大鹰山把五箱宝物取回。段洪岳将死时，突然脑子一转，把韦昌贵放了出去，说："韦昌贵，我对不起你，都什么时代了，还做那个发财梦做什么？你自由了，出去吧。"

韦昌贵出去后做小生意糊口，苦心经营，后来积攒了一些钱，办起了公司，娶了女人，生了个儿子叫韦海生。韦海生读完大学也跟他做生意。到了2000年，韦昌贵的公司越办越兴旺，渐渐地资金雄厚了，就想到大陆投资，目的是借此去大鹰山把五箱宝物取出来交还给人民政府。可想不到的是，他的身体突然恶化，大陆是去不成了，他只得把儿子韦海生叫到床前，要求儿子代他回大鹰山，了却深藏在他心底五十多年的夙愿。他又把那张血迹已经变紫的半首藏宝诗交给儿子，含泪交代："儿啊，爸的心愿要靠你去完成了，如果找不到孙林泉大伯，他的子女一定等着你。记着，心诚则灵，千万不要存有半点私心，不是我们的东西半点儿也不能拿……"这时老人为了防止儿子可能经不起五箱宝物的诱惑，会单独进山取宝，不但在临终前对他特别作了警告，千万不能存私，而且有意不告诉他藏宝诗的前半首，也就是进山的路线。这样，韦海生无论如何都要找到孙林泉或他的后代，这样才能一同进山找到宝物。老人留下这一手，也算是对得起恩人了。

二、鹰嘴寻宝

当得知父亲还掌握着这么一大笔财富的秘密时，韦海生的心跳得像急骤的鼓点，表面答应了父亲，暗地里有了他的打算。

韦海生料理了父亲的后事，自己便急急来到大陆，奔向大鹰山。大鹰山口有个大鹰镇，他找到镇政府，说是来大鹰山考察旅游资源，投资开发大鹰山。镇政府领导把他当成贵宾，在宾馆设宴隆重招待。席间，他婉言拒绝了李副镇长自告奋勇进山做他向导的建议，单枪匹马进山进行了他的"考察"活动。

大鹰山风光绮丽，要不是为了寻宝，韦海生真愿意在这里投资开发旅游资源。他把半首藏宝诗拿出来，寻思着："天鸟嘴尖尖，下蛋六丈壁。"这时，藏宝位置慢慢地在他脑子里清晰起来："天鸟"不就是天上飞的老鹰吗，老鹰的嘴才特别尖，这是告诉你这个山头像尖尖的鹰嘴；"下蛋"分明指藏宝；"六丈壁"，藏宝位置估计离鹰嘴尖二十来米处，并且一定是个飞鸟难歇、猿猴难攀的绝壁岩洞……他想，如果同孙林泉或他的后代接触，五箱宝物只能得一半。他把父亲的遗言抛到九霄云外，决定撇开孙家，独自寻找。

进山后，韦海生一路向山民打听鹰嘴尖在哪个方位。山民告诉他，大鹰山几十个山峰各有各的叫法，有叫鹰嘴尖、嘴尖鹰、尖嘴鹰……它们一个个像飘浮在云海里的岛屿，变幻无穷，你想象它像什么，它就像什么。藏宝地在哪儿呢？

五六天后，韦海生体力支持不住了，但在五箱宝物的强烈诱惑下，还是咬紧牙关，勉强攀登一座看似鹰嘴尖的山峰。爬到半山腰时，却被一个声音喝住："不能爬！"韦海生顿觉一阵眩晕，腿一软，从岩壁滚了下来。他被一个妙龄姑娘接住，一点没伤着，只觉得自己好像落在一团富有弹性的藤蔓上。

姑娘身穿猎装，肩背猎枪，眉眼秀丽，一股英气直逼韦海生。她责备说："爬这样陡的山，你不要命啦？"

韦海生看着眼前这俊俏姑娘，用惊异而又感激的口气说："谢谢你救了我！"

姑娘拍拍身上被韦海生带落下来的沙土，问韦海生："我看你不是山里人，单独进山干什么？"

韦海生对姑娘说："我叫韦海生，从台湾来，想踏遍这里的每座山峰，考察大鹰山旅游资源，在这里搞旅游投资。"

姑娘一听，高兴地说："哎，韦先生，你真有眼光，我们大鹰山要富啦！我叫沈菁，我给你带路好不好？"

韦海生答应了。沈菁告诉他，她父母双亡，她以种茶打猎为生，一个人过日子。那天晚上，他就住在小山村的一间土坯屋里。

吃过晚饭，沈菁按山里人对待山外客人的规矩，替韦海生用山茅草搭了个柔软的地铺。他们隔着垛矮矮的土墙，各自躺下。韦海生故意很有兴味地询问山里的风土人情，沈菁一一回答。韦海生见沈菁对他毫无戒备，话锋一转，假装漫不经心地打听鹰嘴尖的地理位置。沈菁告诉他，真正的鹰嘴尖只有一个，并向他讲述了去鹰嘴尖的详细路线。

到了下半夜，韦海生睡不着了，偷偷爬起来，借着窗外透进来的月光，感情复杂地看了一眼矮土墙那边熟睡的沈菁，独自踏着月光去鹰嘴尖了。

三、生死搏斗

第二天，太阳快到头顶的时候，沈菁描绘的鹰嘴尖果然刺破白云，气势磅礴地矗立在韦海生眼前。当他坐下积蓄了点力气，正要攀登的时候，忽然从后面林子里钻出个人来，发出阴惨惨的笑声："韦先生，对不起，我们又见面了。"

韦海生吃惊地急忙转头，原来是半个月前在大鹰镇宾馆遇上的李副镇长。他手握长长的猎刀，一步步向韦海生逼来。韦海生急忙跳起来问："李镇长，你干啥？我同你今生无怨前世无仇，你为什么要这样对我？"

李副镇长嘿嘿一笑，满脸杀机地说："对你直说吧，我在大鹰山长大，早听爷爷讲过，大鹰山藏着国民党搜刮来的宝物，我找了多少年没找到。这回，你从台湾来，声称到大鹰山考察旅游资源，我就怀疑同藏宝有关。你又拒绝我进山做你的向导，使我更加肯定你考察是假，寻宝是真。于是，我一路跟踪你进山，不出所料，昨晚上你住在沈菁家半夜不辞而别，目标鹰嘴尖……哈哈，谢谢你替我送宝来了！"说着，李副镇长的猎刀抵住韦海生的脖子，要他带路去取宝。

韦海生在台湾学过拳击，身子灵活，猛地往后一蹦，"嗨"的一声，飞起右腿，朝李副镇长手腕子踢去，只听李副镇长"哎呀"一声，猎刀被踢出五六尺远。李副镇长气喘吁吁地对韦海生说："我们不用打了，拿到宝物我们平分！"

韦海生一个箭步逼上去，哼了一声说："半点也不能给！"说罢，又一拳把李副镇长砸倒，狠狠地踩上一脚，正要拔拳制服李副镇长的时候，突然闻到有股兽腥味，听到呼哧呼哧的声音。韦海生猛回头，发现一头大黑熊一颠一颠地正一步步逼近他。

韦海生和李副镇长他俩都吓瘫了。李副镇长很快从惊愕中醒过神，从地上打个滚飞快地爬起来，直奔面前一株两丈来高的栎树，又像猴一样爬上去，朝韦海生得意地大喊："台湾小子，你等着喂熊蛮子吧！"

韦海生身临险境，但脑子十分清楚，他立刻像支离弦的箭，奔到李副镇长待的那株栎树，手脚并用，也欻欻往上爬。

李副镇长知道，如果黑熊吃不到人，一定会拼死攻击这株栎树的，于是猛地一脚朝韦海生头上踢去。韦海生被踢得眼睛金花直冒，乞求着："李镇长，你救我一命，洞里宝物与你平分。"

李副镇长心想，这是韦海生为了保命设的骗局，说："韦先生，晚啦，你到黑熊肚子里做梦去吧！"

在这生死时刻，韦海生猛然记起父亲临终前攥住他的手时的交代："记着，心诚则灵，千万不要存有半点私心，不是我们的东西半点儿不能拿……"他想，我存有私心，难道这是报应？他觉得后悔已晚，但他还是死死地抓住李副镇长一只脚不放。

黑熊扑到栎树下，先用尖利獠牙吭哧吭哧地啃树干，然后转过身，再用它肥厚的屁股对着树干蹭，蹭了一会，它又转过头用獠牙啃，再转过身用屁股蹭。树干越啃越细，越蹭树摇晃得越厉害……眼看就要倒下，李副镇长使足劲，一脚把韦海生踢下树。

就在一个贪婪的生命即将在人世消失的时候，忽听到一声猎枪的响声。黑熊轰然倒下，栎树也带着李副镇长咔嚓一声倒下。

四、灵魂震颤

韦海生和李副镇长两人惊惶地发现，一个姑娘站在不远处的一块岩石后面，手持猎枪，枪口还冒着一缕青烟。显然是姑娘的一颗子弹打中了黑熊的脑袋，叫它立刻毙命。这位姑娘不是别人，正是救过韦海生的沈菁。她在不远处目睹了一场丑剧，两个男人为了得到不属于他们的东西，闹得连命都不要了，心里恼恨不已，但在紧要关头，还是救人为上，她用出色的枪法，打死黑熊，救了他们。

大鹰山寻宝

韦海生一下子明白了，眼前的沈菁一路跟着他，一定是与宝物有什么关系，说不定她还是孙林泉的孙女呢！

李副镇长没有吃到鲜，却惹了一身腥，还差点儿贴条命，只好找个借口悻悻离去。

韦海生一把拉住沈菁，问道："沈菁，请告诉我，你是不是孙林泉的后代？五箱宝物究竟在哪里？你们不会独吞了吧？"

沈菁气得满脸通红，她严肃地说："是的，我的身份被你猜对了，其实我的真名叫孙菁，以前是怕你认出我的身份才叫沈菁。多少年了，我一直没有出山，借打猎期待着同韦昌贵爷爷或他的后代接头，因此，你进山后我就发现你形迹可疑，老是向人打听鹰嘴尖，因为鹰嘴尖有藏宝，我一直暗暗跟着你，观察着你……果然，你就是韦昌贵的后代，你忘记了你爹的嘱咐，要宝不要命，你可要当心呀！"

韦海生垂下头，他哭丧着脸拉住孙菁的手表白说："原谅我吧，由于我的私心太重，没有同你接头。现在我们得面对现实，你快领我去鹰嘴尖，一起去找回宝物吧！"

孙菁甩下韦海生的手，一脸哀伤地诉说了她爷爷为了这宝物所经历的遭遇：

好多年了，这大鹰山一直传说山中藏着无价之宝，人们纷纷进山寻宝，都没有结果。直到"文化大革命"，有人检举我祖父孙林泉曾救过一个国民党军队的伤兵，说不定当中同藏宝有关。祖父被造反派抓起来，说他私通国民党藏宝，被折磨得死去活来，最终造反派还是没有从他嘴里掏出一个字。现在的李副镇长就是那个造反派头头的儿子，他对寻宝一直没有放手过！

后来，不幸一个接一个落到祖父身上！我的父亲为挣钱去山里采石被炸伤，医院要一万块钱抢救费，可是家里没钱，父亲终因伤重而死。如果祖父去藏宝的山洞打开箱子，取出一件宝物，他的儿子就不会死。不久，一直不肯改嫁，同祖父相依为命的我的母亲又生场大病，如果祖父去山里从箱子里取出一件宝物，他的儿媳也不会甩下八岁的我离开人世。要知道我祖父当年枪伤后就是个残疾人，拄根拐杖，带着我一家人，靠三亩薄山地种点包谷活命，是何等艰难困苦呀！如果祖父去山洞取出一件宝物，我们一家子不会在山里受苦。这是为什么呢？听祖父说，他要信守朋友的承诺，为的是等待远去台湾的韦爷爷归来，为了了却五十多年前韦昌贵同孙林泉两人共同的一桩心愿啊！

韦海生被孙菁的诉说感动了，他从口袋里拿出父亲临死前交给他的藏宝诗，递到孙菁手里，满眼泪水说："我愧对家父，我愧对你爷爷，也愧对你啊。"

孙菁原谅了韦海生，也从贴身口袋拿出藏宝诗。两张对上，合成四句："天鸟嘴尖尖，下蛋六丈壁。远看十八峰，近看缺一壁。"韦海生不解地问道："远看十八峰，近看缺一壁是什么意思？"孙菁解释说："远看十八峰，是指从右边数起第十八座山峰；近看缺一壁，是说跑近看看，十八峰变成了十七峰，角度变了，有两座山峰重叠在一块了。所以，十八峰阴晴雨雾目测方位变幻莫测，即使你知道了大致的位置，最终认定它也不容易！"

韦海生这才"哦"了一声，只觉得心里空落落的。


五、宝物回归

两人按藏宝诗的路线爬了半天山路，来到"远看十八峰，近看缺一壁"的鹰嘴尖。孙菁指着下面陡峭的岩壁说："藏宝的山洞可能就在下边。"

韦海生同孙菁各自在腰间捆根尼龙绳，一头系在一株老松树上，两人便慢慢地沿着岩壁滑下去。下了二十多米，果然有个被荆丛和深草掩没的洞口，洞口有一块八仙桌大的岩石。他们拨开荆丛荒草进了洞，终于找到了深藏五十多年之久的五箱宝物。这时候，突然从旁边密密的草丛里跳出个体格高大的中年汉子，一副墨镜遮住了他半张脸。孙菁刚举起猎枪，却被那个汉子抢先举起手枪，对准韦海生的脑门，用阴冷的声音命令："叫姑娘把枪扔下，不然，我马上打死你。"

孙菁见状只好把猎枪扔到地上，那汉子飞起一脚，将猎枪踢出去，发出一长串哐当当滚下岩壁的声音。

韦海生一下傻了："你是什么人？你想干什么？"

那汉子冷笑了一声，说："我是宝物的主人段洪岳的儿子段斌，你们想劫宝，可我手上的枪不答应！"

原来当年国民党团长段洪岳有意放韦昌贵出去，是为了放长线钓大鱼。他告诉儿子段斌，只要韦海生活着，宝物就不会失去，要他耐心地等待。果然当段斌得知韦海生要去大陆的消息，便立刻尾随跟来，并雇高手把一只纽扣大小的微型窃听器偷偷安置在韦海生的背包底层。只要韦海生有点响动，声音就会传到他的接收器。刚才，段斌从孙菁同韦海生的谈话中，获得了五箱宝物的确切位置，他就抢先下到了洞口，伺机杀害韦、孙二人，抢夺宝物。正当他志在必得，举枪扣动扳机的一刹那，只见孙菁左手腕子轻轻一抖，一股气流冲向段斌，只听他"啊"的一声，手枪"噗"地落地。接着，他双眼直眨，能张口而不能说话，"咕咚"扑倒在地。

这瞬间发生的事，让韦海生一下惊呆了，他木木地看着孙菁。

孙菁拾起地上的手枪，又厌恶地踢了一脚瘫软的段斌，拿出一根绳子把他捆扎结实，对韦海生说："把他抬到岩石上，盖上茅草，明天再收拾他。"

韦海生问："这……这是怎么回事？"

孙菁告诉他："李副镇长吓跑后，我总觉得我们身后还会有更阴险、更毒辣的抢宝人出现。果然，那个杀人不眨眼的段团长竟让他的儿子也找到这里来了。"

韦海生说："你真有一手，这……这用的是什么法术？"

孙菁说："这是爷爷教我的绝技，叫撒麻棘。撒出的麻棘丸，采自大鹰山深处的一种荆棘，经熬炼成丹丸，十步之内撒准穴位，能叫野物或恶人立马倒下，大半天才会醒来。"

韦海生觉得眼前的孙菁姑娘简直就是个当代女侠客，心里既激动又佩服，说："我们快进洞去取宝吧！"

孙菁说："不能进洞，跟我上去。"

韦海生的心一沉，说："难道洞里的宝物已经被人盗走了？"孙菁说："韦先生，别着急，防人之心不可无，洞很深，我不得不防！"

韦海生一脸惭愧，仿佛觉得孙菁是在说他。他跟着孙菁攀上另一个山头。这时，夕阳挂在西天，血红血红的，往下看，百丈岩壁横空长出几株老松树，遒劲而繁茂。孙菁同韦海生系着尼龙绳一同下滑，果然又发现一个被荆棘野草密密盖住的洞口。孙菁小心地拨开它们，让韦海生先进去。韦海生走了几步，只觉得一股股阴冷的雾气从洞里飕飕冒出来，叫人直打哆嗦。借着洞外照进来的一缕淡淡阳光，韦海生看见一口用圆木打的棺材赫然横在正中，吓得他"哇"的一声叫起来，下意识地倒退了好几步。

孙菁对着棺材哭喊："爷爷，你结拜兄弟韦昌贵的儿子韦海生，带了藏宝诗寻你来了。"

韦海生抖抖战战地停住脚步，大口地喘着粗气问："孙菁，你爷爷死……死了？"

孙菁告诉他，五年前，她爷爷孙林泉觉得自己的身子一天不如一天，老人硬是挺着，拄着拐杖，带了干粮和锯子，同孙菁爬上鹰嘴尖，伐下一段段碗口粗的圆木，吊下岩洞，然后用铁钉把圆木钉成一口棺材。孙林泉咽气前让孙菁把他扶进棺材，又把前半首藏宝诗交到孙菁手里，流着泪叮嘱道："我要守在这里，我要亲眼看到昌贵兄弟或他的后代来起取这五箱宝物。你要帮他一块抬，全部送给人民政府，归还大鹰山的百姓……"

韦海生听完孙菁一字一泪的叙说，禁不住双腿一软，朝孙林泉的棺材跪下。他哽咽着说："林泉伯，我这回来大鹰山，算是捡回了一条命，更重要的是您老人家让我懂得了该怎样重情重义，信守诺言。"接着韦海生一再请求孙菁原谅，并表示自己一定要配合孙菁，一同将寻到的宝物献给国家。韦、孙二人当即下山，跑到大鹰镇政府，汇报了五十多年前藏宝的经过。很快，五箱宝物回到了人民手里。

不久，韦海生回到台湾，筹集到一笔资金，并把它带到大鹰山，作为开发大鹰山旅游资源的投资，孙菁成了他得力的助手。如今大鹰山成了一个远近闻名的旅游景点……

# 临终遗愿

文/刘金泉

在生命弥留之际，姜国民把淡翠英叫到面前，揪下胸前一尊玲珑剔透的玉佛，断断续续交代后事说："阿英，我……我要去了，临走之前，我想拜托你一件事。"

西北海峡贸易有限公司副总经理是个名叫淡翠英的台湾女人。她与当董事长的丈夫姜国民相识于1985年，结婚于1987年，婚后夫妻俩在古都市定居经商，两人感情一直很好。过了十多年，一家人从居住的西城区搬到北城区的花园别墅后，淡翠英发现丈夫每次开车出去买菜，总要花好长时间，经过跟踪观察，淡翠英发现姜国民几乎每次买菜都要去原先居住的西八路天都新村的菜市场。淡翠英觉得奇怪了，花园别墅区周围有好几个菜市场，为什么偏到那么远的地方买菜呢？

这天，姜国民买菜回家后，淡翠英接过他手中的菜篮子，单刀直入地问："阿民，你最近好像有什么心事一直在瞒着我！"

姜国民掩饰说："没……没有啊！"

淡翠英说："行了，你别瞒我了。自从搬家以来，你每次买菜都到原来居住的西八路菜市场去，菜买好后还在出入口东张西望，像是在寻找什么人似的。"

姜国民见谎言被妻子揭穿，只好长长叹了口气，诚实地说："唉，我也不瞒你了，你说得没错，我到西八路菜市场，是去寻人的。"

淡翠英警觉地问："寻谁？"

"寻找我的初恋女友。"

事已至此，姜国民也不想对妻子隐瞒什么了。他拉淡翠英走进客厅，坐在沙发上，把隐瞒在内心十几年的秘密一股脑儿向妻子倾吐出来。

1982 年，祖国大陆吹起了改革大潮的春风，海峡两岸关系终于解冻了。刚满二十岁的姜国民随父亲姜陆远和母亲回到故乡古都市，一边寻找失散三十多年的亲友，一边在这里投资经商。谁知，经过三十多年的变迁，古都市已变得面目全非了，找不到原先半点影子，大伯和爷爷奶奶都不知道搬到哪儿去了。几经周折没有找到，父亲就决定带妻儿在古都市定居下来。于是，他们一家在市里有关部门的帮助下，在西八路天都新村买了住房。姜国民在随父经商过程中，认识了一个叫秦蓉的女孩子，她也住在西八路一处平房内，两人经常碰面，久而久之，姜国民对秦蓉产生了好感，秦蓉也对他产生了爱意。姜国民比秦蓉大六岁，两人郎才女貌，可说是天生一对。姜国民在休息时，常和秦蓉一起到郊外游玩，虽然一个是大陆人，一个来自台湾，但大陆台湾一家亲，两人早已心心相印了。只是由于两人年纪尚轻，没有挑明关系。

认识秦蓉的第二年，姜国民鼓起勇气到秦家向心爱的阿蓉求婚。但秦蓉的父母一听姜国民来自台湾就怕得要死，说啥也不答应这门亲事。姜国民的父母也因门不当户不对，强烈不满儿子的这桩婚事。从这以后，秦蓉就有意疏远了姜国民，直到不与他见面。过了半年，姜国民得知秦蓉嫁到了离古都市不远的另一座城市去了，他这才死了心。再后来，经父母托人介绍，姜国民认识了同回故乡古都市投资房地产开发的台湾商人淡明柱的女儿淡翠英，不久就和淡翠英结婚了。

淡翠英了解到丈夫的这段感情史后，不但没有妒忌，反而被他那至真至诚的情意打动了。她抱住了姜国民，深深地给了他一吻，说："阿民，我嫁给你，实在是太幸运了！你能把真相毫不保留地告诉我，说明你对我的信任。放心，我会尊重你对阿蓉的这份爱的。"

姜国民也紧紧抱住妻子，喃喃地说："阿英，谢谢你能这么善解人意。我原以为你知道我还在惦记着我的初恋女友，一定会醋意大发的，所以，我买菜舍近求远到西八路的茫茫人海中寻找阿蓉一直瞒着你。你知道后不但不记恨我，反而这么宽宏大量，你对我真是太好了。"

事后，淡翠英并没有因丈夫寻找过去的女友而与他发生任何摩擦。夫妻俩日子过得很愉快，姜国民爱上哪儿买菜就上哪儿买菜，淡翠英从不过问。

好景不长。这年 5 月，姜国民被医院大夫确诊已是肝癌晚期，这对淡翠英来说，无疑是晴天霹雳。在丈夫住院治疗期间，淡翠英有一天与姜国民聊天，聊着聊着，姜国民在病床上伸手握住妻子的手说："阿英，我活在人世间的日子可能不会太多了……"

淡翠英不等丈夫把话说完，就抽出手来堵住他的嘴说："不许你这样胡说八道！哪怕倾家荡产，我也要治好你的病。"

"我的病情我心里很清楚，你听我把话说完！"才四十多岁的姜国民挣扎着从病床上坐起来，再次抓住妻子的手，坦诚相告："你爸妈和我父母都已去世了，他们都叶落归根，了却了心愿。这二十年来，我们在古都市做生意赚的钱已足够你和儿子无忧无虑过一辈子了，我这一生最大的遗憾，就是没有找到阿蓉。"

淡翠英扑倒在丈夫怀里，"哇"的一声哭了："别说了，阿民，凭着你的这片真诚，你一定会找到阿蓉，不留半点遗憾的。"

可是，这话说了没过多久，无情的肝癌就夺去了姜国民的生命。在生命弥留之际，姜国民把淡翠英叫到面前，揪下胸前一尊玲珑剔透的玉佛，断断续续交代后事说："阿英，我……我要去了，临走之前，我想拜托你一件事。"

淡翠英望着丈夫苍白的面孔，伤心地抽泣说："好，好，只要我能办到，我一定替你办。"

姜国民把小玉佛交到淡翠英手中，说："这尊小玉佛，是我家祖上传下来的宝物。一共两尊，一尊在你脖子上挂着，一尊在我这里。我把它交给你了，希望你能够转交给阿蓉。我没有别的意思，只希望她能够平安健康。"

"好，我答应你。"淡翠英把小玉佛紧紧捏在手心，神色凝重一字一顿地说："我一定帮你找到阿蓉！"

话音一落，姜国民便带着满意的微笑，离开了人世。

丈夫的英年早逝，使淡翠英悲痛不已。在办理完丈夫的丧事之后，她带着满腹的悲伤，开始着手寻找阿蓉，以了却丈夫的遗愿。淡翠英明白，丈夫在世时，不好借助媒体寻找阿蓉，因为他怕给初恋女友的家庭带来不必要的麻烦。如今，丈夫已死了，不会对阿蓉造成什么伤害了，自己为何不能动用新闻媒体的力量呢？于是，她不仅通过自己的手提电脑在网上发寻人启事，而且还到各家报社、电视台，刊登播发寻人启事：

> 西北海峡贸易有限公司董事长姜国民先生，1982年认识了一个家在古都市西八路的女孩阿蓉。望阿蓉见到寻人启事后，请速来城北花园别墅8号楼1单元与他妻子淡翠英联系，有重要遗物要转交。

淡翠英之所以隐去阿蓉的姓，是经过慎重考虑的。中国之大，重名重姓的人太多了，尤其是姓名只有两个字的人。她怕丈夫的珍贵遗物会落在冒领的其他女人手上，那样丈夫在九泉之下也不会瞑目的，自己也于心不安。为了扩大范围，造成影响，淡翠英还把寻人启事刊登在秦蓉所在的那座城市的各新闻媒体上。

寻人启事刊登的第五天下午，淡翠英从公司下班回来，就见花园别墅8号楼1单元有一个年纪四十岁左右、中等身材的妇女站在门口，像是在等什么人。淡翠英心里一动，莫非是阿蓉来了？她快步迎上去问："请问你找谁？"

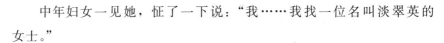

中年妇女一见她，怔了一下说："我……我找一位名叫淡翠英的女士。"

"我就是。"淡翠英立刻明白是谁来了，她压抑住心中的激动问："莫非你就是我要寻找的阿蓉吗？"

中年妇女点点头，从衣袋中掏出自己的身份证和一张照片说："不错，我是阿蓉。姓秦，单名一个蓉字。这是我的身份证，还有和你丈夫当年郊游时拍的一张照片。"

淡翠英接过身份证和照片看了看，没错，那个和年轻时的姜国民一起踏青的女孩子，不是眼前的秦蓉，还会是谁？她抓住秦蓉的手，泪水盈盈地说："阿蓉，我的好妹子，我总算找到你了。"

秦蓉问："你在寻人启事中说，你丈夫姜国民有遗物交给我，莫非他已经不在人世了？"

淡翠英领秦蓉走进屋内，指着丈夫遗像说："他患了肝癌，发现时已到了晚期，半月前去世了。"

看到姜国民的遗像，秦蓉的眼泪像断了线的珠子，她紧紧地咬住了下唇，强忍着呜咽。

淡翠英从秦蓉口中得知，秦蓉出嫁后，日子过得并不幸福，几年后便带女儿和丈夫离了婚。后来她又嫁给了另一个男人，两年前，这个待她不错的男人在一次车祸中不幸丧生。如今，下了岗的她带着女儿一块生活，日子过得十分艰难。淡翠英取出小玉佛，亲手交给秦蓉说："大妹子，国民在世时，已把你和他的事如实告诉了我。他生前为了找你，吃了不少苦头，这是他临死时要我转交给你的。老天不负有心人，我总算找到你了，你不想在他面前说几句话吗？"

秦蓉接过玉佛，把它紧紧贴在胸前，扑到姜国民的遗像前，哭道："国民，我对不起你，我没有想到，你临死还惦记着我，我俩的夫妻梦，只有等来世了。"

淡翠英在一旁听了感动不已，叫了声："大妹子，你带着女儿回古都市吧，只要我有饭吃，也一定让你们母女饿不着……"

两个女人紧紧地拥抱在一起……

# 古币情仇

文/黄西华

在干蒸房里，熊贤伦发现方春生脖子上戴着一个护身符，那上面的图案居然是剑潭古镇特有的绣龙民间工艺。

一

滚河南岸，狮子山下，有一个叫剑潭的小镇。这几年，在改革的春风吹拂下，古老的小镇焕发了勃勃生机，成为远近闻名的明星镇。

1987年仲夏的一天傍晚，一辆捷达轿车徐徐停在剑潭镇帝乡宾馆的门前，从车上下来一位鹤发童颜的老者。在宾馆住下后，老者打开保险箱，取出一块古币，站在窗前，一边轻轻地抚摸着古币，一边眺望着万家灯火的剑潭老街，思绪一下子回到了四十年前……

1947年中秋节这天，剑潭老街的熊记古玩店门前，红艳艳的双"喜"字格外夺目，在喧闹的唢呐声和震耳欲聋的鞭炮声中，一顶花轿被迎进了古玩店的院子。

新郎名叫熊贤伦，是古玩店的少主人，虽然刚满二十，却已能应承古玩店的一应事务，是其父的得力助手。新娘名玉莲，年方二九，是剑潭古镇往西二十里梁家集一带有名的美人，其父梁金鸣是梁家集商会会长，富甲一方。熊梁两家结亲，真可谓门当户对，天作之合。

闹房的宾客们散去后，熊贤伦回到新房，轻轻揭开新娘的红盖头，抱着新娘就是一番热吻。新娘玉莲温柔地迎合着丈夫，夫妻二人，一夜缠绵，赛似神仙。

不料，就在小两口沉溺在温柔乡里的第三天，熊贤伦被"国军"强征入伍，不日就要开赴前线。临别的前一天晚上，玉莲强忍心中的悲痛，从陪嫁的箱子里取出一枚古币，轻轻一旋便成了两枚。玉莲将其中一枚交给熊贤伦，说："这是我们梁家祖传的一套曼陀罗古币，一雌一雄，价值连城。现在我把这枚雄币交给你。夫君在外时时多加小心，一旦战事结束，定要早日还乡，两枚古币合璧之时，就是你我夫妻团聚之日……"熊贤伦手握这枚正面镌刻着一只凤，反面镌刻着蝌蚪文和曼陀罗花的古币，望着泪流满面的娇妻玉莲，心中也是一阵酸痛。当晚，夫妻二人相偎相依，一夜未眠。

第二天，熊贤伦就随"国军"开赴前线，当他站在渡船上看见滚河岸边哭成泪人似的玉莲，心里如同刀割一般。他暗暗发誓，就是历尽千难万险，也要早日回到玉莲身边。

在军队里，熊贤伦凭着丰富的学识和灵活的脑子，很快得到上峰的赏识，不久就当了连长。在一次战斗中，熊贤伦将一个伤兵从死人堆里救了出来，后来一交谈，才知道这人叫毛继学，也是剑潭古镇附近乡下人，于是两人便拜了把子。毛继学的伤好后，一拐一瘸的成了残废，被"国军"一脚踢了出来，而熊贤伦则要随败军撤往台湾孤岛。分别时，熊贤伦料知自己再难返回故乡了，不由潸然泪下，拖着毛继学喝了半夜酒。酒席间，他拿出那块曼陀罗古币交给毛继学，向他讲了这枚古币的来历，托他回家乡后转交给玉莲。

日月如梭，熊贤伦离开剑潭古镇时年方二十，现在却已是六十岁的老人。在过去的四十年间，熊贤伦与剑潭古镇音讯隔绝，不得不在台湾又结婚安家。他人在台湾，却无时无刻不在思念故乡和亲人。

这年初夏，年已花甲的熊贤伦思乡之情更加强烈。一天，他在一家古玩店里无意中发现一枚古币十分眼熟，拿起来一看，古币正面镌刻着一只凰，反面镌刻着一些蝌蚪文和曼陀罗花。这不正是保存在玉莲身边的那枚曼陀罗雌币？怎么会突然在台湾出现？熊贤伦十分震惊。古玩店老板告诉他，这枚古币是从大陆辗转走私过来的。熊贤伦心里顿时一沉，料定玉莲已经遭遇不测。此时台湾当局刚刚开放赴大陆探亲的禁令，他已经办好手续，准备回大陆寻找失散多年的亲人，现在见到这枚雌币，更是归心似箭。于是，他当即买下这枚古币，踏上了回大陆的旅程。

此时此刻，熊贤伦抚摸着手里的古币，不禁心潮翻滚。不知他那分离四十年的结发妻子梁玉莲是否还在剑潭老街？不知偌大一条老街，是否还有人知道当年古玩店的少夫人？

二

四十年后的剑潭古镇早已今非昔比，明亮整洁的街道两旁，高层楼房鳞次栉比，行走在街道两侧绿荫道上的人们，一个个洋溢着喜悦的笑容。熊贤伦一大早就在剑潭古镇溜达了一圈儿，古镇的变迁使他感慨万分。用过早点后，他正要出门，突然有人敲门。

来访者是一个中年男子和一个年轻姑娘，两人都身穿警服。中年男子微笑着说："熊老先生，我叫莫建国，是剑潭派出所的所长，这位是我们派出所的小李。昨晚我接到市里电话，说您回故乡寻亲，要我们大力协助。"熊贤伦十分感动，紧紧握住莫所长的手说："太感谢了！有你们的帮助，我一定能够找到失散多年的亲人！"

莫所长说："昨晚我已经根据有关部门提供的线索，查阅了全镇七万多常住人口，只查到一个叫梁玉莲的，但她只有十七岁，显然不是您要找的人。我已经安排民警到老街调查去了，一有消息他们就会向我报告的。"

熊贤伦向莫所长详细讲述了自己和梁玉莲结婚以及分离的经过，并提供了梁玉莲的娘家地址。莫所长当即给梁家集派出所打了个电话，请他们协助查找梁玉莲的娘家人。时间不长，梁家集派出所回电话说："梁玉莲的父亲梁金鸣在50年代去世，独生女儿新中国成立前嫁到剑潭镇，梁家已无其他后人了。"

莫所长并不灰心，请熊贤伦再好好想想有无其他线索。熊贤伦猛然想起那枚古币，便拿出来递给莫所长看，并说了古币的来历。

莫所长看着古币沉思了一会儿，说："这枚古币我从来没见过，但我早在二十年前就听说过它。如果我没猜错的话，这枚古币就是曼陀罗古币中的雌币吧？"

熊贤伦闻言连忙回答说："对，你说的一点不错！当年我和玉莲分别时，玉莲把那枚雄币交给我保存，而这枚雌币则由她保存。但不知怎么会流落到台湾，被我偶然发现买了下来。"

莫所长问："那枚雄币现在哪里？"

熊贤伦说："我随国民党军队撤离大陆时，把它交给一个叫毛继学的同乡，托他转交玉莲。"说到这里，熊贤伦问莫所长："你刚才说在二十年前就听说过这枚古币，是怎么回事？"

莫所长说："二十年前，我刚到刑警队。那年，剑潭镇发生了一起杀人未遂案，起因就是为了这枚古币。虽然案子很快破了，杀人凶手也被送进监狱，但始终没见到这枚古币。没想到，二十年后这枚古币居然流落到了台湾，最后又被你找到，也算是机缘巧合了。"

听了莫所长这番话，熊贤伦心想，如果能找到此案的当事人，是不是就可以顺藤摸瓜找到玉莲呢？莫所长也很赞同："我看咱们可以围绕二十年前那起案子分头行动，我安排民警明察，您装扮成古董商人暗访，一定能够找到您的亲人！"

三

在莫所长的帮助下，熊贤伦很快就找到了二十年前那桩杀人未遂案的被害人方春生。

方春生四十出头，中等身材，衣服上污渍斑斑，看得出，他的生活十分窘迫。

熊贤伦自称是从台湾来的古董商人，并拿出那枚曼陀罗雌币给他看。方春生一见古币，灰暗的双眼顿时发亮，急切地问："你怎么会有这枚古币？你是从哪里得到它的？"

熊贤伦递给方春生一支香烟，自己也点燃一支，这才对方春生说："我在台湾无意中得到了这枚古币，知道大陆还有另一枚雄币，只有双币合璧，才是无价之宝，所以专程来到大陆，想寻找那枚雄币。听说你以前见过这枚古币，所以我想和你谈一桩交易，请你帮我找到那枚雄币，事成之后，我必有重谢。"

方春生闷着头吸烟，熊贤伦不急不躁，又邀方春生一起去喝酒。方春生一听说喝酒，顿时来了兴致。两人来到县城最有名的"好运来酒家"，熊贤伦点了三荤三素一个汤，外带一瓶地方名酒"剑潭液"，俩人边吃边喝边聊。

方春生是个孤儿，自小被父母遗弃后，被一个好心的孤寡老人收留。五岁那年老人病故后，他又被送进街道办的孤儿院，在那里度过了童年和少年时代。初中毕业后，他进了一家白铁修理厂当学徒。由于从小缺乏良好的教育，方春生不仅学会了抽烟和喝酒，还经常打架斗殴，没几年就被厂里开除了。从那以后方春生就在社会上游荡，偶尔做点转手贩卖的小生意，其中也包括倒卖古董。二十年前的一天，方春生在古玩市场结识了一个叫左莉的姑娘，据姑娘说她也是一个孤儿，两人同病相怜，认识不久就合伙做起了生意。

一次，方春生无意中发现左莉有一个首饰盒，里面有一枚镌刻着一只凤和曼陀罗花的古币。当时，方春生一念之差，就把这枚古币藏了起来。谁知没多久，左莉发现了，她又急又怒，拿着一把刀子逼方春生把古币还给她。可方春生已经把古币卖给了一个外地来的古董商，得到的五百元钱也早就被他买烟酒花光了，此时怎么拿得出来呢？左莉见方春生不肯归还，一怒之下就捅了方春生一刀……

"那后来呢？"熊贤伦急切地问道。方春生揉了揉有点发红的眼睛，说："说起来也是我命不该绝，当时正好碰到一个民警来查户口，从左莉的刀下救了我一命。"

熊贤伦追问："那左莉现在哪里？"

方春生说："左莉被判了五年刑期进了监狱，我曾去探过监，想找她表示歉意，因为是我对不起她。可她却不肯见我，她出狱后我也找过她多次，可始终没有找到，不知道她现在哪里。"

熊贤伦对方春生说："左莉既然曾经拥有过这枚雌币，那她很可能也知道那枚雄币。方先生，如果你愿意，我俩可以合作，一起去找那个女子，等找到另一枚古币，你就不用像现在这样穷困潦倒了。你看怎样？"

方春生当即答应和熊贤伦联手。熊贤伦给了方春生一些钱，让他去包装一下自己，随后又和他一起回到剑潭古镇，住进了帝乡宾馆。

熊贤伦和方春生在剑潭老街摆了个地摊，兜售那枚曼陀罗雌币，但有一个附加条件，就是购买这枚古币者必须持有另一枚曼陀罗雄币，否则出价再高也不卖。一天下来，虽有几个人要求购买那枚古币，但由于拿不出另一枚雄币，最后也只能扫兴而归。

当晚，熊贤伦和方春生吃过晚饭，一起去桑拿。在干蒸房里，熊贤伦发现方春生脖子上戴着一个护身符，那上面的图案居然是剑潭古镇特有的绣龙民间工艺。熊贤伦一时好奇，就问方春生这个护身符的来历。方春生说："以前听我养父说过，这个护身符是我母亲留给我的，要我好好保存它，说不定以后凭这个护身符还能找到我的亲生父母。可四十年过去了，我仍没找到他们。"熊贤伦安慰他说："精诚所至，金石为开。终有一天，你会和父母团聚的。"方春生苦笑一声，说："这么多年了，谁知道他们二老还在不在人世啊……"

两人洗了桑拿回到客房，又说了一阵闲话，这才分头休息。第二天一早，他俩吃过早点，正要上街去摆地摊，熊贤伦却突然发现，不知何时，那枚曼陀罗雌币居然不翼而飞了！

四

帝乡宾馆的保安措施向来很好，以往从来没发生过客人财物被盗的事。如今出了古币被盗这件事，警方自然十分重视。

熊贤伦有这块曼陀罗古币的事，除了派出所莫所长外，就只有方春生知道，而且在二十年前，方春生曾经盗卖过这枚古币，这次会不会是他旧病又复发了呢？可是，当熊贤伦发现古币被盗以前，方春生一直和他在一起，而在古币被盗以后，方春生也一直没有离开帝乡宾馆。如果是方春生盗了古币，那么古币就应该还在帝乡宾馆。可是莫所长他们把熊、方二人住宿的客房翻了个遍，也没有找到古币。

就在莫所长他们一方面查找梁玉莲的下落，一方面继续寻找被盗的古币时，方春生却突然不辞而别了！这一来，方春生盗走古币的嫌疑大大上升！

莫所长得到这一消息，立马安排民警查缉方春生。但方春生就像是突然蒸发了似的，一下子连个人影儿也见不着！

当初，熊贤伦回大陆时，满怀着和亲人团聚的憧憬，没料到不仅没找着失散多年的亲人，反而又丢了古币，熊贤伦急啊！这一急急出一场病来，多亏了莫所长和民警们及时把熊贤伦送进医院，并轮番在医院服侍照料，一个星期后他才病愈出院。

熊贤伦万念俱灰，正准备返回台湾，莫所长匆匆地赶来了，一见面就兴奋地说："熊老先生，告诉您，丢失的那枚雌币找到啦！"说着伸出手来，手心里正是那枚失窃的雌币！熊贤伦接过古币，连声追问："从哪找到的？是谁偷的？"

莫所长告诉他，昨晚老街出了场车祸，一个四十岁左右的妇女被一辆卡车撞倒昏了过去，被群众送进了医院。那妇女进了医院后一直昏迷不醒，奇怪的是她那只左手却握得紧紧的，掰都掰不开。医生在抢救她时，费劲地掰开了她的左手，发现手心里竟是一枚古币，于是便打电话给派出所。莫所长赶到医院一看，不由喜出望外。原来，那枚古币正是熊贤伦失窃的，而且那名中年妇女正是当年刺伤方春生的左莉。这可真是天无绝人之路啊！莫所长安排专人在医院照顾左莉，自己则拿着古币来见熊贤伦。

熊贤伦听了心里一动，直觉告诉他，那块古币对左莉一定至关重要，要不然她绝不会死死握住不放手。于是他马上说："莫所长，那个左莉醒了没有？我想去看看她，我感觉会从她的口中找到一些线索。"莫所长点点头："我也是这样想的。您放心，我已有安排，她一醒我马上派人来接您！"

在医院精心治疗下，左莉的伤情大有好转，没想到的是，她乘人不备从医院跑走了。

正当熊贤伦为左莉的突然失踪懊丧时，莫所长打电话告诉他：方春生找到了！

莫所长带着不辞而别的方春生来到宾馆，刚坐定，方春生就迫不及待地对熊贤伦说："熊老先生，你还记得我脖子上的这个护身符吗？你心里肯定在想，我为什么会突然不辞而别？就是因为这护身符啊！"

见熊贤伦疑惑不解的样子，方春生为他解开了谜底："你那块古币被盗以后，我知道你会怀疑我，但我以人格担保，你那块古币的确不是我偷的！我突然不辞而别，是因为发现了一个一模一样的护身符！你知道，这个护身符是我寻找我亲生父母的唯一线索，所以，当时我就情不自禁地追上去了。"

熊贤伦问道："那你找到你亲生父母了吗？"

方春生沮丧地摇了摇头，说："没有。那个戴护身符的是个小伙子，等我追到剑潭汽车站时，他已经坐车去南山了。我坐下一班车进了南山，找了好久，却怎么也找不着他。"

一直坐在旁边静听的莫所长，这时突然对熊贤伦说："两个护身符一模一样，很可能是出自一人之手，而这护身符又是剑潭古镇特有的民间工艺，别的地方是不会有的。方春生说那个小伙子往南山去了，就说明做护身符的那个人也许就住在南山。如果找到他，说不定能从他那里了解到梁玉莲的消息！"

熊贤伦一听也觉得有理，一扭头看见方春生面露狐疑之色，便向方春生亮明了自己的真实身份和回大陆的真正目的。

方春生不禁深深地被感动了，说："熊老先生，原来你是以古币为线索回来寻亲的，看来我俩都是苦命人啊！没说的，我俩一起到南山去寻找亲人吧!"莫所长也表示赞同。

第二天,熊贤伦和方春生便以收购古董的名义,坐车去了南山。

五

南山绵延数百里,山高林密,交通不便,自然资源没有很好地得到开发利用,所以这里至今还很贫穷。熊贤伦和方春生在南山寻访了好几天,连一点线索也没找到。

这天,熊贤伦和方春生来到南山海拔最高的五梁山下。在一个小村庄里,他们不约而同地发出了一声惊叫!原来路边有一个放牛的小孩子,脖子上居然戴着一个与方春生那个一模一样的护身符。

这真是踏破铁鞋无觅处,得来全不费工夫。经过与放牛小孩的一番交谈,熊贤伦和方春生他们得知这个护身符是一个姓梁的老奶奶做的。熊贤伦一听做护身符的人姓梁,顿时喜出望外,赶紧问明那个老奶奶的住处,然后和方春生来到了山村西头的一处人家。只见一个年约六旬的老太太,正坐在院子里的柿子树下缝制护身符。这位老太太从脸型到眉眼都很像是当年的梁玉莲,熊贤伦按捺住内心的激动,试探地叫了一声:"玉莲!"

老太太闻言抬起头,睁大混浊的老眼,把熊贤伦从头到脚看了又看,突然颤巍巍地站了起来,惊疑地问道:"你是贤伦……"

正在这时,从房子里出来一个瘸老汉,见了熊贤伦和方春生,顿时大惊失色!片刻之后,他突然"扑通"一声跪在熊贤伦的面前,两眼流出了混浊的泪花。原来,那老太太正是熊贤伦失散四十年的妻子梁玉莲,而那老汉也不是别人,正是当年被熊贤伦从死人堆里背出来的毛继学!

当年,毛继学拿着熊贤伦托他转交的那枚曼陀罗雌币,在剑潭古镇找到了玉莲。当他见到貌美如花的梁玉莲时,不禁被玉莲的美貌所倾倒,一时色迷心窍,既想得到玉莲这个美人儿,更想得到那套价值连城的曼陀罗古币。于是,他编造了一番谎言,说熊贤伦已经战死在战场,临死前托他来寻找玉莲报信,并递上了那枚雄币,使梁玉莲不得不信。

闻听丈夫已经不在人世，梁玉莲当时哭得死去活来，在家人和毛继学的劝导下，才慢慢地从悲痛中平静下来。毛继学暂时留在熊记古玩店里打杂，准备日后慢慢设法实现自己的计划。这时突然从南山里窜出来一股土匪，将熊记古玩店洗劫一空。土匪抓住了熊家老小和毛继学，说是寨主左公豹看上了玉莲，要她上山给他做个压寨夫人，否则就灭了熊家满门和毛继学。当时，玉莲和熊贤伦生的儿子刚断奶，为了救公婆和毛继学，同时留下熊贤伦的亲生骨血，玉莲只得强忍悲痛，蒙羞含垢随土匪上了南山。

梁玉莲的义举使毛继学良心发现，他自愿上南山当了一名土匪，想伺机救下梁玉莲。一天，玉莲悄悄地将毛继学叫到身边，托他把一个护身符转交给儿子晓春，以作母子日后相认的凭证。毛继学抽空溜下南山，来到剑潭古镇，把护身符给晓春戴在脖子上，然后又去了南山。一年后，解放军进山剿匪，毛继学串联了几个弟兄，里应外合，伺机杀了土匪头子左公豹，随后向解放军剿匪部队缴械投诚。

此时，玉莲和左公豹生下的女儿左莉也已经一岁多了。毛继学带着玉莲和左莉回到剑潭古镇，谁知熊记古玩店早已成了颓垣断壁。原来，左公豹为了使玉莲死心塌地地跟着他，半年前暗中派土匪到剑潭古镇，不仅杀害了熊贤伦的父母，还一把火把熊记古玩店烧了个精光。

眼见好端端的一个家就这么毁了，儿子晓春也生死未卜，下落不明，玉莲伤心欲绝，要不是身边还有一个女儿左莉，她真想一头跳到井里！毛继学陪着玉莲四处寻找丢失的儿子晓春，但一直找不着。后来，毛继学和玉莲在五梁山下这个小山村里住了下来。几年的交往，玉莲明白了毛继学对她的情意，同时自己也爱上了这个腿有残疾却心地善良的男人，于是她和毛继学成了夫妻。但毛继学出于私心，生怕玉莲得知实情后会弃他而去，始终不敢说出熊贤伦并没有死而是去了台湾的真实情况。

听完毛继学所讲的这一切，熊贤伦早已是泪流满面，泣不成声，方春生也在一旁唏嘘不已。这时，方春生像是突然想起什么似的，拿起玉莲正在绣的那个护身符，与自己脖子上的护身符放在一起比较。谁知玉莲见了方春生的那个护身符，双眼顿时一亮，上前要了过来，拿起剪刀就剪。方春生大吃一惊，正要阻止，玉莲却已从剪开的护身符里取出了一枚古币，上面镌刻着一只凤和曼陀罗花，正是那枚曼陀罗雄币！玉莲捧着古币，一把抱住方春生大哭起来。

原来，方春生正是玉莲和熊贤伦所生的儿子晓春！当年，毛继学把那枚雄币转交给玉莲后，玉莲便把它藏在这个护身符里，托毛继学把护身符戴在襁褓中的晓春的脖子上，作为日后母子相认的凭证。后来左公豹派土匪来烧熊记古玩店时，晓春刚好被古玩店一个姓方的伙计抱出去玩，这才侥幸逃过了一劫。

这时，派出所莫所长和小李也在左莉的带领下，匆匆地来到了五梁山下，出现在熊贤伦他们面前。见到左莉，熊贤伦又不免一怔，最后还是莫所长为他揭开了谜底。

原来，自从晓春失踪后，为了找到儿子，玉莲就经常缝制一些一模一样的护身符，并有意识地流传出去，想由这些护身符引出儿子晓春。当女儿左莉长大后，玉莲便把那枚曼陀罗雌币交给女儿，要她以收购古币为名外出寻访，找到她同母异父的哥哥晓春。没料到，左莉在古玩市场与方春生意外相遇，后来发生了一系列的事，左莉进了监狱，出狱后又四处寻找丢失的古币。前不久，她听说熊贤伦那里有一枚古币，便趁夜间潜入宾馆偷走了那枚古币。谁知她太兴奋了，以致在路上遭到车祸，被送进医院。她苏醒后，见手中的古币不见了，一旁又有警察守着，紧张得不得了，于是便寻找机会逃出了医院。这天早上，左莉又去剑潭古镇，还想去找熊贤伦，刚好被莫所长碰见。在莫所长的再三开导下，左莉终于说出是她偷了古币，并说自己的母亲叫梁玉莲，如今住在五梁山下。

熊贤伦历经周折，终于找到了离散四十年的结发妻子梁玉莲，并且在无意中与从未见过面的亲生儿子相逢，真是又喜又悲。一对年逾花甲的老人禁不住热泪流淌，抱头痛哭。面对历经磨难的熊贤伦和梁玉莲，毛继学深感有愧，再次跪在熊贤伦和梁玉莲的面前，乞求他们的宽恕和谅解。熊贤伦连忙扶起毛继学，感激地对他说："继学啊，你想到哪里去了！我不仅不怪你，反而要好好地谢谢你啊！这么多年，要不是你照顾玉莲，她也许早就不在人世了。要说怪，那就只能怪台湾当局不顾民意，人为造成两岸隔绝，才使我们分离这么多年啊！"说完他和毛继学相拥而泣，唏嘘不已。

这时，莫所长笑呵呵地对熊贤伦说："熊老先生，台湾海峡虽宽，但再宽也隔不断两岸人民的骨肉之情！现在你一家人终于相聚了，应该为此感到高兴啊！"

听了莫所长的话，熊贤伦那饱经风霜的脸上露出了笑容。他取出那枚曼陀罗雌币交给玉莲，玉莲激动地把那块刚从儿子护身符中剪出来的雄币与它合在一起，轻轻一旋，这套历经沧桑的曼陀罗雌雄古币，终于在分离四十年后再次合璧了。

# 杜鹃之歌

文/沙 伦

急盼着孙子杜心宇来台，哪知爷孙在杜家园相见却无法相认，至于孙子一旦得知自己当过汉奸的爷爷还活在世上，会不会认他这个爷爷，老头子心中一点把握也没有……

## 一

杜心宇和杜小鹃两兄妹相依为命。这次，杜小鹃没跟哥哥杜心宇打一声招呼，就从福州"偷渡"到了台湾宜兰。她打回一个电话，俏皮地说："哥，我挣够了钱就回家，帮你娶一个又甜又美的嫂子。"当哥的既好气又好笑，免不了责备她几句。此后，杜小鹃三天两头便来电话问候，可没告诉哥哥她在干什么工作，也没告诉居住地址和联系电话。

有一个月了，杜心宇没接到妹妹的电话，又一个月了，还听不见妹妹的声音，想到报刊电视上经常报道偷渡入台男女的不幸遭遇，他急得寝食不安，心急如焚。一天夜晚，杜心宇做了一个噩梦，梦见妹妹被囚在一座阴森的地牢里，满脸血迹斑斑，挥舞着双臂，像是向远方的哥哥哭喊求救。杜心宇惊觉过来，心神不宁。他预感到妹妹一定有难，于是断然决定：设法找蛇头，尽快"偷渡"到台湾。

"偷渡"，要出一大笔出船费。杜心宇钱袋空空。他学的是工商管理，却偏爱写诗、作画、谱曲，只是现今文章不值钱，画画又少人欣赏，弄得自己连吃饭钱还得靠在酒楼打工挣，现在要想"偷渡"去台湾，可真难为了他。

也许是上天怜惜有才之辈，在杜心宇筹钱"偷渡"束手无策之时，赶上有人上门买画。这天，来了个男士，戴一副大墨镜，身穿一套最新潮的骑士服，像是海外来客。杜心宇急忙向来客解说自己挂满墙壁的每一幅画作的意境，欣欣然忘乎所以。忽然间，他只觉脑后掠过一阵冷风，眼前一黑，便失去了知觉。

杜心宇醒来时，脑袋痛得厉害，面前依稀晃着一条人影。他揉了揉双眼，定睛一看，是一位妙龄女郎。这女郎嫣然一笑，轻柔地说："我是来买画的。"杜心宇不胜惊讶，他记得刚才来的是一个戴墨镜很新潮的男士，怎么转眼间变成一个漂亮的小姐？他像是被人迷了魂似的，心思恍惚，竟一时弄不明白到底是怎么回事。此刻，不容他细细琢磨，只见这小姐指着壁上的一幅画，问道："先生，这幅画你肯割爱吗？"杜心宇定神一看，这幅画构图很玄妙，画面上的杜鹃花又叫映山红，色彩绚丽浓重，意境优美轻灵，只见一丛浓抹重彩的杜鹃花仿佛在升华，渐渐地幻化为一只缥缈无依的杜鹃鸟。画面左上角还写有一首小诗，题曰：《杜鹃之歌》。杜心宇想不到这小姐一眼看中的竟是他的得意之作。他多年挥墨于山水花鸟，今日才遇上这样一位知音，岂不令他欣喜若狂！他激动地说："这只是出于我一时灵感的涂鸦之作，小姐如不见笑的话，我愿意奉送。"这小姐似有感触地说："这是心灵之作啊！它唱出一首无声的歌。""不，不，它有声音，我已谱出了曲子。"此时，杜心宇激情洋溢，唱起了《杜鹃之歌》：

啊——

一缕花魂幻化为杜鹃鸟，

发出血红迷漫的啼叫，

鸟儿呼唤着什么？

是花期已近，还是归路遥遥……

想不到这小姐竟附和着杜心宇的歌声，也轻轻地唱着，她的眼角竟流出晶莹的泪珠……

杜心宇愣住了，他嗫嚅地问："你……也会唱这首歌？"

这小姐擦了泪水，轻笑说："我只是随着你的歌的旋律，在感觉中哼出来的。"说着，她掏出五千美元放在桌上，"我是做生意的，这画、诗和歌，我全买下了——白送，我是不要的。"

杜心宇想不到这小姐出手如此大方，他觉得把艺术转化为金钱很是尴尬，但又无法拒绝，他多需要这笔钱啊！

两人很快又转入艺术话题，共同的兴趣使他们有了相见恨晚的感觉。这小姐自我介绍，她名叫阮吟香，来自台湾，专程来大陆旅游观光，更确切地说是来大陆收购民间艺术品，几天前，经人指点来这里买画。当杜心宇得知阮吟香家住宜兰县时，便兴奋起来，他说自己准备到台湾去，届时一定去找她，请她告诉联系地址。阮吟香愣了许久，有点迟疑地告诉他，自己住在宜兰县杜家园 100 号。两人又叙谈了一番，才依依不舍地分别。

二

十天后，杜心宇在蛇头的引领下，"偷渡"到了台湾宜兰。他不知道妹妹居住何处，只能去找阮吟香。经人指点，他摸到了郊外山区，走过雾气弥漫着的蜿蜒小路，找到了一个名叫杜家园的地方。令他诧异的是，所谓的杜家园竟是一块墓地。杜心宇怀疑自己找错了地方，但看见每一座墓旁都立有一个标有号码的石碑，他心中便升腾起一股猎奇的冲动。于是他硬着头皮摸索寻找，居然见到了第 100 号墓地。只见那新坟的四周开满鲜红的杜鹃花，墓碑上清晰地刻着"阮吟香"三个字，还镶有一帧阮吟香的照片。杜心宇简直不敢相信自己的眼睛，瞧了又瞧，当他目光定格在阮吟香的死亡年月时，他由疑惑转为了惊恐。原来墓碑上标明阮吟香死于三个月前，那么十天前他在福州遇上的那个买画的阮吟香就是鬼了！天哪，他那充满艺术细胞的头脑，怎么也想象不出人世间竟然有鬼，而且让他给碰上了。他不由地毛骨悚然，双腿一软，有点站不住了。这时杜心宇强令自己的心平静下来，他想起与阮吟香相识相知的情景，顿时觉得她越海千里，急人所难，如此慧心柔肠的女子，纵使是阴界的鬼魂，也是令人可敬可佩的啊！杜心宇心里一阵火热，便面对墓碑，深深地行三鞠躬礼。

夜幕渐渐合围，杜心宇不知自己在宜兰该往何处去，就倚在一棵松树下歇息。在浓浓的夜雾中，前方闪烁着一点亮光，像是神秘的鬼火。待他渐渐看清时，只见一个驼背老人手提一盏灯笼已走近第 100 号墓地，老人的身后跟着两条模样凶猛的猎犬。驼背老人盯着杜心宇，直盯得他浑身起鸡皮疙瘩，才阴阳怪气地向杜心宇说一声："跟我来！"杜心宇心神不定，只好无奈地跟随着他。

驼背老人把杜心宇带进一座竹林森森的小宅院，杜心宇猛然警觉到：莫非我真的遇上聊斋故事中的狐鬼？要是真有这样的奇遇，他真不知道自己是逃走，还是冒险瞧瞧驼背老人将要把他怎么样。转眼间，老人与猎犬便消失在宅院的拐角处。在依稀的亮光下，杜心宇瞅见草堂上挂着一幅画，正是他所作的《杜鹃之歌》。他环顾一下四周，发现庭前站着一位女郎，再定神一看竟是——阮吟香！

"你……是人……还是鬼？"杜心宇颤声地问。

"我当然是人！"面前的女郎正色地说。

"那第 100 号墓中埋的是谁？"杜心宇追问道。

"杜——小——鹃。"阮吟香一字一顿地说着，簌簌的泪水随声从她的眼角流了下来。

"杜小鹃——我的妹妹！"这无疑是晴天霹雳，杜心宇无法相信自己的妹妹竟成了第 100 号墓地的鬼啊！

然而，现实就是这样残酷，这不得不追叙一段令人悲愤难抑的故事——

杜小鹃到了台湾宜兰，在六合大酒店当一名招待小姐，她与大堂经理阮吟香很是投缘，两人很快成了无话不谈的好姐妹。小鹃告诉吟香，她哥哥杜心宇很有艺术才华，但未被人赏识。她听说台湾好挣钱就随蛇头"偷渡"来了，目的是挣一笔钱帮哥哥办画展，出诗集，开音乐会，让哥哥崭露头角；还要帮哥哥找一个又甜又美的嫂子，就像吟香姐一样。阮吟香被逗得又气又恼，说要撕她的嘴皮子。杜小鹃赶忙合起双掌求饶。阮吟香罚她唱一首歌赔不是，杜小鹃便唱了哥哥谱写的《杜鹃之歌》，阮吟香一听大为感动，便跟着杜小鹃也唱了起来……

　　有一天夜晚，酒店策划部经理金鸿志陪一个日本客人野田太郎喝酒。野田太郎玩腻了那些身着三点式的陪酒女郎，竟看上了大堂经理阮吟香，要她来陪酒唱歌。金鸿志只好央求阮吟香去应付一下，可阮吟香鄙夷地断然拒绝。杜小鹃看金鸿志下不了台，就挺身而出，愿替阮吟香解围。她出场陪着日本客人喝酒，还唱起了那首优美动听的《杜鹃之歌》。杜小鹃的优雅姿态和她那动人的歌声让野田太郎听得如醉如痴，没料到这日本人一边感动于歌声的优美，一边却转而垂涎于杜小鹃的美色。他佯装酒狂，强行把杜小鹃推入套间，还关上了门。少顷，阮吟香听见套间里传出野田太郎杀猪似的嚎叫声。她赶紧冲进去敲门，待房门被撬开时，只见野田太郎满嘴是血，地上有半截血污的舌头，套间的窗户大开着，而杜小鹃竟不在房间内……

　　杜小鹃坠楼身亡了。她拼死抗拒日本人的强奸，咬断了野田太郎强吻她的舌头。从这一抗争的行动分析，她不可能跳楼自杀，而是被日本人从十楼高的窗户扔下去的。这时金鸿志赶忙呼叫酒店老板金不换来到现场，两人见此惨状，都惊惧得脸色发白。可当他们得知死者是"偷渡"来的没有身份的大陆女子，便如释重负。为了不让媒体曝光把事态扩大，仓促之间，他们来个移花接木之计，一边对外宣称是大堂经理阮吟香不慎坠楼身亡，一边叫阮吟香立即离开，躲到她爷爷居住的杜家园去……

　　当杜心宇知道了第100号墓地埋的是妹妹杜小鹃时，刹那间五内俱焚，泪如雨下，他疯一样地冲了出去。这时，外面夜雾茫茫，不辨西东，他该向何处去？突然，黑暗中闪出两柱车灯的亮光，一辆小轿车停在小宅院前，走出一个白发苍苍的老人，此人神情诡异地打量着杜心宇，抖着嘴唇问道："你奶奶是不是叫钟亦秀？你父亲是不是叫杜望生？"杜心宇正难耐急火攻心，悻悻地冲口反问："你怎么知道我奶奶和我父亲呢？"听此话，白发老人仰天长叹："唉，苍天垂怜哟，你要是杜家的子孙，你不会不知道有个叫杜大耳的人吧？"在旁的驼背老人抢着接下去："我叫阮老哈，是这里的守墓人。他是你爷爷杜大耳，也就是杜小鹃当初当女招待的六合大酒店的金老板——金不换先生。"杜心宇一听愣住了，他平时最忌讳的就是有人提起他爷爷杜大耳，此刻心乱如麻的他更没好气地叫起来："你们在说什么呀，杜——大——耳早已死了！"阮老哈急忙帮腔更正道："他活着，金不换先生就是当年的杜大耳！"杜心宇厌恶地纠正："我在大陆的乡里乡亲，人人都说杜大耳早已死了！你们别来蒙我了，今天我到这里，是找我的妹妹，如果阮吟香说的是真话，她真的就睡在黑暗的坟墓里，那我就要在这里陪伴她，我要听她诉说冤情和仇恨，我要为她申冤！我要为她报仇！"

杜心宇狂躁不安，一个劲地哭喊着妹妹的名字，众人见劝说不了他，便请阮吟香手提一盏灯笼，带他向第 100 号墓地走去。在夜色笼罩的山间，杜心宇听着，仿佛四处都回响着杜鹃鸟如泣如诉的啼声，就像听妹妹杜小鹃在唱着一首沾满血泪的歌儿……

三

杜心宇为何最忌讳有人提起他爷爷杜大耳呢？这个杜大耳现在已改名换姓叫金不换，但他却无法洗净自己的罪恶历史——

1942 年抗日战争时，福州第一次沦陷，当年的县保安团长杜大耳卖身投靠日本人，充当日伪侦探队的区队长，是个彻头彻尾的汉奸，乡里乡亲都视他为一条下贱的走狗。他不知被日本宪兵队野田村夫少佐捆过多少耳光，但他还是死心塌地为日本人干了不少坏事。抗战胜利之后，他躲过了审判惩罚，与同在侦探队干过的把兄弟阮老哈一起逃到台湾，改名金不换。经过几十年的苦心经营，杜大耳摇身一变成为台湾省宜兰县的一个亿万富翁。他在台湾发财后娶了一个又一个老婆，可都没能为他生下一男半女。后来他渐渐地老了，面对这偌大的财产无后人继承，他心里变得越来越空荡荡了。台海两岸解冻后，涌起了滚滚而来的探亲潮，杜大耳想起在大陆福州还有他的结发妻子与儿女，他极想回大陆探亲，可想到自己在抗战时欠下的历史孽债，一直不敢回乡。他知道共产党虽然已经宽恕国民党军政人员的罪过，但从长期对日本的关系看来，大陆对他当日本汉奸的罪行好像不会轻饶。为此，他只能辗转托人往大陆老家探查情况，然而，多年的探查都杳无音讯，金不换最后的希望也近乎破灭了。苦于无后人接班，无奈之下，他收养了一个义子金鸿志，可这个义子历来品行不端，成事不足，败事有余，老头子的身后安排终成他的一块心病，故而他就更加思念在大陆的儿孙……

这次，酒店闹出个人命惨剧，不承想倒意外地使金不换找到了自己的亲人。当时，阮吟香把死者的真实姓名和惨剧发生的经过告诉给金不换，金不换突感心潮翻滚，腑内隐隐作痛。这种奇异的感觉据说只有血脉相连的亲人才有，这使得金不换下意识地联想到这个惨死的大陆女孩杜小鹃也许与杜家真有血缘关系，这个意念折磨得金不换寝食不安。他决定派人到福州把杜小鹃的身世探个明白，但是派谁去呢？由于事关个人隐私，唯一可去的人只有义子金鸿志。金鸿志前脚刚去福州，金不换立即就觉得自己考虑欠妥，但已经追悔莫及了。

金鸿志贪婪、阴毒，又自私、怕死。金不换不是不知道，所以酒店闹出人命案时，金不换气得狠狠地甩他一记大耳光。但这一记耳光和杜家人的出现，在金鸿志看来那是动摇他作为杜大耳巨额财产继承人地位的信号。金鸿志警觉起来，为了保住自己的继承人地位，他一边尽量迎合老人的心愿，一边满口答应老人到大陆去寻找杜家的亲人；此外，金鸿志暗中策划设下圈套除掉金不换，以便全盘接管金不换的产业，日后独自享受荣华富贵。

金鸿志一到福州，很快就查到杜小鹃有个哥哥杜心宇，还摸清了杜家在新中国成立后因历史反革命问题牵连而遭遇的种种不幸。令金鸿志大吃一惊的是，他查出来杜小鹃的爷爷叫杜大耳，而大陆叫杜大耳的人就是今日在台湾的金不换。他立即意识到面前已隐藏着一个巨大的威胁，那就是：如果金不换知道自己还有一个亲孙子杜心宇，那么他这个义子就彻底失去了作为董事长金不换继承人的合法地位。膨胀的遗产占有欲令他恶从胆边生，他决定立即除掉这心腹之患。于是，金鸿志以买画为名到了杜家，趁杜心宇不注意，用高压电棒击昏了他。正要下毒手时，突然窗外飞来一个小石块，击中他的手腕，他见有人窥视，便慌忙逃走。

救杜心宇一命的是阮吟香。自杜小鹃惨死后，阮吟香便心负重荷，深感杜小鹃是为她而丧命，她必须完成杜小鹃帮助哥哥的心愿。这时，正巧金不换觉得派金鸿志去福州有欠妥当，便叫她暗地也去福州查询，这正合阮吟香的心意。她到了福州，也很快查清了杜小鹃的身世。当她去造访杜心宇时，恰遇金鸿志欲对杜心宇下毒手，她急中生智，抓起窗下的一块小石头扔过去，吓走了金鸿志，救了杜心宇一命。

两人从福州先后回到了台湾宜兰。金鸿志对老头子说，原住地查不到杜小鹃的下落，其他情况也没有线索可以追踪，只好空手返回；而阮吟香却对金老板道出了杜家前前后后几十年的真情。金不换听到妻儿因受他牵连被折磨致死，幸而还留下一对孙儿孙女，真是又悲又喜。但当知道杜家园埋的大陆"偷渡"女子杜小鹃就是他的亲孙女时，他不禁老泪纵横，悲伤不已。

此后，金不换照着阮吟香的叙述，急盼着孙子杜心宇来台，哪知爷孙在杜家园相见却无法相认，至于孙子一旦得知自己当过汉奸的爷爷还活在世上，会不会认他这个爷爷，老头子心中一点把握也没有……

四

在金不换愁肠百结暗中流泪的时候，杜心宇正站在妹妹的墓前。他指天发誓，一定要为妹妹报仇，讨回公道。但凶手野田太郎已逃回日本，杜心宇一个流浪台岛的文弱书生，又是一个"偷渡"入台之辈，在异地他乡能有几多能耐呢？

在杜心宇徒唤奈何之际，野田太郎竟从日本又飞到台湾来了。三个月前，他在台湾闹出个人命案，就惶惶逃回日本做了断舌再植手术，而后就躲在家里窥探外面的动静。这次他是听了金鸿志的密报，知道他闹出的人命案竟牵出了许多不为人知的隐情，这使他欣喜若狂，急忙与坐在轮椅上的祖父——当年侵占福州的日军宪兵少佐野田村夫密谋一番，打算杀个回马枪，趁机敲诈一把。

在野田太郎偷偷飞到台湾的第二天，金鸿志就谦卑地站在金不换面前，说出一件严重的事："干爹，都怪我惹祸，那个日本人野田太郎找上门了。他说，他被酒店女招待咬断舌头，是老板蓄谋陷害，那个坠楼死去的女子不是阮吟香，而是一个'偷渡'来台的大陆女，整个陷害事件的幕后策划人便是义父您。他要在台北召开记者招待会，将事件真相公布于众，然后再告上法庭，通过国际法，索取巨额赔款。搞不好，义父您不但财产要被罚没，而且还会被判刑……"

金不换听了之后，表情很冷静，他不屑地说："胡扯！他一个日本浪子，不过是一条小泥鳅，看他能掀起多大风浪？我要指认他是强奸犯、是凶手。要曝光就让他自我曝光去吧！"

金鸿志说："义父，事情闹大了总不好，花钱消灾还是上策。野田太郎表示，为了中日亲善，他可以忘掉以前不愉快的事情，只要我们善意跟他合作，比如给他一笔美金，或是合办一个公司，我们来推销野田电子公司的产品，让他占个大股，这事——还是私了为好。"

金不换这下来气了："这小子想得倒美，他们要趁火打劫，鲸吞我金不换的财产，办不到！"

金鸿志见老头子软硬不吃，踌躇片刻，甩出了杀手锏："义父，野田太郎的祖父，就是当年福州沦陷时的日军宪兵队长野田村夫少佐，让孙子私下代他向您致以亲切的问候。他说五十年前，您和他合作得很好，他相信他孙子今天一定会和杜大队长合作成功。这样，您老人家当年在大陆的所作所为，就成了公之于世的可怕秘密了。"

"哦，原来如此——"金鸿志的话，像一颗子弹击中金不换的心脏，老头子愤怒地对金鸿志骂了一声"好歹毒"！人一下子颓丧了下去。金不换隐瞒了汉奸历史五十年，最怕的就是别人揭他的老底。他慌乱地喘息着，许久才嗫嚅地说："看来我不得不跟日本人再打一次交道了。志儿，你去对那野田小子说，让他三天后来见我。"

金不换叼着雪茄烟，在客厅里踱来踱去，他已完全醒悟到，叫金鸿志去福州是一个彻头彻尾的错误，不该让这个义子摸到了自己当初做汉奸的底细，有了让他钻营的空子！眼下，他还暗通日本人，无非是借此来挟制他，敲诈他，如此不择手段，以达到侵吞他亿万家财的目的。现在他该怎么办呢？老头子苦思多日，便找了他生死之交的老部下阮老哈商量。阮老哈与他相伴几十年，虽已看破世事，执意做一个守墓人了此残生，但听说老上司有难，还是乐于为老朋友两肋插刀，万死不辞。

金不换通过阮老哈在杜家园约见杜心宇，他强抑住心中的悲痛，不提一句爷孙相认之事，只是将杜小鹃来台的死因告诉杜心宇，并谈了报复野田太郎的想法，杜心宇报仇心切，答应配合行动。金不换给杜心宇递过一只手枪，黯然地说："你带上这个吧，台湾的治安不好，你可以防个意外——再忍耐几天，我们将把有关的安排通知你。"杜心宇点了点头，直勾勾地望着两个老人，顺从地接过手枪。

五

杜心宇用拿笔的手来握着手枪，莫说多别扭。但为了替妹妹报仇，他还是敢于向残害妹妹的凶手射出复仇的子弹。但这个机会真的能送上门吗？他对两个老人能有诱敌上钩的奇妙安排半信半疑。孤独、烦躁让他的心七上八下，他不由得长叹一声，无奈地把手枪扔在桌子上。

几天来，杜心宇都在痛苦和迷惘中挣扎，若不是阮吟香在他身旁，他不知道自己怎么熬过这难挨的时日。这天夜晚，杜心宇独坐在走廊上，望着夜空沉思，只见阮吟香向他走来，默然地坐在他的身旁。四目相对，阮吟香那一双深邃而明亮的目光似乎要穿透他的心，使他顿时感悟到自己的内心世界是多么空虚。他沮丧地说："吟香，我太无用了！"

阮吟香牵过杜心宇的双手，真挚地说："在最困难的时候，需要的是最大的忍耐——小鹃最理解她的哥哥，她在天上注视着你，你不要泄气，她正盼望着你能早日出诗集，办画展，开音乐会，她还盼望着你给她找一个又甜又美的嫂子。"

"我害怕这一切终将成为一个又一个幻影……"杜心宇低下头，不敢对视阮吟香的眼睛。

"不，我们一齐努力，一定会实现小鹃的遗愿。"阮吟香的眼睛如同燃起的一堆热焰。

"谢谢你！谢谢你！"杜心宇心中一阵火热，紧紧地握住阮吟香的双手，两人情不自禁地偎依在一起。

黑夜里，杜鹃鸟叫起来了，叫得人心魂战栗。杜心宇无法镇静自己，他指着墨黑的天空，神色凝重地说："你听，这是小鹃在呼唤，在流泪，在啼血，我怎能在这里虚度光阴呢？吟香呀，快告诉我，我该怎么办呢？"

阮吟香沉思了片刻，安慰他说："你别急躁，我有预感，明天就有你干的事了。金老板——也就是你的爷爷杜大耳，他不会白给你一支手枪，听他的安排吧。"

杜心宇不便再说什么，虽说他最忌讳有人提起爷爷杜大耳，但此时又不得不问几句："吟香，我来到台湾好些天了，整个人都飘浮在噩梦之中，晕晕乎乎的。你实话告诉我，金老板真是我的爷爷？可我在大陆的乡里乡亲，人人都说我爷爷杜大耳早已死了，我也认定他早该在这世上消失了。他害苦了我们一家人，他的过去，说出来，实在叫我无地自容……"

阮吟香声调凄然地回答："我到过福州的杜家村，金老板真的是你的亲爷爷。不过，他和我当汉奸的爷爷一样，他们都无法走出历史的阴影，都无法坦然面对现实生活，最可悲的是，他们至今还是想回又不敢回大陆……"

阮吟香不再说了，杜心宇也无语，两人默默地偎依到天亮。

六

天亮了，驼背老人阮老哈背着双筒猎枪带着两只猎犬去巡山溜达。杜心宇也想再到妹妹的坟上看一看，阮吟香便把桌上的手枪塞在他手里。两人正要出门，阮吟香看见金鸿志从一条山路的小石阶登上来，她急忙把杜心宇推进里屋躲避。

金鸿志进了小宅院，神情慌张地对阮吟香说："快跟我走，野田太郎已捕到风声，带着一群记者到这里来了，若是被他们撞见，那起人命案就全露馅了，我们也就都完了。"他边说边拉阮吟香往外走。

阮吟香甩开他的手，沉下脸怒斥道："金鸿志，你又耍鬼花样了！说，你要拿我做什么交易？"

金鸿志摇摇手，急忙辩解说："你误会了，我冒险来搭救你逃出这灾祸之地，是出于我对你长久憋在心中的爱。你若不相信，我可以跪下向你表白我的心迹——苍天可鉴啊！"金鸿志真的单膝下跪，一手按在胸口，一手指向青天，喃喃自语。

这时，闪光灯的亮光猛闪了几下，闯进来两个记者模样的人。一个拍照，一个举起摄像机，紧接着屋外走进矮小的日本人野田太郎。他断舌再植后，发音明显不正，突然怪声怪气地叫起来："哎哟，太精彩了。这样的镜头经过媒体的传播，可风靡全台湾岛了。阮小姐，恭喜你死而复生，请接受我的邀请，到一座幽美的别墅小憩几天，也让我有机会近距离地欣赏欣赏你这小美人的风姿——别躲闪了，只等我和金老先生谈判成功，你就可以自由回家了。"

两个记者上前要架走阮吟香，阮吟香全力挣扎，破口大骂："卑鄙！无耻！"金鸿志躬腰对野田太郎嘀咕了几句日本话，正在兴头上的野田太郎嘲讽地说："金先生啊，你是我的朋友，我怎好抢食你口中的肉？"他说完狂笑不已，放肆地抚摸着阮吟香的脸庞。

"你们这些禽兽，都举起手来！"一声断喝，杜心宇突然出现。他握着手枪，过度的愤怒和激动，使他的手在颤抖，枪也在颤抖。

金鸿志认出持枪的人就是在福州见过面的杜心宇，惊恐得两腿直打哆嗦，他生怕自己也被对方认出，慌忙举起双手抱着头遮挡自己的脸。

野田太郎倒是老练镇定，他盯着杜心宇颤抖的手，心想这不是个玩枪的人。但不会玩枪的人却会胡乱开枪，因而他也不敢造次，赶忙故作友善地说："朋友，别动怒，凡事可以商量，没有解不开的结，只要大家都好就行。"

"闭上你的狗嘴!"杜心宇抢上一步将枪口顶住野田太郎的鼻子,像个威严的执刑官宣读着判决词,"野田太郎听着,你这个衣冠禽兽,害死了大陆来的女招待杜小鹃,你恶贯满盈,今天撞上我的枪口,休想活命!台湾是中国土地,岂能允许你们小日本野兽在此横行!"他仰天呼喊一声:"小鹃呀,哥哥为你报仇来了!"随即扣动了扳机。

四周的空气仿佛凝固了,但枪声没有响起。少顷,野田太郎发出一阵狼嗥似的狂笑声:"哈哈,你小子还不会玩枪啊!"他顺手夺过杜心宇手中的枪,"来,我教你,要打开保险栓,让子弹上膛,这才可以打死人呀!"

杜心宇愤恨地圆睁双目,索性扑向野田太郎,而小日本一闪身,他扑倒在地。野田太郎侧过脸问金鸿志:"他真的是杜小鹃的哥哥?"金鸿志悻悻地说:"假不了,也是从大陆偷渡来的。"野田太郎又一阵怪笑:"真是天助我也,我又多了一个与金老头子较量的筹码!"

趁这伙人得意忘形之时,阮吟香挣脱开记者的拉扯,牵起杜心宇往屋后逃跑。两人刚穿入竹林,不料杜心宇被一根木桩绊倒,记者紧追而上摁住他,阮吟香赶忙回身施援,结果两人双双被捉住。

见此情景,野田太郎又对金鸿志挖苦地说:"金先生,看到了吧,阮小姐这舍命救人的一幕,是不是正说明到嘴的肉被他人吃了?"此话激得金鸿志妒火中烧,他握紧拳头要上前狠揍杜心宇,被野田太郎喝止了。

这伙人扭着杜心宇和阮吟香离开小宅院,他们走到山路的一个拐弯处,那里停放着一辆面包车。就在此时,只听到两声呼啸,从林子里窜出两条凶猛的猎犬,扑向两个记者。金鸿志见状大惊失色,尖叫着:"快逃,这猎犬会咬死人的!"他和野田太郎慌忙转身逃命,狂奔中只恨父母没给他们多生两条腿,一路上连滚带爬,在靠近杜家园墓地的山冈上,两人再也跑不动了。他们坐在地上,气喘吁吁、六神不定,只听见群山回荡着猎犬狂叫声,此起彼伏,犹似千军万马围杀过来……

事态如此急转直下,这是野田太郎万万想不到的。他发狂地对金鸿志咒骂道："你这该死的支那人，老子怎么会听信你的鬼话，上次断了舌头，这次又被猎犬夺命追逐。你利用老子来夺取金老头子的财产，老子得到了什么？算是老子瞎了眼，攥上你这条无用的恶狗！"

失魂落魄的金鸿志像狗一样摇尾乞怜，讨好地说："野田先生，你千万不要泄气，只要我们设法走出这鬼地方，何愁老头子的金钱不落到我们的口袋里？"

野田太郎一脚踢倒了金鸿志，歇斯底里地吼着："死啦死啦的，我们已落入了金老头子的圈套！"

两人跌跌撞撞一路争吵着走入杜家园墓地，随着山间的一团烟雾散去，只见金不换着一身猎装、背着猎枪威风凛凛地站在杜家园第 100 号墓碑前。这块墓碑新换上的碑文刻的是杜小鹃的名字，墓前的石案上放着三碟供果，燃着三炷香；墓碑的两侧排列着如火一样红的一丛丛杜鹃花。金不换缓缓转过身来，用阴鸷灰暗的眼神瞟一眼金鸿志，咬牙切齿地说："金鸿志，你站起来，告诉我，刚才野田太郎的话全是鬼话，黑话，假话——你说：我不是一条走狗，我是一个中国人！你说呀，大声地说，我给你美金、股票、酒店……"

金鸿志抖抖索索地站起来，正要开口，但一碰上金不换那一双阴鸷而灰暗的目光，却垂下了头。野田太郎见状狂笑不已："金老头子，你不要逼人太甚，撒泡尿照照自己吧，五十年前，那个叫杜大耳的人恰恰就像狗一样蹲在我爷爷野田村夫的脚旁，据说那神态要比金鸿志更加狼狈一百倍，一千倍！"

这话犹似万箭穿心，金不换的脸色刷地苍白了。他趔趄几步，塞给金鸿志一支手枪："拿着，趁着还有赎罪的机会，如果你是一个中国人，为着死去的中国姑娘杜小鹃，你就向这个强奸犯、杀人凶手开枪！"

金鸿志畏缩地接过枪，可他的手一哆嗦，手枪掉落在地上。野田太郎早已掏枪等候，他轻蔑地说："我这支枪是那个杜小鹃的哥哥给的，他不会玩枪，却敢向我开枪。而这个金鸿志——杜大耳先生，他是你的义子，是你挑选的继承人，他和你是一路货色，你还指望他为你复仇——哼，中国人，你们只会同族相残！"

面对野田太郎的侮辱和挑衅，金不换顿觉心如刀割，他果断地朝着野田太郎举起了猎枪。就在他扣动扳机的一瞬间，野田太郎却抢先开火了，一粒子弹射向金不换的胸膛，可是金不换没有倒下，野田太郎惊愕地发现手枪里射出的是一粒橡皮子弹。原来金不换给杜心宇的手枪只为了让他壮胆，子弹却不会致人死命。野田太郎见状气急败坏地把手中的枪扔掉，急速地从口袋里又掏出了一支手枪……

"砰！"一声枪响，野田太郎"啊"了一声，手枪落地了。他手按住胸口，鲜血从他的手指缝里流出来，矮小的身体佝偻着慢慢地倒下了。这一突然降临的枪声，把金鸿志也惊吓得瘫倒在地了。驼背老人阮老哈瞧着双筒猎枪的冒烟枪口，露出了不屑一顾的微笑。在他的身旁站着杜心宇和阮吟香，还蹲着两条腾身欲扑的猎犬。刚才，他们三人把两个记者捆绑在树干之后就赶来了，这两个记者是冒牌货，是金鸿志雇来的台湾歹仔。他们三人赶到这里，正好把金鸿志和野田太郎的丑恶表演看得一清二楚。

金不换看见野田太郎中弹倒地，上前几步，踢了他一脚，带着遗憾又责怪的口吻对阮老哈说："老伙计，你怎么抢先开火了？这一枪应该由我杜大耳亲手击射的呀！"

阮老哈竭力挺直腰身，吐出一口长气，说："我阮老哈的脊梁骨里至今还残留有一颗日本人的子弹，这是当年日本人野田村夫醉酒时给我这个当走狗的奖赏，他让我五十年来都挺不直腰杆做人。腰身残疾的我驮着背一直都在梦想有一天也能还他一枪，我等了五十年了。今天我看见这个酷似野田村夫的日本人又要行凶杀人了，旧恨新仇让我忍不住就抢先开枪了。我的老哥啊，这一枪就算是我们老哥俩一起为清还当年的孽债而开的火哟。"

金不换点了点头，又自我解嘲地说："我老眼昏花，怎么就看不出这日本小子从长相到德性都像他爷爷，不然能让你的枪中了头彩？唉，谁叫我们当年是同上贼船的难兄难弟哩！阮小弟记住：警方要是审讯问起，我们就一口咬定来此打猎，看见从浓雾中模模糊糊有一头野兽冲出，咱老哥俩就急忙自卫开枪了——顶他个误伤的罪吧！"

金不换将猎枪重又背上肩，他长长地吁了一口气，慢步走到第 100 号杜小鹃的墓前，把一丛丛如鲜血一样殷红的杜鹃花搬上墓桌，点燃香火，躬着身，流着泪，很伤感地说："小鹃，我有罪，我不配做你的爷爷。我在痛苦中煎熬了五十年，我认罪，我悔罪，但还是找不到自己的灵魂归宿。天理昭彰，我和心宇替你报了仇，我相信善恶终归有报。你就安息吧！"

天地一片茫茫，杜鹃鸟在墓地上空淌血似的啼叫，杜心宇知道这是妹妹在吟唱《杜鹃之歌》，她要哥哥带她的魂儿回到大陆故乡去。望着金不换那一张挂满泪珠的老脸，他怎么也难以从这张老脸上读出这个人就是负有国恨和家耻的爷爷杜大耳。杜大耳感慨万千："孙儿啊，像爷爷这样一直不敢回大陆老家的人，他的心里又是多么渴望能早一天回家啊！"杜心宇想对爷爷说，也许你终老将要在台湾作为一个杀人犯被关进牢狱，不过在我的心里，作为杜大耳的那个人他早已死了呀……

# 白头花烛

文/彭霖山

刘奇看完刘方的唱和词不由大吃一惊，肚内思忖道：我这弟弟难道竟是位花木兰？

20 世纪 80 年代后期，有位叫刘奇的花甲老人跨越海峡，从台湾来到大陆地处边远山区的绿竹村，与一位叫刘芳的花甲老人团聚并共偕连理。举行婚礼那天，乡亲们杀猪宰羊，热烈庆贺。新郎倌刘奇满怀激情地泼墨挥毫，撰写了一副悲喜交加的对联：

订丝萝于年少，偕花烛乃白头。

这副对联贴在大门口，引得路人驻足观看，乡亲们纷纷为之唏嘘感叹。原来，这其中有一段辛酸感人的故事——

1944 年的初冬，一场纷纷扬扬的大雪将芙蓉镇打扮得银装素裹，分外妖娆。这天傍晚，镇上小酒馆的刘义发老夫妇因为天冷客稀，正要打烊关门，突然闯进父子俩前来投宿。也许是饥寒交迫的缘故，这一老一少冻得浑身哆嗦，进门便挨近炉灶烤火。刘义发见状动了恻隐之心，晓得是远方来的客人，急忙烫了一壶热酒，炒了一盘子菜招待这父子俩。一番暖和之后，这一老一少恢复了元气，便开始与店老板攀谈。老者自报家门姓江，本是南京一家工厂的老工人，因战火连绵，工厂倒闭，加之老伴新近亡故，父子度日艰难，所以决定回原籍赣西老家。一路颠簸，又遇上狂风大雪，道路受阻，只好早早投宿，给小酒馆添麻烦来了。刘老板豪爽地连连摆手说不碍事，五湖四海皆兄弟，何必如此客套。接着便仔细打量老人的儿子。这少年模样挺俊秀，似乎很腼腆，问他名字和年龄，他只回答一句话："江方，十四岁。"便脸红耳赤了。

孰料天有不测风云，人有旦夕祸福。江方的父亲因年迈体弱，在路上又受了些风寒，当天夜里就病倒了，第二天竟起不了床。江方想为父亲请个郎中诊治，无奈盘缠早已用完，拿不出钱来，急得直哭。倒是刘老板夫妇心肠蛮好，见此情景，当即安慰江方，并亲自从镇上请来郎中把脉开药。然而，几剂中药服下后，老人的病情仍然不见好转，终于撒手西归。江方痛不欲生，哭得死去活来。刘老板又发善心，给死者置办了棺木，将他安葬在屋后的空地上，然后安慰江方道："孩子，我本想让你回乡找个亲戚，把你父亲的棺柩运回赣西老家，但如今兵荒马乱，你年纪又小，你暂时先在我家住着，等日后有人往赣西走时你再一块回去，怎么样？"

江方听罢，当即感动得"扑通"一声跪到地上，泪如泉涌，大放悲声："二老对我父子的恩德，我今生来世都报答不尽。如果不嫌弃，就让我做你们的儿子，我定当结草衔环，孝顺二老！"

刘老板夫妇虽说已进入花甲之年，但一直膝下无子女，还真有收养一个儿子的打算，如今听江方这么一恳求，不由喜出望外，当即双双扶起江方，认了这个义子。当下，江方改姓为刘，但仍以"方"为名。从此，刘方对刘老板夫妇恪尽孝道，脏活累活抢着干，好吃的东西留给父母吃。而刘家夫妇也视义子为己出，好生对待，三口之家和和睦睦过着舒心的日子。

光阴过得真快，倏忽间一年过去了。次年春上，连着下了几场暴雨，芙蓉河里山洪暴涨。这天刘义发正在河边观看大水，猛然发现上游漂下一个人来，便急呼镇上的人打捞上岸。一瞧原来是个少年，年龄与刘方相仿，已经气息奄奄。经过抢救后，少年逐渐苏醒过来，在众人的追问下哭着说出了自己的不幸遭遇。原来这少年叫刘奇，原籍山东，自小随父母在外地经商，但由于兵荒马乱生意不景气，父母准备带他返回老家。岂料半路上遭遇日本兵下乡"扫荡"，父母惨遭屠杀，刘奇死里逃生，沿途乞讨，今早路过芙蓉河上游的木桥时，猛然间一阵头晕目眩，从桥上栽落下河……说到此间，刘奇早已泣不成声："我已无依无靠，安身无门，还不如死了为好！"

　　刘义发责备道："小小年纪，怎能说出这等没志气的话来，以后的日子长着哩！如果愿意就到我的小酒馆里做个小伙计，以后寻着了亲人你再去投奔不迟。"

　　众人于是拍手称赞刘老板又做了一桩善事，刘奇自然喜不自禁，当着大伙的面给刘老板磕了几个响头，拜他为干爹。

　　刘义发无意中又收了一个儿子，高兴得笑眯了双眼。当即将刘奇带回家中，把经过向老伴和刘方叙说了一番，两人也很高兴。因为刘奇比刘方大三个月，于是刘方便拜刘奇为兄长。从此，两兄弟同眠共食，友情一天深似一天。刘奇自幼读了不少书，经常利用空闲时间教刘方读书识字。而刘方天资聪颖，长进很快。刘义发夫妇看在眼里，喜在心中。小酒馆里增添了活力，从此生意日渐兴旺。

　　斗转星移，转眼又过去了两年。然而，福兮祸所伏，这年春上，刘义发夫妇突然染病，先后不幸去世。刘奇、刘方悲痛万分，如同死去亲生父母一般。两人含悲带泪，为老人操办了葬礼，一俟后事料理完毕，两兄弟商量了一番便停了酒店，开办布店，生意倒也越做越红火。镇上的人见刘奇兄弟俩这般聪明能干，纷纷上门为他俩提亲。刘奇心想屋里再添上两个女人也挺方便，几次想答应，无奈刘方以年纪尚小为由执意不肯，刘奇也不好勉强，只得将这婚姻大事暂且搁过一边。

　　一天，刘奇无意间发现有燕子在房梁上做窝，竟触动了心思，便在

白头花烛

223

墙壁上题了一首词："营巢燕，双双雄，朝暮衔泥辛苦同；若不寻雌来繁衍，巢成毕竟巢还空。"

刘方见了兄长的题词，自然明白词中的含意，笑着吟咏了数遍，随后也提笔唱和道："营巢燕，双双飞，雌雄并肩事久期。雌已得雄愿自足，雄兮将雌胡不知？"

刘奇看完刘方的唱和词不由大吃一惊，肚内思忖道：我这弟弟难道竟是位花木兰？难怪他那么柔弱娇嫩，就是盛夏酷暑也都和衣而卧！但又不好贸然追问，于是假装不懂这词的意思，要求弟弟再和一首。刘方只得又题道："营巢燕，声声叫，莫使青春空岁月。可怜和氏璧无瑕，何事楚君然不识。"

刘奇读完和词，不由脱口而出："弟弟，想不到你竟然是位女子。"

刘方顿时羞得满脸通红，掉头要走。刘奇急忙扯住道："你我这么多年来情同骨肉，何必隐讳？但我不明白你为什么要女扮男装？"

刘方紧皱眉头，痛苦地垂泪答道："都因兵荒马乱，父亲担心路上不方便，就让我扮作男孩。后来父亲亡故，义父收养了我，只好将错就错，不敢再还女儿之身。"

刘奇听罢大喜，当即执着刘方的双手深情叹道："刘方啊刘方，你我同床数年，情同手足，瞧你词中也有伴随我的意思，我也不想再娶其他女人。我们从前是兄弟，现在做夫妻，恩义两全，岂不是天作之合吗？"

刘方低着头含羞应道："如果兄长不嫌弃，我愿做你的妻子侍奉身边，但必须明媒正娶。"

刘奇大喜过望，连忙点头答应。刘方立即改名刘芳。当天晚上，两人分床而卧。第二天大清早，刘奇便在镇上请了位长者做媒，然后选择了一个黄道吉日准备完婚。

岂料就在成亲的前一天，国民党的一支败兵部队路过芙蓉镇，刘奇被强行抓了壮丁，从此下落不明。刘芳苦苦盼望心上人像燕子南归，望眼欲穿，却一直是泥牛入海无消息。后来，她便回到赣西老家绿竹村准备叶落归根。又谁知四十年后，情郎突然从海峡彼岸归来了……这桩白头花烛的婚姻自然轰动了四乡八村，人们传为异事，无不感叹！✎

# 香浓的桂花酒

文/萧吉州

他转身向法官大声说:"这官司不打了,她是我妻子,我们是一家人。"

## 一

1949 年,廖识义在国民党青年军某部当连长,半年前刚和一个名叫桂花的姑娘结了婚。桂花姑娘家住赣南桂花村,是村里的小学老师。她中等身材瓜子脸,乖巧小嘴妩媚眼,是村里有名的俏媳妇。

那时,解放战争打响了,解放军很快打过了长江。国民党部队溃不成军,纷纷向南逃窜。廖识义舍不得把新婚娇妻留在家里,就回家带上桂花随部队南下,要把桂花带去台湾。两人来到厦门,码头上人山人海,都是要逃往台湾的。好在青年军是国民党的"王牌军",优先安排上船。

在登海轮时，国民党保安团的卫兵看了廖识义的证件，一把将桂花拦住说："不准带家眷赴台。"廖识义双眼一瞪，指着刚上海轮的团长说："他怎么可以带家眷？"卫兵没好气地说："你是团长吗？"廖识义无话可说，这时他才知道带家眷赴台要校官以上的才有资格，可自己只是一个尉官。这下他傻了眼，不能带家眷怎么办？人都到了厦门啊！叫桂花回家，千里迢迢的，一个弱女子，在这兵荒马乱的时局能不出问题？时间不允许他犹豫，卫兵猛然推了他一把，怒斥道："快上船，别挡了别人的道！"他一个趔趄跌进了船舱。桂花见状魂都没了，大声呼叫："识义——"廖识义从船板上爬起来，猛一转身就要挤下海轮，但被身边的士兵拽了回去。因为这时海轮已经开动了。

桂花看着海轮载着丈夫远去，泪水夺眶而出。她人生地不熟，举目无亲，也不知要去哪里。昏昏沉沉不知走了多远，迎面一辆小轿车开了过来，"嘎"的一声在她身边停下，从车上下来一个五十来岁的军官。那军官打量了她一眼，见她长得如花似玉，就上前问："姑娘要去哪里？怎么一个人单独步行？"桂花看着面前这位长官，抹了一把泪水，就把自己要和丈夫去台湾被卫兵拦了下来的事说了。长官听了后说："姑娘，我带你去台湾寻找你丈夫好吗？"桂花一听抹去脸上的泪水，"扑通"一声跪下说："谢谢长官！"长官伸出双手扶她起来上了车，车上还有两个打扮得花枝招展的女人和一个青年男子，大概是长官的太太和家人。

长官领着桂花要上海轮。卫兵一见长官，忙点头哈腰让路。桂花怒瞪了卫兵一眼，卫兵一怔，忙讨好地说："对不起，刚才我有眼无珠，请多多包涵！"

二

桂花到了台湾，暂时住在长官家里。家里的太太、姨太太见丈夫又带了一个年轻漂亮的女人回来，心中很不是滋味，把她视为眼中钉、肉中刺，可是有长官护着她，一时也不便翻脸。桂花和长官一家同住一幢别墅，同一桌吃饭，长官还派人给她买了旗袍、高跟鞋，让她涂脂抹粉，打扮得和姨太太一样。桂花很不自在，就主动找些事干，如打扫卫生什么的。可是长官不让她干，要她天天陪着太太、姨太太摸麻将。桂花就像被关进笼子的鸟，由不得她自己了。她常常问长官打听到自己丈夫的下落没有，可长官总是说目前还没有消息，再耐心等等。

一天长官去上街，把桂花也带上了。长官对桂花说："你到台湾也个把月了，还没出去见见世面，今天好好逛逛。"在长官家住了这么多天，她已经知道长官叫蒋远庆，是国军的师长。车开进了闹市，蒋师长问桂花："台湾好吗？"她说："台湾是宝岛，怎能不好？"轿车开进"银河宾馆"停下，蒋师长带着桂花进了房间。桂花傻乎乎地问他到这里来做什么？蒋师长说："休息。"桂花一听慌了神，在这种地方休息不就是……她转身要跑，可是房门紧闭，她要开门，却怎么也打不开。蒋师长上前说："要走？不要我帮你寻找丈夫了？"桂花懵了，他这不是乘人之危？只得央求他说："蒋师长，你不能这样，我是有丈夫的人。"此时此地，蒋师长怎会放过她，上前一把抱着她按在床上。桂花极力反抗，可是一个手无缚鸡之力的弱女子，面对一个身材魁梧的军人，还不是羊落虎口？桂花就这样被他奸污了。

又过了几天，桂花问蒋师长，打听到她丈夫的下落没有？蒋师长重重地叹了口气说："我问了许多人，都说他下落不明，可能是渡海时掉下大海淹死了。"

这消息如同晴天霹雳，桂花差点昏倒，好在她扶住桌子才没倒下。她大声呼叫："不！不可能，我自己去找……"说着就要出门。卫兵一把将她拉了回来，说："人海茫茫，你上哪里去找？蒋师长都找不到，你人生地不熟的能找得到吗？"蒋师长上前搂着她安慰地说："你就跟我住下，我能养活你，为什么非要去找一个小连长？"桂花伤心欲绝，哭成了泪人。

后来桂花成了蒋师长的三姨太。尽管她不愿意，进了笼子的鸟还不是由主人摆弄？不久，桂花生了个小男孩，取名蒋振生。

三

1978 年，蒋师长出车祸死了。他一死，这个家的大权就让大太太把持了。她对桂花横加虐待，辞掉了保姆，把全部家务加在她身上。一个三姨太转眼成了保姆，整天不停地干活，还常常挨打，这样下去不要被活活折磨死？桂花过不下去了，就偷偷离开这个家。她从此改名叫春花，为了生活，让二十岁的儿子蒋振生买了一辆三轮车，帮人载客拉货。儿子曾是蒋家少爷，体弱无力，一天也赚不了几个钱。为了接济生活，年近五旬的春花只好到街头捡破烂。

台北一家酿酒厂的王副老总，见春花人虽然老了，但长得一副好模样，不像是捡破烂的，一定是遇上了什么困难。王副总很可怜她，眼看酒厂卫生员不够，问她愿不愿意到酒厂当卫生员？虽然工钱不多，但总算有碗饭吃，春花在走投无路的情况下就答应了。她知道这碗饭来之不易，工作很认真，因此很得王副老总的赏识，不久又调到酿酒车间，工资也增加了。不久儿子蒋振生也进了酒厂，安排在配料车间帮助配料。母子俩有了稳定的工作，干得很开心。

后来春花才发现，酒厂生产的酒是桂花牌，这酒顺口好喝，还带有浓郁的桂花香气，销路很广，酒厂赚了不少钱。春花触景生情，她本名叫桂花，家又在桂花村，桂花村盛产桂花，酿制的桂花酒闻名遐迩，历史悠久。可是在清末民初，战乱频繁，民不聊生，桂花酒厂就这样消失了。因为没了桂花酒厂，好多客商来村里买桂花，生产桂花饼、桂花糕、桂花香精、桂花糖，就是没有桂花酒。桂花酒曾是进贡皇上的好酒，可是失传多年，怎么在台湾又冒出来了？难道台湾桂花酒厂有桂花村的人？她不便打听，心想日后如有可能回桂花村，办个桂花酒厂也是一条路。因此她对酿造桂花酒多了个心眼，想暗中记下酿制桂花酒的配方和生产程序。

四

20世纪80年代末期，春暖花开，冰河解冻，两岸民众终于可以相互往来了。此时，春花恢复了原名"桂花"。桂花想要回桂花村办桂花酒厂，可是桂花酒的配方和生产流程还未拿到手。于是她耐着性子，在酒厂又干了一年，把所有生产原料及生产程序都搞得一清二楚，这才带着儿子蒋振生回到了大陆家乡桂花村。还没进村，扑面而来的是漫山遍野的桂花林，郁郁葱葱，香飘十里，这更激发了她开办桂花酒厂的愿望。她把这想法和村主任一说，村主任拍手叫好，说："我们村本来就是桂花酒的发源地，如今你要恢复办桂花酒厂，是全村人求之不得的好事。"桂花得到村里的支持，就到县工商局申请开办桂花酒厂，并递上了台北桂花酒厂的有关资料和销售情况。工商部门看了有关资料，认为桂花酒厂前景看好，就为她办了工商营业执照和商标注册手续。

经过十个月的筹建，厂房完工，设备安装就绪。剪彩那天，村里张灯结彩，鼓乐齐奏，桂花酒厂在鞭炮声中挂牌成立了。

几个月后，试产出第一批桂花酒。桂花一喝，觉得味道不对，酒味比台北的桂花酒淡，不仅没有桂花的香气，还有一股馊味，只能全部报废。

桂花懵了。这是怎么搞的？她在台北桂花酒厂酿制车间里工作了近两年，潜心学习配制技能，这次完全是按台北桂花酒厂的程序操作的呀，怎么会这样？她左思右想，难道是配料上出了问题？儿子原先在配料车间，她就问儿子会不会是配料有问题？蒋振生说："配料车间是酒厂的心脏，绝对保密，除了两个配料员能进入最后的制作车间外，任何人不得入内。"桂花知道了原因所在，就让儿子返回台北，千方百计要弄到最后配料的秘方。

蒋振生回到台北桂花酒厂，对王副老总说，他生在台湾，长在台湾，在大陆生活不惯，于是又回来了。王副老总见他这个熟练工回来，当然高兴，还是让他在配料车间做帮手。

一天，在配制过程中，蒋振生偷偷潜入绝密的配制车间，进了一个密室。看里面是一个大水池，水池里全是酿制好的酒正待配制，传送带不时把一簸箕一簸箕的桂花送进来，放在酒池上方，密室里蒸汽弥漫，热气腾腾，桂花的香气在热气中渐渐渗入酒中。这时，密室里蒸汽温度逐渐升高，蒋振生耐不住了，想要开门出去，可是门却被关死了，怎么也打不开。蒋振生急了，拼命敲门，最后只得打手机求救。等到技术员赶来，他已经昏迷倒地，最终还是没有醒来。

五

蒋振生在台北桂花酒厂配料车间伤重不治的消息传到大陆，桂花伤心欲绝，急匆匆地赶赴台北。酒厂老总廖凯元赴东南亚旅游了，王副老总接待了她，交给她一部手机，说是她儿子的遗物。桂花悲愤地责问王副老总："你们为什么要向我儿子下此毒手？"王副老总说："配料车间是酿酒的最后一道绝密程序，外人一律不许进去，你儿子为什么要偷偷进去？莫非想偷盗酿酒绝招？总之，他的死与我们厂方无关。"

桂花说："配料车间既然是绝密，为什么进了人都不知道？"她想告厂方，律师告诉她：厂方早有规定，酿酒重地闲人莫入，你儿子私自进入确实有过错，上了法庭也告不赢，不如接受厂方的抚恤金。桂花无奈之下只好如此。

办完儿子的后事，桂花在查看儿子的手机时，偶然发现手机存贮的短信中，记下了酿制桂花酒的绝招：利用高温高压使桂花香气渗入酒中。而桂花在家乡酿酒则是将桂花用水浸泡，把浸泡的桂花水掺入酒中，这样酒味就淡了。再说桂花浸泡后，会发酵变馊。丢了儿子一条命，才换来酿制桂花酒的绝招，这代价也太大了！

桂花打起精神，回到桂花村，就着手改造车间高温高压设备，不久果真酿制出了和台北酒厂一样香醇的桂花酒。桂花高兴得一口气喝下了一大杯自己亲手酿出的桂花酒，流着泪说："我终于成功了……"

桂花村的桂花酒源源不断地出厂销往各地。因为桂花酒厂的主要原料桂花就地取材，成本低，桂花酒的销路日益看好，以后又销往日本、菲律宾、新加坡等地。而台北桂花酒的销量逐渐减少，究其原因才知道大陆桂花村也办起桂花酒厂，而且比他们的更便宜。这下台北酒厂的老总傻了眼，大陆怎么会有他们桂花酒厂的秘方？再联想到桂花的儿子蒋振生死在配料密室，很可能就是去窃取配方。于是台北桂花酒厂就把桂花告上了法庭。

酒厂老总廖凯元对酒厂泄密的事很重视，开庭那天亲自出庭。开庭时，桂花缓步走上被告席，廖凯元一见到她眼睛瞪得老大，说："你……

你是桂花吗？"桂花一怔，看了他一眼，说："你是谁？我并不认识你呀。"廖凯元激动得大喊一声："我终于找到你了！"桂花一片茫然，怔怔地看着他。廖凯元说："我是你丈夫廖识义呀！"桂花摇摇头："不，我丈夫廖识义当年早就掉下大海淹死了。"廖凯元忙卷起左衣袖，一条两寸长的伤疤露了出来。那块伤疤是桂花和廖识义结婚不久，廖识义上树为她掏鸟蛋，从树上摔下来留下的。桂花一见，声泪俱下地说："识义，真的是你？你还活着？"廖识义破涕为笑地说："桂花，我不是好好的吗？"他转身向法官大声说："这官司不打了，她是我妻子，我们是一家人。"

六

廖识义带着桂花回到酒厂他的办公室，问："桂花，你是怎么到台北来的？"

一句话勾起了桂花心中伤心的往事，她把自己没能上海轮，走投无路之际遇上蒋师长以及后来的事，一股脑儿说了出来。廖识义一拳击在桌上说："这个坏蛋终究没得好死！"

桂花又问："你为什么改叫廖凯元？"廖识义说："是当初刚到台湾时蒋师长强迫我改的，说什么'廖识义'谐音'要失利'，不吉利，要我改叫'廖凯元'，谐音'要凯旋'。现在回想起来一切都清楚了，他要我改名，后来又派我出国，都是为了让你找不到我，让你死了找丈夫这条心，好死心塌地跟着他。"桂花恍然大悟，喃喃地说："原来是这样。"

廖识义问桂花："你在大陆怎么也想到办桂花酒厂，而且生产的酒和我厂的一个味？可是盗取了我厂的秘方？"桂花毫不隐瞒地说："是的。早知道台北的桂花酒厂是你办的，我就不必来偷桂花酒的秘方了，也就不会断送了我儿子的性命。"

廖识义开导她说："人死不能复生，你不要太悲伤了。"桂花说："不管怎么说，儿子总是从我身上掉下的肉。"廖识义说："不说这些，今天是我们重逢团聚的日子，应该高兴。"桂花的泪水又流出来，她说："我在你厂打工好几年，你当老板怎会不知道一个叫桂花的女人？"

廖识义说："你在厂里不是叫春花吗？再说我在台北还有好几个公司，酒厂的业务一直都是王副老总管着，所以才会错过相见，你就不要过多责怪我了。"桂花听着默默点头。

桂花起身理了理廖识义斑白的发丝，嗔怪地说："两岸开放都几年了，你怎么不来桂花村找我，你好狠心呀！"

廖识义说："你冤枉我了。两岸开放后，我第一批就回桂花村找你，我想和你在桂花村办桂花酒厂。可是当我回到村里，见到桂树阿公，向他询问你的消息，他告诉我说，自 1949 年我带你去台湾就再也没回来过，他还以为你在台湾和我在一起呢。"廖识义抹了一把泪又说，"我听了桂树阿公的话，以为你凶多吉少，心中似猫抓一样难受。我又到了厦门等地打听，都没有你的消息，我还以为你已经不在人世了……"

廖识义把桂花带回家，桂花见家中有一对年轻男女，就问："他们是……"廖识义说："是我儿女，可惜他们母亲十年前就因病去世了。"

桂花有些伤感地说："天注定你要再娶，我要再嫁。我们好好的一对，就这样阴差阳错地错过了。"

廖识义的儿女听说了父亲和前妻桂花的不幸遭遇，非常感动，走到桂花身边真诚地说："我们亲妈已不在了，您就是我们的妈。"桂花动情地把他们俩紧紧搂在怀里……

# 荧屏会亲

文/庄小燕

方大爷看了乐呵呵的："这下，我能见到我的龙儿了，我们父子别离五六十年，现在可以天天见面了！"

"这辈子只要能见上大龙一面，我就是死也可以闭眼了。"自从方大爷和远在台湾桃园的儿子通上电话后，这就成了他唯一的夙愿，成了他几乎每天都要向女儿小凤唠叨上几遍的话题。

"爹你又来了，不知跟你说过多少遍了，这事现在很难办得到的呀。"也已年过花甲之年的女儿小凤一听到老父亲这样的唠叨，就会情不自禁地皱起眉头，并尽量用婉转的口气打发他。

"就因为我是个瘫老头，再也站不起来了吗？"九十多岁的方大爷拉下了脸，赌气地撅起了嘴巴，那神情就像一个小孩子。

"这事爹你清楚，大龙哥和你一样瘫倒在床上，无法回大陆看你来了。"

方大爷再没话可说，女儿小凤的话一点也没错，早在十几年前，儿子大龙就在一场工伤事故中，落了个半身不遂，成了卧床不起的残疾人。这一切，他们父子俩也早在通电话时都知道了。但是，不知为什么方大爷总是要明知故问，每天冲着女儿小凤唠叨上这么几句，好像他们父子不能见面是小凤给造成的。

其实，谁都明白方大爷父子俩五十多年没见面的原因，都是战争给造成的：1949 年，年仅十六岁的方大龙被国民党军队抓壮丁去了台湾，父子俩天各一方，再也没了音讯。直到多年前两岸关系解冻后，他们父子俩才通过书信，取得了联系，看到了彼此的照片；通过电话，听到了彼此的声音。但是，随着方大爷岁数年年往上长，他的不满足感也在增长。他认为，只有当面端详着儿子，和他一言一语对上话，倾吐半个世纪压在心底的思念之情，那才算真正地与儿子见上面了。然而，这仅是方大爷的奢望，做女儿的实在无法满足老人的夙愿。

方大爷身体不便脑子却灵着呢。一天，他和儿子通电话，大龙告诉他现在电脑高科技发达了，只要在电脑上装上一个视频器，上了网，哪怕相隔千万里，通过电脑荧屏，也可以面对面说话交流了。大龙家已装上了电脑视频，如果老爸家也装上电脑视频，父子俩就可以随时见面了。

挂完电话，爹大喊起来："小凤，快快买台电脑装上视频，我要与大龙见面。"

"爹你在说什么呀？什么视平视凹的，我怎么从来没听说过？"小凤这是故意装糊涂，有关视频前两年就在城里亲戚家中见过了，只因父亲心脏病经不起刺激怕他看了出事，她不得不来了个装聋作哑。然而，小凤架不住老父亲的纠缠，向老人来了个借口说："爹，别说视频，我们现在连电脑也买不起。"

"买一台电脑和一个视频，要多少钱？"方大爷不肯放过这个希望，渴望的眼神直勾勾地盯着面前的女儿。

"电脑和视频，没有万把块钱拿不下来，还有每月的上网费，电话费什么的，全家不吃不穿也付不起呀。"

这下，方大爷没话了，他绝望地瞪着头顶的天花板，两汪混浊的老泪顺着他橘皮似的面孔无声地流淌着："看样子，这辈子我们爷俩是别指望能再见面了，恐怕要到阴间才能相见了！"

方大爷家中发生的事，被人知道了。有人以此写了一篇报道，发表在市报上。

一天早晨，一辆轿车忽然停在方大爷家的门前，车上走下两个商人模样的男子，操一口广东话问站在门口的小凤："这是方大爷家吗？我们是时代电脑有限公司的。从报纸上得知你们家的事情，我和门总经理特地前来，想向你们伸出援助之手，献上一片爱心。"一个较年轻的人一边掏出名片递给小凤，一边笑容可掬地说道。

"我叫方小凤，你们来献爱心，怎么个献法？"方小凤打量着面前的不速之客，满脸狐疑。

"无偿地给你家安装我们公司出产的时代牌电脑和视频器，以帮助你们实现和桃园亲人见面的愿望。"门总经理笑着说。

方小凤听了顿了一下，说："谢谢你们的好意。"接着摇摇手说："目前我们不想装这东西。"

"咦？"这下，来客感到奇怪了，连忙解释道，"这位大姐别误会，无偿就是免费，不要你家掏一分钱。你看，我们把电脑与视频器都带来了。"

"我晓得的，电脑这玩意是消费品，装得起可用不起，每天的上网费与电话费，就足够我们吃喝拉撒了。"方小凤像嚼破了一枚苦鱼胆，皱着眉，咂着嘴，向客人来个竹筒倒黄豆。

这一军可把门总经理给将住了，两人一番商议后，说："原来大姐是担心日后付不起费用，这样吧，费用我们公司全包了。到时候，你把每月的电话费与上网费发票交给我们报销。"

方小凤依然皱着眉不作答，来客似乎看出方小凤心中的小九九，干脆送佛送到西，把这好事做到底了。门总经理当即从口袋里掏出一沓钞票，放到方小凤面前："这位大姐若还不放心，那我们先放这儿千儿八百元的，再签一份协议，以法律的形式来确保你的费用能在我们公司报销。这下你可放心了吧？"

这时，听到外面对话的方大爷，再也忍不住了，他从床上欠起身，大着嗓门叫了起来："小凤，装吧，装吧，不要讲什么条件了。"

方大爷的这番话，给客人解了围，门总经理他们相继进了里屋，来到方大爷床前。不等门总经理把来意说明白，方大爷已激动得从床上翻起身来，紧紧地拉着门总经理的手，热泪盈眶地说："谢谢，谢谢，我怎么感谢你们哪？"

"大爷您别说感谢不感谢，只要让我们拍下免费安装的全过程，拍下你们父子俩在视频中见面的那一幕，就是对我们工作的支持了。"

"应该，应该，完全应该！"方大爷激动得一个劲儿直点头。

门总经理长长地松了一口气，他走出门外大手一挥，车上又下来两个人，一个抱着电脑，一个扛着摄像机，进了方大爷卧室，开始了他们紧张的工作。方小凤在一旁待着，在爹面前不敢言语。

不一会儿，电脑安装好了，员工们一调试，顿时，电脑荧屏上五彩缤纷，整个世界都涌进来了。

方大爷看了乐呵呵的："这下，我能见到我的龙儿了，我们父子别离五六十年，现在可以天天见面了！"方大爷激动得老泪纵横，唏嘘不已。

门总他们立即打开摄像机，"沙沙"地摄录起来。

然而，遗憾的是，这时海峡彼岸的方大龙偏偏不在家，电话没人接。方大爷忽然想到此时大龙也许是上荣军医院去了，没一天半天回不来。众人只得不无遗憾地告别了方大爷家，说下次再来拍摄。因为父子在视频上见面的镜头太有新闻价值，太重要了，打这张广告牌对他们公司来说也太有现实意义与历史意义了。其实，人家不说，方小凤心里也清楚：天上不会掉馅饼，世上没有免费的午餐，说穿了，门总经理他们不惜重金无偿为方家提供电脑、视频与上网费，目的就是想通过这段电视新闻，为他们的时代电脑公司作一个免费广告，以取得他们的经济效益。

午饭后，方小凤像以往一样下田去了。小凤在田里干了一段时间后，忽然想起了什么，连忙赶回家。然而，她还是迟了一步。她进屋就看到父亲口眼歪斜，四肢笔直，没有了呼吸，但他的两眼还直愣愣地盯着床头那台电脑。荧屏上，一个老人正笑逐颜开地侃谈着："爹，儿子总算见到您了，五六十年了，我们是多么的想念您，想念你们全家呀。虎子，就是您的孙子，他今年也四十多岁了，天天念叨着要用轮椅推着我去大陆，去看望您呢……爹，您怎么啦？为什么不说话……"

此时，小凤已肝肠寸断，一头扑在方大爷的身上，撕心裂肺地呼喊起来："快来人啊，老爷子不行啦——"

原来，方大爷患有严重的风湿性心脏病，需要静心休养。刚才他实在按捺不住焦渴的心情，趁女儿不在家，也不顾事先与热心的门总经理他们的约定，自己亲自拨号上网，通过电脑视频，如愿以偿地与一别半个多世纪的儿子在荧屏上见了面……然而，老爷子怎么也没有想到，这一刻果真应验了他早就许下的心愿：这辈子只要能见上儿子一面，死也可以闭眼了……激动与兴奋，使他那颗脆弱的心脏再也承受不住这巨大的刺激，终于倒在了电脑荧屏前。

面对抢救无效的方大爷，医生摇了摇头，不无惋惜地叹息道："按老人家的身体状况，若无今天这场巨大的刺激，他至少还能活几年。"

听了医生的话，痛悔不已的方小凤再次哭倒在地。

# 魂牵梦萦生死恨

文/彭霖山

　　肖坤秀做梦也没想到，老母竟会在病中向他引出这么一段隐藏了五十四年的身世，他不禁感到浑身战栗起来了。

一

　　这故事发生在 20 世纪 80 年代初期。

　　天空阴沉，布满了铁块般的乌云。一场暴风雨即将降临！

　　肖家庄的老表们被这老天爷的突然翻脸惊骇了，家家户户呼儿唤女，关门闭窗，防备暴风雨的突然袭击。

　　唯有村口肖坤秀老师家的那位七十多岁的老母亲，还将那佝偻的身子依在大门口，一双呆滞的目光投向远处，仿佛定了格似的。

　　她名叫金秀媛，只是打今年春上病了一场后，身子便垮了下来。尤其是前不久，她竟还拄起了拐棍走路，有时还丢魂失魄似的喃喃自语。

好几次，儿子和媳妇都感到很奇怪，问她："娘，你究竟有啥心事？干脆明说了吧！"她仿佛从深思中惊醒过来，急忙掩饰道："没……没啥……"

"没啥？没啥干吗经常自言自语？人家还以为你是神经病哩！"媳妇生气地抢白道。

"娘，如今咱家吃穿不愁，快活无忧，你究竟还有什么不满意的地方，尽管说出来，我一定照办的！"儿子劝慰母亲宽心。

"满意！满意！"秀媛连连点着头，可嘴角边掠过一丝苦笑。

这以后，她还是积习未改，照样经常流露出那副丢魂失魄、忧心忡忡的样子。而且，这种病态日趋严重。

"娘，你又发神经病了！"媳妇从外面闯进来，将婆婆拉过一旁，气呼呼地又数落开，"你怎么总是这个样子？外人见了还以为我这做媳妇的虐待了你哩！"

"魂！魂！"秀媛猛地打了个哆嗦，似乎逐渐清醒过来，长长地叹息了一声，然后拄着拐棍朝屋里走去，但嘴里依然在喃喃自语着，"魂！魂……魂儿……也会……回来的……是吗？"

媳妇望着婆婆神经质的模样，从脖子间升起一股冷气，浑身起了层鸡皮疙瘩。

晚上，肖坤秀从学校回家来了。刚进门，他婆娘便把刚才婆婆"掉魂"的事叙说了一遍，并提议要不要送去精神病院检查一下。

肖坤秀解释说，人到晚年经常会产生一种变态心理，不必大惊小怪，以免惹人笑话。

话虽然这么说，但肖坤秀仅仅是为了打消妻子的顾虑，让她不必担惊受怕。而自己心里却同样感到焦灼不安。知母莫若子，他觉察到母亲确实有难言之隐，但就是无法打开这把"锈锁"。

记得前几天，母亲突然莫名其妙地向他提出这么一个问题："坤秀，你知道自己这名字的含义吗？"

坤秀愣怔了片刻，晓得母亲又发神经了，但为了安抚她老人家，便笑着解释道："坤，乾坤是也；秀，秀丽端庄。合起来就是乾坤秀丽，前程辉煌灿烂！难为取这名字用心良苦啊！"

他本以为这番咬文嚼字，定能够博得母亲的欢心。岂料，老母亲连连摇头，干笑数声，却并不作答。

儿子自然惊愕万分，欲待追问，老母又闭口缄默了。任你百般发问，再也撬不开她的嘴巴。真是气死人！

翌日，肖坤秀吃过早饭正要返回学校上课，妻子跑来告诉他，老娘病了，卧床不起。坤秀急忙跨进母亲的房间问安。

一夜工夫，老人家又变了个样子，脸色更加蜡黄，双目暗淡无光，蓬头散发，气喘吁吁，仿佛大病缠身。

"娘，您怎么啦？我送您上医院去！"儿子见状惊慌失措地嚷起来。

然而，出乎意外，老人平静地摇了摇头："不……不用……我……不会……去得……这么快……我还要……等……等……一个……人……人……"

"等谁？"儿子的心头一颤，难道说这就是埋藏在母亲心头的秘密？

老人仿佛意识到自己失言了，又闭口沉默起来。似乎经过了一番激烈的思想斗争，才像下定了决心似的，她抬起眼皮望了站在床前的儿子两眼，缓缓吩咐道："坤秀……今天……莫要……上学校……我……有话……要和你……讲……讲……清楚……"

儿子急忙点着头："行，我这就让你媳妇替我上学校请假去！"

母亲挥了挥手，示意媳妇即刻就上学校去。

坤秀的妻子自然晓得婆婆有什么事要瞒着她告诉丈夫，心中不免生气，但碍着男人的面子不便发作，只得悻悻退出房间。

母亲见媳妇走了，似乎还不放心，又朝儿子使了个眼色，往外面努了努嘴巴，意思是防止媳妇躲在房外偷听哩！

坤秀见母亲这副神秘的样子，不免既好气又好笑。但为了尊重起见，他还是探身往外面张望了两眼，然后扭过头来："娘，现在就剩下我们娘儿俩了，有话就直说吧！"

母亲点了点头，刚要张口，忍不住又是一阵剧烈的咳嗽。缓了片刻，她说："坤……坤秀……你……知道……你父亲……到底……在哪……哪儿吗？"

"啊!"坤秀大吃一惊,脸色突变,"娘,你莫不是病得稀里糊涂了,怎么尽说些胡话?"

母亲庄重地摇了摇头,仿佛下定决心要把心中的秘密敞开,又毫不犹豫地继续吐出了自己的心里话:"孩子……这事我瞒了……五十四年了……可不能……再让我……带进……棺材里去啊……"

"娘,你这话究竟是啥意思?我不是刚生下来不久就没爹了吗?"儿子大惑不解。

"不……死去的……不是……"母亲艰难地喘了口气,才一字一顿地又吐出了几个字,"你亲爹——也许——还——活着!"

"啊!"犹如头顶响了颗炸弹,又把儿子震懵了。

"五十四年了,可还像发生在昨天一样!"母亲长叹一声,终于断断续续地讲出了那桩往事。

二

湘赣边界的罗霄山脉南段有一座青龙寨。这百来户、数百山民的寨子,同样逃不脱官绅的压榨,兵匪的骚扰,苛捐杂税的盘剥。就像此间流传的民谣所形容的那样:"穷人头上两把刀,刀刀见血吃不消。租子重来利息恶,骨头熬出四两膏!"贫苦的山民累尽牛马力,长年奔波不停,到头来依然是衣不蔽体,食不果腹,日子过得好不艰难!

也许真个应了这句俗话:深山有好水,平地有好花。尽管此间寨贫人穷,可也许是与这山里的水土有关,青龙寨的妹子却一个个长得水灵灵的,如花似玉,秀色风韵天然。山外人见了,谁不啧啧赞叹!于是,人贩子便纷纷打起了她们的主意……

由于贫困的逼迫,青龙寨的妹子们为了改变自己的命运,而她们的父亲也为了女儿的幸福,轻易上了人贩子的当。结果,这些被骗出山外的妹子,有的被迫成了达官贵人的小妾或丫头,有的被卖进妓院陷入火坑……

且说,青龙寨有位金猎户,有手好枪法,天上飞的,地下蹿的,只要撞上了他这杆猎枪,就别想逃脱。长年累月,他就在这山里靠打猎为生，养家糊口。

金猎户有个十八岁的闺女，名叫秀媛。

秀媛才貌出众，就像一朵盛开的鲜花，引来无数采花的蜜蜂。那些贫嘴媒人三天一趟，五天一跑，几乎踏破了金猎户家的门槛，要为秀媛说婆家。

岂料，秀媛早已暗中私定了终生。她已和邻近罗家寨的那位叫罗坤生的后生仔十分要好，两人早已海誓山盟，生死不渝！

又谁知，自古穷人道路多坎坷，红颜女子多命薄！就在这对情人准备拜堂成亲的前夕，霹雳一声大祸天降，一支路过罗家寨的国民党部队，硬将寨子里的青年后生抓去当了挑夫。身强力壮的罗坤生同样不能幸免！这一去，想不到竟是数月无音讯。次年春上，金猎户在深山老林中打猎，失足跌落悬崖，送了性命。秀媛母女俩只晓得抱头痛哭，悲痛欲绝。刚刚将父亲安葬完毕，秀媛的母亲又卧病在床，诊治无效，一周之内竟然也随同丈夫奔赴了黄泉！

秀媛为料理亲人的丧事，求爷爷，告奶奶，四处告贷，拉下了一屁股债。这边丧事刚办完，债主便逼上了门。可怜这黄花嫩女苦苦哀求无望。其实，人家早就打上了这位小美人的主意，只不过是借机设下圈套，让这不谙世事的妹子自投了罗网。这样一个弱女子，最后被迫无奈，让一位人贩子买下，卖身还债后，远离了家乡。

一个月以后，罗坤生从那支部队里逃脱回寨了。一听说情人秀媛已被人贩子买走了，他急得就像一头受了伤的豹子，嗥叫着，暴跳着，说是寻遍天涯海角，也要找回自己的情人！

数月来，罗坤生跋山涉水，栉风沐雨，跑遍了邻近两省数县，访遍了不少村寨，一直没有打听到心上人的消息。

皇天不负有心人。这天黄昏，罗坤生刚刚在靠山傍水的肖家庄落脚，无意中听得路人扯起了闲话，说是庄里的财主肖万贯新近花钱买了个年轻漂亮的小老婆。这小娘儿一直不让老色鬼近身，寻死觅活。肖万贯气得就像猴子啃了块姜——吃了，怕辣；扔了，可惜！正在左右为难哩！

真个是说者无心，听者有意。罗坤生细细将这闲话品味了一番，猜测这小娘儿十有八九是自己的心上人秀媛了。这真是踏破铁鞋无觅处，得来全不费工夫！他实在等不及了，便在傍黑时分预先打听那肖万贯的住宅。

可到这肖家门前一瞧，罗坤生不由倒抽了一口凉气。只见这宅院好生气派：红漆大门高台阶，一对石狮两侧排，高墙上面拦铁网，恶奴守门恶犬随。

罗坤生初来乍到，摸不到锅灶，当然不敢冒这个险闯进去。何况，这位小娘子究竟是不是秀媛，也未落实，怎好鲁莽！思忖再三，他只好退回到村口的那座山神庙中栖身。思谋了整整一夜，猛然记起眼下正值夏收夏种季节，这肖万贯田多地广，说不准还要雇短工帮忙，我何不趁此混进宅院先打听好亲人下落再讲！

天亮以后，坤生上肖万贯家一打听，果然正需要短工，两下一拍即合。罗坤生进去吃过早饭，便随同那伙长工一块下地干活去了。晚上收工归来，他自然也住进了宅院里的长工屋里。

三天以后，坤生打听到了，肖万贯买的小老婆正是秀媛，他不由又喜又愁。可坤生把个脑壳都想疼了，还是没想出半个法子。

挨到第五天，罗坤生实在憋不住了，他决定孤注一掷，冒险幽会情人。

这天的后半夜，更深人静，万籁俱寂。罗坤生按照白天侦察好了的路线蹑手蹑脚地溜进了后院，摸进了肖万贯的住房。他已经探得这老色鬼今晚又溜进了庄里那位风流寡妇家中鬼混去了，所以只管大胆地从窗口跳了进去。

"谁？"睡梦中的秀媛被惊醒过来，惊悸地呼喊了一声。

罗坤生用手捂住秀媛的嘴，在她耳边轻声道："别嚷！秀媛，我是坤生啊！"

"坤生！"秀媛浑身一颤，很快听出了这熟悉的声音。当她确认无疑了，终于一头扑进情人的怀里，轻轻地啜泣起来。等到哭够了，心情逐渐安定下来了，两人才开始想到了那个现实的问题：今后怎么办？

"逃走!"坤生的脑海里闪过的第一个念头便是三十六计,走为上计。

然而,出乎意料,秀媛摇了摇头,凄然道:"要是能够逃出这魔窟,我早就打了这个主意。且不说这肖家深宅高墙,恶奴成群;就是方圆百里之内都有他的田地庄院,处处都有他安插的鹰犬。一旦发现走了人,只要各处打个招呼,看你还能脱身吗?"

坤生听罢,不由打了个寒噤,半晌,才长叹出一声:"难道就这样听人摆布,任人宰割?你若是心甘情愿伺候这老贼,我坤生也就和你斩断情丝,就此告辞了!"

秀媛一见情人误会了自己的意思,急得眼泪又流出来了,紧紧抱住对方解释道:"坤哥,秀媛若是贪恋富贵荣华的女人,早就委身于这老贼。就因为盼你,等你!今天见了你一面,我死亦瞑目了!"

坤生晓得自己的言语过激了,急忙安慰道:"秀媛,天地间这么大,难道就容不得你我两人了吗?为什么只想到一死了之呢?"

秀媛这才擦了把眼泪,转嗔作喜:"我刚才说这话的意思是要从长计议。若要逃脱这虎口,还须做好充分准备,选择一个好机会,走得从容不迫,稳稳当当,方保无忧无虑!"

坤生依然迟疑道:"我倒没啥问题,反正已经混进这屋里来了,可以卖力气混口饭吃,可就担心你的处境啊!"

秀媛胸有成竹:"我不用你操心,这些日子都挺过来了,何况现在又有你在身边,我自有办法对付这老贼!"

当下,这对情人在黑暗中又叽叽喳喳地细声商议了一番。

"喔喔喔……"一声嘹亮的雄鸡啼晨,打断了这对情人的绵绵私语。真个是欢娱嫌夜短,寂寞恨更长。秀媛原先总觉得这黑夜总是如此难熬,想不到今夜的时间却是如此短促!

"天快亮了,我该走了。"坤生首先惊醒过来,慌乱地提醒情人道。

"不!"秀媛紧紧地抱住他,大胆而又略为羞涩地轻声道,"天亮前,我要把一切都交给你!"

"秀媛!"坤生激动地轻呼了一声,将贴在胸前的情人搂得更紧了,几乎融化在一块了……

三

肖家庄的大财主肖万贯，乃是方圆百里之内的巨富。祖上三代为官，置下良田千亩。可惜传到肖万贯这一辈，竟没生下一男半女。这就意味着肖家的香火到此该绝灭了。乡里人背地议论，皆因肖家作恶太多，合该断子绝孙！

肖万贯如何咽得下这口气？大老婆娶了多年未曾生育，他便又娶了第二房；第二房数年后未见动静，他便迫不及待地娶了第三房。这样，先后讨了大小老婆整整八个。好在宅深院大，适宜金屋藏娇。遗憾的是这八个女人全不争气，连个屁都不曾放一个。半年前，有一位路过此间的算命先生给肖万贯算了八字，摇头晃脑地掐指胡诌了一番，然后起身拱手作贺："恭喜，恭喜，肖翁今年之内必有弄璋之喜，定会添丁进粮啊！"

肖万贯听说自己还会晚年得子，如何不惊喜欲狂？他当即重赏了算命先生，并欲追问个一清二楚。岂料，算命先生只是含笑拱手："天机不可泄露，日后自有灵验！"说罢，扬长而去。

肖万贯将信将疑，沉吟半响，寻思道：若是这算命先生真个是神机妙算，难道这灵验便在这八个老婆身上？于是，这老家伙便迫不及待逐个打听这八位夫人的生理状态。仔细一盘问，他可气得双眼直翻白，算命先生的"天机"分明是一派胡言！

这天，又有那管家前来禀报，说有一人贩子携带一位妙龄女子，愿意卖给富家为妾。肖万贯正闲愁在家，无处消遣，听说又有这么一桩好事，正需要刺激一下。于是，他传命将那女子带进肖家大厅。细细一打量，肖万贯就像苍蝇见了血，叮住不放，脑子里还转悠开了："算命先生说的弄璋之喜，莫不就应在这美人儿身上？"当即一拍板，买下这小女子，作为自己的第九房小老婆。

这位美人儿便是金秀媛。

肖万贯本以为一块肥肉落了口，合该自己快活受用。岂料，新婚之夜，这位美人儿便不让他近身，还把他的脸抓破了。肖万贯毕竟上了年纪，且这小女子年轻力壮，身子灵活，几个回合斗下来，老家伙累得气喘吁吁，还是没占到美人儿半点便宜。

这简直是肖万贯的奇耻大辱！

可老奸巨猾的肖万贯斟酌再三，最后，只得将牙一咬，忍了！悄悄退出了洞房，心里却不住地自我安慰自己："反正是煮熟了的鸭子，还怕它飞上天去不成！"

以后，肖万贯每隔一天，便要前来纠缠一番，对金秀媛软硬兼施。他自信，好姐难经十次缠。日子长了，还怕这美人儿不会软下心来？

不过，近些日子，肖万贯发现这位美人儿似乎对他的态度确有所转变，再也不是冷若冰霜，或者横眉怒目。肖万贯自以为机会成熟了，于是涎着一张老脸皮，不知羞耻地凑上前去，便又想动手动脚。

"别胡来！"美人儿一声怒喝，吓得肖万贯打了个寒噤，他急忙缩回手来，嘴里却讪笑道："我的心肝宝贝，你反正是我的人了，迟早就是那么一回事，还害什么羞呢？"

金秀媛将脸一沉，正色相告道："老家伙，实话告诉你，我早已有了喜孕在身！"

"啊！"肖万贯惊得张大嘴巴，久久合不拢，半晌，才回过神来，猛地迸出了一声："谁的？"

金秀媛漫不经心地嫣然一笑："从我娘家带过来的。"

"你……你这小婊子！"肖万贯气得抡起巴掌，便要搧将过去。

"且慢动手！"金秀媛一把架住老家伙的胳膊，故意装作卖弄风情般地甜甜一笑，"你不是想要个儿子传宗接代吗？瞧你这副老不中用的样子，还能生儿育女？哼！"

好家伙，美人儿的这一席话语果真提醒了肖万贯。真个是心有灵犀一点通！这老家伙顿时心扉大开，恍然大悟："瞧我这德性，真是聪明一世，糊涂一时！怎么连自己朝思暮想日盼夜梦的那件最要紧的东西都忘了哩！算命先生说的'弄璋'之喜，果真就应验在这美人儿身上！"想到此间，他不由转怒为喜，当即和颜悦色地向着金秀媛赔罪道："我的乖乖，你怎么不早说哩！你要真个为我添下了一丁半子，我肖某人便要封你为皇后娘娘，这万贯家财日后全是你的了！"

当下，双方言明，订立协议。肖万贯保证日后决不前来纠缠金秀媛，只待她平平安安生下这孩子来。金秀媛自然也答应保密，就说这腹中的生命是肖万贯的"种子"，以后自然也是肖家祖业名正言顺的继承人了！

翌年春上，金秀媛果然生下了一个白白胖胖的男孩子。肖万贯喜不自胜，大摆宴席，并从外地请来戏班子，热闹了三天三夜。四乡豪绅也纷纷前来，拜贺肖万贯老年得子。

然而，谁也压根儿想不到，金秀媛生下的这个男孩，竟是她和留在肖府打长工的罗坤生，两个人爱情的"结晶"啊！当然，这桩"秘密"同样也只有他们这对情人知道。

肖万贯有了后嗣，自然兴奋异常。三日一小宴，五日一大宴；为儿子庆贺、祷告，恨不能一口气将这婴儿吹成一位青年后生。爱屋及乌，由此也就更加宠爱第九房小老婆了，有求必应，从不犯疑。倒是惹得那八房母老虎一个个醋意大发，嫉妒得背地里诅咒，恨不得让这小杂种早日夭折，方才遂了她们的心愿。

也许是兴奋过度，也许是酒烟过度，也许是纵欲过度，或者三者兼而有之，肖万贯在这婴儿刚刚满月之后，便病倒了，拖了半个月，双腿一蹬，眼睛一闭，呜呼哀哉了！

肖万贯还在病危之际，那八个母夜叉便开始算计老家伙的这笔家产了。如今肖万贯一倒地，她们大打出手，抢夺财产了。

按理，既然肖万贯如今有了后嗣，所有的财产都应继承在后人的名下，其他亲属只能分得一点残羹。可是，出乎意料，在料理完毕肖万贯的后事后，金秀媛向肖家的族中人只提出一个极低的条件：给他们母子俩一座小庄院，再拨二十亩良田、一个奶妈、一个长工，以后独立生活，再也不求外人。

这真是再简单不过的要求，不仅那八位财欲熏心的母夜叉全给惊呆了，就连族中人也给弄得目瞪口呆，天下竟有这等不爱财的蠢婆子，可叹，可悲！他们毫不犹豫地满足了她的要求，将后庄的那几间房屋的小庄院，并后山的那片良田，还有一个奶妈、一个长工全划分到了她的名下。当然，这个长工自然是她指定的罗坤生了。

现在，从内心来说，金秀媛应当是心满意足了。老家伙一死，正好遂了她的心愿；如今又单家独户，情人就在身边，尽管表面上仍是主仆关系，但骨子里是一家人。能够安享天伦之乐，乃是人生最大的幸福！

从此，他们便开始了新的生活。秀媛和奶妈在家烧饭带孩子，坤生成天在田地里忙活路，日出而作，日落而歇。到了晚间，奶妈带着孩子睡一屋，秀媛则和情人睡在另一屋。日长月久，奶妈察觉到了也装作什么都不知道，何况女主人对她十分体贴，岂能去说坏话。而庄里人也正因为他们中间插了这么一个奶妈，所以很少有人怀疑他们会有苟且之事。

好几次，坤生提出要将他们夫妻俩的事索性公开了。可是，秀媛却提出，为了孩子的成长，还须耐心等待几年。因为如果真相一旦戳穿，且不说两人的名誉都要受损，而且肖家定会抽回田庄财产；弄不好，一家三口都有性命之忧！若是逃出肖家庄，重新成家立业吧，眼见得到处疮痍满目，饿殍遍地，哪有穷人的活路？

坤生只得依了秀媛的主意，继续如此蒙蔽外人。可是，想不到这一蒙蔽就是十五年。他们的孩子肖坤秀已经由牙牙学语的婴儿长成了一个聪敏俊秀的少年，并且在县城念中学。

就在这一年，肖坤秀被征兵了。本来他还未到当兵的年龄，可据说是前方吃紧，兵员缺损，顾不得条条框框了。

金秀媛听到这一消息，急得几乎昏厥过去。就这么一个视如掌上明珠的儿子，若是上了前线，定是凶多吉少！她哭得死去活来，束手无策。罗坤生则一直奔拉着脑壳，鼻孔里"呼哧呼哧"了半天，最后，猛地吼出了一声："让我顶了他！"

"你顶坤秀伢子当兵？"妻子又大吃一惊。

"唔！"丈夫咬着牙根点了点头。

就这样，罗坤生顶替当了兵。谁想这一走，竟然就像泥牛入海，杳无音讯了。

四

肖坤秀做梦也没想到，老母竟会在病中向他引出这么一段隐藏了五十四年的身世，他不禁感到浑身战栗起来了。难道说，这是老母病糊涂了故意编造出来的一个传奇故事？不，她讲得有鼻子，有眼睛，毫无矫揉造作之感；况且又是病魔缠身，讲一段便要喘一口气，好不容易才讲完，怎会如此欺骗自己的儿子？古话说，鸟之将死，其鸣也哀；人之将死，其言也善。仁慈的母亲从来没有向自己的儿子说过假话啊，难道病危之际还会留下一段谎言吗？不！决不会的！

母亲似乎又看出了儿子的困惑之处，于是又抖抖索索地从身边掏出一块十分陈旧的丝绢手帕，递给儿子，断断续续地又作了一番补充："这是……你爹临走的……那个晚上……我……绣下的……一块……龙凤帕……还绣了……两个字……要他……带走了……一块……作为……日后……相认……的……信物……"

坤秀颤抖着双手，打开这丝绢一看，果然上面绣着一条腾云驾雾的龙，绢角还绣着一个"坤"字。毫无疑问，父亲身边收藏的必然是"凤"帕了，上面必然也有个"秀"字。坤秀的名字原来源出如此，他不禁激动得热泪夺眶而出……

母亲见儿子相信了自己的话，继续说下去："我原想……生前……再见上……他一面……恐怕……等……等不及了……"

"娘，你究竟知道爹的下落不？"儿子迫不及待地问道。

母亲的嘴角边又掠过一丝苦笑："大概是……1954 年……他……来过……一次信……你不是……责怪我……要断了……这海外……关系……"

"啊！"儿子的心口像猛然被人戳了一刀。这桩往事他怎能忘掉呢？那年头正在搞"镇反"、"肃反"运动。一天，邮递员给他家送来了一封海外来信。毫无疑问，这一定是那位代替他从军，后来又随着溃败的军队亡命海外的长工的来信了。母亲很想了解信中的内容，可儿子担心这

魂牵梦萦生死恨

海外关系会给自己带来麻烦，于是，他用严厉的目光阻止了母亲，并当着邮递员的面退还了那封信，板起面孔道："这不是我家的信！你送错了！"邮递员惊愕万分地辩解着："这上面的地址、姓名都没错嘛！"肖坤秀冷笑一声："天地这么大，同名同姓同地址的多着哩！"邮递员只得怏怏地收回这封信，转身走了。

这桩事已经过去三十多年了，如今母亲一提起来，儿子自然同样记得清楚。唉，要是当时收下了这封信多好！父亲的下落也许早就打听清楚了，两位老人也许生前还有团聚的希望。可今天……

尽管如此渺茫，但坤秀还是不住地安慰老母："娘，尽管放心，爹会回来的，我们还能团聚在一块！"

母亲大概气力用尽了，又开始呻吟，哼出了几声："听……听说……台湾……那边……回来了……人，去……向他们……探个……信息……"

儿子急忙点着头，又冲了一杯麦乳精递过去："娘，你先歇着，我这就去打听。"

母亲欣慰地露出了一丝笑意，挥挥手，表示儿子可以出去了。

坤秀刚迈出老娘的房间，只见自己的妻子正躲在一旁抹眼泪。不用说，她早已将房里母子俩的对话全部探听清楚了。丈夫长叹一声，还用得着保密吗？这是历史遗留下来的一幕悲剧，应当公之于众啊！

第二天，老母的病情又加重了，她不仅饮食难进，连说话的力气都没有了，呼吸显得急促。请来的医生替她按了脉，听了心房，然后直截了当地告诉肖坤秀，老人家已经难以挽救了，不必服药，准备料理后事吧！

肖坤秀两口子自然感到十分悲痛，急忙又召回在外地工作的一双儿女。全家人围在病榻前，与垂危中的老人悲哀地诀别。

金秀媛一直沉浸在昏迷的状态中，嘴里不时断断续续地发出呓语："坤……坤生……你……会……回来……吗？就是……能见上……一面……我……也会……含笑……九泉……"

当天晚上，老人家终于怨恨悠悠地撒手而别。临终，她一只手仍按在自己的心口，仿佛满肚子的心里话还没有完全吐尽……

五

"海峡之声广播电台，现在向台湾同胞广播××省××县××乡肖家庄的教师肖坤秀撰写的寻人启事——《亲人啊，您在哪里？》……"

当肖坤秀从收音机里听完自己蘸着泪水亲笔挥就的这篇寻人稿件以后，他的心潮又禁不住澎湃起伏，泪水再次模糊了双眼。

罗坤生代替自己从军时，尽管那时肖坤秀还只有十五六岁，可同样也意识到这是决定自己的前途命运，乃至生死存亡的关键时刻。一旦上了火线，子弹是不长眼睛的！母亲为他哭得双眼红肿，茶饭难咽。而就在这时，家中的这位长工却义无反顾，挺身而出，愿意顶替他去从军。肖坤秀就像绝处逢生，真正打心眼里感激这位恩人。

就在这位长工离开他们的前一天晚上，母亲和他关上房门，在屋里叙了整整一夜，不时传出母亲嘤嘤的哭泣声，和那长工像牛一样的沉重喘息声，仿佛在举行一场生死诀别的仪式。第二天，母亲又让儿子跪在这位恩人的面前磕了三个头，双方才洒泪而别。

长工一走，母亲竟像掉了魂似的，成天在思念着他，嘴里不住地叨念着他，以至于经常失态。这种深沉的怀念一直延续到儿子成了婚，又添了儿女以后，才逐渐减弱下来。

母亲为什么会对自家的这位长工如此一往情深呢？难道仅仅是出于感恩戴德的关系？不，他们平日的关系就非同一般啊！要不，他会代替自己从军吗？随着自己年岁的增长，他总算悟出了两个字眼：暧昧。用乡里人的俗话说就叫"私通"。他自然为之感到羞愧，感到恼火了！然而，自古以来，天要下雨，娘要偷人，似乎晚辈人是干涉不得的！好在如今他走了，总算是不幸之中的大幸，做儿子的自然感到暗自庆幸！

20世纪50年代初期，罗坤生从海外寄回了一封信。肖坤秀一则迫于当时的政治形势咄咄逼人；二则为了斩断母亲的情丝，所以毅然退还了这封信。后来，他又收到过几封类似的信件，总是瞒着母亲，批上"查无此人"的字样，照样退还给邮局。以后，便再也没来信了。

肖坤秀自以为这种做法很明智，岂料，竟给自己和母亲铸成了终身大错！直到今天，他才明白自己干了一桩傻事！当然，其中也有父亲的过错，因为就在离别的前夜，母亲曾经提出来要将真情告诉给儿子，可是他阻止了，说是等他退伍回来以后，条件成熟了再说。

今天，母亲怀着不能与亲人团聚的一腔怨恨，惆怅万分地离开了人间。然而，她那未了的凤愿，做儿子的决心要想方设法去实现！所以，在别人的启发下，肖坤秀首先向"海峡之声广播电台"投寄了这份"寻人启事"。除此以外，他还经常向海外归来的台胞、侨胞打听父亲的下落。哪怕是一点蛛丝马迹，也从不放过。

精诚所至，金石为开。一天，肖坤秀果然从一位刚踏上大陆的台胞口中探得了消息，父亲那年从军后还未上火线，便撤退到了台湾，驻守在台北。听说早些年间便退了伍，也未续弦，一直孤单单地过日子。既然亲人有了下落，肖坤秀自然欣喜若狂，又亲笔写了一封洋洋万言、感情真挚、催人泪下的家信。千叮咛，万嘱托，恳求这位台胞回去后务必将这封信转到自己朝夕思念的亲人手中。

一个月后，这天，肖坤秀刚从学校回家，妻子便笑吟吟地举着一封信迎上前来，兴奋地嚷着："坤秀，好消息来了！"

原来，这是父亲托人代笔的一封家信。信中除了表达自己对阔别了近四十年的亲人的一片情思之外，也介绍了自己这些年来在台北的情况，最后又提出准备向当局申请，要求批准回大陆探亲。

这真是鸿雁传书报佳音，落叶归根飘彩云。肖坤秀读罢这封海外来信，大有"漫卷诗书喜欲狂"之举。好不容易按捺下这种激动心情，连夜在灯下挥毫复函。以后，他又每隔数天、半月频繁去信。

不久，父亲来函正式告知，近日内即将归乡团聚！

肖坤秀久久盼望的心愿终于实现了，不免又喜又愁。喜的是，阔别了数十年的父亲即将见面了，自然兴奋异常！愁的是父亲归来以后，倘若听说妻子已经病逝，岂不是乐极生悲！垂暮之年的老人能够承受如此沉重的打击吗？

然而，不管喜也好，愁也好，反正车到山前必有路，一切顺其自然吧！肖坤秀率领全家人按照对方预先告知的行期，提前赶到车站迎接天涯归来的亲人！

按照肖坤秀的推算，父亲已经七十五六岁了。从军时正值年富力强之际，转眼间又成了白头翁，岁月不饶人啊！然而，不管怎样，在肖坤秀的记忆中，父亲永远是一个生机勃勃、粗犷彪悍的强者，即使进入了风烛残年，同样不会失去他那蓬勃的朝气。

然而，出乎意料，见面之后，肖坤秀不由既吃惊又惶恐。从海外归来的父亲竟是这么一位又矮又小，又干又瘦的糟老头子！在他的记忆中，当年的那位长工分明生得牛高马大，粗胳膊粗腿，阔嘴巴，铃铛眼，高鼻梁。而眼前的这位海外归来的人不仅身材瘦小，细胳膊细腿，就连嘴巴、眼睛、鼻梁都显得异乎寻常的小。尽管分离了近四十个年头的日日夜夜，但不管年岁怎么增长，岁月的流逝决不会抹去一个人的身形轮廓！

不！这决不是记忆中的父亲的形象，不管他变得多么衰老了，肖坤秀凭着自己极强的记忆力和敏捷的判断力，此人决非自己的父亲，决非当年自家的那位"长工"！

"你……就是……肖坤秀……"对方瞧出了他的困惑之处，迟疑片刻，主动接上了头。

肖坤秀点了点头，伸过手去："您老贵姓？"

"免贵姓，小姓王。"对方彬彬有礼。

啊，果然接错了人，不，也许事出有因，肖坤秀紧接着又问："王先生，我父亲呢？"

"回来了！回来了！"王先生沉重地点着头，转身打开他的旅行包，从里面托出一个精致的骨灰盒，随即老泪纵横，失声号哭起来。

啊，宛如晴空一声霹雳，肖坤秀全家人都给惊呆了……

原来王先生是专程护送罗坤生的骨灰回乡的，他是死者的生前好友。他便怀着沉痛的心情，以一种悲怆的语调讲开了——

原来，罗坤生随着部队驻扎在台北后，一直服役了十多年。在这十多年中，他无时无刻不思念大陆上的亲人，思念那一直未能公开夫妻关系的妻子。自古道，月有阴晴圆缺，人有悲欢离合。然而，罗坤生盼了一月又一月，盼了一年又一年，双眼望穿了秋水，就是盼不到和亲人团聚的那一天。刚开始的头几年，他曾经托人写过好几封信，几经周折，从海外寄回了大陆，可是一直毫无回音，就像泥牛入海无消息。是亲人遭遇了不测，还是随着当时战局的动乱，早已背井离乡，另觅安身之所了？罗坤生简直心乱如麻，思念亲人几乎发了疯。可是，这难以逾越的海峡就像一把无情的利剑，斩断了他的绵绵情丝，使他由悲观转为绝望。多少个清风明月的夜晚，他徘徊在海岛边，遥望大陆的方向，怒目苍天，含恨发问："难道我真个只能客死异乡了吗？难道我生不能与亲人见面，只有死后魂归故里去与亲人团聚吗？"

五十岁以后，这位老兵好不容易退伍了。拿着那笔可怜的退伍金，他开始学做生意跑买卖。也就在这时，他结识了这位王先生。因为同是大陆过来的落难人，因而感情一拍即合，互诉衷肠，十分投缘，歃血为盟，结拜为生死之交。又因为两个都是单身汉，所以便干脆住在一块了。没有其他负担，他们赚了钱便大吃大喝；亏了本，勒紧肚皮，过的是"今朝有酒今朝醉，明日无酒明日忧"得过且过的日子。

由于烟酒过度，罗坤生原先那硬朗朗的身体很快变得衰弱了，弯腰驼背，双鬓染霜，头发也快掉尽了，瘦长的身子简直像只风干鸭。

前年春上，罗坤生卧床大病了一场，虽然从死神的魔爪中挣扎了出来，但元气大伤。晓得自己已经风烛残年，随时有见阎王爷的可能。于是，他向王先生吐露了一直埋在自己心中的夙愿。

罗坤生死活要王先生答应他这件事：他在阳世不能与亲人团聚，死后亦当魂归故里。"日后若有机会，还望老弟将我的骨灰携回大陆，交与亲人。这样我便在九泉之下也会含笑瞑目的！"

王先生被这肺腑之言深深打动，也不由失声痛哭起来，跪下答应道："日后若有机会，小弟就是沿途乞讨，也要遵照大哥嘱咐，决不负重托！但请大哥保重身体要紧。自古道，山重水尽疑无路，柳暗花明又一村。又道是，三十年河东，三十年河西，说不定也有时来运转之日，老天爷可怜，保佑您重返大陆团聚，合家欢！"

王先生这席感情真挚的宽心话，虽说暂时安慰了病中的罗坤生，但并未减轻他的相思之苦。那病时好时坏，以至于日薄西山，气息奄奄了。

恰恰就在这当儿，又有喜讯传来，台湾当局恩准凡大陆有亲人的平民百姓可分批赴大陆探亲。这消息对于病魔缠身的罗坤生来说，无异于打了一针"吗啡"，顿时显得异常兴奋起来。又偏偏与此同时，他又从收音机里收听到大陆"海峡之声广播电台"的那则《亲人啊，您在哪里?》的寻人启事，而且发这启事的人竟是自己的儿子肖坤秀! 罗坤生为这激动人心的消息兴奋得几乎窒息过去。他取出了自己的全部积蓄，一边向当局申报出境手续，一边准备打点行装。

然而，偏偏就在这时，年迈老朽的罗坤生又病倒在床了，而且这一次的病情比任何一次都严重。

很快罗坤生的病情日趋恶化，嗓子疼得很，说不成话。

王先生守在病榻边，当然晓得这位老友垂危之际还想叮嘱的心里话，失声号啕："大哥，您不用说，我都明白了。王某人就是肝脑涂地，也要实现大哥的遗愿!"

罗坤生挣扎着从身边掏出保存了近四十年的那条绣有一只凤和一个"秀"字的手帕，塞进了这位挚友的手中，作为他日后返回大陆相认亲人的信物。王先生含泪收藏在身边。

翌日凌晨，这位可怜的老人毫无声息地离开了这个世界。死了以后，他的双眼还一直大睁着，似乎不甘心这样匆匆离去!

王先生料理了罗坤生的丧事以后，刚好又收到了大陆上的几封来信;于是，他便携带了老友的骨灰，踏上了回大陆的归途……🍃

# 一点遗憾

文/孙秀利

等到要写"家"字右下角最后那一点时，刘梦乡手抖笔颤，痛哭失声，掷笔于地，高呼："家破人亡，'家'字岂能完整？繁树，等到你我团圆之日，我再把'家'字那一笔添上吧！"

一、特殊条件

松树岭乡地处长白山腹地，交通闭塞，经济发展缓慢，改革开放这么多年了，村民们仍然过着"五亩地一头牛，老婆孩子热炕头"的农耕生活。就在松树岭乡乡长孟成功做梦都想着怎样发展乡镇企业，带动乡亲们脱贫致富时，瞌睡人拣了个暗枕头，当年从当地出走台湾的文化商人、奇强文化产业发展有限公司的董事长刘梦乡委托他的代理人李联合回乡考察投资环境来了。县里通知各个乡镇的主要领导到县里参加投资洽谈会，公平竞争，自主选择，究竟花落谁家还是个谜。

投资洽谈会在外经局的会议室里进行。孟成功望着黑压压的一片人头，心里就凉了半截。他掂量了一下松树岭乡的自然状况，除了有成片的松树林外，再也没有其他的竞争优势了，闹不好这次又是跟着凑热闹来了。

在各个乡镇的头头夸夸其谈地介绍了一番自身的投资优势后，刘梦乡的代理人李联合提出了刘梦乡交代的唯一一个投资先决条件：刘梦乡当年离开家乡赴台之际，在家乡留有一幅自己的书法作品《家》。哪个乡镇能找到这幅书法作品，就在哪个乡镇投资兴业，其余免谈。与会的乡镇头头听完这个特殊条件后，大眼瞪小眼，全傻了，这闻所未闻的书法作品跟投资有什么关系呢，上哪才能找到呢？

## 二、一点遗憾

孟成功回到松树岭乡后，立刻发动全乡干部分村包干，撒下搜寻书法《家》的大网，十多个人呼呼啦啦地忙活了三四天，却一无所获。孟成功再返县城，想打探一下各乡镇的搜寻情况，也想私下里拜见一下李联合，套取点寻找书法作品《家》的线索。不料不看不知道，一看吓一跳！在李联合住的房间里，竟送来了七八幅书法作品《家》，或隶或草，或楷或篆，几个乡镇长正为自己拿的书法作品的真假争得不可开交！

李联合挥手制止了乡镇长们的争吵，扫了一眼乡镇长们拿来的书法作品后说："对不起，各位送来的书法作品，没有一幅是真的。刘梦乡董事长当年留在家乡的那幅书法作品《家》，是一幅残缺作品，'家'字右下角收笔的最后一点没有写上，留下了一点遗憾。"众人不解地问："刘董事长当年为什么会留下一幅这样的书法作品呢？"

李联合长叹了一声才说："刘梦乡当年是北平国立艺专的高才生、著名青年书法家，毕业后留校任教。北平和平解放前夕，刘梦乡携同是书法家的新婚妻子孟繁树回乡探亲。不想刘梦乡已被国民党当局列为强行遣送台湾的北平文艺界名人之一，国民党军统特务尾随刘梦乡来到了松树岭乡，当着刘梦乡全家老少的面宣布：如果刘梦乡不去台湾，他全家人的生命财产就将毁于一旦，逼得刘梦乡不得不就范。

生离死别之际，刘梦乡拥着身怀六甲的妻子孟繁树哭得死去活来。在军统特务连连催逼下，孟繁树研墨展纸，哽咽着说："梦乡，给我们娘俩留幅字吧，见字如见人，留个念想。"刘梦乡强忍悲痛，提笔在手，一挥而就了一个大大的隶书"家"字，等到要写"家"字右下角最后那一点时，刘梦乡手抖笔颤，痛哭失声，掷笔于地，高呼："家破人亡，'家'字岂能完整？繁树，等到你我团圆之日，我再把'家'字那一笔添上吧！"刘梦乡刚喊完，就被军统特务推入车内，去了台湾。经此一别，已经半个世纪有余了。身居孤岛，已是古稀之年的刘梦乡虽然事业有成，思乡之情却从没间断过，所以就特意派李联合代表自己回家乡寻字访亲，考察投资，完成夙愿。

李联合叙述完，那些送书法作品来的乡镇长们灰溜溜地一个接一个出了屋子，孟成功正要离开时，却被李联合叫住了。李联合说："孟乡长，根据刘董事长的描述和台办同志的介绍，刘董事长的家很可能就在你们松树岭一带，你回去要仔细寻访啊，别辜负了老人家的一片苦心！"

三、节外生枝

孟成功被刘梦乡老人的思乡之情深深感动，回到乡里后，立即找来教育助理，让教育助理通过中小学校的教师广泛发动学生，有奖征集书法作品线索，并通过告示告谕全乡，如果谁能发现并贡献出这幅残缺书法作品《家》，乡政府一次性奖励五万元。消息一经传出，全乡轰动，个个争先，纷纷寻起宝来。又是几天过去了，却还是不见那幅书法作品的影子。守着金山要饭吃，孟成功算是伤透了脑筋。

这天，孟成功正像热锅上的蚂蚁般打转，门一响，进来一个五十多岁的男人，腋下夹着一卷用破报纸包着的东西。孟乡长抬头一看，这人他认识，是乡政府内退的文教干事王海。

王海转身关上门，往四周扫了一圈后，递上腋下夹的纸卷，神秘兮兮地说："孟乡长，看看这幅书法作品是不是乡里要找的那幅《家》？"孟成功小心翼翼地掀开已经发黄变脆的报纸，惊喜得"啊"地叫了一声，展现在他面前的正是那幅苦苦搜寻多日的残缺书法作品《家》，

'家'字的右下角那最后一点果然空白着，纸面上刘梦乡的落款名章一样不缺！

孟成功激动地颤抖着声音问："王海，你是怎么得到这幅书法作品的？难道你是刘董事长的……"王海此时已是热泪盈眶，哽咽着说："孟乡长，我的真名不叫王海，我就是刘梦乡当年留下的孩子刘思啊！我隐姓埋名几十年，就是为了今天我们父子能够相见，以了却黄泉之下我娘那期盼团圆的心愿。"刘思说着呜呜地哭开了。

真是踏破铁鞋无觅处，得来全不费工夫。孟成功急忙通知李联合来松树岭乡查验书法作品。经过查验了解，刘思的成长经历和临行前刘梦乡交代的情况基本吻合。李联合立即和在台湾已是八十多岁的刘梦乡通了电话，电话里刘梦乡和刘思这对从没谋面的父子唏嘘不已，场面令人十分感动。刘梦乡不顾年老体弱，决定亲自回乡扫墓祭祖，探子投资。

诸事办妥，孟成功设宴款待李联合一行。酒桌上大伙正讨论着怎样接待将要到来的刘董事长，餐厅的门突然被推开，从外面一瘸一拐地走进一个山民模样的男人，戴着一顶破草帽，低着头，直奔坐在主宾位置上的李联合，将腋下用破麻袋片包裹着的一卷东西往他面前一放，掀掉头上的破草帽，朗声说："你旁边坐着的那个刘思是个冒牌货，他的那幅书法作品也是假的，我才是真的刘思！"众人寻声往男人脸上望去，不由"啊"地发出一片惊叫声……

### 四、真假难辨

原来男人的脸上疤痕纵横，五官扭曲，三分像人，七分像鬼，再加上此时那愤怒的表情，更是显得十分吓人。久经世面的李联合没多说什么，伸手就打开了男人带来的麻袋片，展现在眼前的竟也是一幅书法作品《家》，'家'字右下角最后那一点也空着，和先前王海拿来的那幅书法作品反复对比，竟看不出丝毫差别！大伙愣住了。这时，先前送书法作品来的那个刘思腮帮子肌肉抖动了几下，"霍"地一下站起来，用手指着后来的刘思说："你是哪来的丑八怪，也敢冒充刘董事长的儿子，你这是犯诈骗罪知道吗？"后来的刘思的脸扭曲得更加可怕了，嘴唇哆嗦了半天才说："你这条披着人皮的狼，我娘的死、我变成现在这副样子，都是你作的孽，我恨不能生吃了你！"说着就要扑向先来的刘思，被孟成功及时拦住。孟成功当机立断，打着圆场说："两位都别争了，我们都是肉眼凡胎看不出真假，还是等刘董事长他老人家回来亲自辨别吧！"宴席经此一搅，只得不欢而散。

刘梦乡说来就来了。刘梦乡下了飞机，住进宾馆稍作休息后，听李联合再次汇报了有两个儿子献了两幅一模一样的书法作品的事，老人顿时疑窦丛生，要当场检验真假。李联合说："怎么检验？做亲子鉴定你的夫人已经过世了呀！"刘梦乡摇摇头说："到时我自有办法。"

不久，两个刘思各自抱着家传的书法作品来到刘梦乡的房间，内退干部刘思见着刘梦乡就喊爹；已被毁容的刘思嘴唇动了半天却没说什么。刘梦乡神情严肃，一言不发，示意两个人把书法作品摆到桌上。刘梦乡老人拿着放大镜仔细地看过两幅作品后，禁不住两行老泪潸然而下，长叹一声说："不错，这两幅书法作品都出自我们刘家！"众人闻听，立刻都惊呆了。过了一会，刘梦乡一一捧起两幅书法作品，分别放到鼻子下面仔细闻了一会儿，突然话锋一转，手指内退干部刘思，厉声说："你的这幅书法作品虽然出自我们刘家，却是我妻子孟繁树刻意模仿我的书法风格所作，它怎么会落到你的手里？说！"老人一席话吓得内退干部刘思浑身哆嗦，刚想张嘴辩解，已被毁容的刘思这时跨前一步，哽咽着说："还是我来替这个人面兽心的家伙说明真相吧。"


五、真相大白

原来刘梦乡离开大陆的第二年，孟繁树就生下了一个男孩，取名刘思。刘思有一个和他同年生的小伙伴，名叫王海。两个人从小到大，好得就差穿一条裤子。后来"文化大革命"开始了，刘思这样的家庭自然首当其冲受到了冲击，母亲被揪斗，儿子靠边站，多亏根正苗红已经混进公社革委会的王海罩着，才少受了不少苦头。就在红卫兵大搞破"四旧"之际，王海从刘思嘴里知道了刘思家有一幅刘梦乡离开大陆前写的最后一幅残缺书法作品《家》，并且知道了这幅书法作品背后鲜为人知的故事，就三番五次地劝说刘思和他母亲将书法作品交给自己代为保存，实际上王海是想以这幅书法作品讨好附庸风雅的公社革委会主任，为自己向上爬铺平道路。孟繁树怕王海弄丢丈夫的作品，团聚之日无以为证，就模仿丈夫的风格临摹了一幅足可乱真的《家》。王海拿到书法作品后，杀心顿起，在一个月黑风高之夜，把刘思娘俩住的小草房点着了火。也是刘思命不该绝，大火烧起时，他被噩梦惊醒，急忙喊醒老娘，娘俩啥也没带，只带了刘梦乡的那幅书法作品往外跑，可是门窗都被王海事先从外面堵死了，娘俩在大火中左冲右突怎么也跑不出去。就在房子快要倒塌时，刘思背着母亲，踹开窗户跳了出来，这时娘俩已被大火烧得面目全非了。躲过劫难的娘俩逃进了深山，艰难度日，盼望有朝一日能与远在台湾的刘梦乡相聚，可一等几十年仍是杳无音讯。孟繁树临终前给了刘思父亲留下的那幅书法作品，作为以后父子相认的凭证。

　　事实面前，王海抖作一团，可还是不死心地问刘梦乡："既然孟繁树临摹的作品可乱真，你是怎么分辨出来的？"刘梦乡爽朗一笑："这就是我为什么要寻找我的书法作品所在地作为投资地的原因了，一是因为这里是我的故乡，更重要的是咱们松树岭乡生长一种散发出奇特香味的松树'赤柏松'，用它的松枝烧烟制成的墨，质细色润，能发出一种沁人心脾的特殊墨香。我当年写的那幅《家》，正是用的这种特制的墨，而我妻子孟繁树临摹我书法所用的墨不过是普通的墨汁罢了。一闻墨香便知真假，我也正是看好了家乡制作松烟墨的资源，才决定来此投资的……"

　　松树岭乡松烟墨厂奠基之日，刘思将当年刘梦乡留下的那幅残缺书法作品《家》铺展到铺着红布的桌子上，又给父亲递过一支饱蘸墨汁的狼毫，激动地说："爸，你已经叶落归根和我们团圆了，请把'家'字缺的那一点添上吧，也好安慰我娘的在天之灵。"刘梦乡握笔在手，沉思了半晌，却掷笔于地，大声说："等到台湾回归之日，我再添上吧。国家团圆了才是真正的团圆，但愿在我的有生之年，能补上这一点遗憾！" 🍃

# 第三次握手

文/单晓华


王荔芝得到消息，急得好似火燎眉毛，如坐针毡。她知道，如果杜娟被押送军部，凭着她那副倔犟性格，后果不堪设想。这可怎么办呢？


1988年3月的一天上午，风和日丽，春光明媚。在燕南市赵王宾馆的会议室里，"燕南市太极武术学院奠基仪式"即将开始。

当来自台湾的学院院长王荔芝女士款款步入会议室时，燕南市有关领导热情地迎上前去，同她亲切握手。尤其是副市长杜娟，更显得同王荔芝亲密异常，她和王荔芝长时间紧紧握手后，又热烈拥抱，泪水夺眶而出……

"你这颗小荔枝，真成了老荔枝了。"杜娟百感交集地说。

"你这只小杜鹃，不也成了老杜鹃了吗？"王荔芝更是感慨万千。

大家都很惊讶：这么隆重的场合，她们怎么开起了玩笑？她们是什么关系呢？

原来，她们已是第三次握手了。

解放战争时期，燕南一带活跃着一支共产党的游击队，队长就是杜娟。他们在刘邓首长的领导下，以少胜多，神出鬼没地打击敌人。燕南城中的国军团长武丙森多次奉命对游击队进行"讨伐"，不但没有把游击队消灭，反而损兵折将，气得他咬牙切齿，坐卧不安。

且说游击队里有个队员叫黑老马，因贪污战利品，受到杜娟的严厉批评和处罚。黑老马因此对杜娟怀恨在心，便在一天夜里偷偷溜出山沟沟，跑到城里向武丙森告了密。

由于叛徒的出卖，猝不及防的游击队受到前所未有的重创，杜娟也在掩护大家转移时因右肩中弹而被俘。

武丙森一见杜娟，如获至宝，欣喜若狂，当即命人松绑，然后皮笑肉不笑地上前威逼利诱，软硬兼施，要她说出游击队的下落，以便一网打尽。

杜娟"呸"地唾了武丙森一脸，愤怒道："实话告诉你，枪毙活埋随你的便，别想从我的嘴里得到游击队的一个字！"

武丙森恼羞成怒，猛地拔出手枪要毙掉杜娟，就在这时进来一位戴着眼镜、口罩的女军医，上前拦住武丙森，附耳说道："团座息怒，上司要的是活口，打死她你能担当得起吗？倒不如给她治好伤后，放她回去，咱们派人暗暗跟踪，来个放长线钓大鱼……"

武丙森这才把枪收回，扮成嬉皮笑脸，凑到杜娟面前："小杜鹃呀小杜鹃，我是跟你开个玩笑，像你这样年轻漂亮的姑娘，我怎么舍得下手呢？好了，先治伤要紧，治好伤我就把你放回去，怎么样？"说罢挥挥手，两个士兵便把杜娟带到了另一个院落的房子里。

杜娟进屋一看，果然是个医疗室，不知武丙森又耍什么花招。正在猜测，刚才那个戴眼镜的女军人随后跟了进来，把门一关，命杜娟坐在椅子上，对她说道："请把你的衣服解开。"

杜娟不由一惊，怒问道："你想干什么？"

那人道："给你治伤。"

"不稀罕！"杜娟横眉竖目，说罢身子一扭。

"我是医生，不问国事，治伤治病是我的天职，请你合作。"那人边说边从橱子里取出器械和药物，又披上了白大褂。

杜娟依旧冷若冰霜，不屑地哼了一声，道："黄鼠狼给鸡拜年！"

女军医机警地朝窗外瞅了几瞅，这才摘下眼镜和口罩，站在杜娟的面前，和蔼地说："小杜鹃，你看我是谁？"

"你是……"杜娟紧盯着女军医的眉心，下意识地抬手摸摸自己的眉心，惊疑地问道："你是……小荔枝？"

女军医连忙伸手示意不要出声，随即又拉住窗帘，把门关死，返身紧紧握住杜娟的双手，小声道："娟姐，我就是小荔枝呀！"

"你？你怎么会在这里？怎么在这里？"杜娟激动得语无伦次。

"说来话长，治好伤我再给你详谈。"

原来，20 世纪 30 年代后期，燕南城北门里路东有座青砖蓝瓦的四合大院，主人叫王汉卿，是燕南一带有名的绅士，商会会长。这位明代刑部尚书的后裔，虽然在国共两党内担任要职的朋友不少，他却历来不关心政治，更不想当官，只是一心一意经营自己的事业，开了家"怡丰"面粉公司，还有好几家店铺。王汉卿一不抽烟，二不喝酒，唯一的嗜好就是业余打打太极拳。他无儿无女，抱养了个女儿，就是王荔芝。王汉卿乡下有个远房表弟姓杜，那一年乡下闹了百年不遇的大旱，庄稼颗粒无收，表弟带着妻子和女儿杜娟来城里投亲，也住在王家。

杜娟和荔芝同乡，恰巧同年同月同日出生，而且两人眉心正中都有一颗绿豆大小的黑痣，人们说那叫"二龙戏珠"，命大福大。算命的还说她们前世是孪生姐妹，一奶同胞。其实，荔芝和杜娟正是杜母所生的孪生姐妹。由于杜家贫困，难以养活，而王家正好没有孩子，杜娟爸爸便把荔芝送给城里的表哥。这件事两个孩子丝毫不知，但双方家长自然清楚，王汉卿就让荔芝管杜娟叫姐。两个五六岁的孩子天天在一起玩耍，过家家、捉迷藏……形影不离。偶尔翻了脸，就互相喊着外号对骂：

"你个野杜鹃，看我一弹弓打死你！"

"你个烂荔枝，看我不一口吃了你！"

然而过不了五分钟，两个人又好得不分你我了。

有一次，两个孩子去街上玩耍，走得老远老远，快到学步桥时，突然下起了大雨。小荔芝慌忙躲到一棵老槐树下避雨，小杜娟猛然想起爸爸说过的话，急忙把荔芝拉到附近一个大门洞底下，告诉她："下雨时不能往树下跑，会被雷打死的。"果不其然，小杜娟话音刚落，只见一道贼亮的闪电，一声惊人的恶雷，那棵老槐树顷刻便被劈成两半，熊熊燃烧起来。

小荔芝回家后把经过告诉了爸爸，王汉卿亲昵地抱起小杜娟，感激得不知说什么才好。

抗日战争爆发后，燕南一带兵荒马乱，日本鬼子到处抓人，王汉卿要带着一家去南京躲避战乱，杜娟爸爸不愿连累表哥，便带着妻子女儿回到了乡下。小姐妹从此分了手，再也没有见面……

一晃十几年过去了，日本投降后，王汉卿又回到家乡。这时，王荔芝已在镇江医校毕业，凭着王汉卿的关系，成了一名军医。王荔芝一回来便四处打听杜娟的下落，一直无人知晓，后来才有人告诉她，杜娟早已是闻名燕南的女游击队长了。昨天晚上，王荔芝忽然听到杜娟被抓，吃惊过后万分焦急，一夜未眠。今天一早她便赶到团部，打算见机行事，正好将了武丙森一军，并假意献计，把杜娟救下。

在王荔芝的精心治疗下，杜娟右肩的枪伤很快痊愈。这时，武丙森又改变了主意，觉得放了杜娟等于放虎归山，万万不可，便又一次提审杜娟，逼她投降。

但伎俩使尽，杜娟始终坚贞不屈，只字不说。武丙森气急败坏，又无可奈何，最后决定明天一早将杜娟送交石家庄军部。

王荔芝得到消息，急得好似火燎眉毛，如坐针毡。她知道，如果杜娟被押送军部，凭着她那副倔犟性格，后果不堪设想。这可怎么办呢？难道眼睁睁看着她去送死吗？王荔芝思来想去，别无他法，决定铤而走险……

却说杜娟被押回牢房，已是后半夜了。她昏昏沉沉地刚要入睡，忽听房门开了，马上翻身坐起，只见王荔芝急急进来，神色慌张地说道：
"娟姐，十万火急！明天武丙森要把你送往军部，你必须马上逃跑！"

"逃跑？"杜娟一怔，随即问她道，"怎么跑？"

"刚才我把看门的支走了，你赶快扮成我的模样，从东城门逃走，
要快！"荔芝急急说着，已经把军装脱了下来，接着又摘下墨镜和口罩。

"那……"杜娟迟疑了一下，坚决地说，"不！这样岂不连累了你？"

"快别拖延时间了，我自有办法。你从东门走，东门岗哨较松，大
大方方地出去，估计没有人敢拦你。实在不行，你就……"王荔芝说着
又从腰间拔出她那把小巧玲珑的美式手枪，塞给杜娟，随即掂起一把小
木凳，冲着自己的前额猛然一砸，鲜血顿时顺着面颊流了下来，接着她
往地下一躺，摆手催促杜娟，"快！你倒是快跑啊！"

此时此情此景，不容杜娟再多想什么了，她流着热泪穿上军装，走
到门口，又回过头来，深情地望了这个比亲妹妹还亲的"小荔枝"一
眼，忍着难过，眼泪一抹，大摇大摆地走了出去……

杜娟死里逃生后，武丙森很快怀疑上王荔芝。但他当时正在向这位
漂亮的女军医王荔芝苦苦求爱，企图攀上王汉卿，使自己升官又发财。
另外，他更明白王汉卿和他上司的关系非同一般，闹不好别说升官，还
得降职！于是，他只好向上司谎称由于看守不力，致使共军游击队长越
狱逃跑。结果，他被上司骂得狗血喷头，也没敢吐露王荔芝一个字。

没有多久，国军在全国战场上连连失利，一撤再撤。王汉卿眼看国
民党败局已定，有心投共，又觉不妥，情急之中便让王荔芝脱掉军装，
然后变卖了所有家产，带着全家到台湾经商去了。

新中国成立后，杜娟常常思念和打探王荔芝，一直杳无音讯。而身
居孤岛的王荔芝，何尝不想念娟姐呢？然而，一道海峡将这双不寻常的
姐妹和无数的父子兄弟阻隔了三十多个春秋……直到两岸"三通"后，
王荔芝才和杜娟取得了联系。

杜娟得知王荔芝的消息，立即写信给她，要她全家回来，党和政府
热烈欢迎。

王荔芝回信说，王汉卿早想叶落归根，因为台湾当局的反面宣传，

一直不明大陆的情况，未能如愿。眼下虽有此意，谁知王汉卿老先生又患了顽疾，已经病入膏肓。待办完父亲的后事，她便即刻动身回大陆。

杜娟收到王荔芝决定回来的信后，真是喜出望外，朝思夜盼。没多久，又收到王荔芝来信告知回国的日期，她按捺不住心中的喜悦，一遍又一遍地诵读着芝妹的来信——

娟姐——不，姐姐！

　　父亲一生未能如愿，死不瞑目。临终前他告诉我，咱们原是一奶同胞，孪生姐妹！他要我办完他的后事，带着骨灰，立即回大陆定居，让咱们骨肉团聚。父亲还一再嘱咐我：他一生酷爱太极拳，为了报效祖国，要我回去之后，倾尽所有积蓄，办一所太级武术学院，弘扬祖国的民族文化瑰宝。又说你深谙太极，让你当顾问。最后，他还喃喃自语着"燕南……燕南……"，而且手指一直指着北方……

　　今天，一双情深义厚的骨肉同胞终于实现了夙愿！

大家听完姐妹俩的非常经历，无不慨叹唏嘘，并一齐为她们的第三次握手和永远不再分离而拍掌。市长更是兴奋不已，当场赋诗一首，以示祝贺：

　　骨肉情深两姐妹，蹉跎坎坷鬓毛衰；
　　四十年后又团圆，同为祖国献余晖。🍃

# 梦圆司姑庵

文/张国华

苏老先生一见，扑上去就扒她的左耳看，又抓过她的右手来一看，然后搂着那女人就放声哭了起来，说："我女儿小倩的左耳后面有颗痣，右手小指小时候被烫伤过。没错，你就是我的女儿小倩呀！"

这天，一位拄着拐杖、白发皓齿的老者，在一位三十来岁少妇的陪同下，来到地处江淮之间的秋水县，在县城西面的一个高岗上转了老半天，久久不愿离去。他一会儿手摸着大树沉思，一会儿对着那几间用古砖垒起的民房发呆。后来，不知为什么，老者竟莫名其妙地哭了起来。

哭了好一会儿，老者才在少妇的劝慰下，一同来到县政府，找到了分管招商的李县长。

原来，老者姓苏，是位台商，今年已经快八十岁了，那少妇是他的小女儿。一听说是台胞，李县长马上热情地把他们迎了进去。听这老头的口音好像是西北人，一个外地人，又在台湾待了几十年，到我们这个偏远的小县来干什么？是想投资，还是探亲，还是……李县长不由地心里打起了小算盘。

李县长一问，老头却答非所问地说："李县长，县城西面原先有个'司姑庵'，你听说过吗？"

李县长想了想，说："我来这个县工作才几年，司姑庵的事不太清楚，但听说那庵是明朝开国皇帝朱元璋建的，当年那个庵规模不小，光尼姑就有好几十人。可惜临解放时被一场大火给烧了，现在遗址上只留下残垣断壁，要不然，也是小城的一道风景。"

老头说："我想出钱，把那个司姑庵按原样给建起来。"

李县长感到很意外，就问："苏老先生，我县交通便利，资源丰富，在这里投资什么不好，为什么偏要投资重建个司姑庵呢？"

老头不回答，却说："这是我几十年的心愿了，如今我已是风烛残年，就让我在世之时把它了却了吧。如果这个项目合作得好，我再考虑在这里投资别的项目。"

县里答应了老人的要求，李县长还从省建筑设计院请来专家，又根据苏老先生和当地一些老人的记忆，再参照别的庵堂绘了张草图。与此同时，由县里出面，开始了对司姑庵原址进行拆迁。那些民房的砖瓦都是从以前被焚的司姑庵上拆下来的，在拆迁原址民房的过程中，扒出了不少当年司姑庵里的碑刻等古物，其中一块有明朝皇帝朱元璋御笔亲题的"司姑庵"三个大字。老头说："这司姑庵，是明洪武元年朱元璋专门给司姑建的。司姑就是位姓司的姑娘，这司姑娘自小许配给当地大户许长文为妻。当年朱元璋跟着郭子兴起事，与许长文是同伍好友，后来在一次突围中，许长文为救朱元璋而死。临死前，许长文要求朱元璋照顾好司姑娘。朱元璋没有忘恩负义，他当上皇帝后，派人找到司姑娘。朱元璋本想给她找个好人家，但司姑娘得知许长文已死，心如死灰，一心只想出家。朱元璋答应了她的要求，就在她家的附近专门给她建造了这个尼姑庵，所以叫司姑庵。"

很多人还是第一次听说这司姑庵的来历，没想到还这么有来头，一

梦圆司姑庵

269

时都来了兴趣。大家觉得，这老头说不定还跟这庵中的尼姑有什么故事，都找话问他，可他却总是摇头，什么也不愿说。

苏老先生做起事来非常认真，自打开始建庵，就一刻也没离开过这里，还抛开舒适的宾馆不住，住进了工地上的工棚里，整天在工地上转呀看呀，好像总也看不够似的。

经过一年多的紧张施工，司姑庵已经初具规模。这天，李县长也来到工地。中午时，苏老先生一定要留李县长在工地上吃饭，李县长只好答应了。中饭很简单，一盆大白菜烧肉，两袋四川榨菜，一瓶当地产的珍珠泉大曲，也没找人陪，两个人就对饮起来。

半瓶白酒下肚，苏老先生的话就多了起来。原来，苏老先生老家是山西省洪洞县，就是京剧《苏三起解》里说的那个地方。新中国成立前他在国民党军队里当连长，1947 年随部队被老蒋"调防"到安徽，在秋水县生活过两年。到了台湾后，他开始经商，组建了著名的苏氏集团。如今，集团已有了几个亿资产，在东南亚有很多子公司。

酒到酣处，苏老先生说："李县长，你知道我为什么要重建司姑庵吗？我当时不愿意告诉你，是因为我怕当地老百姓不能原谅我。当年我曾奉命在秋水县驻防过两年多，有一次我浑身长满恶疮，久治不愈，还是这庵里的尼姑用土方给我治好的。但后来，我却一把火把司姑庵烧掉了，我是罪人啊！因为我有罪，所以我得到了老天的报应，让我在这里失去了妻子和女儿！"说着，老头泪流满面泣不成声。

原来，1949 年初，当解放大军即将到来时，盘踞在秋水一带的国军准备撤退，他们安排老婆孩子先走，不想老婆孩子在路上被凤阳山里的游击队俘获。国军撤退前，要处死几名被俘的共产党，游击队得知后，要以国军家属做人质，换下被俘的共产党。谁知苏先生的上司、国军少校营长的家属没有被抓，他表面上答应换人，暗地里却设了个引蛇出洞的圈套，将游击队围困在司姑庵里。游击队借着司姑庵建筑的有利地形与国军对峙，一直坚持了两天一夜。这时，已经听到了解放大军的炮声，而国军却一直没能攻进司姑庵。营长恼羞成怒，命令苏连长放火烧司姑庵，苏连长只得执行命令，给司姑庵放了一把火，然后带着人马跑了。到了南京后苏连长才得知，被游击队当作人质的他的老婆孩子都在司姑庵激战中被国军猛烈的炮火炸死了，连尸身都找不到了。苏连长这才悔悟被骗，大哭了一场，然后随军撤到了台湾。

苏老先生说："不知怎么搞的，我越是年岁大，就越是想念我的发妻和女儿。当时我的女儿小倩还不到两岁，刚刚会喊爸爸，长得非常可爱。我愧对她们呀！我那一把火不光烧掉了司姑庵，也烧死了自己的亲人呀！"说着，老头又哭了起来。

老头说："所以我想在我的有生之年，一定要把司姑庵恢复原样，算是给我赎罪，也是为了让我的发妻和女儿的灵魂有个安息的地方……"

这年年底，司姑庵终于建成了，县里为司姑庵举行了隆重的落成典礼。

就在司姑庵落成的第二天上午，一位七十多岁的老太太找到李县长，说她叫王素珍，新中国成立前曾是司姑庵的尼姑，王素珍是她后来起的俗名。当时，一场大火将司姑庵化为灰烬，又是兵荒马乱的年代，自己无处可去，还捡了个女孩，就在县城还俗安了家，与那女孩母女相称相依为命，但自己一直没有嫁人。她说她怀疑那女孩就是姓苏的台商的女儿。

李县长连忙带着王素珍找到苏老先生，让他们见了面。老头大感意外，激动得手脚发抖，向她询问当时的情况。王素珍说，当时庵里起了大火，自己和另外几位姐妹在游击队员的帮助下一起往外跑，忽听有孩子的哭声。她跑过去一看，有个两岁大的小女孩趴在一具女尸上哭着，嗓子都哭哑了。看样子，那女的是孩子的妈，从衣着上看，那女的不像是穷人。自己见孩子可怜，就把孩子抱了出来。

苏老先生问："那女的穿的是什么衣服？"

王素珍说："是件紫红色的旗袍，上面绣着荷花的那种。她的头发是往上盘着的，人长得很漂亮，随身还带着一个包袱，里面没钱，只装着几件孩子穿的衣服。包袱皮我一直留着，你看，就是这个。"说着，王素珍从包里掏出一块花布包袱皮来。

苏老先生看着看着，把包袱皮贴在胸前就放声哭了起来，说："她就是我的爱妻，那女孩就是我的女儿呀！你快带我去看我的女儿。"

王素珍说："别急，她是不是你女儿还难说呢，她叫王小珍，我打个电话让她来。"

不一会儿，王小珍来了。这王小珍已是位五十几岁的妇女。苏老先生一见，扑上去就扒她的左耳看，又抓过她的右手来一看，然后搂着那女人就放声哭了起来，说："我女儿小倩的左耳后面有颗痣，右手小指小时候被烫伤过。没错，你就是我的女儿小倩呀！"父女俩都哭了起来。

李县长说："你们父女五十年后又重逢，是件大喜事，该高兴才是。"

苏老先生抹了一把泪，说："对对对，应该高兴，真该高兴！五十年前，我一把火烧掉了司姑庵，老天让我失去了爱妻和女儿；五十年后，我重建了司姑庵，我怎么也没想到又找回了我的女儿，真是天意啊！"

至于苏老先生后来又投资了几千万元，在秋水县建了一个台湾苏氏集团的生产基地，那是后来的故事了。

# 承　诺

文/陈　默

什么都明白了！胡玉秀全身一颤，突然扑倒在二狗怀里。二狗紧紧地抱住了她，颤抖着把一张没有了血色的嘴唇凑了过去。

听到小外孙在床上啼哭，胡玉秀连忙跑出厨房，撩起围裙的下摆一边擦手一边跑进卧室。她抱起孩子一看，发现他又尿湿了。胡玉秀疼爱地拍拍孩子的小屁股，刚刚换好尿布，一位漂亮的姑娘推开门走了进来。

胡玉秀疑惑地看着她："请问，你是……"

姑娘笑着掏出了一张名片："我是电视台《人间情》栏目的记者许可。"胡玉秀疑惑地让许可坐下。许可告诉老人，有位叫曾为的老人从美国回来，说要见见他年轻时的恋人胡玉秀。整整六十年痴情还在，记者十分感动，帮曾为老人寻了三个街区，查了五个派出所的电脑资料，好不容易才找到这儿。胡玉秀淡淡一笑，摇了摇头，说她的记忆中根本就没曾为这么个人，更没什么熟人在美国，那位姓曾的老人一定记错了。

许可遗憾地走了，胡玉秀的眼睛却湿润了。曾为虽然陌生，但那个让她魂牵梦萦思念了六十年的二狗却还在脑海中鲜活着。就在昨天晚上，她还梦见了他。梦境依然是故乡的小河，升起的月亮像一个玉盘，晶莹明澈。她和穿着军装的二狗坐在老槐树下，听着草丛中虫儿的低鸣。二狗突然冲动地抱住了她："玉秀，我好爱你……"胡玉秀害怕让人看见，轻声惊叫着："别……二狗，别……"胡玉秀的梦话吵醒了女儿美美。美美开灯一看，赶紧从对面床上跑过来摇醒了她："妈，您又做梦看到二狗大爷了？"胡玉秀的眼泪扑簌簌掉了下来，直到天明没再合过眼。今天一大早，居然就有人找上门来了，难道……

快八十岁的人了，胡玉秀身子骨也虚了，时常觉得心脏有点发闷、发堵。等孩子在摇篮里睡着，玉秀淘米拣菜，忙了一上午，做好中饭时，她突然感到胸口有些不舒服，想去沙发上坐着歇歇。不想，人还没坐下，她胸口一紧，一跤摔倒在地。美美正好下班，一见妈妈病了，美美赶紧打"120"叫来了医生。当天下午，胡玉秀就住进了医院。打过针吃过药，胡玉秀才稍稍好了过来。她伸手把美美拉到病床边坐下："美美，也真怪了，昨晚我梦见了二狗，上午电视台就来了人，说什么美国来了个曾为找我……"

美美十分惊讶："妈，这可能吗？二狗大爷去了台湾，美国有什么人会找你？人家一定是弄错了。"

美美和丈夫单位的效益都很好，工资奖金高，小日子过得不错，对美国来的客人没有多大兴趣。可玉秀心里却还是不平静，她不认识曾为，可二狗也可能从台湾再去美国呀！想到这儿，玉秀让美美给许可打个电话，如果曾为愿意，她想见见曾为，希望能从他那儿获得二狗的线索。

美美"扑哧"乐了："妈，您又来了！六十年都没相见，您还想着二狗大爷？真是痴情不改啊！"

美美嘴上感叹，心里也很感动，接过妈妈递给她的名片立即给许可打了电话。许可遗憾地告诉她，上午她见了胡玉秀老人后，立即回到宾馆把见面的情况告诉了曾为，老人久久不语。下午，曾为老人在儿子的陪同下，来电视台道了别，然后一同去了广西桂林。美美问许可，老人还会不会回来？许可说，老人没有表示，但从老人恋恋不舍的神态来看，还存在再次回来的可能。美美把妈妈的想法告诉了许可，说如果曾为老人再次来了，希望电视台安排一下，让两位老人见见面。

第二天上午，许可来了医院。胡玉秀赶紧坐了起来。

许可问："大妈，您记忆中的确没有曾为这个老人？"

胡玉秀淡淡一笑："姑娘，大妈我年纪一大把了，还给你说假话？"

许可托起了胡玉秀的手："大妈，我可没这个意思，曾大爷倒在怀疑哩，说你就是他过去的玉秀……"话还没说完，许可从挎包里掏出了一帧发黄的照片。胡玉秀接过去一看，脸色一下变得通红，全身也剧烈颤抖起来。在一旁还没明白发生了什么事的美美惊得跳了起来："妈，你怎么了？"

胡玉秀张了张嘴，一头倒了下去。

许可马上找来了医生。

经过一个多小时的紧张抢救，胡玉秀终于醒了过来。她指着照片上英俊的青年军人，告诉美美和许可说，照片上的人就是二狗。美美愣了，许可也是一惊，问胡玉秀昨天上午为什么不愿意承认？胡玉秀说，曾为当兵走时名字是二狗，六十年前，村里人都这么叫。但他为什么改了名，后来又为什么去了美国，她根本就不清楚。有了明确的结论，许可立即拨通了桂林旅行社的电话，让对方帮助查找一下曾为老人的去向。当天晚上，桂林旅行社就回了电话，说他们在富丽大宾馆找到了曾为。许可让对方告诉老人，胡玉秀就是老人要找的年轻时的恋人，让他们赶快回来。

第二天下午，一个高鼻子蓝眼睛的年轻人走进了医院。他抱着一大束鲜花，还大包小包地带来了许多礼品。

胡玉秀赶紧把手伸了过去："你……就是曾为的儿子？"

年轻人微笑着点点头。他拉着胡玉秀的手，亲切地告诉胡玉秀，他叫维利，是曾为的儿子。接到旅行社通知说找到了他爸爸年轻时的恋人，他爸立即催他买好了上午飞过来的机票。今天中午，他们飞了回来，住进宾馆后，他爸特意让他去买了许多礼物。临行时，他爸不知什么原因，又变卦说不来了，只是让他来看看老人就行。说着，维利掏出了一沓美钞，放进了胡玉秀手心。胡玉秀愣了一愣，默默闭上了眼睛，泪水却从眼缝中潸然而下。病房里静得出奇，美美的心顿时揪得铁紧，赶紧扶住妈妈的肩膀："妈，您没事吧？"

胡玉秀突然睁开眼睛，抓起那沓钞票愤怒地丢在地上，然后冲维利大声叫喊："你滚，你快点滚！"

变化突如其来，美美和维利吓得脸都青了，他们正想说几句安慰的话，胡玉秀突然一声惨叫，又昏了过去。维利赶紧拨通了他爸的手机。过了一会，胡玉秀再次给抢救了过来。她睁开眼时，维利搀扶着一位步履蹒跚的老人走了进来。他冲旁边的美美礼节性地点点头，然后坐到了胡玉秀跟前："你……你真的是胡玉秀？"

胡玉秀点点头："你是二狗？"老人颤抖着张开了臂膀，看了看一边的美美，手臂又垂了下来："玉秀，你还记得我们当时的承诺吗？"

胡玉秀又闭上了眼睛。

那是一段刻骨铭心的往事啊！那一次分手，两人信誓旦旦，今生今世，对方就是自己唯一的最爱，一定要等到穿上新嫁衣的那一天。二狗走后，部队撤到了台湾。胡玉秀的父母逼女儿另外再嫁，胡玉秀性子刚烈，竟然跳进了村前的小河。被救之后，胡玉秀向父母表示，二狗不回来，她终身不嫁！父母怕她再想不开，只好含泪妥协。就为了这个承诺，她思念了整整六十年，而且再也没尝过爱情的滋味。可这个没心没肺的二狗，说是回来找她，最后竟然连面都不愿见！

一阵发堵的痛苦袭上胡玉秀心头，她皱着眉再次睁开了眼睛："二狗，往昔如梦啊，什么我都不想说了，你只告诉我，为什么不愿意见我？"

二狗又看了看美美，轻声说："你已经成家了，我怕打扰你……"

胡玉秀突然来了精神："你是说美美？告诉你，我为你守到五十，忍不住孤独，才去民政局领养了美美，可你……"胡玉秀打住话头，扫了旁边的维利一眼。

二狗浑身一颤："维利也是个孤儿，和我一起生活才十五年……玉秀，我从部队退役后，一直两手空空，羞愧难言，想去美国寻找机会，赚点钱再回来看你，可老天总是不遂人愿。我知道自己的日子不多了，才下决心回来。昨天听记者说找到了你，我既高兴又痛苦，以为……"

什么都明白了！胡玉秀全身一颤，突然扑倒在二狗怀里。二狗紧紧地抱住了她，颤抖着把一张没有了血色的嘴唇凑了过去。胡玉秀闭上眼睛，露出了幸福的微笑。许可调好了拍摄角度，就在这时，美美却感到有点不对劲，探手往妈妈头上一摸，惊恐地叫了起来。

胡玉秀带着满足而安详的微笑，再也没有醒来。二狗告诉维利，一生的等待，他只给了爱人一分钟！他不想再回美国去了，他要留在这儿，一直陪伴着玉秀的灵魂。维利理解老人，他和美美去两位老人原来的村庄，买了一小块向阳的闲置山坡。胡玉秀入土之后，他们又为二狗在胡玉秀的坟边盖了一幢小小的砖屋。

从此以后，路过那儿的人总会看到二狗靠在坟前轻声诉说，那神态真诚而动情……🌿

# 漫漫寻母路

文/陈志荣

汤文廷一个箭步迎上去，扑进了老太太的怀中说："妈妈，我今天终于找到您了。"说着，眼泪好像决了堤的洪水倾泻下来。

汤文廷和母亲分离已经五十多年了，这日子也过得挺不容易的。

1948 年的春天，汤文廷刚满一岁，家里穷得揭不开锅了，为了给一家人寻条活路，他的母亲只得离开丈夫和幼小的儿子，到县城为一户男主人是国民党军官的人家做起了奶妈。一天，汤文廷的父亲有事进城，因不放心儿子一个人在家，就把儿子也一块带了去，顺便去看望妻子。那家的太太还给他们拍了张全家福，照片上，婴儿时的汤文廷无忧无虑地坐在妈妈的腿上。哪承想，这竟成了最后的团聚。第二年初夏，解放大军南下，那位国民党军官带着一家人匆匆忙忙地走了。不知什么原因，这以后，汤文廷的妈妈也音讯全无不知去向。

新中国成立后，汤文廷父子也到县城和附近的城市寻找过，可天地之大，人海茫茫，要找一个断了线索的人，谈何容易。对汤文廷来说，母亲唯一的印象，就是留在那张照片上的年轻模样。汤文廷的父亲终因妻子失踪这难以解脱的抑郁，重病缠身。临终前，他握住儿子的手说："文廷啊，为父是不能活着和你母亲相见了，如有线索，你可一定要去找她哦。"说完，他就过早地离开了人世。后来，随着岁月的流逝，汤文廷成家立业，也有了儿子，寻找母亲的念头，也在他的心中渐渐地淡去。

　　三年前冬日的一天，堂叔婆病危，汤文廷前去料理。她的儿子幼小时被人拐走，使她落得孤身一人。临死前的那天晚上，堂叔婆叫喊着儿子的小名，怎么也不肯闭眼，直到后半夜没有一点气了，还张大着嘴巴，圆瞪着双眼，任凭别人怎么按摩，都没有合上嘴眼。汤文廷突然想到，如果妈妈找不到自己，她老人家在临终时肯定也是这个样子的。堂叔婆那恐怖的面孔，在他的脑子中深深地留下了烙印，只要一静下来，这个情景就会浮现在眼前。这以后，睡梦中，妈妈常常突然来到面前，醒来后却是一场空。寻找母亲的心愿，又重新泛起。他在报纸上刊登启事，再次四处打听母亲的下落。毕竟是半个多世纪前的事了，结果还是秃子头上盘辫子——空扬一场。

　　今年春节，汤文廷碰到了那位年轻时外出经商，后来在外地成家立业的堂表叔。堂表叔在闲聊中说起，去年秋天，因一位老友的邀请，他去了春海市。那天，他们从海边风景区回宾馆，在十字路口，红灯亮了，他们的汽车停下了。他无意中在车窗外看到，人行道上一位老人非常像当年汤文廷外婆的模样，就猛地想到，1949 年的夏天，他去沿海的春海市进一批货，在街上看到李桂花在买菜，还和她聊了几句话。五十多年没有见过面了，难道她就是李桂花？刚刚想撂下车窗仔细辨认后打招呼，前面的绿灯亮了，他们的汽车往前开了。失之交臂，不知她是否就是李桂花。

　　李桂花就是汤文廷的母亲。从这条线索看来，母亲是在那里落脚了。可是，妈妈为什么不和家中联系呢？这肯定也有她的难处，说不定是我们一家换了地方，她找不到了。得到了这个信息，汤文廷决定再次外出寻母。正月十五元宵节过后，他就告别妻儿，一个人千里迢迢地来到了春海市。在汽车站的候车室，他看到电视中正在播出一条能把老照片制作成艺术照的广告，就突发奇想，来到一家影像制作室，拿出那张老照片，请他们根据上面的相貌，把那位年轻妇女制作成七八十岁老人的模样。经过电脑的特殊处理，制作出来的照片还真像汤文廷外婆七十多岁时的样子。寻人，他已有一套经验了。安顿下来后，汤文廷就到当地的报社和电视台。新闻媒体也非常需要这种社会新闻，马上进行了报道，还刊登了那张模拟照。可是，一个多星期过去，还像是浸湿的木头——点不起火。看来，老母亲如果在这里的话，也是孤苦伶仃一个人生活，恐怕连电视也不能看到的。

是继续留下来寻找，还是回去？汤文廷不知如何是好。躺在旅馆的床上，他时常胡思乱想，母亲那模糊的形象又不时地浮现在脑子中了。冥冥之中，满头白发的老母亲不住地叹息着，好像在对他说：儿啊，我活在世上的日子已经不多了，什么时候能够让我们母子见上一面呢？继而，母亲的脸孔变成了堂叔婆那死不瞑目的恐怖样子。汤文廷从噩梦中惊醒过来，身上的衣服已被冷汗湿透了。他定下了心，说什么也要继续在春海市寻找母亲。这天，他看到城里浩浩荡荡的打工大军，猛地想到，春海市是沿海城市，经济发达，新春开始，又是招工的旺季，我何不一边打工，一边寻找母亲呢。他虽然清楚，在这么一个大城市找人，犹如大海捞针，但他也坚信，如果老母是在春海市，只要自己坚持不懈，总有一天会找到她的。

汤文廷来到劳务市场，可是对他这样一个缺乏技术，年龄也偏大的人，找一份合适的工作谈何容易！十多天过去了，他还是没有找到活干。

与此同时，有位叫杨文延的台湾客商来到春海市，和大陆的表哥一起创办康乐日用化工有限公司，他任董事长。杨文延的父亲在新中国成立前夕来到台湾，后来退伍经商，创下了不小的家业，年老体弱后，把商界打理的事交给了儿子。去年冬天，杨父病逝后，母亲就要杨文延到大陆投资办公司，利用这一机会，寻找一位叫阿小的人。

杨文延在春海市处理好有关事宜后，忙里偷闲，去找阿小了。来到浙西的淳安县城打听后才知道，他要找的那个百家埠村，早已在千岛湖的水底下了。村民们在 20 世纪 50 年代就搬迁到了别处。直到这时他才清楚，怪不得前些年母亲写了不少的信，都因查无此村而被退回。他也白跑一趟，回到春海市，准备慢慢地继续查找。

这天清晨，汤文廷又去阅报栏看报纸，上面一条康乐日用化工有限公司的招工启事引起了他的注意，就去试试了。

可是，来报名的人如过江之鲫，接待招工的那人，看过汤文廷的证件，就婉言谢绝了。汤文廷垂头丧气地出来，忽然撞到了一位取出手机刚要打电话的人身上。汤文廷抬头看了看，见那人西装革履，仪表不凡，知道自己闯了祸，忙连声说："对不起，对不起。"边说边走。

那人就是杨文延。被人一撞，杨文延忙扭转头，眼光落在汤文廷的脸上，不觉一愣，猛地回过神，对他说："你是来找工作的吧？"

汤文廷停住了脚步，点点头说："是的，可没有被聘用。"

杨文延电话也不打了，收起手机说："你跟我来。"

汤文廷丈二和尚摸不着头脑，但还是跟着杨文延去了。他们来到报名处，杨文延说了句："把他留下。"这时，他的手机又响了，就自己到一边接电话了。电话是台湾打来的，有几件事情亟待他去处理，他到办公室作了安排后，下午就上了飞机。

汤文廷的工作是扫地搞卫生，活儿比较有规律，下班后，就骑着自行车穿街走巷地到处跑，看到上了年纪的人，就拿出那张模拟照片前去打听。他猜测，母亲既然去年被堂表叔亲眼看到过的，那肯定在春海市的某个角落。他在脑子中把春海市划成了一片片的小块，准备利用休息时间，篦虱似的寻找一遍。

杨文延是在一个多月后的一天傍晚才回到春海市的。到公司后，就想把汤文廷找来聊聊。可是，等待他处理的事情也实在太多了，再说，那种事又是性急喝不来的热粥，需要慢慢地弄清楚。他作好打算，明天下午无论如何也得抽出半天时间来。哪里想到，第二天上午出门时，突

漫漫寻母路

然一块广告牌的包边钢从二十多层高的屋顶坠落，砸在他的右臂上。顿时，他跌倒在地，血流如注，被送到了医院。杨文延手臂上的动脉被砸断了，因流血过多，已处在昏迷状态，如果不及时输血，随时都有生命危险。可他是 O 型 RH 阴性血型，这是一种比较罕见的血型，几千人中才可能有一例，医院没有这一库存的血液，和市血站联系后，存量很少，他们正在向市献血办求助，是否能够采到也是个未知数。这个消息很快在公司传开了，员工们都在自觉地打听和寻找有否这种血型的人。

汤文廷猛地想到，有次住院，医生说他的血型比较特殊，可他记不住这些英文字母，会不会就是杨总需要的那种血型呢？想想要不是杨总，他可能至今还没有找到工作呢。古人说，滴水之恩，当涌泉相报。现在杨总有难处，自己帮助他也是完全应该的。于是汤文廷就骑着自行车来到了医院，把自己的想法和医生说了。在这节骨眼上，医生也没有多说什么，让他马上化验。化验结果出来，汤文廷正是 O 型 RH 阴性血型。血型相同也是一种缘分，汤文廷毫不犹豫地伸出了手臂。由于抢救及时，杨文延度过了危险期。可是，一波未平，一波又起。

一年前，杨文延得了轻微的扩张性心脏病，这次受伤，出血过多，身体衰弱抵抗力差，使得旧病复发。医生说，只有心脏移植才能挽救生命，并给他做了换心手术的准备。

杨文延把自己目前发生的情况打电话告诉了在台湾的妻子，他的老母亲这几天看到儿媳心神不安，又急着要去大陆，猜想可能发生了什么不幸的事情，就偷听了他们的电话，才知道了事实真相。当得知儿子要做换心手术时，老太太哪里还坐得住？这时，亲民党主席宋楚瑜八十七岁的老母亲也去了大陆。老太太想，自己比她要年轻得多，身体也硬朗，去大陆的话，体力上是不成问题的，再说，还可以利用这个机会，亲自去辨认一下文延谈起的那个人，就非要和儿媳一起来大陆不可。

这几天，汤文廷也成了医院的常客，一下班就到病房为杨文延端屎尿擦身忙个不停。杨文延越看越觉得汤文廷和自己的面目有惊人的相似之处，很有可能就是母亲要找的那个阿小，几次想试探一下，但因心脏不舒服只得搁下。杨文延知道，这种事情又不是三言两语能够说清楚的，现在骗子多，不得不防，稍有不慎，如果他顺着杆子往上爬，到头来还不是湿手沾上干面粉——甩不掉。他准备等身体好一点后，再旁敲侧击地试探一下。就这样，索性让汤文廷留下来服侍照料自己了。

这天下午，老太太和儿媳妇一下飞机，就直奔医院。老人发如银丝，看来已快八十岁了，但慈眉善目，精神矍铄。杨文延让母亲休息了一会儿后说："妈妈……"可他没有说下去。

老太太知道儿子有话对自己说，这里是人多眼杂说话不便，可总不能把别人叫出去，没有别的办法，就弯下腰，把耳朵贴到儿子的嘴边说："文延，你有什么话就对妈说吧。"

杨文延努着嘴指了指病房一角的汤文廷后，轻轻地说："妈妈，他就是我这次回台湾时和您说的那个人，我因力不从心，还没有了解过。"

老太太偷偷地看了眼汤文廷，大概是心有灵犀一点通吧，总感到面熟，相貌也非常像杨文延，就点了点头。

汤文廷是个有自知之明的人，见两位贵妇人来到病房，哪里敢昂起头去看她们，远远地躲到了一边。

老太太故意叹了口气说："唉，百家埠村已在千岛湖的水中了，我的亲人不知到哪里去了。"

一听到百家埠村和千岛湖，汤文廷不由自主地一惊，那不是自己的老家吗？他偷偷地用眼角的余光看了眼老太太，不禁眼睛一亮，她和我身边那张模拟照片非常相似，难道……看看自己的这身打扮，又瞧瞧她们的穿着，当然不敢冒昧地去问，也转了个弯说："我原来就是浙江省淳安县百家埠村人，1956年拦坝建造新安江水库，我们村里的人都分散迁移到外省外县，我们一家人是迁在江西省的。那时我已有十岁了，你们要找的人，说不定我能够提供一点线索呢。"

老太太心中一喜，就直截了当地说："你晓得阿小吗？和你差不多年纪，他的爸爸姓汤。"

汤文廷一听，心里像沸水般地剧烈翻腾起来，马上说："阿小？阿小就是我的小名，我的爸爸叫汤生水，妈妈叫李桂花。在我两岁那年，妈妈去城里给人家做奶妈，后来没有了音讯，我找得她好苦啊。"原来，百家埠村有个习俗，孩子出生后一直叫小名的，直到要上学了，才请位有学问的先生取个正式名字。

老太太眼睛一亮："你就是阿小？你是 1947 年正月初八酉时出生的吧！"

汤文廷不假思索地说："是的。"说着，从衣袋中掏出身份证，递了过去，因为他原来报的出生年月是农历。他清楚，眼前这位老太太很有可能就是他要找的母亲了。

老太太突然走了过去说："阿小，我就是你的妈妈啊。"

汤文廷一个箭步迎上去，扑进了老太太的怀中说："妈妈，我今天终于找到您了。"说着，眼泪好像决了堤的洪水倾泻下来。

老太太正是李桂花，她伸开双臂，紧紧地抱住了分别半个多世纪的儿子。

那一年，解放军过了长江，李桂花做奶妈的那户人家也要往南逃跑了，可婴儿还离不开这位奶妈，他们就逼着她一起走了。兵荒马乱，李桂花连信也无法带回家。他们逃到了春海市，以为马上能够回家的，哪里想到，住了一个多星期后就上船去了台湾。显然，汤文廷的堂表叔去年是看走眼了，那人并不是李桂花。

到了台湾的第二年，军官的太太和儿子一起遇车祸身亡。在那位军官的一再追求下，李桂花看到两岸的局势越来越紧，已无回家的希望，就和他结了婚。这位军官就是杨文延的父亲。李桂花无时无刻不在思念着大陆的儿子和前夫，两岸关系开始解冻后，她给老家写了好几封信，终因百家埠村的不存在而被一一退回。随着年龄的增加，思念亲人的心情愈来愈强烈，但也感到希望渺茫。杨文延的父亲去世后，李桂花就要杨文延到大陆办公司，借此机会，寻找那位同母异父的哥哥阿小以及他的父亲。

母子相聚了，汤文廷漫漫寻母之路，终于有了一个圆满的结局。

人逢喜事精神爽，杨文延做了换心手术后，身体恢复得很快。痊愈后，他们就一起去汤文廷的家里探亲。

# 最后一根弦

文/张　森

他不说下去了，走到桌边，抚摸着桌上那把旧琵琶，认出这就是当年他送给文菲的定情之物，可只剩下一根弦了。

## 一

当年的柳家二少爷柳念春从台湾回大陆老家探亲来了。四十年弹指一挥间，柳二少爷已成了回忆中的形象了。当柳念春从出租车上走下来时，街坊邻居看到的不是当年英姿焕发的后生仔，而是一位高个枯瘦、头发花白的老大爷。他脚步滞重地向着自家的旧院落走去。

柳念春站在自家的门前发了一会儿呆，抬手推开那两扇沉甸甸的大铁门，一眼就看见院中那棵已经变老了的槐树，树下坐着一个老女人。

老女人见了柳念春，也不起身，下颌不经意地抖了几抖，却说不出话来。她是柳念春的发妻梅文芳。昨晚她一夜无眠，天刚发白，就披衣起床，等着她四十年未见的老伴回来。自从去年中过一次风后，她右半边的身子就不灵便了。

柳念春走过去，单腿一屈，跪在了地上。众人慌慌地都来拉，他挥了挥手，将众人都推开，才开口对梅文芳说："我背你上楼。"梅文芳愣了一愣，也不推让，硬是撑着椅背站了起来，慢慢地伏在柳念春的背上。虽说梅文芳病躯消瘦，但柳念春还是背得艰难，短短的一截楼梯，走走停停，停停走走，就歇了两三回，还不断地擦脸，不知擦的是汗还是泪。院子里围看的人，心里不免都有些酸酸的。

这时，楼下西厢房的门打开了，走出一个比梅文芳略微年轻些的女人。女人板着脸，对梅文芳的儿子柳家声斥道："这是让人看热闹的时候吗？"说完将门一甩又回了屋。柳家声有些为难，众人见状，也自觉不妥，便退了出去。

柳念春终于爬上楼，将梅文芳放在床头坐稳了。当儿子、儿媳都退下楼后，两个老人却相对无语，只觉得墙上的挂钟滴答滴答走得烦人。他们只做了四年夫妻，倒分开了四十年。这四十年间发生的事太多太杂了，夫妻俩一时反而找不到一个话题。许久，柳念春才嗫嗫嚅嚅地说："这些年，我……弄得你一无所有。"梅文芳叹了一口气："你不也一样。"两人又是一阵沉默。半晌，柳念春才又问梅家的亲戚近况怎样。梅文芳神色黯然，沉重地说："你是问文菲吧？她现在搬在楼下西厢住，要说一无所有，她才是真正的一无所有。"

此刻，楼下传来一阵急促的琵琶声，如同暴雨噼噼啪啪地敲打在窗台上。一阵急如骤雨的琴声过后，便渐渐低缓下来，化成细细的雨丝飘散在院中。柳念春的心随着琴声的缓急也激动不已，他知道这是文菲在弹琴。像四十年前一样，文菲的琴一如文菲的人，率性而没有章法。这琴声把柳念春带到了往昔的回忆中——

二

当年念春最先认识的是妹妹文菲，而不是姐姐文芳。

那时柳家和梅家都在做百货生意，偌大的福州城，他们两家百货生意都做得挺火。柳家有两个儿子，老大帮助父亲料理商行大小事务，老二念春却不把心思放在经商上，终日结交一帮文人，不是饮酒看戏，便是结社吟诗。

一日，念春与朋友饮酒归来，路过一处宅院，忽听一阵琵琶声越过院墙，声声战栗，似倾诉，又像呼唤。念春不由驻足聆听，见院门微启，便好奇地探头进去。他看见玉兰树下有一年轻女子，怀抱琵琶，信手弹拨，那随心所欲的样子，别有一种风韵。

朋友告诉念春，这女子是梅家二小姐文菲，上过女中，唱一口好歌，弹一手好琴，算是一个新潮女子，平时我行我素，率性不羁。念春这才知道自己无意之中闯进了梅宅，却按捺不下心中的好奇，竟舍不得走开，愣愣地听着文菲在边弹边唱：

东风恶，欢情薄。

一怀愁绪，几年离索。

错！错！错！

念春听出文菲弹唱的是古曲《钗头凤》，那缠绵悱恻的歌声挑动了他内心的激情，忍不住接下唱：

桃花落，闲池阁。

山盟虽在，锦书难托。

莫！莫！莫！

文菲一惊，回眸一看，是一陌生男子，兀地脸儿绯红了。那副含羞的神情，全无外人说的乖戾模样。念春自觉唐突，忙过去赔了声不是，又自报了家门。文菲倒大方起来，毫不拘束地与念春谈起古曲的弹唱技巧。她问念春为何也喜欢《钗头凤》这样令人心碎的爱情悲剧？念春含蓄一笑，说他更喜欢天下有情人皆成眷属。文菲拍手称善，两人都开心地笑了。分手时，两人都有点依依不舍。

说来也巧，这时有好事者正为梅柳两家牵线联姻，以为梅家大小姐文芳与柳家二少爷念春十分般配，两家若成了亲家，联手进退，生意必然更大发展。柳老板征求儿子的意见，念春只说了一句话："娶，就要二小姐。"柳老板蹙起眉头说："那二小姐的脾性，你大概也有风闻。"

念春笑着回答："不怕的，我管得了她。"柳老板只好由了他。

定亲那日，两家宴开三十席，款待各界名流。席上念春第一次见到文菲的姐姐文芳。两姐妹虽都是清俊女子，那文芳却十分端庄持重。念春冷眼旁观，心里更喜爱妹妹的伶俐娇蛮。

散席后，念春送文菲一把琵琶作为定情之物。文菲欣喜不已，乘兴弹奏一曲《西厢记》中的"拜月"，把那少女的怀春之情流露得淋漓尽致，文芳在旁抿嘴窃笑。

此后，念春想尽办法邀请梅家两姐妹出来游玩，趁机与文菲说几句悄悄话，诉相思之苦。文芳看见妹妹魂不守舍的样子，忍不住笑着说："你们俩就这么恋爱下去，不过日子了？念春是个男子，好歹得有个职业。"文菲将嘴一撇，来个回击："你听听，这话像不像薛宝钗规劝宝二爷的。你操什么心呢？他家，我们家，有的是钱。我就主张，各人干各人喜爱的事。"文芳摇头不语。

一日，念春买了戏票请梅家姐妹出来看戏，是福州闽剧名角郑奕奏演出全本《钗头凤》。当戏唱到高潮处，满场唏嘘。文菲也噙着泪水，眼睛闪着异样的光芒。散场后观众将剧场后门围得水泄不通，只等着一睹名角卸妆后的风采。当那些名角走出来，仪态万方地朝人群招招手，跳上黄包车匆匆离开时，文菲如遭了定身法，目光痴滞不动，久久说不出一句话来。当时谁也没有意识到，文菲的脑子里正酝酿着一个重要的计划，这个计划改变了她和念春的一生。

文菲突然出走了，只给文芳留下一张纸条："姐，我学戏去了，不要让爸妈来找我。叫念春等我两年。"

梅老板慌了，急火攻心，病了两三个月。夫妻俩也不知道商量了多少计划，最后只好编了个谎话告诉亲家公，说二小姐突染肺痨，病势凶恶，怕传染给别人，暂时送乡下静养去了，恐怕一时半刻回不来了。梅家又怕担当悔婚的名声，就提出要让大女儿文芳替代文菲出嫁。此举柳老板十分赞同，念春却咬紧不肯。柳老板夫妻只好拿大话来压他，说你大哥只得三个女儿，你若苦苦等待文菲，岂不是叫你老父老母膝下无孙，断了柳家香火？再说，梅家大小姐有哪一样不如二小姐呢？念春表面上像个浪荡公子，骨子里却十分孝敬父母。禁不住两个老人的轮番苦劝，只好百般不情愿地答应了这门婚事。

娶亲那日，自然是极尽了热闹排场。待亲友散尽，洞房里却十分冷清。念春和文芳分坐床两头，都不说话。念春想着文菲病卧郊野，自己非但不能去看她，还毁约娶了别人，这别人还是文菲一奶同胞的姐姐，这伤痛一个病人能承受得了吗？念春想到此景，禁不住长吁短叹。此时文芳的心情也不好受，她见念春脸上毫无喜色，不觉地含了几分羞辱，忍不住暗自落下泪来，泪水沾湿了大花红色的中式对襟上衣。是夜二人分在两头和衣而寝，始终难眠。

如此过了两夜，到了第三夜，念春半夜醒来，听见文芳在床那头嘤嘤地哭，便叹了一口气，说："我终是放心不下文菲，这几天病又不知加重了几分，我总是要见过她一面才能死心的。"文芳见念春痴迷到这一步，只好把文菲出走学戏的事告诉了他，只是瞒过了要念春等两年的话。念春听了，呆了好一阵子，想到自己一直把文菲当成今生的知己，她却独断独行，把戏看得比人还重了。想想这女子的脾性，还真有点我行我素，不由地有了几分心灰意冷。文芳自然是温言软语百般劝慰，此时，念春也只好顺水推舟，两人紧紧地抱成一团……

没多久，文芳就有了身孕。念春在文芳的规劝下，收敛了以往的形迹，跟在父亲与大哥身边学做生意，除了出去跑码头，回到家里便守着文芳过日子。

三

文菲在离家出走两年之后回了一趟福州。

当文菲走进梅家大院，发现院子里有一个乡下女人，女人身边站着一个一岁左右的小男孩，文菲只觉得那孩子面善，便忍不住问那妇人这孩子是梅家的什么人。那妇人是新来的奶娘，只当文菲是隔壁的邻居，就指着屋里说："这是大小姐的公子，回娘家来住几天。"文菲听了一愣，又问："大小姐什么时候有婆家了？"奶娘有些不耐烦起来："你不知道梅家大小姐退嫁了柳家二公子？"

恰巧文芳从堂屋出来，她看见奶娘正跟一个陌生女子说话，那女子又黑又瘦，身穿一套土布衣裤，样子十分落魄。但文芳还是很快认出她是文菲，便慌慌地跑过来，抓住她的手叫着："你……你信也不捎一封。"谁知文菲一声不吭，冷着脸甩开文芳的手，转身就往门外走去。

文菲走得飞快，文芳追出三条街才追上。文芳涨红了脸，恨声恨气地说："你以为谁都要追着念春嫁呢?! 你一走了事，留下的却要我替你担当，你问过我愿不愿意呀? 要有来世，咱俩换着过，你守着这个家，我出门看世界，也不算白过了一辈子。"文菲听了，竟回不了嘴，半晌才说："就算我没回来过，我走。"文芳吃了一惊，急问："你还要到哪里去?"文菲见文芳脸都急白了，倒笑了起来："你别管，你也管不了。"文芳知道妹妹历来就不是个劝得住的人，就摘下身上戴的金银首饰塞在文菲手里。文菲哪里肯收，文芳变了脸，说道："算我给你赔罪，总行了吧。"文菲叹了一口气，勉强收了下来，嘟噜了半句"念春那里……"又不往下说，转身走了。

文芳没有将文菲回来的事告诉念春。

半个月后，念春也见到了文菲——

念春到福清办事，友人拉了他去看闽剧。那晚上演的是《梁山伯与祝英台》。福清戏班的演员当然不如省城的演得出色，只有一个演书童的，不但咬字十分清晰，而且扮相也算俊美。念春越看越觉得她像是文菲，便到后台去探个虚实。那演书童的已卸妆，果真是个女子，正抹擦着脸上的油彩。念春走过去，轻声说："你别躲我，我知道你是文菲。"书童不说话，身子冷得瑟瑟发抖。看着梅家一个千金小姐沦落到当戏子这个地步，念春心里极为酸楚。他执意要带她去吃宵夜，文菲摇摇头，念春想了想，就说去她那里坐一坐。

文菲在城郊租了一间屋子，虽小，却还干净。推门进去，念春一眼就看见迎面墙上挂的那把琵琶。文菲泡出两杯茶来，自己却点了一支香烟，吸一口，喷一口，像是在驱散心中的什么郁气。念春忍不住劝道："回家吧，你想学戏，我说通老爷子让你在家学。"文菲冷冷一笑："哎，到底和文芳做了一家子，连说话都像长辈了。"念春无奈，在小屋里走了几个来回，就去摘下墙上的琵琶，递给文菲："弹一曲吧，好几年没听你弹过了。"

文菲灭了香烟，掸了掸琴上的灰尘，转轴拨弦，弹奏起来。她弹的是《西厢记》中的《拷红》，却不开口吟唱。琴声幽怨，透露出无可奈何的情绪。一曲未了，咚的一声，琴弦断了，念春吃了一惊。文菲扔了琵琶，一把拥住念春，念春也紧紧地把文菲搂在怀中。多年的相思之苦，此时正化作一团烈火，尽情地燃烧起来。直到鸡鸣时，两人方渐渐有了睡意。

念春到次日日上三竿方醒转过来。一摸枕边，早已人去床空。桌上留着一张条子："我走了，别来找我。"

四

文菲走得无影无踪，念春无法去四处寻找，因为福州临解放那一年的局势很是混乱，有钱的人家纷纷外逃。柳老板劝亲家公一起到香港避一避风头，梅夫人死活不肯，柳家也不好勉强。当时文芳又怀上老二，动不得身，只好留在娘家待产。念春当时打算等他去香港安置好产业，那时文芳也该坐完月子，他就回来接妻小一同去香港团聚。哪知这一别就是四十年的两地隔绝。

福州解放了，再次回到家的是文菲。她穿了一件列宁装，梳了两条辫子，比以前精神得多了。母亲搂着女儿喜极而泣；父亲想到当今世道变了，女儿既然当了戏子，也就只能随她独自谋生去了。这时文菲在市闽剧团工作，因为她长得漂亮，能弹能唱，戏也演得好，故而很得文化局穆局长的赏识。

穆局长对文菲的好感，文芳已有所闻，她捅了捅妹妹，打趣地说："你已经是老姑娘了，就跟了他吧。"文菲摇摇头，略有感触地说："这总得懂点戏才行。这个局长大人，每回到剧团看排练，唱个开头，他就睡着了。"文芳顿了一顿，说："天底下又能有几个念春呢？"此言触及太深，姐妹俩便都不说话了。此时念春离家已经三年，听人说他从香港转道去了台湾。她们都不敢在人前提起此事，只在夜深人静时，姐姐在楼上倚窗望月，听着楼下妹妹弹拨低沉的琵琶声，各自寄托着思念罢了。

随着阶级斗争的形势越来越严峻，文芳的压力也越来越大。柳宅被没收了，她经常受到莫须有的审查。父母先后去世，她更为孤单了。有所安慰的是一对儿女。哪知老天不保佑，偏又夺去她宝贝女儿的生命。

那年夏天，文芳女儿不小心被旧铁丝扎破了脚板，得了破伤风，抢救了一天一夜，没有再醒过来。文芳痛断肝肠，欲哭无声，将女儿死死搂在怀里不放，嘴里反复地嘟哝着："我怎么对念春交代，我怎么对念春交代！"文菲走过来，从兜里掏出一把梳子来，说："我来给她梳头。"便将女孩抱过来，又低沉地说："你本该是我的孩子，谁叫你妈妈跟我换了命呢？"文芳听了，"哇"的一声哭了出来。

从此，文芳像是换了个人似的，终日神情呆滞，做事丢三落四。文菲看见家中一副败落的样子，忍不住对她说："你不如找个人嫁了吧。看现今的局势，你等他回来也是白等。"文芳抬头看着文菲，凄然一笑，说："连我都是白等，那你还等什么呢？"一句话顶得文菲脸色煞白，拉高声调吼道："柳家欠了你，有本事找柳家算账去，用不着这样半死不活的，你做给谁看？"

文芳听了，愣了半晌。从那日起，她的精神稍稍振作一些。

然而，海峡两岸的时局愈来愈对立，作为台属的两姐妹，生活更为艰难。如此年复一年地煎熬着，把一对红颜女子渐渐销蚀成老态毕现的妇人了。

五

世道终于起了大变化。大陆的拨乱反正加随之而来的改革开放，文芳她们可以挺直身躯做人了。"文革"中被没收的柳宅，经落实政策，翻修一新，退还给原住户。文芳母子又搬回老屋去住。不久，文菲从剧团退休，也来到姐姐家，住在柳宅的后院里。

又过了几年，令梅家姐妹心跳的事出现了：当年去台湾的亲属断断续续有了音讯飘回大陆，唯独没有念春的消息。

一天清晨，文芳到西厢房看望妹妹。只见文菲正用剪刀剪断一个黑布袋口子上的死结，拿出封存多年的琵琶。她调着琴弦，轻拢慢捻，终不成调。文芳很有耐性地站在一旁观看，她是怀着一种焦切的心情，等待听一曲妹妹的弹唱之后，同她谈一谈，怎样托人查找念春的事。突然，文芳低低哼了一声，身子斜倒在墙角边。文菲急忙扔下琴，奔过去扶起她。

文芳中风了。经过医生的抢救，她依然双目凝滞，一动不动躺在床上。文菲急得快哭起来。她俯在文芳的耳边，用火辣辣的声音一字一顿地说着："姐姐，你要坚强地站起来！你等了四十年，念春快回来了，你们一定会相见的。"

文芳似乎受了刺激，眼珠子动了，眼睛有了点亮光了。一个月后，她虽然右半边的身子不很灵便，但终于站起来了。

六

离别四十年的夫妻终于相见了。念春背着文芳上楼，两人心中有说不尽的话语，一时又找不到一个开头，只好相对无言。他们都听到了楼下传来的琵琶声，心中明白还有一个人与他们同样百感交集，思绪万千。

文芳毕竟是个病人，强打着的精神还是支撑不住疲惫的身体，没多久，她倚在靠背椅上睡了。念春将她抱到床上，拿出他带回来的那床羽绒被，轻轻地盖在她身上。就这样，念春坐在床边，望着文芳那张饱含风霜却依然白净的脸孔，一直坐到天明。

天刚蒙蒙亮，念春便下楼往西厢房走去。房中无人，念春猜想，也许文菲也是一夜无寐，现在正迎着晨风到湖边散心去了。于是，他在院子里一边漫步，一边等候。等到 8 点，却等来了市台办主任一帮人，请他去参加欢迎酒会。

七

念春宴罢归来，已是晚上 10 点。他走进后院，见西厢房还亮着电灯，就推门进去。文菲刚洗完澡，脸儿红红的，乍一看要比文芳年轻了许多。念春站立了半晌，不好意思地说："隔绝了这么多年，总想念着你。我回来了，又不知道该送你一点什么才好。"文菲淡淡一笑："也难为你了，还记得我。那边也是一大家子，不容易啊！听说你太太已来过好几通电话，倒真是放心不下你。"念春冷笑一声，很伤感地说："这年头，还有谁会放心不下我这个糟老头，放心不下的是——"他不说下去了，走到桌边，抚摸着桌上那把旧琵琶，认出这就是当年他送给文菲的定情之物，可只剩下一根弦了。"够了，一根弦足够了。"文菲说着，挑动了一下琴弦，如裂帛之声起，又戛然而止。念春一激灵，冲动地抓住文菲的手，大声地说："那年你若不走，哪还会有后来的事？我不怨你，怨谁呢？"文菲十分冷静，将头探出窗口，看了看楼上，幽幽地说："你快上去看文芳吧，今天她发了高烧，晕过两回。"念春愣了愣，便跌跌撞撞地走了出去。

念春才爬上两级楼梯，就不上了，一个人坐下发呆。不知过了多久，当他抬起头来，才看见儿子家声和媳妇就站在他面前。念春想了想，郑重地说："你妈苦了一生，照顾你妈，还有二姨。这些就算我临别的交代吧。"儿子和媳妇连连点头，表示一定全力侍奉老人。

家声接着告诉父亲："二姨今天说，妈这盏油灯，是为爸点的。爸一走，妈没了想头，油也就熬干了。"

念春无语，家声又说："二姨不会在这里长住下去，她说她又没有个姓柳的儿子，凭什么要赖在这里不走？妈在一天，她住一天，妈一走，她也走。"

这时，突然一阵琵琶声响起，夜空颤动着《钗头凤》缠绵悱恻的旋律。念春顿时浑身战栗，他知道这是他今生最后一次听文菲的琵琶弹奏了，他生怕琵琶的最后一根弦也突然断掉。

念春就这样怀着一颗忐忑不安的心，迎着"山盟虽在，锦书难托"的暗哑琴声，又走到了西厢房。只见文菲手指在琵琶的弦上用力一挑，这一挑惊心动魄，令念春突感大地都在摇晃。这时最后的一根弦终于断了。文菲扔下琵琶，抬起头，双眼闪着盈盈的泪光。念春顾不得有所忌讳了，上前将文菲揽入怀里。

只一会儿，文菲便缓缓地将念春推开，转身面壁，轻轻叹道："错！错！错！世情薄，人情恶，如果世间发生过的事能再来一次，就不会有那么多的错了。可惜人生没有后悔药。人成各，今非昨，莫！莫！莫！"

念春还能回答什么呢？看来，他们几十年的悲欢离合，真的都已融进了《钗头凤》的几句台词中了。他盯着桌上的旧琵琶，它的最后一根弦，的确断了。

几天后，念春走了。在他回到台湾的第三天，文芳就病故了。临终前，文芳一定要文菲给她穿上那套大花红色的中式对襟的衣服，文菲明白，文芳要穿这套衣服在阴间等待和念春相见。

文菲料理完姐姐的后事，也突然失踪了，没写下任何留言。柳宅西厢房里的物件都完好无损，唯独少了那把无弦的旧琵琶。

# 真爱的见证

文/张圣东

生产那天，她把儿子抱在怀里，仔细地端详着。她发现，小家伙的嘴唇、眼睛、鼻子像是和凌轩从一个模子铸出来的……

这天，八十岁的台胞凌子云夫妇家来了位不速之客——一位怀抱婴儿的四十左右的中年女人。更奇怪的是，这女人说她来自台湾，是他们的儿媳妇，而她怀里半岁左右的孩子就是他们的亲孙子。凌子云的脑子好一阵子反应不过来：这怎么可能呢？因为就算时隔多年，老眼昏花的他们认不得儿媳妇了，但他们的儿子早在十七年前就死了，到现在怎么会有他和这女人的孩子出生？他想这女人要么是疯子，要么就是来诈钱的骗子，因为这方圆近百里的人都知道他们老两口是从台湾搬到大陆居住的有钱人。所以面对这女人，凌子云把头摇得像拨浪鼓，然后就要关门赶她走。

"爸爸、妈妈，你们真的不认识我了吗？我真是你们的儿媳朱丽彤啊！而且，这孩子的确是凌轩的骨肉啊！"这女人动容地说着，脸上挂满了泪。

凌轩？这女人知道凌轩？莫非真的是我们的儿媳妇？凌子云睁大了眼睛，他依稀记得，他们的儿媳妇朱丽彤那时多么年轻漂亮，哪像现在这样！凌子云想了想，和老伴对望了一眼，不紧不慢地说："孩子，就算我们承认你是我们的儿媳妇，但你这怀里的孩子，谁能证明是我们的孙子呢？"

"爸爸，这确实有些不可想象，因为孩子的爸爸凌轩，十七年前就被一场突如其来的暴风雪夺去了年轻的生命……"

"行了，你别说了！"凌子云猛地一挥手，打断了她的话。到现在，他才确信无疑这女子的确是他们的儿媳妇朱丽彤，因为她对凌轩的死说得这么清楚。老人激动得和老伴抱头痛哭起来，因为朱丽彤的话激起了他们对往事的回忆和对儿子凌轩的怀念。

原来凌轩和朱丽彤1988年结婚后不久，那时两岸关系已经解冻了几年，有关部门组织大陆、台湾的登山爱好者举行了一次攀登珠穆朗玛峰的联谊活动，恰好凌轩和朱丽彤都是登山爱好者，两人都报了名。但事有凑巧，就在登山前两天，朱丽彤的妈妈病重住进了医院，凌轩只好一个人随队前往。

谁知道凌轩这一去就再也没有回来。一周后，凌子云夫妇接到活动组织部门的电话："凌轩他们登上主峰后返回来时，忽然狂风骤起，凌轩不小心跌进深谷失踪了……"这个噩耗把他们都吓呆了，因为凌子云早年当兵，一直没有生育，后来到了台湾，时局渐渐平稳后，夫妇俩才在1962年生下这个独生子。从此两人心肝肉儿似的养护着，又竭尽全力地培养，好不容易让他读完大学。眼下刚结婚，想不到还没能为他们留个后代就走了……夫妇俩沉浸在白发人哭黑发人的无限悲凉中，眼睛几乎哭瞎……

没有儿子的生活是孤寂落寞的，虽然朱丽彤仍一如既往地孝敬他们，但凌子云夫妇像失去了巨大的精神支撑，常常望着凌轩住过的房间发呆……1990年，他们终于决定离开台湾回大陆，因为叶落总要归根，加之在台湾睹物思人，他们忍受不了这痛苦，所以两个人就回到了凌子云的老家松林市天马镇，饱经沧桑的夫妇俩想就这么平平淡淡地打发完这一生……

"爸爸、妈妈，我说到你们的痛处了，是我不好啊！"朱丽彤看两位老人眼里涌满了泪，不由地有些内疚。凌子云夫妇从往事的回忆中清醒过来，热情地招呼朱丽彤坐。凌子云轻轻接过朱丽彤怀里的孩子，眼睛定定地看着她问："丽彤，这孩子真是凌轩的骨肉？""是的，一点不假。"朱丽彤肯定地点点头。"可是……可是凌轩已经死去十七年了啊！"凌子云夫妇还是将信将疑。"也许是天意，他的精子却一直存活着……"朱丽彤道出了事情经过。

凌轩的意外死亡，让朱丽彤很后悔他们没有尽早要孩子，她感觉很对不起凌轩。为此，二十六岁的朱丽彤此后一直没有再婚，虽然以她的年龄和美貌，给她做媒的几乎踏破了门槛。经过十多年不懈努力和刻苦钻研，她获得了"人工授精与试管婴儿"专业博士学位，成为台北市某著名医院"人类非自然生育"的专家。但事业的繁忙和成功并没有让她忘记曾经深爱的凌轩，工作之余，凌轩那张英俊的脸庞以及他们曾经共同度过的浪漫时光还不时浮上她的心头……

然而有一天，朱丽彤平静而繁忙的生活被一个电话打乱了。那天，她正在实验室做一个试验，忽然接到一个电话："你是朱丽彤女士吗？告诉你，你十六年前死去的丈夫的尸体我们找到了……""什么？"她怀疑自己是不是听错了，定了定神才明白过来。这个电话是当年那个活动组织部门打来的，由于不久前的一次特大风暴袭击了珠穆朗玛峰，许多原先被厚雪掩盖的地方露了出来。当地一支救援队在冰雪中发现了一具僵尸，僵尸上衣口袋里还有身份证，上面正写着凌轩的名字。救援队用冰镐将尸体从冰中凿出，运往附近的藏尸库贮存起来，一方面又抓紧与有关部门取得联系，这才找到了朱丽彤。

朱丽彤激动得几乎失去控制。十六年了，她还能见到凌轩的尸体，这是她当时做梦也没有想到的事情啊！她不由地放声大哭起来，哭得很伤心，也很舒畅。她似乎冥冥之中感到，她也许能够为死去的丈夫做点什么了……

作为"人类非自然生育"的专家，朱丽彤在大量的研究中发现：长期保存人类精液活性的最佳温度是零下190度左右，这种情况下受精有可能成功，这已经在临床实验中得到了证明。而凌轩的尸体一直保存在低温下，那么从他体内取出精液，用自己的卵子进行人工授精，不是可以为自己也为凌家生育一个后代吗？朱丽彤不禁为自己这个大胆的想法激动不已。她的脑子里不由地又浮现出他们曾经拥有的美满爱情。那时，刚考上当地医学院的她上学之初就引起了同学凌轩的好感，两人很快就坠入爱河。毕业时，凌轩向她求婚，她才知道凌轩是当时国民党高级将领凌子云的儿子，她有些犹豫，因为她不想利用神圣的爱情来攀高结贵寻找靠山。但凌轩望着她的眼睛，异常诚恳地说："我们结合的基础只是爱情。"这让朱丽彤好生感动，于是她毫不犹豫地嫁给了他。现在，深爱的人走了，她的确应该为他留个后代作为真爱的见证啊……

那以后，朱丽彤就开始了工作。她将凌轩的精液超低温保存，又用最先进的分离技术将精子分离出来，再让其适当升温，然后注入了自己的体内。终于，朱丽彤受精成功了，她像所有想要孩子的母亲一样期待着妊娠反应……当尿检证实怀孕后，她大哭了一场。怀孕半年后，她请了假，又特意请自己的母亲照顾她的饮食起居……她常常在心里对自己说：我是在完成一桩意义非同寻常的育子工程啊！

皇天不负有心人，朱丽彤终于顺利产下了一个男孩。生产那天，她把儿子抱在怀里，仔细地端详着。她发现，小家伙的嘴唇、眼睛、鼻子像是和凌轩从一个模子铸出来的……她脸上挂满了幸福而激动的泪水。

天啊！事情居然是这样的。凌子云仿佛在听一个天方夜谭的故事，热泪溢满了他浑浊的双眼……但是，朱丽彤感觉到，凌子云夫妇还是有些半信半疑。为了让老两口放心，她语气严肃地说："爸爸、妈妈，因为凌轩已经死去这么多年了，我知道你们对这孩子的出生有怀疑，不过，隔代亲子鉴定的办法能证明这孩子是凌家的后代。""隔代亲子鉴定？"凌子云夫妇几乎异口同声地问，"在哪里能做这种鉴定？""我想松

真爱的见证

林市一定能!"朱丽彤肯定地回答。"那好,明天咱们一起去。"凌子云和老伴连连点头。

第二天一大早,凌子云夫妇和朱丽彤就带着孩子乘车来到松林市。他们问了市区的好多家医院,才得知松林市司法鉴定中心也许能做这种隔代亲子鉴定,于是他们马不停蹄地赶过去。一位姓赵的医生热情接待了他们,说:"我可以确切地告诉你们,对这孩子的 Y 染色体和凌老先生的 Y 染色体进行比较,就可以知道你们之间是否存在血缘关系。"

凌子云的眼睛一亮,朱丽彤也诚恳地说:"对,这正是我们的想法,希望你们尽快给我们结果。"

几天后,凌子云看到了鉴定结果,通过对他和孩子染色体的认真对比鉴定,确定他和孩子之间存在血缘关系。

天啊!这都是真的吗?几天来一直惴惴不安的凌子云,心里悬着的一块石头总算落了地。他禁不住和老伴喜极而泣,那手舞足蹈的样子极像两个老顽童。

朱丽彤看二老这高兴劲,也欣喜不已。是啊,十七年了,她终于了却了心中的这个愿望,她不由地长长地舒了一口气。

凌子云夫妇好一会才感觉到了自己的失态,凌子云一把接过朱丽彤怀里的孩子,心肝肉儿似的亲了又亲,跟老伴说:"老婆子,你看咱孙子像不像我?"老伴找来老花镜,仔细地端详了一会,拍着双手说:"老头子,像,像啊!天啊,他真是我们的亲孙子哩!"她也凑近孙子的小脸蛋亲了个够……

这天晚上,一家人坐在客厅里话家常时,凌子云动情地对朱丽彤说:"孩子,难得你有这份苦心。你想,凌轩九泉之下若是知道他竟然还有后人,该是多么的喜出望外啊!还有,你并不知道我们住哪里,你这一路可真是辛苦了啊……"

"是的,爸爸、妈妈,我是不知道你们住哪里,但我想,我们中国有句老话:不孝有三,无后为大。如果找不到你们二老,凌轩九泉下又怎么能瞑目呢?所以,这个信念一直在支撑着我,我终于找到了你们。"

"唉,真是个重感情又孝顺的好媳妇啊!"凌子云的眼泪又流下来了。

半个月后，朱丽彤跟凌子云夫妇说要回台湾，凌子云再三挽留，朱丽彤说："爸爸、妈妈，这次主要是送孩子，了却二老心愿，让你们老来有个精神寄托，但我还得回台湾继续我的研究工作。至于孩子长大后的读书问题，我已经妥善安排好了，你们尽管放心，我会抽空来看望你们二老和孩子的……"

# 心有千千结

文/金　刀

　　张明军依然苦苦地等待着林佳蕙的音讯，而唐桂兰也在默默地陪着他度过了一个又一个春夏秋冬。可惜人生苦短，他们都进入了衰老的暮年，明天的希望能在等待中出现吗？

一

　　几年前，台湾的吴倩倩女士来到大陆滨海市灵山乡投资考察。灵山乡是有名的水果之乡，缺少的就是果品加工厂，吴女士当即决定投资二百万美元在乡驻地办一个大型水果加工厂。仅仅三个月的时间，工厂就建成了，不但解决了果农卖果难的问题，而且还解决了一部分农村剩余劳力的问题。此举深得当地政府和果农的夸赞。

　　吴女士在管理好工厂的同时，还经常到果农家走访。她发现各村都有一些孤寡老人无人照料，生活艰辛，决定再次投资一百万元在乡驻地建一个养老院。在乡政府的大力支持下，仅用半年的时间养老院就建成了。孤寡老人陆续被接到养老院，过上了衣食无忧、生活有人照料的幸福生活。

吴女士虽说工作繁忙，但她仍坚持天天到养老院看望老人，嘘寒问暖。老人们都夸她是菩萨下凡，一天不见着她就打心里想念她，有什么心事都愿向她倾诉。

市报社记者刘杰获悉此事后，便经常到灵山乡来采访吴女士。吴女士虔诚地说："我的祖籍就是滨海市。台湾大陆是一家人，如今能为家乡人做点事是应该的，实在没有什么可炫耀的。"刘杰深为吴女士的爱乡之情所感动。

一天傍晚，吴女士来到养老院与老人共进晚餐，并向老人们说，她明天就要回台湾办事，大家有什么需要帮忙的，她一定尽力而为。

这时，一位叫张明军的老人便请求吴女士到台湾后，帮他寻找在台湾的妻子林佳蕙和女儿张蕙连，并说在此之前，他曾委托市报记者刘杰，让刘杰与台湾的新闻媒体联系，帮着寻找他的亲人。刘杰和张明军是一个村的，当然尽心尽力。刘杰给台湾东森电视台寄去了张明军的寻亲函，后来东森电视台给刘杰回信说，寻亲函已在电视台播出多次，但没有结果。于是，张明军老人抱着唯一的一线希望，向吴女士讲述起他的人生经历——

1925 年，张明军出生在胶东灵山乡张家庄，十五岁时，父母被日军飞机炸死。为替亲人报仇，他毅然弃学，参加国军在本地抗战。在一次反击战中，他主动请缨参加师部组织的敢死队，在敢死队大队长吴为的率领下，猛打猛冲，把失去的阵地又夺了回来。当时日军不甘心失败，派飞机来轰炸，张明军为掩护吴为大队长，身负重伤，被送往师部医院养伤，得到女护士林佳蕙的精心照料。康复后，林佳蕙便把张明军推荐给当师长的父亲林永年。林师长见张明军高大英俊，且忠厚老实，便把他留在身边当勤务兵。

1945 年日军投降后，张明军随部队转移至济南。这时，他和林佳蕙经常约会，谈人生，谈理想，日久天长，两人便产生了爱情。时过境迁，林永年对张明军的长相为人，无可挑剔，但毕竟两家门不当户不对。林永年心中的乘龙快婿，应当是和他家门当户对的达官显贵，而绝不是一个普通士兵。可女儿佳蕙铁心要跟张明军，他也无可奈何，为此十分烦恼。某日他找来参谋长吴为商量此事。当年吴为因带领敢死队收复失地有功，抗战胜利后，他被林永年越级提拔为师参谋长，并视他为心腹干将。吴为献计说："师座不必烦恼，将张明军从师部下放到连队当个排长或连长即可。"吴为为什么要出这馊主意，生生拆散这对热恋中的情人呢？原因是他几乎与张明军同时爱上了林佳蕙，只是落花有意，流水无情，他多次向林佳蕙求爱，结果都遭到林佳蕙的拒绝。他百思不得其解，自己年轻有为，二十七岁就荣升师参谋长，论身材，论长相，可谓仪表堂堂，一点也不比张明军差，林小姐为什么对自己格外疏远呢？吴为不甘心在情场上败给张明军，他想借林永年之手将张明军支使到异地，自己可以有近水楼台先得月的机会。再说当时国共双方内战已经爆发，只要张明军到了前线，就会成为炮灰。到那时，有师长默许，林小姐便会成为自己的猎物了。

不久，张明军被林永年调到连队当连长，到前线打内战。林佳蕙深知前方危险，便暗中给张明军捎信，让他装病到后方医院养伤。张明军本来就有旧伤，加上他痛恨蒋介石打内战，一接到林的信后，即向上司打报告，谎称有病，只身来到后方医院。他和林佳蕙在医院中朝夕相处，并偷吃了禁果。

这时，在前方督战的吴为早就猜透张明军到后方医院养病是假，和林小姐约会才是真。于是他以前方吃紧为由向林永年提议，让张明军尽快出院，赶到前线带兵作战。军令如山，张明军再次告别心上人来到济南外围布防。在济南战役中，他机智地率领全连战士随团长吴化文的部队参加战场起义，接着便加入到解放军的行列。济南解放后，他随军参加了淮海战役和上海战役。

林佳蕙与张明军分别后，不久即发现自己已怀孕了，她不顾父亲的反对，在南京生下一个女孩。接着她又不顾战争危险，携女儿辗转到上海，与张明军在黄浦江畔最后一次见面。张明军给女儿起名叫张蕙连，寓意是让女儿连着他和妻子的心。夫妻俩还抱着女儿到照相馆拍了一张全家福作为纪念。

没想到，蒋军兵败如山倒，林永年在撤退赴台湾之日，派人硬是将林佳蕙拉上军舰，林佳蕙未能与张明军告别，就随父亲去了台湾，从此杳无音讯⋯⋯

## 二

话说半个月后，吴倩倩女士从台湾返回大陆，遗憾地告诉张明军老人她没有打听到他的妻子林佳蕙和女儿张蕙连的消息。张明军老人获悉后，十分难过，不禁老泪纵横。

吴女士安慰张明军说："老人家，您别难过，如果您愿意，从今以后我就是您的女儿，我会照顾您一辈子的。"接下来，吴女士便问起张明军与林佳蕙母女分别后的情况——

1953年，张明军复员回到家乡，被组织安排在灵山乡合作社工作。有一天，合作社新来了一位女职工，叫唐桂兰，芳龄二十，模样极像林佳蕙。张明军一见，竟下意识地喊了一声"佳蕙"。唐桂兰莞尔一笑，说："张大哥，你不认识我了？我是张家庄的，咱们还是邻居哪。也难怪，你离家十多年，那时我还小。张大哥，你刚才叫的佳蕙是谁呀？"

张明军便向唐桂兰讲述起他和林佳蕙的爱情故事，没想到唐桂兰竟被他俩的爱情故事感动得热泪盈眶。此后，唐桂兰更加敬重张明军，一有空就帮他洗衣做饭。有一天张明军感冒了，高烧不退，唐桂兰便把平时攒下的红糖拿出来给他烧姜汤喝，然后用湿毛巾给他搓按后背、额头、手掌、脚掌，一直折腾到半夜，张明军才退烧。张明军拉着唐桂兰的手，情真意切地说："你是个好姑娘，大哥理解你的一片真情，可大哥心里只有林佳蕙，你还是找个好人家吧。"唐桂兰说："大哥，我理解你对佳蕙姐的一片痴情，可你没想一想，你们离别五年多了，她一封信都没给你寄，你又不知她在台湾的地址，更何况大陆与台湾又是两地隔绝，你这样苦苦地等待会有结果吗？"

没有希望的等待，让张明军心灰意冷。他在亲朋好友的劝说下，还是决定和唐桂兰结婚。在相约登记的前一天晚上，他做了一个梦：梦中见林佳蕙抱着女儿张蕙连骑着一匹大白马来到他家，怨他不该忘记从前的海誓山盟。忽然，那匹大白马一下子腾空变成了五匹高大的马驹，将他手脚托起，他被五马分尸。他被噩梦惊醒，越想越感到对不起妻子和女儿，自己不该背弃诺言，另有所爱。翌日一大早，他便找到唐桂兰，把昨晚的梦境说了一遍，他说这是林佳蕙在托梦给他，她和孩子仍在海岛的另一方，苦苦地等待着一家人团聚的那一天。他希望唐桂兰能理解他，谅解他……

张明军取得了唐桂兰的谅解，两人解除了婚约。张明军感到没有脸面与美丽善良的唐桂兰同在合作社工作，便主动辞职回到张家庄。而唐桂兰的父母怕女儿再惹出桃色新闻，便匆匆地把她嫁给供销社的一位副主任。不幸的是，唐桂兰婚后五年竟没有生育，副主任便以此为由和她离了婚。后来，作为离婚的女人，唐桂兰受不了风言风语的刺激，也主动辞职回到张家庄，甘愿过着凄苦的寡居生活。但是心地善良的她还是忘不了张明军的旧情，隔三岔五地关心照顾着张明军的起居。而此时，张明军明知有负唐桂兰，但他铁心等待与妻女团聚的意志不转移，这让唐桂兰更加尊重张明军的为人，也更理解他对爱情的忠贞不渝。两人虽非夫妻，但相濡以沫，共担艰难的情义也让不少的邻里乡亲感叹不已……

"文化大革命"开始了，不幸人又遭劫难。由于张明军的历史问题，他被造反派当作国民党残渣余孽，并被捏造和寡妇唐桂兰乱搞男女关系，以伤风败俗的罪名被抓去满街游斗，并让他在批判大会上交代自己的罪行。他决不承认自己有罪，而且辩解自己抗战有功，济南战役中起义有功。这更深深激怒了造反派，皮鞭和棍棒雨点般地落在他的身上，他被打昏在地。批斗会散了，无人敢上前救他，只有唐桂兰挺身而出，趁着夜色将他背回家，还冒险上山采药给他治伤。后来这事被造反派知道了，他们便勒令她以后不许踏进张明军的家门，她对造反派的警告不予理睬，毅然走进张明军家给他端汤送药做饭洗衣。这惹恼了造反派，那些人硬是给她脖子上挂了一串破鞋拉她游街，让她跪碎瓦片，坐"土飞机"，想尽法子折磨她，企图使她屈服。有一天晚上，张明军放心不下，悄悄来到大队部看望被关押的唐桂兰，正碰上一个造反派头头在撕扯她的衣裤，要强奸她。张明军顿时怒不可遏，冲上前去挥拳将造反派头头打倒在地，然后，两人逃进深山老林，躲了起来……

他俩熬到了拨乱反正的年头，张明军依然像亲兄长一样关心着唐桂兰，而唐桂兰也像亲妹妹一样照顾着张明军。张明军依然苦苦地等待着林佳蕙的音讯，而唐桂兰也在默默地陪着他度过了一个又一个春夏秋冬。可惜人生苦短，他们都进入了衰老的暮年，明天的希望能在等待中出现吗？

### 三

吴倩倩从台湾回来的第二天，市报记者刘杰就来到她的办公室，采访她有关林佳蕙母女的消息，但他没想到吴倩倩竟摇着头说杳无线索，刘杰感到百思不得其解：林佳蕙是一个师长的女儿，当年赴台的军政人员，不管是生还是死，怎么会杳无音讯呢？

在刘杰的不断追问下，吴倩倩表情复杂地说："其实我早就知道林佳蕙和女儿张蕙连的消息，只是她们母女早已不在人世了，而害死她俩的就是当年的师参谋长吴为，而我就是吴为的女儿！"吴倩倩回忆说："台湾东森电视台播出张明军老人的寻亲函我也看到了，当时我不知该怎么做才好。我曾想冒名顶替张蕙连来大陆认亲，但总觉得这样不妥。父亲临终前向我讲了实情，他让我将来有机会到大陆，当面代他向张明军谢罪。我担心张明军老人经不起打击，所以才改变做法来这里投资办厂，建养老院，目的就是想以此偿还父亲的孽债。"

原来林佳蕙到台湾后，吴为仍在死命地追求她。而林佳蕙明白地告诉他自己心中只有张明军，如今他们的女儿张蕙连都五岁了，她们来台湾，与大陆亲人的分别是暂时的，将来总有团聚的一天。吴为遭到林佳蕙无数次拒绝后，感到很恼火。他认为林佳蕙之所以执著地爱着张明军，就是因为有他们的女儿张蕙连在连着他们夫妻的心，如果她没有这个女儿，她就会移情别恋钟情于他。于是，一个罪恶的计划在他心中萌生。

一天傍晚，张蕙连从幼稚园回家，在过人行横道时，被一辆军用吉普车撞倒在血泊中，司机不但不停车救人，反而加速逃逸。其实这不是普通的交通肇事，而是吴为特意买通手下一个姓王的参谋故意杀害张蕙连。

张蕙连被当场撞死，林佳蕙失去了女儿，她感到自己对不起张明军，没有保护好女儿，一直沉浸在失去爱女的痛苦中不能解脱。这时，吴为便假惺惺地天天来看望她安慰她，然而，他的所有虚情假意都未打动林佳蕙。最后，林佳蕙信誓旦旦地说："我今生只爱张明军一个人，我要对得起我们的海誓山盟，你就死了这个心吧！"

后来，吴为便娶了师部的一位女秘书，并生了一个女儿——吴情情。尽管吴为有一个幸福的小家庭，但他对林佳蕙仍耿耿于怀，总想找机会报复她。

这一年，台岛开展大规模的"清共反匪"运动，吴为便向当局举报林佳蕙与投共分子张明军成婚，身为师长的其父林永年为保住自己的师长宝座，便声明与女儿断绝父女关系。然而，他的大义灭亲之举并没有逃脱被军事法庭审判的命运，不久林永年就被撤职查办，关进监狱。吴为因举报有功，得到擢升，顶替林永年当上了师长，并且把他的心腹王参谋提拔为参谋长，从而埋下祸根，这是后话。

此时，林佳蕙被关押在军法处受审，吴为一再要她交代"通共"的罪行，她却缄口不言。吴为以为她动心了，便劝解她说："只要你答应嫁给我，我立刻就放了你，你父亲也可以减罪获得释放恢复自由！"边说边嬉笑着放肆地在她的脸上抚摸。林佳蕙一把推开他的手，大声骂道："你这个畜生，害人精，要我嫁给你，除非太阳从西边出来！"吴为顿时恼羞成怒，让军警动刑往死里整她，她几次被打昏过去，又几次被凉水泼醒。吴为再次威胁说："如果你不答应我，你就甭想活着离开这里！"林佳蕙怒目一瞪，狠狠地吐出一口鲜血喷在他的身上，痛苦而绝望地说："我就是死也不会答应你这个畜生！"林佳蕙因不堪忍受屈辱，当晚割腕自杀。

后来，林永年在狱中获悉女儿和外孙女惨死经过，因悲伤过度，不久便抱病而死。

　　却说吴为，尽管他踏着林家的鲜血爬上了师长的宝座，但他也没有得到好下场。1964年，在台岛又一次"清共"运动中，他一手提拔的心腹王参谋长，也学着他当年整林师长的套路，向当局揭发吴为与"通共"分子林佳蕙暗中勾搭相恋，终至奸杀林佳蕙的罪状，吴为也被送进监狱。王参谋长一心想借机整死吴为，以便坐上师长的宝座。吴为在狱中无法讲清林佳蕙的死因，在备受酷刑之后，最后在狱中撞墙自杀。临自杀的前一天晚上，他对来探监的女儿吴倩倩详细地谈了他一生的经历，尤其说明自己与林师长父女的恩恩怨怨，从中悔悟自己的罪恶。他总结自己的一生，劝告吴倩倩，做人要行善勿行恶，嘱咐女儿将来有机会一定代他到大陆去看望张明军，以补赎他一生的罪过……

　　吴倩倩讲述父辈的往事后，希望刘杰替她保守秘密。不是她不敢直面现实，代父向张明军谢罪，而是她担心张明军老人获悉实情后，会经不住打击。她还希望刘杰能和她一道做张明军的思想工作，尽快帮助他和唐桂兰老人成亲，这样的话，张明军在精神上会好一些，而且对两个老人来说这是最好的结局。

　　翌日，吴倩倩和刘杰相约来到养老院，他俩向张明军老人说明来意，希望张唐两位老人能结为眷属。可是张明军老人坚决不同意，并说他一定要等台湾林佳蕙和张蕙连母女俩归来一起团圆。

　　刘杰见状直言相告说："张大爷，你别等了，台湾的电视台多次播了你寻亲的启事，吴女士又亲临台湾帮你找了，仍没音讯，说明她们母女已经不在人世了，你再这样固执地等下去有什么意义？再说，唐桂兰老人也为你奉献了一生的青春年华，你真忍心再伤害她老人家的心？"吴倩倩也跟着苦口婆心地劝说。在养老院众人的好心劝说下，过了一段时间张明军终于答应与唐桂兰成婚。

　　这一年的国庆节，吴倩倩在滨海市大酒店为张明军和唐桂兰举办了隆重的婚礼，刘杰还找来报社摄影师为婚礼录了像。看到两位老人饱经沧桑的脸上荡漾着幸福的微笑，吴女士由衷地为他们的晚年致以诚挚的祝福。✿

# 迟到的婚礼

文/左春红


　　林子夕低头想了半天，终于抬起头，眼睛红红的。他从上衣口袋里掏出一张黑白照片来，递到张桂英面前，对她说："这个人你认识吗？"




　　石峁村是福建东南的一个小山村，村里住着一个名叫张桂英的老人。她已是七十多岁的人了，却突然在当地的报纸上登出一则征婚启事，要为自己找个对象。这件事在当地掀起了一场轩然大波。

　　事情是这样的：张桂英是位普普通通的农家妇女，她的丈夫去世得早，她一个人吃苦受累拉扯大两个儿子。哪知两个儿子成家立业后，都嫌老妈是个累赘，每个月扔给她几十元的生活费就算了事。再后来连这点钱也不愿给了，就把她一个人孤零零地扔在老屋里，平时谁也不来看看。张桂英是个倔强的女人，见两个儿子都不管自己的死活，就托人在报纸上登了则征婚启事，要为自己找个老伴，好度过余生。

闻听老妈七老八十的人了还征婚，张桂英的两个儿子坐不住了，气急败坏地找到老屋来，当面指责他们的母亲，说她人老心不老，闹出这么大的事情，让儿子的脸上也无光，在众人面前抬不起头来。张桂英听完两个儿子的话，冷冷一笑，说道："我老了怎么了？老人也有追求幸福生活的权利啊！你们既然不愿意管我，就少来插手我的事情！我就是要征婚，为自己找个老伴，安度晚年，这是违法了还是乱纪了？你们说呀！"

老妈义正词严，两个儿子只得灰溜溜地走了。但他们心想，像老妈这样一个古稀之年的农村老妇，一无钱二无貌的，哪里有可能找到老伴？纯粹是瞎胡闹罢了！

哪知现实却给他们开了一个大玩笑，张桂英的征婚启事竟然很快便得到了一个人的回音，还说要亲自来石峁村相亲。这个消息一传十，十传百，全村的人都哗然了。大家都急切地想看看到底是个什么样的人，竟会被张桂英的征婚启事给打动了。

一个宁静的上午，村子里开进一辆崭新锃亮的小轿车。从车上下来一个玉树临风的年轻小伙子，向人打听张佳英的住处。难道他就是前来求婚的人？村里的人被好奇心驱使着，围着他来到了张桂英家。到了张桂英住的老屋，小伙子一点也不嫌弃这儿的简陋，亲切地坐下来和张桂英交谈。他告诉张桂英，他叫林子夕，是特意来和张桂英相亲的。

小伙子的话在人群里炸了窝，他的怪异举动让众人纷纷猜测他不是脑子进了水就是个二百五。一个二十大几、年轻潇洒的小伙子，怎么可能看上一个七十多岁的老太太呢？这太荒谬了！但小伙子依旧满面春风，掏出随身包里所带的烟、糖发给众人，还介绍自己说："我是从台湾来的，想到大陆投资，在报纸上看到张桂英的征婚启事，很感兴趣，就来了。我很喜欢她，请大家做个证，我今天来就是向她求婚的！"他的话说得众人一愣一愣的，就连张桂英也不知所措。小伙子紧接着又从车里拿出一大束玫瑰花来，递到张桂英手里，把张桂英闹了个人红脸。

正在这时，又一辆小轿车开进了村里，只见车上下来一个妙龄少女，打扮得时髦洋气。她不顾众人惊疑的目光，径直走到林子夕面前，拉起他的手说："子夕，快跟我回去！你来这儿干什么？你难道真的想娶一个老太太为妻？你疯了吗？"林子夕却断然甩开那姑娘的手，说："筱萍，我对你说过了，我们之间的事结束了，你别再来烦我了好不好？"听了他绝情的话，筱萍的泪水无声地落了下来，跺了跺脚，转身便走了。

眼前的这一切又让众人看得目瞪口呆。哪知那林子夕并不去追那姑娘，而是上前拉住张桂英的手，对她说："你要是不反对，我们明天就去民政局登记。"看着他一脸真诚的样子，张桂英陷入了迷惑不解当中。林子夕见她不肯当场表态，便说让她再好好考虑一下，自己还有事，改天再来。

这天晚上，张桂英独自一个人呆呆地坐在屋子里，使劲想着白天所发生的一切，却想不出个所以然来。她只觉得那个年轻小伙子的眼神坚定而又执著，令人心疼，但自己实在搞不清他为什么要这样做。想着想着，张桂英从被褥下翻出一个打造精美的金凤凰来，她用手轻轻摩挲着，眼里涌出了泪水。正在这时，门突然被人推开，张桂英一惊，忙把那只凤凰藏到身后。来人正是她的两个儿子，他们对着张桂英冷冷地说道："老东西，村里人都说你这儿还藏着值钱的宝物，怪不得那小白脸也对你起心思呢！你识相点，快把宝物交出来，我们兄弟也能对你好点；要不，你就继续过你的穷日子去，这婚，你无论如何也别想结！"看着两个儿子丧心病狂的样子，张桂英又流下伤心的泪水。她什么也没说，默默地坐在那里，两个儿子见她这样，便动手翻寻起来，把屋里翻得乱七八糟的。但他们什么也没能找出来，只得悻悻地走了。

就在村里的人们还兴致勃勃地对这件事评头论足时，第二天，林子夕又来了。这一次，他还带来了镇上的领导高镇长。见高镇长来了，张桂英忙把他拉到一旁，对他说："镇长，你看这小伙子不像脑子有病吧？"高镇长瞪了张桂英一眼，说："你可别瞎说，这位林先生是从台湾来的，他还准备到咱们这儿投资呢！这可是个利乡利民的好事，我们得大力支持。至于你和他的事……当然了，人家小伙子都不嫌你又老又丑，你还装什么黄花闺女呢！这可是喜事一桩啊，你张桂英苦了大半辈子，不也该享享福吗?"一句话说到了张桂英的伤心处，她不由流下了眼泪。丈夫早早去世，她一个人抚养大两个儿子的确不容易，自己从未享过一天的福。可眼下，这福也降临得太突然了，七十多岁的老太太经不起折腾了啊! 张桂英迟疑着，不知自己该如何去做。

就在这时，张桂英的两个儿子找上门来了。他们攥着拳头，一副要打人的样子，但一看到镇长在这里，不由地矮了一截。但他俩仍不甘心，又上前拉住镇长，要他评评理:"这老太太搞征婚不说，还找个年轻小伙子，这不有伤风化吗? 传出去还不丢死人啊!"

镇长听了这话不高兴了，将张桂英的两个儿子狠狠训了一顿，骂他们目光短浅，不顾老年人追求幸福的正当要求。况且正是因为他们平时对老人不孝，这才导致老人要找老伴。眼下这件事已经关系到台胞投资的大事，绝不允许阻挠破坏，否则的话决不轻饶! 两个儿子听镇长这样一说，一时也没了辙，只得灰溜溜地走了。

高镇长又将林子夕领到张桂英的面前，对她说:"林先生已经说了，他同意和你的婚事，你也表示一下你的态度吧，这样林先生也好早做准备啊!"

张桂英听了这话，一脸的慌乱，忙摇着头说:"我不同意，不……我还没想好!"见她如此说，林子夕忙说:"那您再考虑一下，有了消息就通知我好吗?"张桂英点点头，林子夕便告辞走了。高镇长朝张桂英瞪了一眼，便跑出去追林子夕。

第二又，高镇长又来到张桂英的家里，问她考虑的结果。张桂英痛苦地说:"这事实在太突然了，我真的没有想好。我本来是想找个和自己差不多年纪的老伴，可这半路怎么出来个程咬金呢! 人家小伙子年轻英俊，我这老太婆子已是土埋半截的人了，要我怎么答应他呀? 这不是害了人家吗!"

高镇长听了这话，一脸严肃地对张桂英说:"你呀，就是不能从全局考虑问题。咱们镇现在经济落后，正等米下锅呢! 这位林先生要是在咱们这儿落住了脚，会给咱们镇带来什么样的变化，你能想象得到吗? 到了那时候，你可就成了咱们镇的大功臣了!"

　　张桂英心里无比矛盾，她看看迫切期待她做出肯定回答的高镇长，只得违心地点了点头。高镇长见她同意了，兴奋地站起身，立刻给林子夕打电话，告诉了他这个好消息。一个星期后，林子夕的迎亲车开进了石峁村。那隆重的仪式是石峁村人平生从未见的，他们都咂着嘴说这张桂英可算是积了福了，老了老了，还能如此风光，比个大闺女出嫁还风光。而张桂英的两个儿子则悄悄躲在一边窥视，他们简直搞不清眼前这一切是真还是假，是喜还是忧。

　　喜车将张桂英一直接到了县城最好的饭店聚仙阁，此时这里已是装饰一新，喜气洋洋，宾朋满座。新郎官林子夕今天更是打扮得卓然不凡，神采奕奕。张桂英从未见过这种场面，一时有点紧张不安。林子夕见状，忙亲切地将她扶了进去。就在主持人高镇长正要宣布婚礼开始时，突然门口传来一声："请等一下！"众人寻声望去，只见门口进来一个俊俏无比的年轻姑娘，张桂英一看，这不正是那天在自己家门口拦住林子夕的女孩筱萍吗？她来干什么呢？

　　只见筱萍气喘吁吁地走到高镇长跟前，说："我有话要说，行吗？"高镇长显然觉察到筱萍来者不善，正想婉言拒绝，哪知她一下子转过身大声对众人说："今天这场婚礼不能举行！"这句话真是一石激起千层浪，室内顿时一片哗然，众人议论纷纷，不知发生了什么事。

　　筱萍把目光移向林子夕，眼神悲伤地问道："子夕，这究竟是怎么回事，你能说清楚吗？只要你讲明白了，真的是想和这位老太太结婚，我也不拦你了！"林子夕低下头，一句话也不说。张桂英着急了，她说："孩子，你有什么隐情，就告诉大家吧！我也是被你蒙在鼓里，稀里糊涂就到这个地方来了。你抛下这么好的姑娘不要，偏偏看上我这个老太婆，这肯定是不正常的！你说吧，无论有什么事，我们都会帮你的。"

　　林子夕低头想了半天，终于抬起头，眼睛红红的。他从上衣口袋里掏出一张黑白照片来，递到张桂英面前，对她说："这个人你认识吗？"张桂英疑惑地接过照片，只看了一眼，便惊呼一声，跌坐在了椅子上。

　　那照片上是一个中年男子，器宇轩昂，目光炯炯。这个人不是别人，正是张桂英当年的恋人孙必成。

这时，林子夕又从衣兜里拿出一条金光闪闪的金龙来，这条金龙和张桂英保存的那只金凤凰正是一对。看到它，张桂英简直惊奇万分。

　　原来，1949年新中国成立前夕，张桂英偶然中巧遇身为国民党军官的孙必成，两个人一见钟情，遂私订终身，孙必成取出家传的一对金龙金凤，将金凤作为信物，送给了张桂英。但不久孙必成就被迫去了台湾，临走时因太过仓促，对怀有身孕的张桂英未及留下一言，而这一走就是半个世纪。张桂英的父母眼见女儿肚子里有了孩子，无奈之下，只得匆忙找了个人家把她嫁了出去。好在那个人也是个老实本分的人，张桂英生下孙必成的孩子后，又给他生了一个儿子，一家人过着平静的生活。但丈夫后来因病早早去世，留下张桂英一个人苦苦拉扯着两个儿子。

　　张桂英颤抖着嘴唇，问林子夕："你是孙必成什么人？"林子夕答："我和他无亲无故。我本是个孤儿，和一帮黑社会的混混在一起，还吸上了毒。后来，在一次帮派混战中，我被砍了十几刀，躺在街头没人管，是孙先生好心把我送到了医院里。在他的悉心照顾下，我治好了伤，又戒了毒，从此跟着他学做生意。他当年到台湾后，见回大陆无望，渐渐心灰意冷。后来他在商业上有所发展，开了好几家公司，但一直郁郁寡欢。我多次向他询问，他才对我说了当年在大陆的经历。我和他虽然相差了几十岁，但我们之间的情感却像父子、兄弟一样，我在心里暗暗发誓一定要帮他。"

　　停了一会，林子夕又说："孙先生临终前曾对我说，他这辈子最大的遗憾就是没能和他心爱的女孩举行婚礼，做成夫妻。他希望我能帮他了却这桩心愿。这次我来大陆，就是想来投资，并完成孙先生的遗愿。没想到到了这儿后，在政府的帮助下我很快便得知了你的消息。刚好你又在报上发了一则征婚启事，我就利用这个机会找到你，想为你办一场风风光光的婚礼，并好好照顾你的后半生，以实现孙先生一直耿耿于怀、始终也没能了却的这桩心愿！"林子夕说到这儿，在场的人已是唏声一片。

　　张桂英泪流满面，拉住林子夕的手，说道："孩子，真是难为你了！

315

你竟能不顾世俗的眼光，为我办这么隆重的婚礼，必成他若在天有灵，定会无比欣慰的。但你也不能为了一个老太婆就放弃自己的幸福啊！你看看，你把这么漂亮的女孩子冷落在一旁，真是罪过啊！"这句话说得在一旁泪水涟涟的筱萍"扑哧"一声笑了，她上前拉住张桂英的手说："奶奶，你可是我的情敌啊，还替我说话！我追子夕追得好辛苦，他却对我不理不睬的，现在我总算明白是怎么回事了。"大家都被筱萍的纯真给逗乐了。张桂英大声说："什么情敌，都是子夕这孩子瞎胡闹！现在，我宣布：婚礼继续举行，林子夕和筱萍的婚礼正式开始！"说完这话，张桂英亲手把那对金龙金凤赠给了这对年轻人。

举行完婚礼后，林子夕和筱萍双双留在了当地。他们准备搞一个大的投资项目，已经和高镇长及相关领导谈妥了意向，而张桂英也和他们生活在了一起。后来，在高镇长的努力下，还真为张桂英找到了一个老伴，老两口过起了和和美美的日子。听到这个消息后，张桂英的两个儿子把肠子都给悔青了。🍃

# 特殊的合同

文/杨　友

"和尚"从木椅上站起来，急忙向村干部们连连躬身点头："谢谢，谢谢各位……老朽别无他求，只想跟村里签订一份合同……"

　　蛤蟆湾村有一位白发苍苍的孤老太太，村里人都叫她"和尚媳妇"。几十年了，老年人这么叫，年轻人也这么叫。至于老太太年轻时是不是真的嫁给"和尚"为妻，却从来没有人探究过。

　　这天，一辆出租车开进了蛤蟆湾。从车上走下来一位老者，西装革履，一头白多黑少的头发梳得整整齐齐，显得颇有风度。老人放下皮箱，站在村街上东瞧瞧西看看，仿佛在寻找什么。

　　就在这时候，从胡同里走出一位弯腰驼背的老翁，手拄一条乌亮的拐杖，蹒跚着来到街头。老翁是村里的老寿星，八十八岁了身子骨儿还挺壮实，村里人都叫他老根爷。年轻人见老根爷来了，便搬来一把木椅让老根爷坐。老人家刚刚坐稳，那西装革履的陌生老者，便三步两步来到老根爷的面前，一把拉住老根爷的手，眼里噙着泪花，声音颤颤地说："老根叔，您老还认识我吗？"

老根爷把身子往前探了探，一双昏花老眼在那位老者的脸上看了又看，两只干柴枝般的手在那人的额头上摩挲了好一阵，然后张开没牙的瘪嘴呵呵笑了："嘿嘿嘿！你是老关家的二小子，小名儿叫'和尚'，你额上这个小疤走到天边我也认得出！小时候你淘气上树掏雀儿，不小心从树上摔下来，留下了这么个'记号'。那天还是我把你背回家的，那时候我在你家做长工，你小子还记得不？"

"和尚"扑到老根爷怀里就呜呜地哭了起来："老根叔，那些事侄儿全记得呀……今天咱爷儿俩还能见上一面，侄儿这次回来也就知足了……"

老根爷说："和尚，这么多年不回家，到哪儿去了？莫非你真的出家当和尚了？看你这样子也不像啊！"

"和尚"抹着眼泪说："一言难尽啊……"

老根爷说："先回家去吧，你媳妇冷冷清清守了几十年活寡，不容易呀……"

围观的人这才弄明白，原来这位西装革履的老者就是那位白发苍苍的"和尚媳妇"的男人！于是，人们簇拥着"和尚"回了家。

原来这位"和尚"老人是从台湾回来探亲的！这次回故乡之前，他心想老家已无亲可探，回来不过是人老思乡，再看看生养他的这片故土，怎么也没有想到早已被他遗忘的妻子还守着没嫁人……老夫妻见面后两人都惊诧不已，然后就抱头痛哭……当年分别时他们刚刚新婚不久，一个是潇洒倜傥的官家少爷，一个是花容月貌的千金侯小姐，如今已是耄耋之年，满脸沧桑尽是皱纹，岂有不伤感之理？

乡亲们散去后，"和尚"对老妻说："你年轻时为什么不改嫁？"

老妻一听就不高兴了："亏你还是个读书人！虽然你多年没有音信，可是我盼望你回家呀！没有男人的噩耗我能改嫁？你呢？在那边娶了女人吗？"

"和尚"说："没，没娶。"

老妻说："你咋不娶？"

"和尚"的脸红了。与老妻相比，他心里有愧呀！因为他不娶并不是为了眼前这个女人……

新中国成立前，"和尚"的家是这一带有名的大财主。"和尚"在北平某大学读书时与一位女同学相恋，可是他老爸却给他在老家定了亲，姑娘是龙山镇侯家大院的小姐。那年放暑假回家，他老爸硬逼着他与侯小姐结婚。虽然侯小姐品貌端庄又熟读四书五经，但他对这桩婚事却很不情愿，只是严父之命不敢不遵，只好违心屈从。回到学校后，他与那位女同学依然爱得如醉如痴，那时候他就暗暗下了决心，迟早要跟侯小姐离婚！北平解放前夕，他受了别人的怂恿，和几位同学去了台湾。但那位与他相恋的女同学却执意不肯随行，最终还是留在了大陆。他当时想：这只是暂时分别，以后他回或她往终究会有团圆之日。没想到这一"暂时"就是几十年！在台湾，他在一所大学执教多年，成为颇有名气的学者。因为他一直眷恋着留在大陆的那位恋人，有多位女性倾心于他都被他婉拒了。他朝朝暮暮都在想着有一天能与那位恋人团聚。后来有一天，他偶然在一份报纸上看到一篇文章，文章详细介绍了大陆一位知名女作家，他看了大为惊讶——原来这位女作家正是他当年的那位恋人！文章中除了介绍女作家的作品，还提到女作家的经历和现在的幸福家庭……他看了文章后，不禁仰天长叹，泪如泉涌，从此心灰意冷中也就断了成家的念头。再后来，人也不知不觉地老了，至今仍孑然一身……想想自己，再看看这位守身如玉的苦命女人，他如何不感到汗颜？

一个月的时间匆匆地过去了，探亲日期将满，"和尚"对老妻说他还得回去台湾，老妻泪眼婆娑地说："为什么不能留下？"

"和尚"说，那边还有未了之事。他退休后，经过十几年苦心孤诣的钻研，搜集了大量的史料，并实地考察有关文物，他正在撰写一部关于台湾历史的著作。因工程浩大，他要抓紧时间，争取在有生之年完成这桩夙愿，书成后将交给大陆出版，尽一份炎黄子孙的拳拳报国之心……

临行的前一天，"和尚"带着老妻来到村委会办公室。"和尚"礼貌地对几位村干部躬身道："打扰各位了，老朽向村里请求一件事……"

年轻的村主任长庆把"和尚"老人扶坐在木椅上，满脸堆笑地说："二爷，您老是咱蛤蟆湾人，又是台胞，有什么事尽管说，村里会尽量帮您解决的。"

"和尚"从木椅上站起来，急忙向村干部们连连躬身点头："谢谢，谢谢各位……老朽别无他求，只想跟村里签订一份合同……"

"签合同？好啊！那就先谢谢二爷了！"长庆以为"和尚"老人要为家乡投资什么项目，现在村里正想方设法筹资办企业呢！

"不，不，老朽愧对家乡，没有能力为乡梓造福，惭愧万分啊！""和尚"老人一脸恳切地说，"老朽多年来日夜盼望台湾与大陆统一，如今已是人老天涯，黄泉路近，万一熬不到那一天，吾即成了异乡之鬼……故此才想与村里签订合同——倘若老朽在统一之前故于那边，待到统一之日，请村里派人将吾之一抔骨灰取回蛤蟆湾，与拙荆合坟并骨……现在老朽先付一笔费用，日后吾在台湾之财产全归村里所有……老朽与拙荆几十年天各一方，望各位大恩大德成全老朽这桩夙愿，莫让我老夫妻死后成孤魂野鬼……""和尚"老人说罢，满面涕泪横流，拉着老妻双双跪在地上。村主任长庆和几名村干部急忙将老夫妻搀起，长庆一脸郑重地对"和尚"老人说："二爷，这件事村里一定照办。"

"和尚"老人闻言，喜笑颜开亲自执笔起草合同书，字斟句酌地修改后朗朗地读了一遍，见众人无异议，老人又挥毫重新誊写一式两份。接下来便是签字盖章，公章、私章、手印儿红红地盖了一片。然后将两份合同书中间劈缝裁开，双方各执一份。"和尚"老人将预付费用悉数交给村委会，然后揣起合同书拱手告辞，与老妻相携高高兴兴地回家。

这天晚上，"和尚"老人与老妻相拥相抱一直谈到深夜。"和尚"老人感慨万千，几十年来的风风雨雨、苦辣酸甜一齐涌上心头。回想当年与侯小姐的洞房花烛，实实在在是同床异梦；而今天这个离别之夜（也许是永别之夜），才真正是鸳鸯帐暖、鸾凤和鸣啊……

# 画　像

文/何洪金

尽管他面前站的明明是个男人，但他通过这个男人看到了其母亲的身影，只简简单单几笔，一位慈祥可亲的母亲形象就跃然纸上。

街头画家神笔李最拿手的是画人物肖像，不管是谁，也不管你的长相多么难画，都能在神笔李的笔下栩栩如生，而且还能比看本人更顺眼。因此，神笔李每天只要在街上把摊子一扯起，就会有很多人围观。其中自有不少想画像的，当然也不排除有人想从神笔李那里偷艺的，但更多的人是看热闹，看神笔李那普普通通的笔是怎样把一个大活人活生生地"移"到画纸上去的。

神笔李每画一张人物肖像，黑白的收费五元，彩色的收八元，若有特殊要求的收得还要贵一些，但再贵也不会超过二十元。应该说，这样的价格很多人都消费得起，毕竟画的像能够永久保存，是艺术品，还能让子孙后代收藏，是一件很有意义的事，而照片之类是很难保存一辈子的。

这天是星期天，气温很高，晚饭后市民三五成群来到广场散步乘凉。神笔李的画摊前早已围得里三层外三层的，"模特儿"们站在神笔李面前，做出自己认为最满意的造型，好让神笔李画像。画一幅像的时间一般不会超过五分钟，很快一小时过去了，神笔李已经收入六十六块钱，扣除成本他已经有五十元的利润到手了。就在天色将晚神笔李准备收摊的时候，匆匆走来一位背着旅行包的老人。他用磕磕巴巴的普通话说："先生，我也要请你画像。"神笔李说："对不起，天暗了，我只得收摊了，要画像明天傍晚请早点来吧。"神笔李一边说，一边收着摊儿。没想那位老人一把拉住他说："画家先生，我听说你是一个高明的画家，我这个像必须得现在画，因为明天一早我将去机场，乘飞机到香港然后飞台北。我祖籍在大陆，我从生下来就没有见到过自己的母亲，好不容易来到大陆，本以为能够见到我亲生母亲，可是辗转找到老家时，方才得知她老人家已经仙逝两个多月了。不过我在中国的亲友都说我长得特别像我母亲，你就照着我的样子画我的母亲吧。她健在的时候，儿子未能尽孝，现在老人家过世了，生前又从未照过相，我本以为将遗憾地离开大陆的，没想到，竟然在这里遇到了先生。我想留下一张母亲的画像，请先生一定要满足我这个愿望。"

这位台湾同胞的一席话，让四周围观的人唏嘘不已。神笔李也深受感动，二话不说，当即铺开画纸提起笔，按照台胞的样子画他母亲。围观的人也知趣地站开，好让画画的地方亮一点。

神笔李从十岁作画，到现在七十岁了，从来没画过难度这样大的画。他戴着老花镜，充分发挥和运用生平所学，尽管他面前站的明明是个男人，但他通过这个男人看到了其母亲的身影，只简简单单几笔，一位慈祥可亲的母亲形象就跃然纸上。

在作画的过程中，有好奇的市民打听起这位台胞怎么会直到现在才知道自己亲生母亲的事。那位台胞早已泪湿衣襟，他说："我出生后不久，国民党兵败大陆逃往台湾，父亲也跟随部队走了。临走时他抱走了我，并叫我母亲也一起走，可是母亲却无论如何不愿离开生养自己的故土。人各有志，父亲也不强求，他们挥泪分手后，父亲便带上我到了台湾。后来父亲又找了一个台湾女子结了婚。因继母终生未育，一直把我视同己出。若不是前不久父亲病逝前告诉我真相，也许我将终生不知自己还有一个亲生母亲，而且她一直生活在大陆……"

故事讲完，神笔李的画像也完工了。台胞看到母亲的画像喜极而泣，连声道谢说："谢谢画家先生！你画出了我梦中的母亲形象，我将永远珍藏它。"当台胞掏出三百元人民币作酬金时，神笔李拒绝了。他说："老先生，孝心无价，一路走好，希望你每年都回大陆来看看，到时如果我还健在的话，我再免费给你画像。"

神笔李话音刚落，四周立时响起爆豆般的掌声。

# 八仙紫金钵

文/梁贤之

　　他说，这是他这辈子做的最可耻的一件事情，他现在最大的愿望就是购回那只金钵，好还给仁济寺。

一

　　2005年重阳节刚过，这天上午，清水县仁济寺山门前驶来一辆黑色轿车，从车上下来县对台办何主任和一位台胞，司机小李热情地帮助台胞拎着旅行袋，他们边走边谈拾级而上。

　　这位台胞五十多岁的年纪，一头卷发，络腮胡子，是位画家，名叫张子彦。他这次来大陆，是来了却一桩心愿。他与何主任约定：此行一不用其他人陪同，二不要举行任何捐赠仪式，三不让新闻媒体介入。所以，他们静悄悄地来到寺里，连寺内的老方丈事前也不知晓。

　　张先生此行与一只八仙紫金钵有关。这八仙紫金钵不仅是一件珍贵的国家级文物，而且是当年仁济寺的镇寺之宝。说起它的来历，真是不同凡响。地处湘南的仁济寺偏僻幽静，周边风景优美，是享有盛名的禅林圣地，古朴的寺门上雕刻着一行大字"敕赐景德仁济寺"，乃大宋天子徽宗御笔禀题。到了清代光绪年间，寺内不慎失火，殿宇禅房烧个干干净净，单剩下这个孤零零的石质寺门。这时第九代住持田静法师眼看无计可施，只得让众僧徒各寻出路，云游四方。他自己化缘来到京城，偶然听说西太后正患眼疾，久治不愈，御医药物用尽，均不见效。他心中一动，遂上门去，对守卫宫门的士兵边敲木鱼，边念念有词："贫僧专化善缘，能治异病，佛法无边，善哉善哉！"果然，光绪皇帝知道了，派人把他召入宫内给西太后治病。这田静法师祖上本是江南名医，他自幼习医，精通医道，献上几杯佛水（实为祖传秘方）给西太后服下。不到一个月，西太后的眼疾即告痊愈。光绪皇帝十分高兴，问田静法师有何求。

田静法师说："贫僧皈依佛门，不要身外之物，只求皇上拨款重修名刹仁济寺，再塑金身，重开佛光，阿弥陀佛！"

光绪皇帝当即应允，为表示酬谢，又御赐田静法师八仙紫金钵。这八仙紫金钵原是明朝开国皇帝的镇库之宝。朱元璋自幼父母双亡，家境贫寒，曾在皇觉寺削发为僧，摩顶斋戒，拿着破钵化缘度日。登基之后，他特命工匠用纯金制作此宝。金钵周围塑有八仙图像，形态各异，栩栩如生。自光绪皇帝御赐之后，田静法师在金钵上刻了四个字"镇寺之宝"，由住持僧负责保管，代代相传。"文化大革命"初期，八仙紫金钵被歹徒骗走，一直下落不明。

二

前些年，仁济寺重新修复对外开放，县对台办何主任曾来过寺里，认识方丈定智法师。他向方丈介绍了张子彦先生此行的目的，定智法师闻言双目放光，兴奋不已。张子彦亲手点燃香烛，焚烧纸钱，在悠悠的钟磬声中，毕恭毕敬地在佛像前长跪不起，嘴里喃喃轻语。

拜毕，张子彦喝过小和尚递来的香茶，然后拉开旅行袋，取出一只精致的保险箱，打开后捧出八仙紫金钵，双手递给定智法师，说："法师，此钵早该回归贵寺，恕我来迟。"

定智法师接过宝钵，高兴至极，忙道："刚才听何主任说，施主不惜重金从文物贩子手里购回至宝，今又跨海渡水，远道送来，实为敝寺的造化，施主的大德！师父宏深大师也可瞑目于极乐之境了！"

张子彦欲言又止，稍后问道："宏深大师何时圆寂的？"

"就是镇寺之宝失去后的第二年冬天。"接着，定智法师将八仙紫金钵被骗走的经过及宏深法师之死细细说了一遍。

1966年，一场史无前例的"文化大革命"使青年学生着了魔，破"四旧"的狂风席卷全国。不用说，古老的仁济寺也在劫难逃了。初夏的一天清晨，县二中一队红卫兵高举拳头，喊着"造反有理，革命无罪"的口号闯进了寺门。他们架起梯子，用铁锤砸烂了宋徽宗的真迹，又把大殿里数百尊大大小小的菩萨摔得缺腿断臂，然后把十大柜经书付之一炬，好端端的仁济寺转眼间变得惨不忍睹。本来这场横扫"四旧"的战斗已告结束，闯将们准备"凯旋"，不料有个学生忽地叫住大家，说："红卫兵战友们，小时候我听村里的老人说，这寺里有件稀世珍宝叫八仙紫金钵，平日谁也没见过是啥样子，叫老秃驴交出来，让咱们开开眼界！"

闯将们一听，又一窝蜂拥进禅室。此时寺里只有宏深和定智师徒俩，宏深法师已是六十五岁高龄，定智法师那时候才二十来岁。红卫兵把师徒二人团团围住，逼着他们交出八仙紫金钵。

"谁违抗红卫兵的命令，我们就砸碎谁的狗头！"闯将们齐声高呼。

"此宝早已失传，不在寺内，阿弥陀佛！"宏深法师不肯交出镇寺之宝，平生第一次说了谎。

闯将们见宏深法师负隅顽抗，立即采取了"革命行动"，树枝、藤条雨点般向师徒两人抽来。他俩饱受了一顿皮肉之苦，直到闯将们肚子饿得咕咕直响，悻悻然地走了，才从地上爬起来。

过了几天，定智法师砍柴去了，宏深法师独自躺在僧榻上养伤。这时，大门被推开，两个军人大踏步地走进禅室，年轻的高个子指着同来的胖子说："这位是县军管会的鲁副主任，据当地革命群众反映，仁济寺有只八仙紫金钵，这是国家文物，你们要交出来，由军管会代为保存，免得失落民间。"

宏深法师一听，挣扎着从僧榻上坐起来，定睛细看，两位军人帽子上的那颗红五星鲜艳夺目。一桩难忘的往事顿时浮现在他的脑际。那是1949年10月间，一支解放军部队追歼国民党白崇禧部逃敌，在仁济寺附近的岐山展开一场激战，喊杀声震天动地。宏深法师吓得紧闭寺门，跪在佛像前不停地祈祷。直到半夜，枪声才渐渐停下来，一切仍归于寂静。翌日清晨，宏深法师打开寺门，不禁大吃一惊，只见除了哨兵外，一大群战士全都躺在松树下，脑袋下枕着枪支睡得正香，帽子上的五角红星亮闪闪的，格外耀眼。后来宏深法师了解到这支部队原来是罗荣桓的部下，奉命追歼逃敌已经两天两夜，战斗结束后困乏极了，宁愿冒着寒冷露宿山林，也不来搅扰佛门法地。他连声赞道："善哉！善哉！难得如此秋毫无犯，共产党领导的军队真是仁义之师！"想起这些，宏深法师打定了主意：镇寺之宝眼看保不住了，与其落在那些不肯善罢甘休的红卫兵手里，不如献给国家，眼下只有解放军信得过了。于是，他二话没说，撬开床底下的一块青砖，从埋在地下的瓦缸里捧出八仙紫金钵交给了来人。

第二年夏天，县军管会的一位干部来到岐山脚下的村里抓民兵训练，定智法师同他熟了，问起了八仙紫金钵。这位干部很是惊讶，说军管会根本没有一个姓鲁的副主任，也不知道什么紫金钵。后来一调查，才知道那两个军人是冒充的，他们谎称是军管会的，利用宏深法师对解放军的信赖，轻而易举地骗走了镇寺之宝。宏深法师得知受骗上当，悔恨自己有辱佛门，对不起一代禅宗田静大师，一气之下吐血而死。拨乱反正后，有关部门派人多次到岐山一带详查细访，寻找八仙紫金钵的下落，都无功而返。

三

张子彦听后，神色黯然一声长叹。

何主任说："如今镇寺之宝失而复得，张先生功德无量，想必宏深法师在极乐世界可以释怀了！"

张子彦摆摆手，说："这不是我的功劳，实不相瞒，我只是替人了却一桩心愿。"

定智法师和何主任都愣了一下，疑惑地望着他。

张子彦接着道出了事情的原委。原来，他是替自己的表哥庄雄来了却心愿的。庄雄就是当年冒充县军管会的人骗走八仙紫金钵的主谋，那个胖子是他请来帮忙的朋友。他从红卫兵的嘴里得知了八仙紫金钵这个镇寺之宝，立即打起了它的主意。那时候他的父母已经去世，有个舅舅在香港经商。他骗得八仙紫金钵后，藏匿在一列直达香港的货运火车上逃到香港，投奔了舅舅。后来又随舅舅迁移到台湾，谁知舅舅的公司搬到台湾后不久就被人整垮了，宣告破产。一家人的生活变得极度困难，这时候庄雄想到了那只八仙紫金钵，他偷偷地将它贱卖了，将所得都交给了舅舅。舅舅很惊讶，问这钱是哪里来的，他谎称是买彩票中奖了。此后，舅舅用这点钱从小生意做起，慢慢地又发展成一家实力雄厚的公司。正因为这个原因，加上舅舅的独生子张子彦醉心艺术，对企业经营不感兴趣，所以舅舅临终时把公司交给了庄雄。庄雄确实有经商之才，企业蒸蒸日上，然而他并不开心，眉宇间总有一丝阴影。张子彦几次问他，他都避而不答，直到有一次喝醉了，才道出了心底的秘密，他说，这是他这辈子做的最可耻的一件事情，他现在最大的愿望就是购回那只金钵，好还给仁济寺。可当年的文物贩子早已销声匿迹，哪里还找得到？张子彦明白了表哥之所以郁郁寡欢的原因，从那以后就利用自己在艺术界的影响力，四处查访那只八仙紫金钵的下落。功夫不负有心人，他终于找到了那只金钵的下落。庄雄闻讯大喜，立即以重金购回了金钵。谁料，正当他准备趁回大陆做投资考察之际送还金钵时，却一病不起，患肝癌去世了。临终时庄雄将这个"物归原主"的心愿托付表弟张子彦来完成……何主任和定智法师听完后久久没有出声。他们都没想到这只八仙紫金钵背后还有如此奇特而沉重的一段故事。

何主任沉默了一阵之后，说："难怪张先生此行要求'静悄悄'的，不要声张……"

　　张子彦望着定智法师，说："不知宏深法师在天之灵能否宽恕……"

　　定智法师抚摸着八仙紫金钵，一字一顿地说："我想一定会的！阿弥陀佛！"

　　张子彦露出了轻松的笑容……

# 大陆晚娘

文/徐　宁

当美娟听说张先生的儿子需要资金援助时，马上毫不犹豫地说："这有什么好商量的，我们给。我一直想找机会修补一下你和子女们的关系，这可是天赐良机啊。"

一

1993 年的春天，家住台南的张先生和他的三个儿女正闹得不可开交。大女儿说："爸，你也真做得出来，我妈才死了不到半年，你就急急忙忙地找老伴，你这样良心上过得去吗？"老二是个儿子，也插话说："你非要找老伴我们也拦不住，可你为什么偏偏要找一个大陆的，而且又整整比你小了二十多岁，才比我姐姐大四岁，比我大七岁，你让我们如何面对她？你以为人家真是看上了你的人？大陆人穷日子过怕了，还不是为了图你的钱？"只有十八岁的小女儿没有加入到这场争吵中，一个人躲到母亲的卧室里失声痛哭。面对儿女们的指责，张先生一声不吭，这些他平常疼爱有加的儿女们伤透了他的心。等到他们都说够了，张先生这才顿了顿嗓子说："你们都说得很有道理，但又没有道理。归根到底我知道，你们是怕外人分走家里的财产。我和她的情况并不像你们想象的那样，但现在说什么你们也接受不了。可是有一条是你们改变不了的，这个婚我是结定了！老年人也有追求幸福的权利，谁也剥夺不了。至于财产，为了打消你们的顾虑，我现在就把家分了。一共分为四份，大家一人一份，然后各过各的日子。我奋斗一生，总不至于连一份养老的钱也不能拿走吧？"

话说到这个分上，也就再没有回头的余地了。虽然是不欢而散，张先生还是把家分了。张先生是搞建筑装修行业的，财产经评估共有六千多万新台币，张先生把业务交给儿子，给了每个人相当于一千五百万新台币的股份、房产或现金，把自己的那一份折合成五十万美元的现金，黯然地离开了台湾。

## 二

张先生名叫张长庚，这年五十五岁，半年前老伴因为癌症溘然长逝。张先生一直无法适应失去老伴的孤寂生活，就听从一些老伙伴的建议，独身一人去大陆旅游，希望借此来消散心中的郁结和悲伤。张先生祖籍浙江，自然就选择了东南沿海作为他旅游的目的地。

按照事先制订的路线，张先生抵香港，然后直飞上海。他先游玩了浙江的普陀山，接着又去苏杭二州，然后坐车前往温州，准备由那里回祖籍苍南。那天，张先生没买上卧铺票，只得坐了硬座车厢。他的对面是一对母女，母亲看上去三十多岁，长得小巧玲珑，有着江南女子特有的清秀，但面色憔悴。女孩五六岁，苍白瘦弱，带有明显的病容。

接近中午时，车厢售货员推着售货车售食品，张先生随手买了一瓶矿泉水。这时就听对面的女孩可怜巴巴地对妈妈说："妈妈，我要喝可乐。"女人很耐心地哄女儿："可乐不好喝，苦的，咱们有水。"女儿眼睛里噙着泪，委屈地撅起了嘴。张先生从母女的穿戴上看出来，她们是舍不得花钱，就叫住售货员说："给我两瓶可乐。"然后就递给了女孩。女人不好意思地说："大爷，我们不要。"张先生生气地说："不能委屈了孩子，拿着！"说着硬塞给了女孩。女孩破涕为笑，懂事地说了声："谢谢爷爷。"

　　有了可乐的契机，张先生就和对面的女人聊了起来。交谈中，张先生知道女人姓鲍，名叫美娟，这年三十二岁。她说是带着孩子到上海看病回来的，女孩患有先天性冠状动脉狭窄，医生说这种情况必须早做手术，但手术前必须交够五万元押金。这对她们来说简直是天文数字，没办法就回来了。张先生不免跟着唏嘘，又问美娟家住哪里。她说是福建南安人，于是张先生就改用闽南话攀谈起来。他这一说，美娟也改为了闽南话，这一来两人的关系又拉近了不少。美娟问："先生是哪里人？"张先生说："我是台湾人，但祖籍却是浙江。"美娟说："你的闽南话说得很好。"张先生说："据我们族谱记载，我们的祖先早年就是从福建迁徙过来的。我们家族祠堂里镌有一副对联，上联是'庙供法主来自安溪光绪贵胄'，下联是'堂祭祖宗继承齐鲁重振家声'。从中可以看出，我们祖先是早年由中原迁到福建安溪，清光绪年间又由安溪迁到苍南。我们是在民国初年到台湾的，自然就保留了家乡的语言。"美娟说："我们家门楣上刻有'南阳流传'，是不是我们祖先就是南阳人呢？"张先生说："我想正是。"问到女孩的父亲为什么没跟来，美娟难过地说，小孩的爸爸原来是搞爆破的，一次出现了哑炮，他去排炮，刚走到跟前，炮就响了，她爸爸被炸死了。张先生又跟着唏嘘一番。

　　火车很快就要到目的地了，美娟开始收拾行李和张先生告别。就在这时，张先生冒出一个想法：自己胡乱地把钱糟蹋了，何不用来做点好事，救救这可爱的孩子？

　　张先生让美娟坐下来，说了自己的想法。美娟好像根本就不相信这种天上掉下来的好事，怀疑地说："我们素不相识，怎么能接受你这么大的恩德呢？"张先生说："我这次出来的目的，就是为了拜佛祈福以求心灵安宁，其实佛讲的是广种善因，所谓救人一命，胜造七级浮屠。你就让我实现这个心愿吧。"美娟见张先生如此说，在车厢里就要下跪，张先生连忙拉住她。

转眼车到温州，张先生放弃了去苍南的计划，换乘汽车直奔福州，又在福州跟着她们娘俩转乘班车直奔南安，辗转几番来到了靠近水头镇一个叫八厝的小村。

女孩的病不容耽误，住不到两天，张先生又带着美娟返回上海。其实只要有了钱，这种手术在一些大型专业医院是极其平常的。所以，才过了半个月多一点，女孩就出院了。这时再看小女孩，明显胖了很多，脸上也现出了红晕，重新绽放出生命的活力。这使张先生感到很欣慰。

再度把母女俩送回家乡，张先生本来打算就此离开的，但看到她们家徒四壁的家境，又明白了一个道理：造成她们困境的真正原因不仅仅是疾病，还有贫穷。如果贫穷问题不解决，这个家庭还是经不起任何风雨的摧残。他决定再帮她们一把。他原想给她们留些钱，但又想所谓坐吃山空，如果没有正常的生财之路，这些钱很快就会花光。经再三考虑，他决定帮她们做一点小买卖。

张先生到镇上转了几天，这一转却让他发现一个巨大的商机。

三

原来，这水头镇是一个全国闻名的花岗岩之乡，出产一种黑白花、当地人称为"603"的花岗石，而近邻的安溪县又出产一种粉红花、人称"635"的石材。资源的丰富，使这里几乎一半以上的人力资源都从事花岗石的采掘、加工和贸易，因为产品物美价廉，不仅在全国首屈一指，产品还行销世界各地，使一个农村小镇变得格外繁荣。张先生在台南的本行是建筑装修，对石材行业了解不少，很快就发现了当地产品繁荣之中的不足之处和发展潜力，就是现在加工过于粗糙而规格单一。比如使用的切割机以六十厘米半径的居多，品质不高，研磨又以人工掌控简易磨机为主，这就造成磨面不均且光洁度达不到较高技术标准。如果自己开办一个加工厂，上半径八十厘米到一米以上切割机并实行全自动连续研磨，肯定会大大提高产品的品质和档次。至于鲍美娟，可以到厂里来上班，也可以给她一些股份，不就彻底解决了她们娘俩的生存问

大陆晚娘

题了？

张先生把这个想法和美娟一说，美娟自然十分高兴。她脸一红，犹豫半晌然后对张先生说："张先生，你是我们家的大恩人，我恐怕也没有别的办法报答你。我听你说过，你太太不是去世了吗，如果你不嫌弃我是个农村人，家里穷拖累你，我嫁给你好不好？这样我就可以留在你身边照顾你。"这番话太出乎张先生的意料了。从心里讲，他和美娟接触也有一段时间了，早就看出美娟是个贤妻良母，又是个知恩图报的人，何况又那么年轻那么漂亮。他之所以没敢往那方面想，主要是考虑自己岁数太大，怕人家嫌弃自己呢。现在这话由美娟说出来，岂不是喜出望外。于是，就发生了故事开头的那一幕。

却说张先生回到福建以后，就着手忙着和美娟办理结婚登记以及办厂的各种手续。当时，沿海地区的招商引资正风风火火，他是个有资金、有技术的台湾老板，自然享受到当地政府的一系列优惠政策，事情进展得相当顺利，厂子很快就按照他的想法开始运作起来了。由于有当地政府的大力支持，加上台湾聘来的技术人员，引进的又都是进口的先进设备，还有台湾旧相识提供的广大市场，产品一投产就取得不错的效益。

四

由于张先生和美娟是在特殊环境下组成的新家，这就难免造成他和儿女之间关系的紧张，两辈人一直处于冷战状态，一连四五年儿女们都不同父亲联系，张先生虽然苦恼也没有办法。这种状况直到1998年才开始有所缓解，而缓解的动力竟然是那场起自东南亚、席卷亚洲乃至整个世界的"亚洲金融风暴"。张先生儿子经营的企业面临着破产的危险，在走投无路的情况下只得硬着头皮打电话向父亲求助。张先生说："现在这件事情我已经不能一个人做主了，得征求你阿姨的意见。"张先生的儿子自然没有脸面向美娟提出这个要求，还是张先生把这个意见婉转告诉了鲍美娟。

却说大陆经济这几年飞速发展，国力充足，成了这次经济危机唯一不受裹挟的地区，而且由于人民币坚挺，反而促成了进一步腾飞的机遇。国家兴企业兴，张先生开办的加工厂也迅速成长，这时的资本已经超过了两千万元人民币。出乎张先生意料的是，美娟竟然是一个绝顶聪明的人，现在已成了企业的主角。她原本就是一个高中毕业生，因为家里穷才放弃了上大学的机会。开始时张先生安排她在厂里当出纳，这也是一些私营企业通常的做法。没想到才一年工夫，她就把会计业务掌握得精通烂熟，遂升为会计，继而又担任财务总监。最后，随着鲍美娟主管的业务成为企业的主导，张先生退居幕后只担任董事长一职，总经理由美娟担任。这也是这个地区特有的情况所致。原来在福建许多地方，活跃着大批的专业经纪人，除了固定用户和直接订货由厂家负责销售外，外地营销的业务主要是由经纪人来完成。所谓经纪人是指那些具有相当资金实力的营销专业户。他们采取的营销手段一般是用营销价把产品一次性买断，然后由他们到外地去设点销售。许多企业就是靠着这些经纪人走遍全国才有了坚强的支撑。美娟是本地人，这种靠宗亲和乡党作为纽带而交织在一起的营销网络的建立也是非她不可，当然也得益于闽南人生来俱有的经商天赋。

当美娟听说张先生的儿子需要资金援助时，马上毫不犹豫地说："这有什么好商量的，我们给。我一直想找机会修补一下你和子女们的关系，这可是天赐良机啊。"第二天，她就兑了五十万美元汇了过去。也是合当有事，这事过了没一年，张先生又接到大女儿的来信，说是在台南的店铺被一场大火烧毁了。尽管没有接到有关需要资金援助的请求，美娟还是二话不说又汇过去三十万美元。

小女儿是第一个与美娟缓和关系的人。1999 年春节，她来到了父亲在大陆的新家。这个春节，张先生过得特别开心。吃饭间，小女儿对美娟说："阿姨，我看准了，还是大陆发展得快一些。"美娟说："要不你也过来，咱们一块干。"小女儿说："你说我干点什么好呢？"美娟说："如果你不愿和我们干同一项业务，你可以搞水产品销售，咱们这儿还是著名的渔港，要不就经销茶叶，咱们邻县安溪可是'铁观音'的产地呢。"小女儿说："那我搞茶叶吧，我要搞一个前店后厂式的，店铺里展示全国各地的名茶，工厂根据顾客不同的需要进行加工和包装。"美娟说："如果你真的下决心过来，我赞助你三百万元人民币。"小女儿兴奋地抱住美娟亲了一口说："既然阿姨这么说，我回去就把台湾的店铺卖了，然后和爸爸、阿姨一块在大陆发展。"不久，小女儿真的搬到相邻不远的安溪做起了茶叶生意。

当新世纪来临的时候，这个带有传奇色彩的家庭终于汇合在了一起，两代人关系渐渐融洽，只是儿女们始终没有改口叫她"妈妈"。

五

俗话说，天有不测风云，人有旦夕祸福。就在张先生事业和家庭渐入佳境之际，一场不幸悄悄降临。2005年的一天，张先生在一次业务招待后突然中风，由于栓塞部位是脑部的主动脉，造成了全身瘫痪。虽然经过住院治疗，但仅仅恢复到神志清醒和简单表达一些语言的程度，四肢情况改善不大。这样他不得不接受一个残酷的现实：长期卧床休养，像婴儿一样接受别人的照顾。好在美娟已经成了企业的主心骨，张先生的病对厂里的业务并没有多大影响。

以张先生的条件，自然家里雇有专职服侍病人的保姆。但张先生却是一个特别害羞的人，像那些大小便、换尿垫和擦洗身体的活儿，他执意不叫保姆干，甚至不让儿女们伸手，非得美娟不可。美娟现在虽说也是锦衣玉食、雍容华贵，但对这项工作却从来不推辞，每次总是细致耐心地去做。有一次大女儿看到美娟给父亲按摩累得满头大汗，当着父亲的面说："中国有句俗话，叫满堂儿女不如半路夫妻。阿姨，您做的这些事，我们儿女没有一个能做到，您对我父亲真是太好了！早知这样我们当初就不会那样不理智了。"美娟一边给张先生揉着，一边说："我是当年被你爸爸从苦海中拯救出来的，没有你爸爸就没有我的今天，我就是为你爸爸做再多的事也是应该的。一日夫妻百日恩，你们放心，我会永远对你爸爸好的。"

2008年春天，张先生在度过了三年病榻生活后，终于走完了他的人生旅途。弥留之际，他已经不会说话，但紧紧地握住美娟的手，眼神中透露出不舍的留恋。办完张先生的丧事，美娟把全家人叫到一起，郑重地拿出一沓文件，对张先生的三个儿女说："这几天，我找政府部门把咱们企业评估了一下，共有资产六千余万人民币。我把它们划分成三份股权，每份两千万元，你们兄妹三人一人一份，请你们复核一遍。"大女儿问："那么你呢？"美娟说："你们的爸爸已经走了，我已经没有理由再待在这个家了，我准备离开。我带走一百二十五万，就算我这十几年为你爸爸打工的酬劳吧。"说到这里，就听大女儿突然高喊一声："妈，你不能这样！"美娟仿佛受到惊吓似的问："你刚才叫我什么？"大女儿动情地说："我叫你妈！这么多年，你为爸爸和我们所做的一切，我们都非常感动。其实我们早就接受你了，就是这'妈'字一直没好意思叫出口。妈，我们不要股权，我们就要你在我们身边。"这时儿子也说："妈，您在我们家的地位谁也不能替代，我们姐弟都从心里爱戴您。现在，我们姐弟几个海峡两岸天各一方，只要您在，我们就有一个欢聚的场所，我们就会有一个家的感觉，甚至觉得爸爸还活着，这是多少钱都买不到的。"小女儿说："妈，您如果狠心走了，难道就一点也不想念我们吗？"还没等美娟回答，就见孙辈们已经哭倒一片，有的叫奶奶，有的叫姥姥，整个大厅哭声一片。眼泪顿时蒙住了美娟的眼睛，她颤抖地问："你们真的都这么想？"三个儿女异口同声地说："我们不要股权，我们要家，要妈妈！……" 🌿

# 爱的追寻

文/郑敬平

　　方孟良万万没有想到，他提的条件，对别人来说也许是求之不得的事，却把龙永宁推进两难境地。

　　融海市有一位青年名叫龙永宁，去西安旅游邂逅台北姑娘方媛媛，两人一见钟情。分别的时候，他们相互交换了"伊妹儿"网址，约定每晚 10 时网上相会，不见不散。两人在网上越聊越亲热，孰料一个月后，方媛媛那边突然中断信号，一连几个晚上不开机。方媛媛没有留给龙永宁其他联系方式，急得龙永宁吃不甘味，睡不成眠。他搜肠刮肚也想不出方媛媛中断联系的原因，决定前往台北找方媛媛。可是，台湾不是谁想去就可以去的地方，怎么办呢？

　　龙永宁的父母膝下只有龙永宁这个宝贝儿子，发现龙永宁突然间变了一个人，整天愁眉苦脸，问他什么事情，他又不肯说，担心这样下去，会愁出病来。于是，他们去找龙永宁姑姑打探原因，才了解了个大概。龙永宁姑姑叫龙玉沁，是一位退休的助产师。龙永宁自幼由姑姑带大，所以对姑姑有一份特殊的感情，平日里对姑姑也是无话不说。龙玉沁早就知道龙永宁与台北姑娘方媛媛谈恋爱，当初就提醒过龙永宁，自从台湾海峡解冻以来，都是大陆姑娘嫁到台湾去，还没听说台湾姑娘嫁到大陆来。现在看来，肯定是她家里人不同意她嫁到大陆来。龙永宁说："如果是这样，她也会告诉我呀！"龙玉沁又说："你就是去了台北，台北那么大，方媛媛又没告诉你她家的详细地址，你上哪儿找去?"龙永宁说："媛媛告诉我了，她家是开小百货店的，我一家一家找过去，不怕找不到。"龙玉沁见龙永宁决心已定，想改变已经不可能了，就说："你一定要去台北找媛媛，眼下只有一个办法，花一笔钱，与台湾妇女假结婚，然后以探亲的名义，申请去台北。"龙永宁想一想，觉得除此之外没有更好的办法，便问："这样需要多长时间?"龙玉沁说："最快也要个把月吧。"

龙玉沁认识一个海峡婚介所的老板，便去打听。说来凑巧，刚好有个来自台北的"婚托"，名叫马桃妹，徐娘半老，风韵犹存，要与大陆男子假结婚。本来，充当"婚托"的人目的是为了赚钱，只要对方出得起费用，是不讲人品相貌的，可是这个马桃妹却要挑选年轻貌美、体格健壮的未婚青年作为假结婚的对象。婚介所的老板明明知道内中肯定有问题，但他为了赚取高额婚介费，对龙玉沁隐瞒了实情。龙玉沁也没有想到假结婚背后还会有什么陷阱，便把龙永宁带到婚介所去。不用说，马桃妹一眼就看中龙永宁，立马提供了结婚所必需的材料，和龙永宁一起到当地民政部门办理了结婚登记。一个多月后，龙永宁获准前往台北探亲。

龙永宁从香港转机到达台北桃园机场，一出机场就被马桃妹接进一辆黑色奔驰小车，车里除了司机，后座还有两个彪形大汉，一左一右把龙永宁夹在中间。原来，马桃妹是台北一个黑社会雇用的"婚托"，专门到大陆以假结婚的名义，把大陆男青年引到台湾充当"应招先生"，俗称"鸭"，供给那些生活空虚的阔太太或独身女人们淫乐。当龙永宁发现情况不妙，已经身不由己了，他被软禁在一座高楼的房间里，失去了人身自由。房间里有电视、DVD 机和光盘，还有许多报刊，大多数是不堪入目的淫秽东西。其中有一沓前几日的台北晚报，头版有一条醒目的大标题吸引了龙永宁。大标题是："大亨千金遭遇登革热，万名少爷争送红玫瑰。"还配有一幅彩色照片。龙永宁一看，照片上的姑娘正是方媛媛，原来她是感染了登革热住院隔离治疗，所以才中断了联系。

报纸上说，方媛媛是华盛集团掌门人方孟良的女儿，追求她的公子哥儿排成队。龙永宁刚刚热起来的心又凉了下去，他想，像她这样的大亨千金，怎么可能看上自己，这分明是拿他寻开心！更叫他后悔的是，不该与台湾妇女假结婚来台湾，现在身陷黑窝，喊天不应，叫地不灵，如何是好？

其实，龙永宁错怪了方媛媛，她是真心实意爱上他的。正因为自己出身豪门，所以怀疑追求她的公子哥儿们心里想的多少与她家的财富有关。她是个爱情理想主义者，不希望自己的爱情掺杂一点别的东西。她独自一个人跑到大陆去旅游，除了避开那些无聊的公子哥儿，散散心外，还有一个内心的希冀，她希望能找到浪漫纯真的爱情。也许是月下老人有意牵线，让她在西安邂逅了龙永宁，并认定龙永宁就是自己在梦中寻找了千百回的白马王子！两人在网上频频相会，心靠得越来越近，正当她准备告诉龙永宁自己的真实身份时，却遭遇了登革热。就在龙永宁飞往台北那一天，医生才获准她出院。当天晚上 10 时，她打开电脑与龙永宁联系，龙永宁电脑没有开机。她连忙打龙永宁的手机，接听的是龙永宁姑姑龙玉沁。龙玉沁告诉方媛媛，龙永宁为了去台北找她，与台北妇女马桃妹假结婚，今天已飞往台北。本来临走时约好的，一到台北就给她打电话报个平安，可是直到现在还没有电话来，不知道出了什么事，她好担心。龙玉沁还告诉方媛媛马桃妹在台北的地址，叫她务必去找他，一有消息就给她来电话。另外还对方媛媛说，龙永宁是她哥哥和嫂嫂的独生子，不可能到台湾去做上门女婿，要方媛媛有思想准备。方媛媛听了电话，好不后悔，龙永宁多次问过她的手机号码，但她有意不说，只说现在网聊就可以了，等到情人节时再告诉他手机号码，在那一天接受他最美好的祝福。哪里想到由于自己的任性，竟把事情弄成这样。后悔之余，她是又感动，又担心，又发愁，感动的是龙永宁对她的一片真心；担心的是龙永宁到台北人生地不熟，会不会出什么事；发愁的是如果父亲不同意她嫁到大陆去怎么办。

方媛媛虽然不是华盛集团老板方孟良的亲生女儿，但因为方孟良膝下只有这么一个养女，所以方媛媛在方孟良的心目中跟亲生女儿没有什么两样。

说起方孟良还有一段不堪回首的往事。他 1947 年出生于融海市海头镇，父亲早年到台湾跑单帮，1949 年蒋介石逃台后，海峡被冻结，从此滞留在台湾。但他父亲不忘家里的糟糠之妻和儿子，经常托香港亲戚往家里寄钱邮物。这样一来，方孟良和他的母亲生活虽不用愁了，却背上了沉重的"政治包袱"。方孟良高中毕业那年，爆发"文化大革命"，他被划入"黑五类"子女打入另册，不久就被赶到山区去接受贫下中农再教育，认识了房东女儿许珠珠并相亲相爱。1968 年，许珠珠的父亲患食道癌住院，动手术需用一笔钱，方孟良用母亲的名义通过香港亲戚向父亲求助，不料，父亲通过香港亲戚寄给他母亲的钱和信被"造反派"截获，说他母亲是潜伏大陆的"台湾特务"，轮番批斗致死。他舅舅怕外甥受到株连，把方孟良骗到海边自己家里，连夜驾船"偷渡"台湾，投奔他父亲而去。方孟良到了台湾后，通过香港亲戚打听许珠珠父女的消息，回信说许珠珠的父亲因手术失败死了，许珠珠怀有身孕，在村里待不下去，离家出走，不知下落。方孟良不能忘记与许珠珠在患难中建立起来的爱情，决定不再婚娶。后来，他从孤儿院抱养了方媛媛。打 20 世纪 80 年代初海峡两岸关系有所解冻以来，方孟良通过有关渠道寻找许珠珠的下落，依然泥牛入海无消息。但是，方孟良还是不死心，最近又在大陆各大媒体发出重金悬赏寻找亲人启事，赏金十万美元。启事发出后，各种各样的信息雪片般飞来，但是没有一条信息经得起推敲。

方媛媛很希望养父找到亲人，这样她与龙永宁的婚事就不存在娶来嫁去的困扰。但是这个时候，她还腾不出时间去为这个发愁，眼下当务

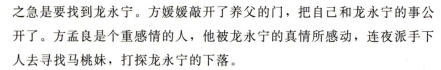

之急是要找到龙永宁。方媛媛敲开了养父的门，把自己和龙永宁的事公开了。方孟良是个重感情的人，他被龙永宁的真情所感动，连夜派手下人去寻找马桃妹，打探龙永宁的下落。

却说这天晚上，龙永宁被软禁在房间里进行强化训练，两个彪形大汉强迫他反复观看《床上功夫十八法》录像带。在另一个房间，黑社会老大在接电话，一位阔太太点名要长期包下从大陆新来的"应招先生"。经过一番讨价还价，最后以三千万新台币成交。

第二天晚上，龙永宁被送到一家五星级酒店总统套间。会客厅里，一位年近花甲、雍容华贵的太太在等他。

龙永宁说："我是不会满足你任何要求的。"

太太说："我是花了三千万台币把你包下来的。当然，只要你服务好了，我还会给你小费，每个晚上的小费不会少于你在大陆干一年的薪水。"

"不，再多的钱我也不出卖自己！"

"那你假结婚来台湾干什么？"

"我是来找女朋友的。"

"这样吧，就服务这个晚上，明天放你去找女朋友行吗？"

"不行。"

太太从冰箱里拿出一罐饮料递给龙永宁，说："不然你先喝饮料，喝完再说。"

龙永宁说："我知道，你们在饮料里下了催情药，我是不会喝的。"

"看起来你是敬酒不吃要吃罚酒。刚才送你来的两个汉子还在门口守着，只要我一出声，他们马上就会出现在你的面前。那时候，你想不喝也行，灌的滋味不好受呀，你要考虑清楚。"

龙永宁听她这么一说，迅速抓过放在水果盘上的水果刀，顶住自己的咽喉，说："如果你敢用强，我就自杀。"

太太怔住了。就在这时，一直紧闭的卧室门突然"砰"的一声打开了。

"不要呀！"方媛媛喊着从卧室里冲出来，扑向龙永宁，夺下他手中的水果刀。

原来，这一切都是方媛媛和她养父安排的，花了三千万台币把他从黑社会魔爪里救出来，为了进一步考验他对方媛媛的情有多真，请了家里佣人扮演阔太太在酒店里演了这出戏。

龙玉沁接到龙永宁从台北打来的电话时已是夜半时分，知道龙永宁平安无事而且找到心上人方媛媛，两天来一直提在半空中的心才舒坦落地。但她在电话里听龙永宁说方媛媛是一个大老板的养女，这个大老板名字叫方孟良的时候，一下子惊呆了，许久说不出话来。

说来可谓"无巧不成书"。龙玉沁与方孟良的初恋情人许珠珠是初中同班同学，后来龙玉沁考上卫生学校，毕业后到临县插队，不久分配在当地一家卫生院妇产科当接生员。方孟良避难"偷渡"台湾后，怀着身孕的许珠珠离家出走，就是投奔龙玉沁那里去，在龙玉沁所在的卫生院当勤杂工。许珠珠分娩时遇着难产，母亲和婴儿只能保住一个，许珠珠坚决要求保住婴儿，为方家留一根血脉。许珠珠产下一个男婴后，因出血不止死了。龙玉沁当时还没有结婚，而她哥哥和嫂嫂结婚多年一直没有生育，所以就把婴儿作为哥哥的孩子取名龙永宁。她哥哥和嫂嫂如获至宝，把龙永宁看得比自己生命还重要。龙玉沁早就在电视上看到方孟良的寻亲启事，她曾试探过哥哥和嫂嫂的口气，两位老人一个口气，说如果龙永宁离开他们，他们就不想活了。所以龙玉沁一直守口如瓶。怎么也想不到，龙永宁海峡之恋，恋来恋去，女朋友的养父竟然是他亲生的父亲！

于是，龙玉沁在电话里呆了半天之后，接着就叫龙永宁赶快回来。龙永宁说，一时半会还回不去，虽然说与马桃妹是假结婚，但结婚登记手续却具有法律效力，在台北还要与马桃妹办理离婚手续。龙玉沁心里叫苦不迭，因为龙永宁长得很像他妈妈，要是方孟良看见了龙永宁……龙玉沁不敢往下想。

第二天早上，方媛媛把龙永宁带回家里。果然，方孟良第一眼看见龙永宁就觉得好生面熟，但他没有把龙永宁的长相与许珠珠联系起来，世界上长得相像的人很多，不少国家的总统都有好几个替身，有的几乎

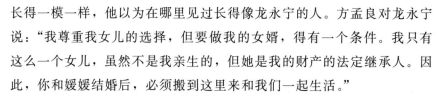

长得一模一样，他以为在哪里见过长得像龙永宁的人。方孟良对龙永宁说："我尊重我女儿的选择，但要做我的女婿，得有一个条件。我只有这么一个女儿，虽然不是我亲生的，但她是我的财产的法定继承人。因此，你和媛媛结婚后，必须搬到这里来和我们一起生活。"

方孟良万万没有想到，他提的条件，对别人来说也许是求之不得的事，却把龙永宁推进两难境地。龙永宁非常孝顺父母，不愿意给父母造成任何伤害。他心里十分清楚，对父母来说，就是拿座金山银山来换，他们也断然不肯让出他这个孩子。但是，他也不愿意放弃自己深深爱着的方媛媛，怎么办呢？想来想去，最后，龙永宁想出一个两全其美的办法：现在，福建正在大力建设海峡西岸经济区，有许多优惠政策和商机，可以动员方媛媛的父亲把华盛集团总部迁到融海市开发区，这样两家合成一家，不就什么问题都没有了吗？他把这个想法告诉了方媛媛。

方媛媛说："我爸很早就想西进，把企业迁到大陆去发展。因为华盛集团属下多是高新企业，所以当局设限很多，我爸怕招惹麻烦，一直下不了决心。"顿了一下，方媛媛又说："如果在大陆能找到我爸的亲人，那我爸一定会下这个决心。"接着，方媛媛把她养父过去的一段故事讲给龙永宁听。

龙永宁听了这段故事，心里"咯噔"了一下，暗自思忖：方伯伯要寻找的大陆亲人叫许珠珠，自己的干妈就叫许珠珠呀！他从小就听姑姑说，他出生的时候生命垂危，是姑姑的同学许珠珠救了他。所以每年清明节，姑姑都带他到殡仪馆把许珠珠的骨灰盒请出来，献花叩头，还要他说："妈，儿子看你来了。"这位许珠珠是不是方伯伯要找的亲人呢？但她已经不在人世了，方伯伯还愿意把集团总部迁过去吗？

龙永宁立马给姑姑龙玉沁打电话，说了自己的两难之处，说了自己的想法，也说了方媛媛给他说的故事。龙玉沁听了，有点喜出望外，对呀，两岸本是一家人，自己怎么就没想到这一着呢！她决定把真相说出来，促成这桩好事，便连忙说："许珠珠正是方孟良寻找的大陆亲人。"龙永宁又说了自己的顾虑，龙玉沁说："你告诉方先生，他有个亲生儿子在大陆。"龙永宁追问："他是谁呀？"龙玉沁说："你们赶快回来，回来了就知道了！”

　　龙永宁立马向方媛媛和她的养父报告了这个好消息，激动得方孟良像三岁的孩子手舞足蹈，立即叫人准备机票，明日一家子飞往融海市……🍃

# 连心锁

文/刘秋兴

几十年的思念之情像洪水决堤般奔泻而出，化作一句撼人心魄的呼唤："兄弟，我的好兄弟呀！"

一

1998 年初夏，湄港市台资企业景昌电子有限公司因台风刮断高压输电线引起火灾，浓烟烈火中，公司员工上下一心，奋不顾身地灭火。装配车间的吴小梅头发被烧着了，脸上燎起了一个个水泡，仍顽强地冲进火场，直到昏迷倒下被人救出。总经理王怀义看到这感人场面，立马交代员工："快送医院，要不惜一切代价救活吴小梅！"

王怀义二十七八岁，英俊潇洒。几年来，他竭尽心力，抓质量、创品牌，使公司产值年年翻番，成为湄港市的外资明星企业。今天这场火灾是他所始料不及的，大火扑灭之后，他当即将这一情况电告台湾的董事会。

　　翌日上午，董事长王文达从台湾乘飞机到了厦门，前去迎接的王怀义望着年过古稀的阿公，哽咽着说不出话来。王文达安慰他说："怀义，别难过，公司受点损失不算什么，重要的是要稳定人心，尽快恢复生产。对了，你说的那个吴小梅小姐伤势怎么样？我们直接去医院看望她吧。"爷孙俩驱车来到湄港市立医院，只见吴小梅脸上手上包着纱布仍处于昏迷状态，医生正全力抢救。

　　看着一个青春靓丽的女孩子伤成这个模样，王文达的眼睛湿润了。他颇动感情地说："黄金有价人无价啊！医生，请你们用最好的设备和药物，花多少钱都没关系，一定要治好吴小姐的伤。"

　　王怀义向王文达讲述吴小梅为扑灭烈火受伤的经过，王文达频频点头，问："吴小姐是哪里人？"王怀义说："她是闽北山区来的打工妹，聪明好学，业绩突出。""对吴小姐这种勤业敬业的人，应该予以重用。"王文达坐在吴小梅床前，怜爱地注视着姑娘。蓦然，他眉头急促地跳动了几下，眼睛久久地盯着吴小梅脖颈上戴着的银项链，项链上拴着一个银锁片。他情不自禁地凑上前，对着银锁片端详起来。这是一个龙凤浮雕的银锁，俗称"连心锁"，一般用于男女定情。尽管这个连心锁年代已久，但仍雪白锃亮。王文达一时激动不已。

　　"阿公，你怎么啦？"王怀义惊讶地问。

　　王文达颤声说道："怀义，这是咱家传家的连心锁呀！瞧，上面还刻着你太公的名字哩！我找它整整找了五十年，想不到今天见到了它……如果我猜得不错，吴小梅她应该姓徐，是你叔公徐景昌的后人。"

　　"阿公，这到底是怎么回事？"

　　"一言难尽哪！"王文达长叹一声，讲述了一段动人的故事。

## 二

　　淮海战役之后，国民党军队节节败退。为了逃命，军队最高长官作出了一项惨无人道的决定，将身负重伤的士兵就地处理。王文达背部负伤已十几天了，因为缺医少药，伤口化脓，已经昏迷不醒。他哪里知

347

道，这一刻他将被拖上死亡之路。

"不！他还没有死，你们不能这样埋了他呀！"

王文达的结拜兄弟徐景昌看见他就要被扔进土坑里，大叫一声扑上前去，紧紧地抱住王文达不放。徐景昌是湄港人，与王文达的老家厦门仅百里之隔，老乡见老乡，两眼泪汪汪，一样的乡音，一样的命运，使他俩在战火中成为生死之交。自王文达负伤后，徐景昌一路上抬着担架，细心呵护，一次又一次地将他从鬼门关拉了回来。

"徐老弟，我知道你与王文达义气深重，但是上峰的命令不好违抗啊。与其让共军把他俘虏了，不如让他效忠党国，舍身成仁。"大胡子连长劝道。

"连长，共军也优待俘虏，我们怎能忍心杀害自己的弟兄？连长，我给你叩头了，求求你饶了我大哥吧！他不会拖累大家的，我徐景昌只要还有一口气在，我背他走，这总行了吧？"徐景昌跪在地上把额头都磕破了。

大胡子连长被徐景昌的义气感动了，摆摆手，带着人走了。

徐景昌凭着对朋友的忠诚和义气，硬是背着王文达脚步蹒跚地跟上队伍，到了驻地他泡盐水给王文达洗伤口。王文达几回恳求说："景昌，念在咱兄弟的情分上，补我一枪给个痛快吧！咱不能两个都死。"徐景昌说："哥，别说傻话了，我决不会扔下你不管，要死咱就死在一起，在阴间咱再做兄弟。"王文达突然说："兄弟，哥求你件事，哪一天我真死了，你能答应常去看望我的瞎眼老娘吗？"

"哥，你放心，你的娘就是我的娘，我一定会好好孝敬她。"

"兄弟，哥谢谢你了，到时候你就拿这连心锁去见娘。"王文达摘下脖子上的连心锁，戴上徐景昌的脖颈，说："见了娘，千万别说我死了，否则，娘也会伤心死的。我还有个未过门的媳妇叫美兰。听说长得挺好看，可惜我没见过她，你就替我好好照看她吧。"

徐景昌吃了一惊，叫道："哥，你这是干什么？"

王文达笑道："连心锁戴在你的脖子上，哥心里踏实。兄弟，你走吧，哥不能再拖累你了。"

"不！我说过，要死咱一块死，我说到做到。你别再胡思乱想了。"徐景昌硬是背着王文达，直到把他送进医院，自己才又随部队上前线了。王文达伤愈后于1948年去了台湾，从此以后，两个人天各一方音讯杳然……

三

王文达讲到这里，泪流满面："几十年来，我一直在寻找生死与共的好兄弟，可是海峡两岸咫尺天涯。1984年春，我首次来到厦门，才知道他曾住在我家，并为我娘养老送终，以后他与美兰带着孩子离开厦门，就不知去哪里了。我费尽心机多方寻找，依然一点消息也没有，只得在他的家乡湄港办了这家企业，并以他的名字'景昌'给公司命名，以寄托我对他的无尽思念和感激之情。怀义，你现在该明白了吧？"

王怀义被深深地震撼了："阿公，你确信吴小梅就是徐家后人？可她为什么又姓吴呢？"

是啊！吴小梅为什么不姓徐而姓吴呢？连心锁为什么会在她身上呢？唉！吴小梅要是现在醒过来就好了。但不管如何，连心锁的意外出现，毕竟让王文达感到了无比的喜悦和安慰。他说："怀义，走！咱们立即到小梅的老家去。"

王怀义一怔，马上明白他的意思，说："阿公，你一路劳顿，还是先歇息一下吧，我这就去小梅家乡。"

王文达想了想说："这样也好，你到了那里，立即跟我电话联系。"

三天后，王怀义从闽北回来了，同车来的还有一个年近古稀的白发老人和一对四十开外的中年夫妇。当王文达第一眼看见那位白发老人时，就"刷"的流下了两行激动的泪水，嘴唇颤抖着久久说不出话来。白发老人也激动不已，两人都张开双臂，几十年的思念之情像洪水决堤般奔泻而出，化作一句撼人心魄的呼唤："兄弟，我的好兄弟呀！"

两位老人泪眼相对，紧紧地拥抱在一起，都哭出声来。

"你让我找得好苦哇！我又是登报，又是上电台，为了这把连心锁，我几乎找遍了大半个中国。我哪知道你改姓吴了，这到底是怎么回事呀，我的好兄弟？"王文达手捧连心锁，哽咽着说。

白发老人就是徐景昌，生活的磨难使他显得过于苍老，脸上皱纹像一道道犁沟，在他身上再也见不到当年那健壮如牛的影子了。王文达感慨万千，心酸地说："兄弟，你也老了……"徐景昌擦了擦泪水，笑了笑说："哥，我还以为咱哥俩这辈子再见不着面了，苍天有眼，让咱哥俩又见面啦，我……我死也闭眼了……"

"兄弟，这些年你过得好吗？"

"好，好，"徐景昌连连点头，转身向他旁边的那对中年夫妇招手说，"过来，见见你们的王伯伯。"又向王文达介绍说："这是我的儿子吴念达，这是儿媳秀琴，小梅就是他俩的女儿。只是美兰五年前就去世了。"

"哦！美兰去世啦？"

"嗯。是娘硬逼我跟她成亲的。哥，我对不起你呀！"徐景昌愧疚地说。

"不不！你受苦受累为娘养老送终，又替我照看美兰，哥谢谢你，谢谢你……"王文达双膝跪地叩了一个头，慌得徐景昌也跟着跪下去，兄弟俩百感交集。

"兄弟，你怎么改姓吴呢？"

"说来话长哟。"往事如梦，徐景昌凄婉的经历，让王文达唏嘘不止……

四

当年，徐景昌随部队上前线，被解放军包围全歼。徐景昌被俘后加入了人民解放军，翌年参加了渡江战役，并荣立战功。退伍回地方后，他被安排在厦门某工厂工作。经多方寻找，他找到了王文达的瞎眼老娘。文达音讯杳然，看来是凶多吉少了。好友的嘱托促使他跪在老人面前叫道："娘，我回来了。"

瞎眼老娘惊喜地伸出枯瘦的双手，颤抖地抚摸着徐景昌的头和脸，泪眼婆娑地说："你是文达？你真是我儿文达吗？"

徐景昌捧上连心锁："娘，我是文达，是你的亲儿子呀！"

瞎眼老娘抚摸着连心锁，"你真是文达，菩萨保佑，我的儿子回来啦！"老人又说又笑，顿了一会，老人又说，"儿呀，你这次回来，不走了吧？""不走啦！咱就在家侍奉娘。""好好，这些年多亏你那未过门的媳妇美兰，否则，娘这把老骨头早就埋进黄土了。这回好啦，过几天就把你俩的亲事办了。"徐景昌闻言大吃一惊，虽然王文达说他有个未婚媳妇，但朋友妻不可欺呀！他忙推托说："娘，这亲事等过几年再说吧。"娘说："你俩都老大不小啦。再不能拖下去了，娘可急着抱孙子哩。"徐景昌着急地说："不！这不行……"娘一怔，说："怎么？你在外头有相好啦？"徐景昌摇头说："没，没有。"娘松口气，说："没有就好，美兰既聪明又贤惠，能娶她做媳妇，是咱王家的福分。过几天，娘择个黄道吉日给你俩圆房。"

徐景昌本欲推辞，又恐被娘看出破绽。老人风烛残年，万一知道他不是文达，经受得住这个打击吗？他只得诺诺唯唯，心想等结婚时再作打算吧。

婚礼很简朴，没有花轿，没有奏乐，请几个亲朋好友聚了一餐而已。尽管宾客们觉得这个王文达当了几年兵模样变化了许多，但做娘的总不会认错儿子吧。倒是新娘美兰看出了什么，只剩他俩时，冷着脸说："你到底是谁？"徐景昌一惊，结结巴巴说不出话。美兰柳眉倒竖，厉声说："你骗得了瞎眼老娘却骗不了我，听娘说文达左耳根有颗绿豆大的红痣，你没有，你干吗要假冒文达？""嫂子，你小声一点，别让娘听见，我什么都告诉你。"当徐景昌说出事情的经过之后，美兰哭了。徐景昌说："别哭别哭，让娘听见就不得了啦！嫂子，你就当我是你的亲弟弟吧，等大哥回来了，咱再向他解释。"徐景昌抓条毡子打了地铺，和衣躺了下去。这假夫妻一直做了三年，文达依然没有回来。美兰渐渐地死心了，徐景昌却依然盼望着文达还活在人世，盼望着他有朝一日回到家乡。

这一年秋天，娘病倒了，从此再没起来。弥留之际，娘一手拉着徐景昌，一手拉着美兰，慈爱地说："难为你俩瞒了我这许多年，娘眼瞎心不瞎，你俩成亲的第二天晚上，娘偷偷去听房，发现你俩同房不同床，娘就犯疑了，你一定不是文达。文达左耳根有颗痣，你没有，娘早摸出来了。娘寻思，文达一定不在人世了，一定是他临危时交给你连心锁，嘱托你这样做的。好孩子，你到底是谁？"徐景昌鼻子一酸，跪在地上将事情原原本本告诉了娘。娘老泪纵横，继而又欣慰地笑道："娘有你这么个好儿子，娘知足了。景昌，从今以后，你就是娘嫡嫡亲亲的儿子了，娘求你和美兰给王家留个根吧。"

娘去世后，按她老人家的遗愿，景昌与美兰正式做了夫妻，第三年生下了大儿子念达，取的是怀念王文达的意思。大炼钢铁那年，徐景昌举家去了三明钢铁厂，才干了一年多，就遇上了政治运动。他被逼得没法，找了个机会连夜逃走。适值当时政府号召移民开发山区，徐景昌改名换姓，托亲戚开了假证明，举家迁居闽北山区，一住就是几十年。

几十年的风霜染白了他的头发，也把他的心折磨得麻木了。哪曾想这对生死之交，却因一场火灾而意外相逢。这真是血浓于水，亲缘难断啊！


五

苦难的经历，让人倍感人间情义的珍贵。两位老人泪眼相对，默默无语。良久，徐景昌双手捧着连心锁，送到王文达面前，说："大哥，这把连心锁，我和美兰珍藏了几十年，美兰去世前，才把它给小梅戴上，我想，还是把它还给你吧。"王文达接过连心锁，无限感慨地说："多亏了这把连心锁，才使咱兄弟今日重逢。它不仅是咱两家人的传家宝，更维系着海峡两岸的兄弟情啊！怀义，阿公和叔公都老了，现在把它传给你了。"

王怀义激动地说："阿公，叔公，你们放心！这么宝贵的连心锁，我一定让它一代代地传下去。"

# 义子为大

文/白　琅

　　满门金猛然间什么都明白了：老爸压根就没有病，而是利用他的孝心，跟李师傅一起骗他。

　　满门金大学毕业后，就来到了老爸满园春的"金安璧合"公司，并被委以重任，担任"金安璧合"公司总经理助理。满园春是在两年前从金门来厦门的，在翔安区开办了"金安璧合"公司。

　　这天早晨，满门金跟父亲刚准备吃早饭，父亲竟突然晕倒。满门金赶紧把他送往医院，做了全面检查后，并没有发现严重病情。谁知第二天早晨，满总在吃饭时又突然晕倒，满门金再次把他送往医院，依然没有发现严重病情。这到底是怎么回事呢？有人告诉满总，公司里的李师傅懂一些阴阳风水，不妨把他叫来让他看看，看不好也不至于看坏。满总就同意了。李师傅被叫来之后，便问满总什么时辰出生的？老家的坟墓地在什么地方？坟头朝什么方向？满总都一一做了答复。李师傅最后冒出一句让满门金不寒而栗的问话："你这一生中，有人死在你手里吗？"满总愣怔半天后，点了点头，随即又摇了摇头。李师傅有些急了："满总，到底是有还是没有？"满总沉重地说："我确实伤害过一个人，但这人是死是活我真的不知道。"李师傅微闭双眼，大拇指跟其他手指捏巴了一会儿后，肯定地说道："你伤害的这个人确实死了，不管你信还是不信，现在这个人的鬼魂正纠缠你，要是不赶紧想办法，它这么纠缠下去，别说你这年过半百之躯，就是身强力壮的年轻人，恐怕也难逃此劫。"满门金急了："那该怎么办？难道我们就这么坐以待毙不成？"李师傅摇了摇头，说道："我既然能看出来，自然就有降伏它的办法。"满门金催促道："你快说，有什么办法？"李师傅便对满总说道："要想保你一生平安，你必须认一个'义子'。"满总不解地问道："为什么要认'义子'啊？"李师傅说道："阴间的鬼魂最怕双，要不我们在办白事时，为什么要摆单席呀！要是你有了两个儿子，它就不敢再纠缠你了。"满门金立马说道："那我们就赶紧认一个呗！"李师傅看着满门金："认'义子'要有个先决条件，要是你们两人不和，整天吵吵闹闹，满总就必死无疑！"满门金脱口而出："老爸，您就尽管认吧，我一定不会跟他吵闹，只要能保证您平平安安，什么事情我都能忍。"满总听了儿子的话，眼睛一下子红了："门金，你真是老爸的好儿子，老爸谢谢你啦！李师傅，你说我该认个什么样的'义子'呢？"李师傅说道："这个人的姓必须要带三滴水，后面的字，必须跟金相连。"满门金不愧是个大学生，想了想说道："李师傅，只有银能跟金相连，最好找一个叫汪什么银的，或者叫江什么银的。"李师傅拍了拍满门金的肩膀，夸赞道："不愧是个大学生，说得一点没有错。门金，你感觉汪和江哪个姓跟我的要求更贴切？"满门金张口便道："当然是江了，把它和我家满字连起来就是满江金、满江银、满江金银，多吉利！"满总听了十分高兴，对李师傅说："那就拜托你了，不管用什么办法，一定要尽快找出叫江什么银的人。"满门金笑着说："老爸，根本用不着四处去找，我上网发个帖子，很快就会找到的。"

当天晚上，满门金上网一看，已经有十六个人发来了帖子。特别是在翔安区就有一个叫江漂银的人，二十四岁，比满门金大一岁，是个单亲家庭。满门金赶紧把这个消息告诉给了老爸，满总自然十分高兴。第二天一大早，满总就带着李师傅和满门金，按照江漂银提供的详细地址，来到了江漂银的家。江漂银长得英俊潇洒，精明干练，他的母亲也在家，长得更是美丽端庄，简直赶上演员了。一个快要五十岁的女人，还能如此的美丽，简直不可思议。满门金的脑海里突然就冒出一个想法：妈妈去世已经五年了，老爸一直没有再娶，要是认了这个义子，再娶了这么个漂亮的阿姨，真是好事成双了。满总把他的来意跟江漂银母子说了后，江漂银的母亲说道："我当母亲的没有任何意见，漂银能认一个有钱的干爹，也是他的福分，让他自己拿主意吧。"江漂银最终还是同意了。

李师傅不愧是阴阳大师，从这天早晨起，满总再也没晕倒过。

一周后，江漂银就被招进了公司，并委以重任，担任"金安璧合"公司总经理助理。满总把满门金、江漂银两人叫到办公室，一本正经地对他俩说道："你们俩都是我的儿子，我肯定会一碗水端平。半年后，谁工作能力强、口碑好，我就把公司交给谁管理。"满门金的脸上露出了不易察觉的微笑：刘备摔阿斗，纯属收买人心，谁心里都有数。义子就是义子，怎么可能跟自己的亲生儿子相提并论呢？谁能把自己辛辛苦苦打下的江山拱手让给外人！

转眼便过了半年。这天上午，满总把满门金、江漂银叫到办公室，郑重地对他俩说："半年前，就是在这里我说过，谁表现好，谁工作能力强、口碑好，我就把公司交给谁管理。现在正好半年了，从明天起，我就要让李师傅替我考核你俩，三天后，我就要在公司大会上宣布考核结果。"

第三天早晨，满门金在海边散步，碰见了跟他关系不错的小汪。小汪说："没想到今天早晨你会来这里散步。"满门金不由一愣："今天早晨我怎么就不会到这里散步啊？"小汪怔怔地看着满门金："今天上班不是要宣布考核结果吗，你怎么还有心情来这里散步啊？"满门金瞪着大眼看着小汪："怎么，你知道考核结果了？"小汪摇了摇头。满门金松了口气说："我还以为你知道结果了呢。说句实话，老爸这样做，其实是故弄玄虚，谁能把自己辛辛苦苦创下的家业拱手让给外人啊！"小汪一眨不眨地看着满门金："我希望你马上回去找你老爸好好谈谈，千万别让他犯傻。我有一种预感，你老爸很有可能会把公司大权交给江漂银。"满门金不由哈哈大笑："老弟，你别危言耸听好不好？这是绝不可能的事，我老爸就是再糊涂，也不至于糊涂到这个分上。"小汪摇了摇头说道："不听好人言，吃亏在眼前。你最好不要太过于自信，要是不幸让我言中，今晚我还在这里等你。"

早晨8点整，满总当着公司全体员工的面宣布：根据考核结果，江漂银担任"金安璧合"公司总经理，满门金担任副总经理。满门金一下子愣在了那里。

晚上，满门金来到海边，小汪早就在这里等他了。小汪说："四个月前，因我女友父母不同意我们的婚事，女友就把我约到咱们公司附近那座风狮爷跟前，要抛硬币来决定我们俩的婚事。我突然发现，你老爸、李师傅还有一个漂亮女人从对面的小山丘上下来。后来，我在街上看见江漂银竟然跟那个漂亮女人在一起，有人告诉我，那个漂亮女人便是江漂银的母亲。"

满门金把小汪领到江漂银家附近，两人悄悄躲在树后。过了一会儿，一个女人走了出来，满门金赶忙问小汪："你看到的那个女人是不是她？"小汪点点头："没错，就是她。"

满门金猛然间什么都明白了：老爸压根就没有病，而是利用他的孝心，跟李师傅一起骗他。满门金的眼泪流了下来，他不能容忍老爸这种做法：你爱这个女人，你把家业给这个女人的儿子，这是你的权利。因为这些家业原本就是你辛辛苦苦创建起来的，你可以光明正大地给他们，干吗要利用我的一片孝心来欺骗我啊？满门金在这一瞬间下了决心：他绝不会原谅这个只爱美人不念亲情的父亲。

第二天早晨，满门金给老爸写了一张字条："老爸，都说没有妈的孩子像根草。可我是坚不可摧的抓根草，再大的风也不能把我吹倒。我走了，您不用担心，我一定会闯荡出一片属于自己的新天地。到了那一天，我再回来看您！请老爸多多保重。"满门金把纸条放在床上，便悄悄地走出门。

满门金刚走到路边，开过来一辆出租车。满门金上了车，司机问："去哪？"满门金说："去长途车站。"这时，司机的手机响了，司机接听说："是大哥啊，要招工啊？月工资多少？最少五千元？好好好，我肯定帮你招。"司机刚放下电话，满门金便问道："你这位大哥可靠吗？"司机点点头："当然可靠，不可靠谁帮他招工啊？"满门金又问："他的公司在哪？招什么工种？"司机说："公司在晋江。上次他回来跟我说，他手下员工必须是大学以上学历，招什么工种不太清楚。"满门金忙说："我想去他那里碰碰运气。"他向司机要了公司的电话。

满门金来到晋江市，很快找到了这家电子科技公司。经过简单考核，满门金被录用了，月工资六千元。

由于满门金工作积极又聪明能干，很受经理赏识，不久就被提拔为经理助理，工资也涨到了万元。

八月十五中秋节快到了，经理关心地对满门金说："中秋节是团圆的日子，你已经很长时间没有回家，该回去跟父母团聚了。"满门金眼睛一下子红了，但他很快就恢复了平静，对经理说："我走时已经跟父母许下诺言：不干出一番事业，就无脸回家。我明年肯定回去。"

中秋节这天公司放假，满门金把自己关在研究室里，想用紧张的工作把心中的烦恼和思念统统忘到脑后去。正在这时，门被推开了，满门金抬头一看，进来的两个人一个是老爸，一个是李师傅。他站起来惊讶地问："老爸，您怎么来啦？"满总笑道："傻小子，这是我的公司，我怎么不可以来啊！"满门金惊住了："什么？这公司是你的？"满总微微一笑道："本来我不想把实情告诉你，可现在不告诉你不行了。天下有狠心的儿女，没有狠心的父母啊！我再不把实情告诉你，只怕你这一辈子都不会理我了。"

满总坐下后，神情一下子变得凝重起来："三十年前，那时你还没有出生，你老爸还在金门当兵。当时是非常时期，厦门跟金门经常相互炮击。有一天是你老爸战斗值班，正赶上对岸村民向金门放气球发宣传单，上司命令我们开炮。结果有一发炮弹落在那些村民附近，后来听说有个刚结婚不久的青年被炸身亡，还有几人被炸伤，老爸心中很不是滋味，不久就从军队退伍。去年老爸在电视上看到，厦金两岸当年用广播隔海相互喊话的广播员陈菲菲和许冰莹，在保留了'世界最大军用喇叭'的翔安大嶝岛战地广播站遗址相聚，昔日的敌人现在成了亲密的姐妹，你老爸就产生了一个愿望：一定要找到当年那个被炸身亡的死者的家人，尽我所能照顾他们。也许是我的真诚感动了苍天，我在李师傅的帮助下，真的找到了那家人，就是江漂银母子。李师傅把他们约出来，我还去了死者坟前祭拜忏悔。在回来的路上，我让风狮爷给我作证：我要认江漂银为'义子'，把'金安璧合'公司交给他管理。我不想让你们后辈知道以前这些事，就想出装病让李师傅出来相助的办法。我知道把'金安璧合'公司交给江漂银管理，你肯定不能原谅我，肯定会离开我去外面闯荡。于是，我就雇了一辆出租车，等你上了他的车，就让他在你面前演戏，把你招进我在晋江市开的这家公司。"

听了老爸的话，满门金眼泪涌出了眼眶："老爸，您为什么不照直跟我说啊！我在大陆读书这几年，亲身感受到台湾跟大陆就是一家人，同学们没有一个因为我来自台湾而歧视我。有一次，我跟外国留学生发生了口角，全班同学都站在我一边声援我，当时我突然感到，他们就像我的亲人，我从没有感到这么幸福过。老爸，你做得没错，儿子为有你这样的父亲而感到骄傲！"满门金说着，便拉起满总的手往外走。满总不解地问道："你这是要去哪啊？"满门金一字一句地说道："我们马上去厦门，这个中秋节，我们就跟江漂银大哥和江阿姨一起过。"

李师傅听了满门金的话，也开心地说："满总，我看现在世界上最幸福的人莫过于你了，你有两个好儿子啊！"

满总的眼泪早就流了出来。🍃

# 女台商和总经理

文/张国华

　　两次失败的打工经历让刘小刚深深地体会到,当个工人真不容易,不光要承受精神上和体力上的压力,简直就像条菜板上的鱼一样任人宰割。

　　文氏电器有限公司是一家台商独资企业,老板是位三十来岁的女士,名叫文忆莲。文老板人长得非常漂亮,看起来就像二十几岁的样子,但在企业管理上很有一手,把个公司办得红红火火。

　　文老板手下有位几年前招聘来的大学生,名叫刘小刚。他今年不到三十岁,特别肯钻研,长得也很帅气,所以深得文老板的器重。没多久,刘小刚就当上了部门经理。

　　都说人要是走运,喝凉水都能长肉。刘小刚当部门经理不到半年,就成了公司的副总经理。几个月后,他又被文老板派往国外学习。据说文老板准备建一条电器生产流水线，打算让刘小刚负责，所以派他到国外去学习先进管理经验。公司员工私下里议论说，听说文老板在台湾跟丈夫离婚好几年了，现在还是单身，还不知文老板这是选人才还是选丈夫哩！

刘小刚到国外学习半年回来后，文氏投资八千万元人民币新引进的一条生产线也安装调试完毕，刘小刚顺理成章地成了这个分公司的总经理。

刘小刚果然不负众望，走马上任的第一件事，就是参照他在国外大企业学来的管理规程开始建章立制。那些规章制度共有几十个、数百条，几乎每个细节问题都考虑到了，不光打成文字装进玻璃框上了墙，还打印成册，人手一册地发到全体员工手中，要求人人会背。谁要是违背了规章制度，一律严厉处罚，决不手软。

可是，半年下来，虽然厂里的技术设备都是世界一流的，管理也是与世界接轨的，但产品质量和工作效率还是跟先进厂家差那么一大截子。尽管费了九牛二虎之力把产品销出去一部分，但紧接着客户就纷纷要求退货，致使产品大量积压，企业出现严重亏损。

老板文忆莲到分公司来了几次，也没找出什么问题来，就要求刘小刚不管怎样都要尽快扭亏为盈，否则就要撤他的职。

刘小刚心里当然也非常着急，他进行一番调查后发现，问题的根源出在一线员工身上。一些员工思想素质不高，缺乏主人翁意识，消极怠工，甚至在暗中跟他较劲，故意让产品不合格。为此，他通过摸底，一下子开除了四十名员工，还根据公司的管理条例，每人给予扣发一个月工资的处罚。对于新招进公司的员工和原先留下的老员工，他更是加大了处罚力度，有的员工一个月就被罚掉大半个月的工资。他说："国外的一些先进管理经验表明，在员工素质普遍偏低的情况下，处罚是最有效的管理手段。"

员工们私下议论说，刘小刚也实在有些过分了，受到老板的器重就忘乎所以了，自己的年薪是二十万，却把工人克扣得只能喝稀饭。他不去想办法调动员工的积极性，却使用这种高压政策，不会收到什么好效果的。

果然，过了两个月，公司效益没有任何好转，亏损更加严重了。再加上其他人员不断地在文老板面前说刘小刚的坏话，文老板终于痛下决心，不光把他的总经理职务给撤了，还炒了他的鱿鱼，让他卷起铺盖滚蛋了。

刘小刚虽然快三十岁了，但还没成家。他无精打采地回到父母跟前，还不敢告诉他们实情。自己一个三十岁的大男人，这么待在家里也不算个事，就准备出去找工作。但是，现在社会上像他这样怀揣大学文凭的人太多了，他找了几家也没人要他。

那天，刘小刚正在街上闲逛，忽然手机响了，是他原先在文氏公司的一个同事小王打来的。小王原是公司的技术员，只因为工作中出了一点小小的失误，文老板也把他给炒了鱿鱼。刘小刚说："文老板疯了吗？把业务骨干都开除了，她的公司也快关门了。"

小王说："有什么办法，公司是人家的，想叫你滚蛋你就得滚蛋。不过，死了张屠户，咱也不吃带毛猪。我有个表舅开了一家速递公司，我准备到他那里打工去。"

刘小刚说："我找了几天也没找到工作，你跟你表舅说说，咱俩一起到你表舅公司去干怎么样？"

小王说："我试试看吧。"

没想到小王一说，还真成了。第二天，刘小刚就和小王一起到速递公司上了班。刘小刚才到公司，只能从最基层做起。公司给他配了一辆自行车，让他在全市范围内接送速递快件。刘小刚在文氏公司时一直是白领，后来还有了自己的专车，哪干过这种活？但是没办法，谁让自己落到了这一步呢？这叫人在矮檐下，不得不低头。

更让他无奈的还在后面。来速递公司上班时说好了是底薪六百元，然后按业务量提成，这样算来一个月大约能有一千元的收入。可刘小刚头一个月领到薪水一看，总共还不到五百元，一问，说是因耽误客户时间、货物受损等原因，他被罚款七百元。刘小刚不服气地说："我骑着自行车去给客户送货，能像你们用汽车那么快，不耽误客户时间吗？再说，那天我去提货，正下着大雨，我用雨衣把货给包上，自己淋成了落汤鸡，快件弄潮了一点，就这还说我使货物受了损，你们还有良心没有？"

谁知小王的表舅不冷不热地说："这是本公司的规定，在我这干就得无条件服从，不想在这干你现在就可以走人！"

刘小刚一气之下真的走了。刚走出大门，小王也跟了出来，说："我也不想在这儿干了，辛辛苦苦在这干了一个月，我才领到四百块钱工资，连吃饭都不够，还得受那些家伙的鸟气！"

于是两个人一起去找工作。十几天后，他们在市郊一家国有水泥厂找了份工作。还没上岗，厂办公室就给他们拿来厚厚一本本厂的规章制度，要他们先学习，后上岗。刘小刚一看，这些规章制度跟自己在文氏公司制定的规章制度差不多，不过，这个厂的处罚条例比自己当初制定的还严厉，动不动就罚款，一次最少要罚二十元。刘小刚开始体会到一个工人挣点钱是多么的不容易，当时浑身就起了一层鸡皮疙瘩。

刘小刚和几个人负责给生料成球预加水。这活看起来不累，但要求你得不停地观察，持续不断地加水，否则成球不匀就会影响到质量，进而影响水泥的质量。他发现工人们可不管这些，经常是一口气给生料加上水，然后就坐到边上吹牛聊天去了，只是当班组长来的时候才装出认真工作的样子。公司班组长不可能老在跟前看着每个人呀，所以得靠大家自觉。刘小刚就说："你们这样给生料加水，会影响到产品质量的。"

一位工人说："影响了又怎么样？你以为你是谁？在那些头儿的眼里，我们这些人连只狗都不如！你知道你在这里辛辛苦苦地干一天能拿多少工资吗？也就二三十块，一个月也不过七八百块，还不够那些当官的一顿酒钱。再说，你知道那些当官的一年拿多少吗？厂长是五十万，车间主任也能拿一二十万，你干得再好又能怎么样？"

刘小刚一想，还真是这样，你看那些厂领导和车间领导，哪个中午不是把脸喝得像猴子屁股一样？这在工人心里怎么能平衡呢？回想自己当初在文氏公司时，虽然不是国有企业，但为了应付工商税务什么的，不也经常喝得像关公一样？再说这分配制度，自己在文氏公司制定的跟这里也差不多，如果产量和质量都超额完成了任务，车间主任的奖金是工人的五倍，总经理的奖金是工人的二十倍。可这是国外的成功经验，有些甚至就是从外国的企业里抄来的，怎么到了我们这儿就不灵了，反而在工人与管理人员之间闹起了对立情绪呢？

到了月底，刘小刚的工资单上打的应得工资是七百六十元，但却附着一个长长的罚款单，共被罚款二百四十元，有很多罚款根本就莫名其妙。刘小刚当然不服，去找厂方理论，几句话一说，双方就吵了起来。最后不用说，刘小刚又被炒了鱿鱼。

两次失败的打工经历让刘小刚深深地体会到，当个工人真不容易，不光要承受精神上和体力上的压力，简直就像条菜板上的鱼一样任人宰割。同时他还认识到，一个企业要想办好，光靠规章制度和几个高学历的管理人员是远远不行的。上面管得再好，下面工人要是不跟你劲往一处使，那也是枉然。所以最根本的还是工人，要是能把全体员工团结得像一个人，大家都能真正做到以厂为家，心往一处想，劲往一处使，才能把一个企业搞好。可惜的是，刘小刚明白得太晚了。

小王干了一个月也没领到多少工资，见刘小刚被炒了鱿鱼，他也不干了。那天，两个人正商量着再到哪里去找工作，忽然有人打小王的手机。小王就告诉对方，说他们正在刘小刚家里商量着准备出去找活干。不一会儿，刘小刚家门前停下了一辆轿车。刘小刚一看，这不是自己过去在文氏公司当分公司总经理时坐的车吗？可能是停错了地方。

就在这时，文氏公司的老板文忆莲从车上下来了。她款款地走了进来，说："怎么，不欢迎我？"

刘小刚赶忙站起来让座，说："哪里哪里。"

文忆莲对小王说："你这次任务完成得很好。现在，你可以把事情的来龙去脉告诉刘小刚了。"

原来，刘小刚当上了分公司总经理后，虽然工作上很卖力气，但因一些管理方法不当，还是使企业产生了严重的亏损。作为董事长兼总经理的文忆莲心里当然也很着急，只是未向任何人表露。她悄悄地作了一番调查，发现主要是因为刘小刚从未在基层干过，又生搬硬套了国外的一些所谓成功经验造成的。于是，她决定让刘小刚到外面亲身体验一下最基层工人的工作和生活。为了让他能够有深切体会，她没有告诉他真相，而是借口炒他的鱿鱼一把把他推下了水。但文忆莲还是不太放心，就派技术员小王假装也被炒了鱿鱼去陪着他。

听了小王的一番话，刘小刚像是在梦里一样，半天才醒过来。

文忆莲说："好了，这三个月，估计你也有较深刻的体会了，从明天起你就可以回公司上班了。你还是分公司的总经理，那里还有一大摊子事等着你去处理呢！"

刘小刚激动地站了起来说："文老板，谢谢你给我上了这么深刻的一堂课！我现在对一切都有了新的认识，请放心，我一定不辜负你的期望，把分公司办好！"

刘小刚回到公司后，对自己以前制定的那些规章制度进行了大规模的修改，在制度管理的基础上，加上了不少人文感情因素。没过多久，公司就扭亏为盈了。

据说，后来刘小刚与文忆莲还成了一对恋人。当然，那是另外一个故事了。

# 爱恨情仇

文/瘦　马　武军英

老人一听肺都快要气炸了，愤怒地从沙发上一跃而起，大声骂道："这个没有良心的白眼狼！怎么能恩将仇报？当初若不是我，他的骨头早就成了泥！"

### 一、不速之客

太行山深处有个水泉峪村，这里不仅山清水秀，风光旖旎，而且村西的峡谷中还有几十处唐代开凿的石佛洞窟，可谓是极佳的旅游胜地。但由于交通闭塞，当地的经济发展缓慢，若要开发这里丰富的旅游资源，首先要修建一条可通汽车的柏油路。然而县、乡财政紧张，拨不出钱来；村民生活困难，更无法集资。为此，村主任何大山又愁又急。

这天中午，何大山刚从地里回到家，就接到年轻的女乡长孔庆珍的电话。孔乡长说有要紧事，让他马上到乡政府去一趟。何大山忙问何事，只听孔乡长笑道："你赶快来吧，我要给你一个惊喜！"

何大山听说是好事，饭也顾不得吃了，匆匆骑上小毛驴，顺着山后近道直奔乡政府。刚进大门，他就迫不及待地喊起来："孔乡长，到底是什么好消息呀？"

孔庆珍从办公室迎出来，兴奋地告诉何大山："水泉峪村修路的资金有着落了！"

"真的？"何大山一听喜不自禁，忙问，"是哪位财神爷给的？"

孔庆珍笑道："看把你急的！心急吃不了热豆腐，走，进屋再细说吧。"

原来，水泉峪村有个叫贡铭中的人，新中国成立前去了台湾，如今是个企业家。有道是叶落归根，自从老伴病故后，无儿无女的贡铭中更感到独居孤岛的寂寞，回归故土的愿望日益强烈。今年春节过后，他毅然决定卖掉全部产业，回归生养自己的故乡热土安度晚年。此人前几天已经到了县里，受到县领导的热情接待，暂时住在县政府招待所。当老人听说家乡水泉峪目前的情况后，当场决定捐出两千万元人民币，先为家乡修建一条直通县城的柏油马路，作为给父老乡亲的见面礼。县长一听喜不自禁，马上告知了乡长孔庆珍，孔庆珍又乐不可支地立即通知了何大山……

谁料，何大山刚听乡长说完事情经过，一拍桌子站了起来，怒道："原来是他！水泉峪的乡亲们宁可穷死，也决不会要他姓贡的一分钱！"说罢径自出了门，跨上驴背，气呼呼地回村去了。

孔庆珍望着何大山的背影，如堕五里雾中。"多年渴望的好事，怎么会突然拒绝呢？这家伙发什么神经！"孔庆珍不由得自言自语，转而一想，觉得其中定有蹊跷。她决定亲自到水泉峪村去一趟。

二、难言之隐

孔乡长骑着自行车，一路翻山越岭，来到水泉峪村头时，已是家家炊烟时近黄昏了。她原来打算直接去找何大山问个明白，想了一下又改变了主意，决定去找何大山的母亲。

何大山母亲名叫吴美凤，是一位烈属，虽已年逾古稀，身板仍很硬朗。几年前大山搬进了新房，老太太说自己清静惯了，坚持要住在旧屋。这时，她正坐在院内的石桌前吃晚饭，忽见孔庆珍推车进了院。

"呀，原来是孔乡长，快请坐。山里人没什么好招待，就尝尝大娘的南瓜小米粥吧。"吴老太说着连忙起身，把孔庆珍拉到石桌前，转身又去灶前给孔庆珍盛饭。

孔庆珍急于解开心中的谜团，连忙拉住吴老太道："吃饭先不忙，我想跟大娘打听个人。"

吴老太一怔："打听谁？说吧。"

"这人名叫贡铭中，解放前就……"

"贡铭中？"吴老太一听，身子不禁一颤，手中的饭碗跌落在地，摔了个粉碎。

孔庆珍更是大吃一惊，急忙扶住吴老太，关切地问："大娘，你怎么了？"

吴老太的脸上现出一种十分复杂的表情，说不清是喜、是怒、是爱、是恨。孔庆珍把精神有些恍惚的老人扶回石桌前，吴老太突然问孔庆珍道："你打听那个贡铭中干什么呢？"

孔庆珍这才说出贡铭中要为水泉峪村投资修路的事情。

吴老太听后更是惊讶："这么说，他还活着？"

"是呀，他不但活着，而且……"孔庆珍本来想说贡铭中已经回来，忽然一想不妥，马上改口道，"而且很快就要回来了。"

"就要回来了？这个冤家呀！"吴老太凄苦地笑了下，自言自语道，"回来正好……"

孔乡长急着听下文，吴老太却缄了口。孔乡长只得绕着圈子慢慢试探问道："听大娘的口气，你是不是和那个贡铭中有什么瓜葛？你能告诉我吗？"

过了好一会儿，吴老太才长叹一声，说道："实在是看着你乡长的面子，这事我从来也没有告诉别人，就连大山他都不知道……"吴老太终于把埋在心底五十年的隐私讲了出来。原来，她与贡铭中有着一段刻骨铭心的恩怨情仇……

五十年前，水泉峪村有三个年轻后生，情同手足，称兄道弟。老大贡铭中耿直善良，老二何广仁老实憨厚，老三马秋来虚伪油滑。三人同时爱上了漂亮文静的姑娘吴美凤，然而，吴美凤只对贡铭中情有独钟。

吴美凤十八岁那年的一个夏日，她去后山打柴，回家时不慎脚下一滑，跌进山沟摔伤了筋骨。恰巧贡铭中正在附近割草，隐约听到美凤的呼救声，连忙寻声寻去。他发现受了伤的美凤后，二话没说就跳下山沟，背起美凤就走。没走多远，忽然狂风大作，大雨"哗哗"地浇了下来。铭中慌忙背着美凤寻找避雨之处，总算找到一个山洞。

进了山洞，铭中放下美凤，让她坐在一块石头上。因为刚才美凤伏在铭中的背上，上衣已被雨水淋透，铭中的上衣却未被淋湿。铭中怕美凤受凉，连忙脱下自己的上衣递给美凤，然后走到洞口，背过身去，让美凤脱下湿衣换上。美凤有些害羞，执意不肯换衣，铭中便走到洞外任凭大雨淋浇，让美凤赶快换上衣服。美凤这才心慌意乱地换上衣衫，赶紧把铭中唤回洞内。美凤被铭中的举动深深感动，一头扑倒在他的怀里……

铭中揽着美凤，不由心猿意马，在她的粉腮上狂吻，同时情不自禁地去她的腰间摸索。美凤急忙推开他，娇羞地小声道："我早晚是你的人，你心急什么？万一……"

铭中一想很对，求美凤原谅自己的鲁莽之举。又过了一阵，雨住天晴，铭中已用柴禾烤干了美凤的湿衣。他背上美凤，一步一步地走下山来……


三、阴错阳差

转眼，美凤到了成婚的年龄，出落得更加妩媚动人，登门说媒的络绎不绝。但是，她爹吴天高全然不知女儿的心思，只知贡铭中、何广仁、马秋来这三个后生都对女儿有意。为此他特地请来个算命先生，为女儿的婚事算上一卦，在贡铭中、何广仁、马秋来三人之中给女儿择一佳婿。结果，阴阳先生告诉吴天高：美凤与铭中、秋来的属相相克，唯有嫁给何广仁最好……于是，吴天高便将美凤许配给了何广仁，并择定了成亲的良辰吉日———两个月后的中秋佳节。

第二天清早，心乱如麻的吴美凤去村头井台打水，正好与贡铭中相遇。她瞅瞅附近无人，小声对铭中说道："明天前晌你一定要去村东的砖窑里等我，我有话跟你说。"

次日吃罢早饭，贡铭中如约来到村东那座废弃的砖窑内。美凤早已来到，正独自垂泪，一见铭中还未开口已泪流满面。铭中甚为惊诧，当他知道了事情的变故后，忍受着心中巨大的痛苦安慰美凤："我那二弟广仁心肠很好，以后他一定会好好待你……"

"不！"美凤情意绵绵地望着铭中说道，"中哥，我本来就是属于你的……我真后悔上回在山洞避雨的时候，没有答应你的要求……来吧，我今天就把身子给了你吧……"说到这里，美凤解开身上汗衫纽扣，露出了雪白的酥胸……

"不不！"铭中一见惊得心里"怦怦"跳，血往上涌，他极力控制着自己，"凤儿，你即将成为我的弟媳，我怎么能……"一语未了，突然被美凤拦腰紧紧抱住，两人倒在松软的地上……

眨眼到了中秋佳节，一乘大红花轿将吴美凤抬到了何家。就在新郎新娘将要拜堂时，美凤忽觉一阵恶心反胃，司仪一看，心想定是轿夫们路上故意颠簸花轿作弄新娘所致，于是匆匆让二人拜了堂，叫伴娘把美凤扶入洞房歇息。美凤进房之后又干呕不止，这时她才恍然大悟……

花烛之夜，客走人散，新郎何广仁进了洞房。他轻轻揭下美凤的盖头，一脸愧疚地对她喃喃道："美凤，我对不起你，也对不起大哥铭中……"

美凤默然无语。广仁继续说道："我知道，你爱的是大哥……""什么也别说了，这都是命运的安排……"美凤说到这里，又觉一阵恶心。何广仁连忙为她轻轻捶背，又跑到母亲房中倒了一杯红糖开水，端到她的面前，小声说道："我还知道，你身上已经有了大哥的血脉……"

"胡说！"吴美凤顿时两腮绯红，矢口否认。

"别瞒我了，是我偶然看见的……"原来，何广仁两个月前去镇上

爱恨情仇

打酒时，抄近道路过村东的废砖窑，听见窑内有动静，便悄悄探头窥探，正好看到贡铭中与吴美凤亲热的情景。

吴美凤低头无言以对，又听何广仁说道："你放心吧，我一定会像对待自己的孩子一样，对待大哥的骨血……"

吴美凤没有想到何广仁会如此宽容大义，一时百感交集，趴在炕上呜咽起来……

婚后，何广仁对吴美凤十分体贴呵护，美凤也渐渐对广仁产生了爱情。


四、晴天霹雳

翌年春天，吴美凤生下一个男孩，就是何大山。大山满月不久，美凤去地里摘菜碰见铭中，悄悄告诉他孩子是他的，广仁早已知道，但对孩子如同亲生。铭中听后也放下心来。谁料半个月后，广仁、秋来、铭中等几个后生去城里打短工，被国民党军队抓了壮丁。消息传回村里，美凤搂着褓褓中的大山，哭了整整一夜……

从此，吴美凤天天盼望，夜夜祈祷，盼着战争尽快结束，丈夫平安归来。哪知祸不单行，当年秋天，国民党空军的飞机到太行山一带轰炸解放军的兵工厂，又把正在山坳里摘柿子的美凤公婆炸死了。这一来，孤儿寡母的光景更似雪上加霜，凄凉不堪。

吴美凤既当娘又当爹，含辛茹苦熬了三年，终于迎来了全国解放，战争结束。可是迟迟不见丈夫归来，贡铭中、马秋来也毫无音讯，吴美凤心头蒙上了一层不祥的阴影。正当她心里忐忑不安时，两名县上的干部来到了她家。他们告诉吴美凤，她丈夫何广仁被国民党部队抓丁不久，就偷偷跑到了解放军这边。然而不幸的是，在后来的一次战斗中，何广仁胸部中弹，失血过多，光荣牺牲了……

吴美凤一听这个噩耗，险些晕倒在地。两名干部一再安慰劝导，并交给她一笔抚恤金，对她说：何广仁是为祖国解放而牺牲的，今后她会享受烈属待遇。

就在那两名干部走后没几天，与何广仁同时被抓走的马秋来从解放军部队复员回来了。吴美凤闻讯，立即抱上孩子赶过去看望，希望能够从他的口中得到有关何广仁的一些情况。

马秋来看见吴美凤也十分激动。他告诉吴美凤，水泉峪村的几个后生被抓到国民党军队后，他和贡铭中、何广仁三人分在了一个班。起初当官的怕他们逃跑，对他们看管很严，后来就渐渐松懈了。那年初秋的一个半夜，乌云遮月，细雨濛濛，正好轮到他们三人去村外换岗。马秋来一看正是天赐良机，便悄悄对贡铭中和何广仁说："咱们不是常想回家吗？今晚不走，更待何时？"何广仁赞同道："回家也好，投解放军也好，反正不能再替国民党卖命了。"贡铭中开始犹豫不决，担心被当官的发现后抓回来要枪毙，但见另外二人态度坚决，这才点了头。于是他们脱下上衣和钢盔，趁着夜幕跑到了相距不远的解放军阵地，成了解放军战士。

没过多久，辽沈战役打响了。在攻打锦州外围的一次激战中，双方伤亡都很惨重，马秋来的头部也负了伤，靠在掩体上昏了过去。当他睁开眼睛时，看见贡铭中和何广仁正趴在他前面不远处的战壕边。突然一声枪响，何广仁应声倒地。马秋来蓦地一怔，定睛细看发现贡铭中双手握枪，枪口还指着何广仁……

吴美凤一直屏息静气听着马秋来讲述，听到这里不禁大吃一惊，问马秋来："你是说铭中向广仁开的枪？"

马秋来激动地说："这是我亲眼所见，正是我那个大哥贡铭中打死了二哥何广仁！"

"这……这怎么可能呢？"吴美凤不大相信，因为她不明白，贡铭中为什么要打死何广仁？

马秋来对吴美凤说："开始我也非常吃惊和不解，后来一想才恍然大悟。世上最大最深的仇恨莫过于杀父与夺妻！大哥本来想要你嫁给他，你却嫁给了二哥，所以，大哥早已对二哥怀恨在心。当时，他认为战友们大都牺牲，便暗中对二哥打了黑枪，让领导误以为二哥是被流弹打死。没想到我并没有死，趴在掩体上看得真真切切。后来我的伤好后，再也没有见到过大哥，也不知道他到哪儿去了……

五、真相大白

吴美凤流着泪对孔庆珍讲了这一切。至此，孔乡长总算了解了事情的大概，心里暗想：何大山听到自己的杀父仇人还活着，怎能不怒火中烧呢？看来，这母子二人心中的怨恨消除不了，修路的事便无从谈起。不过，还有一事她想不明白：既然贡铭中已投奔了解放军，怎么又到了台湾呢？莫非马秋来话中有诈？还是贡铭中后来又被俘过去了呢？

当晚孔乡长便住在了吴老太家。第二天一早，孔庆珍匆匆吃了吴老太烧的早饭，便谎称她要回乡里，抬腿出了门去找马秋来。原来昨晚吴美凤还对孔庆珍说，新中国成立后的第二年，马秋来曾经几次托人说媒，想让吴美凤嫁给他。但吴美凤怕人说闲话，也怕儿子受委屈，一直没有答应。后来马秋来一直没有成家，至今仍孤身一人。

孔庆珍很快找到了马秋来，告诉他贡铭中已经从台湾回来，现住在县城。马秋来一听同样大吃一惊。当孔庆珍向他问到何广仁的死因时，他仍然一口咬定就是贡铭中开枪打死的。再问到贡铭中后来的情况时，他则一概不晓了。

这时，孔庆珍忽然想到，解铃还需系铃人，何不直接去县城找贡铭中问个明白呢？看他是怎么说的！于是，孔庆珍告辞马秋来，直接到了县政府招待所，见到了贡铭中。

贡铭中神采奕奕，十分热情地让座、沏茶，与孔庆珍亲切地谈起修路的事。孔庆珍话锋一转，问他当年为什么要打死何广仁？

老人莫名其妙："什么？我打死了何广仁？谁说的？"

"马秋来。"孔庆珍平静地说。

"他?! ……"老人一听肺都快要气炸了，愤怒地从沙发上一跃而起，大声骂道，"这个没有良心的白眼狼！怎么能恩将仇报？当初若不是我，他的骨头早就成了泥！"

孔庆珍劝老人不要激动，坐下慢慢讲。老人一时很难平静下来，坚决要与孔乡长立刻前往水泉峪村，与马秋来当面对质。村里此时尚未通汽车，孔庆珍只好租了一辆小型农用车，和老人一起前往。

经过一路颠簸，贡铭中终于回到阔别已久的故乡。当孔庆珍把老人领到吴美凤家中后，两位老人对视良久，神情都十分激动。吴美凤质问贡铭中："你还有脸回来？"

贡铭中强忍着委屈，眼含热泪对吴美凤说："你不应该恨我，待会儿见到马秋来就一清二楚了。"孔庆珍忙上前跟吴美凤耳语一番，然后飞快地去找马秋来。当她再次来到马家时，吃惊地发现马秋来倒在炕上，已气绝身亡，旁边扔着一个农药瓶和一张纸条。纸条上写着：

> 我是个罪人，对不起大哥贡铭中和二哥何广仁，也欺骗了美凤嫂子、大山侄子和父老乡亲。因为我自小就深爱着美凤，想让她能够跟我成亲，不料她却成了何广仁的妻子。后来我估计贡铭中凶多吉少，便在战斗的混乱中开枪打死了何广仁……

六、三喜临门

孔庆珍匆匆离开马家，立刻找到何大山以及其他几个村干部，一起来到吴美凤家中，告诉他们马秋来自杀的事，并拿出了他留下的那张纸条。大家看了纸条才明白，知道冤枉了爱国爱乡的贡铭中老人，特别吴老太内心更觉愧疚。接着，贡铭中向大家诉说了五十年前那个夜晚的真实情况——

乌云遮月，细雨霏霏，连长让贡铭中、何广仁与马秋来三个人去外面换岗。贡铭中一看机不可失，立刻向何广仁、马秋来提出乘黑夜逃离国民党军队。何广仁当即同意，马秋来却犹豫不决，害怕被发现抓回枪毙。贡铭中、何广仁一再给他鼓劲壮胆，他才同意一块逃走。谁知当他们刚跑出几百米远，却被连长发现，带人紧紧追来，并大喊："站住！再不站住就开枪了！"

贡铭中三人不熟悉地形，四周又是漆黑一片，尽管他们拼命狂奔，追兵还是越来越近，情况万分危急！贡铭中觉得不妙，便对二弟、三弟说道："这样会被追上的，你们跑吧，我来掩护。"

何广仁不忍心抛下大哥，说："不，要死我们死在一起！"

"别说傻话，出去一个便宜一个。再说美凤和孩子以后还需要你照顾！只要你把孩子抚养成人，我死也放心了！"贡铭中说罢，举枪向东面开了两枪，故意向后面的追兵喊道："快追呀！逃兵往东面跑了！"又朝自己腿上猛刺一刀，倒在了地上……就这样，何广仁、马秋来跑到了解放军阵地，贡铭中又回到了国军里。万幸的是，上司不但没有怀疑贡铭中，还因为他"追逃兵负伤"，将他提升为班长……贡铭中说到这里，伸手卷起裤管，露出了当时刺刀留下的伤疤。

接着，他又告诉大家，后来他曾几次想跑都没有跑成，最后不得已到了台湾。不久他便退役做起了生意，而且越做越大，并娶了个当地姑娘为妻。孰料那位姑娘虽然温柔贤淑，却一直没有生育……

几个人好像听传奇故事似的，时而唏嘘，时而慨叹。孔乡长忽然想起了什么，起身悄悄对吴老太说："大娘，该对大山说明真相了……"言毕又向几位村干部使了个眼色，一起走了出去。

屋子里只剩下贡铭中、吴老太和何大山，一下子变得异常寂静。何大山预感到将要发生什么，有些局促不安。吴老太看看儿子，又望望贡铭中，欲言又止，泪水夺眶而出……

何大山像个丈二金刚摸不着头脑，问母亲："妈，你怎么了？"

吴老太终于颤颤抖抖地指着贡铭中对何大山道："山子，他……他就是你的亲爹呀！"

何大山登时傻了，红着脸瞠目结舌，无所适从。这时贡铭中也不禁鼻子一酸，老泪纵横，动情地冲何大山点点头道："儿子，这是真的，真的！"……

数日后的一个上午，风和日丽，艳阳高照。吴美凤老太太的家粉刷一新，张灯结彩，唢呐高奏，鞭炮齐鸣。村头的平坝上更是人头攒动，锣鼓喧天，彩旗招展，热闹非凡。一道用竹竿、蒲席和松柏树枝搭起的牌坊，高高矗立在村口上，两侧张贴着鲜艳夺目的大红对联：拳拳报国心铺就家乡一条致富路；殷殷赤子情连紧海峡两岸中国人。横批是：三喜临门。

一位扛着摄像机的县电视台记者，看过横批后问孔乡长："请问孔乡长，三喜都是哪三喜呢？"

孔庆珍笑逐颜开，高声说道："贡铭中和吴美凤这对饱经沧桑、历尽坎坷的有情之人，今日重续前缘，终成眷属，这是第一喜；贡铭中本是村主任何大山的生身之父，却被误当了五十年的'冤家'，现在父子相认，共享天伦之乐，这是第二喜；这第三喜……"记者接着说道："我知道了，水泉峪村从此将打通与外界的阻隔，乡亲们的日子更有奔头了！"话音刚落，就听"砰砰砰"三声礼炮响，通往水泉峪村的公路正式破土动工了……

# 画　痴

文/何德铭

　　于是吴咏昌就产生了一个想法，到这个使黄公望触景生情的地方去，创作出一幅新的《富春山居图》来。

　　吴咏昌是台湾高雄人，自小就爱好画画，尤其是山水画。经过不懈的努力，他的山水画终于在宝岛美术界崭露头角。但是吴咏昌却一点都没有沾沾自喜，他觉得他的画虽然已有一定的火候，但比起"师法自然，浑然天成"的境界来还差得很远，还需要不断地刻苦追求。一次，吴咏昌得到了一个很好的机会，随团去台北故宫博物院参观藏品。参观结束出来后，领队一点人，发觉单单少了个吴咏昌。领队进去一看，只见他像个木头人一般呆呆地站在一幅藏品前，仿佛已神游物外。领队连续喊了好几声，才把他唤醒回来。吴咏昌这才意识到，他已经不知不觉地在这里站了很长时间，而那件使他如此着迷的藏品就是元代大画家黄公望的《富春山居图》。

回去后，吴咏昌查阅了资料，这才知道，当年黄公望途经富春，被当地的景色所吸引，遂结庐而居，历时三年，方才创作出了这幅传世之作。于是吴咏昌就产生了一个想法，到这个使黄公望触景生情的地方去，创作出一幅新的《富春山居图》来。这个想法一形成，就好像在他的脑海中打上了烙印，再也挥之不去，他必须去实现这一愿望。他开始了行程的准备。这时问题也来了——他如果跟随旅游团去大陆观光，只能作短暂的停留。即使是以学术交流的名义前往，最多也只有半年的时间，而且还要参加许多活动，这对他创作新《富春山居图》的计划是远远不够的。不过这阻止不了他的决心，他决定来个"暗度陈仓"。吴咏昌还从资料上查到，当年的富春就是现在的富阳，离杭州只有一个小时的车程。而当年黄公望结庐作画的地方，如今也能从地名上查到。于是他到旅行社报了杭州西湖游的名。到了杭州后又向导游请了一天假，说要去探望一个亲戚，便一个人登上了开往富阳的班车。

当天下午，吴咏昌就面对着曾使黄公望着迷的那片浩渺连绵的江南山水。他不由地感慨地想，这么美的景色，难怪黄公望到了这里后就不想走了，也难怪会画出《富春山居图》这样的传世之作。可是就在吴咏昌被美景所吸引往山中渐行渐深时，早上还阳光明媚的天气却突然乌云密布，淅淅沥沥地下起了雨来。由于下雨，天也黑得更早一些，尽管他紧赶慢赶，但还没出山，天色就已经全黑了，那些原先就若隐若现的山间小路，也已完全被黑暗所吞没。吴咏昌不禁心急如焚，他知道一个人在深山中过夜，处境是很危险的。正当他不知如何是好时，猛然看到前方透出一处灯光，顿时欣喜若狂，慌不择路地朝这灯光奔去。走近了，看清这里有一幢房子，那束使他倍觉温馨的灯光就是从房子的窗户中透出来的，吴咏昌来到房前，就不顾一切地敲起门来。

"是谁？"屋内很快就响起一个女人警惕的问话。

吴咏昌说："我是来这里自助旅游的，在山上迷了路，赶不出去了，想在你家借宿一晚，房资可以多付一些。"

里面的人说："我丈夫不在家，你一个男人在此借宿不方便，还是

画痴

到别处去吧。"

吴咏昌说:"天这么黑,又下着雨,我哪里都去不了。你放心吧,我是个画家,今晚只是想求个避雨过夜的地方,绝对不会对你有非礼行为的。"屋里的人陷入了沉默,似乎是在权衡到底要不要让吴咏昌借宿。看来这是个心地善良的女人,她也知道天黑路滑,如果再让吴咏昌一个人走下去,很有可能会发生危险。但是如果让他留宿,万一是个歹徒,她这里独门独户的,连呼救都没人听到。过了好一会儿,她才将窗帘拉开,隔着玻璃窗对吴咏昌说:"你真的是一个画家?"

透过玻璃窗,吴咏昌看到一个模样标致的少妇,他灵机一动,赶紧说:"请你稍等,我马上就证明给你看。"他从旅行包里取出纸和笔,对着玻璃窗内的倩影,"刷刷"几笔就画好了一幅肖像,虽然简略,却很传神。他把这幅肖像画从门缝里塞了进去。很快,门就打开了,少妇手中捏着自己的肖像画,热情地将吴咏昌迎进了屋里。

少妇让吴咏昌进屋后,就开始张罗着替他准备晚饭。趁这段时间,吴咏昌了解到,少妇名叫应红雅,丈夫在外地做生意,家里只有她和一个刚满周岁的女儿。他们家的房子建在山上,离村子有一里多山路。附近虽然还有几户人家,但全都外出打工或做生意了。于是吴咏昌就在应红雅的家里暂住了下来,他每天早上出发到山里去看景点选角度,晚上回来就能吃到应红雅做的香喷喷的饭菜。

四五天后,应红雅到村里去,发现一些人在看布告栏里贴着的一张寻人启事。她过去一看,只见启事上要寻的人正是住在她家的吴咏昌,上面还写着,如果能找到吴咏昌,或者提供线索的,还会给予奖励。原来吴咏昌离开旅游团后一去不返,急坏了旅游团的领队和导游,便去求助杭州警方。警方经过分析,又调看了各大车站的监控录像,确定了吴咏昌就在杭州周边的几个县市,于是就贴寻人启事,希望能发动公众的力量来找到他。应红雅的心动了一下,那个奖励就像是专门为她设的一样。但是她马上又打消了这个念头。她想到,吴咏昌为了画好一张画,每天翻山越岭地在山上跑,回来时都带着一身的泥土和一脸的疲惫,他为了艺术这么孜孜不倦地追求,她又怎么能为了这奖金去出卖他?不过她又想到，既然寻人启事都已经贴到村里来了，接下来就不能排除有人会直接来找，况且她家虽然独立而建，但离村子也不是很远，吴咏昌天天在她家进出，也不能保证不被村里人发现，到时候他们一定会去举报，那么吴咏昌也就不能再继续他那幅画的创作了。但她又不想把这种情况告诉吴咏昌，使他承受心理压力，无法集中精力好好创作。这天晚上吃饭时，应红雅对吴咏昌说："吴老师，离我家三四里的山上有一间小屋，以前是护林员住的，现在已经废弃了，我想去打扫一下，让你搬去住，这样你就可以免去不少上下山的辛苦了。"

其实寄居在应红雅家里，吴咏昌也觉得甚为不妥，孤男寡女共处一室，虽然他们之间清清白白，但总免不了瓜田李下之嫌，现在听说有这么一个地方，立刻就高兴地答应了。第二天一早，应红雅就陪着吴咏昌来到这间护林员的小屋。小屋虽然已废弃了，但门窗等还都结实完整，桌椅床铺等一些简单的家具还在。经过二人的一番打扫，应红雅又把从家里带来的干净被褥铺上，一个像样的小窝就布置成了。由于山上没有电，应红雅又找出家里以前用过的煤油灯和煤油炉送了过去。从此以后，每天早上，她都会用背囊背着女儿把做好的饭菜送到小屋里。中午和晚上就由吴咏昌自己在煤油炉上热着吃。这样的生活虽然有些艰苦，但吴咏昌已把心思全部用在了创作新的《富春山居图》上，根本就没把这些苦当成一回事。可是他的心里却始终深深地怀着对应红雅的感激，他觉得他的画如果得以完成，应红雅应该有一半的功劳。

转眼大半年过去了，吴咏昌的创作也已渐入佳境。他一心扑在这幅画上，早已忘记了山外的岁月，也根本就不知道春节已经来临。除夕的前一天，应红雅在外做生意的丈夫汪小田回到了家。应红雅犹豫再三，最终决定不把吴咏昌的事告诉他。她怕汪小田误解她和吴咏昌的关系，又怕他贪图奖金去报告吴咏昌的行踪。反正汪小田在家也住不了几天，只要不做对不起他的事，就让他清静地过几天吧。可是话虽这么说，吴咏昌那里却还得每天去送饭菜。于是应红雅每天早上天不亮就起床，趁汪小田还在熟睡，就做好饭菜送到山上，等到汪小田起床，她已经从山上回来给他准备好了早餐。大年初四那天下午，汪小田对应红雅说，他

画痴

要去会个朋友，晚上就不回来了。汪小田走后，应红雅就想到，吴咏昌毕竟是她的客人，大过年的，也不能太冷落了他，于是就准备了几个好菜，又把吴咏昌请到家里，让他在异乡过一个迟到的大年。可是应红雅却没有想到，其实汪小田并没有去会朋友，而是躲在暗处，眼睁睁地看着应红雅把吴咏昌请到了家里，又眼睁睁地看着他们共进晚餐，不由怒火中烧，还没等吴咏昌一杯酒喝完，他就怒气冲冲地一脚踢开家门，对应红雅喊道："好啊，我看你这几天早上鬼鬼祟祟地在做什么，原来藏着个野男人啊！"

吴咏昌见突然闯进个汉子来，汪小田说的方言他又听不懂，全然不知道发生了什么事，不由愣在了那里。应红雅却什么都明白了，原来她天不亮起床做好饭菜送到山上去，并没有瞒过汪小田，以至于使他误会了她和吴咏昌的关系。她赶紧把汪小田拉到一边说："你胡说什么呀，人家可是台湾的大画家，来这里搞创作的。"

汪小田说："台湾来的大画家？"

应红雅说："那当然了。他现在正在创作新的《富春山居图》呢。"他们这里的地名就是以黄公望的名字命名的，汪小田自然也知道《富春山居图》的名气，能够创作新的《富春山居图》，那也自然是大画家了。尽管如此，应红雅还是带着汪小田去了山上的那间小屋。看到那一幅幅气势恢宏美轮美奂的画作，他才彻底相信了应红雅的话。这天晚上，汪小田什么也没说，第二天一早就下山去了。应红雅很担心，怕他去报告警方领奖金。谁知到了中午，汪小田不仅一个人回来了，而且还背来了一大捆电线。他亲自动手，把电从家里接到了小屋。由于有了电，吴咏昌的生活就方便了许多。应红雅高兴地说："你是怎么想到要这么做的？"

汪小田说："吴老师画的是我们的家乡，将来画作一展出，就等于宣传了我们的家乡，我为他做这点事也是应该的。"

又过了大半年，吴咏昌的画即将完成了。这幅画凝聚了他一年半的心血，艺术上已达到了很高的境界。这天，应红雅告诉他一个消息，浙江省博物馆正在展出《富春山居图》，明天是最后一天。原来《富春山居图》在流传中被火焚烧成了长短两段，其中的前段，也就是短段又名《剩山图》，收藏在浙江省博物馆。长段又名《无用师券》，收藏在台北"故宫博物院"，也就是吴咏昌曾经见到的那幅。当时吴咏昌就是因为见不到画的前段而深感遗憾，现在有了这个机会，他又怎么肯错过？应红雅见吴咏昌一定要去，笑着说："你现在这个样子，下山去不怕吓着别人？"吴咏昌这才留意到，由于一年半没下山，他的头发已经很长了，简直状如野人，不禁也呵呵笑了起来。

应红雅自己动手给吴咏昌剪了头发，又找来一顶棒球帽和一副大墨镜给他戴上，自认为已不再有人认得出他了，才带他来到了杭州西湖边的浙江省博物馆。于是吴咏昌终于如愿以偿看到了《剩山图》。参观以后，准备回去的他们刚走到博物馆的门口就被人拦住了。那人把他们请到办公楼的一个房间，屋里一个四十多岁的中年汉子一见到他们就迎过来微笑着说："吴咏昌先生，我们已经找了你很长时间了。"既然已经被认出，吴咏昌就摘下帽子和墨镜，奇怪地说："你们是怎么认出我的？"

中年汉子说："哈哈，浙博展出《剩山图》，人称画痴的吴先生又怎么会不来？我们早就在此恭候大驾了。"

应红雅赶紧抢着说："其实吴老师这些日子一直都在我们那里创作新的《富春山居图》，哪里都没去。"

中年汉子说："别误会，我们找吴先生，只是要和他商量一件事情。"原来趁着现在海峡两岸关系的好转，有人就提议想让《富春山居图》的前后半卷来个"圆合"，有关方面就是想请吴咏昌去做做台湾方面的工作。吴咏昌听说原来是这么回事，立刻就点头答应了，说等他的画一完成，马上就回去进行这件事。他高兴地说："这可是件大好事啊，能够使这幅名画'圆合'展出，正是两岸人民共同的愿望。"✦

# 好好活着

文/冯启放

> 我用平时积蓄的零花钱买了一点学习和生活用品寄去，表达一个大陆同龄女孩的一点心意。假如你也受了灾，希望你一定要挺住，要好好活着，战胜灾难，勇敢面对生活的磨难。

### 一、爱心包裹

2009 年 8 月 8 日傍晚，在四川北川投资办厂的叶天赐，接到家乡亲戚从台湾高雄打来的电话。电话中传来惊天噩耗，他几乎要被击倒……

这天，"莫拉克"台风以雷霆万钧之力，排山倒海之势席卷了台湾岛，罕见的狂风暴雨肆虐着成千上万的民众。在台湾的中南部，更是经历了一场五十年以来特大的水灾。

在高雄县一所中学读初三的叶青放了暑假，下午同母亲蔡素文一起去桃源乡外婆家祝寿。8月8日是她外婆的八十寿辰。蔡素文全神贯注驾车冒着倾盆大雨小心翼翼地往前开。行至一处山间公路时，透过雨刷不停划动的车窗玻璃，她沮丧地发现前方的道路已被山体坍塌的土方淤塞住了，车辆根本无法通过。蔡素文叹了口气，正要倒车绕道行驶时，突然，路旁被雨水浸泡透的又一处山体严重滑坡，泥石流像一股洪水以势不可挡的威力溃冲而下。小车在巨大的泥石流面前，简直如玩具一般。蔡素文驾车来不及躲避，小车一下就被泥石流推倒，翻滚了几周，侧翻在一处山沟里。等到路过的人发现时，蔡素文已气绝身亡。叶青也血肉模糊，奄奄一息……

　　叶天赐接完电话，捶胸顿足、悲恸万分，将工厂交付弟弟管理，第二天凌晨就驱车赶往成都双流机场，火速搭乘班机返回高雄。辗转来到医院时，叶青刚刚苏醒过来。她被破碎的车窗玻璃划破的脸缝合了二十四针，左眼的眼球被玻璃刺破无法复明已被摘除，右上肢骨折用石膏固定。不幸中的万幸是总算保住了一条性命。当叶青用右眼模模糊糊看见久别的父亲时，悲痛地喊了一声："爸……"然后就号啕大哭起来。叶天赐望着眼前秀发已被剪去，整个脑袋裹满绷带，只露出一只泪眼的女儿，感到撕心裂肺般难过。他强忍悲痛，哽咽着劝慰道："女儿，我的好女儿，别哭，哭会影响伤口的愈合，啊，听话！"

　　叶天赐办完了太太蔡素文的丧事，就一直陪护在叶青身旁。五天后，脸上缝合的伤口拆线。叶青面对镜子里自己这张满是疤痕、一只眼眶深陷的脸，再看看裹着石膏的右上肢，简直不相信眼前残酷的现实。她"哇"地放声痛哭，把镜子往地上一摔，不顾一切地就要从窗户往楼下跳。见此情景，叶天赐大惊失色，飞快地一把抱住，才避免了又一场人命事故的发生。是啊，一个正处在青春靓丽年华的妙龄姑娘，原本一副花容月貌，一场因水灾引发的车祸，使她毁了容破了相，转眼间变成了一个丑八怪，怎能不会产生撒手人寰、生不如死的念头？

　　丧母的悲痛，丑陋的面容，损伤的肢体，面对一系列的打击，此时的叶青已失去了生活的信心，终日以泪洗面郁郁寡欢，随时都有轻生的念头。叶天赐一步也不敢离开女儿，整日守护着她，生怕再发生什么意外。

开学后，叶青哪有勇气去学校面对老师和同学，整天就躲在家里，一会儿哭哭啼啼，一会儿唉声叹气，一会儿默默发呆。叶天赐安慰宽心的话不知说了多少，但始终难以唤起女儿坚强活下去的信心。

一天，叶天赐陪着女儿闲聊，问她："你听过《三只青蛙》的童话故事吗？"

"三只青蛙？"叶青摇摇头。

叶天赐见女儿没听过，就绘声绘色讲起来："有一天，三只青蛙先后掉进了鲜奶桶中。第一只青蛙抱怨，这是我命中注定的。于是它盘起后腿，一动不动地等待死亡的降临。第二只青蛙嘀咕着，这桶看来太深了，凭我的跳跃能力是不可能跳出去，我今天死定了。一会儿，它果然沉入桶底淹死了。第三只青蛙打量四周后盘算开了，今天真是不幸，但我后腿还有劲，我要设法找到垫脚的东西，争取跳出这恐怖的桶。想到这里，它一边挣扎着一边蹦跳着，慢慢地，鲜奶在它的搅拌下变成了奶油块。在奶油块的支撑下，这只青蛙纵身一跳，终于跳出了奶桶，获得了新生。"

叶天赐望着听得入神的叶青，微笑着问："听完了故事，你认为是什么救了第三只青蛙的命呢？"

叶青扑闪着一只眼睛，茫然地摇了摇头。

"是希望，是希望拯救了它的生命！"叶天赐意味深长地说。"希望？"叶青轻声念叨着，思索着。

叶天赐点点头，说："对，是希望！假如第三只青蛙没有抱定求生的希望，那它必死无疑。爸爸给你讲这个故事，意思就是你在灾难面前应该向第三只青蛙学习，像它那样热爱生命，对人生充满希望。人的一生中，难免会遭遇大大小小的天灾人祸，只要心中充满希望，就没有过不去的坎。你说对吗？"

叶青若有所思地望着爸爸，没有回答，但已近死灰的心灵开始复苏。

9月上旬的一天，学校打来电话，说是叶青来了一张包裹通知单，叫她或家人去领取，并特意说明是大陆寄来的。来自大陆的包裹？叶天赐挺纳闷，会有谁给女儿寄包裹呢？难道是自己厂里的员工？他到学校领到包裹单，仔细一看，寄包裹人竟是四川北川一所中学的学生。他不禁奇怪了，这到底是怎么回事？

叶天赐从邮局领好包裹，回到家里满腹狐疑地拆开一看，包裹里有一只背背佳书包，一只精美的文具盒，一套深蓝色的运动服，一双白色的运动鞋，一枚闪着银光花朵状的胸针，里面还夹有一封信。叶青急切地拆开信，费力地看着：

叶青同学：

你好！

我俩是同年同月同日出生的，不知是称你为姐姐还是妹妹？

看电视后知道 8 月 8 日台湾遭受了五十年来特大的水灾，特别是高雄等地受灾严重。大陆与台湾人民是同胞之情，手足之爱。看见台湾受灾的场景，我很痛心。

台湾的灾情牵动着大陆民众的心。我们学校组织了献爱心的捐款活动。不知这次水灾你家受灾严重吗？很快就要开学了，我用平时积蓄的零花钱买了一点学习和生活用品寄去，表达一个大陆同龄女孩的一点心意。假如你也受了灾，希望你一定要挺住，要好好活着，战胜灾难，勇敢面对生活的磨难。在假期中，欢迎你来大陆游玩，并邀请你来四川北川我们学校做客。

祝你快乐！

吴川梅

2009 年 8 月 16 日

叶青读完这封信，尤其是看着"一定要挺住，要好好活着，战胜灾难，勇敢面对生活的磨难"，伤感多时的心里顿时热乎乎的，但同时又疑窦丛生："吴川梅"是什么人？她怎么知道我的通讯地址？她又怎么知道我的生日……她将信递给父亲，指着包裹内的物件激动地说："爸，这可是大陆寄来的爱心包裹，只是不认识寄包裹的人。"

叶天赐接过信，当看到"同年同月同日生"、"好好活着"、"吴川

好好活着

梅"这些字句时，脑海中不由浮现起两年前在北川出席的一项活动……

二、热心捐资

那是在 2007 年 4 月 8 日举办的一次竣工典礼。

叶天赐的祖籍地是四川的北川。上世纪末，他从台湾的高雄县来到北川投资办了个电脑配件厂。八年下来，获得了丰厚的利润。为了感谢当地政府和乡亲的支持，他慷慨解囊热心兴办公益事业，捐资兴建了青少年活动中心。

青少年活动中心竣工那天，县里举行了隆重的庆典仪式。叶天赐和县里一名副县长以及有关部门领导出席了庆典。仪式的一系列程序进行完，最后一项是在门前的广场上植八棵香樟树。植树人是来参加竣工典礼的七位县里的头头脑脑和捐资人叶天赐。仿照电视里播放的国家领导人植树的形式，这里的树坑也已先挖好，香樟树拖着用草绳包裹的根泥东倒西歪摆放在树坑内。每只树坑旁也站立着一名少先队员。这八名少先队员，全是从中学初一年级挑选来的品学兼优的学生，站在叶天赐身旁的是一名黑瘦瘦的女孩。初夏的阳光照在她稚嫩的脸上，在红领巾的映衬下，充满着朝气。

植树开始时，叶天赐对旁边怯生生的女孩微微一笑，友善地说："你扶住小树，我来填土。"

女孩听话地走近树坑，用双手吃力地把小树扶正。

叶天赐挥动铁锹，不一会儿就把树坑填满了土。他擦了擦额头上的汗，对脸上也沁出细密汗珠的女孩说："来，再把泥土踩实，免得风一吹树会歪倒。"于是，叶天赐硕大的黑皮鞋和女孩白色的运动鞋就一同密密地踩实着小树旁的泥土。"好啦！再给小树浇上水。"叶天赐说着，和女孩两人共同提起一桶事先准备好的水，慢慢地浇在树根的周围。

植好树后，庆典的组织者别出心裁，发给每棵树的植树人一方小纸片，要求写上自己的名字并挂在树枝上，以示纪念。叶天赐在纸片上郑重地写下了自己的名字后，将纸片递给女孩，微笑着说："你也写上你的大名吧！"女孩羞涩地点点头，认真地在纸片上写下了"吴川梅"三个字。

"吴川梅，川中大地的梅花，挺好的名字。"叶天赐望着眼前青春靓丽的女孩，赞叹道，"我也很喜欢梅花的，喜欢它不畏严寒傲雪凌霜的品格。"

吴川梅红着脸，看着纸片下面还有一块空白，又望了一眼香樟树，对叶天赐说："叶伯伯，再给小树写句话吧！"

"写句话？好主意。"叶天赐赞赏地点点头，想了一会儿，一时不知写什么好。他问："吴川梅，你说写什么好？"

吴川梅眨巴着明亮的眼睛，腼腆地摇了摇头。

叶天赐望望小树，又抬眼打量四周，用笔敲着手掌，蓦然，想起了张艺谋导演的电影《活着》，沉吟半晌后说："好吧，就写好好活着！"

"好好活着？"吴川梅轻声呢喃着，一时弄不懂这句话的意思。

"小树栽下了，今后免不了会遭遇狂风、暴雨、冰雪、病虫一系列的侵害，在严酷的自然灾害面前，只有好好活着，才能茁壮成长，最终长成一棵参天大树。"叶天赐解释着。

吴川梅点点头，很容易就明白了这句浅显平实的话里蕴含的深刻含义。她把小纸片牢牢挂在树枝上，感叹地说："小树啊，叶伯伯和我盼望你好好活着，快快长大。"

植树活动结束了。在往回走的路上，叶天赐随口问吴川梅："你今年多大啦？"

吴川梅歪着脑袋，笑着回答："今天我正好满十四岁。"

"十四岁？你也是 1993 年 4 月 8 日出生的？"叶天赐惊讶地瞪大了眼睛。

"对呀！"吴川梅点点头。

"哎呀，真是巧了，你和我女儿是同年同月同日出生的。她叫叶青，现在台湾高雄一所中学念初一。如有兴趣，你俩可以互相通信联系。等以后有机会，我一定邀请你到宝岛台湾旅游，到我家做客，费用全部由我负担。"说完，将女儿的通讯地址写给了吴川梅。

三、信心支撑

开学后收到的吴川梅寄来的包裹，尤其是那封鼓舞人心的信，给了叶青生活的勇气。经过父亲的不断鼓励，几天后，她毅然决然背起寄来的书包，穿上寄来的运动服，勇敢地走进了学校，开始了正常的学习生活。

寒假里，叶天赐带着叶青来到台北一家医院，经过整容恢复了原来娇美的面容，左眼则安装了一只假眼，只是右上肢是严重的粉碎性骨折且已坏死，只能截肢，给她带来终生的遗憾。

第二年的暑假，叶天赐陪着女儿来大陆旅游，游览完北京、西安后，再来到北川。他希望再次见到这位从精神上挽救了女儿的"川中梅花"。叶青则盼望见识与自己同年同月同日出生的大陆女孩是什么模样，她还带来一只MP4随身听和一本台湾风景名胜摄影集准备送给吴川梅。

学校放了暑假，师生全部离了校。值班的老头根本不知道吴川梅的家庭住址。眼看新学期开学时间临近，叶青马上又要返回台湾。一时间，叶天赐犯了难。

就在离开大陆的前一天，父女俩兴致勃勃地来到重新修缮的青少年活动中心参观，转悠到乒乓室时，透过窗玻璃，他惊讶地发现有一位残疾的女孩正坐在轮椅里打乒乓球。她虽然球艺不是很精湛，但打球时表现出的那股凶狠劲令人佩服。叶天赐好奇地定眼一看，先是心中一沉，然后失声地喊起来："吴川梅！"

吴川梅听见有人喊，停下手中的球拍，见是叶天赐进来，很是激动，两手驱动轮椅过来，热情地说："叶伯伯，您来了！"

叶天赐赶紧扶住轮椅，紧蹙眉头沉重地问："你这是怎么啦？发生了什么意外？"

吴川梅凄然一笑，望着截肢的双腿说："前年'5·12'大地震弄残的。"

跟在叶天赐身后的叶青倒吸了一口凉气，喃喃道："太可怕了！"

叶天赐转身介绍道："这是我女儿，就是与你同年同月同日出生的叶青。"

吴川梅十分高兴，仔细打量叶青后诧异地问叶天赐："叶伯伯，叶青这是……"

　　叶天赐叹气道："唉，这是去年台湾'8·8'特大水灾发生车祸造成的！"

　　叶青走近轮椅，一只手抱住吴川梅，像是见到了久别重逢的好朋友，连声说："谢谢你！谢谢你去年水灾后给我寄来包裹，更要谢谢你给了我生活的勇气！"说完，将礼物交给了她。

　　"谢谢！"吴川梅接过礼物后又感叹道，"我还要感谢叶伯伯呢！是叶伯伯的一句话支撑着我，使我战胜了死神，获得了新生！"

　　吴川梅的这番话，说得叶天赐父女俩如坠五里雾中。

　　在休息室里，吴川梅讲述了那命悬三天两夜的恐怖情景：

　　"2008年5月12日，这是我今生今世永远不会忘记的惨痛日子。下午，我们全班同学正在上英语课，两点多钟时，突然，外面狂风大作，飞沙走石，紧接着课桌在晃动，书本和文具哗啦啦掉在地上，人也坐立不稳。有同学惊恐地叫起来：'地震！发地震啦！'我急忙猫身躲到了课桌下。任课老师大喊：'快跑……'不等他说完，'轰隆'一声巨响，教学楼倒塌了，水泥板恶狠狠压了下来，顿时我就不省人事了……不知过了多久，我慢慢苏醒过来，睁开眼，四周一片漆黑，想动弹一下，但双腿被沉重的水泥板压住，钻心般疼痛。我悲哀地喊了几个同学的名字，无人应声，周围是死一般的寂静。我心想：全完了，同学们全完了！在重压下，我也很快就会死去。我已经绝望，开始哭泣，挣扎着用手在废墟里乱摸，竟然摸到了我的书包。我再伸手往书包里搜寻，希望找到一点吃的，但只摸到一支圆珠笔，我紧紧攥住圆珠笔，这时，猛然联想起一年前叶伯伯用这支笔在植树时写下的'好好活着'这句话。我怦然心动，这句话似乎不是写给小树的，而是激励我坚强活下去的人生警句。此时此刻，我快要停止搏动的心开始激活。对，不能死，我也要和香樟树一样，好好活着。为了活着，我不再悲观，不再哭泣，不再喊叫，而是默默地趴在地上积蓄精力，等待地面的人来解救。时间在难熬中慢慢度过，实在饿得受不了，我就撕课本纸张放在嘴里反复嚼烂再

好好活着

389

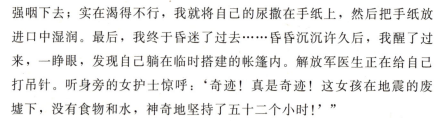

强咽下去；实在渴得不行，我就将自己的尿撒在手纸上，然后把手纸放进口中湿润。最后，我终于昏迷了过去……昏昏沉沉许久后，我醒了过来，一睁眼，发现自己躺在临时搭建的帐篷内。解放军医生正在给自己打吊针。听身旁的女护士惊呼：'奇迹！真是奇迹！这女孩在地震的废墟下，没有食物和水，神奇地坚持了五十二个小时！'"

听完吴川梅的讲述，叶青不由被她顽强的求生精神深深打动，说："吴川梅，你真是了不起！我要好好向你学习，做生活的强者！"

吴川梅腼腆地笑笑，说："我俩互相学习吧！其实，在'5·12'大地震中，还有许多与死神抗争的动人事例。"停了片刻，又深有感触地说："我最近看到一本课外读物，上面有一句话能给人以启迪，是这么说的：'人应该以生命为本，无论社会怎么样变化，生命才是世界的主宰。'"

叶青眼睛一亮，感叹道："以生命为本，生命是世界的主宰，真是太精彩了！"

两人虽是初次见面，但一见如故，亲热地交谈着学习生活、兴趣爱好、理想前途……

叶天赐见时间不早了，提出："我们去看看那棵香樟树吧，不知长得怎么样了？"

吴川梅坐在轮椅上引领着，叶青用一只手推动轮椅，三人缓缓来到那棵香樟树前。只见香樟树枝繁叶茂，郁郁葱葱。那块小纸片已经不见了。吴川梅指着香樟树动情地对叶青说："三年前，你爸就是在挂在这上面的小纸片上写下'好好活着'四个字，给了我求生的希望。""对，好好活着这句话，同样也给了我活下去的勇气。"叶青坚定地说，"今后，不管发生什么灾难，我们都要好好活着！"

叶天赐望着两个都遭受过重大灾难，但身残志未残的大陆女孩和台湾女孩，不禁百感交集，举起数码相机欣然提议："今天是你俩同龄人的喜相逢，怎么样，在香樟树旁合个影留念吧！"

香樟树下，吴川梅坐着轮椅在前，叶青扶着轮椅站在身后，面对镜头两人微笑着，笑得是那么灿烂，那么充满自信……

# 最后的回归

文/张圣东

　　他没想到他苦苦期盼的好日子竟然是这个结果！汪天明的眼里一时间涌满了泪：天哪！怎么这样待我？命运对我真是不公平啊！

　　这是事隔五年后汪天明又一次回故乡松江县石河子镇探亲。虽然五年前他回台湾时曾经下定决心不再回故乡，但因为长期的孤独寂寞，他实在忍受不了这种煎熬，所以痛定思痛，决定再回故乡一趟。何况，他已经七十一岁了，人生七十古来稀啊，天知道他还能在这个世上活多久呢？

　　汪天明的到来让他侄女汪春莲一家人很高兴。上次见面后分别已整整五年了，一家人坐在一起，真是有说不完的话。汪春莲唠唠叨叨说个没完，汪天明热情地应和着。只有在故乡，只有和亲人在一起，才能感受到这浓烈的亲情啊！汪天明的眼角流出了热泪。

"三叔，你还记得苗芳吗？"忽然汪春莲话锋一转。汪天明下意识地"哦"了一声，汪春莲从这声音中听出了不和谐，连忙闭了嘴。但汪天明舒展了刹那间紧锁的眉头，向汪春莲轻轻地点头，仿佛鼓励她继续说下去。"哦，苗芳现在住在石河子镇子板桥村，一间小得不能再小的房子。她和六岁的女儿相依为命，靠种菜维持两个人的生活……""什么？她的男人白杨呢？""嘻，早跑了！跟一个下海打工据说身家有二十万的女孩跑了！苗芳一直没有嫁人。唉，像她这种年龄又拖着孩子，谁会要呢？真可怜啊！""啊，原来这么回事！"听到这里，汪天明的心里不由掀起了巨大的波澜。他不再说话，沉沉地低下了头。

这夜，原本睡眠就不好的汪天明彻底失了眠，五年前那次失败的婚姻一直萦绕在他的眼前，怎么也挥之不去——

那是1998年的春天，时年六十五岁的汪天明回大陆探亲，在松江县台办工作人员的陪同下他回到了老家石河子镇。他的父母都已不在人世，兄弟姐妹中只有一个姐姐在世，侄子侄女们都成家且儿孙满堂。他得到了在石河子镇某单位工作的侄女汪春莲的热情接待。几天后，当着家中所有成员的面，汪天明的姐姐问他："三弟啊，怎么回来这么多日子，一直没听说过弟妹？"一席话把汪天明拉进痛苦往事的回忆中，他长长地叹了一口气，哽咽着说："三十五岁时，眼看着回大陆无望，我在同事们的劝说下结过婚。但谁知道婚后不到一年，她就出了意外摔到河里淹死了。经过这场变故，我一直没有续弦，直到现在……"听到这里，七十岁的姐姐不知道说啥好。还是侄女汪春莲善解人意，说："三叔，不要紧，现在既然回来认了亲，就再找个合适的，老来是个伴啊！"汪天明有些机械地点了点头，是啊，今日不同往时，回家乡的心愿已经满足，如果再能找个伴共度余生，也未尝不可啊！

又过了大概半个月，汪春莲神采飞扬地对汪天明说："三叔，告诉你个好消息，我找到新婶婶了。"原来是这事，汪天明的眼睛一亮。接下来，汪春莲简要介绍了基本情况：女子名叫苗芳，石河子镇人，三十五岁，没有孩子。她丈夫婚后不久因盗窃入狱，她失望地与丈夫离婚，现在一个人单独过。汪天明对侄女说："条件是不错，但人家这么年轻，看得上我这糟老头？"汪春莲说："三叔，别这么说，是苗芳的哥哥托我做的媒。苗芳说她是经历过失败婚姻的人，现在只要双方合得来，年纪无所谓。"一种同是天涯沦落人的感觉，顿时涌上了汪天明的心头。

几天后见面，苗芳给汪天明的印象是既朴素又大方，而且她口口声声说很愿意照顾他。过了这么多年的单身生活，汪天明的确太需要一个人生伴侣了。所以，第一次见面苗芳就打动了他，他决定和她进一步接触接触。

几个月后，汪天明和苗芳结了婚。他花十万元在石河子镇上买了幢房子。他想这下好了，既回了家乡，又找了一个好妻子，可以幸福地度过晚年了。

婚后，汪天明和苗芳虽然有时也有些小的争吵，但总的来说还算不错，而且苗芳不久就有了身孕。对此汪天明着实大吃一惊，这怎么可能呢？但苗芳有些羞涩地说："是真的，你不高兴吗？"汪天明能不高兴吗？都六十六岁的人了啊！他不由地伸出双手抱住了苗芳，眼里溢满了幸福又激动的泪水。

十月怀胎，一朝分娩，苗芳顺利地生下了一个女儿。一家人欢天喜地自然不在话下，汪春莲也喜坏了，一有空就来帮他们带孩子。

女儿长到一个月后的一天，汪天明和往常一样把她抱在怀里，心肝肉儿地亲了又亲。忽然，他横看竖看，总感觉女儿一点不像自己。他不敢问苗芳，等汪春莲来了就问她。汪春莲也是近五十岁的人，她仔细端详了半天，最后长长地叹了一口气说："唉！脸形、眼睛、鼻子没有一处像您啊！"

一种不祥的预感充满了汪天明的心。他偷偷把孩子抱到松江县公安局DNA鉴定中心做亲子鉴定，不久结果出来，女儿不是他的！

汪天明把DNA鉴定报告重重地摔在苗芳面前，质问她究竟是怎么一回事？苗芳看到汪天明因愤怒而几乎变形的脸时，一下子给汪天明跪下了，声泪俱下地说出了事情经过。

苗芳原本是想与汪天明共度余生的，但结婚不久，她的前夫白杨听说后找到了她，说要与她复婚。她不肯，很实际地说："你没有钱，又

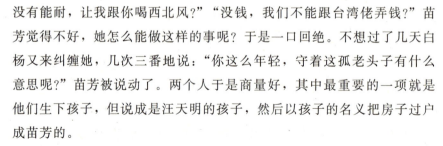

没有能耐，让我跟你喝西北风？""没钱，我们不能跟台湾佬弄钱？"苗芳觉得不好，她怎么能做这样的事呢？于是一口回绝。不想过了几天白杨又来纠缠她，几次三番地说："你这么年轻，守着这孤老头子有什么意思呢？"苗芳被说动了。两个人于是商量好，其中最重要的一项就是他们生下孩子，但说成是汪天明的孩子，然后以孩子的名义把房子过户成苗芳的。

"什么？"汪天明差点气昏了头。他压根儿没想到苗芳竟然这样在背后算计他，他没想到他苦苦期盼的好日子竟然是这个结果！汪天明的眼里一时间涌满了泪：天哪！怎么这样待我？命运对我真是不公平啊！

几天后，汪天明迅速与苗芳离了婚。看在夫妻一场的分上，他把房子过户给了苗芳，几天后就回到了台湾。他又成了孤孤单单的一个人，他不知道这到底算怎么回事。以前在台湾时，几乎疯了一般地盼望着回大陆，回到大陆刚一年，却再也没有生活下去的理由和勇气。命运真是捉弄人啊……

汪天明从往事的回忆回到现实中来时，心里刹那间竟有一种报复的快感。唉，想起这些恩恩怨怨爱恨情仇，他到现在都还后怕啊！不过，一切都是报应啊！谁让苗芳在背后算计我呢？看来，老天爷还是最有眼力也最公正无私的呀……

第二天一大早，汪春莲到汪天明的房间喊汪天明吃早饭，但没人应声。汪春莲以为他上了卫生间，但卫生间也没有。去哪儿了呢？汪春莲琢磨开了，三叔在石河子镇基本没有什么熟人，能到哪里去呢？忽然她一拍自己的脑袋说："哎呀！我怎么忘了？一定是到苗芳家去了。"汪春莲于是一口气往子板桥村跑去。等她上气不接下气地跑到苗芳家门前时，果然看见了汪天明，他低垂着脑袋，而苗芳红肿着眼睛。两个人看见汪春莲，都有些不好意思地红了脸。苗芳连忙招呼她坐。然后继续和汪天明说着话："白杨真不是个东西。他是真正的狼心狗肺啊！他的眼里只有钱。我们原本在一起住过一段时间，但他总是抱怨我从你这里弄钱少了，而且开口就骂、动手就打，还说我是个烂女人！但这些我都能忍受。"苗芳的声音里带着哭泣，"谁知道两年的时间不到，他竟跟着有钱的三陪小姐跑了，从那以后就再也没有音讯。唉，可怜我们母女俩没人管啊！我的父母认为我丢了他们的脸，和我断绝了关系。孩子又小，我没有办法，三年后坐吃山空，我只得变卖房产搬到乡下，租了这么一间小房子……"

汪天明一直低垂着头没说话。过了好一会儿，汪春莲才打破尴尬的局面说："三叔，咱回家吃饭吧，我已经做好了……"汪天明站起身要走，苗芳连忙说："别，别，既然来了，就在我这里吃饭吧。咱乡下虽没有什么好招待，但心还是诚的！"一边说就一边拉汪天明。汪天明忽然感觉自己的手像是被刺了一下，他这才仔细看苗芳的手，发现竟然粗糙不堪，生满老茧，全然不像六年前那样小巧玲珑了。苗芳见状，下意识地抽回了自己的手。汪天明心里一惊，才明白过来：苗芳才四十一岁，但岁月已经过早地侵蚀了她的青春、健康和美丽啊！他没有说话，只从口袋里掏出一千元钱放在桌上，就迅速走出了苗芳的家，任苗芳怎么招呼也不回头……

一路上，汪天明一直沉默不语，汪春莲紧跟在他身后，也不知道说啥好。接下来的这一天，汪天明一直躺在床上不做声，直到晚上洗过澡准备睡觉时，他才冷不丁地对汪春莲冒出一句话："这次回来，我不打算走了……""什么？你昨天不是说住半个月就回去吗？"汪春莲不解地看着汪天明。"不，苗芳也是被人骗的苦命人啊！"汪天明饱经沧桑的脸上写满坚毅、顽强和执著，"我原本只想去看看，但没想到她竟然过得这么惨，实话说，我心里难过啊！而且她到今天这个地步，也有我的问题，所以我得承担起这个责任。只是不知道苗芳怎么想……"汪春莲想了想说："三叔，您可想清楚了，如果您真要这么做，那么剩下的事就交给我了。""啊，那好，好啊……"汪天明长长地叹了一口气说。

第二天，汪春莲来到苗芳家，苗芳有些不知所措。等汪春莲向她说明来意后，她吓得连连摆手："这不行！我不能再拖累他了！""你别见怪，这正是三叔的意思哩。你不知道，三叔从你这儿回去后，几乎一整天一言不发。看得出，他是看你们娘俩可怜，怕你再吃苦受累啊……""难得他有这份心啊，说来说去都是我不好，当初不该骗他啊！"苗芳惭愧地低下了头，鼻子一酸，眼泪流了下来，"不过，话说回来，他年纪大了，一个人也有很多不方便，是要有个人照顾才好啊！""对，对，这就对了！"汪春莲拍着手说。

两个人一起来到汪春莲的家，汪春莲把苗芳的话如实转告给汪天明。汪天明听着听着，满眼的泪，他不由地向苗芳伸出手来。苗芳连忙接着，两双手紧紧地握在了一起。

三个月后，石河子镇南五场矗立起一座两间三层、装饰华丽的楼房，一楼是苗芳开的烟酒副食店。据说，此前汪天明已拿出十万元钱，一次性为苗芳的女儿买了教育保险。

这以后，每当夜幕四合街灯闪烁，石河子镇上的人们常看到汪天明和苗芳一家三口手拉手在大街上散步，那亲热的样子，竟胜过一些"原配"的家庭……

# 老屋惊魂

文/白　琅

　　林木青走到汪爷爷跟前，"扑通"一声给汪爷爷跪下了："谢谢你老人家，要不是你老人家把实情说出来，我爸在九泉之下永远得不到安生啊！"

　　这天上午，高县长陪着台商林木青到天华山观看风景。天华山峰奇石特，洞峡涧幽，苔藓百态，飞瀑喷溅，简直胜过万幅画卷！林木青站在峰顶之上，俯视山下那散落的农家，若有所思地说道："这里的自然风光如此壮美，若建成旅游景区，在山下再建起别具特色的宾馆，用不了几年，这里就会富足起来。"高县长叹了口气说道："光有金窝，没有金凤凰啊，林老板就来当一回金凤凰怎么样？"林木青看着高县长："我听说在大陆，最让人头痛的就是拆迁时遇到'钉子户'，我人生地不熟，要是遇到几个'钉子户'，也就瞪眼玩完了。"高县长沉思了片刻后说

老屋惊魂

道："说实话，会不会遇到'钉子户'，我心里也没有谱。林老板要是肯投资兴建，老百姓的思想工作就由我们来做。"林木青连连眨了几眼后说道："这样吧，我留在这里几天，我要到村里亲自去体验体验，要是这里的百姓素质高，民风好，我就在这里投资兴业了。"

高县长走了之后，林木青在山上又流连忘返地转悠了大半天，下山后，便径直来到村口。村口有一棵很大的老柳树，这么大的老柳树林木青还是生平第一次见到，不过让他感到不解的是，老柳树上竟挂着数不清的红布条，有的已经发白了，有的却鲜艳欲滴。林木青坐在老柳树下，便开始寻思起来：我该用什么样的办法来考验这里百姓的素质和民风呢？寻思了一会儿后，林木青一下子就有了主意，他立马站了起来，朝村里走去。走进村子，便遇到几个在一起唠嗑的妇女，林木青便问："请问，村里有小卖店吗？"几个唠嗑的妇女几乎同时说道："有，就在前面，往左一拐就是。"林木青有些不好意思地说道："我是来你们这观看风景的，就因为你们这里风景太美了，我在山上转悠的时间长了些，我现在走不动了，想买瓶白酒解解乏，谁能给我跑趟脚？"年龄稍大一点的妇女说道："秀芬，你年轻，就给这位先生跑趟腿。"被称为秀芬的年轻妇女，拿着林木青递给的五十元钱，就朝村里跑去。不一会儿，秀芬就提着一瓶白酒跑了回来。林木青接过白酒，却没有接钱，他对秀芬说道："剩下的钱，就权当跑腿费了。"几个妇女哈哈大笑起来，年龄稍大的妇女说道："这位先生是不是门缝里瞧人，把人往扁上看啊？我们九道岭现在虽然有点穷，可也不至于穷到买一瓶酒就赚人家钱的份上啊！"林木青心里猛然一热，连妇女的素质都这么高，男人们就更不用说了。林木青把酒瓶装进包里后，就走出村子，又来到老柳树下，他掏出酒瓶，打开盖，"咕嘟"喝了两口，然后将酒倒进草丛里，把酒瓶放在身边，接着他把包里的钱拿出来，放进内衣兜里，把剩下的三张百元钞票放在开口的包里，坐在了老柳树下。不一会儿，一位老者走了过来，林木青马上把背靠到树上，闭上眼睛，装出喝醉酒的样子，打着雷一样的鼾声。林木青心想：上梁若正，下梁必正，上梁不正，下梁必歪，这位老者就是最好的验证。老者走过来后，见林木青倚在树下呼呼大睡，便轻手轻脚地朝他的皮包走来。老者走到皮包跟前，用鼻子使劲闻了闻，"嘿嘿"笑了两声后，便将皮包拿起来，快速朝村里奔去了。林木青心里一下全凉了，这位老者看上去至少七十岁，这么大岁数的人都能当贼，这村里的人还有几个好啊！林木青刚想站起来，就见村里跑来几个妇女，林木青定睛一看，原来是那几个唠嗑的妇女，林木青索性又闭上眼睛，他要看看她们到底想做什么。几个妇女跑到林木青跟前，那个叫秀芬的年轻妇女说道："我说嘛，肯定就是让我买酒的那个人。"

这时，林木青听到"吱嘎吱嘎"的车轮声，他稍稍往后一看，那位老者竟然推着一辆三轮车走了过来，老者说道："这位先生太大意了，春天风大，又躺在风口处，很容易着凉得病的。"老者把着三轮车，几个妇女走上前，七手八脚就将林木青抬到了车上。林木青被推进村里后，那个被称为梅大嫂的妇女说道："我家近，就推到我家吧。"秀芬说道："你家哪有我家近啊，就推到我家吧。"

林木青就这样被推到了秀芬家里，几个妇女将林木青抬进屋后，那位老者便说道："我听说解酒最有效的办法就是喝萝卜丝汤、烙鱼汤，还有蜂蜜，咱们弄不到烙鱼汤，就弄萝卜丝汤和蜂蜜。秀芬去小卖店把他的皮包拿过来，刚才看他醉成这个样子，皮包里还有钱，我怕让路过的人给顺便拿走了，就把皮包给拿回来了！"

林木青被彻底感动了，他一个激灵就坐了起来，把几个妇女吓了一大跳。林木青一大步跳下地，充满感激地说道："老人家，我没有喝醉，我是装醉啊！实不相瞒，我想把咱们这里建成旅游度假村，可我又不知道咱们这里百姓的素质怎么样，民风怎么样，我这一试验，你们的举动实在太让我感动了，我决定就在咱们这里投资兴建旅游度假村了。"

老者和几个妇女全都惊住了。林木青微笑着说："我一会儿就给你们高县长打电话，把我的决定告诉他。老人家，我可以暂住在你家吗？"还没等老者张嘴回答，梅大嫂就指着老者说道："老板先生，实话跟你说，你谁家都可以住，就是不能住到我们汪爷爷家。"林木青一愣："那是为什么啊？"秀芬回答道："汪爷爷有梦游症，睡睡觉就起来了，不是拿斧子，就是拿菜刀，四处乱砍。有一回，竟拿着斧子把他家的牛给剁了。他现在晚上睡觉时，家人就把他的屋门给锁上，怕他梦游时起来剁人。老板先生要是不嫌弃干脆就住我家吧，我跟姑娘睡东屋，老板先生睡西屋。"

第二天一大早，天刚麻麻亮，林木青就起来了。他在村里转悠了一阵子后，便在一座老屋跟前停了下来，年轻时就熟识风水的林木青感觉老屋周围的风水实在是太好了，他决定就在这一带建宾馆，建酒店。林木青吃完早饭，正准备去找汪爷爷，汪爷爷就来了。林木青对汪爷爷说道："我早晨起来转悠了几圈，我想在村东头建宾馆，涉及十来户人家，不知道这十来户能不能配合我，顺利搬迁。"汪爷爷说道："那咱们就去村东头看看，都涉及谁家。"

林木青跟着汪爷爷来到村东头，把涉及的十来户人家指认给汪爷爷，汪爷爷看后便问道："老板先生，你看能不能再稍稍往西一点，把老屋让出来？"林木青笑了："老人家，不瞒你说，这里的风水就数老屋周围最好，宾馆必须建在这里。"汪爷爷的脸一下子阴沉下来："照你这么说，这老屋必须拆迁了？"林木青说道："拆迁是必须的！怎么，这老屋的主人挺难缠吗？"汪爷爷深深叹了口气，说道："也许你遇过难缠的，可你肯定没见过会像他这么难缠的，要我看，你最好还是把这老屋留出来。"林木青摇了摇头："留出来肯定是不可能的，你们高县长已经说了，要是遇到难缠的，就由他来做思想工作，我马上就给他打电话。"汪爷爷看着林木青："要我看，你给高县长打电话也是瞎子点灯——白费蜡。"

上午10点多钟，高县长就赶来了，随行的自然有乡长、村主任，乡长便问汪爷爷："这老屋的房主姓什么？他哪去了？"汪爷爷说道："房主姓林，去老远老远的地方了，那地方我们这些人都没有去过。"乡长问道："什么地方？"还没等汪爷爷作答，村主任便急了："汪爷爷，这老屋不是你的嘛，你老在开什么玩笑啊？"在场的人全都惊住了。

林木青怔怔地看着汪爷爷，他实在想不明白，从他进村到在这儿之前，老人的每言每行实在让他深受感动，可眨眼间老人就来了个一百八十度的大转变，老人究竟想干什么？林木青走到汪爷爷跟前，说道：

"老人家，你就照直说吧，你想要多少钱？"让在场的人谁也没有想到，汪爷爷摇了摇头，说道："老板先生，我们九道岭虽然不是那么富足，但我们也没把钱看得那么重，我们看重的是情！什么都可以不要，但就是不能不要情。老板先生，你开个价吧，要是你能把老屋留出来，你想要多少钱都行！"林木青一下子怔住了，村主任不高兴了："汪爷爷，你老在九道岭德高望重，林老板想在这里建旅游度假村，让九道岭尽快富足起来，你老应该积极配合才是啊，林老板要是为这个不在这里建旅游度假村，你能对得起爱你敬你的父老乡亲吗？"让大家再次没有想到的是，汪爷爷竟"扑通"一声给林木青跪下："老板先生，我打心眼里希望你能把我们九道岭建成旅游度假村，你只要不拆迁这老屋，你就是要我这条老命都行！"高县长一步奔过来，亲自将汪爷爷扶起，对汪爷爷说道："老人家，你先回屋休息一会儿，我跟林老板商议一下，看看能不能按照你老人家的要求办。"

汪爷爷走进老屋后，高县长便说道："从老人的言谈举止上看，我感觉老人不让拆迁老屋，绝不是为了多要钱，可能老屋里隐藏着不为人知的秘密。"聪明的村主任立马说道："那我马上进屋去探个究竟。"村主任说着，就朝老屋走去，谁知刚走到老屋门口，汪爷爷就迎了出来，村主任说道："早晨咸菜吃多了，我进去喝口水。"汪爷爷用身子挡住村主任，说道："我这屋里太肮脏了，早晨起得早，也没顾得上收拾，都下不去脚了，你到后面谁家喝水都行。"不管村主任找什么样的借口，汪爷爷就是不让走进老屋。林木青便小声把昨天他要住在汪爷爷家，那几个妇女说汪爷爷晚上睡觉总梦游的事告诉给了高县长，高县长心里有数了，九道岭的村民是跟老人一个心眼，要想从他们嘴里得到老屋里的秘密肯定是不可能的事了，于是便对乡长说道："你马上给你们派出所打电话，让他们以普查人口的名义，进老屋里探个究竟，一旦探出了眉目，我们就有了主动权。"这时，高县长便冲汪爷爷说道："老人家，到晌午了，你该给我们安排去谁家吃饭啦。"汪爷爷点点头说道："除了我家，谁家都行啊，那就还是去梅大嫂家吧。"

汪爷爷领着大家来到了梅大嫂家，汪爷爷陪大家刚把饭吃完，派出所的所长就来了。汪爷爷见他有话要对高县长说，就找了个借口回老屋去了。所长对高县长说道："我们很顺利地进了老屋，老屋的地下有地下室，我们进到地下室一看，全被惊住了：地下室里有一座大坟，两座小坟。"大家一下子惊住了：就算天下无奇不有，可也不至于奇到坟能安葬在屋里，活人能跟死人整天吃睡在一起啊！所长继续说道："坟墓跟前放着供桌，就跟我们供奉仙人差不多，里面还烧着香，墓碑上清楚地雕刻着：梁天柱、杨春花之墓。"村主任一下子惊叫起来："我的天，他怎么会供奉梁天柱啊？"高县长便问："梁天柱是谁？"村主任的眼睛瞪得简直赶上牛眼了："他是这个村子一个不大不小的地主啊！七十多年前，他们家被日本鬼子给杀了。"高县长怔怔地看着村主任："日本鬼子杀他干什么？难道他投靠了共产党？"村主任摇了摇头："听说他把村里的大姑娘、小媳妇都关在他家的地下室里，归他所有。日本鬼子来了，没有找到年轻的女人，后被汉奸给告密了，日本鬼子就把这个风流成性的地主给杀了，并把这些大姑娘、小媳妇全给掳走了。"

高县长听完村主任的讲述，便领着大家来到了汪爷爷居住的老屋，还没等走到老屋跟前，汪爷爷就忙不迭地迎了出来。高县长便冲汪爷爷很是严肃地说道："老人家，我实在想不明白，一个霸占大姑娘、小媳妇的恶霸地主，还有人供奉他，你说这个人怎么样？是不是是非不分？"汪爷爷一本正经地说道："要是他真像周扒皮、胡汉山、黄世仁那样欺男霸女，无恶不作，谁要是供奉这样的人，谁就是狗喜欢猪，纯是吃饱了撑的；可他要是为了保护村民而死，你要是把他给忘了，你说这种人是不是猪狗不如啊？"高县长的脸色陡然阴沉下来："梁天柱是什么样人，村里人都知道。你老现在还供奉恶霸地主梁天柱，你以为我们不知道是不是啊？你要是把你为什么要供奉恶霸地主的缘由讲出来，我们可以另当别论；你要是不讲出来，还要阻挡拆迁，不让九道岭的百姓富足起来，就足以证明你的思想有问题，那我们可就要'讲究讲究'了。"汪爷爷一下子惊住了："高县长，你是怎么知道的？"高县长说道："要想人不知，除非己莫为，我希望你老能把实情说出来，现在已经不是那个特殊的年代了，即便你老做错了，也不会把你打成反革命。"

汪爷爷沉默了一会儿后，便把实情说了出来："梁天柱开始时，家里的地并不多，完全靠省吃俭用，有了钱他就买地，地买多了，也就成地主了。梁天柱是个善人，佃户出什么大事了，他都会伸出手来帮助。当时我们这里有个顺口溜：黑熊沟的山，老鸭江的帆，九道岭的大姑娘俊如仙。日本鬼子强暴妇女人人皆知，梁天柱就在自家的屋里挖了个大洞，日本鬼子进村时，他就让村里的大姑娘、小媳妇钻进他家的洞里。后来，被汉奸给告密了，该死的日本鬼子就把梁天柱的妻子、二儿子和刚刚出生的女儿全给杀了。梁天柱跟国民党的一个军官是拜把子兄弟，这个军官会看风水，就收梁天柱不满八岁的大儿子为徒，他就逃过一劫。心狠手毒的日本鬼子把梁天柱的头砍下来，就挂在村前的老柳树上示众。三天后，日本鬼子就把他们一家四口的尸体丢进了老鸭江里。日本鬼子一走，村民们就冒着全家被斩的危险，将梁天柱一家四口的尸体打捞上来，就葬在他家的地洞里，上了年纪的老人，都自愿住在他家，为他一家守灵。可让人实在想不明白的是，这事传到后来就走样了，说梁天柱把村里的大姑娘、小媳妇抓起来，关在他家的地窖里，供他享乐。日本鬼子让他交出来，他抗拒不交，结果就被日本鬼子给满门抄斩了。虽然日本鬼子完蛋了，可在后来的那个特殊的年代里，谁敢把实情说出来啊？谁敢保护地主啊？就是现在，我把实情说出来，你们相信吗？为了祭奠梁天柱，村民们除了到他坟上敬香烧纸磕头外，每年梁天柱被害的那天，村民们都要在老柳树上系上红布，以示怀念。"

汪爷爷的话音未落，林木青一下子就蹲在了地上，接着就失声痛哭起来，在场的人全都怔住了。高县长赶紧俯下身，将林木青搀扶起来："林老板，你这是怎么啦？"林木青一边哭着，一边说道："梁天柱就是我爸爸啊！"大家全都惊住了。汪爷爷有些不解："你不是姓林吗？怎么会是梁天柱的儿子呢？"林木青一边流着眼泪，一边说道："实不相瞒，我在国民党军队里就听说我的父母、弟妹被该死的日本鬼子给杀了，而被杀的原因是因为我爸跟日本鬼子争女人，我爸把九道岭的大姑娘、小媳妇全给关在地窖里，供他寻欢作乐。我爸死得极不光彩，我师父怕我的家丑被人知道了，日后就没法生存了，就收养我为他的儿子。我这次回来，主要是想为家乡的父老乡亲做点事，也顺便寻找一下父母、弟妹的尸骨。说实话，我父母、弟妹的尸体被日本鬼子丢进了老鸭江里，这么多年了，根本就无法找到，我也就没抱任何希望。"

高县长听完林木青的讲述后，便对他说道："林老板，依我看，这座老屋真就不能拆了。九道岭被建成旅游度假村后，这老屋可就成了一道独特的风景，前来这里参观的人会络绎不绝，因为这座老屋便是人间奇情的真实写照。"

林木青走到汪爷爷跟前，"扑通"一声给汪爷爷跪下了："谢谢你老人家，要不是你老人家把实情说出来，我爸在九泉之下永远得不到安生啊！"

汪爷爷一把把林木青扶起来，冲他说道："是你的恋乡之心让你爸平反昭雪了，让他在九泉之下得到安息了；你要是没有恋乡之心，不回来建设家乡，你爸就会永远背着这口黑锅啊！" 🍃

# 情义无价

文/徐凤清

程国炯被儿子对杨雅的真挚感情深深感动了，一个强烈的念头突然出现在他心头：同杨老师结婚，她一定是个好妻子，好母亲！

石柳镇石柳化工厂是家台商独资企业，规模不小，厂长叫程国炯，四十出头。厂方不但每年向镇里上交五百万元，还安排了三四百工人就业，本来很穷的石柳镇一下富了起来，因此程国炯在小镇百姓中影响不错。不料前几天从台湾传来一个噩耗：他的太太在一次车祸中丧生。程国炯怀着极大的悲痛立刻回台湾处理后事。处理完毕，程国炯不放心把儿子留在台湾，就带着他一同回到石柳镇。他在何镇长的陪同下，带上儿子来到镇上石柳小学，找到王校长提出两个要求：一、插入五年级读书，教师要好；二、他本人常要出差，在他出差期间，他的儿子要住到一位教师家里，一来照料他的生活，二来还要补补课。因为台湾的课本同大陆不同，最好这两项任务由同一个教师担当。

王校长想了想，说："可以，我把你的儿子安排到五（3）班，班主任叫杨雅，是县里的优秀教师，她完全能够胜任你提出的要求。"

不一会，杨雅被叫到校长室，何镇长同王校长向她严肃地交代了程国炯的要求。杨雅仰起秀丽的脸庞，爽快地答应了程国炯的要求，亲切地拉住程国炯儿子的手，问："小朋友，你叫什么名字？"程国炯的儿子有点腼腆地回答："程华。"杨雅又问："今年几岁？"程华说："十一岁。"杨雅摸了摸他的脑袋笑了笑说："程华同学，你还有个哥哥，叫金旭，比你大一岁，以后你爸爸出差你就住我家里，你同金旭哥哥一起学习一块玩，愿意不愿意？"程华看到爸爸给他找的老师很亲切，把头一下靠到杨雅身上，高兴地回答："愿意愿意。"校长室的气氛一下融和了。杨雅正要带着新来的台湾插班生回班级去，却被程国炯叫住："杨雅老师，我想同你单独谈几句好吗？"

杨雅怔了怔，但立刻微笑点头，说："让我把程华同学安排到班级后再来同你谈。"何镇长见程国炯要单独和杨雅谈话，就朝王校长使了个眼色，两人一同走了出去。不一会，杨雅回到校长室，程国炯从包里拿出只红丝绒小盒，打开来，里边是只蓝宝石戒指。程国炯诚恳地双手捧着举到杨雅面前说："杨老师，不成敬意，这算是我给你的见面礼，以后我的儿子拜托你多多关照了。"

杨老师微微一笑，推开程国炯双手捧过来的戒指，恳切地说："程先生，请不要这样，不管谁到了我班里就是我的学生，我会以一个人民教师的责任心去全面关心他的学习、生活和健康成长的。"

程国炯坚持要杨雅收下，说："在台湾，给老师送见面礼很正常，收下了就说明你诚心。"

杨老师耐心地向程国炯解释："程先生，诚心不诚心，你可以看我以后的工作，看你儿子的进步。"

程国炯见杨雅坚决不收，又不像虚伪，心里很感动。他又从包里拿出一沓人民币说："好吧，你不收礼，现在我先付给你一万元，这是拜托你为我儿子在校在家辛勤付出的劳动报酬。如果你能使我的儿子进步得很快，我还会增加酬金。"

　　杨雅又把钱推回去，望着程国炯说："程先生，也许你不了解我们大陆教师，国家已经给了工资，因此无论在校还是在家，帮助学生、辅导学生都不能再收钱物。这既是学校的纪律，也是教师应该具备的职业道德。如果你一定要付的话，你只需每天按五元钱的标准，付给我在你出差期间程华同学住在我家的生活费就够了。"

　　程国炯看着眼前这位值得尊敬而又漂亮、热情的大陆女教师，从心里感到欣慰与放心。

　　一个学期下来，程华在杨雅的关心帮助下，进步果然很大，不但很快跟上了大陆小学的课程，而且期末考试成绩升到了班级前三名。在他爸爸出差期间，他住在杨雅家里，杨雅的儿子金旭同他一块做作业一块玩，他俩成了形影不离的好兄弟。放暑假那天，程国炯来到学校对杨雅说："杨老师，我又要出差半个月，程华又只好放在你这里。"杨雅说："程先生，你放心出差吧，我会好好照料程华的。"

　　杨雅的家在离小镇不远的一个村子里。为了让程华过上一个愉快的暑假，杨雅把两个孩子的生活安排得丰富多彩，除了学习，还有做游戏、割草养小白兔，带他们上后山竹林里避暑。到了晚上，杨雅让他们静静地躺在光滑的竹躺椅上，看繁星闪烁的夜空，她一面摇着扇子替他们拍蚊子，一面讲好听的故事。听着听着，程华慢慢合上眼皮，进入梦乡。等他醒过来的时候，他看见杨老师还在替他扇凉拍蚊虫，一双眼睛在星光下正慈祥地望着自己。他突然想起自己死去的妈妈，妈妈从来没有如此关心过他，只知道打麻将，爸爸不在家的时候，妈妈打麻将深更半夜才回来，他常常寂寞得暗暗哭泣。他又想起眼前的杨老师，做了什么好吃的，比如向村里人买的从后山打来的山鸡啊，村前河里刚起网的鲜鱼啊，总是大块夹到他碗里，很少看到她夹到金旭哥哥碗里。有一回他说："杨老师，金旭哥哥不吃我也不吃。"杨雅轻轻拍了他一下脑袋说："傻孩子，你金旭哥哥常常吃，吃厌了，不喜欢。"金旭也点点头说："是呀，我吃厌了，你难得住乡下，多吃点。"他信以为真，大口大口地吃……想到这里，他突然眼睛里涌出泪水，真想对杨老师喊一声：

"妈妈！"

爸爸出差快回来的时候，程华做梦也没有想到自己会闯出那么大一场灾祸。那天，天气特别炎热，知了在后山树林子里穷叫，程华对杨雅说："杨老师，我要同金旭哥哥去村前河里游泳。"

杨雅说："不行，最近山里发大水，河里水流急。"

程华说："杨老师，你放心，我在学校里是游泳能手呢！"

杨老师想想，让孩子在水里锻炼锻炼也好，就答应了。不过为了安全，她也跟了去。到了村前河里，果然水流很急，溅起白白的浪花。杨老师觉得还是不能让孩子下水，说："水太急，下回水缓了再来游吧。"

到了河边，程华哪里还按捺得住，"扑通"一声跳了下去，金旭也跟着跳了下去。开头，他们还在水边游戏，但程华觉得不过瘾，要往水急的地方游。金旭在水里阻止他："程华，不要过去。"程华不听，游到了河心。由于急水从上游冲下来，河心出现更急的暗流。程华没游几下，就被打着漩涡的暗流死死往下拖，求生的欲望使他拼命挣扎，黑色的脑袋在水面时隐时现。杨雅在岸上看得清楚，朝金旭大喊："金旭，快救程华！"金旭也发现程华被暗流缠住，忙像箭一般游过去。但是他明白，如果自己也游进暗流，说不定两人一块完蛋。以前他也尝到过暗流的厉害，是被一个身强力壮的大人在暗流外伸出手抓住他的头发，把他从死亡线上拽回来的。当程华在暗流里再次露出脑袋，朝金旭发出一声短促的"金旭哥，救救我！"的求救声时，金旭奋力伸出手去抓程华的头发。可程华的头发很短，连着几下都没有成功。岸上的杨雅急得心吊到嗓子眼，自己又不会游泳，只得朝在生死搏斗中的金旭喊："快，快抓住……"程华已经没有力气在暗流里挣扎，头露出水面的时间越来越短。金旭不再犹豫，顾不得自身安危，一下扑进暗流，拼出全身力气，一连推了几次，终于把程华推出暗流，他却被一个凶恶的漩涡拉入河底，直往下游卷去……程华得救了，他同杨老师发了疯似的向下游追去，一面哭一面喊："金旭哥——""金旭——"

当程国炯回到石柳镇，听到杨雅老师的儿子为了救程华而献出生命的消息，他顿时头皮炸开，直奔杨雅的家。到了杨雅的家，看见场上站满了村里乡亲和金旭的同学，金旭已经被钉进一只小木棺，同学们都围在旁边痛哭。程国炯双腿发软，拨开人群，看见何镇长、王校长也在，他们都红着眼睛。杨雅已经哭不出声音，无力地瘫在金旭的小木棺上。还有两个老人，一个是金旭的爷爷，一个是金旭的奶奶，身子都半瘫，在别人的搀扶下，在小木棺旁老泪纵横。程华跪在金旭的小木棺前悲恸哭泣："金旭哥哥，是我害了你，我为什么要一个人活着，我俩是好兄弟，应该一块去啊……"

程国炯伸出手，狠狠地朝程华的脸抽去，悲愤地骂道："你这个畜生！你害了金旭一条命，你为什么要活着回来！"

程华的脸上立刻出现五条红色的手印，扑到程国炯身上号啕大哭。

杨雅走过来，脸色纸一样白，眼睛红肿。她把程华搂到自己怀里，平静地朝程国炯说："程先生，不要责怪孩子，事情已经出了，我们要正视现实，好在程华安全回来了。"

程华突然转身抱紧杨雅失声喊道："杨老师，妈妈！"

杨雅泪流满脸，把脸贴在程华的头上，也紧紧抱住他，颤抖着嗓子说："孩子，我的好孩子！"

在场的何镇长、王校长、学校的同学们和乡亲们都无不为之动容，程国炯也泪花闪闪，为一个大陆母亲的宽大胸怀而激动不已。

等乡亲们把金旭埋到后山，何镇长、王校长一起留下处理后事。程国炯已经知道杨雅的丈夫在五年前病逝，为了照顾两个半瘫的老人，杨雅一直没有再嫁，家里经济十分困难。他不等何镇长和王校长开口，就掏出支票在上面刷刷地签了二十万人民币，含泪双手捧着递到杨雅手里。杨雅用手一掠凌乱的头发，摇摇头说："程先生，我能要你的钱吗？"

程国炯真诚地说："杨老师，你一定要收下，我知道你的家境太需要这笔钱了。"

何镇长和王校长也劝说："杨老师，收下吧。"

杨雅脸色微微泛红，咬了咬缺血的嘴唇，朝程国炯说："程先生，我的儿子金旭是为救你的儿子程华丢了生命的，做母亲的当然悲痛。但是，程华遇上了险情，如果金旭见死不救，他俩还算一对好兄弟吗？如果你一定要给钱，那么，金旭对程华的情义只值这二十万？"

程国炯的心灵一震，他不敢再看杨雅的脸，低下头说："杨老师，对不起，我完全没有这个意思，我完全懂得情义无价，就是两百万、两千万，也买不到你儿子金旭对我儿子程华的情义。但是，你不拿，我一辈子会不安的，这些钱是对你的精神和家庭的微薄补偿，你收下吧。"

杨雅说："程华这孩子已经叫了我一声妈妈，我心满意足了。我只希望你出差的时候，再让孩子留在我身边，我会把他当作自己的孩子一样关心爱护的。"

程国炯答应了杨雅的要求，也收回了二十万元的支票。他心里暗暗发誓：今后，我一定要找机会好好报答。

后来，即使程国炯不出差，程华也要住到杨雅那里去。程国炯知道儿子对杨老师的感情，但一想到她家里两位半瘫的老人要照顾，晚上又要批阅作业、备课，一个人过日子挺难的，不忍心自己在厂里的时候让儿子再去麻烦她。但程华哭着求爸爸："爸爸，让我去吧，我离不开杨老师。杨老师比我的亲妈妈还好，妈妈活着的时候，从来没有像杨老师那样关心过我。爸爸，让我一直陪杨老师，让我真正做杨老师的儿子吧！"

程国炯被儿子对杨雅的真挚感情深深感动了，一个强烈的念头突然出现在他心头：同杨老师结婚，她一定是个好妻子，好母亲！这个念头一出现，叫他一刻也不能安宁。这一来既报儿子的救命之恩，自己同她也都有了个理想的归宿。但他不敢贸然去同杨雅谈，只是把这个心思向何镇长和王校长吐露出来，要求他俩做红娘。何镇长同王校长一听，认为这是件大好事，就一口应承，不久就找了个机会同杨稚谈。哪里知道杨雅一口拒绝，说："他是报恩，报恩不是爱情。"几回谈话都是如此。

杨雅愈是不同意，程国炯愈是看出了杨雅不是一般的女性，心里更加对她产生了刻骨铭心的爱。他日夜煎熬，决定亲自找杨雅谈，真心诚意地向她求婚。一个星期天，他借看儿子为名，来到杨雅家里。杨雅正在辅导程华，准备参加县里的一场数学竞赛。程国炯对儿子说："程华，我要同杨老师说些话，你到外面玩一会好吗?"

程华心领神会，用特殊的眼光看了爸爸一眼，点点头。程国炯也领会了儿子传来的信息，不觉心头一阵激动。程华出去后，程国炯坐下，杨雅泡来杯茶。程国炯按捺住"怦怦"的心跳，从口袋里掏出红丝绒小盒，打开来，第二回拿出蓝宝石戒指，激动地对杨雅说:"请你不要再拒绝我，我是真心爱你的，我对天发誓，我会做你的好丈夫，陪伴你白头到老。"

杨雅脸色苍白，又把蓝宝石戒指推回去，对程国炯说:"程先生，我的意思已经对何镇长、王校长说清楚了，这件事不会有结果的。如果你一定要回报我，我只对你说一句，我真诚期望你在我们石柳镇把企业办得更兴旺，让我们石柳镇富得更快，让我们的学校条件也改变得更好点。我现在别的什么也不求，我还有两位老人要照顾，我的心思还要用到我的学生身上。实在对不起，程先生，像你这样的企业家，这么好的条件，何愁找不到一个好的终身伴侣?"

求婚没有成功，程国炯回厂后，整整一天坐在办公室里没有动。晚上，他又彻夜未眠。第二天一早，他的眼睛通红，向厂办公室主任传达了他的三条决定:一、从现在起停产三个月;二、在这三个月内，厂里职工工资照发;三、向镇里上交款到年终一分不缺。传达罢，把儿子程华仍然寄在杨雅家，不说什么原因就动身回台湾去了。

程国炯的奇怪举动引起了石柳镇的种种议论，在他离开前跟何镇长都没有打招呼。各种猜测都有，但都说不清楚。

过了一个月，程国炯从台湾又回到了石柳镇，他带回了几大集装箱的机器设备。大家终于明白，这个台湾老板要在石柳镇加大投资了。两个月后，设备全部安装完毕。调试这一天，程国炯把何镇长、王校长、杨雅还有小镇的各界人士都请到了场。设备的总闸系了条大红绸带。他虽然西装笔挺，但脸色沉重，站在总闸旁边朝面前的客人说:"我现在郑重请杨雅老师来开闸。"

杨雅莫明其妙地站着，眼睛里一片茫然。大家也弄不清今天新设备运转为什么要叫杨雅开闸。

程国炯见大家都怔着，才激动地大声说了起来："父老乡亲们，我今天怀着无比激动的心情，向大家敞开我的心扉——"

原来程国炯来大陆办厂，虽然带动了所在地的经济发展，给工人开的工资也不低，但他的目的只有一个，那就是赚钱。不管做什么事，他脑子里考虑的只有一个字，那就是钱。是在和杨雅接触后，他才深切认识到这世界上还有比钱更珍贵的东西，那就是为了别人而无私奉献自己的一切。是杨雅的高尚品格洗涤净化了他的灵魂；也是在杨雅的感召启迪下，才促使他拿出更多资金，回台湾买来更先进的化工设备，使现在的化工厂生产能有更大的发展，同时也避免污染。他从心里敬爱杨雅，杨雅不仅是孩子们的老师，也是他的老师，故他特请杨雅为崭新的设备开闸……

听了程国炯的话，杨雅非常感动，也不再推辞，目光湿润地登上工作台，在人们的热烈掌声中，扳动了总闸……

开闸仪式结束后，程国炯神情庄重地走到杨雅面前，第三次掏出红丝绒盒，拿出闪着纯净光芒的蓝宝石戒指，深情地对杨雅说："杨雅，我回来了，我再也不走了。程华需要你，请你收下这只蓝宝石戒指吧，这仅仅是表达我对你、对你的儿子金旭真诚的感激。情义无价，我欠你母子俩的情，这辈子也还不清的。我已经不敢奢望得到你的爱，但愿以后在同你的接触中，你能改变对我的看法，能真正理解我对你的感情。"

杨雅闪着泪花，这回没有再推辞，郑重地接下了蓝宝石戒指，动情地低声说："程先生，我会永远把它珍藏的……"

# 真情假意

文/林树荣

金瑛听了十分感动，觉得他是一个可以托付终身的男人。她确实也很爱他，但不敢有奢望。

## 一

金瑛在深圳打拼了三年，从一个普通职员当上了市场部经理，受到老总董经臣的垂青，在年终的中层干部总结会上对她大夸特夸："金瑛把公司的化妆品打到了全国五十多个城市，为公司做出了巨大的贡献，这是有目共睹的。另外她又是一个单亲家庭，带着一个六岁的儿子，不容易啊！"金瑛的为人和业绩确实有口皆碑，大家都向她投去敬佩的目光。

但金瑛的个人生活却是不幸的。她是上海人，在念大学时谈过恋爱，对象是她青梅竹马的邻居，叫王骏。毕业那年他们偷吃了禁果，金

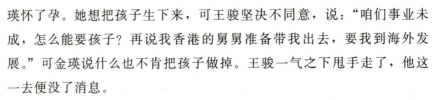

瑛怀了孕。她想把孩子生下来，可王骏坚决不同意，说："咱们事业未成，怎么能要孩子？再说我香港的舅舅准备带我出去，要我到海外发展。"可金瑛说什么也不肯把孩子做掉。王骏一气之下甩手走了，他这一去便没了消息。

这可苦了金瑛。她父母都是很传统的人，认为女儿未婚先孕在家里生下孩子是一件见不得人的丑事，竟把她赶出了家门！为了抚养不久就要出世的孩子，金瑛到人才市场去找工作，人家看了她的大学文凭和长相都很满意，可一见她微微隆起的肚子，都把头摇得似拨浪鼓。是啊，哪个单位肯要一个工作没多少日子就要请产假的女人？

在她最困难的时候，她最要好的同学刘筠向她伸出了援助之手，让她住进了自己家，并负担她的生活。金瑛感激之余，千方百计到外面做些力所能及的事。孩子生下来了，是个男孩，长得挺像王骏，金瑛给他取名王岚。

王岚一岁时，金瑛找到了一份收入不菲的工作，每天把儿子送到小区托儿所后去上班。由于工作出色，她当上了部门经理。

就在她春风得意之时，一日刘筠忽然对她说："金瑛，辞了上海的工作，咱们到深圳去发展！"她听了一愣："上海不是蛮好吗？干吗要去深圳？"刘筠批评她说："你的目光太短浅了，怎么就满足于上海这么一点点收入？深圳是特区，干得好年薪有几十万！一年顶上海十年！像你这样工作经验丰富的人，到那里一定能大展宏图。"金瑛仍然有点举棋不定："到那里我们人生地不熟的，我怕……""你在大学里可是个敢作敢为的人，怎么现在变得胆小如鼠？我告诉你，那里我有熟人。我的一个亲戚在那里的一家公司当人事部经理，他会给我们安排工作的。"金瑛说："那岚岚怎么办？""自然带他一起去了！你父母也真是的，怎么如此狠心？不过这样也好，岚岚给他们带肯定要被宠坏，特区那里的教育可是国际一流的，岚岚从小受到良好的教育，将来一定能成才！"

就这样，金瑛辞去了上海的工作，带着儿子岚岚和刘筠一起去了深圳，来到金球公司上班，充分展现了她的聪明才智。

## 二

这天金瑛到公司上班，一走进办公室就感到气氛不对，不少人在交头接耳。金瑛问秘书："出什么事了？""听说董总要调走了。"金瑛听了不由一惊，这事情太突然了。董总对她印象不错，换个老总还得有个熟悉的过程。

上班时间一到，董总果然带着两个陌生人走了进来。他指着一位年长的介绍说："这位就是公司董事长蒋振华先生。"大家恭敬地喊了声："蒋先生好！"蒋振华是台湾巨富、知名企业家，大家早就慕名。蒋先生很客气地朝大家笑笑："今日有幸跟大家见面，各位辛苦了。"接着董总指着年轻的那位介绍说："这位是蒋董事长的乘龙快婿——王骏先生！"金瑛一看差点没昏过去，原来他竟是岚岚的爸爸！真是冤家路窄！

"王骏先生是来接替我的位子的，希望大家今后跟他通力合作。"董总说。王骏也客气地跟大家点点头："各位辛苦了。以后请大家多多支持。"蒋先生补充说："过些日子，我在美国的儿子蒋志成也要来，希望大家多多配合。董总因为年岁大了，调回台湾总部负责策划工作。"

董总把中层干部一一介绍给王骏。当他介绍到金瑛时，王骏也深感突然。但他毕竟城府很深，装作没事的样子跟她握手。董总介绍说："这是我们公司的市场部经理，女强人！"王骏笑笑说："希望合作愉快。"

这天一直到下班，金瑛的脸色始终阴沉沉的。她恨老天爷，为啥安排她和王骏再次见面，往她平静的心湖里扔下一块石头，揭了她多年的伤疤？！晚上她失眠了。

第二天她刚上班，秘书便对她说："王总让你到他办公室去一下。"她一听止不住心"咚咚"地跳了起来，不知王骏葫芦里卖的什么药，拖着沉重的脚步走去。

"你来了？坐，坐！"王骏朝她笑笑，"看来咱们还是有缘，老天爷又把你送到了我身边。"金瑛听了很反感，没好气地说："你如果没啥要紧的事，我还有许多工作要忙。"王骏笑道："你一点没改，还是那个脾气。听说你有个儿子，是不是我的？"金瑛沉默不语。王骏顿时脸露喜色："那我当父亲了！他叫什么名字？""王岚。""这名字不错。能不能让我跟他见见？"金瑛马上摇头："不行，我不能让他知道有你这样一个不负责任的父亲。"王骏收敛了笑容："金瑛，我承认我自私，对你和儿子不负责任。但当时我也是出于无奈，因为我舅舅已经来上海了，我父亲逼着我出去。""那你后来为什么音讯全无？""一是忙，二是认识了台湾富商蒋振华，他对我非常赏识，要把他的千金许配给我。我不否认，我是看中了蒋家这个望族，所以心甘情愿地做了蒋振华的女婿。"

金瑛的心很软，听了这番坦率的话，原谅了王骏，甚至答应带儿子岚岚与他共进晚餐。

三

见儿子长得酷似自己，王骏欢喜不已，点了一桌子的菜，还不时地夹菜给儿子。岚岚很天真，问妈妈："你说爸爸长得很帅，是不是跟这位叔叔差不多？"金瑛不知怎么回答他才好。王骏听了高兴不已，忙说："对，对，你爸爸就是我这样子！如果你愿意的话，我就做你的干爹。"岚岚又问："妈妈，我可不可以认他做干爹？"金瑛心里很矛盾，看到这乐融融的场面感到从未有过的激动，他们本是真正的一家人哪！见她不言语，王骏趁机说："你妈不说话就是同意了。"岚岚信以为真，果然甜甜地叫了他一声"干爹"。王骏忙答应，笑得嘴巴咧到了耳根。

吃完饭，王骏驱车带他们出去兜风。到了郊外他把车停下，这时岚岚睡着了，王骏脱下衣服给儿子盖上，然后和金瑛一起走到外面。"金瑛，你为抚养儿子吃了不少苦，我会补偿你的。"金瑛听到这句安慰的话，鼻子酸酸的，止不住眼泪流了下来。王骏动情地一把抱住她，在她脸上吻着。她再也控制不住自己，扑在他怀里哭了起来。王骏抚摸着她的头发，动情地说："你尽情地哭吧，把你心中的所有委屈都哭出来。"她的泪水果真像决堤的洪水奔泻而出，肩头在剧烈地抽搐。

等金瑛平静下来，王骏对她说："金瑛，其实我是爱你的，尤其这次跟你相遇，使我仿佛又回到了过去跟你恋爱的时候。想不到你还是那么漂亮，风韵不减当年。"停了停他又说："金瑛，我有个打算，你辞职算了，我在外面给你们买套房子，让你们母子住在里面，我每月给你们足够的……"未等他说完，金瑛使劲将他推开，柳眉倒竖杏眼圆睁："我不！我这算什么？二奶？还是情人？你如果真心爱我，就跟她离了，回到我和岚岚身边！"

"不，不！"王骏吓得连连摆手，"我不能跟她离婚。"金瑛鄙夷地冷笑一声："你当然不能跟她离婚，她是名门望族的千金小姐，你离开她还有什么？啥都没有了！你现在又想不放弃我，金屋藏娇，鱼和熊掌兼得，做你的白日梦去吧！走——马上送我们回去！"……

从此金瑛除了工作上跟王骏打交道外，再也没有和他有过任何私人交往。王骏虽然气在心里，但对她一点办法也没有。

四

这天，金瑛在深圳市一家百货商场的化妆品柜台做市场调查，来了一位风度翩翩的男子，身边陪着一位摩登少妇。那男子指着柜台里的化妆品说："小姐，请把这套化妆品拿出来看看。"营业员谢萍把化妆品拿了出来。那男子看了后又拿给少妇看，最后买了下来，付了钱走了。一会儿他们又回来，少妇对谢萍说："你把这瓶给我换了。""请问有什么问题吗？"谢萍很有礼貌地问。少妇不耐烦了，凶巴巴地说："叫你换你就给我换！""小姐，要换总有个理由吧？""什么理由不理由的？你今天一定得给我换！""你这人怎么不讲道理？都像你这样我们这生意怎么做？"少妇撒了泼，用手拍着柜台，尖声尖气地喊："我不跟你说，叫你们经理出来，我跟她说！"

金瑛闻声走了过来，满脸堆笑说："小姐，我是这里负责的，有什么事情跟我说吧。""我要调换化妆品。""为什么？是产品不好？""你看——"少妇把瓶盖打开，"这面上不平，肯定是你们营业员偷偷用过了。"金瑛看了后说："这是不可能的，我们这里的纪律很严，如果有这种事情，营业员是要被开除的！面上不平是运输中颠簸造成的，不信你打开另外的瓶子看看，都是这样，总不见得每瓶化妆品营业员都偷偷用过吧？"少妇打开另一个瓶子看，果然面上也不平。这下她没话说了。

真情假意

417

那男子对她说："我说不可能吧。"少妇觉得没面子，一跺脚走了。

翌日刚上班，金瑛就被王骏叫去。他板着脸说："我现在通知你，那个叫谢萍的营业员被开除了！"金瑛一惊，忙问："为什么？""因为她对顾客态度不好，不肯调换产品。"金瑛顿时明白了，便跟他辩论起来："这事情我知道，因为昨天我就在现场，亲自处理了这件事，是那个顾客不讲道理。再说谢萍属我市场部管，你没有权力开除她！我可以把事情详详细细告诉你。""我不要听！"王骏不耐烦地说。

"为什么不听呢？没有调查研究就没有发言权嘛！"随着这话音，一个帅男走了进来。金瑛一看竟是昨天和少妇在一起的男人！王骏忙站起身热情地跟他打招呼："志成！你来了，快请坐！"他马上向金瑛介绍说："这位便是蒋董事长的公子蒋志成。"

"我们昨天就认识了。"蒋志成落落大方地跟金瑛握手，"早就听家父说起你，昨日有幸目睹了女强人的风采，真是名不虚传哪！"金瑛忙谦虚地说："过奖了。""首先向你道歉，昨天是我妹妹不好，我也有责任，没能劝阻她。"金瑛心里"咯噔"一下，原来那个少妇是王骏的妻子！怪不得王骏要开除营业员谢萍。

王骏忙给自己找台阶下："志成说得对，没有调查研究就没有发言权，我马上收回成命。"说着立即给人事部打电话："喂，人事部吗？马上取消开除谢萍的决定。"

"我这次是奉家父之命来配合你开发市场的。"蒋志成向金瑛介绍说，"咱们要一起共事了，请多多指教。"他谦虚的态度，跟傲气十足的王骏形成鲜明的对比。"为了弥补我和妹妹昨天的过错，我想请你晚上共进晚餐，请赏光。"金瑛不好意思推却，便答应了。"听说你还有一个儿子，带他一起去吧。"他补充了一句。

五

蒋志成是个很喜欢小孩的人，一见岚岚便对他十分亲热。岚岚一点不怕生，嘴里不住地甜甜地叫"叔叔"。饭后到街上，见小贩在卖塑料吹气的玩具，他买了一个送给岚岚。"谢谢叔叔！"岚岚礼貌地道了谢。

"时间还早，咱们到郊外去兜兜风吧。"他提议道。金瑛不想拂他的兴致，点头同意了。

轿车在高速公路上飞驰，岚岚用玩具冲锋枪对着窗外，嘴里"啪啪"地叫着。蒋志成受到他的感染，也附和着喊叫着。看着他们，金瑛心里有种甜甜的感觉。

也正巧，车子停在了那次她和王骏来过的地方，岚岚同样困了睡在车里边，蒋志成脱下衣服替他盖上。微风轻拂着他们的脸，送来了一股田野芬芳的气息。蒋志成深深吸了一口，说："多新鲜的空气啊！在城市里是怎么也享受不到的。"金瑛赞同说："是啊，现在城市的污染越来越严重，对人的健康造成了极大的危害。""所以我计划在郊外买一栋别墅，以保护家人的健康，提高生活质量。""把你太太和孩子接来？"蒋志成哈哈大笑："我哪来的太太孩子？至今还是光棍一条。前些年一直在美国读书，拿了个博士学位。"

听他这么说，金瑛对他肃然起敬，明白他跟王骏是两种类型的人，起码他是个要求上进、负责任的男人！她想起王骏对她说过的话，要她辞去工作，和岚岚一起住在他买的房子里，由他养着。听上去蛮好听，其实他这是极端自私、卑鄙！要将她像私有财产一样长期霸占！

接下来的日子，金瑛和蒋志成天天在一起商讨开发更多的国内市场。只要有空，蒋志成便使用自己的小车去学校接岚岚回家，星期天带他到公园等游乐场所玩耍。岚岚越来越离不开他了，把"干爹"早抛在了九霄云外！王骏好几次打电话要岚岚跟他出去玩，岚岚都一口拒绝，这使王骏很难堪。他虽恨蒋志成，可又没法子，因为蒋志成毕竟是蒋振华的公子，和他这个女婿大有区别。

这天半夜，岚岚突发高烧，又吐又泻，把金瑛吓坏了，情急中她拨通了蒋志成的电话。蒋志成马上开车来了，迅速将岚岚送进了医院。原来岚岚中午在学校里吃了不干净的盒饭，引发急性肠胃炎。医生给他打吊针，蒋志成一直陪在他身边，金瑛几次要他回去他都不肯，这使她很感动。

第二天早上王骏来了，买来许多好吃的，讨好地对岚岚说："岚岚，干爹看你来了!"哪知岚岚对他态度十分冷淡。王骏没了面子,看到他们好得像一家人,心中恨得咬牙切齿。

六

蒋志成不知不觉爱上了金瑛,有一天终于当面对她说了出来。金瑛婉言拒绝,对他说:"我的事你也许已经听说了,又拖着一个孩子,不值得你爱。你家是名门望族,应该找一个……""不,你的事不是你的过错!"蒋志成打断了她的话,"你把纯洁的爱献给那个男人,可他却始乱终弃。这种道德败坏的男人,理应受到社会的谴责!你不要以为我是同情你,我对你的爱是真诚的。我爱你的美丽,你的善良,你的坚强,你对事业的执著,对公司的忠诚。你是一个好女人,好母亲。我知道你有顾虑,但你放心,我会说服我父母的,这辈子除了你我决不他娶!"

金瑛听了十分感动,觉得他是一个可以托付终身的男人。她确实也很爱他,但不敢有奢望。

他们的相爱自然瞒不过王骏的眼睛。他既愤恨又嫉妒,千方百计要拆散他们。他对妻子蒋志慧说:"你知道吗?你哥哥看上了金瑛。"蒋志慧不相信:"这是不可能的事,我哥哥怎么会要一个拖着私生子的女人?""志慧,我没有瞎说,你哥哥确实被那个女人迷住了!不信你去问你哥哥。"

蒋志慧真去问了。蒋志成毫不隐瞒地说:"不错,我是看上了她,她是我遇到的最好的女人。"蒋志慧在买化妆品那件事上对金瑛本来就有芥蒂,听了很反感,说:"哥,你怎么会看上这种不正经的女人?还拖着个油瓶!你不想想自己是什么身份,我们家是什么门第,金瑛她配吗?爸爸妈妈会答应吗?"蒋志成坚决地说:"我主意已定,谁也别想改变我的决定。我的事不用你管,到时我会跟爸妈说的。"蒋志慧气得一扭头走了,甩下一句话:"我这就去告诉家里!"

蒋志慧回去就打电话到台湾,在爸妈面前告了哥哥的状。蒋振华听了沉吟着没马上表态,他妻子周瑞梅却受不了,立即打电话给儿子,证实确有此事后,把蒋志成臭骂了一顿,又打电话到公司找到金瑛,对她说："金小姐，我知道你是个女强人，对公司作出了重大贡献，可你不能打我儿子的主意，我们蒋家就志成一个儿子，要靠他继承家业光宗耀祖，求求你放过他吧！"

金瑛听了心里很不是滋味，但她爽快地答应说："伯母，我本来就没有接受志成的爱，觉得自己配不上他。你放一百个心，我不会黏上他的，会想办法离开他的。"她这么说倒使周瑞梅感到不好意思，说："对不起，金小姐，我误会你了，我代表我们蒋家谢谢你了！"

金瑛处理完手头的事情后，对蒋志成谎称父母有病，便回了上海。到了浦东国际机场，出候机厅时意外地发现父母来接她了！原来是她的好朋友刘筠做通了她父母的思想工作，接金瑛到娘家去住。二老看到外孙长得这么可爱，都乐得合不拢嘴。"岚岚，叫外公外婆。"金瑛忙说。"外公！外婆！"岚岚大声喊着。"嗳！嗳！"二老答应着，抢着来抱他。

## 七

一直不见金瑛从上海回来，蒋志成感到事有蹊跷，打电话到台湾家里，周瑞梅直言告诉他："你别单相思了，金瑛说她没接受过你的爱。""不，她是爱我的！我知道是你们把她赶走的！我要到上海去找她，找不到她我宁愿到五台山去当和尚！"周瑞梅一听急了："成儿啊，你可千万别往绝处想，家里也是为了你好。你娶了个二婚的又带着个孩子，人家会怎么看？咱们蒋家毕竟是有名望的人家，你不能只顾你自己而不顾父母啊！"说着又喊身边的丈夫，"振华，振华！你儿子要去当和尚了，快，你来跟他说！"

蒋振华从妻子手里接过话筒，沉稳地说："志成，你不要意气用事，过两天我要到深圳去，一切等我来了再说。"说完他把电话挂了。"振华，干吗还要等两天？你明天就到深圳去，咱们就这一个儿子，万一他……"周瑞梅性急地说。"你以为你儿子是三岁小孩？"蒋振华打断她的话，横了她一眼，"志成读了那么多年的书，还分辨不出好坏？金瑛的确是个了不起的女性，是个不可多得的人才，为我们金球公司作出了巨大的贡献。她是一个单亲家庭，又有一个孩子，可这不是她的错，我们不能歧视她。"听他这么说周瑞梅更急了："听你的口气,你是接受金瑛做你的媳妇喽?""我并没这么说。"蒋振华慢条斯理地说,"但如果我们替志成找个门当户对的千金小姐,却是个什么事都不会干,对志成的事业毫无帮助,只是一个传宗接代的女人的话,倒不如……"周瑞梅腾地从沙发上站起来,脸色铁青:"蒋振华,你是在说我喽?!"他忙解释:"瑞梅,你别误会,我只是随便说说而已。""哼!你们男人都不是好东西!我管不了你们蒋家的事!"说完她转身朝房间走去。

蒋志成这几天失魂落魄,干什么事都打不起精神,坐在办公室用笔在纸上不停地写着"金瑛"两个字。突然他一拍桌子:"我怎么这么傻?刘筠不是知道金瑛在上海的地址吗?"他兴奋不已,马上去找刘筠。刘筠不在办公室,他便打她的手机,约她晚上一起吃饭。

刘筠准时到饭店来了,她一坐下来就对他说:"志成,你知道岚岚的爸爸是谁?""是谁?"他瞪着眼问。"他就是王骏。""啊——"他惊得张大了嘴,"竟会是他?"这是他怎么也想不到的!沉默了良久,他霍地站起身:"我这就去责问他,他算个什么男人?竟对金瑛和岚岚一点也不负责任!最起码要在经济上补偿他们。"刘筠说:"金瑛拒绝了他。""噢——"蒋志成对金瑛更是敬佩不已,焦急地问:"刘筠,你快告诉我,金瑛她在上海什么地方?"刘筠笑笑说:"无可奉告。时候到了我自会告诉你的。"

## 八

几天后,蒋振华从台湾飞来了。蒋志成迫不及待地将王骏的事告诉了父亲。蒋振华一愣,许久没开口,后来轻蔑地哼了声:"一个虚情假意的人!不单在对待感情上,对待事业也是如此。"他顿了顿,语重心长地说:"志成,希望你和金瑛好好合作,共同把我们的金球公司搞好。""爸爸,你答应我跟金瑛了?"蒋志成欣喜不已,"可我不知道金瑛在上海什么地方?"蒋振华笑笑:"我怎么能让这么好的人才流失呢?金瑛是我安排去上海的,接下来我们要进军浦东!她目前正在上海做市场调查,已经给我发来了一份调查报告,她的工作效率不逊须眉哪!"

蒋志成不由向父亲投去尊敬的目光，蒋家之所以能有今天这样辉煌的事业，他父亲倾注了毕生的心血！长江后浪推前浪，作为蒋家的后代，他能不接好父亲的班努力奋斗吗？他当即向父亲表示："爸，我一定不辜负你的期望，把我们公司的事业不断向前推进！""你要真心对待金瑛，不能像王骏那样再让她受到丝毫的伤害。""爸爸，我向你保证，一辈子真心真意善待金瑛。"蒋振华满意地点点头："这我就放心了！"

　　不久，蒋志成飞往上海，和金瑛一起着手创办浦东金球公司。三个月后，公司正式成立了，他们的爱情也成熟了，两人携手踏上了婚姻的红地毯。🍃

真情假意

# 玉　坠

文/黄福刚


　　姚玉芬听罢，顿时惊诧得目瞪口呆：天呐，他果然是我生父，而周秀薇竟是我生身母亲！


　　姚玉芬到深圳望发电器有限责任公司打工，凭着她的聪明才智又好学上进，不到半年就成为独当一面的白领主管，而且那年轻有为才华横溢的台商老板周珏，好像对她另有一番情意。这不禁叫她既高兴又激动，常暗暗憧憬着那美好的一天。

　　一天中午下班，姚玉芬正往车间外走，突然被周珏叫住了。她心里"咚"地一跳，问他有什么事？周珏说想请她共进午餐。玉芬先是一愣，随即想到是老板热情约她，不由一喜，便立马愉快地答应了。

　　到了酒店，坐下点过菜，两人就随意地交谈了起来。周珏问："小姚，听你口音，好像是湖北人吧？"姚玉芬猛然怔住，不明白他怎么问起这个，心想：你要了解我的身世吗？嘿，我的身世还一直是个谜呢！她不禁有点紧张，便不由反问道："你怎么听我口音就知道我是湖北人呢？"随即便告诉他："是啊，我就是湖北人，湖北新洲李集姚家湾人。"听玉芬说她是湖北人，周珏不禁喜出望外。

原来，周珏的爷爷也是湖北人，他记得爷爷口音和姚玉芬一模一样，莫非爷爷也是新洲人？

周珏发现姚玉芬只戴一只耳坠，觉得蹊跷，问她为何只戴一只。姚玉芬说因为她只有这一只，今天是她出来打工一周年，才戴上它，以示纪念。周珏又好奇地问："这耳坠是玉石的吧？能给我看看吗？"姚玉芬忙取下递给他。周珏拿在手上，仔细端详着这只晶莹剔透精美绝伦的玉坠，更是惊讶了，问姚玉芬："这只玉坠是你家祖传的吗？"姚玉芬说这是一位同学送给她的。周珏又问她那位同学的名字，姚玉芬说跟他同姓，也姓周。周珏登时默然不语，一下子陷入了沉思。

第二天，周珏回台湾去了。姚玉芬奇怪着：他为何突然回台湾呢？莫非是他昨天看了我这只玉石耳坠后想到了什么？这时，她一下想起她那同学周慧送她这只玉坠的情景。

那是去年9月，姚玉芬要到广州打工的前一天晚上，去向同学周慧告别。姚玉芬和周慧都是被捡来的弃婴，一样的身世和相同的命运，将她们俩紧紧地联系在一起。从小学到高中一直是同班同桌同学，两人关系情同手足。那天晚上，姐妹俩促膝谈心，说了许多知心话。姚玉芬临走时，周慧拿出一只玉石耳坠，说这是她外婆传给她妈妈，她妈妈病逝前又传给她的，可她现在也身患重病，自感在世的日子不多，于是就把它送给姚玉芬做个纪念。

想到这儿，睹物思人，姚玉芬不禁热泪盈眶。她想着周慧现在不知怎么样了？病情好一些了吗？禁不住心里十分牵挂着她。

过了几天，周珏返回深圳。一到厂他就迫不及待地将姚玉芬叫到他办公室。

还没等姚玉芬坐下，周珏就从衣袋里掏出一只玉石耳坠来，说："我回台湾就是为了找它。"姚玉芬见了一愣："啊，你这只玉坠跟我的一模一样！"

周珏也不知为什么会那么巧，后来拿去请专家鉴定，他们两人的玉石耳坠竟然是属于一对！

奇怪，这两只玉坠怎么会是一对呢？一只在大陆，一只却远在台湾。姚玉芬大惑不解。蓦地，她又不由一喜：莫非这是天意，周珏和我真的是有缘分？

周珏也觉得这很奇怪，便问姚玉芬她这只玉坠有什么来历。姚玉芬摇摇头，说她从没听周慧讲过她妈妈祖上有什么人在台湾，随即反问周珏他那只玉坠是不是有什么来历。周珏这才说出它不仅有来历，而且还有一个非常凄美的故事！

那是1949年，毛泽东指挥中国人民解放军，彻底打败了蒋介石国民党八百万反动军队后，周珏他那身为国民党军团参谋长的爷爷，不得不随蒋介石的残兵败将逃往台湾。可就在那个仓皇逃命的危急时刻，他奶奶却死活也不肯离开大陆，她舍不得背弃家乡，割舍不下她那乡下年迈多病的父母。爷爷一时左右为难，其实他也是很不愿去台湾的呀，可军令如山，作为军人他岂敢不从？爷爷无可奈何，便毅然决然作出了一个痛苦的抉择：周珏的爸爸，三岁的周为国随爷爷去台湾；周珏姑妈，半岁的周秀薇跟奶奶留在大陆。当他们生死离别之时，奶奶取下了右耳上的一只玉石耳坠，放在爷爷的右手上。奶奶的用意爷爷心领神会，他也希望将来有朝一日合家团聚时，再把这只玉坠亲手戴在她的右耳上。然而，一晃几十年过去，海峡两岸未能统一，他爷爷奶奶那个美好心愿，也就成了永远的遗憾。爷爷去世前，无比惆怅地说他已不能将奶奶给他的那只玉坠，再亲手戴在奶奶的右耳上。

姚玉芬听罢感慨万分，叹息不已。周珏还对玉芬说，他们三代人都想回大陆看看亲人，然而，爷爷在大陆改革开放前就不幸病逝了，爸爸在1982年的一天，去参加一个产品展销会时惨遭车祸，失去一条腿，2000年又患上老年痴呆症。他自己也很想回大陆寻找奶奶和姑妈，可爷爷老家到底在湖北哪儿，一直还没弄清……当他注意到姚玉芬口音，又见姚玉芬左耳上这只玉坠，这才找到了线索，让他看到了希望。姚玉芬对周珏说："这么说，你爷爷老家可能就在新洲李集，而且，周慧很可能就是你爷爷奶奶的后代，也就是他姑妈的女儿！周珏有些疑惑，他姑妈的女儿怎么也姓周呢？

几天后，周珏决定去爷爷的老家寻找奶奶和姑妈，并请姚玉芬做他的向导。

姚玉芬当然高兴了，陪周珏去寻亲，两人更加亲近了，关系也就会得到更好的发展。

经过三天火车汽车的旅途劳顿，他们顺利地到达了新洲李集镇。姚玉芬请周珏先到她家歇一下，也是想让养母见见周珏。周珏因为寻亲心切，说还是去姚家湾周慧那儿看看。

到周慧家时，见周慧正背朝门外有气无力地坐在靠背椅上，样子十分虚弱，姚玉芬心里不禁一阵酸楚，但她还是异常高兴，亲热地叫一声："周慧，我回来了！"

"啊？"周慧一怔，抬眼一看，登时又惊又喜，"是玉芬呐！"姚玉芬立即拉过周珏的手，说："你看，我还带来了一位远方的客人，说不定是你的亲人呢！""你说什么？"周慧诧异地凄然一笑，"我还有什么亲人啊？"周珏忙上前说："我叫周珏，请问，你是不是周秀薇的女儿？"周慧怯生生地回答："是的！不过，我不是她的亲生女儿，是她从路边捡回来的一个弃婴，她让我跟她姓周。"

经过一番的交谈后，周珏才弄清周慧的身世。她养母是从周家湾嫁到姚家湾的，生有一女，叫玉洁。后来外婆也到姚家湾，帮妈妈带玉洁。可是在二十三年前，养母的丈夫不知为什么和养母离婚，带着女儿玉洁走了。第二天，养母非常想念女儿，就迫不及待地去寻找，可怎么也找不着。正当养母悲悲切切地回家时，走到离家只有两三里地路边发现有个弃婴，心地善良的养母当即把这个弃婴捡了回来，这个弃婴就是周慧。

周珏不由激动地一把抓住周慧："周慧，好妹妹，我是你表哥呀，你妈妈周秀薇就是我的嫡亲姑妈！"接着他从衣袋里拿出那只玉坠，"你看这是什么？"周慧有点不解，问："玉石耳坠？这不是我送给玉芬的吗?""不是的,你送给我的那只我戴着呢!"姚玉芬赶紧一则身让周慧看,"告诉你,周珏的这只和你的这只,原本就是属于一对的呀!""啊?"周慧好不惊讶,"这是怎么回事?"周珏立即把这对玉石耳坠的故事讲给周慧听。周慧听罢自言自语:"天呐,原来竟是这样!"倏地,她眼睛一亮,忙把玉芬拉到一边,悄悄问:"是这对玉坠把你和他牵到一起的吧?"见玉芬只笑而不答,脸红红的,便又嗔道:"你还保密呀!"周珏见状,心里自然明白,便咧嘴傻笑。

两人相认之后,周慧又告诉周珏,他奶奶十五年前病逝在周家湾,咽气时还念念不忘地说他爷爷怎么还不回来把那只玉坠给她戴上。她妈妈死后和外婆葬在一起,妈妈咽气时也念念不忘地说,外公那只玉坠不知还在不在,还一再提到她那可怜的妹妹,那深深的挂念之情真是催人泪下呀,可妹妹至今还没有找到。

姚玉芬听得心里酸酸的,忙岔开话题对周珏说:"你看周慧身体这么虚弱,还是先把她送医院治病吧。"周珏被提醒了,他忙问周慧得的是什么病。周慧说是心脏病,已经相当严重了,一活动就气喘、心悸、咳嗽,什么也干不了,多亏好心的邻居们关照她。她说,她这是在等死啊,玉芬几次寄钱给她叫她治病,她都没用,她的病肯定是治不好,何必浪费钱呢?

"不!"周珏斩钉截铁地说,"表妹,我会不惜一切代价把你的病治好!"姚玉芬也对周慧嗔怪道:"你也真是的,我寄钱给你治病,你怎么不用呢?""是啊,"周珏也附和着,"人家小姚一片好心,你却这样!"随即,他转身对姚玉芬说:"我可要谢谢你呀!你心地是这么善良,把她当亲姐妹一样关爱。"姚玉芬说:"这是我应该做的,谁叫我们是好同学好姐妹呢?再说,我和周慧也是同病相怜的呀。"周珏一愣:"你也患有心脏病?"玉芬说:"不!我说的是命运。"

姚玉芬告诉周珏,在她还只有半岁的时候,被人丢弃在姚家湾一户无儿无女的人家门口。多亏那两位好心夫妇收养了她,给她起名叫姚玉芬。她至今还不知道自己的生身父母是谁呢。养父母对她特别好,他们省吃俭用供她读书,一直读到高中毕业。可不幸的是,养父在三年前就病逝了，养母也已风烛残年，多种疾病缠身。

周珏对姚玉芬的苦难身世深表同情，说："没想到你竟也遭遇了那么大的不幸。"

姚玉芬又一次提醒周珏："我们明天把周慧送医院治疗吧？"周珏说："行，还有你的养母呢！"姚玉芬一听，心里一热，两眼不由地湿润了，她想：他已把我看作他心上人了？他盼望着有一天，他亲手把那只玉坠戴在她的右耳上。

第二天，姚玉芬和周珏把周慧送医院住院后，随即就去姚家湾接姚玉芬养母。当他们刚把养母送到医院，邻居就打来电话，说来了位老人要找姚玉芬养父姚西山的家，问他有什么事他不说。

当姚玉芬和周珏赶回姚家湾时，一看是位弯腰驼背憔悴萎靡的老人。

老人说："我想看看我女儿。我这是第三次来了，前两次来听人说姚西山的女儿打工去了还没回，这次又听说姚西山的女儿回来了。姚西山的女儿就是我女儿呐……"话还没说完，他就呜呜地哭了起来，哭得伤心伤肝。

姚玉芬吃惊地瞧着这老人，心想，难道他就是那个抛弃了我的父亲吗？

老人抹了抹眼泪，告诉姚玉芬，他是姚家湾人，叫姚道安。二十三年前的一天，因家庭不和，他和周秀薇离婚，自己带走只有半岁的女儿玉洁，和一个比他小六七岁的女人重组家庭。但没多久，那女人却坚决不要他女儿，要将女儿送人，他坚决不肯，为此两人常闹得天翻地覆。然而，他怎么也没想到，有天半夜，那女人竟趁他外出未归，偷偷地把女儿抱出去丢弃了。他回家得知此事，气得痛打了那女人一顿，然后就出去寻找。一连寻找了好几天，也没能找到。一气之下，他愤然出走，流浪他乡。由于他对不起秀薇和女儿，他害苦了她们，这成了他一块无比沉重的心病，一直让他疾痛悔恨，以至忧郁成疾，生不如死……最近，他辗转回到家乡，经多方打听，才知道秀薇早已不在人世，而女儿玉洁被姚家湾的好心人姚西山夫妇收养了。

玉
坠

429

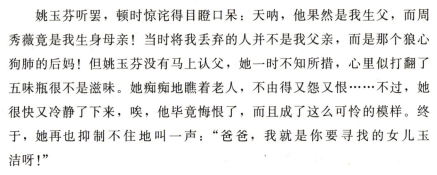

　　姚玉芬听罢，顿时惊诧得目瞪口呆：天呐，他果然是我生父，而周秀薇竟是我生身母亲！当时将我丢弃的人并不是我父亲，而是那个狼心狗肺的后妈！但姚玉芬没有马上认父，她一时不知所措，心里似打翻了五味瓶很不是滋味。她痴痴地瞧着老人，不由得又怨又恨……不过，她很快又冷静了下来，唉，他毕竟悔恨了，而且成了这么可怜的模样。终于，她再也抑制不住地叫一声："爸爸，我就是你要寻找的女儿玉洁呀！"

　　姚道安一下怔住，他定定地瞧着姚玉芬，喃喃地说："哦，我这不是在做梦吧？""不是在做梦，是真的。"姚玉芬猛扑上去，紧紧地抱住二十多年未曾谋面的父亲。旋即，喜悲交加的父女俩抱头痛哭。

　　周珏被眼前这一幕惊呆了，愣愣地站在那里。姚玉芬当即向爸爸介绍了周珏。周珏不由激动地叫了声："姑父！表妹！"旋即也拥上前去，抱住他们，也禁不住地哭了。

　　姚道安慈爱地端详着女儿和内侄，当姚道安看到玉芬耳朵上戴着的耳坠时，急忙问玉芬："这是不是你外婆传下的那只玉石耳坠？"

　　"爸，就是这只！"姚玉芬接着就讲了它与周慧的故事，姚道安听了感慨万分，说："要是你外婆外公和你妈妈都还活着，那该多好啊……""是啊是啊！"姚玉芬和周珏同时情不自禁地点着头说，两人相视一笑，却笑得有点尴尬，又有些不好意思……是啊，他们本是彼此深深暗恋着的"情人"，可哪知他们原来竟是嫡亲表兄妹，这个突然而来的变化实在是让他们猝不及防！原来的美好憧憬倏地破灭了，这叫他们心里都不大好受。不过，姚玉芬想，还幸亏这么及时地解开了她的身世之谜，不然就会铸成大错！而且更值得她欣慰的是，她不仅因此找到了生身父亲，知道了母亲，又得到了一个姐姐和一个表哥，这多好，这不是一种莫大的幸运！

　　不一会，他们三人乘车来到了县人民医院，姚玉芬马上把他们父女相认，周珏是自己表哥的喜讯告诉给养母和周慧。养母和周慧都不禁为之高兴和欢喜不已。

　　半个月后，姚玉芬见周慧病情大有好转，就让周慧带着他们到周家湾上坟拜祭，悼念姚玉芬的外婆和母亲，也就是周珏的奶奶和姑妈。姚道安也不顾身体衰弱，硬要跟着去了，拜祭时他号啕大哭，又一次向周秀薇忏悔。

拜祭完毕，他们又去看望了周家湾的父老乡亲。回到姚家湾时，周珏突然提出他要马上回台湾去，一是把爷爷的骨灰送回老家，让他老人家叶落归根和奶奶团聚，实现他们生前未能实现的这个美好心愿；二是他还有个重要事，要和母亲商量商量。

姚玉芬问他那是个什么重要事，周珏狡黠地一笑："暂时保密。"他又嘱咐姚玉芬：他走后，请她照顾好她爸爸、养母和周慧，为了治病，用钱不要打算盘，该花的尽管花。姚玉芬点头答应，请他放心好了，并叫他速去速回，到时她也有个重要事和他商量商量。周珏问她："你有个什么重要事？"姚玉芬调皮地说："我也暂时保密！"

周珏的行动也够迅速的，他仅用了一个星期，就把爷爷的骨灰带回了故乡。按照当地的风俗，举行了隆重的仪式，将他爷爷和奶奶、姑妈安葬在一起。在办完爷爷骨灰安葬之事后，姚玉芬就迫不及待地问周珏，回台湾还和舅妈商量了一件什么重要的事？

周珏答非所问，说他要把望发电器有限责任公司迁到周家湾来，为爷爷故乡的父老乡亲造福。姚玉芬和周慧一听高兴极了："舅妈同意吗？"周珏说："她不仅同意，而且还非常赞赏我这个主意呢！"姚玉芬忽地头一歪，嗔道："表哥，你还没有回答你和舅妈商量的是件什么重要事呢！"周珏脸一红："那个重要事嘛……"蓦地，他一个激灵，马上来了个以攻为守，反问："你不是也有个重要事要和我商量吗？那是什么事啊？"

姚玉芬笑了，其实她已经看出这段时间以来，周珏与周慧的关系非常密切，察言观色，他们两个人都有那么个意思，就是不好开口直说。反正都不是外人，况且她和爸爸、养母也有这种想法。虽然周珏和周慧是表兄妹，但没血缘关系，两人婚姻是合宜的，是天生的一对地造的一双！于是她便实话直说了："表哥，是你和周慧的事吧？"

周珏这才承认他征求了母亲的意见，母亲也表示赞成，说就看他和周慧的缘分了。

周慧听了，登时满脸绯红，水灵灵的眼光时而射向周珏，时而射向玉芬，哦，她是多么幸运啊，若没这玉坠，若没周珏和玉芬那"爱情"，还哪会有她和周珏这爱情呢？

姚玉芬见状，喜不自禁，立即趁机从左耳取下那只玉石耳坠，走到周慧面前，郑重其事地说："姐姐，我得'物归原主'了，你这只玉坠和表哥那只玉坠本是一对，再不能让它们分离了！"周珏则见缝插针，马上拿出他那只玉坠，说："对呀周慧，这只也该给你戴上，我们永远不让它分离！"他顿了下，对姚玉芬说："玉芬，我还真不知该怎么谢你呢，是你……""不，要感谢就得感谢你奶奶爷爷我外婆外公，是他们传下的这对玉坠……是这对玉坠让你寻亲如愿以偿，又让我的身世之谜，还让你和姐姐……我衷心地祝福你们啊！这真是情牵玉坠，玉坠传情，情缘于玉坠，玉坠作美呀！"

不知什么时候，姚道安和姚玉芬养母也站在了旁边，脸上都露出无比欣慰的笑容……

# 绣球难抛

文/张祖荣

　　盈盈一直在盘算着：素素你别高兴得太早，你不就是凭着老师的帮助才找到一个电脑奇才的吗？这个人凭什么就要跟你合作？我与他才是有缘千里来相会。

一

　　台湾的电脑大王王庆云先生投资杭州钱江高新技术开发区后，把家也搬到杭州。恰好这时，一对双胞胎女儿在大陆完成了大学本科的学业。姐姐盈盈毕业于浙江大学，妹妹素素毕业于上海交通大学。两姐妹大有女承父业之势，学的都是计算机专业。从学校里一回家，父亲就用他颇有见地的一番话，把她俩"赶"出家门了。父亲说，如今祖国已加入 WTO，这就给企业带来了巨大的商机和挑战。为此，他决定把企业的发展方向定在计算机软件上。他说，现代企业的竞争最终就是人才竞争，在软件开发方面更是如此。因此，他派上海交大毕业的素素去北京；浙大毕业的盈盈去上海，两人的任务是一样的，就是去招聘这方面的专业人才。老父亲有心让她俩比试比试，看谁慧眼识珠能招到真正有用的人。再则是王庆云和他的老夫人想到两个女儿都到了谈婚论嫁的年龄了，让她俩多接触社会，兴许还能顺带解决个人问题哩。二老并不是担心女儿嫁不出去，相反，这对双胞胎实在长得太出色了，在台湾读高中时，两人就多次上过不少时尚杂志的封面，再加上家庭条件优越，两人从小心气就高，一般的男孩子根本不在她们眼里，父母发愁的正是这一点。

怎么也没有想到，两个月后，这对宝贝女儿都空着手回来了。问她们此行的成果，两张长得一模一样的可爱的小嘴巴一撇，异口同声地说："哪有合适的人呀？"

"你去中关村了吗？"父亲问素素。

"我这一个多月，就住在中关村。"素素答。

"那就不可能招不到人。我的公司对学子们还是有吸引力的。"王庆云说得十分自信。

"来应聘的人是不少，特别是我打出那么优厚的待遇之后。可是，我考察来考察去，就是没一个是卓越的人。爸的公司大门的照墙上不是刻着'追求卓越'四个大字吗？用这四个字来度量，还真找不出合适的人。有个博士后，说起英语洋洋洒洒，可说起中国话却结结巴巴；有个清华的高才生，抱来了一大堆他自己设计的软件，可这人身高一米六十也不到……"

"这样的人我在上海也遇到，全被我打发了。"盈盈也笑着说。

望着两个宝贝女儿，父亲长长地叹了一口气。

第二天，这个台湾十大富豪之一的实业家做出一个惊人的决定：他把两个女儿叫来，说给她俩每人五千万美金，让她们各自去创办一个软件公司，用的人自己去招，一切主张自己拿，三年后他来做裁判，再来查看两个公司的业绩……

这对姐妹同时吐了吐舌头，心想：好家伙，父亲这一招够狠的，把人往绝路上逼了。

当然，三年期限，用不着太急，姐妹俩只需暗中较劲，关键是要物色到合适的人才。素素只身去上海，她打算回大学找老师帮着出出主意；而盈盈还留在杭州，看不出她眼下有什么动作。

二

杭州的西南郊有个人造的景点，那就是仿清明上河图建起的宋城。杭州曾做过南宋的国都，人们多少有个怀宋情结，因而这个景点生意一直不错。宋城是私人投资的，那位老板跟王庆云有过交往，他一再邀请王庆云先生和他的家人去宋城一游。这两天王庆云正好有空，而闲在家里的盈盈一听说去玩，就非要跟着父母一道去。一家人到了目的地，宋城的老板已在大门口迎候，一切自然是贵宾礼遇。进门后，老板就要把王庆云一家三口往贵宾接待室领去喝茶，而盈盈看见宋城里面的工作人员全都是宋代着装，煞是有趣，她哪里肯去喝茶，忙说还是先玩罢。这一来，宋城的老板只得在一旁陪着走。

就在这当儿，一顶八抬大轿在四个一身宋代丫鬟装束的丫头簇拥下，拦到了盈盈面前。

四个丫鬟在盈盈面前款款地道了个万福，齐声呼道："请王小姐上轿！"

盈盈先是一愣，继而竟拍起手来："真好玩，这里还有轿子坐！"

说着，盈盈也不推辞坐上了轿子，八个轿夫立刻把轿子抬上肩。

沿着陡陡的楼梯向高高的城楼拾级而上时，宋城老板忙对呆在一旁的王庆云夫妇解释说，这是宋城里的第一个游戏节目，也是最受欢迎的游戏节目，名叫王千金抛绣球招亲。当然，平日，这个王千金都是由专职演员来扮演的，今天见老板亲自陪同的贵宾中有个小姐长得十分活泼可爱，大伙就推举她来演王千金，真没想到今天的王千金可是真正的王千金，你们说巧不巧？

"让她抛绣球招亲？"王庆云双眉扬起，"这么说，谁接到绣球，谁就是我的女婿了？"

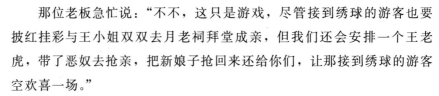

那位老板急忙说："不不，这只是游戏，尽管接到绣球的游客也要披红挂彩与王小姐双双去月老祠拜堂成亲，但我们还会安排一个王老虎，带了恶奴去抢亲，把新娘子抢回来还给你们，让那接到绣球的游客空欢喜一场。"

"哦，这很有趣……"王夫人这才放心地吐出一口气来。

说话间，张灯结彩的城楼上，那个王员外出现了，此公颤动着长长的胡子，向城楼下已挤成一堆的游客宣布道：

"各位客官，小老儿乃清河坊王记绸布店老板，膝下有一爱女待字闺中，今天乃大吉之日，决定在此抛绣球招亲。请已有家眷的让开了，让未曾婚配的客官上来，经我家小姐细细挑选，接到绣球的，无论贵贱即为我王家乘龙快婿……"

鼓乐声中，盈盈一身宋代大家闺秀的盛装，被四个丫鬟簇拥着到了城楼前。城楼下，几乎所有来宋城的男游客的脸齐刷刷向上仰：哇，今天的王千金好靓哟！

一个如火焰般的大红绣球传到了盈盈怀里。尽管在更衣室里，丫鬟们已将游戏规则跟盈盈说过了，她也知道这一切只是闹着玩的。但等她双手捧定绣球，凭栏俯身下望时，她脸红了，这个绣球重得让她抛不下去了。

城楼下，无数只手森林般地高高举起。

"抛下，美丽的王小姐，把绣球抛给我！"一个高个子的嗓音盖过了鼓乐声。

"抛给我，王千金，我爱你……"又响起一个怪怪的声音。

盈盈居高临下，看见她的父母正远远地立在一边的屋檐下，微笑着用目光鼓励着自己。

于是，她用目光在城楼下的芸芸众生中挑选起来了。她的举动无疑又引起新一轮的狂热……

不挑选还不要紧，这一挑选让盈盈大失所望，那些个丑男人是如此俗不可耐，他们怎么配接我的绣球？她知道大陆平均受教育水平不高，那些正在起哄的男人中，有几个进过大学门的？在台湾，女人有了夫婿后，一般不再上班，靠老公养着，可这些男人那千儿八百的工薪，够我买一双连裤袜，还是一瓶香水？

这个绣球拿在手里越来越重，她实在难以抛下去。

"王小姐，快抛呀，反正是闹着玩的！"一旁的丫鬟提醒她。

可这时的盈盈什么话也听不进了。她想起这两个月来，自己去上海招聘人才，居然找不到一个能与自己一同来创业的男人。今天这个场合，怎么会有可称之为卓越的人？

"王小姐，快抛，不然要出事的！"一直在观察场上态势的王员外也在轻声地提醒自己的"掌上明珠"。

盈盈终于明白过来，是啊，一切只不过是闹着玩的，何必太认真？于是，她闭着眼睛，用尽浑身力气，把绣球向远处抛去。

盈盈的目的非常明显：你们谁也别想接到这只绣球，我宁可让它空空地落到地上，以便"择日再来"。

只见那只绣球在空中画出一条漂亮的弧线，远远地落下来，落到人圈子外面了。这时一个矮个子的男人正好走过来，他穿着一身不太合身的廉价西装，戴一副高度近视眼镜，头低着，压根儿不知道场上发生的事。偏偏那只绣球不偏不斜地落到那人的怀里。那个人几乎凭着一个下意识的动作，两手一伸，抱了个满怀。

早有几个仆人候在一边，他们立刻拥上来，不由分说就给小个子游客戴上插着金花的状元帽，还给他套上大红锦袍，锦袍外交叉扎上大红彩带，一团彩球一直抵到下巴。

这边，盈盈也被簇拥着，从城楼上下来了。她被推拥到"夫婿"身边，一条大红彩带把两人连了起来。这时，盈盈听到身边的王员外问那位"夫婿"：

"请问公子是何方人氏，姓甚名谁？"

"俺山东文登人，名叫何时归，昨天刚到杭州，俺是到宋城找人的，没想到……"

"都说山东出大汉，这人个子这么小，肯定是假的！"旁边看热闹的一个闲客嚷道。

没想到那"夫婿"个子小，脾气却不小，他扭过脸，喝道："山东也有小个子，你就叫我山东小汉好了。比尔·盖茨的个子也大不到哪里去，凭什么说我是假山东的？"

在人们的哄笑声中，盈盈却闻到一股恶浊的大蒜味。她最闻不来大蒜味了，心想人这么多，没准有人一清早就吃生大蒜了，忍一忍罢了。

"小姐，我明白，这是个游戏节目，我个子小，一点儿也不帅，委屈你了。反正逢场作戏完了，咱各走各的……"没想到这个山东小汉挺善解人意，他转过脸对盈盈说道。可这一来，却让盈盈明白大蒜味的来源了，她赶紧屏住了呼吸，将头掉开。

这一对新人被众星捧月似的拥向月老祠，没想到那个山东小汉借机把脸凑近了，问："小姐，我向你打听一个人，一个挺有名的人，听说他一清早就来宋城了，他叫……"

人多声杂，他说什么盈盈一句也没有听清，只觉得难耐一阵阵袭来的大蒜味，她不能不开口了："先生，请转过脸，别跟我说话好不好？我不习惯大蒜味。"

"噢，对不起，我不知道小姐不习惯大蒜味。其实，大蒜是好东西，能防癌，从大蒜里提炼的蒜素，很贵的……"

而这时，盈盈因屏住呼吸，把脸都憋红了。尽管如此，他俩还是被推进月老祠。充作司仪的一个小老头还拿腔拿调煞有介事地吆喝起来："有缘千里来相会，新人向月下老人跪拜，以答谢月下老人的天作之合！"

盈盈被丫鬟们按跪下去时，心里却在说，天下的男人死得只剩下这一个山东小汉时，她也不会要这个人。她只巴望抢亲的王老虎赶快出现，以便结束这无聊透顶的游戏。

王老虎没有来，而身边那张嘴却关不住。两人跪拜后立起身来时，他又转过脸问："小姐，刚才我向你打听的人名叫……"

盈盈忍不住了，没等他把话说完便吼了起来："请学会尊重人！闭上你的臭嘴行不？"

大庭广众之下，那口山东小汉听了后也忍不住了，深度近视眼镜片后面，是一双喷火的眼睛。他用低沉的山东口音，回敬道："你这是尊重人吗？告诉你，你闻不惯大蒜味，我还闻不惯你身上让人作呕的香水味哩！"

说完，他一把掀掉头上的状元帽，扔到香案上；然后三下五除二，扒下身上的锦袍，分开众人，扬长而去。

王老虎没出来抢亲，这场滑稽的招亲事就已烟消云散了。宋城的老板忙不迭上前，向被气得眼泪汪汪的盈盈小姐赔不是，还把那团精致的绣球塞到盈盈怀里哄她，再把这一家子迎进贵宾室。

由于这个意想不到的变故，盈盈再也提不起游兴。一家人喝了一会茶，然后走马观花游了一圈，谢过全程陪同的老板，就驱车回家了。

### 三

回到家，没想到素素已从上海回来了，她正满面春风地等在家里哩。

"阿爸，我的老师专门向我推荐了一个电脑奇才，他开发了一个电脑防病毒软件，这里有他的资料和样品，爸，你看看有价值吗？"素素说着递上一只大大的油皮纸资料袋。

电脑大王坐到自己的电脑椅上，戴上了老花眼镜。他先抽出文字资料，认真地读了起来。

盈盈走到妹妹身边，她也关注地看着父亲的神情。说真的，她可不愿意落到妹妹后面。

很明显，王庆云坐不住了，读着读着，他站起来；读着读着，他又坐回去。最后，他从资料袋里取出一个软盘，再把它安到电脑上，他的手抖得很厉害。这个世界闻名的电脑专家，开始操作电脑，一遍又一遍，使出了浑身解数。素素走到父亲身边，掏出手绢，轻轻地揩拭她阿爸额头上的汗珠。终于，一切结束了。只见父亲长长吐出一口气，两只手扶着他的电脑椅，缓缓地向两个女儿转过来。

"你们都是学电脑的，肯定知道什么是电脑病毒？"父亲问。

姐妹俩你看看我，我看看你。她们不明白父亲何以会问出如此简单的问题。

"近来，人们把电脑病毒称作互联网上的恐怖主义。的确，某些在全世界流行的病毒，其危害程度不亚于本·拉登的恐怖勾当。世界各国的专家对那些层出不穷的电脑病毒疲于奔命地招架着，往往在发现一种新病毒时，巨大的损失已经造成了。这些年，全世界的商家都在耗费巨资，以便找到一种对付计算机病毒的办法。但直到今天，在魔与道的较量中，胜负还难下定论……"

王庆云说着把那个软盘取下来了。他用一个夸张的动作，高高地举起那片东西："感谢这个年轻人，他用自己的奇思妙想，开创了人们应付电脑病毒的一个全新的思路，改变了以前被动招架为积极预防。就像人们为了防御病毒而需要打预防针一样，他用自己的发明为电脑打了预防针。他把电脑防火墙的设置和对电脑病毒的灭杀结合起来，为我们的电脑穿上了铁布衫，戴上了金钟罩。我刚才试过了，目前已知的病毒对它是毫无损害的。我敢说，十年内，怕也出不来能伤害到它的病毒，这个年轻人真是个天才啊！"

姐妹俩倒抽了一口冷气，特别是盈盈，她整个身心处于一种巨大的震撼之中。

"素素，你说说这个年轻人的情况吧！"父亲示意女儿坐下。

素素在父亲身边坐下了，她轻拍着那只资料袋，不无得意地说："他叫何时归，山东文登人，上海交通大学计算机系的毕业生。去年毕业后高不成低不就，一直窝在山东的家里，抱着台电脑，冥思苦想了五百天，才搞出这个东西。他把它寄给老师，老师把他推荐给我……"

这当儿，脸色惨白的盈盈靠在书柜上，一句话也说不出来了。没错，就是他，那个山东小汉，一口大蒜味的"夫婿"。

"我相信我女儿的眼光，你通知他来见我。"王庆云微笑着吩咐女儿道。

"我和我老师用电话再加上用伊妹儿，已通知他尽快赶到杭州。由于我的公司还没有注册，我让他先到爸爸的公司报到。估计就这一两天会赶到的。"素素点头说道。

就在这时候，电话铃响了，王庆云拿起话筒。电话是公司里的姚秘书打来的。秘书说，今天一早，就有一个山东小伙子来公司报到了。秘书跟他说，王总今天休假，带了家人去宋城玩了，谁知那小伙子心急得很，把行李一扔，也去宋城了。秘书说，现在，那小伙子已回公司了，看上去他很焦急，他说再见不着王总，他要回山东去了……

放下话筒，王庆云神色严峻地对素素说："你立刻去把他安置下来。明天，你去买一幢杭州最好的别墅和一辆好车送给他。另外，我再给你五千万美金，你让何时归的这项专利抵作五千万的技术股加盟，你们去注册一家软件公司……盈盈我也给你同样的条件，自己找合适的人才去，十三年后，我再给你两姐妹的作为下结论。"

素素满面春风地走了，临出门时还得意地朝盈盈扮了个鬼脸。

### 四

盈盈靠在书柜上老半天才缓过神来。她什么也没说，回到自己房里"砰"的一声把门关上了。

直到吃晚饭时，素素才回来。在饭桌上，她眉飞色舞地说了她安置何时归的经过。她说，在公司里见到他时，还闹了个误会，由于双胞胎的两姐妹长得太像，他把素素当作在宋城当众羞辱自己的盈盈，当下他转身就要走。弄得素素和姚秘书费了许多口舌才把事情向他解释清楚。素素说，她已把何时归安排到香格里拉饭店住下来，她跟他谈得很好。何时归说，他做梦也没有想到，自己玩电脑玩出来的软件，会如此受到王氏公司的重视。

晚饭桌上，妹妹与父亲谈得热火朝天，而盈盈却一句话也没有。随便扒了两口饭，她就把饭碗扔下了。她说她要出去放松放松，就去车库开了自己的宝马，离开了家。

在车上，盈盈一直在盘算着：素素你别高兴得太早，你不就是凭着老师的帮助才找到一个电脑奇才的吗？这个人凭什么就要跟你合作？我与他才是有缘千里来相会。宋城场子上那么多人，为什么就偏偏是他接住我抛出的绣球？我与他可是在月老祠里拜过堂的人，我才是他最理想的合伙人啊！我这就去找他，我要叫你素素空欢喜一场！

盈盈很快赶到香格里拉饭店，在总台查到房间号，她就按响了503号的门铃。

门开了，那个山东小汉脸上现出惊讶的神色："是素素，你不是说今晚不来了吗？"

阴差阳错，他把我认作素素了。盈盈心里叫苦道。说来也是，今天上午在宋城，她盈盈是一身宋朝大家闺秀的着装，而现在，则是一身华贵的晚礼服，完全换了一个人。再说，让外人来辨认一对双胞胎姐妹可也是难啊！

"明天不是要给你买房子吗？我带来了几种房型，让你挑选一下。"盈盈将错就错，走了进来。她早有为自己买一套别墅的想法，所以杭州搞的几次大型房展，她都去取来一些资料，今天可派上大用场了。

"素素小姐，难得你这么热心。你跟你姐比，简直就是两种不同类型的人。不过事后想想，你姐姐埋怨也有道理。那天在小旅馆隔壁的北方水饺店吃水饺，我嚼了那么多生大蒜，连口也没有漱，就急着去找人了，我这不是自找的吗？我回到旅馆，连着刷了三次牙，嚼了两包口香糖，这回要是你姐来，她就不会怪我了！"何时归边说边笑，一副善解人意的样子，让盈盈很是尴尬。

果真，盈盈这下没闻到大蒜味。改得倒快，盈盈这么想着，莞尔笑了。不过这时她突然冒出一个念头，一个要整个儿地改变既成事实的念头。她说："看起来，你不记恨我姐，我姐可记恨你呢！她恨你在大庭广众之下坍她的台。按我们台湾人的习惯，她既然恨你了，就非要教训你一顿。不好意思，是我不小心，被她套出了你下榻的酒店和房间号。现在，估计她的保镖和打手正往这儿赶呢。所以，我得把你立刻转移一个酒店，我让你住到西湖国宾馆的总统套房里去——这样，我姐就找不着你了，快走吧，到总统套房，你再慢慢地挑拣你认为满意的住房。"

"这……这不合适吧，这儿的房钱你不是都付过了吗？他们来骚扰，我可以打电话呼保安。"何时归用食指顶了顶眼镜架。

"钱你不必计较，王氏公司不在乎这点钱，关键是你毕竟要和我们王家长期合作下去，与我姐闹得太僵也不好。你避一避，等我姐气消了，岂不是皆大欢喜？"

何时归点点头。于是，他们说搬就搬了，一个穷学生本没带什么行李，走起来是很容易的。这样，几乎在眨眼之间，盈盈就给素素来了个釜底抽薪。当然，她还关照何时归这几天暂时不要给素素、也不要给公司打电话。她说她姐耳目很多，弄不好暴露行踪，她姐还是会找上门来的。

这天晚上，盈盈忙了半宿，安顿好了何时归，才得意洋洋地回来了。

第二天一早，姐妹俩就忙起来了。盈盈急着去注册公司，她要先下手为强，尽快造成既成事实。而素素则昨天就有约定，帮何时归去看房子、车子。

可是素素哭丧着脸回来了，她说她怎么也找不到何时归了。

而盈盈回来时则是满面春风，想必她要办的事十分顺利。

"那小子走了吗？想必妹妹和我一样的脾气，没把他伺候好，把有用的人才气走了吧？"盈盈还冲着素素说起了风凉话。

"不可能呀，昨天我俩还谈得好好的，我就差对他说'我爱你'了。"素素简直要哭出来了。

午饭后，素素立刻又去寻找了。到傍晚，她仍是空着手回来，而且人累得快散了架。

五

素素还是一头撞进了父亲的书房。

"爸，我敢打包票，何时归是被姐姐转移出去藏起来的！"素素像是气得要哭了。

"不可能吧，在宋城，她与他吵得那么厉害……"王庆云转过头来说。

"我问香格里拉饭店的门卫，那门卫反而抢白了我一顿。他说，那小山东明明是你自己昨天晚上带出去的，怎么还来问我们？"素素气喘吁吁地报告自己调查的结果，"那门卫还说我昨晚穿一身大红金丝绒晚礼服，那不就是姐姐昨晚的着装吗？再说，这事除我们三个人外，没有人知道合作的内情，姐姐这样做，行吗？"

"好，我心中有数了，我让她把人交出来。她不自责自己有眼无珠，把送到怀里的登天飞毯弃若敝履，现在还有脸使小花招来争抢，我会教训她的。"父亲神色严峻地说。

就在这时候，窗外响起车声，没过多久，从车库那边，就听到盈盈哼着《街上有一个快乐女孩》的歌，走过来了。

"盈盈，来一下！"父亲不失威严地招呼道。

"什么事啊？怪吓人的，素素又告我什么状了？"盈盈推门而入显得很轻松。

"告诉我，你把何时归藏哪儿去了？"王庆云望着女儿，目光很严厉，来了个单刀直入。

静场片刻。盈盈在这静场中，似乎明白这事是瞒不下去了，于是，她朗声大笑起来："藏？我干吗要藏？我们俩正在热火朝天地筹办新公司，选新房子，干吗要躲躲藏藏？"

"你们俩？素素物色来的人才，怎么就成你们俩了？"父亲追问道。

盈盈心一横，只能来个破釜沉舟了。她用比父亲更高的声音答道："当然是我们俩，我想这种事也不会有第三者的！小两口情投意合，同心协力创业，正打算留下一段千古佳话哩！"

这一来，连素素都吓得目光发直了："什么什么？小两口，第三者，姐，你扯到哪儿去了？"

"谁扯了？爹妈亲眼看见的，宋城成白上千人看见的，他何时归，接下了我抛的绣球，我们俩到月老祠里都拜过堂了！你，妹妹，跟他拜过堂了吗？我们这是先结婚，后恋爱……"

王庆云脸色苍白地朝椅背上一靠："盈盈，那不是一场游戏吗？再说，那事是让你给搅得不欢而散……"

"爸，我可没当它是游戏，我是认真的，我是千里挑一……至于后来吵两句嘴，那又有什么了？情侣之间，打是亲骂是爱，爸和妈有时不是也要拌两句嘴吗?"

又是静场,谁也讲不出话了。

终于,王庆云老先生站起来,他一字一顿地对盈盈说:"你这就开车去把那个何时归带到家里来,我亲自问他话,由他来决定愿意与谁合作!"

一个小时后,何时归来到了电脑大王王庆云的府邸。客厅里灯火通明,王庆云与那个年轻的电脑奇才在茶几两侧坐着,侃侃而谈,两人谈得很投机,都有相见恨晚之感。

最后,王老先生拍了三下巴掌,两姐妹身穿一模一样的白色连衣裙,并排进入客厅。现在就连王庆云自己,也一时难以分辨谁是姐姐盈盈谁是妹妹素素了。

王庆云发话了:"这是我的两个女儿,小何君都见过面了。现在,你可以从中挑选一个合作者,选中了,两人齐心协力去创业。剩下一个,自然将与她日后的意中人开创另一番事业。怎么样,现在就开始吧?"

何时归呆住了。无论他的脑细胞每秒可以运算几亿次,这时他实在无法决断。

"这样吧,我们还是用抛绣球的办法……"王庆云说着见何时归真的被难住了,于是解围道。

王夫人把宋城老板送给他们留作纪念的那只大红绣球用一个托盘盛着,托出来了。

王庆云把绣球拥入何时归怀中:"小何君,你的身后就站着我两个女儿,抛吧,这只绣球击中谁,谁就是你的合作者了……"

何时归顿觉这只绣球好重,好重……

"抛吧,天命如此,不是说天作之合嘛!"王老先生和夫人在一旁异口同声地鼓励道。

何时归见状也拿不定主意,只好心一横,双眼一闭,绣球往身后抛去,那绣球画出一道漂亮的弧线,落下来,落下来……

读者朋友,你猜猜绣球是落在姐的身上,还是落在妹的身上?或者是落在非姐非妹的地上?下面的故事让读者议论去吧! 🍃

绣球难抛

445

# 爱恨悠悠

文/张圣东

亲子鉴定的结果不久出来了，果然这孩子是自己的！天哪！修正齐做梦也没想到，他这辈子还能有孩子！

台胞修正齐出狱后，侄女修玉珍好酒好菜地热情招待他，可他却吃不好，睡不香。第二天，修正齐就迫不及待地来松元市郊区找他在狱中日思夜想的女人乔静，可人去楼空，根本没有她的人影儿。这是怎么回事呢？他清楚地记得，当时在狱中，乔静给他留的就是这地址啊！他正要转身的时候，隔壁一位老大娘好奇地问他干什么。他愣了愣，才说明来意。老大娘脸色倏地阴沉下来，长长地叹了一口气说："唉，这都是哪年哪月的事了啊？可怜的乔静和两个孩子早就不知道去哪了。"修正齐吃了一惊，连声问到底怎么了。老大娘才告诉了他这几年乔静的悲惨遭遇。

原来乔静婚后一直没孩子，为这事小两口常常吵嘴闹气。后来乔静负气出走，可巧的是，半个月后回来时，她却发现自己怀上了孩子。乔静的丈夫万元军想孩子快想疯了，这下子当然喜出望外不在话下，从此好生侍候着乔静。十月怀胎，一朝分娩，乔静果然生了个大胖小子。可孩子长到快一岁时，有一天万元军抱着孩子玩耍时，隔壁一些年轻小伙子逗他："元军，别臭美了，这孩子一点不像你！"这一说万元军还当了真，因为他也一直纳闷，这孩子鼻子、眼睛、嘴巴没一处像他啊！他多了个心眼，就把孩子抱到公安局做亲子鉴定。结果果然这孩子不是他的。他气愤地把孩子抱回来，把亲子鉴定的结果摔给乔静看，乔静吓坏了。孩子到底是谁的呢？乔静当然心里有数，可嘴里哪敢说呢？从此，这个家失去了安宁，万元军对乔静非打即骂，还要赶她走。乔静都忍受着，毕竟这是自己的错啊！万元军呢？只怪自己无能，没法让老婆怀上自己的种，他也只能暂时将就着……

正在两人闹得不可开交时，可巧乔静又有了身孕，万元军对乔静的态度来了个一百八十度的大转弯。又是大半年过去，乔静生产了，可命运总是捉弄人，乔静这回生下的女孩出生不久就因一场大病而双耳失聪。这下万元军再也忍受不了了，大骂乔静是祸水，是丧门星，对她时常拳脚相加。乔静心里默默忍受着，对万元军的打骂绝不还手还嘴。终于一年后的一天，乔静一气之下带着两个孩子走了，从此音讯全无。万元军也懒得去找，不到一年的时间，他又从外地找了一个媳妇……

修正齐像是被火烧了一下，浑身一阵哆嗦。他真没想到，乔静的命运竟这样悲惨。他陷入深深的痛苦中，不知所措地跟老大娘告别，匆匆回了侄女家。修玉珍问他怎么了，他不做声；招呼他吃饭，他也像没有听见。好半天，他才愣愣地回过神来，低着声音跟修玉珍说："别管我，我一个人躺一会儿……"

这一夜，原本睡眠不佳的修正齐更是在床上烙起了烧饼，他的思绪又回到了十年前。那时，五十九岁的他刚从台湾到大陆松元市三河镇定居。他十五岁被国民党抓壮丁到台湾，现在时隔四十四年才回家乡。大概半年后的一天傍晚，吃过晚饭的他在江边散步。忽然有人喊："有人落水了，快救人啊！"他寻声望去，只见离堤岸二十多米远的江水中，一个人头忽隐忽现，红色的上衣被一阵巨浪打来掀出水面……修正齐从小就是游泳好手，进部队后也一直注意锻炼，身体棒着哩，他就奋不顾身地跳下了水。游到江心了才发现，落水的是一位年轻女子。他把女子托在肩上，可是那女子又抓又打，好像不要命了。修正齐费尽九牛二虎之力，才将她救上岸，紧接着将她送进了松元市医院抢救。

经过抢救，年轻女子终于脱险。医生问修正齐落水女子是他什么人，他告诉医生他们根本不认识。他和医生问那女子为什么轻生，但女子都不回答。医生无奈，只得苦笑着对他说："修先生，您就好事做到底吧，先给她进行药物治疗和身体调养，然后慢慢进行心理疏导吧！"修正齐为救人，只好答应下来。

为了更好地照顾这个年轻女子，修正齐把他四十岁的侄女修玉珍请来医院当护理。两天后经医生确认可以出院，但年轻女子还是一声不吭。修正齐感觉她一定有难言之隐，干脆和修玉珍商量，把她接回了三河镇的家。这以后，修正齐和修玉珍更是殷勤护理，终于以一腔真情感化了那女子，她才对他们说出了事情的真相。

这女子名叫乔静，三年前与万元军结婚，可婚后一直没能怀上孩子。偏偏万元军是个独子，所以万家人对她这个媳妇横看竖看不顺眼。乔静心烦，恨自己不争气，想跟万元军离婚，万元军又不肯，所以就想一死了之……

修正齐听完乔静的故事后，劝导她不必轻生，还告诉她："像这种情况，先得到医院检查，看到底是谁的问题。再说，万一过不下去，也可以离婚啊！"乔静被他说动了，就跟他说："我不想跟万元军过了，我迟早要和他离婚。但你们放心，我再也不想死了！"修正齐和修玉珍笑了。乔静和修正齐商量好，赶明儿她就回去和万元军离婚。

当天晚上，修玉珍跟修正齐开玩笑说："您不是没媳妇吗？眼下可有现成的！""看你怎么说话的？"修玉珍的话没说完，修正齐急得直跺脚。其实哩，修正齐是太想要一个媳妇了。为啥？自从十年前他妻子去世后，他一直不曾再结婚，可现在，叶落归根回了老家，如果再能找个老伴共度余生，不是人生一大快事吗？所以，他多次委婉地跟修玉珍说过自己的想法，修玉珍答应得也很积极，可这事儿不是上菜市场买小菜那么容易的啊……

第二天一大早，修正齐让修玉珍给他拿衣服，碰巧修玉珍上街买菜去了。修正齐才想起来，今天乔静就要回去了，修玉珍买菜给她饯行哩。想到这，修正齐下意识地来到乔静的房门前，他打开门，想看看乔静起来没有。可当他打开门时，他一下子惊呆了：他看见乔静慵懒地睡在床上，红润惬意的脸庞，半裸的酥胸，丰满白嫩的身子，无不洋溢着色欲和诱惑……近十年没沾过女人的他浑身燥热，终于，他猛扑上去，把乔静压在了身下……

乔静被惊醒了，她拼命挣扎，可她一个刚出医院的弱女子，哪里是行伍出身的修正齐的对手呢？她只得大声喊叫，这一叫，把邻居们都引来了。让修正齐更担心的事终于发生了，镇派出所的民警不一会儿就赶来了，原来有邻居报了警……

这下事情闹大了，修正齐被扭送到了市公安局，不久被法院以强奸罪判处有期徒刑七年。修正齐懊恼不已，以前在台湾，自从死了媳妇，本来就思念故土的他一心想回大陆，可回大陆不到一年，却先后扮演了救人英雄和强奸犯这两个天壤之别的角色。他在心里问自己：难道这都是命运吗？虽然后来乔静到监狱看过他，向他表示歉意，说她当时不该那样，以至于把他送进监狱。修正齐哑然失笑了，自己当时的确就是一个强奸犯啊……

想到这里，修正齐忽然一激灵，竟一下坐了起来。他记得乔静曾带着一个一岁多的男孩去看他，他看那孩子虎头虎脑的样子，特喜欢这孩子。说来也巧，这孩子也像和他有缘似的，他就逗那孩子，让他叫爷爷。可他发现乔静的脸色突然一变，然后说："你好好改造吧，我们有空再来看你！"话没说完就拉着孩子匆匆走了。修正齐当时就纳闷，而今天听那个老大娘说这男孩儿不是万元军的，难道是……他不敢往下想了，但他在心里做了一个决定——不管找遍天涯海角，都要找到乔静。一来解开这其中的疑惑，二来尽自己的力量帮助乔静。

第二天，修正齐通过乔静娘家人打听，知道她去了三峡工地。不几天，他就告别修玉珍，毅然来到了三峡工地。可他又傻了眼，偌大一个工地，要找一个女人，不是大海捞针吗？但修正齐已经下定决心，反倒不慌了。他找到一个建筑包工头，跟工头说："我能帮你们照看场子，但我一分钱也不要。"工头奇怪地看着修正齐说："那你要什么？"修正齐说："你长期在这搞建筑，认得的人多，我想让你帮我打听一个叫乔静的女人。"工头更不懂了，修正齐才将他们的故事说给工头听。工头感动不已，说一定帮忙……

功夫不负有心人。两个月后，工头果然领着一个女人来找修正齐，说这就是他要找的女人。修正齐蒙了，这个女人脸色蜡黄，头发蓬乱，哪是他记忆中的乔静呢？要不是有人说明，他恐怕真的认不出她了啊！修正齐心里阵阵发痛，乔静也似乎认出了修正齐，扭头要走。修正齐连忙上前，一把抓住了乔静的手。乔静闭着嘴不吭声，只是不住地流泪。修正齐看着心疼不已，也陪着掉眼泪……好半天，在修正齐的一再追问下，乔静才缓缓说了自己这些年的情况……

乔静来到三峡工地后，就通过熟人找了一个工地帮忙做饭的工作，一个月三百多元。她一分钱都舍不得花，好在工地上也不需要花什么钱，她把每一分钱都用在了那对苦命的儿女身上。三年后，她把六岁的儿子送进小学读书，可校长不收，因为这孩子没读过幼儿园。她几乎给校长跪下了，哀求说："求求你收下我孩子，让他先读一学期，他要是学习跟不上，我立马领他回去。"她的话说到这份上，校长破例答应了。令她感到安慰的是孩子聪明，成绩不错，所以一直在读书。苦的是女儿，因为双耳失聪，一直没上学，就跟着乔静在工地上，她边做事边教女儿。本来工地上不准的，可她这样子，别人不忍心说她，只好由她去……

修正齐听着听着，泪水流了满脸。好一会，修正齐对乔静说："眼下儿子一天天大了，我来帮你管他读书吧！""可……"乔静愣了一下。修正齐连忙掩饰着说："要不，咱慢慢来，再说，女儿也得读书啊。先带她到医院复查一下，也可以配助听器的……"可乔静说："不，我自己能行，谢谢你的好意了……"说完，头也不回地走了。

第二天下午收工后，修正齐让工头带他来到乔静的工地上，他一眼看见了乔静的儿子。他走过去说："孩子，长这么大了?"可那孩子扬着脸说不认识他，一面又问附近做饭的乔静："妈妈，他是谁？干吗对我这么亲热?"乔静向这边看了看，正迎上修正齐的眼睛，她连忙慌乱地躲开了。修正齐却不管，把孩子抱到怀中说："孩子，我和你妈是好朋友，我不是坏人!"这下孩子高兴了，和修正齐做起游戏来。

几天后，修正齐看孩子和他熟了，就悄悄问他："孩子，跟我到街上逛逛好不好?""好!"孩子满口答应。修正齐按捺住激烈的心跳，迅速带孩子来到了当地公安局。他要给孩子做个亲子鉴定。

亲子鉴定的结果不久出来了，果然这孩子是自己的！天哪！修正齐做梦也没想到，他这辈子还能有孩子！他不禁喜极而泣，然后马上带着孩子回到了工地。

这时，乔静正到处找孩子，这会儿看到修正齐带着孩子，才松了一口气。可她哪里知道修正齐顺势递给她一份亲子鉴定结果，她的心顿时颤抖不已……

"对不起，真苦了你了！这么多年你帮我养着孩子，你怎么不早告诉我?"修正齐哽咽着问。

"对不起，我被万元军那份亲子鉴定弄怕了，我不敢啊!"乔静喃喃地说。

"乔静，如果你不嫌弃我这老头子，我们就合在一起过吧！这样我们都才有一个完整的家啊!"修正齐泣不成声了。

"可女儿不是你的，她又是聋子啊!"乔静连连摇头。"这有什么要紧？我会把她当作亲生女儿的!"修正齐诚恳地说。

这下，乔静不说话了，只软软地靠在修正齐胸前，醉了一般地闭上眼睛，长长的睫毛上闪着晶莹的泪花。这些年的风风雨雨在她眼前一幕幕闪过，她想：修正齐是个好人，也许跟着他，苦难的命运就不会再缠着她了……

几天后，修正齐带着乔静和一双儿女回到了松元市，他拿出多年的积蓄，在市区买了一套住房，又在街上租了个门面摆起了书摊。他们的一双儿女，一个进了松元市实验小学，一个进了聋哑人学校……修正齐这才真正感受到了天伦之乐，成天喜得像个孩子似的。

# 地下婚恋

文/汤　雄

　　然而，纸包不住火。当大家齐齐入座、举起酒杯的时候，大家很快就明白他们现在参加的是什么宴会了。

　　爱情这玩意儿真是叫人不可思议：我没和陆小雅相识相恋之前，至少谈了一打的女朋友，最终都因高不成低不就而告吹，唯独经人介绍与陆小雅刚一见面，就有了似曾相识的感觉，而且马上认定她就是我"众里寻她千百度"的那个她。更令人欣慰的是，小雅竟也与我同感，两人言谈之间，也有相见恨晚的流露。就这样，我与小雅进入了如火如荼的热恋阶段。

　　不过，在明确恋爱关系之前，小雅对我提出了三个约定：一、不许擅自到她公司里去找她，包括不许打电话、写信给她；二、不满三十周岁不结婚；三、不准到处张扬我与她的关系。

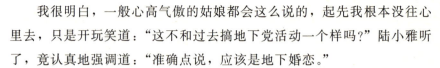

　　我很明白，一般心高气傲的姑娘都会这么说的，起先我根本没往心里去，只是开玩笑道："这不和过去搞地下党活动一个样吗？"陆小雅听了，竟认真地强调道："准确点说，应该是地下婚恋。"

　　我俩相视着，哈哈一笑了之。

　　然而，随着时光的推移，我才发觉小雅当时所提的三个约定实在有点苛刻，苛刻得令人难以接受。

　　陆小雅在一家台湾人开的电脑公司工作，台湾人重视规章制度劳动纪律，上班期间不得无故会客。为了工作效率，这无可厚非，但总不至于严格得连外边打进来、由外人支付电话费的电话也不准属下的员工接吧？再有，热恋中人儿女情长，难免不时要有所接触沟通；万一有个什么约会，连电话也不许打，也未免太不近人情吧？所以，有一天，当我好不容易搞到两张某国著名交响乐团来我市演出的音乐会的票子后，我就再也按捺不住自己，破天荒地违约拨通了小雅单位的电话。

　　电话线那端是一个小伙子的声音，他一听我请小雅听电话，明显顿了一顿，这才把电话转给小雅。岂料，小雅接电话后，我还没来得及说明来意，小雅的声音就变得像从冰窖里传出来一样冷酷无情："你忘了第一条约定了吗？我没请你打电话来，你为什么要在我上班时间打电话来？现在，你给我马上搁下电话，有什么天大的事，我们下班后再说。"这时，小雅竟不等我说话，便"啪"的一下搁了电话。幸亏我是在公用电话亭里打这个电话，旁边没有熟人，要不，我这堂堂七尺男子汉的面子，还真不知往哪搁呢！

　　这天晚上，我与小雅如期在音乐厅门前见了面。一见面，小雅就不无内疚地向我直打招呼。她解释说，因为他们公司的老板管得太严，谁在上班时间私自会客或接电话，都是纪律所严格禁止的。一旦发现，必将被炒鱿鱼。我当然不忍心看小雅被炒鱿鱼，要知道小雅的月薪收入在三千元左右，那是我的月薪的两倍呢！所以，面对小雅的解释，我只怪自己太莽撞，差点砸了小雅的饭碗，并保证从今以后哪怕天塌下来也不敢打电话干扰她了。

　　让我对小雅的解释产生怀疑的是一个星期天里发生的事。

那天，风和日丽，我和小雅来到城南新开张的湖滨公园游玩。热恋中人耳鬓厮磨，总认为是沟通与加强感情的最好机会。一路游去，我与小雅不由两情相悦，柔意绵绵。岂料，在我们钻出一个狭小的假山洞口时，忽然，小雅与迎面而来的两个小伙子狭路相逢。小雅要想往我身后躲避，却已迟了，那两个小伙子已高兴地叫了起来："呀，这不是我们班长吗？小雅，你好，没想到你也有这雅兴来这里游览呀！"两个小伙子在与小雅热烈地打招呼的同时，四只眼睛一眨不眨地直在我的脸上打转转。起先，小雅一脸尴尬，但她很快就恢复了常态，若无其事地指着我主动向对方介绍道："他是我表哥，今天，他非要领我到这个新开张的公园来散散心。"说到这里，小雅转过脸，朝我一瞪眼，"表哥，他俩是我一个单位的同事小赵与小李。"

　　事到如今，我已势成骑虎，只得将计就计，装成一个表哥的样子，上前与小赵小李握手寒暄。但目送两位走远，压在我心底的不满就再也憋不住了："小雅，我俩可是已领了结婚证书的呀。"言下之意，我俩都是合法的夫妻关系了，你还怕个什么呀？

　　小雅支吾道："从法律上讲，我们是夫妻了，但从我国的传统习俗上说，我俩却需等举行仪式后，在人家的眼里才是正式的夫妻呀！"

　　我没想到小雅年纪轻轻，思想却这么守旧传统，一时啼笑皆非："话虽不错，但他俩不过是你的同事呀。"我的言下之意是：同事怕他个什么，就算是老板，也不见得能干涉人家八小时之外的自由，更不能干涉人家的私生活呀！

　　小雅被我逼到了悬崖上，无路可走了，她才不得不向我吐露实情："阿雄，事到如今，我也不得不向你交底了。只因我在进单位前，老板曾与我有约在先：不得婚恋，一旦发现，他就把我调离维修班，另任他职。"

　　我一听，不由哑然失笑："且不论老板这个约定如何荒唐，就说另任他职，另任他职就另任他职呗，还怕少了你的工资？"

　　岂料我一语击中了要害，小雅一听，当即红了眼圈："我就怕少了工资呀！你不知道，我现在的这份月薪，是老板特定的，只要我离开维修班班长这个岗位，这份薪至少要打个对折呀！"

我一听，越发地如坠云里雾中了："小雅，我实在弄不懂，你们老板葫芦里卖的是什么药？"

小雅皱起了双眉："别说你不懂，就连我这个瓮中之人，也弄不明白老板究竟是什么意思。不过，为了这份丰厚的报酬，我不得不装聋作哑，拼命地保守住我已婚恋的秘密——包括我的全班同事。"

听到这里，我更糊涂了，我实在猜不透小雅老板的规定最终要达到一个什么目的。但不管怎么说，我还是原谅了心有隐衷的小雅。从此，为了小雅的那份丰厚的报酬，我反而主动配合小雅做好保密工作，确保地下婚恋正常进行。

作为局外人，我能做好这份保密工作，但小雅就难了。由于小雅在单位里守口如瓶，一直以一个未婚淑女的身份出现，所以，她单位里的那些小伙子就免不了要向她发起爱情进攻。当我彻底消除了与小雅之间的隔阂之后，我就经常可以在她的抽屉里，发现那些小伙子不断地写给她的一封封求爱信，而且每一封都是那么炙手可热，洋溢着浓浓的痴情。这使小雅感到了极大的为难。如何婉转地拒绝他们的痴情与进攻，成了小雅必须面对的严酷现实。

与此同时，我在乡下的唯一的老母亲又抱孙心切。我每回一次家，她就再三地要求我早些结婚。尤其是当她确诊身患绝症后，她的这种要求就变成了恳求。老人家想在她撒手西归之前，能看到她的独生子终身大事圆满成功，她多么希望能亲手抱一抱她梦寐以求的第三代呀！话说回来，老人家辛苦了一辈子，这种要求也是通情达理的。所以，当那天我母亲握着小雅的手，流着泪，用几近哀求的口气向小雅提出她的这个夙愿时，小雅动摇了。

终于，小雅果断地改变了事先"不满三十周岁不结婚"的约定，同意在"五一"劳动节那天与我举办婚礼。我感动得热泪盈眶，我真想为小雅那种善解人意、孝敬长辈的英明决定而雀跃欢呼。

但是，限于上面所提到的特殊情况，我俩的婚礼仍不得不继续在地下秘密进行。尤其是在向小雅班里的同事发出邀请时，非但没发大红的请柬，甚至连为什么请客也没说明。小雅只是说请大家某日某时到某某酒店，参加她的生日宴会。本来，小雅还不准备惊动她的同事，只因我说了一句"没人祝福的婚姻是不完美的婚姻"，我这么一劝告，她才踌躇再三后，不得已向她的同事发出了含糊的赴宴邀请。

那天，我与小雅站在酒店门口迎客，真是别扭与委屈。人家新婚夫妇都在酒店门口写上"×××与×××新婚志喜"之类的喜庆告示，然后夫妻双双身披结婚盛装，站在店门口迎客。而我与小雅却不敢如此招摇，别说公开告示，就连胸前的红花也不敢佩一朵，惹得那些前来参加婚宴的亲朋好友大为不解，满眼疑虑，误认为我俩是彻底的移风易俗，新事新办。

好在所有亲朋好友都十分热情，他们都先后准时赴宴来了，就连小雅单位里的同事，也无一遗漏地早早来到了酒店，参加小雅的"生日宴会"。旁观者清，当小雅把我这个"表哥"——一介绍给她的那些同事时，我望着他们，不由在心里窃笑：这个就是向小雅写了十二封情书的小赵，那个就是把每封求爱信都写得文采斐然的小李子……

然而，纸包不住火。当大家齐齐入座、举起酒杯的时候，大家很快就明白他们现在参加的是什么宴会了。所有亲朋好友还能理解，唯独小雅单位里的那七八个同事却如雷击顶，一个个傻了似的怔在了那里。他们做梦也没有想到，他们的班长非但早就有了意中人，而且早就领了结婚证书，否则哪有这种突然袭击般的婚宴！尤其是小赵、小李、小王与小陈，他们直到前两天还在向小雅发起求爱进攻。这几个小伙子像受到了莫大的戏弄与嘲讽，一个个顿时若有所失，情绪一落千丈，连端起酒杯的兴趣也没有了。本该热烈欢快的一场婚宴，顿时变得十分冷场了。

小雅自知过错，连忙来到同事们的桌上，又是敬酒又是敬烟，从来酒不沾唇的她，为了赔不是，竟一口气连干了两大杯啤酒。但这些表现仍无济于事，前后向小雅连发过十二封求爱信的小赵再也忍不住，斜睨着小雅，冷笑地开了腔："我说班长，你这演的是一出什么戏呀？既然你早就有了理想中人了，何必遮遮掩掩、吞吞吐吐，害得我整整做了三年的单相思梦？"

"是呀是呀，要是早知道你已另有心上人的话，我早在两年前就跳槽了，到我舅舅办的公司里拿高薪去了。"小王也不满地嘟哝着。

话说到这里，再明白也没有了。小雅听到这些话，两汪眼泪夺眶而出，只说了一句"对不起"，便委屈地哭了起来。

作为新郎，我当然不能袖手旁观，连忙上前，拿出小雅进公司前与老板签定的那份特殊的合同，把小雅与我这场地下婚恋的隐情向在座的各位和盘托出，请求各位同事的谅解，承认小雅有她的自私的一面。各位同事听了，纷纷表示理解，但他们又有了新的疑惑，那就是老板何以要与小雅班长签订这样的合同？他的目的是什么呢？

环视着这帮垂头丧气的小伙子，情急中，一道灵感的火花掠过我的脑海，我叫了起来："有了有了，我猜出来了！"

大家疑惑地望着我，等我的谜底揭晓。

于是，我振振有词把已在胸中酝酿了许久的答案一口气倒了出来："各位可以想一想，为什么当时你们老板会让既不懂电脑维修又和他无亲无戚的小雅留下来，担任你们维修班班长？为什么老板会同意给她整整高出你们两倍的高薪？为什么他指定的班长必须是未婚的姑娘？为什么只要他一获悉小雅有婚恋的消息，他就要把小雅调离维修班？为什么在小雅之前连着几任的男性班长都被你们轰走？为什么你们会心甘情愿地服从一个不懂行的黄毛丫头指挥呢？"

面对着我这一连串的"为什么"，众人拧眉苦思，不得要领。这时，从心理学本科毕业的小赵却如梦初醒地叫了起来："天哪！上当了，我们都上老板的当了！"

"上老板的什么当了？"

"中国有句俗语，叫做男女搭配，干活不累。想必我们老板是深谙其道的呀！"我几乎与小赵同时解开了这最后一个答案，我们异口同声地说了出来。

一语道破天机，众人齐齐点头称是，满场酒席却反而显得更加清淡寡味。🌿

# 我和厂长女儿是同学

文/杨志科

那天晚上，曹平林失眠了。真奇怪，他的眼前不断出现王晓敏给他钱时瞅他的充满爱意的眼神和让他把衣服拿来给她洗时那多情的眼神。

曹平林今年二十四岁了，高中毕业没有考上大学就加入了打工的行列。去年他在深圳干活，今年却跑到了上海，自然是想顺便看看世博。

来到上海曹平林很高兴，招工的厂家很多，今年工作比去年好找。然而厂家开的工资并不高，要想挣钱就得经常加班。有的厂子还不管食宿。而吃饭住宿花费的钱也不少。曹平林来了十天，进了三家厂子，先后上了八个班，一分钱没拿，反倒把从家里带来的六百多元花得只剩几十元了。最后曹平林在一家台资企业固定了下来。这是个自行车厂，曹平林在组装车间上班。这个厂职工体育活动搞得比较活跃，经常有一些体育赛事。曹平林读高中时就喜欢打篮球，进厂不久就加入了厂篮球队，打一场球顶半个班。

一天早饭后正要上班，同宿舍一个工友却捂着肚子蹲在了地上。曹平林看见后上前问他怎么了，那个工友说肚子疼。有几个工友就说这是阑尾炎又犯了。曹平林急得说："那得赶紧送医院。"那个工友却不愿意，说蹲一蹲就好了，昨天才把钱寄回了家。看来他是没钱治病。蹲了一会儿，曹平林问他现在感觉怎么样。那个工友龇牙咧嘴地说："今天不知怎么了，还是疼得不行。"曹平林说这样下去会出事，得马上送医院。有人说送医院就得拿钱，你有吗？曹平林说大家凑一凑吧。都是出门挣钱的打工仔，七八个人凑来凑去只凑了一百多元。这点钱看个门诊还可以，住院根本不够。最后大家商量留下三个人，一个人去厂部借钱，两人送病人去医院，其他人上班。有两个人主动送病人去医院，却没有人愿意去借钱。几个人都拿眼睛看曹平林。曹平林没有犹豫，说："我去。"两个工友扶着病人对曹平林说："我们去惠和卫生院，你借了钱就快来。"

曹平林先跑到厂长办公室，进去一看一个漂亮女孩在里边。女孩明亮的大眼睛瞅了曹平林一眼，曹平林没有吭气，害羞地退了出来。曹平林转身又进了财务科，里边坐着一男一女。他对那男的说："我要借一千元急用，有个工友病了要住院。"男的说："不行。借钱要车间主任出具证明，厂长签字。你这样来借钱。我们也不认识你。"曹平林又上前求那女的，人家说的与男的一样。眼看借钱无门，曹平林急得脑门上的汗都下来了。他以前不知从谁口中听说，厂长有个女儿跟自己年龄差不多，忽然就冒出一句："行行好吧，我和厂长女儿是同学。"曹平林说完，那一男一女都笑了。女的笑着说："跟她同学，你去高雄上中学了？"而那男的竟然冲着厂长办公室喊："晓敏，这里有你一个同学来找你。"曹平林这才知道厂长办公室那个大眼睛的漂亮女孩就是厂长女儿，羞得他拔腿便跑。曹平林才抬起脚后边却有人喊："你快回来！"他回头一看，叫他的正是厂长女儿。厂长女儿走到他跟前，伸手说："这是两千元，你拿去吧。"曹平林感激地看了看厂长女儿，没有接钱却在身上找着什么。厂长女儿问："你在找什么？"曹平林说："找笔写借条。"

"写啥哩，快拿去吧，救人要紧。"可曹平林却固执地非要写。女孩笑着说："你虽然不是我的同学，可我认识你，篮球场上打中锋的。"女孩说着又用她那漂亮的大眼睛瞅了曹平林一眼，瞅得他的心"咚咚咚"跳了好几下。曹平林只好接过女孩手里的钱，感激地点了点头跑了。

病人送到医院被诊断为急性阑尾炎，需要马上手术。刚好曹平林急急赶到交了钱，病人就被推上了手术台。

4月17日是星期六，这个双休日正常休息。这天上午自行车厂篮球队与家具厂篮球队在自行车厂进行篮球友谊赛，看台上坐满了人。厂长女儿本不大爱看球赛，这天却坐在了前排。球场上家具厂是淡绿色服装，自行车厂是红色汗衫、红色短裤，曹平林是5号。曹平林1.83米的个子不是太高，可他灵活敏捷，弹跳好、速度快。他是打中锋的，在球场上跑上跑下，实传虚晃，左冲右突，生龙活虎。还投了三个三分球。看球的不少人喊着："5号！5号！"为他欢呼加油。这天厂长女儿十分兴奋，"5号加油！5号加油！"喊得十分响亮，好像球场上只有5号一个人在跑似的。曹平林一上场就看见了厂长女儿，他的兴奋全化在了打球上。他不住地叮嘱自己：拼命打，打出水平，打出精彩，专打给她看，以报答她的借钱之恩。这场球自行车厂以速度快、投篮准、团队协作好而取胜，而5号曹平林几乎就是明星。

比赛结束后，厂长女儿亲自端来了热水，拿着毛巾给曹平林让他擦汗。见那么多工友在旁边，曹平林害羞得不敢接。厂长女儿笑着说："接不接？不接我就给你擦……"曹平林赶紧一把接了过来。厂长女儿又拿饮料给曹平林喝，曹平林接过来却给了其他队友。厂长女儿以为他不渴，结果最后他喝水喝得比谁都凶。

从篮球场下来，厂长女儿和曹平林并肩走在一起。女孩不住地夸："你真棒！"曹平林不懂她是说自己人棒呢还是球打得棒，他不好去问，只是笑。"傻笑什么？"不料曹平林大胆地说："你是厂长女儿，我该怎么称呼你呢？""我叫王晓敏。你是属虎的，我也是属虎的。你是3月虎，我是9月虎，你比我大六个月，你就直呼其名叫我晓敏吧。"曹平林一脸的惊奇："你对我了解得还不少。""当然了，咱们是同学嘛。"王晓敏笑着说。不料曹平林却有些尴尬："那天的事，当时我是急着借钱硬拉关系。噢，对了，借你的钱我一时半刻还还不了。""这钱我跟我爸说了，厂里报销一半，剩下那一半你们不是参加农村合作医疗了吗，也就报销得差不多了。就是不报销，你也是为别人借的，自有别人还，轮不到你呢。"曹平林却固执地说："是我从你手上借的，自然应该我还你。"王晓敏笑着说："你呀你，我第一眼就看出你是一个憨大头。"两人走着走着，曹平林却停下来不走了。王晓敏瞅了一眼："怎么了？"曹平林有点不好意思地说："我们工棚到了。""怎么？不欢迎我进去坐坐？"曹平林憨憨地笑着说："里边都是男的，你去不方便。"曹平林说了声"再见"，转身正要走，王晓敏突然说："你给我站住！"曹平林吓了一跳，回头一看，王晓敏两眼充满爱意地望着他："换下的衣服拿来我洗。"曹平林长这么大，还是第一次听一个女孩对他说这话，他的心头顿时就热辣辣的。

回到工棚，曹平林虽然没有把换洗的衣服拿给王晓敏洗，可他的心却被温暖着。那天晚上，曹平林失眠了。真奇怪，他的眼前不断出现王晓敏给他钱时瞅他的充满爱意的眼神和让他把衣服拿来给她洗时那多情的眼神。第二天走在上班的路上，他又收到了王晓敏给他发来的"我喜欢你"的短信。曹平林脑子一冲动立即回信："昨天夜里，你那美丽的大眼睛就像灿灿的明灯，在我的心里亮了一夜。"从此，曹平林每天沉浸在与王晓敏来往的幸福中。

一天，曹平林忽然接到父亲从家里打来的电话："你奶奶去世了，赶快请假回家！"啊，奶奶走了！他来上海时奶奶还拉着他的手，深深的眼窝里盈着老泪，难分难舍，才几个月怎么就走了呢？我要看看奶奶，我要回家！与此同时，一个美好的愿望就像太阳一样在他心中冉冉升起：要是能与王晓敏同行，该多好啊！他忙拿起电话，然而又放下了。要是人家不愿意呢？曹平林到车间填写了假条，车间主任签了字，又拿到了厂部给他批了七天假。

曹平林拿着假条去火车站的路上，王晓敏的音容笑貌不断地出现在他的眼前。七天时间该有多么漫长啊。他急急拨通了王晓敏的电话，告诉她奶奶去世请假回家。王晓敏一听急问："你现在在哪里?"曹平林说在去火车站的路上。不料王晓敏命令式地说："不准买票。在候车室门口等我。"

王晓敏赶到火车站，找到了曹平林。曹平林拉着王晓敏的手激动地说："你……你怎么就来了呢?!"王晓敏撅着小嘴说："我怎么就不能来呢?"曹平林憨憨地说："感谢你前来为我送行。"谁知王晓敏说："什么送行? 哪里是送行? 我和你一起回去!""什么?!"曹平林惊喜地问，"你说和我一起回去?"王晓敏笑着说："怎么，不行吗?"一听此言，曹平林心头一热，禁不住上前抱住王晓敏亲了一口。曹平林准备坐火车，王晓敏说："坐飞机。你不是要看奶奶吗，飞机快，几个小时后就可以到。"曹平林结结巴巴地说："可是，可是……""没什么可是。"王晓敏不容置疑就拉着曹平林坐车去了机场。

在飞机上，王晓敏又拿出两千元往曹平林手里塞，让他交给他父母。曹平林说啥也不要，两人推来推去，机上工作人员还以为这两人在吵架呢。

到家了，怎么没听到唢呐声呢? 令曹平林和王晓敏想不到的是，奶奶并没有去世，笑着站在大门口迎接孙子。原来有人给儿子提亲逼着见面，去年也是这样，曹平林没回来把事耽误了。今年父亲与全家人商量哄儿子回家，没想到儿子却领着一个漂亮女孩回来了。父亲对儿子说了事情的原委，曹平林既好气又好笑，王晓敏更是"爸爸"、"妈妈"、"奶奶"甜甜地叫着，一家人简直要乐坏了!

奶奶没有去世，别人介绍的那女孩也不用见面了，剩下的就是玩。曹平林在家住了两天，然后高兴地带着王晓敏游览了姜子牙钓鱼台、岐山五丈原、宝鸡金台观、扶风法门寺，又到西安游了秦始皇兵马俑、华清池，看了大雁塔，两人还合了不少影。王晓敏忽然问："那天在厂部，怎么想起说与我是同学呢?"曹平林摸着头笑着说："我一急，也不知怎么就冒出那句话来，可能是想与你同学，也可能是缘分。""是的，是缘分，咱俩有缘分。"两人说着又拥抱在一起。

在西安两人商量好一同回上海，可是曹平林又接到了父亲的电话，让他临走时再回来一下。王晓敏说："俗话说父命难违，咱们就回家吧。"可曹平林让王晓敏先走，说他回去最多两天就回来。王晓敏就给他买了两天后的机票，自己先坐飞机回了上海。

回到家，父亲问儿子王晓敏的具体情况。曹平林说她是台湾姑娘，是厂长的女儿。他掩饰不住内心的喜悦，对父亲说他俩恋爱了。父亲有些担心地说："人家出生富贵之家，女孩长得又漂亮，你俩的事能不能靠得住？与邻村那女孩还见不见面？"儿子满有把握地说："晓敏是个好姑娘，不是嫌贫爱富之人。我们已经确定关系了。"父亲又反复叮咛："要对人家姑娘好。爸虽然就你这么一个儿子，可你姐就嫁在邻村，毕竟还有个靠头。家里你就不用操心了，安心在厂里做女婿做儿子吧。"儿子临走，父亲拿出积攒的一万元硬要给儿子，让他给晓敏买些她喜爱的东西。儿子不要，说晓敏家有的是钱。父亲红着脸："不要钱，你还是去和邻村那姑娘见面吧。"儿子没有办法，只好收下父亲的钱。

王晓敏跟曹平林走时，只对父亲说要外出几天，回来后，父亲问女儿这几天去哪儿了。女儿没有隐瞒，说跟曹平林去了陕西宝鸡。一听女儿竟然跟一个打工的跑到了陕西，父亲十分生气。

两天后，曹平林回到了上海。想不到他刚进厂，就被保安堵在了厂门口。他急了，说："你们拦我干什么？我是厂里的工人，组装车间的。"人家也不含糊地说："是的，你叫曹平林，厂篮球队5号，中锋打得挺漂亮。"曹平林就问："知道为什么要拦？"保安说："你被厂里除名了。"曹平林一听大吃一惊："我没有做错什么呀，为什么除名？""为什么？"保安笑着说，"你擅自延长假期，又勾引厂长女儿。"曹平林分辩说不是那么回事，可是不管他怎么说，保安就是不放他进去。

听到曹平林被保安拦在厂门口的消息，王晓敏发疯似的跑了出来，气愤地指着保安问："他是咱们厂的职工，你们为什么把他拦在门口？""人事部通知说，他擅自延长假期，还……还勾引……"保安结结巴巴不敢说出后边的话。王晓敏走上前去接过曹平林的包，牵着他的手大方地向厂子后边的家里走去。路上曹平林对王晓敏说了爸爸的心思，王晓敏也对曹平林说了她的家庭情况：妈妈生了他们兄妹二人，六年前，妈妈和哥哥外出办事，不幸遇到车祸双双身亡，嫂嫂和侄女住在高雄。为了从这悲苦的环境中解脱出来，爸爸带着她来到上海办厂。因此王晓敏特别提醒曹平林，在爸爸面前别提及妈妈和哥哥，以免老人伤心。另外她还告诉曹平林爸爸喜欢喝茶，特别讲究礼仪，叮嘱他进门要微笑，举止要稳重，别像在篮球场一样。最后她告诉曹平林，爸爸最近身体不太好，多年的肩周炎、颈椎病又犯了。

到家了，王晓敏掏出钥匙开了门。"爸爸，小曹看您来了。""伯父，您好！"两个年轻人亲热地叫着，可父亲头也没有回。不是他不想回头，而是脖子僵硬立马转不过来。看到此，曹平林把王晓敏交代他的话全忘了，急忙跑上前关切地说："伯父，您坐在这个凳子上，我给您按摩。"父亲半信半疑地坐下，曹平林就用双手在他肩头、后背、脖项、后脑等部位揉捏按摩。王晓敏站在一旁看着，微笑着说："你还会这些？"曹平林说他奶奶是捏骨的好手，他跟着学了一点。父亲则不住地说："好舒服，轻松多了，轻松多了。"按摩了约半小时，曹平林说今天就到这里，以后他每天来按。父亲要抽烟，一看烟盒空了，曹平林说他去买。王晓敏就给他说了烟的牌子。

"爸爸，你看曹平林怎么样？"老人点了点头说，"是个好小伙子。"王晓敏一听高兴地坐在他跟前："爸爸，您终于说实话了。我觉得毛经理、何董事和吕厂长的儿子这些人，跟曹平林简直就没法比。"父亲还是有些犹豫地说："可他家在陕西农村，那里还十分贫穷啊！"谁知女儿大眼睛一瞪："爸爸，这仅仅是您的印象。这回我亲眼看到那里的农村也在积极发展经济，日子会一天天好起来的，再说现在咱们缺的不是钱，而是靠得住的好人品呀！"父女俩陷入了沉默。一会儿父亲说："你要理解爸爸，爸爸是怕你日后受穷呀！"女儿却说："有感情、恩爱才是真正的富有，那是多少钱财也买不来的。"看女儿如此坚决，父亲只好说："那就由你吧。"

半年后，曹平林和王晓敏终于领取了结婚证。他们不想惊动更多人，决定旅游结婚。两人定出的路线是：先游世博园，主要看两个馆：一个是台湾馆，一个是中国馆里的陕西馆。然后再回陕西宝鸡，在老家举办一个乡村婚礼。婚礼后直接坐飞机飞往台湾旅游。

　　这天在台湾馆，曹平林和王晓敏两个年轻人站在天灯下，许下了一生一世恩恩爱爱永不分离的美好心愿。在陕西馆，游人看到有一对高仿真机器人扮作唐明皇和杨贵妃模样，在向游人招手致意。在仿真机器人的旁边，还有一对青年男女身着唐代服装，分别扮成唐明皇和杨贵妃的模样，也欢笑着向游人招手致意。这对青年男女正是曹平林和王晓敏。🌿